SPIEGEL Edition

PHILIP ROTH Der menschliche Makel

Roman

Aus dem Amerikanischen
übersetzt von Dirk van Gunsteren

SPIEGEL-Verlag

Mit einem Nachwort von Elke Schmitter

Von den Grenzen des Übersetzens:
Das »kleine Wort«, das Coleman Silk beiläufig zu Beginn der Seminarsitzung ausspricht und das seine Karriere beendet, lautet im Original *spooks*. Im heutigen Sprachgebrauch bedeutet *spook*: 1. Gespenst, 2. (im amerikanischen Slang) Spion, bes. CIA-Agent. Bis in die fünfziger Jahre war es jedoch darüber hinaus eine abfällige Bezeichnung für einen Schwarzen (und übrigens, von einem Schwarzen gebraucht, auch eine abfällige Bezeichnung für einen Weißen). Da es im Deutschen kein Wort gibt, das etwas Abwesendes, Unsichtbares bezeichnet und zugleich eine untergründige, vom Sprecher womöglich gar nicht intendierte Herabsetzung eines Schwarzen beinhaltet, habe ich *spooks*, um wenigstens das Moment der unbeabsichtigten rassistischen Verunglimpfung zu bewahren, mit »dunkle Gestalten, die das Seminarlicht scheuen« übersetzt.
                                                                                    Dirk van Gunsteren

Ungekürzte Lizenzausgabe des SPIEGEL-Verlags
Rudolf Augstein GmbH & Co. KG, Hamburg
für die SPIEGEL-Edition 2006/2007

Copyright © 2002 by Carl Hanser Verlag, München–Wien
Copyright © 2000 by Philip Roth
Die Originalausgabe erschien erstmals 2000 unter dem Titel
The Human Stain beim Verlag Houghton Mifflin, New York

Typografie, Ausstattung, Herstellung
Farnschläder & Mahlstedt Typografie, Hamburg
Gesamtherstellung Clausen & Bosse, Leck
Printed in Germany
ISBN-10: 3-87763-017-0
ISBN-13: 978-3-87763-017-4

Für R. M.

ÖDIPUS: Durch welche Reinigung?
   Wie können wir ihn tilgen?

KREON: Durch Ächtung oder Sühne,
   die Tod mit Tod vergilt ...

>   Sophokles: *König Ödipus*

1. Jeder weiß

IM SOMMER 1998 gestand mir mein Nachbar Coleman Silk – der, bevor er zwei Jahre zuvor in Ruhestand gegangen war, über zwanzig Jahre Professor für klassische Literatur am nahe gelegenen Athena College und darüber hinaus sechzehn Jahre Dekan gewesen war –, daß er, im Alter von einundsiebzig Jahren, eine Affäre mit einer vierunddreißigjährigen Putzfrau hatte, die in der Universität arbeitete. Zweimal pro Woche putzte sie auch das ländliche Postamt, eine kleine, graue, mit Schindeln verkleidete Hütte, die aussieht, als könnte sie in den dreißiger Jahren einer armen Farmersfamilie Schutz vor den Sandstürmen Oklahomas geboten haben, und allein und verloren auf dem Grundstück gegenüber der Tankstelle und dem Haushaltswarenladen ihre amerikanische Fahne wehen läßt, an der Kreuzung der beiden Straßen, die das wirtschaftliche Zentrum dieser kleinen Stadt in den Hügeln Neuenglands bilden.

Coleman hatte die Frau zum erstenmal gesehen, als er eines Tages ein paar Minuten vor Schalterschluß dort erschien, um seine Post abzuholen, während sie dort den Boden wischte: eine dünne, große, kantige Frau mit ergrauendem blondem, zu einem Pferdeschwanz zusammengebundenem Haar und jener Art von herben Gesichtszügen, wie man sie gewöhnlich mit kirchenfrommen, hart arbeitenden Familienmüttern aus Neuenglands entbehrungsreicher Frühzeit verbindet, mit jenen strengen Frauen der Kolonialzeit, die in der herrschenden Moral gefangen waren und ihr gehorchten. Sie hieß Faunia Farley, und die Nöte, die sie in ihrem Leben erduldet haben mochte, hielt sie hinter einem jener ausdruckslosen, knochigen Gesichter versteckt, die nichts verbergen und von einer immensen Einsamkeit zeugen. Faunia hatte ein Zimmer in einer auf Milchwirtschaft spezialisierten Farm, wo sie als Gegenleistung beim Melken half. Sie hatte die Highschool nur zwei Jahre lang besucht.

Der Sommer, in dem Coleman mich über Faunia Farley und ihr gemeinsames Geheimnis ins Vertrauen zog, war passenderweise der Sommer, in dem Bill Clintons Geheimnis in allen demütigenden Einzelheiten enthüllt wurde, in allen *lebensechten* Einzelheiten, wobei sich die Lebensechtheit wie die Demütigung aus den pikanten Einzelheiten ergab. Eine Saison wie diese hatten wir nicht erlebt, seit jemand in einer alten Ausgabe von *Penthouse* über Nacktfotos der neuen Miss America gestolpert war, die sie elegant kniend und auf dem Rücken liegend zeigten und die junge Frau mit einer solchen Scham erfüllten, daß sie gezwungen war, ihren Titel zurückzugeben und ein internationaler Popstar zu werden. In Neuengland war der Sommer des Jahres 1998 herrlich warm und sonnig, im Baseball war es der Sommer des mythischen Kampfes zwischen einem weißen und einem braunen Home-Run-Gott, und in Amerika war es der Sommer eines gewaltigen Frömmigkeitsanfalls, eines Reinheitsanfalls, denn der internationale Terrorismus, der den Kommunismus als größte Bedrohung der nationalen Sicherheit ersetzt hatte, wurde seinerseits durch Schwanzlutschen ersetzt, und ein viriler, jugendlicher Präsident in mittleren Jahren und eine verknallte, draufgängerische einundzwanzigjährige Angestellte führten sich im Oval Office auf wie zwei Teenager auf einem Parkplatz und belebten so die älteste gemeinsame Leidenschaft der Amerikaner wieder, die historisch betrachtet vielleicht auch ihre trügerischste und subversivste Lust ist: die Ekstase der Scheinheiligkeit. Im Kongreß, in der Presse und im Fernsehen moralisierten die selbstgerechten Heuchler auf den Haupttribünenplätzen um die Wette, erpicht darauf, zu beschuldigen, zu beklagen und zu bestrafen, allesamt besessen von dem Geist, den Hawthorne (der in den sechziger Jahren des 19. Jahrhunderts hier in den Berkshires, nicht weit von meinem Haus entfernt, gelebt hatte) in jenem jungen Land aus längst vergangener Zeit als »Geist der Brandmarkung« bezeichnet hatte; sie waren nur zu bereit, strenge Reinigungsrituale zu vollziehen, auf daß die Erektion aus der Spitze der Exekutive verbannt und alles wieder sauber und anständig werde, damit Senator Liebermans zehnjährige Tochter und ihr peinlich berührter Daddy sich ungefährdet die Fernsehnachrichten ansehen konnten. Der konservative Zeitungskolumnist William F. Buckley schrieb: »Zu Zeiten Abälards gab es noch Mittel und Wege, die Wiederholung eines solchen Vorgangs zu verhindern«, womit er andeutete, die angemessenste Strafe für die Missetat des Präsidenten – die Buckley an anderer Stelle als Clintons »inkontinente Fleischeslust« bezeichnete – sei nicht der blutarme Vorgang eines bloßen Amtsenthebungsverfahrens, sondern vielmehr die mittelalterliche Vergeltung, die Kanonikus Abälard für seine heimliche Verführung und Heirat der jungfräulichen Heloise, einer Nichte seines Kapitelbruders Fulbert, von den messerschwingenden Kollegen ebenjenes Fulbert erfuhr. Im Gegensatz zu Khomeinis Fatwa, die Salman Rushdie zum Tode verurteilt hatte, war mit Buckleys wehmütigem Wunsch nach Ahndung durch Kastration jedoch kein finanzieller Anreiz für potentielle Vollstrecker verbunden. Die Strenge, mit der dieses Urteil gesprochen wurde, war jedoch nicht geringer als die des Ajatollah, und sie gründete sich auf ebenso hehre Ideale.

In Amerika war es der Sommer, in dem der Brechreiz zurückkehrte, in dem die Witze, die Spekulationen, die Theorien, die Übertreibungen kein Ende nahmen, in dem man die moralische Verpflichtung, seine Kinder über die Tatsachen des Erwachsenenlebens aufzuklären, zugunsten des Wunsches aufgab, ihnen alle Illusionen zu lassen, es war der Sommer, in dem die Kleinlichkeit der Menschen schlichtweg überwältigend war, in dem eine Art Dämon auf die Nation losgelassen wurde und man sich in beiden Lagern fragte: »Warum sind wir eigentlich so verrückt?«, der Sommer, in dem Männer wie Frauen beim Aufwachen feststellten, daß sie im Schlaf, in einem Zustand weit jenseits von Neid und Abscheu, von Bill Clintons Unverfrorenheit geträumt hatten. Ich selbst träumte in diesem Sommer von einem gewaltigen Spruchband, das dadaistisch wie eine Christo-Verpackung von einem Ende des Weißen Hauses zum anderen gespannt war und auf dem stand: HIER LEBT EIN MENSCHLICHES WESEN. Es war der Sommer, in dem sich das Durcheinander, das Getümmel, das Chaos zum millionsten Mal als subtiler erwies als diese Ideologie oder jene Moral. Es war der Sommer, in dem jeder an den Penis des Präsidenten dachte und das Leben in all seiner schamlosen Schlüpfrigkeit Amerika wieder einmal in Verwirrung stürzte.

Samstags rief Coleman manchmal an und lud mich ein, ihn nach dem Abendessen auf seiner Seite des Hügels zu besuchen und Musik zu hören, Gin Rummy um einen Penny pro Punkt zu spielen oder bloß für ein paar Stunden in seinem Wohnzimmer zu sitzen, Cognac zu trinken und ihm zu helfen, diesen Abend zu überstehen, der für ihn immer der schlimmste der Woche war. In jenem Sommer 1998 lebte er seit fast zwei Jahren allein hier oben in dem großen, alten weißen Haus mit den Schindeln, in dem er und seine Frau Iris vier Kinder großgezogen hatten – seit jener Nacht, in der Iris einen Schlaganfall erlitten und innerhalb weniger Stunden gestorben war, während er selbst einen Kampf gegen das College geführt hatte, weil er von zwei Teilnehmern eines von ihm geleiteten Seminars des Rassismus bezichtigt worden war.

Coleman hatte damals beinahe sein ganzes akademisches Leben am Athena College verbracht. Er war ein kontaktfreudiger, scharfsinniger, gewandt überzeugender Großstadtmensch, teils Krieger, teils Vermittler, und weit entfernt vom Prototyp des pedantischen Latein- und Altgriechischprofessors (wie der lateinische und altgriechische Gesprächsclub bewies, den er in ketzerischer Absicht als junger Dozent gegründet hatte). Sein bewährter Grundkurs über die altgriechische Literatur in Übersetzungen, allgemein GHM (»Götter, Helden, Mythen«) genannt, war bei den Studenten beliebt, weil er, wie alles an Coleman, direkt, ungekünstelt und ganz unakademisch kraftvoll war. »Wollen Sie wissen, wie die europäische Literatur beginnt?« fragte Coleman seine Studenten, nachdem er in der ersten Sitzung die Teilnehmerliste durchgegangen war. »Mit einem Streit. Die gesamte europäische Literatur beginnt mit einem Kampf.« Und dann nahm er die *Ilias* zur Hand und las ihnen die ersten Zeilen vor: »›Singe den Zorn, o Göttin, des Peleiaden Achilleus... Seit dem Tag, als erst durch bitteren Zank sich entzweiten Atreus' Sohn, der Herrscher des Volks, und der edle Achilleus.‹ Und worum streiten sie sich, diese beiden gewaltigen, mächtigen Männer? Die Ursache ihres Streites ist so banal wie der einer Schlägerei in einer Bar: Es geht um eine Frau. Eigentlich ist es ein Mädchen. Ein Mädchen, das man dem Vater entführt hat. Ein Mädchen, das in einem Krieg verschleppt worden ist. *Mia kouri* wird sie in dem Epos genannt. *Mia* ist, wie im Neugriechischen, der unbestimmte Artikel ›ein‹; *kouri* bedeutet ›Mädchen‹ und ist im Neugriechischen zu *kori*, ›Tochter‹, geworden. Und dieses Mädchen begehrt Agamemnon weit mehr als seine Frau Klytemnestra. ›Da ich höher wie Klytemnestra sie achte‹, sagt er, ›denn nicht ist jene geringer, weder an Bildung und Wuchs, noch an Geist und künstlicher Arbeit.‹ Daraus wird schon mal deutlich, warum er das Mädchen nicht hergeben will. Als Achilleus verlangt, er solle das Mädchen zu seinem Vater zurückkehren lassen, um den Gott Apollon, der über die Umstände der Entführung mordswütend ist, zu versöhnen, weigert Agamemnon sich: Er wird das Mädchen nur freigeben, wenn Achilleus ihm dafür *sein* Mädchen überläßt. Und damit macht er natürlich Achilleus wütend. Achilleus nach dem Adrenalinstoß: der explosivste Wilde Mann, den je ein Autor das Vergnügen hatte zu schildern, die – besonders wenn es um sein Prestige und seine Gelüste geht – empfindlichste Tötungsmaschine in der Geschichte der Kriegführung. Der gefeierte Achilleus, vor den Kopf gestoßen und seinen Kameraden entfremdet durch einen Angriff auf seine Ehre. Der große, heldenhafte Achilleus, der sich durch das Ausmaß seiner Wut über eine Beleidigung isoliert – die darin besteht, daß er das Mädchen nicht bekommt –, der sich trotzig außerhalb der Gesellschaft stellt, deren ruhmreicher Beschützer er doch ist und die ihn dringend braucht. Ein Streit also, ein brutal ausgetragener Streit um ein junges Mädchen und seinen jungen Körper und die Freuden sexueller Gier. Dort, in dieser Verletzung des phallischen Anspruchs, der phallischen *Würde* eines überragend starken Kriegerfürsten, beginnt die Dichtkunst, die große Literatur Europas, ob es uns paßt oder nicht, und aus diesem Grunde werden wir heute, beinahe dreitausend Jahre später, ebenfalls dort beginnen …«

Als Coleman seinen Lehrauftrag erhielt, war er einer von wenigen Juden, die am Athena College unterrichteten, und vielleicht einer der ersten Juden in Amerika, die klassische Literatur lehren durften; ein paar Jahre zuvor war der einzige Jude in Athena jener fast vergessene Kurzgeschichtenautor E.I. Lonoff gewesen, dem ich damals, als ich selbst noch ein eben erst publizierter Anfänger voller Selbstzweifel war, der die Bestätigung durch einen Meister brauchte, einen denkwürdigen Besuch abgestattet hatte. Von den späten siebziger bis in die frühen neunziger Jahre war Coleman auch der erste und einzige Jude, der in Athena je Dekan geworden war. Nachdem er 1995 sein Amt niedergelegt hatte, um seine akademische Laufbahn mit einer Lehrtätigkeit abzuschließen, nahm er zwei seiner alten Kurse wieder auf, und zwar in dem von Professorin Delphine Roux geleiteten Fachbereich für Sprache und Literatur, in dem die Abteilung für klassische Literatur aufgegangen war. Als Dekan hatte Coleman ein verstaubtes Provinzcollege übernommen und mit voller Rückendeckung durch den ehrgeizigen neuen Rektor und nicht ohne Rigorosität dem geruhsamen Leben der Dozenten ein Ende bereitet, indem er das Totholz in der alten Garde dazu aufforderte, um vorzeitige Pensionierung nachzusuchen, ehrgeizige junge Dozenten einstellte und den Lehrplan von Grund auf erneuerte. Hätte er sich ohne Zwischenfall rechtzeitig zur Ruhe gesetzt, so hätte man ihn zweifellos mit einer Festschrift geehrt und eine Coleman-Silk-Vorlesungsreihe sowie einen Coleman-Silk-Lehrstuhl für klassische Literatur eingerichtet, und angesichts seiner Verdienste um die überfällige Revitalisierung des Colleges hätte man nach seinem Tod vielleicht das alte Gebäude, in dem die geisteswissenschaftlichen Institute untergebracht waren, oder sogar das Wahrzeichen des Colleges, die North Hall, nach ihm benannt. In der kleinen akademischen Welt, in der er den größten Teil seines Lebens verbracht hatte, wäre er dann längst nicht mehr verhaßt oder umstritten oder gar gefürchtet, sondern vielmehr Gegenstand immerwährender Verehrung gewesen.

Mitten im zweiten Semester seiner wiederaufgenommenen Lehrtätigkeit als ordentlicher Professor sprach Coleman die belastenden Wörter aus, die schließlich bewirkten, daß er von sich aus jede Verbindung zum College abbrach, jene zwei belastenden von vielen Millionen Wörtern, die Coleman in all den Jahren des Lehrens und Verwaltens ausgesprochen hatte, jene Wörter, die nach seiner Einschätzung schließlich direkt zum Tod seiner Frau führten.

Das Seminar hatte vierzehn Teilnehmer. Um die Namen seiner Studenten zu lernen, ging Coleman jeweils zu Beginn der Sitzungen die Anwesenheitsliste durch. Fünf Wochen lang kam auf zwei der Namen, die er verlas, keine bestätigende Antwort, und so fragte Coleman am Anfang der sechsten Sitzung: »Kennt jemand diese Leute? Hat sie schon mal jemand im College gesehen, oder sind es dunkle Gestalten, die das Seminarlicht scheuen?«

Später an jenem Tag wurde er zu seiner Verwunderung ins Büro seines Nachfolgers, des neuen Dekans, gebeten und mit dem Vorwurf des Rassismus konfrontiert, den die beiden abwesenden Studenten – es handelte sich um Schwarze – gegen ihn erhoben. Obgleich abwesend, hatten sie rasch von der Bemerkung erfahren, mit der er ihr Fehlen kommentiert hatte. Coleman antwortete dem Dekan: »Das war eine Anspielung auf ihre möglicherweise nachtaktive Lebensweise. Das liegt doch wohl auf der Hand. Diese beiden Studenten haben an keiner einzigen Sitzung teilgenommen – das war das einzige, was ich von ihnen wußte. Es sollte eine ironische Bemerkung sein. Ich hatte keine Ahnung, welche Hautfarbe sie haben, und mir war nicht bewußt, daß das als Anspielung auf ihre Hautfarbe verstanden werden könnte, sonst hätte ich dieses Wort gewiß nicht gebraucht, denn ich nehme große Rücksicht auf die Gefühle meiner Studenten. Bedenken Sie den Kontext: Hat sie schon mal jemand im College gesehen, oder sind es dunkle Gestalten, die das Seminarlicht scheuen? Der Vorwurf des Rassismus ist an den Haaren herbeigezogen. Lachhaft. Meine Kollegen wissen, daß er lachhaft ist, und meine Studenten wissen, daß er lachhaft ist. Das Thema, das einzige Thema, um das es hier gehen kann, ist das Nichterscheinen dieser beiden Studenten und ihre eklatante und unentschuldbare Weigerung, akademisch zu arbeiten. Das Widerwärtige an dieser Sache ist, daß die Anschuldigung nicht einfach falsch ist – sie ist so offenkundig falsch.« Nachdem er also genug zu seiner Verteidigung gesagt hatte, betrachtete Coleman die Angelegenheit als erledigt und fuhr nach Hause.

Nun machen sich, wie ich höre, auch gewöhnliche Dekane durch ihre Tätigkeit im Niemandsland zwischen Dozenten und Verwaltung Feinde: Sie gewähren nicht immer die gewünschte Gehaltserhöhung oder einen der begehrten Parkplätze oder die großzügigeren Büroräume, von denen die Professoren glauben, sie stünden ihnen zu. Sie verweigern feste Anstellungen oder Beförderungen von Dozenten in den unwichtigeren Fachbereichen. Sie lehnen Anträge auf zusätzliche Planstellen für wissenschaftliche Mitarbeiter und Sekretärinnen fast immer ab, ebenso wie die Bitten um eine Reduzierung der Lehrtätigkeit, die Befreiung von frühmorgendlichen Veranstaltungen, Zuschüsse für Reisen zu wissenschaftlichen Konferenzen, und so weiter, und so weiter. Doch Coleman war kein gewöhnlicher Dekan gewesen, und sowohl mit seinen Entscheidungen, wer mit welcher Begründung entlassen und was eingerichtet oder abgeschafft werden sollte, als auch mit seiner Verwegenheit angesichts enormer Widerstände hatte er nicht bloß ein paar Nörgler und Unzufriedene gekränkt oder vor den Kopf gestoßen. Mit Rückendeckung durch Pierce Roberts, den gutaussehenden jungen Rektor mit dem zerzausten Haar, der steilen Karriere und dem aggressiven Auftreten, der ihn gleich nach seinem Amtsantritt zum Dekan ernannte und ihm sagte: »Hier muß sich einiges ändern, und jeder, dem das nicht gefällt, sollte sich überlegen, ob er sich was anderes suchen oder frühzeitig in Pension gehen will«, hatte Coleman gründlich aufgeräumt. Als man Roberts acht Jahre später, mitten in Colemans Amtszeit, den Posten eines Rektors an einer prestigeträchtigeren Universität anbot, geschah das hauptsächlich aufgrund der erfolgreichen Reformen, die in Athena in Rekordzeit durchgeführt worden waren – allerdings nicht durch den gefeierten Rektor, der im Grunde nur ein Spendensammler war, einer, der seinen Kopf nicht hingehalten hatte und nun geehrt und unversehrt weiterzog, sondern durch seinen entschlossenen Dekan.

Schon im ersten Monat nach seiner Ernennung zum Dekan hatte Coleman jedes Mitglied der Fakultät zu einem Gespräch eingeladen, darunter etliche verdiente Professoren, Mitglieder jener alteingesessenen Familien, die das College gegründet und mit Mitteln ausgestattet hatten. Sie waren im Grunde nicht auf das Geld angewiesen, hatten jedoch nichts dagegen, ein Gehalt zu beziehen. Jeder von ihnen wurde gebeten, seinen Lebenslauf mitzubringen, und wer sich für zu bedeutend hielt, um dieser Bitte zu entsprechen, mußte feststellen, daß sein Lebenslauf dennoch vor Coleman auf dem Schreibtisch lag. Mit jedem dieser Professoren hatte der neue Dekan eine Unterredung, die eine volle Stunde und manchmal auch länger dauerte, bis sie, nachdem er überzeugend ausgeführt hatte, daß sich in Athena nun doch einiges ändern würde, regelrecht ins Schwitzen kamen. Er hatte auch keine Hemmungen, das Gespräch zu eröffnen, indem er in dem Lebenslauf blätterte und sagte:»Was haben Sie in den letzten elf Jahren eigentlich *gemacht?*« Beinahe alle Fakultätsmitglieder antworteten, sie hätten regelmäßig in den *Athena Notes* publiziert, und verwiesen auf ephemere philologische, bibliographische oder archäologische Erkenntnisse, die sie alljährlich aus ihren uralten Dissertationen destilliert und in der hektographierten, in grauen Karton gebundenen Vierteljahresschrift »publiziert« hatten, welche, abgesehen von der Collegebibliothek, nirgendwo auf der Welt katalogisiert wurde, und nachdem er diesen Satz einmal zu oft gehört hatte, brach er der Legende nach mit den in Athena geltenden Regeln der Höflichkeit und sagte:»Mit anderen Worten, Sie haben Ihren eigenen Mist wiedergekäut.« Er stellte nicht nur das Erscheinen der *Athena Notes* ein, indem er den winzigen Druckkostenzuschuß an den Stifter – den Schwiegervater des Herausgebers – zurückerstattete, sondern zwang auch, um den Wunsch nach vorzeitiger Pensionierung tunlichst zu fördern, die ältesten der alten Garde, die Vorlesungen, die sie seit zwanzig oder dreißig Jahren unverändert und auswendig hielten, aufzugeben und Einführungsseminare für Englisch und Geschichte sowie die neuen Orientierungskurse für Studienanfänger zu übernehmen, die in den heißen letzten Tagen des Sommersemesters stattfanden. Er schaffte den völlig falsch betitelten Preis für den »Wissenschaftler des Jahres« ab und fand für die damit verbundenen tausend Dollar eine anderweitige Verwendung. Zum erstenmal in der Geschichte des Colleges mußten die Professoren für ein bezahltes Sabbatjahr – das übrigens gewöhnlich nicht genehmigt wurde – einen formellen Antrag mit einer detaillierten Projektbeschreibung einreichen. Coleman führte den clubartig gestalteten Speisesaal der Fakultätsmitglieder, der über die schönsten eichenen Wandtäfelungen des ganzen Campus verfügte, wieder seiner ursprünglichen Bestimmung als Raum für Doktorandenseminare zu, so daß die Dozenten ihre Mahlzeiten zusammen mit den Studenten in der Cafeteria einnehmen mußten. Er bestand darauf, daß Fakultätssitzungen abgehalten wurden – sein Vorgänger hatte sich durch den Verzicht auf diese Veranstaltungen sehr beliebt gemacht –, und sorgte dafür, daß die Sekretärin eine Anwesenheitsliste führte, wodurch selbst hochmögende Professoren, die lediglich drei Wochenstunden unterrichteten, gezwungen waren zu erscheinen. Nachdem er in der Charta des Colleges eine Klausel entdeckt hatte, die Exekutivausschüsse verbot, löste er diese mit dem Argument auf, sie seien durchgreifenden Veränderungen hinderlich und gründeten sich lediglich auf Konvention und Tradition, und er leitete die Fakultätssitzungen durch Erlasse, wobei er bei jeder Zusammenkunft verkündete, was er als nächstes zu tun gedachte – lauter Dinge, die den Unmut unter den Dozenten nur vergrößerten. In seiner Amtszeit wurde es erheblich schwieriger, befördert zu werden, und das war vielleicht der größte Schock: Die Dozenten rückten nicht mehr automatisch und aufgrund ihrer Beliebtheit auf und bekamen keine Gehaltserhöhungen, die nicht durch akademische Leistungen gerechtfertigt waren. Kurz gesagt, er führte den freien Wettbewerb ein und sorgte für Konkurrenz, und das, bemerkte einer derjenigen, die früh zu seinen Feinden wurden, »tun Juden ja immer«. Und jedesmal, wenn man zornentbrannt ein Ad-hoc-Komitee bildete, um sich bei Pierce Roberts zu beklagen, stärkte dieser Coleman den Rücken.

Die intelligenten, begabten jungen Leute, die in den Roberts-Jahren eine Stelle am College bekamen, liebten Coleman, weil er ihnen Platz verschafft hatte und gute Absolventen der Graduiertenstudiengänge in Yale, Cornell und an der Johns Hopkins University anwarb. Es war, wie sie es nannten, »die Revolution der Qualität«. Sie priesen ihn dafür, daß er die herrschende Elite aus ihrem kleinen Club vertrieben und ihre Selbstdarstellung in Zweifel gezogen hatte – das sicherste Mittel, um einen aufgeblasenen Professor an den Rand des Wahnsinns zu treiben. Die älteren und zugleich schlechtesten Mitglieder der Fakultät hatten nur aufgrund des Bildes überlebt, das sie von sich selbst hatten – die größte Koryphäe für das Jahr 100 v. Chr. und so weiter –, und sobald diese Einschätzung vom Dekan in Frage gestellt wurde, schwand ihr

Selbstvertrauen. Es dauerte nur wenige Jahre, und beinahe alle hatten sich in den Ruhestand versetzen lassen. Was waren das für aufregende Zeiten! Doch dann übernahm Pierce Roberts den wichtigen Posten an der University of Michigan, und Haines, der neue Rektor, machte deutlich, daß er sich Coleman nicht besonders verpflichtet fühlte – im Gegensatz zu seinem Vorgänger zeigte er keine übermäßigen Sympathien für jene Art von autokratischer Selbstüberhebung und brutaler Arroganz, die das College in so kurzer Zeit derart gründlich von Altlasten befreit hatte –, und da die jungen Leute, die Coleman übernommen oder angeworben hatte, ihrerseits langsam zu akademischen Veteranen wurden, bekam Dekan Silk wachsenden Widerstand zu spüren. Wie stark dieser Widerstand war, wurde ihm erst bewußt, als er zählte, wie viele Leute in den verschiedenen Fachbereichen saßen, die ganz und gar nichts dagegen zu haben schienen, daß das Wort, mit dem der ehemalige Dekan seine scheinbar nicht existenten Studenten charakterisiert hatte, nicht nur durch die lexikalische Hauptbedeutung definiert war, die, wie er behauptete, ganz offensichtlich die von ihm beabsichtigte gewesen war, sondern darüber hinaus auch eine pejorative Bedeutung besaß, welche die beiden schwarzen Studenten zu ihrer Beschwerde veranlaßt hatte.

Ich kann mich sehr gut an den Apriltag vor zwei Jahren erinnern, an dem Iris Silk starb und Coleman seinem Wahnsinn verfiel. Bis dahin hatte ich von den Silks und ihren Lebensumständen nicht viel gewußt; wir hatten uns lediglich hin und wieder zugenickt, wenn unsere Wege sich im Lebensmittelladen oder im Postamt gekreuzt hatten. Mir war nicht einmal bekannt gewesen, daß Coleman in dem winzigen Städtchen East Orange in Essex County, New Jersey, aufgewachsen war, sieben oder acht Kilometer von meinem Elternhaus entfernt, und daß er den Highschool-Abschluß 1944 an der East Orange High gemacht hatte, gut sechs Jahre vor mir, der ich im benachbarten Newark zur Schule gegangen war. Er hatte sich nicht bemüht, meine Bekanntschaft zu machen, und ich war nicht von New York in ein Zweizimmerhäuschen weit oben in den Berkshires, am Rande eines Feldes, an dessen anderem Ende ein Wirtschaftsweg vorbeiführte, gezogen, um neue

Leute kennenzulernen oder aktiv am Leben in einer Kleinstadt teilzunehmen. Ich hatte mich 1993 hier niedergelassen und in den ersten Monaten einige Einladungen erhalten – zum Abendessen, zum Tee, zu einer Cocktailparty, zu einem Ausflug in das College unten im Tal, wo ich einen Vortrag oder, falls mir das lieber war, eine Gastvorlesung für Literaturstudenten hätte halten sollen –, die ich allesamt höflich abgelehnt hatte, und von da an wurde ich sowohl von meinen Nachbarn als auch vom College in Ruhe gelassen, so daß ich ungestört leben und arbeiten konnte.

Doch an jenem Nachmittag vor zwei Jahren tauchte Coleman, der geradewegs von dem Bestattungsunternehmen kam, wo er die Einzelheiten von Iris' Beerdigung besprochen hatte, vor meinem Haus auf, klopfte an die Tür und bat um Einlaß. Obgleich er eine dringende Bitte an mich hatte, konnte er keine halbe Minute stillsitzen und darlegen, um was es sich handelte. Er stand auf, setzte sich wieder, stand abermals auf, ging in meinem Arbeitszimmer auf und ab, sprach laut und hastig und schüttelte sogar drohend die Faust, wenn er – irrtümlich – glaubte, einen Punkt besonders unterstreichen zu müssen. Ich sollte etwas für ihn schreiben – es fehlte nicht viel und er hätte es mir befohlen. Wenn er selbst diese Geschichte in ihrer ganzen Absurdität aufschriebe, ohne irgend etwas zu ändern, würde sie niemand glauben, würde sie niemand ernst nehmen. Man würde sagen, es sei eine lächerliche Lüge, eine zweckdienliche Übertreibung, man würde sagen, hinter seinem tiefen Sturz müsse etwas anderes stecken als die Erwähnung von »dunklen Gestalten« in einer Seminarsitzung. Wenn dagegen *ich*, ein anerkannter Schriftsteller, mich der Sache annähme ...

Er hatte alle Zurückhaltung aufgegeben, und während ich ihm – einem mir unbekannten, jedoch offenbar kultivierten und einflußreichen Mann, der sein inneres Gleichgewicht vollkommen verloren hatte – zusah und zuhörte, hatte ich das Gefühl, Zeuge eines schrecklichen Autounfalls, eines Brandes oder einer gewaltigen Explosion zu sein, Zeuge einer Katastrophe, die den Betrachter bannt, weil sie ebenso unwahrscheinlich wie grotesk ist. Die Art, wie er durch den Raum taumelte, erinnerte mich an ein Huhn, das weiter herumlief, nachdem man es geköpft hatte. Man hatte ihm den Kopf abgeschlagen, den Kopf, der das gebildete Gehirn des einst unantastbaren Dekans und Professors für klassische Literatur enthalten hatte, und was ich hier sah, war der unbeherrscht wütende amputierte Rest. Ich, dessen Haus er nie zuvor betreten und dessen Stimme er kaum jemals gehört hatte, sollte alles stehen- und liegenlassen und darüber schreiben, wie seine Feinde im Athena College ihn hatten stürzen wollen und statt dessen seine Frau zu Fall gebracht hatten. Indem sie ihr falsches Bild von ihm verbreitet und ihn als etwas bezeichnet hatten, das er nie gewesen war und nie sein würde, hatten sie nicht nur eine Karriere diffamiert, der er sich mit äußerster Ernsthaftigkeit und Hingabe gewidmet hatte, sondern auch die Frau umgebracht, mit der er über vierzig Jahre lang verheiratet gewesen war. Sie hatten sie umgebracht, als hätten sie sorgfältig gezielt und sie ins Herz geschossen. Ich sollte über diese »Absurdität« schreiben, diese »Absurdität« – ich, der ich damals nichts von den Widrigkeiten wußte, mit denen er am College zu kämpfen hatte, und der ich die Chronologie der Schrecken, die vor fünf Monaten über ihn und die verstorbene Iris Silk hereingebrochen waren, nicht einmal ansatzweise begreifen konnte: die fortwährenden quälenden Sitzungen, Anhörungen und Befragungen, die Schriftstücke und Briefe an die Collegeverwaltung, die Fakultätsausschüsse und den schwarzen Anwalt, der die beiden Studenten honorarfrei vertrat ... die Beschuldigungen, das Leugnen, die Gegenbeschuldigungen, die Stumpfheit, die Dummheit, der Zynismus, die krassen und absichtlichen Fehldeutungen, die mühseligen, wieder und wieder eingeforderten Erklärungen, die inquisitorischen Fragen – und immer das beständige, alles durchdringende Gefühl der Unwirklichkeit. »Der Mord!« rief Coleman, beugte sich über meinen Schreibtisch und hämmerte mit der Faust darauf. »Diese Leute haben Iris *ermordet!*«

Das kaum einen halben Meter von meinem entfernte Gesicht, das er mir zeigte, war inzwischen schief und verzerrt und – für das Gesicht eines gepflegten älteren Mannes, der sich sein jugendlich gutes Aussehen bewahrt hatte – seltsam abstoßend, höchstwahrscheinlich gezeichnet vom Gift der Emotionen, die ihn beherrschten. Es war, von nahem betrachtet, angeschlagen und beschädigt wie ein Stück Obst, das an einem Marktstand zu Boden gefallen und von den Füßen der Passanten hin und her gestoßen worden war.

Es ist faszinierend, was seelische Schmerzen bei einem Menschen anrichten können, der in keiner Weise schwach oder hinfällig ist. Seelische Schmerzen sind heimtückischer als körperliche, denn sie können nicht durch Morphiuminfusionen, Spinalanästhesie oder eine Operation gelindert werden. Wenn sie einen einmal in ihrem Griff haben, ist es, als könnte einen erst der Tod von ihnen erlösen. Es ist harter, grausamer Realismus, wie man ihn sonst nirgends findet.

Ermordet. In Colemans Augen konnte nur dies erklären, warum eine tatkräftige, kerngesunde vierundsechzigjährige Frau mit imponierender Ausstrahlung so unvermittelt gestorben war, eine abstrakte Malerin, deren Bilder die regionalen Kunstausstellungen beherrscht hatten und die die örtliche Künstlervereinigung autokratisch geleitet hatte, eine Dichterin, deren Werke in der Zeitung des Landkreises veröffentlicht worden waren, eine einstmals führende politische Aktivistin des Colleges, die schroff, eigenwillig und unnachgiebig gegen Atombunker, Strontium 90 und schließlich den Vietnamkrieg protestiert hatte, eine Naturgewalt von einer Frau, die man auf hundert Meter Entfernung an ihrem großen, zerzausten Schopf drahtigen weißen Haars hatte erkennen können, eine offenbar so starke Persönlichkeit, daß es dem Dekan, der angeblich jeden hatte überrollen können und in der akademischen Welt durch die Rettung des Athena Colleges das Unmögliche vollbracht hatte, trotz aller herausragenden Fähigkeiten nie gelungen war, seiner eigenen Frau außerhalb des Tennisplatzes Paroli zu bieten.

Sobald Coleman jedoch unter Beschuß lag – sobald der Vorwurf des Rassismus Gegenstand von Untersuchungen geworden war, ausgestreut nicht nur vom neuen Dekan, sondern auch von der kleinen schwarzen Studentenorganisation des Colleges und einer gleichfalls schwarzen Aktivistengruppe aus Pittsfield –, ließ die offensichtliche Absurdität dieser Angelegenheit die unzähligen Schwierigkeiten in der Ehe der Silks in den Hintergrund treten, und Iris stellte ihr gebieterisches Wesen, das vier Jahrzehnte lang mit Colemans störrischem Beharren auf Selbstbestimmung im

Streit gelegen und für ständige Reibungen gesorgt hatte, in den Dienst der Verteidigung ihres Mannes. Obgleich sie seit Jahren nicht mehr im selben Bett geschlafen hatten und jeder der beiden eine Unterhaltung mit dem anderen – oder mit seinen Freunden und Freundinnen – nur für kurze Zeit hatte ertragen können, standen die Silks wieder Seite an Seite und drohten Leuten, die sie tiefer haßten, als sie in den unerträglichsten Augenblicken einander hassen konnten, mit den Fäusten. Alles, was sie vierzig Jahre zuvor in Greenwich Village als kameradschaftliches Paar verbunden hatte – zu jener Zeit schrieb er an der New York University seine Dissertation, und Iris war ihren verrückten Anarchisteneltern in Passaic eben erst entkommen und stand Studenten der Art Students League Modell, schon damals ausgestattet mit einem dichten, krausen Schopf bedeutender Haare, sinnlich und mit ausgeprägten Gesichtszügen, schon damals eine theatralisch wirkende Hohepriesterin mit folkloristischem Schmuck, eine biblische Hohepriesterin aus der Zeit vor der Synagoge –, alles, was sie in jenen Village-Zeiten verbunden hatte, trat (mit Ausnahme der erotischen Leidenschaft) nun wieder mit Macht hervor... bis zu jenem Morgen, an dem Iris mit entsetzlichen Kopfschmerzen und einem tauben Arm erwachte. Coleman fuhr sie sofort ins Krankenhaus, doch am nächsten Tag war sie tot.

»Sie wollten mich umbringen und haben statt dessen sie erwischt.« Das waren Colemans Worte bei jenem unangekündigten Besuch in meinem Haus, und dasselbe bekam jeder zu hören, der zu der Beerdigung am folgenden Nachmittag erschien. Und er glaubte es noch immer. Alle anderen Erklärungen stießen bei ihm auf taube Ohren. Seit ihrem Tod – und seit er erkannt hatte, daß sein Leid kein Thema war, das ich in einem Buch würde verarbeiten wollen, und sich von mir die Dokumente und Unterlagen hatte zurückgeben lassen, die er mir an jenem Tag auf den Schreibtisch geknallt hatte – arbeitete er an einem Buch über die Gründe seines Rückzugs vom Athena College, an einem Tatsachenbericht mit dem Titel *Dunkle Gestalten*.

Drüben in Springfield gibt es einen kleinen UKW-Radiosender, der samstags abends von sechs bis Mitternacht das klassische Programmschema aufgibt und in den frühen Abendstunden Big-Band-Musik und später Jazz spielt. Auf meiner Seite des Hügels hört man auf dieser Frequenz nur statisches Rauschen, doch auf Colemans Seite ist der Empfang gut, und wenn er mich samstags zu einem Abenddrink einlud, konnte ich, sobald ich in seiner Einfahrt geparkt hatte und ausgestiegen war, die zuckersüßen Tanzmelodien vernehmen, die unsere Generation in den vierziger Jahren, als wir noch jung waren, ständig aus Radios und Jukeboxen gehört hat. Coleman hatte alle Empfänger voll aufgedreht, nicht nur das Stereoradio im Wohnzimmer, sondern auch den Apparat neben seinem Bett, den Apparat neben der Dusche und den Apparat in der Küche neben der Brottrommel. Ganz gleich, was er an einem Samstagabend in seinem Haus tat – bis Mitternacht, wenn der Sender (nach einer rituellen halben Stunde Benny Goodman) den Betrieb einstellte, war er keine Minute außer Hörweite.

Seltsamerweise, sagte er, habe ihn die ernste Musik, die er im Lauf seines Erwachsenenlebens gehört habe, niemals so berührt, wie es diese alte Swingmusik nun tat: »Alles Stoische in mir entspannt sich, und der Wunsch, nicht zu sterben, nie zu sterben, wird beinahe unerträglich stark. Und das alles nur«, erklärte er, »weil ich Vaughn Monroe höre.« An manchen Abenden bekam jede einzelne Zeile eines jeden Stücks eine so bizarre Bedeutsamkeit, daß er schließlich ganz allein denselben schiebenden, ziellosen, gleichförmigen, uninspirierten und doch wunderbar wirksamen, Schmusestimmung erzeugenden Foxtrott tanzte, wie damals mit den East-Orange-High-Mädchen, an deren Beine er seine ersten nennenswerten Erektionen gedrückt hatte; und während er tanzte, war, wie er mir erklärte, nichts von dem, was er fühlte, simuliert, weder die Angst (vor der Auslöschung) noch die Verzückung (über »You sigh, the song begins, You speak, and I hear violins«). Die Tränen wurden spontan vergossen, so erstaunt er vielleicht auch war, wie wenig Widerstand er Helen O'Connells und Bob Eberlys Wechselgesang in »Green Eyes« entgegenzusetzen hatte, sosehr er sich vielleicht auch wunderte, daß Jimmy und Tommy Dorsey ihn in einen verletzlichen alten Mann verwandeln konnten, der zu sein er nicht mehr erwartet hatte. »Aber lassen Sie mal irgend jemanden, der 1926 geboren ist, einen Samstagabend im Jahr 1998 zu Hause verbringen und Dick Haymes mit ›Those Little White Lies‹ hören«, sagte er. »Dann kann er mir nachher sagen, ob er vielleicht endlich die berühmte Lehre von der kathartischen Wirkung der griechischen Tragödie begriffen hat.«

Als ich durch eine Fliegentür an der Seite des Hauses in die Küche trat, spülte Coleman gerade das Abendessengeschirr ab. Weil das Radio über der Spüle hing und das Wasser lief, weil der Apparat laut gestellt war und Coleman und der junge Frank Sinatra »Everything Happens to Me« sangen, hörte er mich nicht. Es war ein warmer Abend, und Coleman trug nur Jeans-Shorts und Slipper. Von hinten wirkte dieser Einundsiebzigjährige nicht älter als vierzig – schlank, fit und vierzig. Coleman war höchstens eins fünfundsiebzig groß und nicht besonders muskulös, doch er besaß eine Menge Kraft, und die Elastizität und der Schwung des Highschool-Sportlers waren noch zu erkennen, diese Schnelligkeit, dieser Tatendrang, den wir damals Pep nannten. Sein dichtgelocktes, kurzgeschnittenes Haar war inzwischen fast weiß, und so wirkte er trotz der jungenhaften Stupsnase nicht ganz so jugendlich, wie wenn es noch dunkel gewesen wäre. Außerdem hatten sich zu beiden Seiten des Mundes tiefe Falten eingegraben, und aus dem Blick seiner grünlichbraunen Augen sprachen seit Iris' Tod und seinem Rückzug vom College große, große Müdigkeit und seelische Erschöpfung. Coleman besaß das unwirkliche, fast puppenhaft gute Aussehen, das man bei alternden Schauspielern findet, deren Glanzzeit in ihrer Kindheit gelegen hat und denen das Bild des jugendlichen Stars unauslöschlich aufgedrückt ist.

Alles in allem war er selbst in seinem Alter noch ein drahtiger, attraktiver Mann, vom Typ her einer jener Juden mit kleinen Nasen, deren Gesicht von der Kieferpartie bestimmt wird, einer jener kraushaarigen Juden mit leicht gelblicher Pigmentierung, die ihnen etwas von der changierenden Aura heller Schwarzer verleiht, die manchmal als Weiße durchgehen können. Gegen Ende des Zweiten Weltkriegs hatte Coleman Silk als Matrose in der Marinebasis Norfolk in Virginia gedient. Sein Name verriet nicht, daß er Jude war – es hätte ebensogut ein Negername sein können, und tatsächlich hatte man ihn einmal, in einem Bordell, für einen Nigger gehalten, der sich als Weißer ausgab, und in hohem Bogen hinausgeworfen. »Aus einem Puff in Norfolk haben sie mich als Schwarzen rausgeschmissen, und aus dem Athena College haben sie mich als Weißen rausgeschmissen.« In diesen letzten zwei Jahren hörte ich so etwas häufig von ihm: Tiraden über schwarzen Antisemitismus und seine treulosen, feigen Kollegen – Ausfälle, die offenbar in unveränderter Form als Hauptgedanken in sein Buch einflossen.

»Man hat mich in Athena rausgeschmissen«, sagte er, »weil ich ein weißer Jude von der Sorte bin, die diese strohdummen Arschlöcher als Feind bezeichnen. Ich bin der, der an ihrem amerikanischen Elend schuld ist. Der sie aus dem Paradies hierhergeschafft hat. Und der sie die ganze Zeit unterdrückt hat. Wer trägt die meiste Verantwortung dafür, daß Schwarze auf diesem Planeten leiden? Sie wissen es, ohne ein einziges Mal an einem Seminar teilgenommen zu haben. Sie wissen es, ohne je ein Buch aufgeschlagen zu haben. Sie wissen, ohne zu lesen – sie wissen, ohne zu *denken*. Wer ist schuld? Dieselben bösen Monster aus dem Alten Testament, unter denen schon die Deutschen so zu leiden hatten.

Sie haben sie umgebracht, Nathan. Und wer hätte gedacht, daß Iris damit nicht fertig werden würde? Aber so stark sie auch war, so *laut* sie auch war – Iris wurde damit nicht fertig. Deren Art von Dummheit war sogar für eine Verrückte wie meine Frau zuviel. ›Dunkle Gestalten‹. Und wer ist aufgestanden, um mich zu verteidigen? Herb Keble? Als Dekan hab ich Herb Keble ans College geholt. Ein paar Monate nachdem ich angetreten war. Ich hab ihn geholt, und er war nicht nur der erste schwarze Dozent im Fachbereich Sozialwissenschaften, sondern auch der erste Schwarze, der irgendwas anderes als den Posten eines Hausmeisters bekleidet hat. Aber auch Herb ist durch den Rassismus von Juden wie mir radikalisiert worden. ›Ich kann mich in dieser Sache nicht auf Ihre Seite stellen, Coleman. Ich muß zu ihnen halten.‹ Das waren seine Worte, als ich ihn um seine Unterstützung gebeten habe. Das hat er mir ins Gesicht gesagt. *Ich muß zu ihnen halten.* Zu ihnen!

Sie hätten Herb auf Iris' Beerdigung sehen sollen. Völlig fertig. Am Boden zerstört. Es ist jemand gestorben? Dabei wollte Herb doch nicht, daß irgend jemand *stirbt*. Diese Hinterzimmerstrategen wollten doch bloß mehr Macht. Mehr Einfluß auf die Leitung des Colleges. Sie haben ja bloß eine günstige Gelegenheit genutzt. Es war eine Möglichkeit, Haines und die Verwaltung zu etwas zu drängen, wozu sie sonst nie bereit gewesen wären. Mehr Schwarze auf dem Campus. Mehr schwarze Studenten, mehr schwarze Professoren. Einfluß – darum ging es. Nur darum. Es sollte doch weiß Gott niemand *sterben*. Oder seine Professur aufgeben. Auch das hat Herb überrascht. Warum hat Coleman Silk seine Professur aufgegeben? Niemand hätte es gewagt, ihn zu feuern. Sie haben getan, was sie getan haben, einfach weil sie es tun konnten. Sie wollten meine Füße nur noch ein bißchen länger über das Feuer halten – warum konnte ich nicht einfach geduldiger sein und warten? Wer hätte sich im nächsten Semester denn schon noch daran erinnert? Der Zwischenfall – *der Zwischenfall!* – verschaffte ihnen das ›strukturierende Thema‹, das sie für ein in Rassenfragen so rückständiges College wie Athena brauchten. Warum habe ich meine Professur aufgegeben? Als ich das tat, war die Sache doch praktisch schon vorbei. Warum zum Teufel habe ich das eigentlich getan?«

Bei meinem vorigen Besuch hatte Coleman, kaum daß ich eingetreten war, mit etwas vor meinem Gesicht herumgefuchtelt, mit einem der Hunderte von Dokumenten aus den Schachteln mit der Aufschrift »*Dunkle Gestalten*«. »Hier. Eine meiner begabten Kolleginnen. Schreibt was über eine der beiden Studenten, die mir Rassismus vorgeworfen haben – eine Studentin, die nie in meinem Seminar war, die in allen anderen Kursen bis auf einen durchgefallen ist und auch an *diesen* kaum je teilgenommen hat. Ich dachte, sie sei durchgefallen, weil sie mit dem Stoff nicht zurechtkam und ihn infolgedessen nicht mal annähernd bewältigen konnte, aber wie sich jetzt herausstellt, ist sie durchgefallen, weil der Rassismus ihrer weißen Professoren sie so eingeschüchtert hat, daß sie nicht den Mut aufbrachte, an den Seminarsitzungen teilzunehmen. Ebenjener Rassismus, den ich artikuliert habe. Bei einer dieser Sitzungen oder Anhörungen, oder was auch immer das war, haben sie mich gefragt: ›Welche Faktoren haben Ihrer Meinung nach dazu geführt, daß diese Studentin nicht bestanden hat?‹ ›Welche *Fak-*

toren?‹ habe ich gesagt. ›Desinteresse. Arroganz. Gleichgültigkeit. Persönlicher Kummer. Was weiß ich?‹ ›Aber‹, haben sie mich gefragt, ›welche positiven Empfehlungen konnten Sie ihr angesichts dieser Faktoren geben?‹ ›Keine. Ich habe sie ja nie gesehen. Aber wenn ich die Gelegenheit gehabt hätte, hätte ich ihr empfohlen, das College zu verlassen.‹ ›Warum?‹ wollten sie wissen. ›Weil sie auf dem College nichts zu suchen hatte.‹

Ich will Ihnen etwas vorlesen. Hören Sie sich das an. Es ist von einer Kollegin, die Tracy Cummings als eine Studentin unterstützt, über die wir nicht zu streng oder zu schnell urteilen und die wir tunlichst nicht ablehnen oder ausschließen sollten. Wir müssen Tracy fördern. Wir müssen Tracy verstehen. Wir müssen wissen, sagt uns diese erlauchte Professorin, ›woher Tracy stammt‹. Ich lese Ihnen die letzten Sätze vor. ›Tracy stammt aus recht schwierigen Verhältnissen, da sie in der zehnten Klasse von ihrer unmittelbaren Familie getrennt und von Verwandten aufgenommen wurde. Infolgedessen hat sie kein gut entwickeltes Gespür für die Realität einer Situation. Diesen Mangel bestreite ich nicht. Sie ist jedoch bereit, willens und in der Lage, ihre Einstellung zum Leben zu verändern. Ich bin in den vergangenen Wochen Zeugin ihrer Bewußtwerdung des Umfangs ihrer Vermeidung der Realität geworden.‹ Ergüsse einer gewissen Delphine Roux, Leiterin des Fachbereichs Sprach- und Literaturwissenschaft, die unter anderem einen Kurs für klassische französische Literatur unterrichtet. *Ihrer Bewußtwerdung des Umfangs ihrer Vermeidung der Realität.* Ach, genug. Genug. Es ist zum Kotzen. Es ist einfach nur noch zum Kotzen.«

Das war das Bild, das sich mir meistens bot, wenn ich Coleman an einem Samstagabend Gesellschaft leistete: eine beschämende Demütigung, die noch immer an einem Mann nagte, der voller Lebenskraft war. Der große Mann, der zu Fall gekommen war und diese Schande noch nicht verwunden hatte. Etwas Ähnliches hätte man gesehen, wenn man Nixon in San Clemente besucht hätte oder Jimmy Carter in Georgia, bevor er für seine Niederlage Buße tat, indem er anfing zu schreinern. Etwas sehr Trauriges. Und doch – obgleich ich Sympathien für Coleman hatte, obgleich ich sah, was er durchmachte und was er ungerechterweise verloren hatte, obgleich ich sah, wie nahezu unmöglich es ihm war, sich von seiner Bitterkeit zu lösen, gab es Abende, an denen ich, kaum daß ich ein paarmal an seinem Brandy genippt hatte, so müde wurde, daß es einer Art Zauberei bedurft hätte, um mich wach zu halten.

Doch an dem Abend, den ich hier schildere und an dem wir uns auf die kühle, mit Fliegengitter umspannte Seitenveranda gesetzt hatten, die Coleman im Sommer als Arbeitszimmer benutzte, war er der Welt so zugewandt, wie man es nur sein kann. Er hatte ein paar Flaschen Bier aus dem Kühlschrank geholt, und nun saßen wir einander gegenüber an dem langen Schragentisch, an dem er hier draußen arbeitete und an dessen einen Ende in drei Stapeln etwa zwanzig oder dreißig Kladden lagen.

»Tja, da ist es«, sagte Coleman, der jetzt ein ruhiger, entspannter, völlig neuer Mensch war. »Da ist es. Das ist *Dunkle Gestalten*. Gestern habe ich die erste Fassung fertiggestellt, und heute habe ich den ganzen Tag damit verbracht, darin zu lesen, und fand jede Seite zum Kotzen. Schon die Heftigkeit der Handschrift hätte gereicht, um mich gegen den Verfasser einzunehmen. Daß ich auch nur eine Viertelstunde damit verbracht habe, geschweige denn zwei Jahre ... Iris ist durch *deren* Schuld gestorben? Wer soll das glauben? Ich kann es selbst kaum noch glauben. Um aus diesem Geschmiere ein Buch zu machen, um das wildgewordene Elend daraus zu tilgen und das Ganze in das Werk eines geistig gesunden Menschen zu verwandeln, müßte man mindestens noch einmal zwei Jahre investieren. Und was würde mir das bringen, abgesehen davon, daß ich mich noch einmal zwei Jahre mit ›denen‹ befassen müßte? Nicht daß ich plötzlich versöhnlich geworden wäre. Verstehen Sie mich nicht falsch: Ich hasse diese Schweinehunde. Ich hasse sie, wie Gulliver die gesamte menschliche Rasse haßte, als er bei den Pferdewesen lebte. Ich hasse sie mit einer geradezu biologischen Abneigung. Diese Pferde fand ich allerdings immer lächerlich. Sie nicht? Die kamen mir immer vor wie die weißen, angelsächsischen, protestantischen Honoratioren, die das College geleitet haben, als ich hierherkam.«

»Sie sind in guter Verfassung, Coleman – kaum noch etwas von dem alten Wahnsinn. Als wir uns das letztemal gesehen haben, vor drei Wochen oder einem Monat, sind Sie noch in Ihrem eigenen Blut gewatet.«

»Wegen *diesem* Ding da. Aber jetzt habe ich es gelesen, und es ist Mist, und ich bin damit fertig. Ich bin kein Profi, ich kriege das nicht hin. Wenn ich über mich selbst schreibe, bekomme ich keinen kreativen Abstand. Es ist Seite für Seite noch immer die unbearbeitete Rohfassung. Es ist eine Parodie auf Erinnerungen zum Zweck der Rechtfertigung. Die Sinnlosigkeit von Erklärungen.« Lächelnd fuhr er fort: »Kissinger produziert alle paar Jahre vierzehnhundert Seiten von dem Zeug, aber ich kriege das nicht hin. Kann sein, daß ich blind und abgekapselt in meiner narzißtischen Blase sitze, aber im Vergleich zu ihm bin ich ein Nichts. Ich gebe auf.«

Die meisten Schriftsteller, die nicht mehr vom Fleck kommen, nachdem sie die Arbeit von zwei Jahren – oder von einem Jahr oder auch nur von sechs Monaten – gelesen haben und sie so hoffnungslos mißlungen finden, daß sie sie der Guillotine der eigenen Kritik überantworten mußten, tauchen in einen Zustand selbstmörderischer Verzweiflung ein, der monatelang andauern kann. Doch Coleman hatte die Rohfassung seines Buches, diese so überaus schlechte Rohfassung, einfach aufgegeben, und schwimmend war es ihm irgendwie gelungen, sich nicht nur vom Wrack seines Buches, sondern auch vom Wrack seines Lebens zu lösen. Ohne das Buch schien er jetzt nicht mehr das geringste Verlangen zu haben, die Dinge richtigzustellen; da ihn der leidenschaftliche Wunsch, seine Ehre wiederherzustellen und seine Gegner als Mörder zu brandmarken, verlassen hatte, war er nicht mehr eingehüllt in das Gefühl, ihm sei Unrecht widerfahren. Mit Ausnahme von damals, als ich im Fernsehen sah, wie Nelson Mandela beim Verlassen des Gefängnisses, noch während die letzte magere Häftlingsmahlzeit von seinem Körper verarbeitet wurde, seinen Wärtern verzieh, hatte ich bei einem gequälten Menschen noch nie einen so raschen Sinneswandel gesehen. Ich verstand es nicht, und anfangs konnte ich es nicht glauben.

»Sie gehen einfach weg und sagen: ›Ich kriege das nicht hin‹, Sie lassen all diese Arbeit, all diesen Haß einfach liegen? Wie werden Sie die Kluft der Empörung schließen?«

»Ich werde sie nicht schließen.« Er nahm das Kartenspiel und einen Notizblock für die Spielstände, und wir zogen unsere Stühle zu einer Stelle des Tischs, wo kein Papier herumlag. Er mischte, ich hob ab, er teilte aus. Und dann, in diesem eigenartigen Zustand heiterer Zufriedenheit, in dem er sich befand, seit er sich anscheinend von dem Haß auf alle in Athena freigemacht hatte, die ihn absichtlich und wider besseres Wissen zu Unrecht verurteilt, mißbraucht, beschmutzt und zwei Jahre lang in einen misanthropischen Furor von Swiftschen Dimensionen gestürzt hatten, begann er von den herrlichen vergangenen Zeiten zu schwärmen, da sein Kelch noch voll eingeschenkt ward und er sein erhebliches Talent zur Gewissenhaftigkeit verschwendete, um Lust zu bieten und zu finden.

Nun, da sein Haß ihn nicht mehr fesselte, würden wir also über Frauen sprechen. Dieser Coleman war mir tatsächlich neu. Vielleicht war es auch ein alter Coleman, der älteste erwachsene Coleman, den es gab, der zufriedenste Coleman, den es je gegeben hatte. Nicht der Coleman aus der Zeit vor den dunklen Gestalten, unbeschmutzt vom Vorwurf des Rassismus, sondern ein Coleman, den einzig und allein das Verlangen befleckte.

»Ich war gerade raus aus der Navy und hatte mir eine Wohnung im Village genommen«, erzählte er und ordnete seine Karten, »und ich brauchte bloß runter zur U-Bahn zu gehen. Es war wie Angeln. Man geht runter zur U-Bahn und kommt mit einem Mädchen wieder rauf. Und dann« – er hielt inne und nahm meine abgelegten Karten auf – »machte ich auf einmal meinen Abschluß, war verheiratet, suchte mir einen Job, kriegte Kinder, und da war's dann vorbei mit dem Angeln.«

»Und Sie haben nie wieder geangelt.«

»Fast nie. Stimmt. Praktisch nie. So gut wie nie. Hören Sie diese Songs?« Die vier Radios im Haus waren allesamt eingeschaltet, selbst auf der Zufahrtsstraße mußte man die Musik hören. »Das waren die Songs nach dem Krieg«, sagte er. »Vier, fünf Jahre lang diese Songs, diese Mädchen – alle meine Ideale waren Wirklichkeit geworden. Ich hab heute einen Brief gefunden. Ich hab das *Dunkle-Gestalten*-Zeug aufgeräumt und einen Brief von einem dieser Mädchen gefunden. Von *dem* Mädchen. Als ich damals meine erste Anstellung hatte, auf Long Island, draußen bei Adelphi, und Iris mit Jeff schwanger war, kriegte ich eines Tages diesen Brief. Von einem Mädchen, das fast eins achtzig groß war. Iris war auch groß, aber nicht wie Steena. Iris war kräftig, Steena war anders. Steena hat mir 1954 diesen Brief geschrieben, und heute, beim Aufräumen, hab ich ihn wiedergefunden.«

Coleman zog den Umschlag mit Steenas Brief aus der hinteren Tasche seiner Shorts. Er trug noch immer kein T-Shirt, worüber ich mich nun, da wir aus der Küche auf die Veranda umgezogen waren, wunderte: Es war eine laue Julinacht, doch so lau nun auch wieder nicht. Ich hatte ihn nie als einen Mann eingeschätzt, dessen beträchtliche Eitelkeit sich auch auf sein Äußeres erstreckte, aber jetzt schien hinter dieser Zurschaustellung sonnengebräunter Haut doch mehr zu stecken als bloße Ungezwungenheit. Zu sehen waren die Schultern, die Arme und die Brust eines eher kleinen, immer noch drahtigen und attraktiven Mannes, dessen Bauch gewiß nicht mehr ganz flach, aber keinesfalls ernsthaft außer Kontrolle geraten war. Insgesamt hatte er die Statur eines Mannes, der beim Sport kein übermächtiger, aber ein zäher und gerissener Gegner gewesen war. All dies war mir bisher verborgen geblieben, zum einen, weil er immer ein Hemd getragen hatte, zum anderen, weil der Haß ihn so verzehrt hatte. Auch die kleine, popeyehafte blaue Tätowierung auf dem rechten Oberarm, kurz unterhalb des Schultergelenks, war mir verborgen geblieben: die Worte »U.S.Navy« zwischen den hakenförmigen Spitzen eines Ankers, entlang der Hypotenuse des Deltamuskels. Ein kleines Symbol, wenn es eines Symbols bedurfte, für die unzähligen Umstände im Leben eines anderen Menschen, für diesen Schneesturm von Details, die eine Biographie durcheinanderwirbeln – ein kleines Symbol, das mich daran erinnerte, daß unser Verständnis anderer Menschen im besten Fall nur ein bißchen falsch ist.

»Sie haben ihn aufbewahrt? Den Brief? Sie haben ihn noch?« fragte ich. »Das muß ja ein toller Brief gewesen sein.«

»Er hat mich schier erschlagen. Es war etwas mit mir geschehen, das ich erst mit diesem Brief begriff. Ich war verheiratet, hatte eine verantwortliche Stellung, ein Kind war unterwegs, und doch hatte ich noch nicht begriffen, daß es mit den Steenas jetzt vorbei war. Ich bekam diesen Brief, und mir wurde bewußt, daß der Ernst bereits begonnen hatte, das ernste, den ernsten Dingen gewidmete Leben. Mein Vater hatte eine Kneipe in einer Seitenstraße der Grove Street in East Orange. Sie sind aus Weequahic, Sie kennen East Orange nicht. Es war der ärmliche Teil der Stadt. Er war einer von diesen jüdischen Kneipenwirten, die es in ganz Jersey gab, und sie hatten allesamt Verbindungen zu den Rheinfelds und dem Syndikat – mußten sie auch, sonst hätte das Syndikat sie plattgemacht. Mein Vater war kein wirklich harter Bursche, aber hart genug, und er wollte, daß ich es mal besser hatte. Als ich in der letzten Highschool-Klasse war, fiel er eines Tages tot um. Ich war das einzige Kind. Meine Eltern vergötterten mich. Mein Vater ließ mich nie in seiner Kneipe arbeiten, nicht mal, als die Typen dort anfingen, mich zu interessieren. Alles in meinem Leben, auch die Kneipe – *vor allem* die Kneipe –, ermahnte mich, ein ernsthafter Student zu sein, und damals, als ich mein Highschool-Latein lernte und dann Latein für Fortgeschrittene und Altgriechisch wählte – bei dem altmodischen Lehrplan damals war das noch möglich –, da gab sich dieser Sohn eines Kneipenwirts jede erdenkliche Mühe, ernsthaft zu sein.«

Wir spielten abwechselnd ein paar Karten aus, und dann legte Coleman sein Blatt auf den Tisch, damit ich sah, daß er gewonnen hatte. Ich teilte die Karten für das nächste Spiel aus, und er fuhr fort. Ich hatte diese Geschichte noch nie gehört. Das einzige, was ich bisher von ihm gehört hatte, war die Geschichte, wie es dazu gekommen war, daß er das College haßte.

»Tja«, sagte er, »und als ich den Traum meines Vaters erfüllt hatte und ein ultraseriöser Collegeprofessor geworden war, dachte ich, wie mein Vater, daß das ernste Leben nun nie mehr enden würde. Daß es, wenn man erst mal die nötigen Zeugnisse und Referenzen hatte, auch gar nicht mehr enden *konnte*. Aber es hat geendet, Nathan. Ein ›Sind es dunkle Gestalten, die das Seminarlicht scheuen?‹, und ich bin gefeuert. Als Roberts noch hier war, hat er den Leuten immer gesagt, ich sei als Dekan deshalb so erfolgreich, weil ich meine Umgangsformen in einer Kneipe gelernt hätte. Rektor Roberts mit seinem Elitestammbaum gefiel der Gedanke, daß er auf der anderen Seite des Flurs einen Rausschmeißer geparkt hatte. Besonders in Anwesenheit der alten Garde hat Roberts immer so getan, als schätzte er mich besonders wegen meiner Herkunft, obwohl wir doch wissen, wie sehr den Nichtjuden all diese Geschichten von Juden und ihrem bemerkenswerten Aufstieg aus dem Elend verhaßt sind. Ja, Pierce Roberts hatte einen gewissen Hang zum Spott, und selbst damals ... ja, wenn ich heute daran zurückdenke, scheint mir, daß schon *damals* ...« Doch er zügelte sich. Verfolgte diesen Gedanken nicht weiter. Die Raserei des entthronten Königs war vorüber. Der Kummer, der niemals sterben wird, ist hiermit für tot erklärt.

Zurück zu Steena. An Steena zu denken hilft enorm.

»Ich hab sie 48 kennengelernt«, sagte er. »Ich war zweiundzwanzig, studierte mit einem GI-Stipendium an der NYU und war gerade aus der Navy entlassen, und sie war achtzehn und erst seit ein paar Monaten in New York. Hatte irgendeinen Job und ging außerdem aufs College, allerdings abends. Ein selbständiges Mädchen aus Minnesota. Selbstsicher – oder jedenfalls wirkte sie so. Ein Elternteil dänisch, der andere isländisch. Schnell. Intelligent. Hübsch. Groß. Wunderbar groß. Dieses majestätische Hingegossensein. Werde ich nie vergessen. Zwei Jahre mit ihr zusammen. Nannte sie Voluptas. Psyches Tochter. Bei den Römern die Verkörperung sinnlicher Genüsse.«

Er legte seine Karten weg, nahm den Umschlag, der neben dem Stapel mit den abgelegten Karten lag, und zog den Brief hervor. Einen mehrere Seiten langen maschinengeschriebenen Brief. »Wir waren uns per Zufall begegnet. Ich war an der Adelphi University und hatte einen Tag lang in der Stadt zu tun, und da traf ich Steena, inzwischen vierundzwanzig, fünfundzwanzig. Wir blieben stehen und unterhielten uns, und ich sagte ihr, meine Frau sei schwanger, und sie sagte mir, was sie so machte, und dann gaben wir uns zum Abschied einen Kuß, und das war's. Etwa eine Woche später kam dieser Brief an mich, an die Adresse des Colleges. Er ist datiert. Sie hat ihn datiert. Hier: ›18. August 1954‹. ›Lieber Coleman‹, schreibt sie, ›ich hab mich sehr gefreut, Dich in New York zu treffen. So kurz unsere Begegnung auch war – danach habe ich eine herbstliche Melancholie gespürt, vielleicht weil die sechs Jahre seit unserer ersten Begegnung mir so unbarmherzig vor Augen führen, wie viele Tage meines Lebens bereits ›vorüber‹ sind. Du siehst sehr gut aus, und ich freue mich, daß Du glücklich bist. Du warst diesmal auch ein echter Gentleman. Du hast nicht zugepackt. Und das war ja das, was Du bei unserer ersten Begegnung getan hast (oder zu tun schienst), als Du das Souterrainzimmer in der Sullivan Street hattest. Weißt Du noch, wie Du damals warst? Du warst unglaublich gut im Zupacken, fast wie ein Vogel, der hoch über dem Land oder dem Meer fliegt und etwas sieht, das sich bewegt, das von Leben strotzt, und der sich dann hinabstürzt, sich auf das Opfer stürzt und zupackt. Als wir uns kennenlernten, war ich verblüfft, wie kraftvoll Dein Flug war. Ich weiß noch, wie ich zum erstenmal in diesem Zimmer war und daß ich auf einem Stuhl saß und Du im Zimmer herumgegangen bist und Dich hin und wieder auf einen Hocker oder die Couch gesetzt hast. Du hattest eine abgenutzte Couch von der Heilsarmee – auf der hast Du geschlafen, bevor wir die MATRATZE besorgt haben. Du hast mir einen Drink angeboten und mich, als Du ihn mir gereicht hast, mit Neugier und ungläubigem Staunen angesehen, als wäre es eine Art Wunder, daß ich Hände hatte und ein Glas halten konnte oder daß ich einen Mund hatte, mit dem ich daraus trinken konnte, oder daß ich überhaupt da war, in Deinem Zimmer, einen Tag nachdem wir uns in der U-Bahn kennengelernt hatten. Du hast geredet, mir Fragen gestellt und manchmal Fragen beantwortet, und das alles auf eine todernste und zugleich äußerst witzige Art, und ich habe mir große Mühe gegeben, ebenfalls zu reden, aber es fiel mir nicht so leicht wie sonst. Also sah ich Dich einfach an und erfaßte und begriff viel mehr, als ich erwartet hatte. Doch ich fand keine Worte, um den Raum zu füllen, der durch die Tatsache entstanden war, daß Du Dich zu mir hingezogen zu fühlen schienst und ich mich zu Dir hingezogen fühlte. Ich dachte immer: ›Ich bin noch nicht bereit. Ich bin gerade erst hierhergezogen. Nicht jetzt. Aber ich werde bereit sein. Ich brauche ein bißchen mehr Zeit, ein bißchen mehr Konversation, und dann fällt mir vielleicht ein, was ich sagen will.‹ (›Bereit‹ zu was? Ich weiß es nicht. Nicht bloß dazu, mit einem Mann ins Bett zu gehen. Bereit zu *sein*.) Aber dann hast Du zugepackt, Coleman, quer durch den Raum bis dorthin, wo ich saß, und ich war verblüfft, aber hingerissen. Es ging zu schnell und doch auch nicht zu schnell.‹«

Er hielt inne, weil im Radio die ersten Takte von »Bewitched,

Bothered, and Bewildered« erklangen, gesungen von Sinatra. »Ich muß einfach tanzen«, sagte Coleman. »Haben Sie Lust?«

Ich lachte. Nein, dies war nicht der rasende, erbitterte, kampfbereite Rächer aus den *Dunklen Gestalten*, dem Leben entfremdet und von ihm zum Wahnsinn getrieben – es war nicht einmal ein anderer Mensch. Es war eine andere *Seele*. Genauer gesagt: eine jungenhafte Seele. Sowohl Steenas Brief als auch Coleman selbst, der ohne Hemd dasaß und ihn vorlas, vermittelten mir ein genaues Bild davon, wie Coleman Silk früher gewesen war. Bevor er ein revolutionärer Dekan geworden war, bevor er ein ernster Professor für klassische Literatur geworden war – und lange bevor er der Paria des Athena Colleges geworden war –, war er nicht nur ein eifriger Student, sondern auch ein charmanter und verführerischer junger Mann gewesen. Erregt. Schelmisch. Vielleicht sogar ein wenig dämonisch, ein stupsnasiger, ziegenfüßiger Pan. Vor langer, langer Zeit, bevor sein Leben ganz und gar von den ernsten Dingen bestimmt wurde.

»Wenn ich den Rest des Briefes gehört habe«, antwortete ich auf die Aufforderung zum Tanz. »Lesen Sie mir erst den Rest von Steenas Brief vor.«

»Als wir uns kennenlernten, hatte sie Minnesota drei Monate zuvor hinter sich gelassen. Ich ging einfach runter zur U-Bahn und kam mit ihr wieder rauf. Tja«, sagte er, »das war eben 1948«, und wandte sich wieder dem Brief zu. »›Du hast mir sehr gefallen‹«, las er, »›aber ich hatte Angst, Du könntest mich zu jung finden, ein uninteressantes, langweiliges Mädchen aus dem Mittleren Westen, und außerdem hattest Du eine ›intelligente und nette und hübsche‹ Freundin, auch wenn Du, mit einem kleinen Lächeln, gesagt hast: ›Ich glaube allerdings nicht, daß wir heiraten werden.‹ ›Warum nicht?‹ habe ich gefragt, und Du hast gesagt: ›Weil ich mich mit ihr langweilen könnte.‹ Und damit hast Du dafür gesorgt, daß ich alles tun würde, um Dich nicht zu langweilen, daß ich mich wenn nötig sogar von Dir trennen würde, nur um nicht womöglich langweilig zu sein. Tja, das ist alles. Genug. Ich sollte Dich damit nicht behelligen. Ich werde es auch nicht wieder tun, das verspreche ich. Mach's gut. Mach's gut. Mach's gut. Herzlichst, Steena.‹«

»Ja«, sagte ich, »das klingt wirklich nach 1948.«

»Kommen Sie. Tanzen wir.«

»Aber Sie dürfen mir nicht ins Ohr singen.«

»Kommen Sie schon. Stehen Sie auf.«

Was soll's, dachte ich, wir werden bald genug tot sein. Ich stand auf, und dort, auf der Veranda, begannen Coleman Silk und ich Foxtrott zu tanzen. Er führte, und ich ließ mich führen, so gut ich konnte. Ich dachte an den Tag, an dem er, nachdem er Iris' Beerdigung besprochen hatte, in mein Arbeitszimmer gestürzt war und mir, außer sich vor Trauer und Wut, gesagt hatte, ich müsse für ihn ein Buch schreiben über die unglaublichen Absurditäten seines Fall, die nun, mit der Ermordung seiner Frau, ihren Höhepunkt erreicht hätten. Wer hätte gedacht, daß dieser Mann jemals wieder Geschmack an den Torheiten des Lebens finden würde und daß nicht alles Spielerische und Unbeschwerte in ihm zusammen mit seiner Karriere, seinem Ruf und seiner außergewöhnlichen Frau zerstört und verloren war? Es kam mir nicht einmal in den Sinn, zu lachen und ihn, wenn er es denn unbedingt wollte, allein auf der Veranda herumtanzen zu lassen, einfach zu lachen und mich an dem Anblick zu erfreuen – ich reichte ihm die Hand und ließ es zu, daß er seinen Arm um meinen Rücken legte und mich verträumt über den alten Fußboden aus blauem Sandstein schob, und das lag vielleicht daran, daß ich Coleman gesehen hatte, als ihr Leichnam noch warm gewesen war.

»Ich hoffe, es fährt keiner von der freiwilligen Feuerwehr vorbei«, sagte ich.

»Ja«, sagte er, »wir wollen doch nicht, daß irgend jemand mir auf die Schulter klopft und sagt: ›Darf ich übernehmen?‹«

Wir tanzten. Es war darin nichts offen Fleischliches, aber da Coleman noch immer nur Jeans-Shorts trug und meine Hand leicht auf seinem warmen Rücken lag, als wäre es der eines Hundes oder eines Pferdes, war es auch nicht bloß eine Parodie. In der Art, wie er mich über den Steinboden führte, lag eine halb ernsthafte Lauterkeit, ganz zu schweigen von dem gedankenlosen Entzücken darüber, einfach nur lebendig zu sein, zufällig und verspielt und grundlos lebendig zu sein – dem Entzücken eines Kindes, das soeben gelernt hat, auf einem Kamm und einem Stück Klopapier eine Melodie zu spielen.

Erst als wir uns wieder gesetzt hatten, erzählte Coleman mir von der Frau. »Ich habe ein Verhältnis, Nathan. Ich habe ein Verhältnis mit einer vierunddreißigjährigen Frau. Ich kann Ihnen nicht sagen, was das bei mir auslöst.«

»Das brauchen Sie auch nicht – wir haben gerade miteinander getanzt.«

»Ich dachte, ich könnte nichts mehr ertragen, ganz gleich, was es ist. Aber wenn dieses Zeug so spät im Leben noch einmal kommt, aus dem Nichts, völlig unerwartet, ja sogar unerwünscht, wenn es noch einmal kommt und man nichts hat, womit man es verdünnen kann, wenn man nicht mehr an zweiundzwanzig Fronten kämpft und nicht mehr im täglichen Durcheinander steckt ... wenn es nur dieses eine ist ...«

»Und wenn sie vierunddreißig ist.«

»Und entflammbar. Eine entflammbare Frau. Sie hat Sex wieder zu einem Laster gemacht.«

»La Belle Dame sans Merci hat Sie in ihren Bann geschlagen.«

»Sieht so aus. Ich frage sie: ›Wie ist es denn so mit einem Einundsiebzigjährigen?‹, und sie sagt: ›Mit einem Einundsiebzigjährigen ist es perfekt. Er hat feste Gewohnheiten und kann sich nicht mehr ändern. Man weiß, was er ist. Keine Überraschungen.‹«

»Was hat sie so klug gemacht?«

»Überraschungen. Vierunddreißig Jahre voller Überraschungen haben sie klug gemacht. Es ist allerdings eine sehr beschränkte, antisoziale Klugheit. Auch eine rohe, wilde Klugheit. Die Klugheit eines Menschen, der nichts erwartet. Das ist ihre Klugheit und auch ihre Würde, aber es ist eine negative Klugheit, und das ist nichts, was einen tagein, tagaus auf Kurs halten kann. Seit sie lebt, hat das Leben versucht, sie kleinzukriegen. Alles, was sie weiß, stammt daher.«

Ich dachte: Er hat jemanden gefunden, mit dem er reden kann ... und dann dachte ich: Ich auch. Sobald ein Mann mir etwas von Sex erzählt, sagt er damit auch etwas über uns beide aus. In neun von zehn Fällen geschieht es gar nicht erst, und wahrscheinlich ist das auch ganz gut, aber wenn man das Stadium, in dem man freimütig über Sex sprechen kann, nicht erreicht und statt dessen so tut, als käme einem dieses Thema einfach nicht in den Sinn, ist die Männerfreundschaft nicht vollständig. Die meisten Männer finden nie einen solchen Freund. Es geschieht nicht oft. Aber wenn es geschieht, wenn zwei Männer sich über diesen zentralen Punkt des Mannseins einig sind, ohne die Angst, beurteilt, geschmäht, beneidet oder übertrumpft zu werden, und in dem Vertrauen, daß das Vertrauen nicht mißbraucht werden wird, dann kann ihre menschliche Verbindung sehr stark sein, und es entsteht eine unerwartete Nähe. Das ist für ihn wahrscheinlich ungewöhnlich, dachte ich, aber weil er in seinem schlimmsten Augenblick zu mir gekommen ist, erfüllt von dem Haß, der ihn schon seit Monaten verzehrte, spürt er jetzt, wie befreiend es ist, in der Gesellschaft eines Menschen zu sein, der ihn in einer schrecklichen Krankheit begleitet und auf seiner Bettkante gesessen hat. Es ist nicht so sehr der Drang zu prahlen als vielmehr die gewaltige Erleichterung darüber, daß er etwas so verwirrend Neues wie seine eigene Wiedergeburt nicht ganz für sich behalten muß.

»Wo haben Sie sie gefunden?« fragte ich.

»Ich wollte an irgendeinem späten Nachmittag meine Post abholen, und da war sie und wischte den Boden. Sie ist diese magere Blonde, die manchmal im Postamt putzt. Sie steht als Putzfrau auf der Lohnliste des Colleges. Wo ich mal Dekan war, ist sie Vollzeit-Putzfrau. Die Frau hat nichts. Faunia Farley. So heißt sie. Faunia hat absolut nichts.«

»Warum hat sie nichts?«

»Sie hatte einen Mann. Er hat sie so verprügelt, daß sie im Koma lag. Sie hatten eine Milchfarm, aber er hat sie so schlecht geführt, daß sie pleite gingen. Sie hatte zwei Kinder. Eine Heizsonne fiel um, fing Feuer, und beide Kinder erstickten. Abgesehen von der Asche ihrer Kinder, die sie in einer Dose unter ihrem Bett aufbewahrt, ist der einzige Gegenstand von einigem Wert, den sie besitzt, ein 83er Chevy. Das einzige Mal, daß ich sie den Tränen nahe gesehen habe, war, als sie gesagt hat: ›Ich weiß nicht, was ich mit der Asche machen soll.‹ Ländliche Katastrophen haben dafür gesorgt, daß Faunia nicht mal mehr Tränen hat. Und dabei war sie ein reiches, privilegiertes Kind. Sie ist in einem riesigen Haus südlich von Boston aufgewachsen. Fünf Schlafzimmer mit offenen Kaminen, erlesenste Antiquitäten, geerbtes Porzellan – alles alt und vom

Besten, einschließlich der Familie. Faunia kann sich erstaunlich gehoben ausdrücken, wenn sie will, aber sie ist von so weit oben so tief gefallen, daß ihre Ausdrucksweise ziemlich gemischt ist. Faunia ist um das gebracht worden, was ihr rechtmäßig zustand. Sie ist verstoßen worden. In ihrem Leid steckt auch ein Stück echte Demokratisierung.«

»Was hat sie zu Fall gebracht?«

»Ein Stiefvater hat sie zu Fall gebracht. Das Böse im großbürgerlichen Milieu hat sie zu Fall gebracht. Als sie fünf war, ließen die Eltern sich scheiden. Der vermögende Vater ertappte die schöne Mutter bei einer Affäre. Die Mutter liebte Geld und heiratete ein zweites Mal Geld, und der reiche Stiefvater ließ Faunia nicht in Ruhe. Vom ersten Tag an betatschte er sie. Konnte seine Finger nicht von ihr lassen. Er betatschte und befingerte das blonde, engelsgleiche Kind, und als er versuchte, sie zu vergewaltigen, riß sie aus. Die Mutter weigerte sich, ihr zu glauben. Man brachte sie zu einem Psychiater. Faunia erzählte ihm, was geschehen war, und nach zehn Stunden schlug sich der Psychiater auf die Seite des Stiefvaters. ›Auf die Seite dessen, der ihn bezahlt hat‹, sagt sie heute. ›Wie alle anderen.‹ Die Mutter hatte anschließend eine Affäre mit dem Psychiater. Das ist die Geschichte, wie sie sie erzählt. Und damit begann das harte Leben einer Frau, die allein zurechtkommen muß. Sie ist von zu Hause weggelaufen, von der Highschool, ist nach Süden gegangen, hat dort gearbeitet, ist wieder hinaufgezogen, in diese Gegend, hat alle möglichen Jobs gehabt, die sie kriegen konnte, und mit Zwanzig einen Farmer geheiratet, der älter war als sie, einen Milchfarmer und Vietnamveteranen, weil sie dachte, wenn sie sich anstrengen und Kinder haben und die Farm in Schwung bringen würden, könnte sie ein ruhiges, normales Leben führen, auch wenn der Kerl ein bißchen dumm war. Besonders wenn er ein bißchen dumm war. Sie dachte, es sei besser, wenn sie diejenige war, die Grips hatte. Sie dachte, das sei ein Vorteil. Aber sie irrte sich. Alles, was sie gemeinsam hatten, waren Schwierigkeiten. Die Farm ging den Bach hinunter. ›Dieser Wichser‹, sagt sie, ›hatte einen Traktor zuviel gekauft.‹ Und er verprügelte sie regelmäßig. Er prügelte sie grün und blau. Wissen Sie, was für sie der Höhepunkt ihrer Ehe war? Ein Ereignis, das sie als

›die große Warme-Scheiße-Schlacht‹ bezeichnet. Eines Abends stehen sie nach dem Melken im Stall und streiten sich über irgend etwas, und plötzlich läßt eine Kuh neben Faunia einen großen Fladen fallen, und Faunia hebt eine Handvoll davon auf und wirft sie Lester ins Gesicht. Er wirft eine Handvoll zurück, und so begann die Schlacht. ›Die Warme-Scheiße-Schlacht war vielleicht die beste Zeit, die wir miteinander hatten‹, sagt sie. Am Ende waren beide von oben bis unten voller Kuhscheiße und brüllten vor Lachen, und nachdem sie sich mit dem Wasserschlauch im Stall abgespült hatten, gingen sie ins Haus, um zu vögeln. Das allerdings überspannte den Bogen. Das machte hundertmal weniger Spaß als die Schlacht. Mit Lester zu vögeln machte nie Spaß – laut Faunia wußte er nicht, wie man das macht. ›So dumm, daß er nicht mal vögeln konnte.‹ Wenn sie mir sagt, ich sei der ideale Mann, antworte ich, daß ich verstehen kann, daß sie mich so sieht – immerhin war er mein Vorgänger.«

»Und was hat sie jetzt, mit Vierunddreißig, nachdem sie mit Vierzehn angefangen hat, mit warmer Scheiße gegen die Lesters dieser Welt zu kämpfen?« fragte ich. »Abgesehen von wilder Klugheit. Härte? Scharfsinn? Wut? Verrücktheit?«

»Der Kampf des Lebens hat sie hart gemacht, besonders in sexueller Hinsicht, aber nicht verrückt. Jedenfalls glaube ich das bis jetzt nicht. Wut? Wenn sie da ist – und warum sollte sie das nicht sein? –, dann ist es eine heimliche Wut. Eine Wut ohne Wüten. Und obwohl sie ein Mensch ist, der in seinem Leben anscheinend gar kein Glück gehabt hat, beklagt sie sich nie – jedenfalls nicht in meiner Gegenwart. Was Scharfsinn angeht – nein. Manchmal sagt sie etwas, das scharfsinnig klingt. Sie sagt: ›Vielleicht solltest du mich als eine gleichaltrige Partnerin sehen, die nur zufällig so viel jünger aussieht. Ich glaube nämlich, das bin ich.‹ Als ich sie gefragt habe: ›Was willst du eigentlich von mir?‹, hat sie gesagt: ›Etwas Gesellschaft. Vielleicht ein bißchen Wissen. Sex. Vergnügen. Mach dir keine Sorgen. Das ist alles.‹ Als ich ihr mal sagte, sie sei sehr klug für ihr Alter, sagte sie: ›Ich bin sehr dumm für mein Alter.‹ Sie war deutlich intelligenter als Lester, aber scharfsinnig? Nein. Irgend etwas in Faunia ist permanent vierzehn und so weit entfernt von Schläue, wie es nur geht. Sie hatte eine Affäre mit ihrem Boss, dem Kerl, der sie eingestellt hat. Smoky Hollenbeck. *Ich* habe *ihn* eingestellt – er ist der Betriebsingenieur des Colleges. Smoky war hier mal ein Footballstar. In den Siebzigern kannte ich ihn als Studenten. Jetzt ist er Ingenieur. Er stellt Faunia für die Putzkolonne ein, und schon beim Einstellungsgespräch spürt sie, an was er denkt. Der Typ findet sie attraktiv. Er steckt in einer unaufregenden Ehe, aber er ist deswegen nicht wütend auf sie – er mustert sie nicht verächtlich und denkt: Warum hast du dich nicht irgendwo niedergelassen, warum streunst du noch herum wie eine läufige Hündin? Nein, von Smoky kommt keine bürgerliche Überheblichkeit. Smoky macht alles richtig, und das auch noch elegant – eine Frau, Kinder, *fünf* Kinder, so verheiratet, wie man nur sein kann, am College ein Sportheld, in der Stadt beliebt und bewundert –, aber er hat eine Gabe: Er kann aus all dem heraustreten. Wenn man sich mit ihm unterhält, kann man sich das gar nicht vorstellen. Mr. Athena Square, wie er leibt und lebt, ein Mann, der alles, aber auch alles, genau so tut, wie er es tun soll. Macht den Eindruck, als würde er sich seine eigene Geschichte zu hundert Prozent abkaufen. Man sollte meinen, daß er denkt: Was? Diese blöde Schnepfe mit ihrem verpfuschten Leben? Schafft sie mir vom Hals! Aber das tut er nicht. Im Gegensatz zu allen anderen in Athena ist er nicht so sehr in der Legende von Smoky gefangen, daß er nicht denken kann: Ja, das ist eine echte Frau, und ich will sie ficken. Oder daß er nicht handeln kann. Er fickt sie, Nathan. Er macht einen Dreier mit Faunia und einer anderen Frau aus der Putzkolonne. Er fickt sie beide. So geht das sechs Monate. Dann taucht eine Immobilienmaklerin auf, frisch geschieden und neu in der Stadt, und macht mit. Smokys Zirkus. Smokys geheimer Drei-Manegen-Zirkus. Doch dann, nach sechs Monaten, läßt er sie fallen – er nimmt Faunia aus dem Rotationsplan und läßt sie fallen. Ich wußte nichts davon, bis sie es mir erzählt hat. Und sie hat es mir nur erzählt, weil sie eines Nachts im Bett die Augen verdreht und mich mit seinem Namen angesprochen hat. ›Smoky‹, hat sie geflüstert. Dort oben auf Old Smoky. Durch das Wissen, daß sie bei dieser Ménage mitgemacht hat, habe ich eine genauere Vorstellung von der Lady bekommen, mit der ich es zu tun habe. Der Einsatz wurde höher. Es ließ mich regelrecht zusammenfahren: Das ist keine Amateurin.

Auf die Frage, wie Smoky seine Schäfchen um sich schart, sagt sie: ›Mit der Kraft seines Schwanzes.‹ ›Das mußt du mir erklären‹, sage ich, und sie erklärt: ›Du weißt doch, jeder Mann merkt, wenn eine echte Frau den Raum betritt. Und umgekehrt ist es genauso. Bei bestimmten Leuten weiß man einfach, wozu sie da sind, ganz gleich, wie sie sich verkleidet haben.‹ Das Bett ist der einzige Ort, an dem Faunia irgendeine Art von Scharfsinn zeigt, Nathan. Im Bett spielt eine spontane körperliche Scharfsinnigkeit die erste Hauptrolle – die zweite Hauptrolle spielt die grenzüberschreitende Kühnheit. Im Bett entgeht Faunias Aufmerksamkeit nichts. Ihr Körper hat Augen. Ihr Körper sieht alles. Im Bett ist sie ein kraftvolles, intensives, gesammeltes Wesen, das Genuß dabei empfindet, Grenzen zu überschreiten. Im Bett ist sie ein tiefes Phänomen. Vielleicht verdankt sie diese Gabe dem Mißbrauch durch ihren Stiefvater. Aber wenn wir dann hinunter in die Küche gehen und ich ein paar Rühreier brate und wir da sitzen und essen, ist sie ein junges Mädchen. Vielleicht verdankt sie auch das dem Mißbrauch. Ich befinde mich in der Gesellschaft eines fahrigen, unkonzentrierten Mädchens mit ausdruckslosen Augen. Es passiert nirgendwo sonst. Aber immer wenn wir essen, passiert es: ich und meine Tochter. Es scheint der Rest Töchterlichkeit zu sein, den sie noch hat. Sie kann nicht gerade auf dem Stuhl sitzen, sie kann keine zwei Sätze sagen, die irgend etwas miteinander zu tun haben. Die ganze scheinbare Nonchalance gegenüber Sex und Tragödien verschwindet, und ich sitze da und würde ihr am liebsten sagen: ›Setz dich gerade hin, nimm den Ärmel meines Bademantels vom Teller, hör mir zu und sieh mich an, wenn du mit mir sprichst, verdammt!‹«

»Und sagen Sie es dann?«

»Erscheint mir nicht ratsam. Nein, ich sage es nicht – nicht solange ich die Intensität dessen, was *da* ist, bewahren will. Ich denke an die Dose unter ihrem Bett, die Dose mit der Asche, von der sie nicht weiß, was sie damit tun soll, und würde am liebsten sagen: ›Es sind zwei Jahre vergangen. Es ist Zeit, sie zu beerdigen. Wenn du es nicht über dich bringst, sie zu vergraben, dann geh zur Brücke und streue sie in den Fluß. Laß sie davonschwimmen. Laß sie gehen. Ich komme mit. Wir werden es gemeinsam tun.‹ Aber ich bin nicht der Vater dieser Tochter – das ist nicht meine Rolle. Ich bin nicht ihr Professor. Ich bin überhaupt kein Professor mehr. Was das Unterrichten, Korrigieren, Beraten, Prüfen und Belehren von Menschen betrifft, befinde ich mich im Ruhestand. Ich bin ein einundsiebzigjähriger Mann mit einer vierunddreißigjährigen Geliebten und somit im Gemeinwesen Massachusetts nicht mehr geeignet, irgend jemanden zu belehren. Ich nehme Viagra, Nathan. *Das* ist La Belle Dame sans Merci. All dieses Glück, all diese Turbulenzen verdanke ich nur Viagra. Ohne Viagra wäre das alles nicht passiert. Ohne Viagra hätte ich ein zu meinem Alter passendes Weltbild und vollkommen andere Ziele. Ohne Viagra besäße ich die Würde eines älteren Gentleman, der kein Verlangen verspürt und sich korrekt benimmt. Ich würde nichts Unvernünftiges tun. Ich würde nichts tun, das unschicklich, übereilt, unüberlegt und für alle Beteiligten möglicherweise katastrophal ist. Ohne Viagra könnte ich in den letzten Jahren meines Lebens fortfahren, die weite, unpersönliche Perspektive eines erfahrenen und in Ehren pensionierten Mannes zu entwickeln, der die sinnlichen Genüsse des Lebens schon längst aufgegeben hat. Ich könnte fortfahren, tiefgründige philosophische Schlüsse zu ziehen und stützenden moralischen Einfluß auf die junge Generation zu nehmen, anstatt mich dem sexuellen Rausch und damit dem fortwährenden Ausnahmezustand hinzugeben. Dank Viagra habe ich Zeus' amouröse Verwandlungen verstanden. So hätten sie Viagra nennen sollen: Sie hätten es Zeus nennen sollen.«

Wundert er sich, daß er mir all das erzählt? Vielleicht ja. Doch das Ganze hat ihn zu sehr belebt und in Schwung gebracht, als daß er jetzt aufhören könnte. Der Impuls ist derselbe wie vorhin, als er mit mir tanzen wollte. Ja, dachte ich, die trotzige Reaktion auf die Demütigung besteht nicht mehr darin, dieses Buch zu schreiben, sondern mit Faunia zu vögeln. Aber ihn treibt noch mehr als das. Er hat den Wunsch, das Tier loszulassen, diese Kraft freizusetzen – für eine halbe Stunde, für zwei Stunden, für wie lange auch immer – und erlöst diesem natürlichen Drang nachzugeben. Er war lange verheiratet. Er hat Kinder. Er war Dekan an einem College. Er hat vierzig Jahre lang getan, was getan werden mußte. Er war beschäftigt, und der natürliche Drang, dieses Tier, war in einer

Kiste eingesperrt. Und jetzt ist die Kiste geöffnet. Dekan sein, Vater sein, Ehemann, Wissenschaftler, Lehrer sein, Bücher lesen, Vorlesungen halten, Seminararbeiten beurteilen, Zensuren verteilen – all das ist vorbei. Mit Einundsiebzig ist man natürlich nicht mehr das begeisterte, geile Tier, das man mit Sechsundzwanzig war. Doch die Reste des Tiers, die Reste dieses natürlichen Drangs – er spürt jetzt diese Reste. Und dafür ist er dankbar, deswegen ist er glücklich. Er ist mehr als glücklich: Er hat einen Kitzel entdeckt, und dadurch ist er bereits an Faunia gebunden, stark gebunden. Das hat nichts mit Familie zu tun – die Biologie braucht ihn nicht mehr. Es hat nichts mit Familie, mit Verantwortung oder mit Geld zu tun, nichts mit einer gemeinsamen Philosophie oder der Liebe zur Literatur, nichts mit großen Diskussionen über erhabene Ideen. Nein, was ihn an sie bindet, ist der Kitzel. Morgen hat er vielleicht Krebs, und das war's dann. Aber heute hat er den Kitzel.

Warum erzählt er mir das? Weil man sich selbst nur dann so bereitwillig aufgeben kann, wenn ein anderer davon weiß. Und er ist bereit, seinerseits aufgegeben zu werden, dachte ich, weil nichts auf dem Spiel steht. Weil es keine Zukunft gibt. Weil er einundsiebzig ist und sie vierunddreißig. Er macht es nicht, um etwas zu lernen oder zu planen, sondern aus Abenteuerlust. Er macht es wie sie: solange es gutgeht. Diese siebenunddreißig Jahre geben ihm viel Handlungsfreiheit. Ein alter Mann und, ein letztes Mal, die sexuelle Kraft. Was könnte für irgend jemanden anrührender sein?

»Natürlich muß ich sie fragen, was sie eigentlich von mir will«, sagte Coleman. »Woran denkt sie wirklich? An eine aufregende neue Erfahrung: mit einem Mann zusammenzusein, der ihr Großvater sein könnte?«

»Ich nehme an, es gibt einen Typ von Frau, für den das tatsächlich eine aufregende Erfahrung ist«, sagte ich. »Alle anderen Typen gibt es ja ebenfalls, warum also nicht auch diese? Es gibt offenbar irgendwo eine Behörde, Coleman, eine Bundesbehörde, die für alte Männer zuständig ist, und sie kommt von dieser Behörde.«

»Als junger Mann«, fuhr Coleman fort, »habe ich mich nie mit häßlichen Frauen eingelassen. Aber in der Navy hatte ich einen Freund, Farriello, und häßliche Frauen waren seine Spezialität. Wenn wir in Norfolk zum Tanzabend einer Kirchengemeinde oder

der Truppenbetreuung gingen, steuerte Farriello sofort auf das häßlichste Mädchen zu. Wenn ich ihn auslachte, sagte er zu mir, ich wisse eben nicht, was ich mir entgehen ließe. Sie sind frustriert, sagte er. Sie sind nicht so hübsch wie deine Prinzessinnen, aber sie tun alles, was du willst. Die meisten Männer sind dumm, sagte er, weil sie das nicht wissen. Sie begreifen nicht, daß die häßlichste Frau, wenn du sie erst mal kennengelernt hast, auch die außergewöhnlichste ist. Vorausgesetzt, du schaffst es, sie rumzukriegen. Und wenn du das schaffst? Wenn du das schaffst, weißt du gar nicht, wo du anfangen sollst, weil sie von Kopf bis Fuß vor Verlangen bebt. Und alles nur, weil sie häßlich ist. Weil die Wahl nie auf sie fällt. Weil sie in der Ecke steht, während alle anderen tanzen. Und genauso ist es, ein alter Mann zu sein. Man ist wie die häßliche Frau. Die anderen tanzen, und man steht in der Ecke.«

»Dann ist Faunia also Ihr Farriello?«

Er lächelte. »Mehr oder weniger.«

»Tja, was immer sonst noch gerade passiert«, sagte ich, »immerhin brauchen Sie sich dank Viagra nicht mehr der Qual zu unterziehen, dieses Buch zu schreiben.«

»Ich glaube, da haben Sie recht«, sagte Coleman. »Ich glaube, das stimmt. Dieses blöde Buch. Habe ich Ihnen schon erzählt, daß Faunia nicht lesen kann? Das hab ich erst gemerkt, als wir eines Abends nach Vermont zum Essen gefahren sind. Sie konnte die Speisekarte nicht lesen. Hat sie einfach weggelegt. Wenn sie richtig verächtlich aussehen will, zieht sie die eine Hälfte ihrer Oberlippe ein bißchen hoch, nur ein ganz kleines bißchen, und dann sagt sie, was sie denkt. Die Bedienung kommt, und Faunia sagt ihr richtig verächtlich: ›Dasselbe wie er.‹«

»Aber sie ist doch zur Schule gegangen, bis sie vierzehn war. Wieso kann sie dann nicht lesen?«

»Die Fähigkeit zu lesen scheint zusammen mit der Kindheit verschwunden zu sein, in der sie lesen lernte. Ich habe sie gefragt, wie das geschehen konnte, aber sie hat bloß gelacht. ›Ganz einfach‹, hat sie gesagt. Die wohlmeinenden Liberalen in Athena wollen sie ermutigen, sich an einem Förderprogramm zu beteiligen, aber davon will sie nichts wissen. ›Und versuch *du* bloß nicht auch noch, mir was beizubringen. Du kannst mit mir alles machen, alles‹, hat sie an jenem Abend zu mir gesagt, ›aber versuch nicht diesen Scheiß. Schlimm genug, daß ich hören muß, was die Leute sagen. Wenn du mir Lesen beibringst, wenn du mich dazu zwingst, wenn du mich da hineinstößt, stößt du mich über die Klippe.‹ Auf dem ganzen Rückweg von Vermont hab ich geschwiegen, und sie ebenfalls. Erst als wir wieder hier waren, haben wir darüber gesprochen. ›Du bist nicht imstande, mit einer Frau zu vögeln, die nicht lesen kann‹, sagte sie. ›Du wirst mit mir Schluß machen, weil ich kein würdiger, vorschriftsmäßiger Mensch bin, der *liest*. Du wirst zu mir sagen: ›Lern lesen oder verschwinde.‹« ›Nein‹, sagte ich, ›ich werde dich nur um so leidenschaftlicher vögeln, weil du nicht lesen kannst.‹ ›Gut‹, sagte sie, ›dann verstehen wir uns also. Ich vögele nicht wie diese belesenen Frauen, und ich will nicht gevögelt werden, als wäre ich eine.‹ ›Ich werde dich als das vögeln, was du bist‹, sagte ich. ›Das ist gut‹, antwortete sie. Wir mußten inzwischen beide lachen. Faunia lacht wie eine Bardame, die für alle Fälle immer einen Baseballschläger griffbereit hat, und so lachte sie dieses rauflustige Ich-hab-schon-alles-gesehen-Lachen – Sie wissen schon, dieses rauhe, lässige Lachen einer Frau mit Vergangenheit –, und während sie lachte, fummelte sie schon an meinem Hosenschlitz herum. Dabei hatte sie vollkommen recht gehabt, als sie vermutet hatte, daß ich mit ihr Schluß machen wollte. Auf dem ganzen Weg von Vermont hierher hatte ich genau das gedacht, was sie vermutet hatte. Aber ich werde es nicht tun. Ich werde sie nicht zum Opfer meines wunderbaren ethischen Bewußtseins werden lassen. Und mich ebenfalls nicht. Das ist vorbei. Ich weiß, daß diese Dinge ihren Preis haben. Ich weiß, daß es keine Versicherung gibt. Ich weiß, daß etwas, das jemanden wieder auf die Beine bringt, schließlich genau das werden kann, was ihn umbringt. Ich weiß, daß die meisten Fehler, die ein Mann begeht, durch das Sexuelle verstärkt werden. Aber im Augenblick ist mir das eben einfach egal. Ich wache morgens auf, und da liegt ein Handtuch auf dem Boden, und auf dem Nachttisch steht Babyöl. Warum sind diese Sachen hier? Dann fällt es mir wieder ein. Sie sind hier, weil ich wieder lebendig bin. Weil ich wieder in den Wirbelsturm eingetaucht bin. Weil das alles so ist, wie es ist, und zwar mit großer Istheit. Ich werde nicht mit ihr Schluß machen, Nathan. Ich habe angefangen, sie Voluptas zu nennen.«

Infolge einer Operation zur Entfernung der Prostata, der ich mich vor mehreren Jahren unterziehen mußte – einer Krebsoperation, die, obgleich erfolgreich, wegen der Narbenbildung und der Schädigung der Nerven nicht ohne die bei solchen Eingriffen beinahe unvermeidlichen Nachwirkungen war –, bin ich inkontinent, und so entfernte ich, kaum daß ich von Coleman zurück war, die Watteeinlage, die ich Tag und Nacht trage und die im Schritt meiner Unterhose liegt wie ein Hot dog in einem Brötchen. Weil es ein warmer Abend gewesen war und ich nicht vorgehabt hatte, in der Öffentlichkeit aufzutreten oder an einem gesellschaftlichen Ereignis teilzunehmen, hatte ich nicht die mit einer Plastikfolie versehene Einlage genommen, sondern eine normale Watteeinlage, und infolgedessen war der Urin in den Stoff meiner Khakihose gesickert. Zu Hause stellte ich fest, daß sich die Hose dunkel verfärbt hatte und ich einen leisen Geruch verströmte – die Watte der Einlagen ist zwar entsprechend behandelt, doch der Geruch war unzweifelhaft da. Coleman und seine Geschichte hatten meine Aufmerksamkeit so in Anspruch genommen, daß ich nicht auf mein Äußeres geachtet hatte. Während ich bei ihm war, ein Bier trank, mit ihm tanzte und mich auf die Klarheit, die kalkulierbare Rationalität und anschauliche Klarheit, konzentrierte, mit deren Hilfe er sich mühte, die Beunruhigung, die diese Wendung in seinem Leben ausgelöst hatte, zu dämpfen, war ich kein einziges Mal hinausgegangen, um den Zustand der Einlage zu überprüfen, wie ich es tagsüber normalerweise tue, und so war passiert, was mir jetzt hin und wieder eben passiert.

Nein, ein solches Mißgeschick macht mir nicht mehr so zu schaffen wie früher, in den ersten Monaten nach der Operation, als ich verschiedene Methoden, mit diesem Problem umzugehen, ausprobierte und natürlich noch daran gewöhnt war, ein freier und ungebundener, trockener und geruchloser Erwachsener zu sein, der wie andere Erwachsene die elementaren Körperfunktionen beherrschte und sich seit etwa sechzig Jahren keine Gedanken über den Zustand seiner Unterwäsche machen mußte. Dennoch ist es mir ein wenig peinlich, wenn die normalen Unannehmlichkeiten, die jetzt Teil meines Lebens sind, ein gewisses Maß überschreiten, und noch immer überkommt mich Verzweiflung, wenn ich daran denke, daß sich an diesem Symptom, das eigentlich ein bestimmendes Merkmal des Kleinkindalters ist, nichts mehr ändern wird.

Die Operation hatte mich außerdem impotent gemacht. Die Tabletten, die im Sommer 1998 auf den Markt gekommen waren und sich innerhalb kurzer Zeit bereits als eine Art Wundermittel erwiesen hatten, das älteren und in sonstiger Hinsicht gesunden Männern wie Coleman wieder zur Potenz verhalf, wirkten bei mir nicht, weil infolge der Operation zahlreiche Nerven geschädigt waren. In einem Fall wie meinem war die Einnahme von Viagra sinnlos, und selbst wenn es nicht so gewesen wäre, hätte ich dieses Mittel wohl nicht genommen.

Ich möchte betonen, daß es nicht die Impotenz war, die mich zu einem zurückgezogenen Leben veranlaßt hatte. Ganz im Gegenteil. Ich hatte bereits etwa eineinhalb Jahre in meinem Zweizimmerhäuschen in den Berkshires gelebt und gearbeitet, als ich nach einer Routineuntersuchung eine vorläufige, auf Prostatakrebs lautende Diagnose erhielt und mich, im Anschluß an weitere, eingehendere Untersuchungen, nach Boston begab, um meine Prostata entfernen zu lassen. Ich will damit sagen, daß ich durch diesen Umzug mein Verhältnis zum sexuellen Trieb bewußt verändert hatte, und zwar nicht, weil der Drang oder schließlich auch meine Erektion im Lauf der Zeit schwächer geworden wären, sondern weil mir seine lärmenden Forderungen zu hoch erschienen, weil ich nicht mehr den Esprit, die Kraft, die Geduld, die Fähigkeit zur Selbsttäuschung, die Ironie, den Eifer, den Egoismus, die Spannkraft – oder auch die Zähigkeit, die Gerissenheit, die Falschheit, die Heuchelei, die Doppelzüngigkeit, die erotische *Professionalität* – aufbrachte, die ich brauchte, um mit der Masse seiner irreführenden und widersprüchlichen Einflüsterungen fertig zu werden. Ich machte mir bewußt, daß der Eingriff lediglich ein Beharren auf einem bereits zuvor freiwillig gefaßten Entschluß bewirkt hatte, und so gelang es mir, den postoperativen Schock angesichts lebenslänglicher Impotenz ein wenig zu dämpfen. Die Operation hatte bloß ein Festhalten an einer Entscheidung erzwungen, die ich aus eigenen freien Stücken getroffen hatte, zwar unter dem Eindruck der Verstrickungen, denen ich mich ein Leben lang ausgesetzt hatte, aber doch in einer Zeit ungezügelter, tatkräftiger, rastloser

Potenz, als die risikoverachtende männliche Besessenheit, den Akt zu wiederholen – und zu wiederholen und zu wiederholen und zu wiederholen – durch keinerlei physiologische Probleme eingeschränkt gewesen war.

Erst als Coleman mir von sich und seiner Voluptas erzählte, löste sich die tröstliche Selbsttäuschung, ich könne durch vernunftgesteuerte Entsagung zu einer heiteren Gelassenheit gelangen, in nichts auf, und ich verlor ganz und gar mein inneres Gleichgewicht. Bis in die Morgenstunden lag ich wach, unfähig wie ein Verrückter, meine Gedanken zu steuern. Das Bild dieses Paars stand mir vor Augen, und ich verglich das, was die beiden miteinander erlebten, mit meinem eigenen jämmerlichen Zustand. Ich lag wach und unternahm nicht einmal den Versuch, mich davon abzuhalten, mir die »grenzüberschreitende Kühnheit« auszumalen, die Coleman sich weigerte aufzugeben. Und daß ich wie ein harmloser Eunuch mit diesem noch immer vitalen, potenten Teilnehmer am wilden Treiben getanzt hatte, war nun alles andere als eine charmante Selbstironie.

Wie kann man sagen: »Nein, das gehört nicht zum Leben«, wenn es doch immer dazugehört? Die Kontaminierung durch Sex, die erlösende Verschmutzung, welche die Spezies entidealisiert und uns immer wieder daran erinnert, aus welchem Stoff wir gemacht sind.

Mitte der folgenden Woche bekam Coleman den anonymen Brief, der nur aus einem Satz bestand, aus Subjekt, Prädikat und zugespitzt formulierten näheren Bestimmungen, mit großen, fetten Buchstaben auf ein Blatt weißes Schreibmaschinenpapier geschrieben – eine aus siebzehn Wörtern bestehende Nachricht, die eine Anklage sein sollte und die ganze Seite einnahm:

Jeder weiß,
daß Sie eine mißhandelte,
analphabetische Frau,
die halb so alt ist wie Sie,
sexuell ausbeuten.

Sowohl der Brief als auch die Adresse auf dem Umschlag waren mit rotem Kugelschreiber geschrieben. Trotz des New Yorker Poststempels erkannte Coleman die Handschrift sofort als die der jungen Französin, die, als er vom Posten des Dekans zurückgetreten war und seine Lehrtätigkeit wiederaufgenommen hatte, zur Leiterin des Fachbereichs gewählt worden war und sich später als eine derjenigen erwiesen hatte, die am heftigsten darauf drängten, ihn als Rassisten zu entlarven und für die Beleidigung seiner abwesenden schwarzen Studenten zu maßregeln.

In seinen *Dunkle-Gestalten*-Unterlagen fand er auf mehreren Dokumenten handschriftliche Vermerke, die seinen Verdacht bestätigten, daß der anonyme Brief von Professor Delphine Roux stammte, der Leiterin des Fachbereichs Sprach- und Literaturwissenschaft. Sie hatte die ersten Wörter in Druckbuchstaben geschrieben, doch abgesehen davon hatte sie nach Colemans Meinung keinerlei Bemühungen unternommen, ihre Spur zu verwischen, indem sie ihre Schrift verstellte. Sie mochte den Brief in dieser Absicht begonnen haben, hatte dieses Vorhaben aber nach den Wörtern »Jeder weiß« entweder aufgegeben oder vergessen. Auf dem Briefumschlag hatte die aus Frankreich stammende Professorin sich nicht einmal die Mühe gemacht, den verräterischen europäischen Querstrich der Sieben in Colemans Hausnummer und Postleitzahl wegzulassen. Diese Nachlässigkeit, diese eigenartige Gleichgültigkeit gegenüber der Geheimhaltung der eigenen Identität in diesem immerhin anonymen Brief war vielleicht durch eine sehr große Erregung zu erklären, die es ihr unmöglich gemacht hatte, vor der Versendung des Briefes über das, was sie da tat, nachzudenken – nur daß er offenbar nicht übereilt und hier im Ort aufgegeben, sondern, wie der Stempel bewies, zuvor zweihundert Kilometer nach Süden transportiert worden war. Vielleicht hatte Delphine Roux gedacht, ihre Handschrift sei nicht so ausgeprägt oder exzentrisch, daß Coleman sich aus seiner Zeit als Dekan noch daran erinnern könne; vielleicht hatte sie nicht daran gedacht, daß die seinen Fall betreffenden Unterlagen auch die handschriftlichen Notizen zu ihren beiden Gesprächen mit Tracy Cummings enthielten, die sie der Untersuchungskommission der Fakultät zusammen mit dem von ihr unterschriebenen Abschlußbericht vorgelegt hatte. Vielleicht hatte sie nicht gewußt, daß man Coleman auf seine Bitte Fotokopien ihrer Notizen sowie aller anderen Schriftstücke im Zusammenhang mit der Beschwerde gegen ihn ausgehändigt hatte. Vielleicht war es ihr aber auch egal, ob er herausfand, wer sein Geheimnis entdeckt hatte: Vielleicht wollte sie ihn mit der bedrohlichen Aggressivität einer anonymen Anklage quälen und ihm zugleich fast unverhüllt vor Augen führen, daß diese Anklage von einer Person stammte, die jetzt keineswegs machtlos war.

Am Nachmittag rief Coleman mich an und bat mich, vorbeizukommen und mir den anonymen Brief anzusehen. Die von Delphine Roux verfaßten Dokumente aus den *Dunkle-Gestalten-*Unterlagen waren ordentlich auf dem Küchentisch ausgebreitet, sowohl die Originale als auch die Fotokopien, auf denen er mit Rotstift alle Eigenheiten unterstrichen hatte, die sich seiner Meinung nach auch in dem anonymen Brief fanden. Es waren hauptsächlich isolierte Buchstaben – ein H, ein S, ein X, hier ein bauchiges E an einem Wortende, dort ein E, das eher wie ein I aussah, weil es sich an das benachbarte D schmiegte, und schließlich eines, das einem R vorausging und wesentlich konventioneller wirkte –, doch obgleich die Ähnlichkeiten zwischen den Buchstaben in dem Brief und denen in den Dokumenten bemerkenswert waren, erschien es mir erst, als Coleman mir seinen Namen auf dem Briefumschlag und dann in den Notizen zu Delphine Roux' Gesprächen mit Tracy Cummings zeigte, erwiesen, daß er diejenige überführt hatte, die ihn hatte überführen wollen.

> Jeder weiß,
> daß Sie eine mißhandelte,
> analphabetische Frau,
> die halb so alt ist wie Sie,
> sexuell ausbeuten.

Während ich den Brief in Händen hielt und so sorgfältig wie möglich – und wie Coleman es von mir erwartete – die Wortwahl und die Zeilenaufteilung analysierte, als wäre dieses Schriftstück nicht von Delphine Roux, sondern von Emily Dickinson verfaßt, erklärte mir Coleman, in ihrer wilden Klugheit sei es Faunia selbst gewesen, die sie beide zu der Geheimhaltung verpflichtet habe, welche Delphine Roux nun irgendwie durchbrochen hatte und die nun aufzudecken sie mehr oder weniger unverblümt drohte. »Ich will nicht, daß sich irgend jemand in mein Leben einmischt. Ich will bloß einmal die Woche einen heimlichen, ruhigen Fick mit einem Mann, der schon alles hinter sich hat und nicht mehr ins Schwitzen kommt. Und das geht kein Schwein was an.«

Das Schwein, das Faunia, wie sich herausstellte, in erster Linie meinte, war Lester Farley, ihr Exmann. Nicht daß er allein es gewesen wäre, der ihr das Leben schwergemacht hatte. »Wie denn auch? Ich war ja auf mich selbst gestellt, seit ich mit Vierzehn abgehauen bin.« Mit Siebzehn beispielsweise hatte sie in Florida als Kellnerin gearbeitet, und ihr damaliger Freund hatte sie nicht nur verprügelt und ihre Wohnung demoliert, sondern ihr auch den Vibrator gestohlen. »Das war schlimm«, sagte Faunia. Und der Auslöser war wie immer Eifersucht gewesen. Sie hatte einen anderen Mann falsch angesehen, sie hatte einen anderen Mann veranlaßt, *sie* falsch anzusehen, sie hatte nicht befriedigend erklären können, wo sie in der vergangenen halben Stunde gewesen war, sie hatte ein falsches Wort gesagt, sie hatte die falsche Intonation benutzt, sie hatte – ein haltloser Vorwurf, wie sie fand – signalisiert, daß sie eine unzuverlässige, hinterhältige Schlampe war. Was auch immer der Grund war – der Kerl, mit dem sie gerade zusammen war, stand fäusteschwingend und stiefeltretend vor ihr, und Faunia schrie um ihr Leben.

Im Jahr vor ihrer Scheidung hatte Lester Farley sie zweimal krankenhausreif geprügelt. Er lebte noch immer irgendwo in dieser Gegend und arbeitete seit dem Konkurs im Straßenbautrupp der Gemeinde, und da es keinen Zweifel daran gab, daß er noch immer verrückt war, fürchtete sie, wie sie sagte, ebenso um Coleman wie um sich selbst, sollte Lester je herausfinden, was zwischen ihr und Coleman lief. Sie hatte den Verdacht, der wahre Grund dafür, daß Smoky von einem Tag auf den anderen nichts mehr von ihr hatte wissen wollen, sei irgendein Zusammenstoß, irgendeine Auseinandersetzung mit Les Farley gewesen, weil Les, der seiner Exfrau in unregelmäßigen Abständen nachschlich, irgendwie herausgefunden hatte, daß sie und ihr Boss ein Verhältnis hatten, auch wenn Hollenbecks Liebesnester bemerkenswert gut versteckt waren, irgendwo in entlegenen Winkeln alter Gebäude, von denen nur der Betriebsingenieur des Colleges etwas wußte und zu denen nur er Zugang hatte. Es mochte verwegen sein, daß Holly seine Geliebten aus der ihm unterstellten Putzkolonne rekrutierte und sich mit ihnen auf dem Campus vergnügte, doch andererseits organisierte er sein Liebesleben ebenso gewissenhaft wie seine Tätigkeit für das College. Mit derselben professionellen Effizienz, mit der er dafür sorgte, daß die Straßen auf dem Campus nach einem Schneesturm innerhalb von Stunden geräumt waren, konnte er sich, wenn es sein mußte, einer seiner Geliebten entledigen.

»Was soll ich also tun?« fragte mich Coleman. »Ich hatte nichts dagegen, diese Sache geheimzuhalten, selbst als ich noch nichts von diesem gewalttätigen Exmann wußte. Ich hab geahnt, daß irgendwas Derartiges kommen würde. Lassen wir mal beiseite, daß ich früher Dekan in dem Laden war, in dem sie die Toiletten putzt. Ich bin einundsiebzig, und sie ist vierunddreißig – ich war sicher, das würde für einen Skandal ausreichen, und darum dachte ich, als sie sagte, die Sache gehe keinen etwas an: Sie hat es mir abgenommen. Ich brauche das Thema nicht mal anzuschneiden. Wir sollen uns verstecken, als wären wir Ehebrecher? Ich hab nichts dagegen. Darum sind wir zum Abendessen nach Vermont gefahren. Darum grüßen wir einander nicht, wenn wir uns im Postamt begegnen.«

»Vielleicht hat irgend jemand Sie in Vermont gesehen. Vielleicht hat jemand Sie zusammen in Ihrem Wagen gesehen.«

»Ja, so wird's wohl gewesen sein. Nur so *kann* es gewesen sein. Vielleicht hat Farley selbst uns gesehen. Herrgott, Nathan, ich hatte seit fast fünfzig Jahren kein Rendezvous mehr mit einer Frau. Ich dachte, das Restaurant ... Ich bin ein Dummkopf.«

»Nein, es war keine Dummheit. Nein, nein, Sie wollten bloß mal raus. Hören Sie«, sagte ich, »was Delphine Roux betrifft – ich kann nicht behaupten, daß ich verstehe, warum sie sich so leidenschaftlich dafür interessiert, mit wem Sie jetzt, da Sie pensioniert sind, ins Bett gehen, aber wir beide wissen, daß bestimmte Leute nicht gut mit Menschen zurechtkommen, die sich nicht konventionell verhalten. Lassen Sie uns also einfach annehmen, daß sie zu diesen bestimmten Leuten gehört. Zu denen Sie allerdings nicht gehören. Sie sind frei. Ein freier, unabhängiger Mann. Ein freier, unabhängiger *alter* Mann. Sie haben viel verloren, als Sie Ihre Stelle aufgegeben haben, aber was ist mit dem, was Sie gewonnen haben? Es ist nicht mehr Ihre Aufgabe, irgend jemanden zu belehren – das haben Sie selbst gesagt. Und das Ganze ist auch kein Test, ob Sie es schaffen, alle gesellschaftlichen Hemmungen zu überwinden. Sie mögen sich jetzt im Ruhestand befinden, aber Sie sind ein Mann, der praktisch sein ganzes Leben innerhalb der Grenzen der örtlichen akademischen Gemeinschaft verbracht hat, und wenn ich Sie recht verstanden habe, ist diese Situation für Sie etwas äußerst Ungewöhnliches. Vielleicht wollten Sie nie, daß Faunia Ihnen über den Weg läuft. Vielleicht glauben Sie sogar, daß Sie nicht einmal hätten wollen sollen, daß sie Ihnen über den Weg läuft. Aber auch die stärksten Befestigungen sind durchsetzt mit Schwachstellen, und so ist etwas hindurchgeschlüpft, mit dem Sie überhaupt nicht gerechnet haben. Mit Einundsiebzig lernen Sie Faunia kennen; 1998 kommt Viagra auf den Markt; die fast schon vergessene Sache taucht wieder auf. Dieser enorme Trost. Diese ungebremste Kraft. Diese verwirrende Intensität. Aus dem Nichts ist es da: Coleman Silks letztes großes Abenteuer. Wahrscheinlich das letzte große Last-Minute-Abenteuer. Und die Einzelheiten von Faunia Farleys Biographie stehen in krassem Gegensatz zu Ihrem eigenen Lebenslauf. Sie stimmen nicht mit den Regeln des Anstands überein, die diktieren, mit wem ein Mann Ihres Alters und Ihrer gesellschaftlichen Position vögeln darf – wenn er überhaupt mit jemandem vögeln darf. Hat sich denn das, was geschehen ist, nachdem Sie die Wörter ›dunkle Gestalten‹ ausgesprochen hatten, nach den Vorgaben des Anstands gerichtet? Hat sich Iris' Schlaganfall nach den Vorgaben des Anstands gerichtet? Ignorieren Sie diesen blöden, idiotischen Brief. Warum sollten Sie sich davon irremachen lassen?«

»Diesen blöden, idiotischen *anonymen* Brief«, sagte er. »Wer hat mir je einen anonymen Brief geschickt? Welcher vernünftig denkende Mensch schickt irgend jemandem überhaupt einen anonymen Brief?«

»Vielleicht ist das eine französische Sitte«, sagte ich. »Kommt das nicht oft bei Balzac vor? Bei Stendhal? Gibt es in *Rot und Schwarz* nicht eine Menge anonymer Briefe?«

»Ich kann mich nicht erinnern.«

»Es ist doch so: Aus irgendeinem Grund wird alles, was Sie tun, mit Rücksichtslosigkeit und alles, was Delphine Roux tut, mit Tugendhaftigkeit erklärt. Ist die Mythologie nicht voller Riesen, Ungeheuer und Schlangen? Indem sie Sie als Ungeheuer definiert, macht sie sich selbst zur Heldin. Dies ist ihr Kampf gegen das Ungeheuer. Dies ist ihre Rache für Ihre Unterdrückung der Machtlosen. Sie gibt dieser Sache einen Dreh ins Mythologische.«

An dem nachsichtigen Lächeln, mit dem er mich bedachte, erkannte ich, daß ihn meine – wenn auch ins Scherzhafte gewendete – prähomerische Deutung der anonymen Bezichtigung nicht sehr überzeugte. »Mythenbildung ist keine Erklärung für ihre Denkprozesse«, erwiderte er. »Dazu fehlt es ihr an Phantasie. Ihr Metier sind die Geschichten, die Bauern erzählen, um ihr Unglück zu erklären. Der böse Blick. Flüche und Verwünschungen. Ich habe Faunia verzaubert. Ihr Metier sind Geschichten voller Hexen und Zauberer.«

Wir amüsierten uns jetzt großartig, und ich merkte, daß ich durch meine Bemühungen, ihn von seinem heftigen Ärger abzulenken, indem ich sein Recht auf Lust und Vergnügen betonte, seine Sympathie für mich verstärkte und meine Sympathie für ihn enthüllte. Ich war begeistert, und das war mir sehr wohl bewußt. Mein Eifer, ihm zu gefallen, überraschte mich; ich spürte, daß ich zuviel sagte, zuviel erklärte, daß ich die Distanz verlor und überdreht war, wie man es als Kind ist, wenn man denkt, der Junge, der nebenan eingezogen ist, könnte ein wirklich guter Freund werden, und man sich vom Schwung der Werbung um ihn mitreißen läßt, so daß man Dinge tut, die man normalerweise nicht tun würde, und vielleicht viel mehr preisgibt, als man eigentlich will. Doch seit er am Tag nach Iris' Tod an meine Tür gehämmert und vorgeschlagen hatte, daß ich *Dunkle Gestalten* für ihn schrieb, hatte ich – ohne es zu beabsichtigen oder zu planen – eine tiefe Freundschaft zu Coleman Silk entwickelt. Seine Probleme beschäftigten mich, aber ich betrachtete sie nicht als eine Art geistiger Übung. Sie erschienen mir bedeutsam, und das trotz meiner Entschlossenheit, mich in der *mir* verbleibenden Zeit nur noch den täglichen Anforderungen der Arbeit zu widmen, mich nur noch von ernsthafter

Arbeit in Anspruch nehmen zu lassen und keinerlei andere Abenteuer zu suchen – mich nicht einmal mehr um mein eigenes Leben zu kümmern, geschweige denn um das eines anderen.

Das alles wurde mir mit einiger Enttäuschung bewußt. Eine Preisgabe menschlicher Gemeinschaft, eine Zurückweisung aller Ablenkung, ein selbstauferlegter Verzicht auf jeden professionellen Ehrgeiz, auf gesellschaftliche Verblendung, auf das Gift der Kultur, auf verlockende Intimität, ein rigoroses Einsiedlerleben, wie es von Asketen praktiziert wird, die sich in Höhlen oder Zellen oder abgelegene Waldhütten zurückziehen, erfordert ein härteres Holz als das, aus dem ich geschnitzt bin. Ich hatte gerade mal fünf Jahre allein hinter mich gebracht – fünf Jahre Lesen und Schreiben in einem hübschen Zweizimmerhäuschen auf halber Höhe des Madamaska, zwischen einem kleinen Teich und einer hinter dem Gebüsch jenseits des Feldwegs gelegenen, vier Hektar großen Sumpfwiese, wo abends die Kanadagänse auf dem Zug nach Süden rasten und ein geduldiger Graureiher den ganzen Sommer über allein auf Beutesuche geht. Das Geheimnis, wie man mit einem Minimum an Schmerz ein Leben im Trubel der Welt führt, besteht darin, so viele Leute wie möglich dazu zu bringen, die eigene Verblendung zu teilen; der Trick, den man beherrschen muß, wenn man allein hier oben lebt, weit entfernt von den aufregenden Verstrickungen, Verführungen und Erwartungen, abgetrennt vor allem von der eigenen Intensität, ist, die Stille zu organisieren, den Überfluß der Stille hier oben auf dem Berg als Kapital zu betrachten, die Stille als einen Reichtum zu begreifen, der exponential zunimmt. Die Stille, die einen umgibt, muß der einzige Vertraute sein, den man hat, die Quelle des Vorteils, den man gegenüber anderen genießt. Der Trick besteht (wieder einmal Hawthorne) darin, Rückhalt zu finden im »Verkehr eines einsamen Geistes mit sich selbst«. Das Geheimnis ist, Rückhalt zu finden in *Menschen* wie Hawthorne, in der Weisheit der überragenden Toten.

Es brauchte Zeit, mit den Schwierigkeiten fertig zu werden, die diese Entscheidung nach sich gezogen hatte, es brauchte Zeit und die Geduld eines Reihers, um die Sehnsüchte nach all den Dingen, die ich hinter mir gelassen hatte, zu besiegen, doch nach fünf Jahren hatte ich ein solches Geschick dafür entwickelt, meine Tage mit chirurgischer Präzision zu unterteilen, daß es in dem ereignislosen Leben, für das ich mich entschieden hatte, keine Stunde gab, die für mich nicht von Bedeutung erfüllt war. Von Notwendigkeit. Ja sogar von Erregung. Ich gab mich nicht mehr dem verderblichen Wunsch nach *etwas anderem* hin, und das letzte, was ich glaubte, ertragen zu können, war die beständige Gegenwart von *jemand anderem*. Die Musik, die ich nach dem Abendessen höre, ist keine Erlösung von der Stille, sondern so etwas wie ihre Konkretisierung: Wenn ich jeden Abend ein, zwei Stunden lang Musik höre, beraubt mich das nicht der Stille – vielmehr ist diese Musik die Verwirklichung der Stille. Im Sommer schwimme ich jeden Morgen als erstes eine halbe Stunde in meinem Teich, und in den anderen Monaten wandere ich, nachdem ich den Vormittag mit Arbeit am Schreibtisch verbracht habe und sofern der Schnee das Wandern nicht unmöglich macht, fast jeden Nachmittag ein paar Stunden auf dem Berg herum. Der Krebs, der mich die Prostata gekostet hat, ist nicht wieder aufgetreten. Ich bin fünfundsechzig, ich bin gesund und fit, ich arbeite hart – und ich weiß, worauf es ankommt. Ich *muß* es wissen.

Warum also sollte ich, nachdem ich das Experiment des radikalen Rückzugs in ein reiches, erfülltes, allein gelebtes Leben verwandelt habe – warum sollte ich mich plötzlich und ohne Vorwarnung einsam fühlen? Was ist es, nach dem ich mich sehne? Was vergangen ist, ist vergangen. Die Anstrengung darf nicht nachlassen, die Entsagung darf nicht rückgängig gemacht werden. Was genau ist es, nach dem ich mich sehne? Ganz einfach: Es ist das, wogegen ich eine Abneigung entwickelt habe. Es ist das, dem ich den Rücken gekehrt habe. Das Leben. Die Verstrickung in das Leben.

So wurde Coleman mein Freund. Und so gab ich die Beständigkeit des einsamen Lebens in meinem abgelegenen Haus auf, wo ich die Keulenschläge bewältigte, die der Krebs mir versetzt hatte. Coleman Silk tanzte mich zurück ins Leben. Erst das Athena College, dann mich – er war ein Mann, der etwas zuwege brachte. Der Tanz, der unsere Freundschaft besiegelte, bewirkte auch, daß ich seine Katastrophe zu meinem Thema machte. Daß ich seine Maske zu meinem Thema machte. Daß die angemessene Enthüllung seines Geheimnisses ein Problem darstellte, das ich zu lösen hatte. So geschah es, daß ich nicht mehr imstande war, mich von den Turbulenzen und Heftigkeiten fernzuhalten, vor denen ich geflohen war. Kaum hatte ich einen Freund gefunden, da stürmte alle Bosheit der Welt wieder auf mich ein.

Später am Nachmittag nahm Coleman mich mit zu einer zehn Kilometer entfernten Milchfarm, wo Faunia mietfrei wohnte, weil sie als Gegenleistung manchmal beim Melken half. Die Farm bestand seit einigen Jahren und war von zwei geschiedenen Frauen aufgebaut worden, Umweltschützerinnen mit Collegeabschluß, die beide aus in Neuengland ansässigen Farmersfamilien stammten und sich zusammengetan hatten, um ihr Wissen miteinander zu teilen – das und die Erziehung von sechs kleinen Kindern, die, wie sie ihren Kunden gern erzählten, auch ohne *Sesamstraße* wußten, wo die Milch eigentlich herkam – und um das beinahe Unmögliche zu schaffen: ihren Lebensunterhalt mit dem Verkauf von Rohmilch zu verdienen. Es war ein einzigartiges Unternehmen, ganz anders als die großen Milchfarmen, denn die Atmosphäre hatte nichts Unpersönliches, Fabrikartiges. Die Molkerei hieß Organic Lifestock und war nicht so, wie die meisten heutigen Menschen sich eine Molkerei vorstellen. Die produzierte und abgefüllte Rohmilch konnte man in den Lebensmittelläden der Umgebung und in einigen Supermärkten kaufen, doch Stammkunden, die wöchentlich zehn Liter oder mehr abnahmen, konnten sich ihre Milch auch in der Molkerei abholen.

Sie hatten nur elf Kühe, reinrassige Jerseys, von denen jede anstatt einer numerierten Ohrmarke einen richtigen altmodischen Kuhnamen hatte. Die Milch wurde nicht mit der der großen Herden vermischt, wo die Tiere mit allerlei Medikamenten behandelt werden, ihre Qualität war weder durch Pasteurisierung noch durch Homogenisierung beeinträchtigt und hatte daher ein leichtes Aroma, so daß man die Futterpflanzen, die sie je nach Saison fraßen, beinahe schmecken konnte – Futterpflanzen übrigens, die ohne Herbizide, Pestizide und Kunstdünger angebaut wurden –, und sie war reicher an Nährstoffen als die standardisierte Milch der großen Molkereien und wurde darum von Leuten, die ihre Familien lieber mit naturbelassenen anstatt mit verarbeiteten Lebensmitteln ernähren wollten, sehr geschätzt. Die Farm hat viele überzeugte Kunden, besonders unter den vielen Menschen – sowohl Pensionären als auch jungen Familien –, die sich vor dem Umweltschmutz, den Frustrationen und den Erniedrigungen des Lebens in einer großen Stadt hierher geflüchtet haben. In der örtlichen Wochenzeitung stehen immer wieder Leserbriefe von Leuten, die vor kurzem entdeckt haben, wieviel schöner das Leben rechts und links dieser kleinen, gewundenen Straßen ist, und mit ehrfurchtsvollem Unterton die Milch von Organic Lifestock erwähnen: Sie ist nicht nur ein leckeres Getränk, sondern auch die Verkörperung der angenehmen, erfrischenden ländlichen Reinheit, nach der ihr stadtgeschädigter Idealismus sich sehnt. Wörter wie »Güte« und »Seele« tauchen in diesen Briefen regelmäßig auf, als wäre Organic-Lifestock-Milch nicht nur ein hervorragendes Lebensmittel, sondern auch Bestandteil eines Erlösung verheißenden religiösen Ritus. »Wenn wir Organic-Lifestock-Milch trinken, werden Körper, Geist und Seele als Ganzes gestärkt. Verschiedene Organe unseres Körpers nehmen diese Ganzheit wahr und wissen sie auf eine Weise zu würdigen, die uns vielleicht nicht einmal bewußt ist.« Mit Sätzen wie diesen können sonst durchaus vernünftige Erwachsene, die den Ärger, der sie aus New York oder Hartford oder Boston hierhergetrieben hat, abgeschüttelt haben, ein paar angenehme Minuten am Schreibtisch verbringen und so tun, als wären sie sieben Jahre alt.

Obwohl Coleman täglich wohl nicht mehr als die halbe Tasse Milch verbrauchte, die er über seine Frühstücksflocken goß, stand er bei Organic Lifestock als Zehn-Liter-Kunde auf der Liste. Deswegen durfte er seine Milch, frisch von der Kuh, persönlich abholen, durfte von der Straße auf den langen Feldweg zur Scheune abbiegen, hineingehen und sich seine Milch aus dem Kühlschrank nehmen. Er hatte sich nicht wegen des Preisvorteils, der Zehn-Liter-Kunden eingeräumt wurde, auf die Liste setzen lassen, sondern weil der Kühlschrank gleich hinter dem Scheunentor stand, nur fünf Meter von der Box entfernt, in der die Kühe zweimal täglich gemolken wurden und wo an bestimmten Tagen um fünf Uhr nachmittags (um diese Zeit fuhr er dorthin) Faunia, frisch von der Arbeit im College, erschien und die Kühe molk.

Er tat nichts weiter, als ihr bei der Arbeit zuzusehen. Obgleich um diese Zeit nur selten irgend jemand anders dort war, blieb Coleman vor der Box stehen, so daß Faunia ihre Arbeit erledigen konnte, ohne mit ihm reden zu müssen. Oft sagten sie gar nichts, denn Schweigen vergrößerte ihren Genuß. Sie wußte, daß er sie beobachtete, und da er wußte, daß sie es wußte, beobachtete er sie nur um so schärfer – daß sie nicht gleich hier, auf dem Boden, miteinander vögeln konnten, machte gar nichts. Es reichte ihnen, daß sie ohne Zeugen an einem anderen Ort als seinem Bett zusammen waren, es reichte ihnen, daß sie scheinbar nüchtern die unüberwindlichen gesellschaftlichen Schranken, die sie trennten, anerkannten, daß sie die Farmarbeiterin und den Professor im Ruhestand spielten und in ihren Rollen aufgingen: sie die starke, sehnige, vierunddreißigjährige berufstätige Frau, die schweigsame Analphabetin, die typische Landbewohnerin, die energisch zupackte und eben noch mit der Mistgabel auf dem Hof gewesen war, um den Mist zu beseitigen, den die Kühe nach dem morgendlichen Melken hinterlassen hatten, und er der nachdenkliche einundsiebzigjährige Pensionär, der kultivierte Kenner der klassischen Literatur und umfassend gebildete Intellektuelle, der zwei tote Sprachen beherrschte. Es reichte ihnen, daß sie imstande waren, sich wie zwei Menschen zu betragen, die ganz und gar nichts gemeinsam hatten, und dabei daran denken konnten, daß sie aus diesen unvereinbaren Dingen und aus den menschlichen Widersprüchen, die all diese Kraft erzeugten, eine orgasmische Essenz destillieren konnten. Es reichte ihnen, die Erregung darüber zu spüren, daß sie ein Doppelleben führten.

Auf den ersten Blick hatte diese hagere, schlaksige, mit Dreck bespritzte Frau in T-Shirt, kurzen Hosen und Gummistiefeln, die ich an diesem Nachmittag die Kühe melken sah und die Coleman als seine Voluptas bezeichnete, nur wenig, was ungebührliche fleischliche Gelüste hätte wecken können. Die auf dem Gebiet der Fleischlichkeit kompetenter wirkenden Wesen waren die, deren Körper so viel Raum einnahmen: die cremefarbenen Kühe mit schwingenden, balkenartigen Hüften, mit Bäuchen wie Fässern und karikaturhaft unproportionierten, milchprallen Eutern, die unaufgeregten, langsamen, friedfertigen Kühe, jede einzelne eine siebenhundert Kilo schwere, auf die Befriedigung der eigenen Bedürfnisse ausgerichtete Maschine, großäugige Tiere, denen das Fressen aus dem gefüllten Trog, während sie am anderen Ende nicht von einem, zwei oder drei, sondern von vier pulsierenden, unermüdlichen mechanischen Mündern leergesaugt wurden, denen ein also an beiden Enden gleichzeitig erfolgender sinnlicher Stimulus ein voluptuöses Recht war. Jede von ihnen war tief versunken in einer tierischen Existenz, der es zu ihrem Glück an spiritueller Tiefe fehlte: Spritzen und Kauen, Scheißen und Pissen, Grasen und Schlafen – das war ihr ganzer Lebenszweck. Gelegentlich (erklärte Coleman mir) schiebt sich ein mit einem langen Gummihandschuh geschützter Arm in ihr Rektum und entfernt die Scheiße, die sich darin befindet, worauf er die Darmwand abtastet und den anderen Arm leitet, der die Besamungsspritze in die Vagina einführt. Das heißt, sie pflanzen sich fort, ohne die Belästigung durch einen Bullen ertragen zu müssen. Selbst bei diesem Vorgang werden sie gehätschelt, und wenn sie dann das Kalb zur Welt bringen – ein laut Faunia manchmal für alle Beteiligten anrührendes Ereignis –, hilft man ihnen, auch wenn es kalt ist und ein Schneesturm tobt. Wie sie da standen und gemächlich die tropfenden, faserigen Klumpen des wiedergekäuten Futters kauten, waren sie der Inbegriff des Fleischlichen. Nur wenige Kurtisanen hatten ein Leben wie diese Kühe – von berufstätigen Frauen ganz zu schweigen.

Unter diesen umsorgten Tieren und in der sie umgebenden Aura einer opulenten, erdhaften Verbundenheit mit weiblicher Üppigkeit war es Faunia, die wie ein Tier schuftete, obgleich sie, eingerahmt von den Kühen, wie eines der erbärmlicheren Fliegengewichte der Evolution wirkte. Sie rief sie eine nach der anderen aus dem offenen Unterstand, wo sie auf einer Mischung aus Heu und Fladen ruhten – »Na los, Daisy, mach jetzt keine Zicken. Komm schon, Maggie, ja, so ist es gut. Heb deinen Arsch an, Flossie, sei nicht so faul« –, sie packte sie am Halfter und zog und zerrte sie durch den Matsch und dann über eine Stufe auf den Betonboden des Melkstandes, sie schob diese plumpen Daisys und Maggies zum Trog, bis sie standen, wo sie stehen sollten, maß einer jeden ihre Portion mit Vitaminen gemischten Futters ab, reinigte die

Zitzen, desinfizierte sie und molk sie mit ein paar energischen Handbewegungen an, bevor sie die an den Enden der Milchleitungen befestigten Melkbecher anlegte, und hielt dabei nie inne, konzentrierte sich ganz und gar auf jeden Handgriff, war aber, in auffallendem Gegensatz zu der störrischen Fügsamkeit der Kühe, bienenfleißig in ständiger Bewegung, bis die Milch durch die durchsichtige Milchleitung in den Tank aus schimmerndem Edelstahl floß und sie endlich ruhig danebenstehen konnte und nur noch darauf achten mußte, daß alles funktionierte und auch die Kuh still stand. Doch dann kam sie wieder in Bewegung, massierte das Euter, um sicherzugehen, daß die Kuh ausgemolken war, löste die Melkbecher von den Zitzen, schüttete, nachdem sie die Kuh losgebunden hatte, das Futter für die nächste in den Trog, trug den Sack mit dem Körnerfutter zum zweiten Melkstand, nahm dann in diesem beengten Raum das Halfter der gemolkenen Kuh, manövrierte sie mit einem Klaps hinaus, drückte mit der Schulter gegen den riesigen Rumpf, wobei sie kommandierte: »Jetzt komm schon, geh raus, geh schon raus...«, und führte sie durch den Matsch zurück zum Unterstand.

Faunia Farley: dünne Beine, dünne Arme, dünne Handgelenke, Rippen, die sich abzeichneten, und Schulterblätter, die hervortraten, doch wenn sie sich anspannte, sah man, daß sie Kraft besaß; wenn sie sich nach etwas reckte, sah man, daß ihre Brüste erstaunlich voll waren; und wenn sie die Fliegen und Bremsen, die die Herde an diesem drückenden Sommertag umsummten, von Hals und Rücken verjagte, ahnte man, wie ausgelassen sie trotz aller sonstigen Schroffheit sein konnte. Man sah, daß ihr Körper mehr zu bieten hatte als Kanten und sehnige Tüchtigkeit, daß sie eine Frau mit festem Fleisch war, an jenem heiklen Punkt angelangt, wo sie nicht mehr reifte, aber noch nicht welkte, eine Frau auf dem Höhepunkt ihrer Blüte, eine Frau, deren graue Haare im Grunde verführerisch wirkten, weil der scharfe Yankeeschnitt ihrer Bakkenknochen und ihrer Kinnlinie und der lange, unverkennbar weibliche Hals noch nicht dem Verfall des Alters ausgesetzt waren.

»Das ist mein Nachbar«, sagte Coleman zu ihr, als sie einen Augenblick lang innehielt, sich mit der Armbeuge den Schweiß vom Gesicht wischte und in unsere Richtung sah. »Das ist Nathan.«

Ich hatte nicht mit Gelassenheit gerechnet. Ich hatte mit einer Frau gerechnet, die unverhohlen zorniger war als sie. Sie nahm meine Anwesenheit lediglich mit einer ruckartigen Bewegung des Kinns zur Kenntnis, doch es war eine Geste, aus der sie eine Menge herausholte. Es war eigentlich das *Kinn*, aus dem sie eine Menge herausholte. Wenn sie es hob, wie sie es gewöhnlich tat, verlieh es ihr – *Männlichkeit*. Auch das war in dieser Reaktion: In ihrem direkten, unverwandten Blick lag etwas Männliches, Unversöhnliches, ja auch etwas leicht Verrufenes. Es war der Blick eines Menschen, für den sowohl Sex als auch Treubruch so grundsätzlich wie das tägliche Brot sind. Der Blick einer Ausreißerin, ein Blick, der die Folge der nervtötenden Monotonie des Pechs war. Ihr Haar – goldblondes Haar im ergreifenden ersten Stadium seiner unvermeidlichen Veränderung – wurde im Nacken von einem Gummiband gehalten, doch eine Strähne fiel ihr beim Arbeiten immer wieder in die Stirn, und als Faunia uns jetzt stumm ansah und sie mit der Hand zurückstrich, fiel mir in ihrem Gesicht zum erstenmal eine Kleinigkeit auf, die mir, vielleicht zu Unrecht, weil ich nach etwas Verräterischem suchte, etwas über sie zu verraten schien: die sich vorwölbende Fülle des schlanken Bogens zwischen Augenbraue und Oberlid. Faunia war eine schmallippige Frau mit einer geraden Nase, klaren blauen Augen, gesunden Zähnen und einem ausgeprägten Kinn, und diese Wölbung unter ihren Augenbrauen war das einzige Exotische an ihr, der einzige Hinweis auf Charme, und mutete wie etwas an, das durch ein Verlangen angeschwollen war. Es trug auch viel dazu bei, daß die harte Unverwandtheit ihres Blicks so beunruhigend düster erschien.

Alles in allem war Faunia keine verführerische Sirene, die einem den Atem raubte, sondern vielmehr eine nüchtern wirkende Frau, bei deren Anblick man denkt: Als Kind muß sie sehr schön gewesen sein. Und das stimmte: Laut Coleman war sie ein hübsches goldhaariges Mädchen gewesen, mit einem Stiefvater, der die Finger nicht von ihr lassen konnte, und einer verwöhnten Mutter, die sie nicht beschützte.

Wir sahen zu, wie sie die elf Kühe molk – Daisy, Maggie, Flossie, Bessy, Dolly, Maiden, Sweetheart, Stupid, Emma, Friendly und

Jill –, wir sahen zu, wie sie bei jeder einzelnen dieselben Handgriffe machte, und als sie fertig war und in den weißgekalkten Raum mit den großen Spülbecken, den Schläuchen und Sterilisationsapparaten neben dem Melkstand ging, sahen wir ihr durch die Türöffnung zu, wie sie Lauge und Reinigungslösung mischte und wie sie sich, nachdem sie die Vakuumleitung von der Rohrleitung, die Melkbecher von den Schaugläsern sowie die beiden Milchkübel von ihren Deckeln getrennt und schließlich das ganze Melkgeschirr zerlegt hatte, daranmachte, mit einer Reihe von Bürsten und in immer wieder neu eingefülltem klarem Wasser sämtliche Schläuche, Ventile, Dichtungen, Steckverbindungen, Abdeckplatten, Einsätze, Verschlüsse, Scheiben und Kolben zu schrubben, bis alles makellos sauber und keimfrei war. Bevor Coleman seine Milch nahm und wir uns in seinen Wagen setzten, um wieder nach Hause zu fahren, standen wir beinahe eineinhalb Stunden neben dem Kühlschrank, und abgesehen von den zwei Sätzen, mit denen er mich Faunia vorgestellt hatte, wurde kein Wort gesprochen. Man hörte nur das Sirren und Zwitschern der Schwalben, wenn sie zwischen den Balken der Scheune, die sich hinter uns weitete und in der sie ihre Nester gebaut hatten, hindurchflogen, man hörte die Kügelchen in den Betontrog fallen, wenn Faunia den Futtereimer leerte, man hörte das rumpelnde Schlurfen der kaum angehobenen Hufe auf dem Boden des Melkstands, wenn Faunia die Kühe schob und zog und dirigierte, bis sie in der richtigen Position standen, und dann hörte man das Sauggeräusch, das leise, tiefe Atmen der Melkmaschine.

Als die beiden vier Monate später beerdigt wurden, erinnerte ich mich daran wie an ein Theaterstück, in dem ich als Statist mitgewirkt hatte, als der Komparse, der ich inzwischen ja tatsächlich bin. Nacht für Nacht fand ich keinen Schlaf, weil ich nicht aufhören konnte, zusammen mit den beiden Hauptdarstellern und dem Chor aus Kühen dort oben auf der Bühne zu stehen und die vom gesamten Ensemble hervorragend gespielte Szene zu verfolgen, in der ein verliebter alter Mann der Putzfrau und Farmarbeiterin, seiner heimlichen Geliebten, bei der Arbeit zusieht: Es ist eine Szene voller Pathos, Hypnose und sexueller Unterwerfung, eine Szene, in der dieser Mann mit gieriger Faszination alles aufnimmt, was die Frau mit den Kühen macht – wie sie mit ihnen umgeht, wie sie sie berührt, sie umsorgt, mit ihnen spricht –, eine Szene, in der ein Mann von einer Kraft überwältigt wird, die er so lange unterdrückt hat, daß sie beinahe verschwunden war, und mir das Wiedererwachen ihrer ungeheuren Macht enthüllt. Es war wohl, als beobachtete man Aschenbach dabei, wie er fieberhaft Tadzio beobachtete – seine sexuelle Sehnsucht befeuert durch das quälende Wissen um seine Sterblichkeit –, nur daß wir uns nicht in einem Luxushotel am Lido von Venedig befanden und ebensowenig Figuren in einem auf deutsch geschriebenen Roman waren, ja damals noch nicht einmal in einem auf englisch geschriebenen Roman: Wir befanden uns in einer Scheune im Nordosten unseres Landes, in Amerika, im Hochsommer des Jahres, in dem der Präsident sich einem Amtsenthebungsverfahren gegenübersah, und bislang waren wir sowenig romanhaft wie die Kühe mythisch oder ausgestopft waren. Das Licht und die Hitze des Tages (*dieser* Segen), die gleichbleibende Geruhsamkeit des Lebens einer jeden Kuh, das dem Leben der anderen Kühe entsprach, der verliebte alte Mann, der die geschmeidigen Bewegungen dieser tüchtigen, energischen Frau verfolgte, die Verklärung, der er sich hingab, der Eindruck, als hätte er nie etwas Ergreifenderes erlebt, und auch mein eigenes bereitwilliges Warten, meine eigene Faszination angesichts der extremen Unvereinbarkeit dieser beiden menschlichen Typen, angesichts der Vielfalt, der Variationsbreite, der anarchischen Ungeregeltheit sexueller Verbindungen und angesichts des Gebots an Mensch und Vieh, an hochdifferenzierte ebenso wie an kaum differenzierte Lebensformen, zu leben und das Leben nicht bloß zu ertragen, sondern es zu *leben* und seine sinnlose Bedeutsamkeit fortwährend hinzunehmen, weiterzugeben, zu füttern, zu melken und aus vollem Herzen als das Rätsel anzuerkennen, das es ist – all dies wurde von zehntausend winzigen Eindrücken als Teil der Wirklichkeit bestätigt. Die sinnliche Fülle, der Überfluß, die reichliche, überreichliche Vielfalt der Einzelheiten, die die Rhapsodie des Lebens ausmachen. Und Coleman und Faunia, die jetzt tot sind und die damals Tag für Tag, Minute für Minute tief in den Fluß des Unerwarteten eingetaucht und selbst zwei Einzelheiten in dieser Überfülle waren.

Nichts hat Bestand, und doch vergeht nichts. Und nichts vergeht, eben weil nichts Bestand hat.

Der Ärger mit Les Farley begann am Abend dieses Tages, als Coleman im Gebüsch hinter seinem Haus ein Geräusch hörte, zu dem Schluß kam, daß es weder von einem Waschbären noch von einem Reh herrührte, vom Küchentisch aufstand, wo er und Faunia soeben das aus Spaghetti bestehende Abendessen beendet hatten, und von der Hintertür aus im Zwielicht des Sommerabends einen Mann sah, der über das an das Haus grenzende Feld in Richtung Wald rannte. »He! Sie! Halt!« rief Coleman, doch der Mann hielt weder an noch sah er sich um und war kurz darauf zwischen den Bäumen verschwunden. Es war nicht das erstemal, daß Coleman sich in den vergangenen Monaten von jemandem beobachtet fühlte, der sich in unmittelbarer Nähe des Hauses verbarg, doch zuvor war das stets spätabends vorgekommen, wenn es zu dunkel gewesen war, um erkennen zu können, ob es sich um ein Tier oder einen Spanner gehandelt hatte. Und außerdem war er zuvor immer allein gewesen. An diesem Abend war Faunia zum erstenmal dabei, und sie war es auch, die, ohne die Silhouette des über das Feld rennenden Mannes sehen zu müssen, den Lauscher als ihren Exmann identifizierte.

Nach der Scheidung, erzählte sie Coleman, hatte Farley ihr ständig nachspioniert, doch in den Monaten nach dem Tod ihrer beiden Kinder, die Faunia, wie er behauptete, durch Fahrlässigkeit umgebracht hatte, war er beängstigend unerbittlich. Zweimal tauchte er aus dem Nichts auf – einmal auf dem Parkplatz eines Supermarkts, das andere Mal an einer Tankstelle – und schrie aus dem Fenster seines Pick-ups: »Hure! Schlampe! Mörderin! Du hast meine Kinder umgebracht, du Hure!« Es gab viele Morgen, an denen sie auf dem Weg zum College im Rückspiegel seinen Pick-up und hinter der Windschutzscheibe sein Gesicht sah und seinen Mund, der lautlos die Worte sprach: »Du hast meine Kinder umgebracht!« Manchmal verfolgte er sie auch auf dem Heimweg vom College. Damals lebte sie noch in der unversehrt gebliebenen Hälfte der Bungalowgarage, in der ihre Kinder erstickt waren, und aus Angst vor ihm zog sie von dort in ein Zimmer in Seeley Falls und dann, nach einem gescheiterten Selbstmordversuch, in das Zimmer auf der Milchfarm, wo die beiden Eigentümerinnen und ihre Kinder fast immer da waren, so daß die Gefahr, von ihm belästigt zu werden, nicht so groß war. Nach dem zweiten Umzug tauchte Farleys Pick-up seltener im Rückspiegel auf, und als sie ihn monatelang nicht mehr gesehen hatte, schöpfte sie Hoffnung, er sei für immer verschwunden. Doch jetzt, daran bestand für Faunia kein Zweifel, hatte er irgendwie herausgefunden, daß Coleman und sie ein Verhältnis hatten, und wütend über alles, was ihn an ihr schon immer wütend gemacht hatte, spionierte er ihr wieder nach wie ein Verrückter und legte sich bei Colemans Haus auf die Lauer, um zu sehen, was sie dort tat. Um zu sehen, was die *beiden* dort taten.

Als Faunia an jenem Abend in ihren Wagen stieg – den alten Chevy, den sie auf Colemans Wunsch in der Scheune abstellte, damit niemand ihn sehen konnte –, beschloß Coleman, ihr in seinem eigenen Wagen zehn Kilometer weit zu folgen, bis sie auf den Feldweg eingebogen war, der am Kuhstall vorbei zum Farmhaus führte. Auf dem Rückweg vergewisserte er sich immer wieder, daß *ihm* niemand folgte. Zu Hause schwang er auf dem Weg von dem Schuppen, in dem er seinen Wagen parkte, zum Haus ein Montiereisen, schwang es in alle Richtungen, in der Hoffnung, auf diese Weise jeden, der möglicherweise im Dunkeln lauerte, abzuschrekken.

Nachdem er acht Stunden lang wach gelegen und mit seinen Sorgen gerungen hatte, beschloß er, keine Anzeige bei der Staatspolizei zu erstatten. Da der Lauscher nicht zweifelsfrei als Farley identifiziert werden konnte, würde die Polizei ohnehin nichts unternehmen können, und wenn durchsickerte, daß Coleman sich an die Polizei gewandt hatte, würde das den bereits zirkulierenden Gerüchten über den ehemaligen Dekan und die Collegeputzfrau nur neue Nahrung geben. Aber nach seiner schlaflosen Nacht konnte Coleman sich nicht überwinden, gar nichts zu unternehmen: Er rief, nachdem er gefrühstückt hatte, seinen Rechtsanwalt Nelson Primus an und fuhr am Nachmittag nach Athena, um sich mit ihm über den anonymen Brief zu beraten. Entgegen Primus' Rat, die Sache auf sich beruhen zu lassen, beauftragte Coleman ihn, folgenden Brief an Delphine Roux zu schreiben: »Sehr geehrte Miss Roux! Ich vertrete Coleman Silk. Vor einigen Tagen haben Sie meinem Mandanten einen anonymen Brief geschrieben, dessen Inhalt beleidigend, belästigend und verunglimpfend ist. Der Wortlaut dieses Briefes ist: ›Jeder weiß, daß Sie eine mißhandelte, analphabetische Frau, die halb so alt ist wie Sie, sexuell ausbeuten.‹ Bedauerlicherweise haben Sie sich damit in Dinge eingemischt, die Sie nichts angehen, und Mr. Silks gesetzliche Rechte verletzt, weswegen er sich eine Klage ausdrücklich vorbehält.«

Wenige Tage später erhielt Primus einen drei knappe Sätze umfassenden Brief von Delphine Roux' Anwalt. Den mittleren Satz, in dem Delphine Roux' Urheberschaft des anonymen Briefes rundheraus bestritten wurde, unterstrich Coleman mit Rotstift. Er lautete: »Keine der in Ihrem Brief aufgestellten Behauptungen ist korrekt – sie erfüllen sogar den Tatbestand der Verleumdung.«

Sofort ließ Coleman sich von Primus die Adresse eines gerichtlich zugelassenen Schriftsachverständigen in Boston geben, der als Gutachter für Privatunternehmen sowie Bundes- und Staatsbehörden arbeitete, und nahm am folgenden Tag den dreistündigen Weg nach Boston auf sich, um dem Sachverständigen Schriftproben von Delphine Roux sowie den anonymen Brief mitsamt dem Umschlag persönlich zu übergeben. Eine Woche später erhielt er per Post das Ergebnis. »Auf Ihr Ersuchen«, hieß es da, »habe ich Kopien einiger von Delphine Roux verfaßter Schriftstücke mit einem anonymen Brief und einem an Coleman Silk adressierten Umschlag verglichen. Sie haben mich gebeten zu untersuchen, ob die fraglichen Dokumente von derselben Person verfaßt worden sind. Meine Arbeit umfaßt die Untersuchung von Schriftcharakteristika wie Neigung, Raumverteilung, Buchstabenform und -gestaltung, Zeilenführung, Schreibdruck, Proportionen, Längenunterschiede, Art der Buchstabenverbindungen sowie Betonung der Ein- und Auszüge. Aufgrund der vorliegenden Dokumente bin ich zu dem fachlichen Urteil gekommen, daß der anonyme Brief von derselben Person geschrieben worden ist, die die mit ›Delphine Roux‹ gezeichneten Schriftstücke verfaßt hat. Mit freundlichen Grüßen, Douglas Gordon, GZS.« Als Coleman das Untersuchungsergebnis des Sachverständigen an Nelson Primus übergab und ihn anwies, Delphine Roux' Anwalt eine Kopie zu übersenden, versuchte dieser nicht mehr, ihm diesen Schritt auszureden, obgleich es für ihn schmerzlich war zu sehen, daß Coleman beinahe so erbittert war wie zu Zeiten seines Kampfes mit dem College.

Acht Tage waren seit dem Abend vergangen, an dem er Farley in den Wald hatte rennen sehen, acht Tage, in denen er zu dem Schluß kam, es sei am besten, wenn Faunia ihn nicht besuchte und sie nur telefonischen Kontakt hatten. Um niemandem einen Anlaß zu geben, ihr oder ihm nachzuspionieren, fuhr er nicht zur Molkerei, um seine Milch abzuholen, sondern blieb soviel wie möglich daheim und hielt, besonders nach Einbruch der Dunkelheit, die Augen offen, um zu sehen, ob irgend jemand ums Haus schlich. Faunia schärfte er ein, sie solle wachsam sein, wenn sie sich auf der Farm aufhalte, und immer ein Auge auf den Rückspiegel haben, wenn sie irgendwohin fahre. »Als ob wir eine Gefährdung der öffentlichen Sicherheit wären«, sagte sie und lachte ihr Lachen. »Nein, eine Gefährdung der Volksgesundheit«, erwiderte er. »Wir verstoßen gegen die Richtlinien des Gesundheitsamtes.«

Am Ende dieser acht Tage, als er zumindest Delphine Roux als Verfasserin des anonymen Briefes, wenn auch nicht Farley als Eindringling und Lauscher entlarvt hatte, beschloß Coleman zu beschließen, daß er alles in seiner Macht Stehende getan hatte, um sich gegen diese ärgerliche und provozierende Einmischung zu verteidigen. Als Faunia ihn an diesem Tag während ihrer Mittagspause anrief und fragte: »Ist die Quarantäne aufgehoben?«, fühlte er sich endlich frei genug von Angst – oder beschloß jedenfalls, dies zu beschließen –, um Entwarnung zu geben.

Da er annahm, sie werde gegen sieben Uhr kommen, nahm er um sechs eine Viagra, ging, nachdem er sich ein Glas Wein eingeschenkt hatte, mit dem Telefon hinaus, setzte sich in einen Gartenstuhl und rief seine Tochter an. Er und Iris hatten vier Kinder großgezogen: zwei Söhne, beide in den Vierzigern, Professoren für Naturwissenschaften, die mit ihren Frauen und Kindern an der Westküste lebten, und die Zwillinge Lisa und Mark, unverheiratet, Ende Dreißig, die in New York lebten. Alle außer einem bemühten sich, drei- oder viermal im Jahr in die Berkshires zu kommen, um ihren Vater zu besuchen, und telefonierten monatlich mit ihm. Die

Ausnahme war Mark, der mit seinem Vater noch nie zurechtgekommen war und den Kontakt hin und wieder ganz abbrach.

Coleman rief Lisa an, weil ihm eingefallen war, daß er seit über einem Monat, vielleicht sogar seit zwei Monaten nicht mehr mit ihr gesprochen hatte. Möglicherweise gab er nur einem vorübergehenden Gefühl der Einsamkeit nach, das mit Faunias Erscheinen verflogen wäre, doch was auch immer seine Motive waren – er konnte vor diesem Gespräch nicht wissen, was ihn erwartete. Noch mehr Widerstand war gewiß das letzte, womit er rechnete, und am wenigsten rechnete er mit dem Widerstand des Kindes, dessen bloße Stimme – sanft, melodisch und noch mädchenhaft, trotz zwölf schwieriger Jahre als Lehrerin in der Lower East Side – ihn sonst unfehlbar mit Trost und Ruhe und manchmal sogar mit noch mehr erfüllte: mit einer neuen Vernarrtheit in diese Tochter. Wahrscheinlich tat er, was die meisten alternden Eltern tun, wenn sie, aus Hunderten von Gründen, ein Ferngespräch führen, um die alten Zeiten wenigstens für einen Augenblick wiederaufleben zu lassen. Zwischen Coleman und Lisa war immer eine ungebrochene, niemals zweifelhafte Zärtlichkeit gewesen, und darum war sie unter denen, die ihm noch nahestanden, diejenige, der er am wenigsten weh tun konnte.

Etwa drei Jahre zuvor – noch vor der Sache mit den dunklen Gestalten –, als Lisa sich fragte, ob sie nicht einen Riesenfehler begangen hatte, indem sie den normalen Unterricht aufgegeben und statt dessen den Förderunterricht übernommen hatte, war Coleman nach New York gefahren und einige Tage dort geblieben, um zu sehen, wie schlimm es um sie stand. Iris hatte damals noch gelebt – und wie sie gelebt hatte –, doch was Lisa gebraucht hatte, war nicht Iris' enorme Energie gewesen: Sie wollte nicht auf Trab gebracht werden, wie man von Iris auf Trab gebracht wurde. Sie brauchte die Fähigkeiten des ehemaligen Dekans, der auf seine methodische, entschlossene Weise Ordnung im Chaos schaffen konnte. Iris hätte ihr mit Sicherheit gesagt, sie solle sich durchbeißen, und nach ihrer Abreise wäre Lisa wie erschlagen gewesen und hätte das Gefühl gehabt, in der Falle zu sitzen; bei ihrem Vater dagegen bestand die Möglichkeit, daß er ihr, hätte sie überzeugend gegen eine Beibehaltung ihres Kurses argumentiert, geraten hätte, der Sache ein

Ende zu machen und aufzuhören – was ihr wiederum den Mumm gegeben hätte, weiterzumachen.

Er hatte nicht nur bis spät am ersten Abend mit ihr im Wohnzimmer gesessen und ihr zugehört, als sie ihm ihr Leid klagte, sondern war am nächsten Tag auch mit ihr zur Schule gefahren, um sich anzusehen, was ihr so zusetzte. Und er bekam es zu sehen: Der Morgen begann mit vier unmittelbar aufeinanderfolgenden halbstündigen Unterrichtseinheiten mit jeweils einem sechs- oder siebenjährigen Kind, das zu den schlechtesten Schülern in der ersten oder zweiten Klasse gehörte, und der Rest des Tages bestand aus dreiviertelstündigen Einheiten mit Gruppen von acht Kindern, deren Lesefertigkeit nicht besser entwickelt war als die der Kinder im Einzelunterricht, für die es jedoch, weil es an Fachkräften mangelte, keine andere Fördermöglichkeit gab.

»Die normalen Klassen sind einfach zu groß«, sagte Lisa, »und darum können sich die Lehrer nicht um diese Kinder kümmern. Ich war ja selbst reguläre Lehrerin. Diese Kinder, die nicht mitkommen – das sind drei von dreißig. Drei oder vier. Das ist eigentlich gar nicht so schlecht. Man kann sich an den Fortschritten der anderen Kinder hochziehen. Anstatt sich mit den hoffnungslosen Kindern aufzuhalten und ihnen zu geben, was sie brauchen, schieben die Lehrer sie einfach durch und denken – oder reden sich ein –, daß sie schon irgendwie mitkommen. Man schiebt sie in die zweite, die dritte, die vierte Klasse, und dann bekommen sie echte Probleme. Aber ich habe *nur* diese Kinder, die sonst keiner erreichen kann, und weil meine Schüler und das Unterrichten mir am Herzen liegen, ist mein ganzes Leben, meine ganze *Welt* davon betroffen. Und die Schule, die Schulleitung – Dad, die sind einfach nicht gut. Wir haben eine Direktorin, die keine Vision hat, keine Vorstellung von dem, was sie will, und wir haben ein Mischmasch von Leuten, die tun, was sie für richtig halten. Was nicht unbedingt das Richtige ist. Als ich vor zwölf Jahren herkam, war es eine tolle Schule. Die Direktorin war wirklich gut. Sie hat die ganze Schule mitgerissen. Aber jetzt haben in vier Jahren einundzwanzig Lehrer gewechselt, und das ist eine Menge. Wir haben viele gute Leute verloren. Vor zwei Jahren habe ich den Förderunterricht übernommen, weil mir der normale Unterricht einfach zuviel wurde. Das hatte ich zehn Jahre lang jeden Tag gemacht. Ich hab's einfach nicht mehr ausgehalten.«

Er ließ sie reden, sagte wenig und unterdrückte, weil seine von der Realität schwer angeschlagene Tochter bald vierzig sein würde, ohne große Mühe den Impuls, sie in die Arme zu nehmen, so wie sie, stellte er sich vor, den Impuls unterdrückte, den sechsjährigen Jungen, der nicht lesen konnte, in die Arme zu nehmen. Lisa hatte Iris' Intensität, ohne deren Autorität zu besitzen, und da sie jemand war, der nur für andere lebte – Lisas Fluch war ihr unheilbarer Altruismus –, war sie als Lehrerin ständig am Rand der totalen Erschöpfung. Gewöhnlich gab es auch noch einen anspruchsvollen Freund, dem sie ihre Güte und Freundlichkeit nicht vorenthalten konnte, für den sie sich schier zerriß und den ihre jungfräuliche ethische Reinheit zwangsläufig irgendwann unendlich langweilte. In moralischer Hinsicht segelte Lisa immer in schwerer See, doch sie besaß weder die nötige Härte, um jemanden zu enttäuschen, noch die nötige Kraft, um sich über ihre eigene Kraft nichts vorzumachen. Das war der Grund, warum Coleman wußte, daß sie ihre Arbeit im Förderprogramm fortsetzen würde, und das war auch der Grund, warum sein väterlicher Stolz nicht nur mit Furcht um sie, sondern manchmal auch mit einer an Verachtung grenzenden Ungeduld durchsetzt war.

»Als Lehrerin hat man dreißig Kinder, die ganz verschiedene Voraussetzungen mitbringen und ganz verschiedene Erfahrungshintergründe haben, und allen muß man gerecht werden«, sagte sie. »Dreißig verschiedene Kinder aus dreißig verschiedenen Familien, die auf dreißig verschiedene Arten an das Lernen herangehen. Das erfordert eine Menge Organisation. Eine Menge Papierkram. Eine Menge von *allem*. Aber das ist *nichts* im Vergleich zu dem, was ich jetzt mache. Gut, selbst dabei, selbst als Förderlehrerin denke ich manchmal: Heute war ein guter Tag. Aber meistens möchte ich am liebsten aus dem Fenster springen. Ich mache mir viele Gedanken darüber, ob das das richtige Programm für mich ist. Ich hänge mich nämlich ziemlich rein, falls du es noch nicht wußtest. Ich will alles richtig machen, aber es gibt keine richtige Methode: Jedes Kind ist anders, und jedes Kind ist hoffnungslos, und trotzdem erwartet man von mir, daß ich hingehe und irgendwas zustande bringe. Natürlich hat jeder immer Schwierigkeiten mit Kindern, die nicht lernen können. Was macht man mit einem Kind, das nicht lesen kann? Stell dir das mal vor: ein Kind, das nicht lesen kann. Das ist schwierig, Daddy. Irgendwie wird es auch eine Frage des Egos.«

Lisa, die in sich so viel Sorge hat, deren Gewissenhaftigkeit keinen Kompromiß kennt, die nur lebt, um zu helfen. Die undesillusionierbare Lisa. Die unendlich idealistische Lisa. Ruf Lisa an, sagte er sich, denn er konnte sich nicht vorstellen, daß seine töricht heiligmäßige Tochter jemals in dem Ton kühlen Mißfallens zu ihm sprechen könnte, mit dem sie ihn am Telefon begrüßte.

»Du klingst ganz verändert.«
»Mir geht's gut«, antwortete sie.
»Was ist los, Lisa?«
»Nichts.«
»Wie geht's in der Schule? Wie ist der Ferienunterricht?«
»Gut.«
»Und Josh?« Ihr neuester Freund.
»Gut.«
»Wie geht's deinen Schülern? Was macht der Kleine, der keine N erkennen konnte? Hat er's geschafft? Du weißt schon, der Junge mit den vielen N in seinem Namen – Hernando.«
»Allen geht's gut.«
Und dann fragte er ohne Vorwurf in der Stimme: »Möchtest du gerne wissen, wie es mir geht?«
»Ich weiß, wie es dir geht.«
»Tatsächlich?«
Keine Antwort.
»Was hast du, Schätzchen?«
»Nichts.« Ein zweites »Nichts«, das ihm nur zu deutlich zu verstehen gab: *Nenn mich nicht Schätzchen.*
Irgend etwas Rätselhaftes geschah hier. Wer hatte ihr etwas erzählt? Und *was* hatte er ihr erzählt? Auf der Highschool und später, nach dem Krieg, auf dem College hatte er die anspruchsvollsten Kurse belegt; als Dekan in Athena hatten ihn die Probleme, die sein anstrengender Posten mit sich brachte, nur angespornt; als Be-

schuldigter in der Affäre um die dunklen Gestalten hatte er nie aufgehört, sich gegen die falschen Anschuldigungen zu wehren; und selbst sein Rückzug vom College war keine Kapitulation, sondern ein Akt empörten Protestes gewesen, eine wohlüberlegte Manifestation seiner unerschütterlichen Verachtung. Doch in all den Jahren, in denen er mit den schwierigsten Aufgaben, den schlimmsten Rückschlägen, den ärgsten Erschütterungen fertig geworden war, hatte er sich nie – nicht einmal nach Iris' Tod – so schutzlos gefühlt wie jetzt, da Lisa, die Verkörperung einer beinahe lächerlichen Güte, in das eine Wort »Nichts« all die Schroffheit legte, für die sie in ihrem ganzen bisherigen Leben kein lohnendes Ziel gefunden hatte.

Und dann, gerade als ihm die schreckliche Bedeutung von Lisas »Nichts« bewußt wurde, sah er einen Pick-up auf dem asphaltierten Weg unterhalb des Hauses: Er fuhr im Schrittempo einige Meter, hielt an, fuhr ganz langsam ein Stückchen weiter, hielt wieder an ... Coleman sprang auf, machte zögernd ein paar Schritte über das gemähte Gras, reckte den Hals, um besser sehen zu können, begann zu rennen und rief: »He! Sie! Was machen Sie da?« Doch der Pick-up beschleunigte und war außer Sichtweite, bevor Coleman nahe genug gekommen war, um irgend etwas von dem Wagen oder dem Fahrer erkennen zu können. Da er Automarken nicht voneinander unterscheiden konnte und von dort, wo er schließlich stehenblieb, nicht hatte sehen können, ob das Fahrzeug alt oder neu gewesen war, wußte er nur, welche Farbe es gehabt hatte: ein unbestimmtes Grau.

Die Telefonleitung war inzwischen tot. Als er über den Rasen gelaufen war, hatte er versehentlich auf die »Aus«-Taste gedrückt. Entweder das, oder Lisa hatte die Verbindung absichtlich unterbrochen. Als Coleman die Wahlwiederholung betätigte, meldete sich eine männliche Stimme. »Sind Sie Josh?« fragte Coleman. »Ja«, sagte der Mann. »Hier ist Coleman Silk, Lisas Vater.« Nach einem kurzen Zögern sagte der Mann: »Lisa will nicht mit Ihnen sprechen« und legte auf.

Das war Marks Werk. Es konnte nicht anders sein. Jemand anders kam nicht in Frage. Sicher nicht dieser verdammte Josh – wer war er überhaupt? Coleman wußte nicht, wie Mark von Faunia erfahren hatte, ebensowenig wie er wußte, auf welche Weise Delphine Roux oder irgendein anderer von ihr erfahren hatte, aber das spielte jetzt keine Rolle – Mark hatte seine Zwillingsschwester mit dem Verbrechen ihres Vaters konfrontiert. Denn ein Verbrechen mußte es in den Augen dieses Jungen sein. Kaum daß er hatte sprechen können, war Mark davon überzeugt gewesen, daß sein Vater gegen ihn war: Er war *für* die beiden älteren Söhne, weil sie älter waren und großartige schulische Leistungen erbrachten und sich widerspruchslos die intellektuellen Ansprüche ihres Vaters zu eigen machten; er war *für* Lisa, weil sie Lisa war, das kleine Mädchen der Familie, unstreitig das vom Vater am meisten geliebte Kind; und er war *gegen* Mark, weil dieser all das, was seine Zwillingsschwester war – bewundernswert, bewundernd, untadelig, rührend, edel und gut bis auf den Grund ihres Herzens –, weder war noch sein wollte.

Mark war vermutlich der schwierigste Mensch, den verstehen zu wollen, nein, nicht verstehen – sein Haß war nur zu verständlich –, aber mit dem sich auseinandersetzen zu müssen Colemans Schicksal war. Das Quengeln und Schmollen hatte begonnen, noch bevor er alt genug gewesen war, in den Kindergarten zu gehen, und das Aufbegehren gegen die Familie und ihre Werte hatte bald darauf eingesetzt und sich, trotz aller Besänftigungsversuche, im Lauf der Jahre bis auf den Grund *seines* Herzens verfestigt. Mit Vierzehn unterstützte er während des Amtsenthebungsverfahrens lautstark Nixon, während die anderen Familienmitglieder den Präsidenten für den Rest seines Lebens hinter Gittern sehen wollten; mit Sechzehn wurde er orthodoxer Jude, während seine Geschwister es ihren antiklerikalen, atheistischen Eltern nachtaten und kaum mehr als dem Namen nach Juden waren; mit Zwanzig brachte er seinen Vater auf, indem er zwei Semester vor dem Abschluß das Studium an der Brandeis University abbrach, und jetzt, mit Ende Dreißig, hatte er, nachdem er ein Dutzend Jobs, für die er sich im Grunde zu schade gewesen war, ausprobiert und verworfen hatte, entdeckt, daß er ein erzählender Dichter war.

Aufgrund der unversöhnlichen Feindschaft gegen seinen Vater hatte Mark sich in allem zu etwas gemacht, was seine Familie nicht war – oder genauer und trauriger gesagt: Er hatte sich in allem zu etwas gemacht, das *er* nicht war. Er war ein intelligenter Junge, belesen, mit einer schnellen Auffassungsgabe und einer scharfen Zunge, doch er hatte nie Frieden mit Coleman geschlossen, und nun, mit Achtunddreißig, nährte er als erzählender Dichter mit biblischer Thematik diesen großen, sein ganzes Leben bestimmenden Haß mit all der Arroganz eines Menschen, der nichts zustande gebracht hat. Eine ihm völlig ergebene Freundin, eine humorlose, nervöse, strengreligiöse junge Frau, verdiente ihren gemeinsamen Lebensunterhalt als Zahntechnikerin in Manhattan, während Mark in ihrer ärmlichen Wohnung in Brooklyn hockte und die biblisch inspirierten Gedichte schrieb, die nicht einmal in jüdischen Zeitschriften gedruckt wurden, endlose Gedichte über das Unrecht, das David seinem Sohn Absalom getan hatte, über das Unrecht, das Isaak seinem Sohn Esau getan hatte, über das Unrecht, das Juda seinem Bruder Josef getan hatte, und über den Fluch, mit dem der Prophet Nathan David belegt hatte, nachdem dieser mit Bathseba gesündigt hatte – Gedichte, die auf mancherlei schwülstig unverhüllte Weise von der fixen Idee kündeten, auf die Markie alles gesetzt und wodurch er alles verloren hatte.

Wie hatte Lisa nur auf ihn hören können? Wie hatte Lisa irgend etwas, was Markie gegen seinen Vater vorbrachte, ernst nehmen können, wenn sie doch wußte, was ihn sein Leben lang getrieben hatte? Andererseits: Lisas Nachsicht gegenüber ihrem Bruder, ganz gleich, wie falsch sie die Feindseligkeit fand, die ihn vergiftete, reichte beinahe bis zu ihrer beider Geburt zurück. Weil es ihrem mitfühlenden Naturell entsprach und weil sie schon als kleines Schulmädchen unter dem schlechten Gewissen des bevorzugten Kindes gelitten hatte, war sie den Klagen ihres Zwillingsbruders stets mit freundlicher Geduld begegnet und hatte ihn bei Familienstreitigkeiten getröstet. Aber mußte ihre Fürsorge für den Benachteiligten von ihnen beiden so weit gehen, daß sie diesen verrückten Vorwurf akzeptierte? Und wie lautete dieser Vorwurf überhaupt? Welche böse Tat hatte der Vater begangen, welches Unrecht hatte er seinen Kindern angetan, daß die Zwillinge Delphine Roux' und Lester Farleys Partei ergriffen? Und die anderen beiden, die Wissenschaftler – spielten sie und ihre Bedenken hier ebenfalls eine Rolle? Wann hatte er eigentlich von *ihnen* zum letztenmal gehört?

Er erinnerte sich jetzt wieder an die schreckliche Stunde, die er zu Hause, nach Iris' Beerdigung, erlebt hatte, er erinnerte sich voller Schmerz an die Beschuldigungen, die Mark gegen ihn erhoben hatte, bevor die beiden älteren Brüder eingegriffen und ihn mit Gewalt in sein altes Zimmer gebracht hatten, wo er für den Rest des Nachmittags geblieben war. Während der darauffolgenden Tage – die Kinder waren noch nicht wieder abgereist – war Coleman bereit gewesen, das, was sein Sohn ihm vorzuwerfen gewagt hatte, nicht ihm selbst, sondern seinem Schmerz zuzuschreiben, aber das bedeutete nicht, daß er es vergessen hatte oder daß er es je vergessen würde. Kaum daß sie vom Friedhof nach Hause gekommen waren, hatte Markie begonnen, über ihn herzufallen. »Nicht das College ist schuld. Nicht die Schwarzen. Nicht deine Feinde. Es ist *deine* Schuld! Du hast Mutter umgebracht! So wie du alles umbringst! Weil du immer im Recht sein mußt! Weil du dich nie entschuldigen willst, weil du immer hundertprozentig im Recht sein willst, ist Mutter jetzt tot! Es hätte alles ganz leicht aus der Welt geschafft werden können, es hätte innerhalb von vierundzwanzig Stunden aus der Welt geschafft werden können, wenn du dich nur einmal in deinem Leben entschuldigt hättest. ›Tut mir leid, daß ich ›dunkle Gestalten‹ gesagt habe.‹ Mehr hättest du nicht sagen müssen, du großer, wichtiger Mann. Du hättest bloß zu diesen Studenten gehen und sagen müssen, daß es dir leid tut – dann wäre Mutter jetzt noch am Leben!«

Während Coleman auf seinem Rasen stand, überkam ihn mit einemmal eine Empörung, wie er sie seit dem Tag nach Markies Ausbruch nicht mehr verspürt hatte, als er innerhalb einer Stunde seine Rücktrittserklärung geschrieben und abgeschickt hatte. Er wußte, daß es nicht recht war, seinen Kindern gegenüber solche Gefühle zu haben. Er wußte – das hatte ihn die Affäre um die dunklen Gestalten gelehrt –, daß eine derartige Empörung eine Art von Wahnsinn war, dem er erliegen konnte. Er wußte, daß eine solche Empörung keine methodische, vernünftige Lösung dieses Problems zuließ. Er wußte als Lehrer, wie ein Lehrer zu sein hatte, er wußte als Vater, wie ein Vater zu sein hatte, und er wußte als Mann von über siebzig Jahren, daß man nichts als dauerhaft feindselig und unabänderlich betrachten darf, insbesondere nicht in einer Familie, auch wenn zu ihr ein so zornerfüllter Sohn wie Mark gehörte. Und nicht nur die Sache mit den dunklen Gestalten hatte ihn gelehrt, was an einem Mann, der glaubt, man habe ihm bitter Unrecht getan, nagen und ihn verbiegen kann. Der Zorn des Achilleus, das Wüten des Philoktetes, die Erbitterung der Medea, der Wahnsinn des Ajax, die Verzweiflung der Elektra und die Qualen des Prometheus hatten ihn gelehrt, wie viele Schrecken heraufbeschworen werden können, wenn der höchste Grad der Empörung erreicht ist, wenn im Namen der Gerechtigkeit Vergeltung gefordert wird, wenn der Kreislauf der Rache beginnt.

Und es war gut, daß er dies wußte, denn es brauchte nicht weniger als dies, nicht weniger als die Mahnung der attischen Tragödien und der epischen Dichtung des klassischen Griechenlands, um ihn davon abzuhalten, auf der Stelle zum Telefon zu greifen und Markie zu sagen, was für ein kleiner Scheißer er schon immer gewesen war.

Die offene Konfrontation mit Farley fand etwa vier Stunden später statt. Nach meiner Rekonstruktion sah Coleman in den Stunden nach Faunias Ankunft sechs- oder siebenmal vor der Vorder-, Hinter- und Küchentür nach, um sich davon zu überzeugen, daß niemand sie belauschte. Erst gegen zehn Uhr, als die beiden sich zum Abschied hinter der zur Küche führenden Fliegengittertür umarmten, konnte er die nagende Empörung hinter sich lassen und der wirklich wesentlichen Sache in seinem Leben – dem Rausch des letzten Abenteuers, dem, was Thomas Mann, als er über Aschenbach schrieb, »das späte Abenteuer der Gefühle« nannte – gestatten, in den Vordergrund zu treten und von ihm Besitz zu ergreifen. Als Faunia im Begriff war zu gehen, wurde ihm endlich bewußt, daß er nach ihr verlangte, als sei alles andere bedeutungslos – und so war es auch: Weder seine Tochter noch seine Söhne, weder Faunias Exmann noch Delphine Roux waren für ihn von irgendeiner Bedeutung. Dies ist nicht nur das Leben, dachte er, dies ist das *Ende* des Lebens. Unerträglich war nicht diese lächerliche Ablehnung, die Faunia und ihm entgegenschlug; unerträglich war vielmehr, daß er beim letzten Eimer seiner Tage, ja am Boden des letzten Eimers angekommen war, daß es, wenn überhaupt, dann jetzt an der Zeit war, das Streiten zu beenden, den Einspruch zurückzuziehen, die Gewissenhaftigkeit abzulegen, mit der er vier lebhafte Kinder großgezogen, eine konfliktreiche Ehe durchgestanden, widerspenstige Kollegen beeinflußt und Athenas mittelmäßige Studenten so gut er konnte durch eine etwa zweieinhalbtausend Jahre alte Literatur geführt hatte. Es war an der Zeit, nachzugeben und sich seinerseits von diesem einfachen Verlangen führen zu lassen. Jenseits der Vorwürfe der anderen. Jenseits ihrer Anklage. Jenseits ihres Urteilsspruchs. Lerne, sagte er zu sich selbst, lerne, bevor du stirbst, jenseits der Jurisdiktion ihrer empörenden, ekelhaften, dummen Anschuldigungen zu leben.

Der Zusammenstoß mit Farley. Der Zusammenstoß in jener Nacht mit Farley, der Zusammenstoß mit einem Milchfarmer, der nicht Pleite machen wollte, aber dennoch Pleite gemacht hatte, einem Straßenarbeiter, der sein Bestes für seine Heimatstadt gab, ganz gleich, wie unwürdig und erniedrigend die ihm zugeteilte Arbeit war, einem guten Amerikaner, der für sein Land nicht bloß eine, sondern zwei Dienstzeiten geleistet hatte, der noch mal rübergegangen war, um die verdammte Sache zu Ende zu bringen. Der sich noch mal gemeldet hatte und rübergegangen war, denn nach dem erstenmal sagten alle, daß er nicht mehr derselbe war und daß sie ihn gar nicht wiedererkannten, und er merkte, daß es stimmte: Sie hatten alle Angst vor ihm. Er kehrt aus dem Dschungelkrieg nach Hause zurück und wird nicht nur nicht geehrt, sondern sogar gefürchtet – also kann er eigentlich genausogut wieder rübergehen. Er hat nicht gerade erwartet, wie ein Held behandelt zu werden – aber wenn ihn alle so ansehen ... Also meldet er sich für eine zweite Dienstzeit, und diesmal will er es wirklich wissen. Er ist stinksauer. Geladen. Ein äußerst aggressiver Krieger. Beim erstenmal war er noch nicht so scharf auf *action*. Beim erstenmal war er der nette Les, der noch nicht wußte, was Hoffnungslosigkeit ist. Beim erstenmal war er der Junge aus den Berkshires, der viel Vertrauen zu anderen Leuten und keine Ahnung hatte, wie billig ein Leben sein kann, der nicht wußte, was Pillen aus einem machen können, der sich keinem unterlegen fühlte, der unbekümmerte Les, keine Gefahr für die Gesellschaft, jede Menge Freunde, schnelle Autos, das ganze Programm. Beim erstenmal hatte er Ohren abgeschnitten, weil er eben da war und weil man das eben machte, aber das war's dann auch. Er war keiner von denen, die es, als man sie in dieser Gesetzlosigkeit abgeladen hatte, gar nicht erwarten konnten, endlich loszulegen, keiner von denen, die von vornherein nicht so gut beieinander oder ziemlich aggressiv waren und bloß auf eine Gelegenheit warteten, um richtig durchzudrehen. Ein Typ in seiner Einheit, den alle nur Big Man nannten, war kaum ein oder zwei Tage da, als er einer Schwangeren den Bauch aufschlitzte. Farley kriegte es erst gegen Ende seiner ersten Dienstzeit richtig gut hin. Aber beim zweitenmal kam er in eine Einheit mit vielen Typen, die ebenfalls zum zweitenmal dabei waren, und zwar nicht, um die Zeit totzuschlagen oder sich ein paar Extramäuse zu verdienen, beim zweitenmal, mit diesen anderen Typen, die ganz scharf darauf waren, an die Front zu kommen, durchgedrehten Typen, die den Horror kannten, aber wußten, daß das die allerbeste Zeit ihres Lebens war, beim zweitenmal war er auch durchgedreht. Wenn man in einem Gefecht rennt, um aus der Gefahrenzone zu kommen, und einem die Kugeln um die Ohren fliegen, kann man unmöglich keine Angst haben, aber man kann Amok laufen und sich dem Rausch hingeben, und so läuft er beim zweitenmal Amok. Beim zweitenmal schießt er alles kurz und klein. Was das Zeug hält, immer an der Grenze zwischen Leben und Tod, voll Angst und Erregung, und im Zivilleben gibt es nichts, was da mithalten kann. Türschütze. Sie verlieren Hubschrauber und brauchen Türschützen. Irgendwann suchen sie Türschützen, und er ergreift die Gelegenheit und meldet sich freiwillig. Und dann schwebt er über dem Kriegsschauplatz, und von dort oben sieht alles ganz klein aus, und er feuert, was das Rohr hergibt. Auf alles, was sich bewegt. Tod und Zerstörung – dafür ist der Türschütze zuständig. Und das hat den weiteren Vorteil, daß man nicht die ganze Zeit da unten im Dschungel rumkriechen muß. Aber dann kommt er nach Hause, und es ist nicht besser als beim erstenmal, nein, es ist schlimmer. Nicht wie bei den Jungs, die im Zweiten Weltkrieg mitgemacht haben. Die sind mit einem Schiff zurückgefahren, die haben sich entspannen können, man hat sich um sie gekümmert und sie gefragt, wie es ihnen geht.

Nein, hier gibt es keinen Übergang. Eben noch war er Türschütze in Vietnam, hat Hubschrauber explodieren sehen, mitten in der Luft, und seine Kumpels sind durch die Luft geschleudert worden, gestern noch ist er so tief geflogen, daß er die verbrannte Haut riechen, die Schreie hören, ganze Dörfer in Flammen aufgehen sehen konnte, und einen Tag später ist er wieder in den Berkshires. Und jetzt gehört er *wirklich* nicht mehr dazu, und außerdem hat er inzwischen Angst, daß irgendwas über ihm zusammenschlägt. Er will nicht mehr mit anderen Leuten zusammensein, er kann nicht mehr lachen oder Witze reißen, er hat das Gefühl, nicht mehr zu ihrer Welt zu gehören, er hat das Gefühl, Sachen gesehen und getan zu haben, die so weit jenseits von dem sind, was diese Leute kennen, daß es zwischen ihm und ihnen keine Verbindung mehr gibt. Hat man ihm gesagt, er kann nach Hause gehen? Wie soll er nach Hause gehen? Zu Hause hat er keinen Hubschrauber. Er bleibt für sich allein und trinkt, und wenn er zur Veterans Administration geht, sagen die, daß er bloß Geld will, und dabei will er doch nur Hilfe. Am Anfang hat er noch versucht, Hilfe von der Regierung zu kriegen, aber da haben sie ihm nur ein paar Schlaftabletten gegeben, also scheiß auf die Regierung. Die haben ihn wie ein Stück Dreck behandelt. Sie sind jung, haben sie ihm gesagt, Sie werden schon darüber hinwegkommen. Also versucht er, darüber hinwegzukommen. Mit denen von der Regierung kommt er nicht zurecht, also muß er es aus eigener Kraft schaffen. Aber es ist nicht so einfach, nach zwei Dienstzeiten zurückzukommen und sich aus eigener Kraft etwas aufzubauen. Er ist nicht ruhig. Er ist erregt. Er ist ruhelos. Er trinkt. Es gehört nicht viel dazu, ihn wütend zu machen. Da sind diese Dinge, die über ihm zusammenschlagen. Trotzdem bemüht er sich, hat schließlich eine Frau, ein Zuhause, Kinder, die Farm. Er will allein sein, aber sie will sich niederlassen und die Farm mit ihm betreiben, also versucht er, dasselbe zu wollen. Versucht, das Zeug zu wollen, von dem er weiß, daß der nette Les es vor zehn, fünfzehn Jahren, vor Vietnam, wollte. Das Blöde ist nur: Er hat eigentlich keine Gefühle für diese Menschen. Er sitzt in der Küche, am selben Tisch wie sie, und ißt mit ihnen, aber er fühlt nichts. Keine Möglichkeit, von dort drüben hierherzukommen. Und *trotzdem* versucht er es. Ein paarmal wacht er mitten in der Nacht davon auf, daß er sie würgt, aber das ist nicht seine Schuld, das ist die Schuld der Regierung. Die Regierung hat ihm das angetan. Er dachte, seine Frau wäre der verdammte Feind. Und was hat sie geglaubt, daß er tun würde? Sie wußte doch, daß er da wieder rauskommen würde. Er hat ihr und den Kindern nie was getan. Das sind alles Lügen. Sie hat sich nie um irgendwas gekümmert außer um sich selbst. Er hätte sie nie mit den Kindern gehen lassen dürfen. Sie hat gewartet, bis er in der Entziehungsklinik war – darum hat sie ihn ja gedrängt, dorthin zu gehen. Sie hat gesagt, sie will, daß es ihm wieder bessergeht, damit sie wieder zusammensein können, aber statt dessen hat sie die ganze Sache bloß benutzt, um ihm die Kinder wegzunehmen. Diese Schlampe. Diese Fotze. Sie hat ihn ausgetrickst. Er hätte sie nie mit den Kindern gehen lassen dürfen. Zum Teil war es seine eigene Schuld, weil er betrunken war und sie ihn mit Gewalt in die Entziehungsklinik geschafft haben, aber es wäre besser gewesen, wenn er sie alle kaltgemacht hätte, wie er es gesagt hatte. Er hätte sie umbringen sollen, er hätte die Kinder umbringen sollen, und das hätte er auch getan, wenn sie ihn nicht in die Entziehungsklinik geschafft hätten. Und sie wußte es, sie wußte, daß er sie alle – *zack!* – umgebracht hätte, wenn sie je versucht hätte, ihm die Kinder wegzunehmen. Er war schließlich der Vater – wenn irgend jemand seine Kinder aufzog, dann er. Wenn er sich nicht um sie kümmern konnte, dann waren sie besser dran, wenn sie tot waren. Sie hatte kein Recht, ihm die Kinder wegzunehmen. Erst nimmt sie ihm die Kinder weg, und dann bringt *sie* sie um. Der Ausgleich für das, was er in Vietnam getan hat. Das haben ihm in der Klinik alle gesagt: der Ausgleich für dies und der Ausgleich für das, aber daß alle das sagen, bedeutet ja nicht, daß das nicht stimmt. Es *war* ein Ausgleich, es war *alles* ein Ausgleich – der Tod der Kinder war ein Ausgleich, und der Schreiner, mit dem sie gevögelt hatte, war ein Ausgleich. Er weiß nicht, warum er ihn nicht umgelegt hat. Zuerst hat er bloß den Rauch gerochen. Er war im Gebüsch neben der Straße und hat die beiden im Pick-up des Schreiners belauscht. Der Wagen war in der Einfahrt geparkt. Sie kommt runter – die Wohnung, die sie gemietet hat, ist über einer Garage hinter irgendeinem Bungalow –, und sie steigt in den Pick-up, und es brennt kein Licht, und der Mond scheint nicht, aber er weiß, was da läuft. Und dann riecht er den Rauch. Er hat in Vietnam bloß überlebt, weil er jede Veränderung, jedes Geräusch, jeden Geruch von irgendeinem Tier, jede kleine Bewegung im Dschungel früher bemerkt hat als irgendein anderer – er war im Dschungel so hellwach, als wäre er dort geboren. Er kann den Rauch nicht sehen, er kann das Feuer nicht sehen, er kann gar nichts sehen, weil es so dunkel ist, aber mit einemmal riecht er den Rauch, und irgendwas schlägt über ihm zusammen, und er fängt an zu rennen. Sie sehen ihn kommen und denken, er will ihr die Kinder wegnehmen. Sie wissen nicht, daß die Wohnung brennt. Sie denken, er ist durchgedreht. Aber er riecht den Rauch, und er weiß, daß er aus dem ersten Stock kommt und daß die Kinder da oben sind. Er weiß, daß seine Frau, diese verdammte blöde Fotze, nichts unternehmen wird, weil sie im Wagen sitzt und dem Schreiner einen bläst. Er rennt einfach an ihnen vorbei. Er weiß jetzt nicht mehr, wo er ist, er hat vergessen, wo er ist, er weiß nur, daß er da rein muß, die Treppe rauf, also tritt er die Seitentür ein und rennt rauf, dorthin, wo es brennt, und da sieht er die Kinder auf der Treppe sitzen, sie sitzen aneinandergedrängt oben auf der Treppe und keuchen, und er hebt sie hoch. Sie sitzen nebeneinander zusammengesunken auf der Treppe, und er hebt sie hoch und tritt die Tür ein. Sie leben, da ist er ganz sicher. Er glaubt nicht, daß die Möglichkeit besteht, daß sie nicht mehr leben. Er glaubt, sie haben bloß Angst. Dann sieht er auf, und wer steht draußen vor der Tür, wer steht da und glotzt? Der Schreiner. Das ist der Moment, in dem er ausrastet. Er weiß einfach nicht mehr, was er tut. Er geht dem Kerl an den Hals. Fängt an, ihn zu würgen, und die Schlampe, anstatt sich um die Kinder zu kümmern, regt sich auf, weil er ihrem verdammten Kerl an die Kehle geht. Die Scheißfotze kümmert sich nicht um die Kinder, sondern regt sich auf, weil er ihren Kerl umbringt. Dabei hätten sie's schaffen können. Aber so sind sie gestorben. Weil sie sich einen Scheiß um die Kinder gekümmert hat. Hat sie nie. Als er sie hochgehoben hat, waren sie noch nicht tot. Sie haben sich *warm* angefühlt. Er weiß, wie sich tot anfühlt. Er war zweimal in Vietnam – ihm braucht keiner zu sagen, wie sich tot anfühlt. Er kann den Tod *riechen*, wenn's sein muß. Er kann den Tod *schmecken*. Er weiß, was der Tod ist.

Sie – waren – nicht – tot. Ihr Kerl, ja, der wäre bald mausetot gewesen, wenn die Bullen, die mit der Regierung unter einer Decke stecken, nicht gekommen wären, mitsamt ihren Kanonen, und ihn eingesperrt hätten. Gott im Himmel, laß mich nur einmal recht haben! Die Schlampe hat nicht aufgepaßt! Hat sie nie. Wie damals, als er dieses Gefühl hatte, daß sie in einen Hinterhalt geraten würden. Er wußte nicht, warum, aber er wußte, daß es so war, und keiner wollte ihm glauben, aber er hatte *recht*. Irgendein neuer Blödarsch von Offizier übernimmt das Kommando und will nicht auf ihn hören, und so kommt es, daß Leute dran glauben müssen. So kommt es, daß Leute ins Gras beißen müssen! So kommt es, daß irgendwelche Arschlöcher für den Tod seiner beiden besten Kumpel verantwortlich sind! Sie hören ja nicht auf ihn! Sie halten ihn für unfähig! Aber er ist heil da rausgekommen, oder nicht? Er hat noch alle seine Knochen, er hat noch seinen Schwanz – und weißt du auch, warum? Aber sie will das ja nicht hören! Nie! Sie hat sich von ihm abgewendet, sie hat sich von den Kindern abgewendet. Er ist ja bloß ein durchgeknallter Vietnamveteran. Aber er *weiß* so einiges, verdammt. Und sie weiß *nichts*. Aber sperren sie die blöde Fotze ein? Nein, sie sperren *ihn* ein. Sie pumpen ihn mit allem möglichen Zeug voll. Sie schnallen ihn wieder ans Bett und wollen ihn nicht aus der VA-Klinik in Northampton rauslassen. Obwohl er doch bloß getan hat, was sie ihm beigebracht haben: Wenn du den Feind siehst, dann tötest du ihn. Sie bringen es einem ein Jahr lang bei, und dann versuchen sie einen ein Jahr lang umzubringen, und wenn man tut, was sie einem beigebracht haben, schnallen sie einen mit diesen verdammten Lederriemen ans Bett und pumpen einen voll mit allem möglichen Scheiß. Er hat getan, was man ihm beigebracht hat, und während er das getan hat, hat seine Scheißfrau nicht auf seine Kinder aufgepaßt. Er hätte sie alle umbringen sollen, als er die Möglichkeit dazu hatte. Besonders ihn. Den Kerl. Er hätte ihnen ihre Scheißköpfe abschneiden sollen. Er weiß selbst nicht, warum er's nicht getan hat. Es ist besser, ihm nicht zu nahe zu kommen. Wenn er rauskriegt, wo dieser verdammte Typ ist, bringt er ihn so schnell um, daß er's gar nicht mitkriegt, und keiner wird wissen, daß er es war, weil er nämlich weiß, wie man das so macht, daß niemand es hört. Weil das nämlich das ist, was die Regierung ihm beigebracht hat. Die Regierung der Vereinigten Staaten hat ihn zum Killer ausgebildet. Und er hat seinen Job erledigt. Er hat getan, was man ihm aufgetragen hat. Und jetzt behandelt man ihn so? Sie stecken ihn in die geschlossene Abteilung, sie stecken ihn in die Gummizelle! Sie stecken *ihn* in die Gummizelle! Und er kriegt noch nicht mal das Geld, das ihm zusteht. Für all das kriegt er verdammte zwanzig Prozent. Zwanzig Prozent. Seine ganze Familie hat all das erleiden müssen – für zwanzig Prozent. Und selbst darum muß er betteln. »Erzählen Sie mir, was passiert ist«, sagen sie, diese kleinen Scheißer, diese Sozialarbeiter, diese Psychologen mit ihrem Collegeabschluß. »Haben Sie jemanden getötet, als Sie in Vietnam waren?« Hat er irgend jemanden *nicht* getötet, als er in Vietnam war? War das nicht das, was er tun *sollte*, als man ihn nach Vietnam geschickt hat? Haben sie nicht gesagt, daß alles erlaubt ist? Also war alles erlaubt. Darauf lief es doch schließlich raus – auf das Wort »töten«. Er sollte diese Scheißschlitzaugen töten! Und als wäre »Haben Sie jemanden getötet?« noch nicht schlimm genug, lassen sie diesen verdammten schlitzäugigen Psychologen auf ihn los, diesen schlitzäugigen Haufen Scheiße. Er hat seinem Land gedient und kriegt noch nicht mal einen Arzt, der normal Englisch spricht. Überall in Northampton gibt es chinesische Restaurants, vietnamesische Restaurants, koreanische Supermärkte – und er? Wenn man irgendein Vietnamese ist, wenn man ein irgendein Schlitzauge ist, kriegt man einen Supermarkt, einen Lebensmittelladen, eine Familie, eine gute Ausbildung. Nur er kriegt einen Scheiß. Weil sie wollen, er wäre tot. Weil sie wollen, er wäre nie zurückgekehrt. Er ist ihr schlimmster Alptraum. Er *sollte* gar nicht zurückkehren. Und jetzt dieser Professor. Weißt du, wo er war, als die Regierung uns da rübergeschickt hat, mit einem Arm auf den Rücken gebunden? Er war hier und hat die verdammten Protestmärsche angeführt. Diese Professoren werden dafür bezahlt, damit sie die Studenten unterrichten, nicht damit sie Protestmärsche anführen. Sie haben uns doch gar keine Chance gegeben. Sie haben gesagt, wir haben den Krieg verloren. *Wir* haben den Krieg nicht verloren – die Regierung hat ihn verloren. Aber wenn diese schnöseligen Professoren gerade keine Lust hatten zu unterrichten, haben sie gegen den Krieg demonstriert, und das ist der Dank dafür, daß er seinem Land gedient hat. Das ist der Dank für die Scheiße, durch die er tagein, tagaus kriechen mußte. Er kann keine verdammte Nacht richtig schlafen. In sechsundzwanzig Jahren hat er keine verdammte Nacht richtig geschlafen. Und dafür, *dafür* lutscht seine Frau einem windigen jüdischen Professor den Schwanz? Soweit er sich erinnert, waren nicht viele Juden in Vietnam. Die waren zu sehr damit beschäftigt, an ihrem Collegeabschluß zu basteln. Judensäue. Irgendwas stimmt nicht mit diesen Judensäuen. Die sehen irgendwie falsch aus. Und sie lutscht *seinen* Schwanz? Gott im Himmel! Zum Kotzen, Mann. *Wofür* das alles? Sie hat ja keine Ahnung. Sie hat nicht einen einzigen wirklich beschissenen Tag erlebt. Er hat ihr nie was getan, und den Kindern hat er auch nie was getan. »Ach, mein Stiefvater war so gemein zu mir.« Ihr Stiefvater hat sie befingert. Er hätte sie vögeln sollen – das hätte ihr gutgetan. Dann wären die Kinder heute noch am Leben. Dann wären seine Kinder noch am Leben! Dann wäre er wie die anderen, mit ihren Familien und ihren schönen Autos. Anstatt in einer verdammten VA-Klinik eingesperrt zu sein. Das war der Dank, den er gekriegt hat: Thorazin. Das Thorazinschlurfen. Bloß weil er gedacht hat, er wäre wieder in Nam.

Das war der Lester Farley, der brüllend aus dem Gebüsch gestürmt kam. Das war der Mann, der aus dem dunklen Gebüsch neben dem Haus auf Coleman und Faunia zustürmte, als sie in der geöffneten Küchentür standen. Und das alles war nur ein Bruchteil von dem, was ihm Nacht für Nacht durch den Kopf gegangen war, den ganzen Frühling hindurch bis jetzt, im Frühsommer, wenn er sich stundenlang, mit verkrampften Muskeln, im Gebüsch versteckt und all diese Gefühle durchlebt hatte und in seinem Versteck gewartet hatte, um zu sehen, wie sie es tat. Wie sie tat, was sie getan hatte, als ihre beiden Kinder im Rauch erstickt waren. Diesmal trieb sie es nicht mal mit einem Kerl in ihrem Alter. Er war nicht mal in Farleys Alter. Diesmal trieb sie es nicht mit ihrem Boss, dem großen amerikanischen Sportsmann Hollenbeck. Hollenbeck hatte ihr wenigstens was geben können. Für Hollenbeck hatte man sie fast respektieren können. Nein, die Frau war jetzt so hinüber, daß sie es umsonst mit irgendeinem beliebigen Kerl trieb. Mit einem grauhaarigen, klapprigen alten Mann, mit einem aufgeblasenen jüdischen Professor, dessen gelbliche Judenvisage sich vor Lust verzerrte und dessen zittrige alte Hände ihren Kopf packten. Wer sonst hatte eine Frau, die einem alten Juden den Schwanz lutschte? Wer sonst? Diesmal pumpte diese geile, kindermordende, stöhnende Hure sich den wäßrigen Saft eines ekelhaften alten Juden in ihren Hurenmund, und Rawley und Les junior waren immer noch tot.

Der Ausgleich. Es hörte einfach nicht auf.

Es war wie fliegen, es war wie Nam, es war wie der Augenblick, in dem man ausrastet. Noch verrückter plötzlich, nicht weil sie die Kinder auf dem Gewissen hatte, sondern weil sie diesem Juden den Schwanz lutschte, flog Farley brüllend auf die beiden zu, und der jüdische Professor brüllte zurück, der jüdische Professor hob ein Montiereisen, und nur weil Farley unbewaffnet war – an diesem Abend war er direkt von der Feuerwehrübung hergekommen, ohne ein einziges der Gewehre aus seinem Keller voller Gewehre –, schoß er sie nicht über den Haufen. Warum er nicht nach dem Montiereisen gegriffen, es dem anderen entwunden und allem ein Ende gemacht hatte, würde er nie verstehen. Wunderbar, was er mit dem Ding hätte machen können. »Leg das hin! Ich schlag dir den verdammten Schädel ein! Leg das Scheißding *hin*!« Und der Jude legte es hin. Der Jude hatte Glück: Er legte das Ding hin.

Nachdem er dann nach Hause gefahren war (wie er das hingekriegt hatte, würde er ebenfalls nie verstehen), durchlebte Lester bis in die frühen Morgenstunden – wo es dann fünf Mann brauchte, fünf Kumpel von der freiwilligen Feuerwehr, um ihn festzuhalten und auf eine Bahre zu schnallen und nach Northampton zu fahren – alles noch einmal, alles auf einmal, in seinem eigenen Haus, auf dem Linoleumboden neben dem Küchentisch: die Hitze, den Regen, den Schlamm, die Riesenameisen, die Killerbienen, Durchfall, Kopfschmerzen, kein Essen, kein Wasser, die Munition wird knapp, und er ist sicher, daß das hier seine letzte Nacht ist, und wartet darauf, daß es passiert, Foster tritt auf die versteckte Handgranate, Quillen ertrinkt, er selbst ertrinkt auch um ein Haar, flippt aus, wirft Handgranaten in alle Richtungen und schreit dabei: »Ich will nicht sterben!«, und die Piloten haben alles durcheinandergekriegt und schießen auf sie, Drago verliert ein Bein, einen Arm, die Nase, Conritys verbrannte Haut klebt an seinen Händen, und er kriegt den Hubschrauber nicht dazu zu landen, der Pilot sagt, er kann nicht landen, weil er beschossen wird, und weil er weiß, daß er hier sterben wird, ist er so scheißwütend, daß er versucht, ihn abzuschießen, den eigenen Hubschrauber abzuschießen – die unmenschlichste Nacht, die er je erlebt hat, und sie ist wieder da, genau hier, in seiner Bruchbude, und es ist die längste Nacht, die es überhaupt gibt, und bei jeder Bewegung, die er macht, ist er starr vor Angst, und die Jungs schreien und scheißen und heulen, und er ist auf all dies Geheule nicht gefaßt, Kumpel werden ins Gesicht getroffen und sterben, holen noch mal Luft und sterben, Conritys Haut klebt an seinen Händen, Drago blutet wie verrückt, Lester versucht, einen Toten wachzurütteln, und schreit und brüllt in einem fort: »Ich will nicht sterben!« Der Tod macht keine Pause. Der Tod ruht sich nicht aus. Dem Tod kann man nicht davonrennen. Der Tod läßt einen nicht in Frieden. Er kämpft bis zum Morgen gegen den Tod, und alles ist hautnah. Die Angst ist hautnah, die Wut ist hautnah, kein Hubschrauber will landen, und der entsetzliche Geruch von Dragos Blut ist hier in seinem verdammten Haus. Er wußte gar nicht, wie ekelhaft es riechen kann. ALLES SO HAUTNAH, ALLE SO WEIT WEG VON ZU HAUSE UND IN IHM DIESES WÜTENDE WÜTENDE WÜTENDE WÜTENDE TOBEN!

Beinahe den ganzen Weg nach Northampton – bis sie es nicht mehr aushalten und ihm einen Knebel verpassen – gräbt Farley sich spät in der Nacht ein und wacht am nächsten Morgen auf, um festzustellen, daß er bei den Würmern im Grab eines anderen geschlafen hat. »Bitte!« schreit er. »Schluß damit! Schluß!« Und so bleibt ihnen schließlich nichts anderes übrig, als ihn zu knebeln.

In der VA-Klinik, einem Ort, wohin man ihn nur mit Gewalt bringen konnte und vor dem er jahrelang davongelaufen war – er war sein Leben lang vor dem Krankenhaus einer Regierung davongelaufen, mit der er nicht zurechtkam –, steckten sie ihn in die geschlossene Abteilung, schnallten ihn an ein Bett, führten ihm Flüssigkeit zu, stabilisierten ihn, entgifteten ihn, machten einen Alkoholentzug und behandelten seinen Leberschaden, und dann, in den sechs Wochen, die darauf folgten, erzählte er jeden Morgen in der Gruppentherapie, wie Rawley und Les junior gestorben waren. Jeden Tag erzählte er ihnen alles, was geschehen war, und er erzählte ihnen auch, was nicht geschehen war, als er die Gesichter seiner beiden erstickten Kinder gesehen hatte und es keinen Zweifel mehr daran gab, daß sie tot waren.

»Taub«, sagte er. »Scheißtaub. Keine Gefühle. Keine Gefühle, und dabei sind meine eigenen Kinder gestorben. Die Augen meines Sohns sind nach hinten verdreht, und er hat keinen Puls mehr. Sein Herz schlägt nicht mehr. Mein Sohn atmet nicht mehr. Mein Sohn. Der kleine Les. Der einzige Sohn, den ich je haben werde. Aber ich hab nichts gefühlt. Ich hab mich benommen, als wär's ein Fremder. Und bei Rawley dasselbe. Sie war wie eine Fremde. Mein kleines Mädchen. Dieses Scheißvietnam hat sie auf dem Gewissen! Der Krieg ist jahrelang vorbei, und dieses Scheißvietnam hat sie auf dem Gewissen! Alle meine Gefühle sind im Arsch. Ich hab das Gefühl, als hätte mir einer eins mit einer Keule verpaßt, und dabei ist gar nichts passiert. Aber dann passiert was, was Scheißgroßes, und ich spüre überhaupt nichts. Ich bin taub. Meine Kinder sind tot, aber mein Körper ist taub, und in meinem Kopf ist nichts. Vietnam. Das ist der Grund! Ich hab nie um meine Kinder geweint. Er war fünf, und sie war acht. Ich hab mich gefragt: ›Warum fühle ich nichts?‹ Ich hab mich gefragt: ›Warum hab ich sie nicht gerettet? Warum konnte ich sie nicht retten?‹ Der Ausgleich. Der Ausgleich! Ich hab immer an Vietnam gedacht. An all die Zeiten, als ich gedacht hab, ich sterbe. Und so ist mir langsam klargeworden, daß ich nicht sterben kann. Weil ich nämlich schon gestorben bin. Weil ich nämlich schon in Vietnam gestorben bin. Weil ich ein Mann bin, der schon *tot* ist!«

Die Gruppe bestand aus Vietnamveteranen wie Farley, bis auf zwei, die im Golfkrieg gekämpft hatten, Heulsusen, die in einem Vier-Tage-Bodenkrieg ein bißchen Sand in die Augen bekommen hatten. In einem Hundert-Stunden-Krieg. Ein bißchen Herumsitzen in der Wüste. Die Vietnamveteranen waren Männer, die nach dem Krieg das Schlimmste durchgemacht hatten – Scheidung, Alkohol, Drogen, Verbrechen, Polizei, Gefängnis, die schrecklichen Tiefen der Depression, wenn man das Weinen nicht mehr kontrollieren kann, wenn man schreien, etwas zerstören will, wenn die Hände zittern und der Körper zuckt, wenn das Gesicht angespannt ist und einem von Kopf bis Fuß der Schweiß ausbricht, wenn man wieder Metall durch die Luft fliegen sieht, blendende Explosionen, abgetrennte Gliedmaßen, wenn man massakrierte Gefangene sieht, massakrierte Familien, alte Frauen und Kinder –, und darum waren diese Männer, auch wenn sie bei der Geschichte von Rawley und dem kleinen Les nickten und Verständnis dafür hatten, daß Farley kein Gefühl für sie empfand, als er sah, daß ihre Augen nach hinten verdreht waren, weil er selbst bereits tot war, darum waren diese Männer, diese wirklich kranken Männer (in jenen seltenen Augenblicken, in denen einer von ihnen imstande war, sich mit einem anderen zu befassen, der ebenfalls durch die Straßen ging, drauf und dran, auszurasten und »Warum?« in den Himmel zu schreien, mit einem anderen, dem ebenfalls niemand den Respekt entgegenbrachte, der ihm zustand, mit einem anderen, der ebenfalls erst erlöst sein würde, wenn er tot und begraben und vergessen war), darum waren diese Männer der Meinung, Farley solle diese Sache hinter sich lassen und sein Leben in die Hand nehmen.

Sein Leben in die Hand nehmen. Er weiß, daß es Scheiße ist, aber etwas anderes hat er nicht. Sein Leben in die Hand nehmen. Okay.

Er war dazu entschlossen, als er Ende August aus der Klinik entlassen wurde. Und mit der Hilfe einer Selbsthilfegruppe und insbesondere eines Typen, der am Stock ging und Louie Borrero hieß, schaffte er es wenigstens halbwegs; es war hart, aber mit Louies Hilfe kam er mehr oder weniger zurecht und bekam sein Leben beinahe drei ganze Monate lang, bis in den November hinein, auf die Reihe. Aber dann – und zwar nicht, weil irgend jemand irgend etwas zu ihm gesagt hatte oder weil er irgend etwas im Fernsehen gesehen hatte oder weil wieder einmal ein Thanksgiving ohne Familie näherrückte, sondern weil es für ihn keine Alternative gab, weil es keine Möglichkeit gab zu verhindern, daß die Vergangenheit sich wieder höher und höher vor ihm auftürmte und Taten verlangte, eine gewaltige Reaktion forderte –, dann lag das alles nicht mehr hinter ihm, sondern wieder vor ihm.

Und abermals war *das* sein Leben.

2. Abducken

ALS COLEMAN am nächsten Tag nach Athena fuhr, um sich zu erkundigen, was er dagegen unternehmen könne, um Farley ein für allemal daran zu hindern, sein Grundstück zu betreten, gab ihm sein Rechtsanwalt Nelson Primus einen Rat, den er nicht hören wollte: er solle in Erwägung ziehen, sein Verhältnis mit Faunia zu beenden. Coleman hatte Primus erstmals zu Beginn der Affäre um die dunklen Gestalten konsultiert, und da Primus ihn fundiert beraten hatte – und weil der junge Anwalt nicht nur eine gewisse vorwitzige Unverblümtheit an den Tag legte, die ihn an sich selbst in Primus' Alter erinnerte, sondern auch keine Anstalten machte, seine Abneigung gegen Sentimentalitäten, die nichts zur Sache taten, hinter der kumpelhaften Lockerheit zu verbergen, die die anderen Rechtsanwälte des Städtchens kennzeichnete –, war er auch mit Delphine Roux' Brief zu ihm gegangen.

Primus war Anfang Dreißig, verheiratet mit einer jungen Philosophieprofessorin, die Coleman vier Jahre zuvor eingestellt hatte, und Vater zweier kleiner Kinder. In einer neuenglischen Universitätsstadt wie Athena, wo fast alle Selbständigen ihrer Arbeit in geschmackvoll rustikaler Kleidung nachgingen, betrat dieser geschmeidig gutaussehende junge Mann mit den rabenschwarzen Haaren, groß, schlank, athletisch, seine Kanzlei jeden Morgen in eleganten Maßanzügen, auf Hochglanz polierten schwarzen Schuhen und gestärkten weißen Hemden mit diskret eingesticktem Monogramm, einer Aufmachung, die nicht nur ein starkes Selbstbewußtsein und ein Gefühl persönlicher Bedeutung verriet, sondern auch einen Widerwillen gegen jede Art von Nachlässigkeit, und außerdem darauf schließen ließ, daß Nelson Primus mehr wollte als eine Kanzlei über Talbots Geschäft gegenüber der Grünanlage. Seine Frau war hier Professorin, also arbeitete er hier. Aber nicht für lange. Ein junger Panther mit Manschettenknöpfen und Nadelstreifen – ein Panther auf dem Sprung.

»Ich habe keinen Zweifel daran, daß Farley ein Psychopath ist«, sagte Primus. Er sprach die Worte mit stakkatohafter Präzision und ließ Coleman dabei nicht aus den Augen. »Wenn er um *mich* herumschleichen würde, wäre ich ernstlich besorgt. Aber ist er um Sie herumgeschlichen, bevor Sie ein Verhältnis mit seiner Exfrau angefangen haben? Damals wußte er nicht mal, daß Sie existierten. Der Brief von dieser Roux ist etwas ganz anderes. Sie wollten, daß ich ihr einen Brief schreibe – wider bessere Einsicht habe ich das getan. Sie wollten einen Schriftexperten konsultieren – wider bessere Einsicht habe ich Ihnen einen vermittelt. Sie wollten, daß ich das Gutachten dieses Experten an ihren Anwalt schicke – wider bessere Einsicht habe ich es ihm zugeschickt. Obwohl ich mir wünschte, Sie hätten die Größe, ein läppisches Ärgernis als das zu behandeln, was es ist, habe ich alles getan, was Sie mir aufgetragen haben. Aber Lester Farley ist kein läppisches Ärgernis. Delphine Roux kann ihm nicht das Wasser reichen, weder als Psychopathin noch als Gegnerin. Farley ist die Welt, die Faunia nur mit knapper Not überlebt hat und die sie zwangsläufig mitbringt, wenn sie durch Ihre Tür tritt. Lester Farley arbeitet beim Straßenbau, stimmt's? Wenn wir eine einstweilige Verfügung gegen ihn beantragen, wird sehr bald Ihr ganzes friedliches Provinzstädtchen Ihr Geheimnis kennen. Und wenig später wird *dieses* Städtchen Ihr Geheimnis kennen, und dann das College – und Ihre jetzige Situation ist nichts im Vergleich zu dem bösartigen Puritanismus, der Ihnen entgegenschlägt, wenn man Sie teert und federt. Ich weiß noch, mit welcher Präzision das hiesige wöchentliche Käseblatt den lachhaften Vorwurf gegen Sie und die Beweggründe für Ihren Rücktritt mißverstanden hat. ›Rassismusvorwurf zwingt Exdekan zum Rücktritt‹. Ich erinnere mich auch an die Bildunterschrift: ›Eine herabsetzende Bemerkung im Seminar beendet Professor Silks akademische Karriere.‹ Ich weiß noch, wie es damals für Sie war, ich glaube zu wissen, wie es jetzt für Sie ist, und ich kann mir ziemlich genau vorstellen, wie es für Sie sein wird, wenn der ganze Landkreis über die sexuellen Eskapaden des Mannes informiert ist, den ein Rassismusvorwurf zum Rücktritt gezwungen hat. Ich will damit nicht sagen, daß das, was sich hinter Ihrer Schlafzimmertür abspielt, irgend jemanden außer Ihnen etwas angeht. Ich weiß, daß es nicht so sein sollte. Immerhin leben wir im Jahr 1998. Es ist schon eine Weile her, seit Janis Joplin und Norman O. Brown die Dinge zum Besseren verändert haben. Aber wir haben hier in den Berkshires Leute – Hinterwäldler oder Collegeprofessoren –, die sich einfach weigern, ihre Wertvorstellungen zu revidieren und der sexuellen Revolution freundlich freie Bahn zu gewähren. Es gibt engstirnige Kirchgänger, Schicklichkeitsfanatiker und alle möglichen rückständigen Spießer, die nur darauf warten, einen Mann wie Sie bloßzustellen und zu bestrafen. Die können Sie ins Schwitzen bringen, Coleman – allerdings auf andere Art als Ihr Viagra.«

Schlauer Junge – so ganz aus eigenen Überlegungen heraus auf Viagra zu kommen. Ein bißchen selbstgefällig, aber bis jetzt war er sehr hilfreich, dachte Coleman, also unterbrich ihn nicht, verpaß ihm keinen Dämpfer, ganz gleich, wie irritierend er darauf hinweist, was für ein kluger Kopf er ist. Gibt es keine Lücke des Mitleids in seinem Panzer? Soll mir recht sein. Du hast ihn um Rat gefragt, also hör ihn dir auch an. Du willst doch keinen Fehler machen, nur weil du dich nicht hast warnen lassen.

»Ich kann natürlich eine einstweilige Verfügung bekommen«, fuhr Primus fort. »Aber wird ihn das von irgend etwas abhalten? Eine einstweilige Verfügung wird ihn erst richtig in Rage bringen. Ich hab Ihnen einen Schriftexperten verschafft, und ich kann Ihnen auch eine einstweilige Verfügung und eine kugelsichere Weste verschaffen. Was ich Ihnen nicht verschaffen kann, ist etwas, was Sie nie haben werden, solange Sie ein Verhältnis mit dieser Frau haben: ein Leben ohne Skandal, ohne Mißbilligung, ohne Farley. Den Frieden, der daher rührt, daß niemand um Ihr Haus schleicht. Oder sich über Sie lustig macht. Oder abfällige Bemerkungen macht. Oder Sie verurteilt. Ist sie übrigens HIV-negativ? Haben Sie sie einen Test machen lassen, Coleman? Benutzen Sie Kondome, Coleman?«

Er hält sich für hip, aber im Grunde kann er es nicht fassen, daß dieser alte Mann ein Sexualleben hat. Das findet er ausgesprochen abnorm. Aber wer kann mit Zweiunddreißig schon verstehen, daß es mit Einundsiebzig ganz genauso ist? Er denkt: Wie und warum *macht* er das eigentlich? Meine Altmänner-Männlichkeit und der Ärger, den sie bereitet. Mit Zweiunddreißig, dachte Coleman, hätte ich das ebenfalls nicht verstanden. Darüber, wie es zugeht in der Welt, spricht er allerdings mit der Autorität eines zehn oder zwanzig Jahre älteren Mannes. Und wie viele Erfahrungen kann er gemacht haben, wie viele Schwierigkeiten des Lebens hat er gemeistert, daß er zu einem Mann, der mehr als doppelt so alt ist wie er, so herablassend spricht? Sehr, sehr wenige, wenn nicht keine.

»Und wenn Sie nichts benutzen, Coleman«, sagte Primus, »benutzt sie dann was? Und wenn sie sagt, daß sie es tut, können Sie dann sicher sein, daß sie es tut? Selbst vom Leben gebeutelte Putzfrauen nehmen es von Zeit zu Zeit mit der Wahrheit nicht so genau und versuchen manchmal sogar einen Ausgleich für all die Scheiße zu kriegen, die sie durchgemacht haben. Was passiert, wenn Faunia Farley schwanger wird? Vielleicht denkt sie, was viele Frauen denken, seit Jim Morrison und die Doors dafür gesorgt haben, daß die Zeugung eines Bastards nichts Schändliches mehr ist. Es könnte doch sein, daß Faunia nur zu gern die Mutter des Kindes eines berühmten Professors wäre, auch wenn Sie immer wieder geduldig darauf hinweisen, daß es nicht so ist. Die Mutter des Kindes eines berühmten Professors zu sein könnte eine willkommene Abwechslung darstellen, nachdem sie bis jetzt die Mutter der Kinder eines verrückten Totalversagers war. Und wenn sie erst mal schwanger ist und beschließt, keine niederen Arbeiten mehr tun zu wollen, ja überhaupt nicht mehr arbeiten zu wollen, wird ein verständnisvoller Richter nicht zögern, Sie zu Unterhaltszahlungen für das Kind *und* die alleinerziehende Mutter zu verurteilen. Ich kann Sie im Vaterschaftsprozeß vertreten und werde dann mein möglichstes tun, um die Zahlungen auf die Hälfte Ihrer Pension zu begrenzen. Ich werde tun, was ich kann, um dafür zu sorgen, daß auf Ihrem Bankkonto noch ein bißchen Geld liegt, wenn Sie sich den Achtzig nähern. Hören Sie auf mich, Coleman: Das ist ein schlechtes Geschäft. Und zwar in jeder nur denkbaren Hinsicht. Wenn Sie zu einem Lebenslustberater gehen, wird er Ihnen was anderes sagen, aber ich bin Ihr Rechtsberater, und ich sage Ihnen, es ist ein *ver-*

dammt schlechtes Geschäft. Ich an Ihrer Stelle würde mich nicht Lester Farleys wildem Haß in den Weg stellen. Ich an Ihrer Stelle würde den Faunia-Vertrag zerreißen und zusehen, daß ich verschwinde.«

Nachdem er alles gesagt hatte, was es für ihn zu sagen gab, stand Primus von seinem Schreibtisch auf, einem großen, sorgfältig polierten Schreibtisch, der gewissenhaft von allen Papieren und Unterlagen freigehalten wurde und bis auf die gerahmten Fotos von Primus' junger Frau, der Professorin, und seiner zwei Kinder betont leer war, einem Schreibtisch, dessen Oberfläche die sprichwörtliche Tabula rasa versinnbildlichte und in Colemans Augen keinen anderen Schluß zuließ als den, daß diesem redegewandten jungen Mann nichts Ungeordnetes im Weg stand, weder Charakterschwächen noch extreme Ansichten oder übereilte Begierden, ja nicht einmal die Möglichkeit eines unabsichtlichen Fehlers – nichts gut oder schlecht Verborgenes würde jemals auftauchen und ihn an jedem nur denkbaren beruflichen Aufstieg oder bürgerlichen Erfolg hindern. In Nelson Primus' Leben gibt es keine dunklen Gestalten, keine Faunia Farleys oder Lester Farleys, keine Markies, die ihn verachten, keine Lisas, die ihn verlassen. Primus hat eine klare Grenze gezogen, und keine belastende Unreinheit darf sie überschreiten. Aber habe nicht auch ich eine Grenze gezogen, und zwar nicht weniger rigoros? War ich weniger wachsam bei der Verfolgung legitimer Ziele und der Führung eines geachteten, ausgeglichenen Lebens? Bin ich weniger selbstgewiß hinter meiner unerschütterlichen Gewissenhaftigkeit einhermarschiert? War ich weniger hochmütig? Ist das nicht genau die Art, wie ich während meiner ersten hundert Tage als Roberts Rausschmeißer die alte Garde angegriffen habe? Ist das nicht die Art, wie ich sie verrückt gemacht und hinausgedrängt habe? War ich weniger fest von mir selbst überzeugt? Und doch haben die zwei Wörter alles ausgelöscht. Keineswegs die anstößigsten, abscheulichsten, entsetzlichsten Wörter, die es gibt, und doch die Wörter, die alles bloßgelegt haben, so daß alle sehen und urteilen können, so daß sie befinden können, in dem, wer und was ich bin, sei keine Wahrheit.

Der Anwalt, der kein Blatt vor den Mund genommen hatte – der praktisch jedes Wort mit warnendem, an regelrechte Ermahnung grenzendem Sarkasmus unterlegt hatte, dessen Zweck er seinem distinguierten alten Mandanten durch keinerlei Abschwächungen hatte verbergen wollen –, kam hinter dem Schreibtisch hervor und begleitete Coleman nicht nur zur Tür, sondern noch weiter, die Treppe hinunter und hinaus auf die sonnige Straße. Hauptsächlich wegen seiner Frau Beth hatte er Coleman das alles so plastisch wie möglich vor Augen führen wollen; er hatte sagen wollen, was er zu sagen hatte, ganz gleich, wie unhöflich es erscheinen mochte, in der Hoffnung, diesen für das College einst so bedeutenden Menschen davon abzuhalten, weitere Schande über sich zu bringen. Diese Sache mit den dunklen Gestalten – zusammen mit dem plötzlichen Tod seiner Frau – hatte Dekan Silk so aus der Bahn geworfen, daß er sich nicht nur übereilt entschlossen hatte, von allen Ämtern zurückzutreten (ausgerechnet zu einem Zeitpunkt, als diese aufgebauschte Sache schon so gut wie erledigt gewesen war), sondern auch jetzt, zwei ganze Jahre später, noch immer nicht imstande war zu beurteilen, was in seinem langfristigen Interesse lag und was nicht. Primus hatte fast den Eindruck, als sei für Coleman Silk diese ungerechte Erniedrigung noch nicht erniedrigend *genug*, als sei er mit der schlauen Stumpfheit eines Verdammten, eines Menschen, der gegen einen Gott gefrevelt hat, auf der verrückten Suche nach einem letzten, bösartigen, demütigenden Angriff auf seine Person, nach einer letzten Ungerechtigkeit, die seine Erbitterung für immer rechtfertigen würde. Dieser Mann, der in seiner kleinen Welt einst eine Menge Macht gehabt hatte, war anscheinend nicht nur unfähig, sich der Belästigungen durch eine Delphine Roux oder einen Lester Farley zu erwehren, sondern – und das war eine weitere Gefahr für sein angeschlagenes Selbstbild – auch nicht imstande, den armseligen Versuchungen zu widerstehen, mit denen ein alternder Mann den Verlust seiner agilen Männlichkeit zu kompensieren sucht. Aus Colemans Verhalten schloß Primus, daß seine Vermutung in Hinblick auf Viagra richtig gewesen war. Eine weitere chemische Droge, dachte der junge Mann. Angesichts dessen, was Viagra bei ihm anrichtet, könnte der Typ genausogut Crack rauchen.

Auf der Straße schüttelten sie sich die Hand. »Coleman«, sagte Primus, dessen Frau heute morgen, als er erwähnt hatte, daß Coleman Silk ihn aufsuchen werde, zum wiederholten Mal seinen Rückzug vom College bedauert und zum wiederholten Mal voller Geringschätzung von Delphine Roux gesprochen hatte, die sie für ihre Rolle in der *Dunkle-Gestalten*-Affäre verachtete,»Coleman«, sagte Primus,»Faunia Farley stammt nicht aus Ihrer Welt. Gestern nacht haben Sie die Welt sehen können, die sie zu dem gemacht hat, was sie ist, die sie zu Boden gedrückt hat und der sie, aus Gründen, die Sie ebensogut kennen wie ich, niemals entkommen wird. Aus dieser Sache kann etwas Schlimmeres entstehen als gestern nacht, etwas viel Schlimmeres. Sie kämpfen jetzt nicht mehr in einer Welt, wo man darauf aus ist, Sie fertigzumachen und von Ihrem Posten zu vertreiben, damit einer Ihrer Gegner ihn einnehmen kann. Sie kämpfen nicht mehr gegen eine Bande von wohlerzogenen, elitären Egalitaristen, die ihren Ehrgeiz hinter hehren Idealen verbergen. Sie kämpfen jetzt in einer Welt, in der sich Rücksichtslosigkeit nicht die Mühe macht, sich mit menschenfreundlicher Rhetorik zu tarnen. Das sind Leute, deren grundsätzliche Einstellung dem Leben gegenüber die ist, daß sie von A bis Z beschissen worden sind. Was Sie durch die Art und Weise, wie das College mit Ihrem Fall umgegangen ist, mitgemacht haben, ist – so schlimm das auch war – das, was diese Leute in jeder Minute eines jeden Tages ...«

Das *reicht*, stand inzwischen so deutlich in Colemans Gesicht geschrieben, daß sogar Primus merkte, daß es an der Zeit war, den Mund zu halten. Coleman hatte schweigend zugehört, seine Gefühle unterdrückt und versucht, unvoreingenommen zu bleiben und das offensichtliche Vergnügen, mit dem der Anwalt einem beinahe vierzig Jahre älteren, gebildeten Mann eine ausgefeilte Predigt über die Tugend der Besonnenheit hielt, zu ignorieren. Um sich bei Laune zu halten, hatte er gedacht: Es macht alle froh, wütend auf mich zu sein – es befreit sie, mir zu sagen, daß ich unrecht habe. Doch als sie auf der Straße standen, konnte er die Argumente nicht mehr von der Art, wie sie vorgebracht wurden, trennen, ebensowenig wie er Abstand nehmen konnte von dem Mann, der er immer gewesen war: dem Mann, der das Sagen hatte und dem man sich beugte. Um Primus' Mandanten die Sachlage unmißverständlich klarzumachen, hätte es gar nicht so vieler satirischer Elemente bedurft. Wenn der Anwalt ihm lediglich auf überzeugende, fachkundige Weise einen Rat hätte erteilen wollen, wäre eine sehr *kleine* Menge Spott weit effektiver gewesen. Doch Primus' Überzeugung, er sei ein brillanter Mann, den noch Großes erwartete, war ihm anscheinend zu Kopf gestiegen, dachte Coleman, und so hatte sein Spott über einen lächerlichen alten Dummkopf, den ein Medikament für zehn Dollar pro Tablette wieder potent gemacht hatte, jedes Maß verloren.

»Sie sind ein meisterhafter Redner von außergewöhnlicher Zungenfertigkeit, Nelson. So scharfsinnig. So gewandt. Ein Meister der endlosen, demonstrativ überladenen Sätze. Und so durchtränkt mit Verachtung für alle menschlichen Probleme, mit denen Sie sich noch nie haben herumschlagen müssen.« Coleman verspürte einen übermächtigen Impuls, diesen anmaßenden Hurensohn am Hemd zu packen und in Talbots Schaufenster zu werfen. Doch er zügelte sich, er riß sich zusammen, er sprach aus strategischen Gründen so leise wie möglich, auch wenn er seine Worte nicht annähernd so wohlüberlegt wählte wie unter anderen Umständen: »Ich will Ihre eingebildete Stimme nie mehr hören«, sagte er, »und ich will Ihr verdammtes, selbstgefälliges, lilienweißes Gesicht nie mehr sehen.«

»›Lilienweiß‹?« sagte Primus an diesem Abend zu seiner Frau. »Warum ›lilienweiß‹? Man sollte das, was einer von sich gibt, wenn er meint, daß er benutzt und seiner Würde beraubt worden ist, nicht auf die Goldwaage legen. Aber *wollte* ich denn den Anschein erwecken, als würde ich ihn angreifen? Natürlich nicht. Es ist schlimmer als das. Schlimmer, weil dieser alte Mann nicht mehr durchblickt und ich ihm helfen wollte. Schlimmer, weil er im Begriff ist, aus einem Fehler eine Katastrophe zu machen, und ich ihn *aufhalten* wollte. Was er für einen Angriff gehalten hat, war in Wirklichkeit ein fehlgeleiteter Versuch, ernst genommen zu werden, ihn zu beeindrucken. Ich hab versagt, Beth, ich hab's versiebt. Vielleicht, weil ich tatsächlich eingeschüchtert war. Auf seine kleine, schmächtige Art ist dieser Mann eine Kraft. Ich hab ihn nicht gekannt, als er noch der große Dekan war. Ich kannte ihn nur als jemanden, der in Schwierigkeiten war. Aber man spürt seine

Präsenz. Man kann verstehen, daß die Leute von ihm eingeschüchtert waren. Wenn er dasitzt, ist jemand *da*. Ich weiß nicht, was es ist. Es ist nicht so leicht, aus jemandem schlau zu werden, den man nur ein halbes dutzendmal gesehen hat. Vielleicht bin ich ja ein bißchen beschränkt. Aber egal, was der Grund ist: Ich habe jeden Anfängerfehler gemacht, den man nur machen kann. Psychopathologie, Viagra, die Doors, Norman O. Brown, Verhütung, Aids. Ich wußte über alles Bescheid. Besonders über die Dinge, die passiert sind, bevor ich auf der Welt war. Ich wußte alles, was man nur wissen kann. Ich hätte knapp, sachlich und objektiv sein sollen – statt dessen habe ich ihn provoziert. Ich habe ihm helfen wollen – statt dessen habe ich ihn beleidigt und alles nur noch schlimmer gemacht. Nein, ich mache ihm keinen Vorwurf, daß er so auf mich losgegangen ist. Aber trotzdem, Schatz, bleibt die Frage: warum *weiß*?«

Coleman hatte das Collegegelände seit zwei Jahren nicht betreten, und auch in die Stadt fuhr er inzwischen nur noch, wenn es sich nicht vermeiden ließ. Er haßte nicht mehr ausnahmslos jedes Mitglied des Lehrkörpers, sondern wollte mit diesen Menschen bloß nichts zu tun haben, denn er fürchtete, daß er, sollte er sich in ein noch so oberflächliches Gespräch verwickeln lassen, nicht imstande sein würde, seinen Schmerz zu verbergen oder zu verbergen, daß er seinen Schmerz verbarg – er fürchtete, daß er kochend vor Wut dastehen würde oder, schlimmer noch, die Beherrschung verlieren und in eine übermäßig artikulierte Version des »Manhat-mir-Unrecht-getan«-Blues ausbrechen würde. Ein paar Tage nach seinem Rücktritt hatte er bei der Bank und beim Supermarkt in Blackwell, einem von Arbeitslosigkeit gebeutelten, etwa dreißig Kilometer von Athena entfernten Fabrikstädtchen, Konten eröffnet und sogar eine Karte für die örtliche Leihbücherei beantragt, fest entschlossen, sie auch zu benutzen, ganz gleich, wie mager die Auswahl sein mochte, nur um nie mehr an den Regalen der Collegebibliothek von Athena entlangwandern zu müssen. Er trat in den CVJM von Blackwell ein, und anstatt am späten Nachmittag das Schwimmbad des Colleges zu benutzen oder in der Sporthalle zu trainieren, wie er es beinahe dreißig Jahre lang getan hatte, schwamm er seine Bahnen nun einige Male pro Woche in dem weniger schönen Schwimmbad des CVJM von Blackwell – er ging sogar hinauf in die schmuddelige Sporthalle und begann, zum erstenmal seit seiner Studentenzeit und wesentlich langsamer als damals, in den vierziger Jahren, wieder an der Boxbirne und am Sandsack zu trainieren. In nördlicher Richtung nach Blackwell zu fahren dauerte doppelt so lange wie die Fahrt den Berg hinab nach Athena, doch in Blackwell war die Wahrscheinlichkeit, einem ehemaligen Kollegen zu begegnen, kleiner, und wenn es sich doch einmal ergab, dann fühlte Coleman sich weniger befangen und belastet, wenn er dem anderen, ohne zu lächeln, zunickte und seiner Wege ging, als wenn diese Begegnung auf den hübschen alten Straßen von Athena stattgefunden hätte, wo es kein Straßenschild, keine Parkbank, keinen Baum, kein Denkmal in der Grünanlage gab, die ihn nicht irgendwie an den Coleman Silk erinnerten, der er gewesen war, bevor er zum Collegerassisten geworden war und sich alles geändert hatte. Die Läden gegenüber der Grünanlage waren erst eröffnet worden, nachdem er sein Amt als Dekan angetreten und alle möglichen neuen Leute nach Athena geholt hatte – Dozenten, Studenten, Eltern von Studenten –, und so hatte er im Lauf der Zeit die Entwicklung der Stadt ebenso beeinflußt wie die des Colleges. Das dahinsiechende Antiquitätengeschäft, das schlechte Restaurant, der Gemüseladen, der kaum etwas abwarf, der provinzielle Schnapsladen, der hinterwäldlerische Friseursalon, das altmodische Herrenbekleidungsgeschäft, die Buchhandlung mit der winzigen Auswahl, das auf vornehm gemachte Café, die düstere Apotheke, die deprimierende Kneipe, der zeitungslose Zeitungshändler, das rätselhafte leere Geschäft für Zauberartikel – sie alle waren verschwunden und durch Unternehmen ersetzt worden, wo man eine anständige Mahlzeit bekommen, eine gute Tasse Kaffee trinken, ein Rezept einlösen, einen ordentlichen Wein kaufen, ein Buch über etwas anderes als die Berkshires finden konnte und sich, wenn man etwas Wärmendes für den Winter brauchte, nicht nur mit langer Unterwäsche zufriedengeben mußte. Er hatte hinsichtlich des Lehrkörpers und des Lehrplans des Athena Colleges eine »Revolution der Qualität« durchgesetzt, und diese hatte, obgleich das gar nicht seine Absicht gewesen war, auch die Geschäftsstraße der Stadt erfaßt. Und das vergrößerte nur seinen Schmerz und die Verwunderung darüber, daß er nun ein Fremder war.

Inzwischen waren zwei Jahre vergangen, und ihm machten nicht mehr so sehr *die Leute* zu schaffen – wer in Athena, abgesehen von Delphine Roux, dachte noch an Coleman Silk und die Sache mit den dunklen Gestalten? – als vielmehr seine eigene Erschöpfung durch die dicht unter der Oberfläche liegende und blitzschnell aufflammende Bitterkeit; in den Straßen von Athena empfand er zumindest eine größere Aversion gegen sich selbst als gegen diejenigen, die aus Gleichgültigkeit, Feigheit oder Ehrgeiz nicht einmal den leisesten Protest zu seinen Gunsten geäußert hatten. Gebildete Menschen mit akademischen Titeln, die er in dem Glauben eingestellt hatte, sie seien zu vernünftigen, selbständigen Gedankengängen imstande, waren offenbar nicht geneigt gewesen, die gegen ihn vorgelegten lachhaften Beweise abzuwägen und zu einem angemessenen Schluß zu kommen. Rassist – am Athena College war das mit einemmal das emotional am meisten aufgeladene Etikett, das einem angehängt werden konnte, und dieser Emotionalisierung (und der damit verbundenen Angst vor Einträgen in Personalakten und der etwaigen Schmälerung der Beförderungsaussichten) hatten sämtliche Dozenten nachgegeben. Man brauchte nur mit offiziell klingendem Unterton »Rassist« zu sagen, und schon ging jeder potentielle Verbündete in Deckung.

Zum Campus gehen? Es war Sommer. Die Ferien hatten begonnen. Warum sollte er nicht dorthin gehen, nachdem er beinahe vierzig Jahre in Athena verbracht hatte, nach allem, was zerstört und verloren war, nach allem, was er auf sich genommen hatte, um hierher zu gelangen? Erst »dunkle Gestalten«, dann »lilienweiß« – wer weiß, welcher abstoßende Defekt durch den nächsten leicht antiquierten Ausdruck enthüllt werden wird, durch das nächste beinahe charmant altmodische Wort, das seinem Mund entflieht? Wie schnell man durch das richtige Wort dekuvriert oder vernichtet wird. Was verbrennt die Tarnung, die Maske, die Deckung? Dies: das richtige Wort, spontan und ohne nachzudenken ausgesprochen.

»Zum tausendsten Mal: Ich habe ›dunkle Gestalten‹ gesagt, und das war ironisch gemeint. Mein Vater war Kneipenwirt, aber er legte großen Wert darauf, daß ich mich klar und korrekt ausdrückte, und ich habe mich immer daran gehalten. Worte haben Bedeutungen – und sogar mein Vater, der die Schule nur bis zur siebten Klasse besucht hat, wußte das. Hinter der Theke hatte er zwei Dinge, mit denen er Streitigkeiten zwischen seinen Gästen geschlichtet hat: einen Totschläger und ein Wörterbuch. Er sagte mir, das Wörterbuch sei mein bester Freund, und das ist es bis heute geblieben. Denn was finden wir, wenn wir dort unter ›dunkel‹ nachsehen? ›Undeutlich, unbestimmt‹.« »Aber so wurde es nicht verstanden, Dekan Silk. Es wurde vielmehr so aufgefaßt: ›Hat sie schon mal jemand im College gesehen, oder sind es dunkle Gestalten, die das Seminarlicht scheuen, also dunkle Elemente, die etwas zu verbergen haben?‹« »Wenn ich hätte sagen wollen: ›Hat sie schon mal jemand im College gesehen, oder hat sie niemand gesehen, weil sie etwas zu verbergen haben?‹, dann hätte ich genau das gesagt. ›Hat sie schon mal jemand gesehen, oder hat sie niemand gesehen, weil sie zufällig schwarze Studenten sind? Kennt sie jemand, oder sind sie Schwarze, die niemand kennt?‹ Wenn ich das gemeint hätte, dann hätte ich *genau das* gesagt. Aber wie sollte ich wissen, daß es sich um schwarze Studenten handelte, wenn ich sie doch noch nie in meinem Leben gesehen hatte und bis auf ihre Namen nichts von ihnen wußte? Das einzige, was ich wußte, war, daß sie bis dahin noch nie in meinem Seminar gewesen waren, und nur auf diesen Umstand bezog sich meine Bemerkung. Sehen wir uns doch noch einmal den Wörterbucheintrag für das Adjektiv ›dunkel‹ an. Da heißt es: ›1. nicht hell; 2. unbestimmt; 3. zweifelhaft‹. Leitet vielleicht irgend jemand aus meiner Bemerkung ab, daß ich die beiden Studenten als zweifelhafte Menschen bezeichnen wollte? Nein? Aber warum nicht? Warum nicht das auch noch, wenn Sie schon mal dabei sind?«

Also noch ein letzter Blick auf Athena, um die Schande vollständig zu machen.

Silky. Silky Silk. Der Name, den seit über fünfzig Jahren niemand mehr kannte, und doch erwartete er fast, jemanden »Hey, Silky!« rufen zu hören, als wäre er wieder in East Orange und ginge nach der Schule die Central Avenue entlang – anstatt Athenas Town Street zu überqueren und zum erstenmal seit seinem Rücktritt den Hügel zum Campus hinaufzugehen –, als ginge er mit seiner Schwester Ernestine die Central Avenue entlang und hörte sich die verrückte Geschichte an, die sie erzählte: wie sie gestern abend belauscht hatte, was Dr. Fensterman, der jüdische Arzt, der große Chirurg an Moms Krankenhaus, zu ihren Eltern gesagt hatte. Coleman war mit dem Rest der Leichtathletikmannschaft beim Training in der Sporthalle gewesen, und Ernestine hatte in der Küche gesessen und ihre Hausaufgaben gemacht, und so hatte sie gehört, wie Dr. Fensterman Mom und Dad im Wohnzimmer erklärt hatte, es sei für ihn und Mrs. Fensterman von größter Bedeutung, daß ihr Sohn Bertram seinen Highschool-Abschluß als Klassenbester mache. Die Silks wußten, daß Coleman im Augenblick der Klassenbeste war und nur um eine Note vor Bertram lag. Die eine Zwei, die Bertram im letzten Zwischenzeugnis gehabt hatte, die eine Zwei in Physik, die eigentlich eine Eins hätte sein müssen – diese Zwei war das einzige, was die beiden besten Schüler der obersten Klasse trennte. Dr. Fensterman erklärte Mr. und Mrs. Silk, daß Bert wie sein Vater Medizin studieren wolle, doch dazu müsse er makellose Leistungen vorweisen – makellose Leistungen nicht nur auf dem College, sondern Makellosigkeit bis zurück zur Vorschule. Vielleicht wüßten die Silks nichts von den diskriminierenden Quoten, mit denen man Juden am Medizinstudium hindern wolle, besonders an den Universitäten Harvard und Yale, wo Bert, da seien Dr. und Mrs. Fensterman zuversichtlich, seinen Abschluß als der Beste der Besten werde machen können, sofern er nur die Gelegenheit dazu bekomme. Wegen der winzigen Quoten für Juden an den meisten medizinischen Fakultäten habe Dr. Fensterman in Alabama studieren müssen und dort mit eigenen Augen gesehen, gegen welche Schwierigkeiten Farbige anzukämpfen hätten. Er wisse, daß die in den akademischen Institutionen vorherrschenden Vorurteile gegenüber farbigen Studenten noch weit schlimmer seien als die, denen Juden ausgesetzt seien. Er kenne die Hindernisse, welche die Silks hätten überwinden müssen, um all das zu erreichen, was sie zu einer vorbildlichen Negerfamilie mache. Er wisse, was Mr. Silk habe durchmachen müssen, seit er seinen Optikerladen in der Depression habe schließen müssen. Er wisse, daß Mr. Silk, wie er selbst, ein Collegestudium absolviert habe und als Steward bei der Eisenbahn – »So nennt er einen Kellner, Coleman: einen ›Steward‹« – eine Stellung habe, die in keinster Weise seiner Ausbildung gerecht werde. Mrs. Silk kenne er natürlich aus dem Krankenhaus. Seiner Meinung nach gebe es im ganzen Krankenhaus keine bessere, intelligentere, kenntnisreichere, zuverlässigere oder fähigere Schwester als Mrs. Silk – die Oberschwester eingeschlossen. Seiner Meinung nach hätte Gladys Silk schon längst zur Stationsschwester der chirurgischen Station befördert werden sollen, und eines der Versprechen, das er den Silks geben wolle, sei, daß er alles in seiner Macht Stehende tun werde, um den Personalchef dazu zu bewegen, Mrs. Silk nach der Pensionierung von Mrs. Noonan, der gegenwärtigen Stationsschwester, zu deren Nachfolgerin zu machen. Außerdem sei er bereit, den Silks mit einem zinsfreien, nicht rückzahlbaren »Darlehen« in Höhe von dreitausend Dollar zu helfen, die er ihnen in einer Summe übergeben werde, sobald Coleman ein College besuche und die Familie zusätzliche Ausgaben zu bewältigen habe. Als Gegenleistung erwarte er nicht soviel, wie sie vielleicht dächten. Als Zweiter seiner Klasse werde Coleman noch immer der beste farbige Schüler des Abschlußjahrgangs 1944 sein, ja der beste farbige Schüler, der je den Abschluß an der East Orange Highschool gemacht habe. Mit seinem Notendurchschnitt werde Coleman höchstwahrscheinlich der beste farbige Schüler im Landkreis, ja im ganzen Staat sein, und ob er der Beste oder der Zweitbeste seiner Klasse gewesen sei, werde bei seiner Einschreibung an der Howard University keine Rolle spielen. Die Wahrscheinlichkeit, daß er mit einem solchen Notendurchschnitt auch nur die geringsten Schwierigkeiten haben werde, sei verschwindend klein. Coleman werde also nichts verlieren, wogegen die Silks dreitausend Dollar zusätzlich haben würden, um die Collegeausbildung ihrer Kinder zu bezahlen; außerdem sei es gut möglich, daß Gladys Silk mit Dr. Fenstermans Hilfe und Unterstützung in wenigen Jahren die erste farbige Stationsschwester in Newark sein werde. Und Coleman müsse dafür nichts weiter tun, als in seinen beiden schwächsten Fächern bei der Abschlußprüfung keine Eins, sondern jeweils eine Zwei zu schreiben.

An Bert werde es dann sein, alle Prüfungen mit Eins zu bestehen – das sei *sein* Teil der Abmachung. Und falls Bert alle Beteiligten enttäusche, indem er nicht eifrig genug lerne, um in allen Fächern mit Eins abzuschließen, würden die beiden Jungen eben denselben Notendurchschnitt haben – oder vielleicht werde Coleman dann sogar der Klassenbeste sein. Auch in diesem Fall werde Dr. Fensterman sein Versprechen halten. Unnötig zu sagen, daß alle Beteiligten Stillschweigen über diese Vereinbarung bewahren würden.

Coleman war so entzückt, daß er sich von Ernestine losriß und in überschäumender Freude davonrannte, die Central hinunter bis zur Evergreen und wieder zurück, wobei er rief: »Meine beiden schwächsten Fächer – welche sind das?« Es war, als hätte Dr. Fensterman, indem er Coleman mit schulischen Schwächen in Zusammenhang brachte, einen unerhört komischen Witz erzählt. »Was haben sie gesagt, Ern? Was hat Dad gesagt?« »Ich konnte es nicht verstehen. Er hat zu leise gesprochen.« »Was hat Mom gesagt?« »Ich weiß nicht. Ich konnte Mom auch nicht verstehen. Aber ich hab gehört, was sie gesagt haben, als Dr. Fensterman weg war.« »Sag's mir! Was?« »Daddy hat gesagt: ›Am liebsten hätte ich den Mann umgebracht.‹« »Wirklich?« »Ja, wirklich.« »Und Mom?« »›Ich hab mir auf die Zunge gebissen.‹ Das hat sie gesagt. ›Ich hab mir auf die Zunge gebissen.‹« »Und du hast nicht gehört, was sie zu *ihm* gesagt haben?« »Nein.« »Na, eins ist sicher: Ich werd's nicht tun.« »Natürlich nicht«, sagte Ernestine. »Aber mal angenommen, Dad würde ihm sagen, daß ich es tun werde.« »Bist du verrückt, Coleman?« »Ernie, dreitausend Dollar sind mehr, als Dad in einem ganzen Jahr verdient. Dreitausend Dollar, Ernie!« Und der Gedanke daran, wie Dr. Fensterman seinem Vater eine Papiertüte voller Geld überreichen würde, ließ ihn wieder bis zur Evergreen und zurück rennen, wobei er mit albernen Luftsprüngen über imaginäre Hürden setzte (bei den Highschool-Meisterschaften von Essex County hatte er mehrere Jahre hintereinander den Hürdenlauf gewonnen, und beim Hundert-Yards-Sprint war er Zweiter geworden). Noch ein Triumph – das war sein Gedanke. Noch ein Rekord für den großen, den unvergleichlichen, den einzigartigen Silky Silk! Es stimmte, er war Klassenbester und außerdem ein herausragender Sportler, aber er war auch erst siebzehn, und so bedeutete

Dr. Fenstermans Angebot für ihn lediglich, daß er, Silky Silk, für fast alle anderen sehr wichtig war. Die Hintergründe erkannte er noch nicht.

In East Orange, wo fast jeder weiß war, entweder arm und italienischer Herkunft – das waren diejenigen, die am Stadtrand in Richtung Orange oder unten, im ersten Bezirk von Newark, wohnten – oder reich und Mitglied der Episkopalkirche – die wohnten in den großen Häusern in Upsala oder South Harrison –, gab es sogar noch weniger Juden als Neger, und doch spielten sie und ihre Kinder in Colemans außerschulischem Leben damals eine größere Rolle als alle anderen. Zunächst einmal war da Doc Chizner, der Coleman, als er ein Jahr zuvor zu seinem abendlichen Boxtraining erschienen war, praktisch adoptiert hatte, und jetzt kam auch Dr. Fensterman und bot dreitausend Dollar dafür, daß er die Schule als Zweitbester abschloß, damit Bert den ersten Platz einnehmen konnte. Doc Chizner war ein Zahnarzt, der sich für das Boxen begeisterte. Er ging zu Boxkämpfen, wann immer sich die Gelegenheit bot – in Jersey im Laurel Garden und in der Meadowbrook Bowl, in New York im Madison Square Garden und draußen in St. Nick's. Die Leute sagten: »Man denkt, daß man weiß, worum es bei einem Kampf geht, bis man neben dem Doc sitzt. Wenn man neben Doc Chizner sitzt, merkt man, daß man bisher was ganz anderes gesehen hat.« Doc organisierte Amateurkämpfe in ganz Essex County, auch den Golden-Gloves-Kampf in Newark, und zu seinen Trainingsstunden schickten jüdische Eltern aus Orange und East Orange, aus Maplewood und Irvington, ja sogar aus dem recht weit entfernten Weequahic im Südwesten von Newark ihre Söhne, damit sie lernten, sich zu verteidigen. Coleman war nicht deshalb bei Doc Chizner gelandet, weil er nicht wußte, wie er sich seiner Haut wehren sollte, sondern weil sein Vater dahintergekommen war, daß er sich seit seinem zweiten Highschool-Jahr nach den Runden auf der Aschenbahn ganz allein – und manchmal dreimal die Woche – durch die High Street in den Slums von Newark zum Newark Boys Club in der Morton Street geschlichen und dort heimlich trainiert hatte. Er war vierzehn, als er damit anfing, und wog fünfzig Kilo. Lockerungsübungen, Sparring über drei Runden, Sandsack, Boxbirne, Seilspringen und was so dazugehörte, und nach zwei Stunden ging er heim und machte seine Hausaufgaben. Ein paarmal durfte er sogar mit Cooper Fulham sparren, der im Jahr zuvor in Boston die amerikanischen Meisterschaften gewonnen hatte. Colemans Mutter arbeitete jeden Tag eineinhalb Schichten und manchmal sogar Doppelschichten im Krankenhaus, sein Vater war Speisewagenkellner und kam eigentlich nur zum Schlafen nach Hause, sein älterer Bruder Walt war erst auf dem College und dann in der Armee, und so konnte Coleman kommen und gehen, wie es ihm gefiel. Er ließ Ernestine schwören, nichts zu verraten, er lernte in der Schulbibliothek, abends im Bett und in den Bussen, mit denen er zur Schule und nach Hause fuhr – zwei für jeden Weg –, und gab sich bei den Hausaufgaben noch mehr Mühe als sonst, damit niemand erfuhr, was er in der Morton Street tat.

Wenn man ein bißchen boxen wollte, ging man zum Newark Boys Club, und wenn man was drauf hatte und zwischen dreizehn und achtzehn Jahre alt war, durfte man gegen Jungen aus den Boys Clubs in Paterson, Jersey City und Butler, aus dem Ironbound-Polizeisportverein und so weiter antreten. Im Boys Club waren jede Menge Jungen; manche kamen aus Rahway, Linden oder Elizabeth, ein paar sogar aus Morristown, und es gab einen Taubstummen, den alle Dummy nannten und der aus Belleville war, aber die meisten wohnten in Newark, und alle waren Farbige, obwohl die beiden Männer, die den Club leiteten, Weiße waren. Der eine war Polizist in West Side Park. Er hieß Mac Machrone und hatte eine Pistole, und er sagte Coleman, wenn er je erfahren sollte, daß Coleman sein Lauftraining vernachlässigte, werde er ihn erschießen. Mac glaubte an Schnelligkeit, und darum glaubte er an Coleman. Schnelligkeit, Rhythmus und Konter. Nachdem er Coleman gezeigt hatte, wie er stehen, sich bewegen und die Schläge ansetzen mußte, und gemerkt hatte, wie rasch der Junge lernte, wie intelligent er war und wie schnell er reagierte, brachte er ihm die Feinheiten bei. Wie man den Kopf bewegte. Wie man abduckte. Wie man blockte. Wie man konterte. Als er ihm den Jab zeigte, wiederholte Mac immer wieder: »Das ist, als würdest du dir einen Floh von der Nase schnippen – nur daß du ihn *ihm* von der Nase schnippst.« Er brachte Coleman bei, wie er nur mit seinem Jab einen Kampf gewinnen konnte. Du verpaßt ihm einen Jab, wehrst seinen Punch ab und konterst. Er kommt mit einem Jab, du weichst aus und konterst mit einer rechten Geraden. Oder du weichst nach innen aus und konterst mit einem Haken. Oder du duckst ab und gibst ihm eine Rechte aufs Herz oder einen Haken in den Magen. Coleman war zwar schmächtig, aber manchmal packte er den Jab seines Gegners mit beiden Fäusten, zog den Kerl zu sich heran, schlug einen Haken auf den Magen, kam hoch und erwischte ihn mit einem zweiten Haken am Kopf. »Lenk seinen Punch ab und gib ihm einen Konter. Du bist ein Konterboxer, Silky. Du bist ein Konterboxer, nicht mehr und nicht weniger.« Dann fuhren sie nach Paterson. Sein erster Amateurkampf. Sein Gegner versuchte einen Jab, und Coleman wich nach hinten aus, blieb aber stehen, so daß er den anderen mit einem rechten Konter erwischte, und so ging das den ganzen Kampf hindurch: Der andere kam mit einem Jab, und Coleman konterte mit rechts und gewann alle drei Runden. Im Boys Club wurde das zu Silky Silks Stil. Wenn er Punches schlug, dann nur, damit keiner sagen konnte, daß er nur dastand und nichts tat. Meistens wartete er darauf, daß der andere angriff, konterte mit zwei, drei Schlägen, löste sich von ihm und wartete wieder. Coleman konnte öfter Treffer landen, wenn er seinem Gegner die Initiative überließ, anstatt selbst in die Offensive zu gehen. So kam es, daß er mit Sechzehn bereits allein in den Counties Essex und Hudson bei Amateurkämpfen in der Exerzierhalle, bei den Knights of Pythias und bei Schaukämpfen im Veteranenhospital drei Golden-Glove-Champions geschlagen hatte. Er hätte auch in den Gewichtsklassen bis 112, 118, 126 Pfund siegen können ... nur daß er bei keinem Golden-Glove-Kampf antreten konnte, ohne daß sein Name in die Zeitung kam und seine Eltern davon erfuhren. Aber dann erfuhren sie es auch so. Er wußte nicht, wie. Er brauchte es auch gar nicht zu wissen. Sie erfuhren es, weil irgend jemand es ihnen sagte. Ganz einfach.

Sie saßen am Sonntag nach der Kirche beim Mittagessen, als sein Vater ihn fragte: »Wie ist es gelaufen, Coleman?«

»Wie ist was gelaufen?«

»Gestern nacht. Bei den Knights of Pythias. Wie ist es gelaufen?«

»Was für Knights of Pythias?« fragte Coleman.

»Denkst du, ich bin von gestern? Bei den Knights of Pythias war gestern ein Boxturnier. Wie viele Kämpfe waren es?«
»Fünfzehn.«
»Und wie ist es bei dir gelaufen?«
»Ich hab gewonnen.«
»Wie viele Kämpfe hast du bisher gewonnen? Bei Turnieren. Bei Schaukämpfen. Wie viele hast du gewonnen, seit du damit angefangen hast?«
»Elf.«
»Und wie viele hast du verloren?«
»Bis jetzt keinen.«
»Und was hast du für die Uhr bekommen?«
»Was für eine Uhr?«
»Die Uhr, die du im Lyons Veterans Hospital gekriegt hast. Die Uhr, die dir die Veteranen geschenkt haben, weil du deinen Kampf gewonnen hast. Die Uhr, die du in der Mulberry Street versetzt hast. In Newark, Coleman – die Uhr, die du letzte Woche in Newark versetzt hast.«

Der Mann wußte alles.

»Was glaubst du, was ich dafür bekommen hab?« wagte Coleman zu antworten, auch wenn er es nicht wagte aufzusehen – er musterte statt dessen die Stickerei auf der guten Sonntagstischdecke.

»Du hast zwei Dollar dafür bekommen, Coleman. Wann hast du vor, Profi zu werden?«

»Ich tu das nicht, um Geld zu verdienen«, sagte Coleman mit noch immer gesenktem Blick. »Das Geld ist mir egal. Ich tu es, weil es mir Spaß macht. Das ist kein Sport, bei dem man bleibt, wenn es einem keinen Spaß macht.«

»Wenn ich dein Vater wäre, Coleman, weißt du, was ich zu dir sagen würde?«

»Aber du bist doch mein Vater«, wandte Coleman ein.

»Ja? Wirklich?« sagte sein Vater.

»Na klar ...«

»Tja, da bin ich nicht so sicher. Ich dachte, vielleicht ist Mac Machrone vom Newark Boys Club dein Vater.«

»Komm schon, Dad. Mac ist mein Trainer.«

»Ich verstehe. Und wer ist dann dein Vater, wenn ich fragen darf?«

»Das weißt du doch. Du. Du bist mein Vater.«

»Bin ich das? Ja?«

»Nein!« rief Coleman. »Nein, bist du nicht!« Und damit sprang er, kaum daß man sich zum sonntäglichen Mittagessen hingesetzt hatte, auf, rannte aus dem Haus und machte eine Stunde lang Lauftraining – die Central Avenue hinauf, über die Gemeindegrenze von Orange, durch Orange bis zur Gemeindegrenze von West Orange, die Watchung Avenue entlang zum Rosedale-Friedhof und dann die Washington in südlicher Richtung zur Main –, er rannte und schlug Punches, er sprintete und trabte, sprintete wieder und trabte schattenboxend den Weg zurück zur Brick Church Station und sprintete schließlich den Rest des Weges nach Hause, wo die Familie inzwischen beim Nachtisch angekommen war und er sich, weit ruhiger als zuvor, als er aus dem Haus gestürzt war, auf seinen Platz setzte und darauf wartete, daß sein Vater dort fortfuhr, wo er unterbrochen worden war. Sein Vater, der nie die Beherrschung verlor. Sein Vater, der andere Mittel hatte, einen fertigzumachen. Mit Worten. Mit Sprache. Mit dem, was er »die Sprache von Chaucer, Shakespeare und Dickens« nannte. Mit der englischen Sprache, die einem niemand nehmen konnte und die Mr. Silk immer mit volltönender, klarer und pathetischer Stimme gebrauchte, als rezitiere er selbst in einer gewöhnlichen Unterhaltung Mark Antons Grabrede auf Cäsar. Jedes seiner drei Kinder hatte einen zweiten Vornamen aus dem Drama, das Mr. Silk am besten auswendig kannte und das seiner Meinung nach nicht nur den Höhepunkt der englischen Literatur darstellte, sondern auch die lehrreichste Studie über Verrat war, die es überhaupt gab: Der älteste Sohn der Silks hieß Walter Anthony, der zweite hieß Coleman Brutus, und ihre jüngere Schwester Ernestine Calpurnia hatte ihren zweiten Vornamen von Cäsars treuer Ehefrau.

Mr. Silks Karriere als selbständiger Geschäftsmann hatte mit der Insolvenz der Banken ein bitteres Ende gefunden. Er hatte lange gebraucht, um den Bankrott seines Optikerladens in Orange zu verwinden, sofern er ihn überhaupt je verwunden hatte. Armer Daddy, sagte Mutter – er wollte immer sein eigener Herr sein. Er war im Süden aufs College gegangen, in Georgia, wo er aufgewachsen war – Mutter stammte aus New Jersey –, und hatte die Fächer Ackerbau und Viehzucht belegt. Doch dann brach er das Studium ab und ging nach Norden, nach Trenton, um auf eine Schule für Optiker zu gehen. Dann kam der Erste Weltkrieg, und er wurde zur Armee eingezogen, und dann lernte er Mutter kennen, zog mit ihr nach East Orange, eröffnete ein Geschäft und kaufte das Haus, und dann kam die Wirtschaftskrise, und jetzt war er Kellner im Speisewagen. Und wenn auch nicht im Speisewagen, konnte er doch zu Hause mit aller ihm zu Gebote stehenden Bedachtsamkeit, Präzision und Direktheit sprechen und einen mit Worten vernichten. Er legte großen Wert darauf, daß seine Kinder sich korrekt ausdrückten. Sie sagten nie: »Da, ein Wauwau.« Sie sagten nicht einmal: »Da, ein Hund.« Sie sagten: »Da, ein Dobermann. Da, ein Beagle. Da, ein Terrier.« Sie lernten, daß es Unterscheidungen gab. Sie lernten, welche Kraft einer genauen Ausdrucksweise innewohnte. Ihr Vater lehrte sie ununterbrochen die englische Sprache. Selbst die Freunde und Freundinnen, die seine Kinder mit nach Hause brachten, wurden von Mr. Silk verbessert.

Als er noch Optiker war und über dem dunklen, an einen Geistlichen gemahnenden Anzug einen weißen Arztkittel trug und eine mehr oder weniger geregelte Arbeitszeit hatte, blieb er nach dem Dessert am Eßtisch sitzen und las die Zeitung. Alle lasen die Zeitung. Jedes der Kinder, selbst die kleine Ernestine, mußte sich die *Newark Evening News* vornehmen, und zwar nicht bloß die Comicseite. Seine Mutter, Colemans Großmutter, hatte von ihrer Herrin lesen gelernt und war nach der Abschaffung der Sklaverei auf eine Schule gegangen, die damals Georgia State Normal and Industrial School for Colored geheißen hatte. Sein Vater war methodistischer Pfarrer gewesen. Bei den Silks hatte man die alten Klassiker gelesen. Bei den Silks ging man mit den Kindern nicht zu Boxkämpfen, sondern ins Metropolitan Museum of Art in New York, um ihnen Rüstungen zu zeigen. Man ging mit ihnen ins Hayden Planetarium, damit sie etwas über das Sonnensystem lernten. Man ging mit ihnen regelmäßig ins Museum of Natural History. Und am 4. Juli 1937 ging Mr. Silk, trotz der erheblichen Kosten, mit ihnen allen ins Music Box Theatre am Broadway, damit sie George M. Cohan in *I'd Rather Be Right* sahen. Coleman wußte noch, was sein Vater tags darauf am Telefon zu seinem Bruder, Onkel Bobby, gesagt hatte: »Weißt du, was George M. Cohan nach all den Vorhängen, die er bekam, getan hat? Er hat sich eine ganze Stunde lang auf die Bühne gestellt und alle Lieder noch einmal gesungen. Kann ein Kind eine bessere Einführung ins Theater bekommen?«

»Wenn ich dein Vater wäre«, fuhr sein Vater fort, als der Junge ernst vor seinem leeren Teller saß, »weißt du, was ich dann zu dir sagen würde?«

»Was denn?« sagte Coleman leise, nicht weil ihn der Trainingslauf erschöpft hatte, sondern weil er sich schämte, zu seinem eigenen Vater, der nicht mehr Optiker, sondern Speisewagenkellner war und es bis an sein Lebensende bleiben würde, gesagt zu haben, er sei nicht sein Vater.

»Ich würde sagen: ›Du hast gestern abend gewonnen? Gut. Dann kannst du ungeschlagen abtreten. Du kannst abtreten.‹ Das würde ich zu dir sagen, Coleman.«

Später, nachdem Coleman den ganzen Nachmittag über Hausaufgaben gemacht und seine Mutter mit dem Vater gesprochen hatte, war es leichter, mit ihm zu reden. Seine Eltern saßen mehr oder weniger entspannt im Wohnzimmer und hörten zu, während Coleman die Herrlichkeiten des Boxens schilderte und ihnen erklärte, daß ein Sieg im Ring angesichts der Fähigkeiten, die er erforderte, noch besser war als ein Sieg auf der Aschenbahn.

Jetzt war es seine Mutter, die Fragen stellte, und ihr zu antworten war nicht schwierig. Ihr jüngerer Sohn war wie ein Geschenk in alle schönen Träume eingehüllt, die Gladys Silk je gehabt hatte, und je hübscher und intelligenter er wurde, desto schwerer fiel es ihr, ihn von dem Kind ihrer Träume zu unterscheiden. So sanft und einfühlsam sie im Umgang mit den Patienten im Krankenhaus sein konnte, so fordernd und bestimmt konnte sie gegenüber den anderen Schwestern, ja sogar gegenüber den Ärzten, den weißen Ärzten, sein, denn an deren Verhalten legte sie dieselben strengen Maßstäbe an wie an ihr eigenes. Auch Ernestine war davon nicht ausgenommen, Coleman dagegen sehr wohl. Coleman bekam von ihr dasselbe wie ihre Patienten: unerschütterliche Freundlichkeit und Fürsorge. Coleman bekam praktisch alles, was er wollte. Der Vater wies ihm den Weg, die Mutter nährte ihn mit ihrer Liebe. Die bewährte Aufteilung.

»Ich verstehe nicht, wie du wütend auf jemanden werden kannst, den du gar nicht kennst«, sagte sie. »Gerade du mit deinem ausgeglichenen Wesen.«

»Man wird eben nicht wütend. Man konzentriert sich. Es ist ein Sport. Vor einem Kampf wärmt man sich auf. Man macht Schattenboxen. Man bereitet sich vor auf das, was einen erwartet.«

»Und wenn du deinen Gegner noch nie im Leben gesehen hast?« fragte sein Vater und zügelte seinen Sarkasmus, so gut er konnte.

»Ich meine nur«, sagte Coleman, »daß man nicht wütend werden *muß*.«

»Aber«, fragte die Mutter, »was ist, wenn der andere wütend wird?«

»Das spielt keine Rolle. Man gewinnt mit Köpfchen, nicht mit Wut. Soll er doch wütend werden. Was macht das schon? Man muß überlegen. Es ist wie eine Schachpartie. Wie Katz und Maus. Man kann den anderen führen. Gestern abend hab ich gegen einen Achtzehn-, Neunzehnjährigen gekämpft, der ein bißchen langsam war. Er hat mir einen Jab an die Schläfe gegeben. Als er es das nächstemal versuchte, war ich darauf vorbereitet und verpaßte ihm einen rechten Konter, den er nicht mal kommen sah. Er ist zu Boden gegangen. Normalerweise lege ich keinen auf die Bretter, aber bei ihm hab ich's getan. Und zwar, weil ich ihn dazu verleitet hab zu denken, er könnte mich noch mal mit einem Jab erwischen.«

»Ach, Coleman«, sagte seine Mutter, »was ich da höre, gefällt mir gar nicht.«

Er stand auf, um es ihr vorzuführen. »Paß auf: Er war langsam, siehst du? Ich hab gesehen, daß sein Jab langsam war und daß ich ihm ausweichen konnte. Es war nichts, was mir ernsthaft gefährlich werden konnte, Mom. Ich hab bloß gedacht: Wenn er das noch mal probiert, weiche ich aus und geb ihm eins mit der Rechten. Und als er dann wieder damit kam, konnte ich den Jab schon im Ansatz sehen, weil er so langsam war, und darum konnte ich ausweichen und ihn mit einem Konter erwischen. Ich hab ihn nicht auf die Bretter gelegt, weil ich wütend war, Mom. Ich hab ihn auf die Bretter gelegt, weil ich besser boxe.«

»Aber diese Jungen aus Newark, gegen die du antrittst. Sie sind so ganz anders als deine Freunde.« Sie nannte, mit Herzlichkeit in der Stimme, die Namen von zwei anderen höchst wohlerzogenen, intelligenten schwarzen Jungen in seinem Jahrgang an der East Orange Highschool, die tatsächlich seine Freunde waren und mit denen er zu Mittag aß und in der Schule oft zusammen war. »Ich sehe diese Jungen aus Newark oft auf der Straße«, sagte sie. »Das sind hartgesottene Burschen. Leichtathletik ist soviel zivilisierter als Boxen und entspricht dir soviel mehr, Coleman. Es sieht so gut aus, wenn du läufst.«

»Es ist ganz egal, wie hartgesotten sie sind oder für wie hartgesotten sie sich halten«, antwortete er. »Das zählt vielleicht auf der Straße, aber nicht im Ring. Auf der Straße könnte einer von denen mich wahrscheinlich fertigmachen – aber im Ring? Mit Regeln? Mit Handschuhen? Niemals. Er könnte keinen einzigen Schlag landen.«

»Aber was ist, wenn einer einen Schlag landet? Das tut doch weh. Diese Wucht. Das *muß* doch weh tun. Und es ist so gefährlich. Denk an deinen Kopf. An dein *Gehirn*.«

»Man muß mit dem Schlag mitgehen, Mom. Das lernt man. Man lernt, den Kopf mitzudrehen – so. Und das mildert die Wucht. Einmal, nur einmal, und nur weil ich blöd war und einen blöden Fehler gemacht hab und es nicht gewöhnt war, gegen einen Rechtsausleger zu boxen, war ich nach einem Treffer des anderen ein bißchen benommen. Aber das ist bloß so, wie wenn man sich den Kopf gestoßen hat: Dann ist einem schwindlig, und man fühlt sich ein bißchen wacklig. Aber plötzlich ist der Körper wieder da. Man muß nur klammern oder auf Distanz gehen, und dann wird der Kopf auch wieder klar. Manchmal, wenn man einen auf die Nase kriegt, treten einem die Tränen in die Augen, aber das ist auch schon alles. Wenn man weiß, was man tun muß, ist es überhaupt nicht gefährlich.«

Das reichte seinem Vater – er hatte genug gehört. »Ich habe gesehen, wie Männer Schläge einstecken mußten, die sie nicht kommen sahen. Und wenn das geschieht«, sagte Mr. Silk, »treten ihnen keine Tränen in die Augen – wenn das geschieht, gehen sie k.o. Sogar Joe Louis ist, wie du dich erinnern wirst, k.o. gegangen, oder nicht? Habe ich unrecht? Und wenn Joe Louis k.o. gehen kann, Coleman, kann dir dasselbe passieren.«

»Ja, Dad, aber beim ersten Kampf gegen Louis hat Schmeling einen schwachen Punkt gesehen. Und der war, daß Louis, wenn er einen Jab geschlagen hatte, nicht zurückging« – der Junge war wieder aufgestanden, um es seinen Eltern zu demonstrieren –, »sondern die Linke ein bißchen herunternahm – seht ihr? –, und diese Lücke in der Deckung hat Schmeling ausgenutzt – seht ihr, so –, und dadurch hat er ihn erwischt. Es passiert alles im Kopf. Wirklich. *Alles*. Ich schwör's dir, Dad.«

»Sag das nicht. Sag nicht: ›Ich schwör's dir.‹«

»Gut, ich sag's nicht. Aber sieh mal, wenn er nicht zurückgeht und sich deckt, sondern die Hand so hält, dann kommt der andere mit seiner Rechten durch, und irgendwann erwischt er ihn. Und so ist es beim ersten Kampf passiert. Genau so ist es passiert.«

Doch Mr. Silk hatte viele Kämpfe gesehen. In der Armee hatte er Kämpfe zwischen Soldaten gesehen, die abends für die Mannschaftsränge veranstaltet worden waren und bei denen der Verlierer nicht bloß k.o. gegangen war wie Joe Louis, sondern so üble Schläge hatte einstecken müssen, daß die Blutungen durch nichts zu stillen gewesen waren. In seiner Kaserne hatte er farbige Boxkämpfer gesehen, die hauptsächlich ihren Kopf als Waffe eingesetzt hatten und einen Handschuh am Kopf hätten tragen sollen – unverbesserliche Schläger von der Straße, dumme Männer, die immer und immer wieder mit dem Kopf zustießen, bis das Gesicht ihres Gegners kaum noch zu erkennen gewesen war. Nein, Coleman sollte sich unbesiegt zurückziehen, und wenn er aus Freude am Kampf, am Sport, boxen wollte, dann würde er das nicht im Newark Boys Club tun, der in Mr. Silks Augen für die Slumkinder da war, für Analphabeten und jugendliche Straftäter, die entweder auf die Gosse oder auf das Gefängnis zusteuerten, sondern hier in East Orange, unter der Anleitung von Doc Chizner, der damals, als Mr. Silk noch sein Geschäft gehabt und die Gewerkschaftsmitglieder mit Brillen ausgestattet hatte, der Zahnarzt für die Mitglieder der Elektrikergewerkschaft gewesen war. Doc Chizner war noch immer Zahnarzt, doch am Feierabend brachte er den Söhnen jüdischer Ärzte, Rechtsanwälte und Geschäftsleute die Grundbegriffe des Boxens bei, und man konnte sicher sein, daß bei seinem Unterricht niemand verletzt oder für den Rest seines Lebens entstellt wurde. Für Colemans Vater waren Juden, selbst die zudringlichen, unangenehmen Juden wie Dr. Fensterman, wie indianische Führer: schlaue Leute, die einem, der draußen stand, den Weg hinein weisen und gesellschaftliche Möglichkeiten zeigen konnten, die einer intelligenten farbigen Familie vorführten, wie man es machen mußte.

So kam Coleman zu Doc Chizner und wurde der farbige Junge, den alle privilegierten jüdischen Jungen kennenlernten – wahrscheinlich der einzige, den sie je kennenlernen würden. Es dauerte nicht lange, und Coleman war Docs Assistent und vermittelte diesen jüdischen Jungen zwar nicht die Feinheiten – beispielsweise den sparsamen Einsatz von Energie und Bewegung –, die Mac Machrone seinem Musterschüler beigebracht hatte, aber wenigstens die Grundbegriffe. »Wenn ich ›eins‹ sage, schlägst du einen Jab. Wenn ich ›eins-eins‹ sage, schlägst du einen doppelten Jab. Wenn ich ›eins-zwei‹ sage, schlägst du einen linken Jab und eine rechte Gerade, und bei ›eins-zwei-drei‹ einen linken Jab, eine rechte Gerade und einen linken Haken.« Wenn die anderen nach Hause gegangen waren – gelegentlich hatte sich einer eine blutige Nase geholt und ließ sich nie wieder sehen –, arbeitete Doc Chizner allein mit Coleman. An manchen Abenden baute Doc seine Kondition auf, indem er den Infight trainierte, bei dem nur gezogen, gezerrt und geschlagen wurde, so daß danach jedes Sparring vergleichsweise ein Kinderspiel war. Doc ließ Coleman sein Lauftraining und Schattenboxen in aller Frühe absolvieren, wenn der Pferdewagen des Milchmanns mit der Morgenlieferung durchs Viertel fuhr. In einem grauen Kapuzensweatshirt lief Coleman um fünf Uhr früh, dreieinhalb Stunden vor Schulbeginn, durch die Straßen, ganz gleich, wie kalt es war, ganz gleich, ob es schneite. Niemand sonst war unterwegs, niemand sonst rannte, lange bevor irgend jemand wußte, was Rennen war. Schattenboxend lief er fünf schnelle Kilometer und hörte nur auf, in die Luft zu schlagen, wenn er, das Gesicht finster unter der an einen Mönch gemahnenden Kapuze verborgen, vor dem Schlußsprint auf Höhe des Milchwagens war, denn er wollte das große, braune, dahintrottende Pferd nicht erschrecken. Die Langeweile dieser Läufe war ihm verhaßt, aber er setzte nicht einen einzigen Tag damit aus.

Etwa vier Monate bevor Dr. Fensterman im Haus der Silks erschien, um Colemans Eltern sein Angebot zu unterbreiten, fuhr Coleman eines Samstags mit Doc Chizner in dessen Wagen nach West Point, wo Doc bei einem Turnier zwischen der Armee und der University of Pittsburgh Ringrichter sein sollte. Doc kannte den Pittsburgher Trainer und wollte, daß er Coleman boxen sah. Er war sicher, daß der Trainer Coleman angesichts seiner Zensuren ein Vierjahresstipendium für Pittsburgh verschaffen konnte, ein besseres Stipendium, als er für seine Leistungen in Leichtathletik je bekommen würde. Als Gegenleistung würde er lediglich für die Universitätsstaffel boxen müssen.

Nein, es war nicht so, daß Doc ihm auf dem Hinweg riet, er solle dem Trainer sagen, er sei ein Weißer. Er riet Coleman nur, nicht zu erwähnen, daß er ein Farbiger sei.

»Wenn keiner das Thema anschneidet«, sagte Doc, »schneidest du es auch nicht an. Du bist weder das eine noch das andere. Du bist Silky Silk. Das reicht. Das ist die Sache.« Das war Docs Lieblingsausdruck: Das ist die Sache. Noch ein Satz, dessen Wiederholung Colemans Vater in seinem Haus nicht dulden würde.

»Und er wird es nicht merken?« fragte Coleman.

»Wie denn? Wie soll er es denn merken? Wie zum Teufel soll er es merken? Da kommt der beste Schüler der East Orange Highschool, und er ist in Begleitung von Doc Chizner. Willst du wissen, was er denken wird, sofern er überhaupt etwas denken wird?«

»Was denn?«

»Du siehst aus, wie du aussiehst, und du kommst zusammen mit mir, also wird er denken, daß du einer von Docs Jungs bist. Er wird denken, du bist Jude.«

Coleman fand Doc nie sonderlich witzig – kein Vergleich zu Mac Machrone und seinen Geschichten über die Sachen, die man als Polizist in Newark erlebte –, aber über diesen Witz mußte er lauthals lachen, und dann erinnerte er ihn: »Aber ich gehe auf die Howard University. Ich kann nicht nach Pittsburgh. Ich muß auf die Howard gehen.« Solange Coleman zurückdenken konnte, war sein Vater immer entschlossen gewesen, ihn, das intelligenteste seiner drei Kinder, auf die erste Universität für Schwarze zu schicken, wo er zusammen mit den privilegierten Kindern der schwarzen Elite studieren würde.

»Coleman, zeig dem Mann, wie du boxt. Das ist alles. Das ist die Sache. Mal sehen, was passiert.«

Abgesehen von ein paar Bildungsausflügen mit seiner Familie nach New York hatte Coleman Jersey noch nie verlassen, und so verbrachte er einen großartigen Tag damit, in West Point herumzulaufen und so zu tun, als hätte er tatsächlich vor, nach West Point zu gehen, und wollte sich schon mal ein bißchen umsehen, und dann boxte er für den Trainer der University of Pittsburgh gegen einen Burschen, der wie der war, gegen den er bei den Knights of Pythias geboxt hatte: Langsam, so langsam, daß Coleman schon nach wenigen Sekunden wußte, daß dieser Kerl ihn niemals schlagen würde, auch wenn er zwanzig und ein Collegeboxer war. Herrgott, dachte Coleman nach der ersten Runde, wenn ich für den Rest meines Lebens gegen solche Boxer antreten könnte, wäre ich besser als Ray Robinson. Und es lag nicht daran, daß Coleman drei Kilo mehr wog als damals bei den Knights of Pythias, wo er als Amateur in den Ring gestiegen war. Es war eher so, daß etwas, das er nicht einmal benennen konnte, ihn dazu trieb, härter zuzuschlagen, als er es je gewagt hatte, und an diesem Tag mehr zu erreichen, als bloß zu gewinnen. Lag es daran, daß der Pittsburgher Trainer nicht wußte, daß er ein Farbiger war? Lag es vielleicht daran, daß seine wirkliche Identität ganz und gar sein Geheimnis war? Er liebte Geheimnisse. Daß niemand wußte, was einem durch den Kopf ging, daß man denken konnte, was man wollte, ohne daß irgend jemand davon wußte. Die anderen redeten ständig von sich selbst. Aber das gab einem keine Macht und auch keine Lust. Macht und Lust lagen im Gegenteil: Er mußte ein Konterbekenner sein, wie er ein Konterboxer war, und das wußte er, ohne darüber nachzudenken und ohne daß es ihm einer hätte sagen müssen. Darum gefielen ihm das Schattenboxen und das Training am Sandsack: weil sie ein Geheimnis bargen. Darum gefiel ihm auch das

Laufen, obgleich der Sandsack noch besser war. Manche prügelten einfach darauf ein. Coleman nicht. Coleman arbeitete mit dem *Kopf*, wie er in der Schule oder bei einem Wettlauf mit dem Kopf arbeitete: Schließ alles andere aus, laß nichts anderes in dich hinein und tauche vollkommen in die Sache, das Thema, den Wettkampf, die Prüfung ein – du mußt das werden, was du zu meistern hast. Das konnte er, ganz gleich, ob es um Biologie oder um einen Wettlauf oder um einen Boxkampf ging. Und dabei blieb er nicht nur von den äußeren Umständen unbeeinflußt, sondern auch von den inneren. Wenn bei einem Boxkampf unter den Zuschauern Leute waren, die ihm etwas zuschrien, konnte er sie ignorieren, und wenn der Gegner sein bester Freund war, konnte er das ebenfalls ignorieren. Nach dem Kampf war wieder genug Zeit für Freundschaft. Es gelang ihm, sich dazu zu zwingen, seine Gefühle – Angst, Unsicherheit, ja sogar Freundschaft – zu ignorieren und diese Gefühle zwar zu haben, sie aber von dem, was er tat, zu trennen. Wenn er beispielsweise schattenboxte, wärmte er sich nicht bloß auf. Er stellte sich dabei einen Gegner vor und kämpfte im Kopf einen geheimen Kampf gegen ihn. Und auch im Ring, wo der Gegner wirklich war – stinkend, verrotzt, naßgeschwitzt, Schläge austeilend, wie sie wirklicher nicht sein konnten –, hatte der andere keine Ahnung, was man dachte. Es gab keinen Lehrer, den man nach der Antwort hätte fragen können. Alle Antworten, die einem im Ring einfielen, behielt man für sich, und wenn man das Geheimnis preisgab, dann mit allen anderen Mitteln, nur nicht mit dem Mund.

Im magischen, mythischen West Point, wo es ihm an jenem Tag schien, als wäre in jedem Quadratzentimeter der am Fahnenmast flatternden Fahne mehr von Amerika als in jeder anderen Fahne, die er je gesehen hatte, und wo die eisernen Gesichter der Kadetten für ihn erfüllt waren von einer überwältigenden heroischen Bedeutung, selbst hier, im patriotischen Mittelpunkt, im Mark des unzerbrechlichen Rückgrats seines Landes, wo die Phantasien eines Sechzehnjährigen deckungsgleich waren mit den offiziellen Phantasien, wo alles, was er sah, ihn mit einer ekstatischen Liebe nicht nur zu sich selbst, sondern zu allem, was er sah, beseelte, als wäre die ganze Natur eine Manifestation seines eigenen Lebens –

als wären die Sonne, der Himmel, die Berge, der Fluß, die Bäume nichts anderes als ein millionenfach vergrößerter Coleman Brutus »Silky« Silk –, selbst hier kannte niemand sein Geheimnis, und so ging er in die erste Runde und boxte nicht wie Mac Machrones ungeschlagener Konterboxer, sondern schlug mit aller Kraft zu. Wenn sein Gegner und er vom selben Kaliber waren, mußte er seinen Kopf anstrengen, doch wenn der andere ein leichter Gegner war und Coleman das früh merkte, konnte er aggressiver kämpfen und mit Kraft zuschlagen. Und so war es in West Point. Im Nu schwollen dem anderen die Augen zu, seine Nase blutete, und Coleman trieb ihn vor sich her. Und dann geschah etwas, was noch nie zuvor geschehen war. Er verpaßte seinem Gegner einen Haken, und seine Faust schien zu drei Vierteln im Körper des anderen zu verschwinden. Sie ging so tief hinein, daß er staunte, doch der Boxer aus Pittsburgh staunte noch viel mehr. Coleman wog knapp achtundfünfzig Kilo und war nicht gerade ein junger Boxer, der seine Gegner k. o. schlug. Er hatte sich nicht mal richtig hingestellt, um diesen einen guten Schlag zu landen – das war nicht sein Stil –, und doch ging dieser Treffer so tief in den Körper, daß der Bursche, ein immerhin zwanzigjähriger Collegeboxer, einfach vornüberklappte, weil Coleman ihn »auf dem Punkt«, wie Doc Chizner es immer nannte, erwischt hatte. Er hatte genau auf den Punkt getroffen, und der Typ klappte vornüber. Einen Augenblick lang dachte Coleman, er werde sich vielleicht übergeben, und bevor er das tun oder zu Boden gehen konnte, wollte Coleman ihm noch eine Rechte verpassen – als dieser weiße Bursche zusammenklappte, sah er in ihm nur einen, den er restlos fertigmachen wollte –, doch plötzlich rief der Pittsburgher Trainer, der bei diesem Kampf der Ringrichter war: »Nicht, Silky!«, und als Coleman dennoch ausholte, um diesen letzten rechten Haken zu schlagen, fiel er ihm in den Arm und brach den Kampf ab.

»Und dabei«, sagte Doc auf dem Heimweg, »war dieser Junge ein verdammt guter Boxer. Aber als sie ihn in seine Ecke gezogen haben, mußten sie ihm sagen, daß der Kampf vorbei war. Er saß schon wieder in seiner Ecke und wußte noch immer nicht, was eigentlich passiert war.«

Versunken im Gefühl des Sieges, im Zauber, in der Ekstase dieses letzten Schlages und des herrlichen Rausches der Raserei, die aus ihm herausgebrochen war und ihn nicht weniger überwältigt hatte als seinen Gegner, bemerkte Coleman, beinahe so, als sagte er es im Schlaf und spräche es nicht laut aus, während er im Wagen saß und den Kampf in Gedanken noch einmal erlebte: »Ich schätze, ich war zu schnell für ihn, Doc.«

»Ja, ja, schnell. Klar, schnell. Ich weiß, daß du schnell bist. Aber auch stark. Das war der beste Haken, den du je geschlagen hast, Silky. Mein Junge, du warst zu *stark* für ihn.«

War er das? War er wirklich stark?

Er ging trotzdem auf die Howard University. Hätte er das nicht getan, dann hätte sein Vater ihn – nur mit Worten, nur mit der englischen Sprache – umgebracht. Mr. Silk hatte alles geplant: Coleman würde in Howard Medizin studieren, er würde dort ein hellhäutiges Mädchen aus einer guten Familie kennenlernen, heiraten, sich niederlassen und Kinder haben, die ebenfalls dort studieren würden. In Howard, wo ausschließlich Schwarze studierten, würden Colemans überragende äußerliche und intellektuelle Vorzüge ihn in die obersten Ränge der schwarzen Gesellschaft katapultieren und zu jemandem machen, zu dem die Leute für immer aufsehen würden. Doch schon in seiner ersten Woche in Howard, als er am Samstag mit seinem Zimmergenossen, dem Sohn eines Rechtsanwalts aus New Brunswick, loszog, um sich das Washington Monument anzusehen, wurde er, als sie sich bei Woolworth Hot dogs kaufen wollten, »Nigger« genannt. Es war für ihn das erste Mal. Und man wollte ihm keinen Hot dog verkaufen. Man wollte ihm bei Woolworth in der Innenstadt von Washington keinen Hot dog verkaufen, und auf dem Weg zum Ausgang nannte man ihn »Nigger«, und darum fiel es ihm nicht so leicht wie im Ring, sich von seinen Gefühlen zu distanzieren. An der East Orange Highschool der Klassenbeste, im Süden, wo Rassentrennung herrschte, bloß ein Nigger. Im Süden gab es keine abgetrennten Identitäten, nicht einmal für ihn und seinen Zimmergenossen. Solche feinen Unterschiede waren nicht gestattet, und das traf ihn wie ein Keulenschlag. Nigger – und damit meinte man *ihn*.

Natürlich war er auch in East Orange nicht von den nur geringfügig weniger bösartigen Formen der Ausgrenzung verschont geblieben, die seine Familie und die kleine schwarze Gemeinde vom Rest der Gesellschaft trennten – von all den Dingen, die, wie sein Vater sich ausdrückte, ein Ausfluß der »Negrophobie« dieses Landes waren. Und er wußte auch, daß sein Vater in den Speisewagen der Pennsylvania Railroad Beleidigungen zu hören bekam und, Gewerkschaft hin oder her, von seinen Vorgesetzten ungerecht behandelt wurde – Dinge, die weit demütigender waren als alles, was Coleman in East Orange als ein Junge zu ertragen hatte, der nicht nur so hellhäutig war, wie ein Neger nur sein konnte, sondern auch überschäumend, rastlos, aufgeweckt und obendrein eine Sportskanone und ein Einserschüler. Er sah, wie sein Vater sich mit aller Kraft beherrschte, um nicht zu explodieren, wenn er von der Arbeit nach Hause kam und etwas vorgefallen war, auf das er, sofern er seine Stelle nicht verlieren wollte, nicht anders als mit einem fügsamen »Ja, Sir« reagieren konnte. Daß Neger, die hellhäutiger waren, auch besser behandelt wurden, stimmte nicht immer. »Jedesmal, wenn ein Weißer mit einem spricht«, sagte sein Vater zu seiner Familie, »setzt er, ganz gleich, wie wohlmeinend seine Absichten sind, voraus, daß er es mit jemandem zu tun hat, der ihm intellektuell unterlegen ist. Irgendwie, und zwar nicht unbedingt durch seine Wortwahl, sondern vielleicht durch seinen Gesichtsausdruck, seinen Tonfall, seine Ungeduld oder auch durch das Gegenteil, nämlich durch seine Nachsicht, seine Zurschaustellung wunderbarer *Menschlichkeit*, vermittelt er den Eindruck, daß er mit jemandem spricht, der dumm ist, und wenn er merkt, daß es sich nicht so verhält, ist er höchst erstaunt.« »Was war denn los, Dad?« fragte Coleman dann, doch ebensosehr aus Stolz wie aus Abscheu war sein Vater nur selten bereit, den Vorfall zu schildern. Es reichte ihm, einige pädagogische Leitsätze gesagt zu haben. »Zu erzählen, was geschehen ist«, erklärte Colemans Mutter dann, »ist unter der Würde deines Vaters.«

An der East Orange Highschool gab es Lehrer, bei denen Coleman im Vergleich zu dem, was sie intelligenten weißen Schülern zuteil werden ließen, eine Ungleichheit der Anerkennung, eine Ungleichheit der Billigung verspürte, wenn auch nie in einem Maße, daß diese Ungleichheit ihm den Weg versperrt hätte. Welcher Art diese Hindernisse oder Zurücksetzungen auch waren – er überwand sie wie die Hürden beim Hürdenlauf. Er ging – und sei es nur, um Ungerührtheit vorzutäuschen – schulterzuckend über Dinge hinweg, die Walter beispielsweise nicht übergehen konnte und wollte. Walt spielte Football in der Schulmannschaft, hatte gute Noten und war ein ebenso ungewöhnlich hellhäutiger Neger wie Coleman, und doch reagierte er auf alles ein bißchen wütender als dieser. Wenn er zum Beispiel nicht in das Haus eines weißen Jungen gebeten wurde, sondern vor der Tür warten mußte, wenn er nicht zum Geburtstag eines weißen Mitspielers eingeladen wurde, den er idiotischerweise für seinen Freund gehalten hatte, dann bekam Coleman, der das Zimmer mit ihm teilte, diese Geschichte noch monatelang zu hören. Als Walt in Trigonometrie keine Eins bekam, ging er zu seinem Lehrer, baute sich vor ihm auf und sagte ihm in sein weißes Gesicht: »Ich glaube, Sie haben einen Fehler gemacht.« Der Lehrer ging, um die Einträge in seinem Notenbuch mit den Noten für Walters Arbeiten zu vergleichen, kam zurück und gab seinen Fehler zu, besaß aber die Unverschämtheit zu sagen: »Ich konnte gar nicht glauben, daß deine Noten so gut sind.« Und erst nach dieser Bemerkung machte er aus der Zwei eine Eins. Coleman wäre es nicht im Traum eingefallen, einen Lehrer um die Abänderung einer Note zu bitten, doch andererseits hatte er dazu auch nie einen Anlaß. Er bekam seine Einsen immer auf Anhieb, vielleicht, weil er nicht Walts widerborstigen Trotz besaß, vielleicht, weil er Glück hatte, oder vielleicht auch, weil er intelligenter war und es ihm leichter fiel als Walt, gute schulische Leistungen zu erbringen. Und als in der siebten Klasse *er* es war, der nicht zum Geburtstag eines weißen Freundes eingeladen wurde (und dieser Freund war ein Junge, der ein Stück weit die Straße hinunter im Mietshaus an der Ecke wohnte, der Sohn des Hausmeisters, mit dem Coleman immer zur Schule und nach Hause gegangen war), verstand er das nicht als Ablehnung durch die Weißen, sondern – nach anfänglicher Verwunderung – als Ablehnung durch Ricky Watkins blöde Eltern. Als er bei Doc Chizner Boxunterricht gab, wußte er, daß dort Jungen waren, die sich von ihm abgestoßen fühlten, die sich nicht von ihm anfassen lassen oder mit seinem Schweiß in Berührung kommen wollten, und bemerkte, daß hin und wieder ein Junge nicht mehr zum Unterricht erschien – wiederum vermutlich, weil die Eltern nicht wollten, daß er von einem farbigen Jungen Boxunterricht oder überhaupt irgendeine Art von Unterricht erhielt –, doch im Gegensatz zu Walt, der unfehlbar jede Zurücksetzung registrierte, konnte Coleman so etwas letztlich vergessen, darüber hinwegsehen oder beschließen, so zu tun, als sähe er darüber hinweg. Einmal wurde einer der Jungen aus der Leichtathletikmannschaft bei einem Verkehrsunfall ernstlich verletzt, und die Mannschaftsmitglieder boten sich an, Blut für eine Transfusion zu spenden. Unter ihnen war auch Coleman, doch sein Blut war das einzige, das die Eltern des Jungen ablehnten. Sie dankten ihm und sagten, es sei genug Blut vorhanden, doch er kannte den wahren Grund. Nein, er wußte schon, was los war. Er war zu gewitzt, um es nicht zu wissen. Bei Leichtathletikwettkämpfen trat er gegen viele weiße Jungen aus Newark an: Italiener aus Barringer, Polen aus East Side, Iren aus Central, Juden aus Weequahic. Er sah, er hörte, er schnappte dies und das auf. Coleman wußte, was los war. Aber er wußte auch, was nicht los war, zumindest dort, wo der Mittelpunkt seines Lebens war. Die schützenden Eltern, der schützende ältere, einen Meter zweiundneunzig große Bruder Walt, sein eigenes Selbstvertrauen, sein gewinnender Charme, seine Fähigkeiten als Läufer (»der schnellste Junge in den Oranges«), ja sogar seine Hautfarbe, die ihn zu einem Menschen machte, den die Leute manchmal nicht recht einzuordnen wußten – all dies trug dazu bei, daß Coleman über Beleidigungen hinwegging, die Walt unerträglich fand. Und außerdem gab es da noch den Wesensunterschied: Walt war Walt, ganz und gar Walt, und das war Coleman ganz und gar nicht. Wahrscheinlich gab es keine bessere Erklärung für ihre verschiedenen Reaktionen.

Aber »Nigger« – und damit meinten sie *ihn*? Das machte ihn fuchsteufelswild. Und doch – wenn er nicht in große Schwierigkeiten geraten wollte, blieb ihm nichts anderes übrig, als das Geschäft zu verlassen. Dies war kein Amateurboxkampf bei den Knights of Pythias, sondern Woolworth in Washington. Weder seine Fäuste noch seine Beinarbeit oder seine Wut konnten ihm hier irgendwie von Nutzen sein. An Walter durfte er gar nicht denken. Wie hatte sein Vater es geschafft, mit dieser Scheiße fertig zu werden? Mit dieser Scheiße, die ihm im Speisewagen tagein, tagaus in irgendeiner Form entgegenschlug? Trotz all seiner frühreifen Klugheit hatte Coleman nie gemerkt, wie behütet sein Leben bisher gewesen war, und ebensowenig hatte er gewußt, wieviel innere Stärke sein Vater besaß, oder ermessen können, welch eine mächtige Kraft dieser Mann war – und mächtig nicht nur, weil er sein Vater war. Nun endlich begriff Coleman, was sein Vater hinzunehmen verdammt war. Und er sah auch die ganze Schutzlosigkeit seines Vaters, während er zuvor naiv genug gewesen war, sich angesichts des stolzen, strengen und manchmal geradezu unerträglichen Gebarens, das Mr. Silk an den Tag legte, vorzustellen, sein Vater sei unverletzlich. Doch nun, da irgend jemand Coleman – spät genug – ins Gesicht gesagt hatte, er sei ein Nigger, erkannte er schließlich, welch ein gewaltiger Schutz vor der großen amerikanischen Bedrohung sein Vater für ihn gewesen war.

Aber das machte das Leben in Howard nicht besser. Besonders als ihm der Gedanke kam, daß er selbst in den Augen der anderen Studenten in seinem Wohnheim etwas von einem Nigger an sich hatte, in den Augen dieser jungen Männer, die jede Menge neue Sachen hatten, die Geld in der Tasche hatten und die im Sommer nicht auf den heißen Straßen ihrer Heimatstädte herumhingen, sondern in Camps fuhren – und das waren keine Pfadfindercamps irgendwo im Hinterland von New Jersey, sondern schicke Ferienclubs, wo sie auf Pferden ritten und Tennis spielten und Theaterstücke aufführten. Was zum Teufel war eigentlich ein »Kotillon«? Wo lag Highland Beach? Wovon redeten diese Typen überhaupt? Coleman gehörte zu den hellhäutigsten der Hellhäutigen unter den Studienanfängern und war sogar noch heller als sein teefarbener Zimmergenosse, doch gemessen an dem, was diese anderen wußten und kannten, hätte er ebensogut der schwärzeste, ungebildetste Feldnigger sein können. Er haßte Howard vom ersten Tag an, und es dauerte keine Woche, bis er Washington haßte. Als sein Vater Anfang Oktober, gerade als der Zug der Pennsylvania Railroad nach Wilmington den Bahnhof an der Thirtieth Street in Philadelphia verließ, beim Servieren des Mittagessens im Speisewagen tot umfiel und Coleman zur Beerdigung nach Hause fuhr, sagte er seiner Mutter, er werde das College verlassen. Sie beschwor ihn, nichts Übereiltes zu tun, und sagte, sie sei sicher, daß es in Howard auch Jungen aus ähnlich bescheidenen Verhältnissen wie den seinen gebe, Stipendiaten wie ihn, mit denen er sich anfreunden könne, doch nichts von dem, was sie vorbrachte, wie wahr es auch sein mochte, konnte ihn umstimmen. Wenn er einmal einen Entschluß gefaßt hatte, gab es nur zwei Menschen, die ihn umstimmen konnten – seinen Vater und Walt –, und selbst die mußten dazu beinahe seinen Willen brechen. Doch Walt war als Soldat der U.S.Army in Italien, und der Vater, den Coleman besänftigen mußte, indem er tat, was dieser ihm sagte, war nicht mehr imstande, ihm mit volltönender Stimme irgend etwas vorzuschreiben.

Natürlich weinte er bei der Beerdigung, und natürlich wußte er, wie gewaltig das war, was ihm ohne Vorwarnung genommen worden war. Als der Pfarrer nach dem ganzen biblischen Zeug den vom Vater so geschätzten Band mit Shakespeare-Dramen zur Hand nahm – das großformatige Buch mit dem weichen Ledereinband, das Coleman als Kind immer an einen Cockerspaniel erinnert hatte – und eine Passage aus *Julius Cäsar* vorlas, spürte der Sohn die Majestät seines Vaters wie nie zuvor: die Größe seines Aufstiegs und Falls, eine Größe, deren Ausmaß Coleman, der Studienanfänger, der die winzige Welt von East Orange vor kaum einen Monat verlassen hatte, gerade erst zu erahnen begann.

> Feiglinge sterben vielmals, eh sie sterben,
> Der Tapfere kostet einmal nur den Tod.
> Von allen Wundern, die ich je gehört,
> Scheint mir das größte, daß sich Menschen fürchten,
> Da sie doch sehn, der Tod, das Schicksal aller,
> Kommt, wann er kommen will.

Als der Pfarrer »der Tapfere« sagte, brach Colemans mannhaftes Bemühen um sachliche, stoische Selbstbeherrschung in sich zusammen und enthüllte eine kindliche Sehnsucht nach dem Mann, der ihm am nächsten gestanden hatte und den er nie wiedersehen würde, nach diesem alles überragenden, insgeheim leidenden Vater, der so leicht, so mitreißend hatte reden können und der mit seiner Wortgewalt Coleman unbeabsichtigt den Wunsch eingegeben hatte, Gewaltiges zu vollbringen. Die grundlegendste und ergiebigste aller Emotionen ließ Colemans Tränen fließen und warf ihn, ohne daß er etwas dagegen hätte tun können, auf alles zurück, was er nicht ertragen konnte. Wenn er sich als Jugendlicher bei Freunden über seinen Vater beklagt hatte, dann hatte er ihn mit viel mehr Geringschätzung beschrieben, als er empfand oder empfinden konnte: So zu tun, als könne er seinen eigenen Vater ganz sachlich beurteilen, war eine weitere Methode gewesen, Ungerührtheit zu erfinden und zu behaupten. Nun, da sein Vater ihn nicht mehr einschränkte und begrenzte, war es, als wären alle Uhren, die er sah, stehengeblieben, als gäbe es keine Möglichkeit festzustellen, wie spät es war. Bis zu dem Tag, an dem er in Washington eintraf und sich an der Howard University einschrieb, war es – ob ihm das nun gefiel oder nicht – sein Vater gewesen, der Colemans Geschichte für ihn erfunden hatte; von nun an würde er sie selbst erfinden müssen, und diese Aussicht war entsetzlich. Und auch wieder nicht. Drei schreckliche, entsetzliche Tage vergingen, eine schreckliche Woche, zwei schreckliche Wochen, und dann, mit einemmal, war es nur noch erregend.

»Was kann vermieden werden, das sich zum Ziel die mächt'gen Götter setzen?« Auch dies aus *Julius Cäsar*, zitiert von seinem Vater, und doch hörte Coleman die Worte erst jetzt, da sein Vater im Grab lag – und machte sich sogleich daran, sie auf sein Leben zu beziehen. *Dies* war das Ziel der mächt'gen Götter! Silkys Freiheit. Das reine Ich. Silky Silk mit all seiner Raffinesse.

In Howard hatte er entdeckt, daß er in Washington, D.C., nicht nur ein Nigger war – nein, als wäre dieser Schock nicht groß genug, stellte er in Howard auch fest, daß er ein Neger war. Ein Mitglied der schwarzen Howard-Gemeinde. Über Nacht war das reine Ich zu einem Teil eines Wir geworden, das all die anmaßende Unverrückbarkeit des Wir besaß, und damit wollte er ebensowenig etwas zu tun haben wie mit irgendeinem anderen tyrannischen Wir, das seines Weges kam. Da verläßt man endlich sein Zuhause, das Ur des Wir, und landet prompt in einem *anderen* Wir? An einem anderen Ort, der genauso ist, ein *Ersatz*? Er war in East Orange aufgewachsen, natürlich als Neger, und hatte natürlich sehr wohl zu der kleinen, aus etwa fünftausend Menschen bestehenden schwarzen Gemeinde gehört, doch wenn er geboxt hatte, wenn er gelaufen war, wenn er gelernt hatte, wenn er sich bei allem, was er getan hatte, konzentriert und Erfolg gehabt hatte, wenn er durch die beiden Oranges gestreift und – in Begleitung von Doc Chizner oder ohne sie – über die Stadtgrenze hinaus nach Newark vorgedrungen war, dann war er, ohne auch nur einmal darüber nachzudenken, auch alles andere gewesen. Er war Coleman gewesen, der größte der großen *Pioniere* des Ichs.

Dann ging er nach Washington, und im ersten Monat war er ein Nigger und sonst gar nichts, und dann war er ein *Mitglied der schwarzen Gemeinde* und sonst gar nichts. Nein. Nein. Er sah, welches Schicksal ihn erwartete, und weigerte sich, es anzunehmen. Er erkannte es intuitiv und zuckte unwillkürlich zurück. Man darf sich die Bigotterie der großen Sie ebensowenig überstülpen lassen wie man zulassen darf, daß die kleinen Sie zu einem Wir werden und einem ihre Moral überstülpen. Die Tyrannei des Wir, dieses ganze Gerede von Wir, all dieser Mist, den das Wir einem aufladen will. Er wollte nichts mit der Tyrannei des Wir zu tun haben, das alles daransetzt, einen einzusaugen, dieses zwingende, einvernehmende, historische, unvermeidliche, moralische *Wir* mit seinem hinterhältigen *E pluribus unum*. Weder das Sie von Woolworth noch das Wir von Howard. Statt dessen das reine Ich mit all seiner Beweglichkeit. *Selbst*erforschung – *das* war der Schlag auf den Punkt. Einzigartigkeit. Das leidenschaftliche Streben nach Einzigartigkeit. Das einzigartige Tier. Die gleitende Beziehung zu allem anderen. Nicht statisch, sondern gleitend. Selbsterforschung, aber *im verborgenen*. Was konnte stärker sein als das?

»Hüte dich vor den Iden des März.« Völliger Blödsinn – hüte dich vor *nichts*. Frei. Nun, da beide Bollwerke beseitigt sind – der große Bruder ist in Europa, der Vater ist tot –, hat er neue Kraft geschöpft und kann tun, was er will, kann nach dem höchsten Ziel streben und spürt tief in seinem Inneren das Selbstvertrauen, das er braucht, um sein unverwechselbares Ich zu sein. Frei in einem Maße, das für seinen Vater unvorstellbar war. So frei, wie sein Vater unfrei war. Frei nicht nur von seinem Vater, sondern auch von alldem, was sein Vater erdulden mußte. Frei von Bürden. Von Demütigungen. Von Hindernissen. Von den Wunden und den

Schmerzen und den Verstellungen und der Scham – von all den inneren Qualen, die mit dem Versagen und der Unterwerfung einhergehen. Jetzt kann er die große Bühne betreten. Jetzt kann er tun, was er will, und Gewaltiges vollbringen. Jetzt kann er das grenzenlose, persönlichkeitsstiftende Drama der Pronomina »wir«, »sie« und »ich« inszenieren.

Der Krieg war noch nicht vorüber, und falls er nicht ein unverhofftes Ende fand, würde Coleman ohnehin eingezogen werden. Wenn Walt in Italien gegen Hitler kämpfte, warum sollte er dann nicht auch gegen dieses Arschloch kämpfen? Es war Oktober 1944, und es würde noch einen Monat dauern, bis er achtzehn war, doch er konnte ja ein falsches Alter angeben – seinen Geburtstag vom 12. November auf den 12. Oktober vorzuverlegen würde nicht weiter schwer sein. Er war noch immer mit der Trauer seiner Mutter – und ihrem Entsetzen darüber, daß er das College aufgegeben hatte – konfrontiert und kam nicht gleich auf den Gedanken, er könne bei dieser Gelegenheit auch eine andere Rassenzugehörigkeit angeben. Er konnte seine Haut verkaufen, wie er wollte, er konnte sich nach freiem Ermessen eine Farbe aussuchen. Nein, das dämmerte ihm erst, als er im Gebäude der Bundesbehörde in Newark saß, die Fragebögen für den Eintritt in die Navy vor sich ausgebreitet hatte und sie, bevor er sie ausfüllte, aufmerksam und mit derselben Sorgfalt durchlas, mit der er sich auf die Highschool-Prüfungen vorbereitet hatte – als wäre das, was er gerade tat, sei es groß oder klein, für den Zeitraum, in dem er sich darauf konzentrierte, die wichtigste Sache der Welt. Und selbst dann dämmerte es nicht *ihm*. Es dämmerte zunächst seinem Herzen, das zu pochen begann, als wäre es das Herz eines Menschen, der im Begriff steht, sein erstes großes Verbrechen zu begehen.

Als Coleman 1946 aus der Armee entlassen wurde, hatte sich Ernestine bereits für das Grundstudium am Montclair State Teachers College eingeschrieben, und Walt stand kurz vor dem Abschluß am Montclair State. Beide lebten zu Hause, bei ihrer verwitweten Mutter. Coleman jedoch, der entschlossen war, ein eigenes Leben zu führen, ließ sich jenseits des Flusses, in New York, nieder und schrieb sich an der New York University ein. Zwar wollte er lieber in Greenwich Village leben, als auf die NYU zu gehen, zwar wollte er lieber ein Dichter oder Dramatiker sein als ein Student, aber die beste Methode, die ihm einfiel, wie er seine Ziele verfolgen konnte, ohne arbeiten zu müssen, bestand darin, das staatliche Veteranenstipendium in Anspruch zu nehmen. Das Problem war nur: Kaum nahm er an Seminaren teil, da bekam er Bestnoten, und nach den ersten beiden Jahren war er auf dem Weg zu einer Mitgliedschaft in der Phi-Beta-Kappa-Verbindung und einem Summa-cum-laude-Abschluß in klassischer Literatur. Eine rasche Auffassungsgabe, ein glänzendes Gedächtnis und eine flüssige Ausdrucksweise in den Seminaren sorgten dafür, daß seine Leistungen so herausragend wie eh und je waren, mit dem Ergebnis, daß das, was er in New York am liebsten hatte tun wollen, durch den Erfolg auf einem Gebiet verdrängt wurde, für das er nach Meinung aller äußerst befähigt war und wo er durch seine brillanten Leistungen Zuspruch und Bewunderung erntete. Es begann sich ein Muster herauszubilden: Er bekam Anerkennung für seine akademischen Leistungen. Gewiß, er konnte das annehmen und die Tatsache, daß er auf unkonventionelle Weise konventionell war, sogar genießen, aber eigentlich war das nicht seine Absicht gewesen. Auf der Highschool war er ein As in Latein und Griechisch gewesen und hatte das Stipendium für Howard bekommen, obwohl er eigentlich doch bloß in den Golden-Gloves-Turnieren hatte boxen wollen; und hier, auf dem College, war er ebenfalls ein As, doch die Gedichte, die er seinen Professoren zeigte, lösten keine Begeisterung aus. Anfangs behielt er sein Lauf- und Boxtraining bei, weil es ihm Spaß machte, bis er eines Tages in der Sporthalle gefragt wurde, ob er für einen anderen, der seine Teilnahme zurückgezogen hatte, bei einem Vier-Runden-Kampf in der St. Nick's Arena einspringen wolle, und hauptsächlich, um sich für die entgangenen Golden-Gloves-Turniere zu entschädigen, nahm er die angebotenen fünfunddreißig Dollar und wurde zu seiner Freude ein heimlicher Profi.

Es gab also die Universität, es gab Gedichte, es gab bezahlte Boxkämpfe, und es gab Frauen, Frauen, die wußten, wie sie gehen und ein Kleid tragen mußten, Frauen, die in allem dem entsprachen, was er sich vorgestellt hatte, als er sich nach seiner Entlassung aus dem Militärdienst von San Francisco nach New York aufgemacht hatte – Frauen, die die Straßen von Greenwich Village und die sich kreuzenden Fußwege auf dem Washington Square ihrem eigentlichen Verwendungszweck zuführten. Es gab warme Frühlingsnachmittage, an denen nichts im Nachkriegsamerika und schon gar nichts in der Welt der Antike Coleman stärker interessierte als die Beine der Frau, die vor ihm ging. Er war auch keineswegs der einzige Kriegsheimkehrer, der auf Frauenbeine fixiert war. In jenen Tagen schien es für die Ex-GIs an der NYU kein lohnenderes Freizeitvergnügen zu geben, als die Beine der Frauen zu würdigen, die in Greenwich Village an den Kneipen und Cafés vorbeigingen, wo sich die jungen Männer einfanden, um Zeitungen zu lesen und Schach zu spielen. Wer weiß, ob es eine soziologische Erklärung dafür gab, doch was auch immer der Grund sein mochte – es war die große amerikanische Ära aphrodisischer Beine, und mindestens ein- oder zweimal täglich folgte Coleman solchen Beinen mehrere Blocks weit, um sie nur ja nicht aus den Augen zu verlieren und um zu sehen, wie sie sich bewegten und wie sie geformt waren und wie sie in Ruhestellung aussahen, wenn ihre Besitzerin an einer Ecke darauf wartete, daß die Ampel auf Grün umsprang. Und wenn er das Gefühl hatte, der Augenblick sei günstig, und seine Schritte beschleunigte, um sie einzuholen – nachdem er ihr lange genug gefolgt war, um sowohl verbal vorbereitet als auch vor Verlangen fast verrückt zu sein –, wenn er sie dann ansprach und die richtigen Worte gefunden hatte, um sie ein Stück begleiten und sie nach ihrem Namen fragen zu dürfen, und wenn er sie zum Lachen gebracht und es geschafft hatte, sich mit ihr zu verabreden, dann hatte er sich, ob sie es wußte oder nicht, mit ihren Beinen verabredet.

Und den Frauen wiederum gefielen Colemans Beine. Steena Palsson, die Achtzehnjährige aus Minnesota, fern der Heimat, schrieb sogar ein Gedicht über Coleman, in dem sie seine Beine erwähnte. Es war mit der Hand auf einem linierten Blatt aus einem Notizbuch geschrieben und trug die Unterschrift »S«. Das Blatt war zweimal gefaltet und in Colemans Briefkasten in der gefliesten Eingangshalle über seinem Souterrainzimmer gesteckt worden. Vor zwei Wochen hatten sie zum erstenmal in der U-Bahn miteinander geflirtet, und es war der Montag nach dem Sonntag ihres ersten 24-Stunden-Marathons. Coleman war in Eile zu seinem morgendlichen Seminar gegangen, während Steena sich noch im Badezimmer zurechtmachte; ein paar Minuten später ging sie zur Arbeit, allerdings nicht ohne ihm das Gedicht zu hinterlassen, das sie ihm, trotz der Energie, die sie einander am Vortag so gewissenhaft demonstriert hatten, aus Schüchternheit nicht hatte persönlich geben wollen. Da Coleman an diesem Tag vom Seminar zur Bibliothek und von dort zu einer heruntergekommenen Sporthalle in Chinatown gegangen war, um sein abendliches Training im Ring zu absolvieren, sah er den Zettel mit dem Gedicht erst aus dem Briefschlitz ragen, als er um halb zwölf in die Sullivan Street zurückkehrte.

> Er hat einen Körper,
> Einen wunderschönen Körper –
> Die Muskeln seiner Beine, seines Nackens.
>
> Er ist vier Jahre älter,
> Reger und ungestümer,
> Und doch erscheint er mir manchmal jünger.
>
> Noch ist er reizend und romantisch,
> Auch wenn er sagt, er sei es nicht.
>
> Ich bin beinahe eine Gefahr für diesen Mann.
>
> Wie kann ich sagen,
> Was ich in ihm sehe?
> Ich frage mich, was er tut,
> Wenn er mich verschlungen hat.

Er überflog das Gedicht im trüben Licht der Eingangshalle und las »Neger« anstatt »Reger« – *Neger und ungestümer* ... Neger und ungestümer? Bis dahin hatte es ihn überrascht, wie leicht es war. Was angeblich schwer und irgendwie beschämend oder zerstörerisch war, erwies sich nicht nur als leicht, sondern hatte auch keinerlei Konsequenzen – er mußte keinen Preis dafür bezahlen. Doch jetzt brach ihm mit einemmal der Schweiß aus. Er las das Gedicht abermals, schneller noch als zuvor, aber die Worte bildeten keine

Kombinationen, die einen Sinn ergaben. Er ist Neger? Sie hatten einen ganzen Tag und eine ganze Nacht miteinander verbracht, nackt, die meiste Zeit nur Zentimeter voneinander entfernt. Seit er ein Kleinkind gewesen war, hatte niemand außer ihm selbst soviel Zeit und Gelegenheit gehabt, eingehend zu studieren, wie er gebaut war. Daraus, daß es nichts an ihrem langen, blassen Körper gab, das er nicht in sich aufgenommen hatte, nichts, das sie verborgen hatte, nichts, das er jetzt nicht mit dem Vorstellungsvermögen eines Malers, mit der erregten, scharfblickenden Kennerschaft eines Liebhabers hätte heraufbeschwören können, und daraus, daß er den ganzen Tag nicht nur durch das Bild ihrer gespreizten Beine vor seinem geistigen Auge, sondern auch ebensosehr durch ihren Duft in seiner Nase stimuliert worden war, konnte er folgern, daß es nichts an *seinem* Körper gab, das *sie* nicht in allen Einzelheiten in sich aufgenommen hatte, nichts an seinem hingestreckten, mit allen Attributen seiner selbstbezogenen evolutionären Einzigartigkeit ausgestatteten Körper, nichts an seiner einmaligen Konfiguration als Mann, nichts an seiner Haut, seinen Poren, seinen Bartstoppeln, seinen Zähnen, seinen Händen, seiner Nase, seinen Ohren, seinen Lippen, seiner Zunge, seinen Füßen, seinen Eiern, seinen Adern, seinem Schwanz, seinen Achselhöhlen, seinem Hintern, seinen Schamhaaren, seinen Kopfhaaren, seinen Körperhaaren, nichts an der Art, wie er lachte, schlief, atmete, sich bewegte, roch, nichts an der Art, wie er beim Orgasmus zuckte und erschauerte, das sie nicht registriert hatte. Das sie nicht in sich aufgenommen hatte. Über das sie nicht nachgedacht hatte.

War es der Akt selbst gewesen, der ihn verraten hatte, die absolute Intimität, wenn man sich nicht einfach im Körper einer Frau befindet, sondern sie einen fest umschließt? Oder war es die körperliche Nacktheit gewesen? Du ziehst deine Kleider aus und gehst mit jemandem ins Bett, und das ist tatsächlich der Ort, wo alles, was du verborgen hast, wo deine Eigenarten – ganz gleich, welcher Art, ganz gleich, wie verborgen – ans Licht kommen, und das ist eben auch der Grund für Schüchternheit, das ist das, was *alle* fürchten. Wieviel von mir wird an diesem anarchischen, verrückten Ort gesehen, wieviel von mir wird freigelegt? *Jetzt weiß ich, wer du bist. Jetzt sehe ich, daß du Neger und ungestümer bist.*

Aber wie? Durch was hatte er es offenbart? Was konnte es gewesen sein? War es, was immer es war, für sie sichtbar, weil sie eine blonde dänisch-isländische Frau war, die von einer langen Reihe blonder Dänen und Isländer abstammte, skandinavisch aufgewachsen, zu Hause, in der Schule, in der Kirche, die ihr Leben lang umgeben gewesen war von ... und dann las Coleman, was dort wirklich stand. Sie hatte nicht »Neger« geschrieben, sondern »Reger«. Ach so, reger! Nur reger! *Er ist vier Jahre älter, reger und ungestümer ...*

Aber was bedeutete dann das: »Wieviel kann ich verraten von dem, was ich in ihm sehe?« Was war denn an dem, was sie in ihm sah, so dunkel und zweifelhaft? Wäre das, was sie meinte, deutlicher gewesen, wenn sie »Wie läßt sich sagen« geschrieben hätte anstatt »Wie kann ich sagen«? Oder wäre es dann undeutlicher gewesen? Je öfter er diese schlichte Strophe las, desto unklarer erschien ihm ihre Aussage – und je unklarer die Aussage war, desto sicherer war er, daß Steena deutlich spürte, welches Problem Coleman in ihr Leben trug. Es sei denn, sie meinte mit »was ich in ihm sehe« nicht mehr als das, was skeptisch veranlagte Leute zum Ausdruck bringen wollen, wenn sie eine frisch verliebte Freundin fragen: »Was siehst du eigentlich in ihm?«

Und was ist mit »sagen«? Wieviel kann sie *wem* sagen? Meint sie damit »ausdrücken« – »wie kann ich ausdrücken« usw. – oder meint sie »erzählen, verraten«? Und was soll »Ich bin beinahe eine Gefahr für diesen Mann« heißen? Gibt es einen Unterschied zwischen »Ich bin eine Gefahr« und »Ich bin gefährlich«? Und überhaupt – worin besteht die Gefahr?

Jedesmal, wenn er versuchte, zu dem, was sie gemeint hatte, durchzudringen, entzog es sich ihm. Nach zwei panischen Minuten in der Eingangshalle war das einzige, dessen er sich sicher sein konnte, seine Angst. Das erstaunte ihn – und wie immer beschämte ihn seine Empfindlichkeit, weil sie so unverhofft kam, und löste ein Notsignal aus, eine Alarmglocke, die seine Wachsamkeit ermahnte, nicht nachzulassen.

Steena war intelligent und schön und mutig, aber sie war auch erst achtzehn, vor kurzem aus Fergus Falls, Minnesota, nach New York gekommen. Dennoch schüchterten sie und ihre beinahe widernatürliche, allumfassende Goldenheit ihn jetzt mehr ein als irgendeiner, dem er im Ring gegenübergestanden hatte. Nur in jener Nacht in dem Bordell in Norfolk, als die Frau auf dem Bett – eine großbusige, fleischige, mißtrauische Hure, nicht wirklich häßlich, aber gewiß keine Schönheit (und vielleicht selbst zu zwei Fünfunddreißigsteln etwas anderes als weiß) – ihm zusah, wie er sich aus der Uniform schälte, säuerlich lächelte, sagte: »Du bist 'n echter schwarzer Nigger, stimmt's, Jungchen?« und die beiden Gorillas rief, die ihn dann rausschmissen, nur damals hatte er sich so entlarvt gefühlt wie jetzt durch Steenas Gedicht.

Ich frage mich, was er tut,
Wenn er mich verschlungen hat.

Nicht einmal *das* verstand er. Bis in die frühen Morgenstunden kämpfte er am Schreibtisch in seinem Zimmer mit den paradoxen Implikationen dieser letzten Verse, entdeckte eine komplizierte Gedankenverbindung nach der anderen, nur um sie wieder zu verwerfen, und war sich bei Tagesanbruch nur einer Sache gewiß: daß für Steena, die hinreißende Steena, nicht alles, was er aus seinem Leben getilgt hatte, für immer verschwunden war.

Völlig falsch. Ihr Gedicht hatte gar nichts zu bedeuten. Es war nicht einmal ein Gedicht. Unter dem Druck ihrer eigenen Verwirrung waren ihr, während sie unter der Dusche stand, Ideenfragmente und unbearbeitete Gedankenfetzen vollkommen ungeordnet durch den Kopf gepoltert, und so hatte sie ein Blatt aus einem seiner Notizbücher gerissen, die Einfälle, die zu Wörtern geronnen, darauf gekritzelt und den Zettel in seinen Briefkasten gesteckt, bevor sie zur Arbeit geeilt war. Diese Zeilen waren bloß etwas, was sie getan hatte – was sie hatte tun *müssen* –, weil die erregende Neuheit ihrer Verwunderung sie dazu getrieben hatte. Eine Dichterin? Sie lachte: wohl kaum. Eher jemand, der durch einen brennenden Reifen gesprungen war.

Über ein Jahr lang verbrachten sie jedes Wochenende in seinem Bett und nährten sich voneinander wie Gefangene in Einzelhaft, die gierig ihre tägliche Ration Wasser und Brot verschlangen. Sie überraschte ihn – überraschte sich selbst –, indem sie eines Samstagsabends nur mit ihrem Slip bekleidet am Fußende des Klappsofas tanzte. Sie war dabei, sich auszuziehen, das Radio war eingeschaltet – Symphony Sid –, und um sie in Bewegung und in Stimmung zu bringen, kam als erstes eine wilde Liveaufnahme von Count Basie und ein paar Jazzmusikern, die eine Improvisation über »Lady Be Good« spielten, und dann noch mehr von Gershwin, nämlich die Artie-Shaw-Version von »The Man I Love«, bei der Roy Eldridge mächtig aufdrehte. Coleman lag halb aufgerichtet im Bett und tat, was er samstags abends, wenn sie von ihrem Fünf-Dollar-Menü aus Chianti, Spaghetti und Cannoli in ihrem Lieblingskellerrestaurant in der Fourteenth Street zurück waren, am liebsten tat: ihr zusehen, wie sie sich auszog. Mit einemmal und ohne daß er sie dazu aufgefordert hätte – die Aufforderung schien eher von Eldridges Trompete zu kommen –, begann sie, was Coleman gern als den schlüpfrigsten Tanz bezeichnete, den je ein Mädchen aus Fergus Falls, das erst wenig länger als ein Jahr in New York war, getanzt hatte. Mit diesem Tanz und der Art, wie sie sang, hätte sie Gershwin aus dem Grab auferstehen lassen können. Sie ließ sich antreiben von einem farbigen Trompeter, der das Lied spielte, als wäre es eine Negerschnulze, und da war sie, klar und deutlich: die ganze Macht ihrer Weißheit. Das große weiße Ding. »Some day he'll come along ... the man I love ... and he'll be big and strong ... the man I love.« Sprachlich war das so gewöhnlich, daß es aus einer harmlosen Schulfibel hätte stammen können, doch als das Stück vorbei war, schlug Steena halb spielerisch, halb ernst gemeint die Hände vor das Gesicht, um ihre Scham zu verbergen. Und doch schützte diese Geste sie vor gar nichts, am allerwenigsten vor seinem Entzücken – sie erregte ihn nur noch mehr. »Wo habe ich dich gefunden, Voluptas?« fragte er. »*Wie* habe ich dich gefunden? Wer bist du?«

In dieser berauschenden Zeit gab Coleman sein abendliches Training in der Sporthalle in Chinatown auf, schränkte sein frühmorgendliches Lauftraining über acht Kilometer ein und verzichtete darauf, den Gedanken, er sei Profiboxer, in irgendeiner Weise ernst zu nehmen. Er war bei vier bezahlten Kämpfen angetreten und hatte alle gewonnen – drei über vier Runden und einen, den letzten, über sechs Runden, allesamt Montagabendkämpfe in der alten St.-Nicholas-Arena. Er erzählte weder Steena noch sonst irgend jemandem an der NYU davon, und ganz gewiß niemandem von seiner Familie. In diesen ersten Jahren auf dem College war das ein weiteres Geheimnis, auch wenn er unter dem Namen Silky Silk antrat und die Ergebnisse der Kämpfe in St. Nick's am nächsten Tag kleingedruckt in einem Kasten auf der Sportseite der Boulevardzeitungen standen. Von der ersten Sekunde der ersten Runde des ersten 35-Dollar-Kampfs über vier Runden an war seine Einstellung vollkommen anders als in seiner Amateurzeit. Nicht daß er als Amateur jemals hatte verlieren wollen. Doch als Profi teilte er doppelt so entschlossen aus, und sei es nur, um sich zu beweisen, daß er sich dort halten konnte, wenn er wollte. Keiner der Kämpfe ging über die volle Distanz, und im letzten, für den er hundert Dollar bekam und der über sechs Runden gehen sollte – bei einem Turnier, in dem Beau Jack der Star war –, legte er seinen Gegner nach zwei Minuten und ein paar Sekunden flach und war danach nicht einmal erschöpft. Auf dem Weg zum Ring war er am Platz des Promoters Solly Tabak vorbeigekommen, der bereits mit einem Vertrag unter seiner Nase herumfuchtelte, in dem stand, daß Coleman ihm in den nächsten zehn Jahren ein Drittel seiner Einkünfte abtreten würde. Solly hatte ihm einen Klaps auf den Hintern gegeben und ihm mit seiner fetten Stimme zugeflüstert: »Laß den Nigger in der ersten Runde kommen und warte ab, was er drauf hat, Silky, damit die Leute was zu sehen kriegen für ihr Geld.« Coleman nickte Tabak zu und lächelte, aber als er in den Ring stieg, dachte er: Leck mich – ich kriege hundert Dollar und soll mir in die Schnauze hauen lassen, damit die Leute was zu sehen kriegen für ihr Geld? Ich soll mich für den Scheiß interessieren, den irgendein Wichser in der fünfzehnten Reihe von sich gibt? Ich bin eins dreiundsiebzig groß und wiege zweiundsechzigeinhalb Kilo, und er ist eins siebenundsiebzig groß und wiegt fünfundsechzig Kilo, und ich soll mir vier, fünf, zehn Kopftreffer verpassen lassen, bloß damit die Leute was geboten kriegen? Du kannst mich mal.

Nach dem Kampf war Solly nicht zufrieden mit Colemans Verhalten. Es erschien ihm unreif. »Du hättest den Nigger in der vierten Runde auf die Bretter legen können statt in der ersten – dann hätten die Leute was zu sehen gekriegt für ihr Geld. Hast du aber nicht. Ich bitte dich nett und höflich, und du tust es einfach nicht. Was soll das, du Schlaumeier?«

»Ich helf doch einem Nigger nicht über die Runden.« Das sagte er, der Student der klassischen Literatur an der NYU, der Jahrgangsbeste an der East Orange Highschool, der Sohn des verstorbenen Optikers, Speisewagenkellners, Amateurlinguisten, Grammatikers, Zuchtmeisters und Shakespeare-Kenners Clarence Silk. So widerspenstig war er, so heimlichtuerisch war er, so ernst meinte er es, ganz gleich, was er in Angriff nahm, dieser farbige Junge von der East Orange High.

Wegen Steena hörte er auf zu boxen. Sosehr er sich auch hinsichtlich der in ihrem Gedicht verborgenen dunklen Bedeutung täuschte, blieb er doch überzeugt, daß die geheimnisvollen Kräfte, die ihrer beider sexuellen Hunger so unstillbar machten – und sie in so zügellose Liebende verwandelten, daß Steena ihn und sich selbst mit der unverfälschten, verwunderten Selbstironie einer Neubekehrten und der Direktheit des Mittleren Westens als »völlig bekloppt« bezeichnete –, eines Tages die Geschichte, die er sich erfunden hatte, vor ihren Augen auflösen würden. Er wußte weder, wie das geschehen würde, noch wie er es verhindern konnte. Aber das Boxen würde ihm nicht helfen. Sobald sie von Silky Silk erfahren hatte, würde sie Fragen stellen, die sie unvermeidlich über die Wahrheit stolpern lassen würden. Sie wußte, daß er eine Mutter in East Orange hatte, die eine geprüfte Krankenschwester und regelmäßige Kirchgängerin war, daß er einen älteren Bruder hatte, der seit kurzem in Asbury Park Siebt- und Achtkläßler unterrichtete, und eine Schwester, die demnächst ihr Lehrerstudium am Montclair State College abschließen würde, und daß ihr gemeinsames Bettvergnügen in der Sullivan Street einmal im Monat vorzeitig beendet werden mußte, weil Coleman in East Orange zum Abendessen erwartet wurde. Sie wußte, daß sein Vater Optiker gewesen war – nur das: ein Optiker –, und sogar, daß er aus Georgia gestammt hatte. Coleman achtete sorgfältig darauf, daß sie nie Anlaß hatte, an seinen Geschichten zu zweifeln, und nachdem er das Boxen ganz aufgegeben hatte, brauchte er ihr auch nichts mehr vorzulügen. Er log Steena nie an, sondern hielt sich nur an die Anweisung, die Doc Chizner ihm damals, als sie nach

West Point gefahren waren, gegeben hatte (und die ihn bereits sicher durch die Navy gebracht hatte): Wenn keiner das Thema anschneidet, schneidest du es auch nicht an.

Wie alle anderen Entscheidungen – selbst die, Solly Tabak in St. Nick's wortlos zu verstehen zu geben, er könne ihn am Arsch lecken, indem er den anderen in der ersten Runde k.o. schlug – basierte seine Entscheidung, sie zum Abendessen nach East Orange einzuladen, einzig und allein auf seinen eigenen Überlegungen. Sie hatten sich beinahe zwei Jahren zuvor kennengelernt, Steena war zwanzig und er selbst vierundzwanzig, und er konnte sich nicht mehr vorstellen, ohne sie durch die Eighth Street, geschweige denn durch den Rest seines Lebens zu gehen. Ihr ruhiges, konventionelles Alltagsbetragen in Kombination mit ihrer Wochenendleidenschaft – beides umschlossen von einem körperlichen Leuchten, einem mädchenhaften, amerikanischen, blitzlichtartigen Strahlen, das eine geradezu zauberische Macht über ihn ausübte – hatte einen erstaunlichen Sieg über einen Willen errungen, der so rücksichtslos auf Unabhängigkeit bedacht war wie der Colemans; sie hatte ihn nicht nur vom Boxen, sondern auch von dem kindlichen Trotz abgebracht, mit dem er sich als Silky Silk, den ungeschlagenen Weltergewichtprofi, betrachtete, und sie hatte ihn auch vom Verlangen nach anderen Frauen befreit.

Dennoch konnte er ihr nicht sagen, daß er ein Farbiger war. Er hörte schon die Worte, die er würde sagen müssen, und wußte, daß sie alles schlimmer erscheinen lassen würden, als es war – sie würden *ihn* schlimmer erscheinen lassen, als *er* war. Und wenn er es ihr dann überlassen würde, sich seine Familie vorzustellen, würde sie Leute vor sich sehen, die ganz anders waren als in Wirklichkeit. Weil sie keine Neger kannte, würde sie sich die Art von Negern vorstellen, die sie in Filmen gesehen oder im Radio gehört hatte oder die in Witzen vorgekommen waren. Ihm war inzwischen klar, daß sie keine Vorurteile hegte und daß sie, wenn sie Ernestine und Walt und seine Mutter erst einmal kennengelernt hatte, sofort erkennen würde, wie konventionell sie waren und wie streng sie sich an die auch in Fergus Falls geltenden, ermüdenden Regeln der Schicklichkeit hielten, von denen Steena sich nur zu gern befreit hatte. »Versteh mich nicht falsch«, beeilte sie sich, ihm zu sagen,

»es ist eine schöne Stadt. Fergus Falls ist ungewöhnlich, weil im Osten der Otter Tail Lake liegt, und nicht weit von unserem Haus ist der Otter Tail River. Und es ist, glaube ich, ein bißchen weltoffener als andere Städte dieser Größe dort im Westen, weil es südöstlich von Fargo-Moorhead liegt – das ist die Collegestadt in dieser Gegend.« Ihrem Vater gehörten ein Eisenwarengeschäft und ein kleines Sägewerk. »Ein unbezähmbarer, riesiger, erstaunlicher Mensch, mein Vater. Gewaltig. Wie ein gigantischer Schinken. Er kann in einer Nacht einen ganzen Kanister Schnaps trinken, was immer du gerade da hast. Ich konnte es nie glauben. Kann ich noch immer nicht. Er macht einfach immer weiter. Einmal hat er eine große Maschine herumgewuchtet und sich eine große Wunde an der Wade beigebracht – aber er hat sich gar nicht darum gekümmert und sie nicht mal gereinigt. Sie neigen zu solchen Sachen, die Isländer. Sie sind wie Bulldozer. Er ist eine interessante Persönlichkeit. Ein äußerst verblüffender Mensch. Wenn mein Vater sich unterhält, beherrscht er den ganzen Raum. Und er ist nicht der einzige, der so ist. Meine Großeltern Palsson sind genauso. Sein Vater ist genauso. Auch seine Mutter ist so.« »Isländer. Ich wußte nicht mal, daß sie Isländer heißen. Ich wußte überhaupt nichts von Isländern. Wann sind sie nach Minnesota gekommen?« fragte Coleman. Sie lachte und zuckte die Schultern. »Gute Frage. Ich würde sagen, gleich nach den Dinosauriern. So kommt es einem jedenfalls vor.« »Und er ist es, vor dem du geflohen bist?« »Wahrscheinlich. Schwer, die Tochter eines so vitalen Mannes zu sein. Er begräbt einen unter sich.« »Und deine Mutter? Begräbt er sie auch unter sich?« »Das ist die dänische Seite der Familie. Das sind die Rasmussens. Nein, sie ist nicht kleinzukriegen. Meine Mutter ist zu praktisch veranlagt, um sich unter jemandem begraben zu lassen. Die Eigenart ihrer Familie – und ich glaube, das gilt nicht nur für ihre Familie, ich glaube, die Dänen sind allgemein so und unterscheiden sich darin kaum von den Norwegern –, die Eigenart ihrer Familie ist, daß sie sich für Dinge interessiert. *Dinge.* Tischdecken. Teller. Vasen. Sie reden endlos lange darüber, wieviel was gekostet hat. Der Vater meiner Mutter ist auch so, mein Großvater Rasmussen. Ihre ganze Familie. Sie haben keine Träume. Sie haben keine Unwirklichkeit. Alles besteht aus Dingen und daraus, was sie kosten und für wieviel man sie bekommen kann. Sie ist bei anderen Leuten zu Besuch und sieht sich alles ganz genau an, und bei der Hälfte der Dinge weiß sie genau, wo sie sie gekauft haben, und sagt ihnen, wo sie sie hätten billiger bekommen können. Und Kleider. Jedes einzelne Kleidungsstück. Dasselbe. Praktisch veranlagt. Die ganze Bande hat eine stocknüchterne praktische Veranlagung. Und sparsam. Extrem sparsam. Sauber. Extrem sauber. Wenn ich von der Schule nach Hause gekommen bin, hat sie sofort gesehen, daß ich unter einem Fingernagel ein bißchen Tinte hatte, weil ich meinen Füller gefüllt hatte. Wenn am Sonntag abend Gäste kommen, deckt sie den Tisch am Samstag um fünf. Dann ist alles bereit – jedes Glas, jedes Besteckteil. Und dann breitet sie eine Art großen Gazestoff darüber, damit sich kein Staubkörnchen darauf niederlassen kann. Alles ist perfekt organisiert. Und sie ist eine phantastische Köchin, solange du nicht irgendwelche Gewürze oder Salz oder Pfeffer magst. Oder irgendeinen besonderen Geschmack erwartest. Das sind also meine Eltern. Besonders mit ihr konnte ich nie ein wirkliches Gespräch führen. Egal über was. Bei ihr ist alles nur Oberfläche. Sie organisiert alles, und mein Vater bringt alles durcheinander, und so bin ich achtzehn geworden und hab meinen Highschool-Abschluß gemacht und bin hierhergekommen. Wenn ich nach Moorhead oder North Dakota State gegangen wäre, hätte ich bei meinen Eltern wohnen müssen, und darum hab ich gesagt: Ich pfeif aufs College und bin nach New York gezogen. Und da bin ich jetzt. Steena.«

So erklärte sie ihm, wer sie war und woher sie kam und warum sie dort weggegangen war. Für ihn würde es nicht so einfach sein. *Später*, sagte er sich. Später würde er erklären und sie bitten können zu verstehen, warum er nicht hatte zulassen können, daß seine Zukunftsaussichten durch einen so willkürlichen Faktor wie die Rassenzugehörigkeit ungerechterweise eingeschränkt wurden. Wenn sie ruhig genug blieb, um ihn ausreden zu lassen, konnte er ihr – da war er sicher – verständlich machen, warum er sich entschlossen hatte, seine Zukunft in die eigenen Hände zu nehmen, anstatt eine rückständige Gesellschaft über sein Schicksal bestimmen zu lassen, eine Gesellschaft, in der, mehr als achtzig Jahre nach der Sklavenbefreiung, die Selbstgerechten eine für seinen Geschmack zu bedeutende Rolle spielten. Sie würde einsehen, daß an seiner Entscheidung, sich als Weißer auszugeben, nichts Falsches war, sondern daß es im Gegenteil für jemanden mit seinem Aussehen, seinem Temperament, seiner Hautfarbe die natürlichste Sache der Welt war. Seit frühester Kindheit hatte er sich nichts anderes gewünscht, als frei zu sein: nicht schwarz, nicht weiß, sondern einfach frei und er selbst. Er wollte durch seine Entscheidung niemanden beleidigen, er wollte niemanden imitieren, der seiner Meinung nach über ihm stand, und er wollte auch nicht irgendeine Art von Protest gegen seine oder ihre Rasse inszenieren. Er erkannte an, daß das, was er tat, in den Augen konventioneller Menschen, für die alles vorgefertigt und unabänderlich war, niemals korrekt sein würde. Aber es war nie sein Ziel gewesen, nicht mehr als das zu wagen, was korrekt war. Das Ziel war, sein Schicksal nicht von den dummen, haßerfüllten Absichten einer feindseligen Welt bestimmen zu lassen, sondern, soweit menschenmöglich, durch seinen eigenen Willen. Warum ein Leben zu anderen Bedingungen akzeptieren?

Das war es, was er ihr sagen würde. Aber würde es ihr nicht wie blanker Unsinn vorkommen, als wollte er ihr eine hochtrabende Lüge verkaufen? Wenn sie nicht zuvor seine Familie kennengelernt hatte, wenn er sie nicht zuvor mit der Tatsache konfrontierte, daß er ebensosehr ein Neger war wie seine Mutter und seine Geschwister und daß diese ebensowenig wie er selbst dem Bild entsprachen, das Steena sich von Negern machte, würden diese und alle anderen Worte ihr lediglich wie eine andere Form des Betrugs erscheinen. Wenn sie sich nicht mit Ernestine, Walt und seiner Mutter an den Eßtisch setzte und sie alle sich im Lauf des Tages nicht mit dem Austausch beruhigender Banalitäten abwechselten, würde jede Erklärung, die er ihr präsentierte, nur wie gespreizter Unsinn klingen, mit dem er sich selbst zu glorifizieren und zu rechtfertigen suchte, wie aufgeblasenes, hochgestochenes Geschwätz, dessen Falschheit ihn in ihren Augen nicht weniger beschämen würde als in seinen eigenen. Nein, er konnte diesen Mist gar nicht aussprechen. Es war unter seiner Würde. Wenn er diese Frau für den Rest seines Lebens haben wollte, dann mußte er jetzt kühn sein, dann durfte er sie nicht mit rhetorischen Tricks à la Clarence Silk einwickeln.

Er warnte niemanden, bereitete sich aber in der Woche vor dem Besuch auf dieselbe konzentrierte Weise vor, wie er sich auf einen Boxkampf vorbereitet hatte, und als Steena und er in der Brick Church Station aus dem Zug stiegen, wiederholte er in Gedanken sogar die Sätze, die er in den Sekunden vor dem Gong halb gebetsartig vor sich hin gesagt hatte: »Diese Aufgabe, nichts als diese Aufgabe. Eins mit der Aufgabe. Nichts anderes.« Erst dann, wenn der Gong ertönte und er aus seiner Ecke kam – oder jetzt hier, als er die Stufen zur Vorderveranda hinaufging –, fügte er den Stoßseufzer des gemeinen Mannes hinzu: »An die Arbeit.«

Die Silks wohnten seit 1925, dem Jahr vor Colemans Geburt, in ihrem Einfamilienhaus. Als sie dorthin gezogen waren, hatten in dieser Straße nur Weiße gewohnt. Das kleine Haus hatte einem Ehepaar gehört, das Streit mit seinen Nachbarn gehabt hatte und, um diese zu ärgern, entschlossen gewesen war, an Farbige zu verkaufen. Doch niemand war ausgezogen, weil sie sich dort niedergelassen hatten, und auch wenn die Silks kein enges Verhältnis zu ihren Nachbarn pflegten, waren alle Bewohner in diesem Abschnitt der Straße, die zum Bischofssitz und zur Episkopalkirche führte, stets freundlich zu ihnen gewesen. Sie waren freundlich gewesen, obgleich der neue Pfarrer, der ein paar Jahre zuvor in sein Amt eingeführt worden war, sich bei seinem ersten Sonntagsgottesdienst in der Kirche umgesehen und etliche zur anglikanischen Kirche gehörige Bajaner und Barbadier erblickt hatte – viele von ihnen arbeiteten als Hausangestellte bei reichen Weißen in East Orange, viele von ihnen stammten von den Inseln, kannten ihren Platz, saßen in den hinteren Reihen und glaubten, man akzeptiere sie –, worauf er sich auf das Rednerpult gestützt und noch vor dem Beginn seiner Predigt gesagt hatte: »Ich sehe unter uns ein paar farbige Familien. Da werden wir etwas unternehmen müssen.« Nach Beratungen mit dem Seminar in New York hatte er dafür gesorgt, daß verschiedene Gottesdienste und Sonntagsschulen für Farbige eingerichtet wurden, und zwar, entgegen dem Kirchenrecht, in den Häusern der farbigen Familien. Später wurde das Schwimmbad der Highschool durch den Schulinspektor geschlossen, damit die weißen Kinder nicht im selben Becken schwimmen mußten wie die schwarzen Kinder. Es war ein großes Schwimmbad, das für das Training der Schwimm-Mannschaft und den Schwimmunterricht, der jahrelang Teil des Sportunterrichts gewesen war, benutzt wurde, doch da es Beschwerden von seiten einiger weißer Eltern gegeben hatte, die ja die Arbeitgeber der schwarzen Eltern waren – diese waren Hausmädchen und Diener und Chauffeure und Gärtner und Bahnarbeiter –, wurde das Becken geleert und mit einer Plane abgedeckt.

Wie im ganzen Land gab es während Colemans Jugend in diesem knapp zehn Quadratkilometer großen Wohnviertel einer Stadt in New Jersey mit nicht ganz siebzigtausend Einwohnern starre Grenzen zwischen den Klassen und Rassen, die von der Kirche abgesegnet und von den Schulen legitimiert wurden. Doch in der bescheidenen, von Bäumen gesäumten Nebenstraße, in der die Silks wohnten, waren die Leute Gott und dem Staat nicht ganz soviel Rechenschaft schuldig wie jene, deren Berufung es war, das Gemeinwesen mitsamt seinen Schwimmbädern vor Unreinheiten zu bewahren, und so waren die Nachbarn insgesamt freundlich zu den überaus redlichen, hellhäutigen Silks – die natürlich Neger waren, aber immerhin, um es mit den Worten der toleranten Mutter eines Kindergartenfreundes von Coleman zu sagen, »Leute mit einer sehr angenehmen Hautfarbe, eher wie Milchkaffee« –, und das ging so weit, daß man sich von ihnen hin und wieder sogar Werkzeug oder eine Leiter borgte oder ihnen half, wenn der Wagen mal nicht ansprang. In dem großen Miethaus an der Ecke wohnten bis nach dem Krieg ausschließlich Weiße. Im Herbst 1945 zogen Farbige in die Häuser an dem Ende der Straße, das in Richtung Orange lag – es waren hauptsächlich Akademiker: Lehrer, Ärzte und Zahnärzte. Vor dem Miethaus stand beinahe jeden Tag ein Umzugswagen, und innerhalb weniger Monate war die Hälfte der weißen Mieter verschwunden. Aber die Situation beruhigte sich bald, und als der Besitzer, um seine Kosten zu decken, Wohnungen an Farbige vermietete, ergriffen die Weißen in der unmittelbaren Umgebung nicht die Flucht, sondern blieben, bis sie für einen Umzug einen anderen Grund hatten als Negrophobie.

An die Arbeit. Er drückte auf den Klingelknopf, öffnete die Tür und rief: »Wir sind da.«

Walt hatte an diesem Tag nicht aus Asbury Park kommen können, aber seine Mutter und Ernestine traten aus der Küche in den Flur. Und hier, in ihrem Haus, war seine Freundin. Sie mochte dem Bild, das sie sich von ihr gemacht hatten, entsprechen oder nicht – Colemans Mutter hatte nicht gefragt. Seit er eigenmächtig beschlossen hatte, als Weißer in der Navy zu dienen, wagte sie es aus Angst vor seiner Antwort kaum noch, ihn irgend etwas zu fragen. Außerhalb des Krankenhauses – wo sie schließlich auch ohne Dr. Fenstermans Hilfe die erste schwarze Stationsschwester in Newark geworden war – überließ sie Entscheidungen, die sie oder die Familie betrafen, meist Walt. Nein, sie hatte nicht nach dem Mädchen gefragt, hatte es höflich abgelehnt, sich informieren zu lassen, und auch Ernestine darin bestärkt, keine Fragen zu stellen. Coleman wiederum hatte niemandem irgend etwas gesagt, und da war sie nun, mit einem Teint, so hell, wie es heller nicht ging, und – in blauen Pumps und dazu passender Handtasche, in einem Hemdblusenkleid mit Blumenmuster, kurzen weißen Handschuhen und Pillboxhütchen – so makellos adrett und korrekt, wie eine junge Frau es im Jahr 1950 nur sein konnte: Steena Palsson, Islands und Dänemarks amerikanische Frucht, deren Stammbaum zurückreichte bis zu König Knut und dessen Vorfahren.

Er hatte es getan, er hatte es auf seine Art getan, und niemand zuckte auch nur mit der Wimper. Ach, die Anpassungsfähigkeit der Arten! Niemand suchte nach Worten, niemand verstummte, niemand begann, ohne Punkt und Komma zu reden. Gemeinplätze, ja, auch schlichte Wahrheiten – jede Menge Verallgemeinerungen, Binsenweisheiten, Klischees. Steena war nicht umsonst am Ufer des Otter Tail River aufgewachsen: Wenn man etwas auf eine abgedroschene Art ausdrücken konnte, dann wußte sie, wie. Hätte Coleman den drei Frauen vor der Begrüßung die Augen verbunden und ihnen die Binden für den Rest des Tages nicht abgenommen, dann hätte die Unterhaltung wohl keine gewichtigeren Untertöne gehabt als jetzt, da sie einander lächelnd in die Augen sahen. Es wäre darin auch keine andere Absicht zum Ausdruck gekommen als die übliche: Ich werde nichts sagen, woran du Anstoß nehmen kannst, solange du nichts sagst, woran ich Anstoß nehmen kann. Anstand um jeden Preis – das war der Boden, auf dem die Palssons und die Silks sich trafen.

Das Thema, bei dem die drei sich verhedderten, war seltsamerweise Steenas Größe. Sie war eins dreiundachtzig groß, fast acht Zentimeter größer als Coleman und fünfzehn Zentimeter größer als seine Mutter und seine Schwester. Colemans Vater war eins neunundachtzig gewesen, und Walt war sogar noch drei Zentimeter größer, und deswegen war körperliche Größe an sich nichts, was diese Familie nicht kannte, auch wenn es sich bei Steena und Coleman zufällig so verhielt, daß sie größer war als er. Doch diese acht Zentimeter – das entsprach etwa dem Abstand zwischen Steenas Haaransatz und den Augenbrauen – ließen die schlingernde Unterhaltung über körperliche Anomalien etwa fünfzehn Minuten lang haarscharf an der Katastrophe entlangschrammen – bis Coleman einen eigenartigen Geruch wahrnahm und alle drei Frauen in die Küche stürzten, um die Brötchen zu retten.

Danach herrschte während des Essens und bis zu dem Zeitpunkt, da das junge Paar nach New York zurückkehren mußte, unentwegte Redlichkeit. Äußerlich war es der Traum, den jede nette Familie vom uneingeschränkten sonntäglichen Glück träumt, und schon darum stand dieser Sonntag in krassem Widerspruch zum Leben, das sich, wie die Erfahrung auch die jüngste dieser vier gelehrt hatte, nicht einmal für eine halbe Minute von seiner ihm innewohnenden Unbeständigkeit befreien, geschweige denn zum Einhalten einer Art Gesetzmäßigkeit zwingen ließ.

Erst als der Zug mit Coleman und Steena am frühen Abend in die Pennsylvania Station einlief, brach Steena in Tränen aus.

Soweit er wußte, hatte sie auf dem ganzen Weg von Jersey nach New York geschlafen, den Kopf an seine Schulter gelegt – sie hatte sich, kaum daß sie in der Brick Church Station eingestiegen waren, schlafend von der Anstrengung des Nachmittags mit seiner Familie erholt, wo sie sich so großartig geschlagen hatte.

»Steena – was ist los?«

»Ich kann das nicht!« rief sie und stürzte ohne ein weiteres Wort der Erklärung hinaus, als würde sie verfolgt – sie schluchzte und weinte haltlos, sie drückte die Tasche an die Brust und vergaß ihren Hut, den er, als sie schlief, auf seinen Schoß gelegt hatte, und sie rief nicht an und versuchte nie mehr, sich mit ihm in Verbindung zu setzen.

1954, vier Jahre später, rempelten sie einander vor der Grand Central Station beinahe an, blieben kurz stehen, schüttelten sich die Hand, sprachen gerade lange genug, um die ursprüngliche Verwunderung, die sie mit Zweiundzwanzig und Achtzehn ineinander geweckt hatten, wiederzubeleben, und gingen dann ihrer Wege, bedrückt von der Gewißheit, daß etwas statistisch so Außergewöhnliches wie diese Zufallsbegegnung nie wieder passieren würde. Er war inzwischen verheiratet, würde demnächst Vater werden und war nur für einen Tag in der Stadt, denn er lehrte in Adelphi klassische Literatur, und sie arbeitete in einer Werbeagentur in der Lexington Avenue, war immer noch unverheiratet, immer noch hübsch, aber jetzt fraulicher, sie entsprach sehr dem Bild der schick gekleideten New Yorkerin und war ganz eindeutig jemand, mit dem die Fahrt nach East Orange, hätte sie nur später stattgefunden, vielleicht ganz anders geendet hätte.

Er konnte nur noch daran denken, wie sie hätte enden können – an das Ende, gegen das sich die Wirklichkeit unmißverständlich entschieden hatte. Er war verblüfft darüber, wie wenig er über sie und sie über ihn hinweg war, und begriff im Weitergehen, was er außerhalb seines Seminars über die griechische Tragödie noch nie hatte begreifen müssen: wie leicht das Leben so oder so verlaufen kann und durch welche willkürlichen Wechselfälle ein Schicksal gestaltet wird ... und wie willkürlich andererseits diese Wechselfälle erscheinen, wenn die Dinge doch gar keinen anderen Lauf nehmen *können* als den, den sie genommen haben. Das soll heißen: Als er weiterging, begriff er nichts und wußte auch, daß er nichts begreifen konnte, hatte aber die Illusion, daß er etwas enorm Wichtiges über seine störrische Entschlossenheit, unabhängig zu sein, hätte begreifen *können*, wenn ... ja, wenn solche Dinge eben begreifbar wären.

Der bezaubernde, zwei Seiten umfassende Brief, den sie ihm in der Woche darauf an die Adresse des Colleges schickte und in dem sie schrieb, wie unglaublich gut er im »Zupacken« gewesen sei, als sie zum erstenmal in seinem Zimmer in der Sullivan Street gewesen war – »fast wie ein Vogel, der hoch über dem Land oder dem Meer fliegt und etwas sieht, das sich bewegt, das von Leben strotzt, und der sich dann hinabstürzt, sich auf das Opfer stürzt und zupackt« –, begann so: »Lieber Coleman, ich hab mich sehr gefreut, Dich in New York zu treffen. So kurz unsere Begegnung auch war – danach habe ich eine herbstliche Melancholie gespürt, vielleicht weil die sechs Jahre seit unserer ersten Begegnung mir so unbarmherzig vor Augen führen, wie viele Tage meines Lebens bereits ›vorüber‹ sind. Du siehst sehr gut aus, und ich freue mich, daß Du glücklich bist...« und endete in einem matten, schwebenden Finale aus sieben kurzen Sätzen und einem wehmütigen Gruß, den er, nachdem er ihn immer wieder gelesen hatte, als Zeichen des Ausmaßes ihres Bedauerns über *ihren* Verlust deutete, auch als verhülltes Eingeständnis ihrer Reue, mit dem eine flehentliche Bitte um Vergebung mitschwang: »Tja, das ist alles. Genug. Ich sollte Dich damit nicht behelligen. Ich werde es auch nicht wieder tun, das verspreche ich. Mach's gut. Mach's gut. Mach's gut. Herzlichst, Steena.«

Er warf den Brief nie weg, und wenn er irgendwann auf ihn stieß und in dem, was er gerade tat, innehielt und ihn – den er in den letzten fünf oder sechs Jahren ganz vergessen hatte – las, dann dachte er, was er an jenem Tag auf der Straße gedacht hatte, als er Steena leicht auf die Wange geküßt und sich für immer von ihr verabschiedet hatte: daß sie, wenn sie ihn geheiratet hätte – wie er es gewollt hatte –, alles gewußt hätte – auch das hatte er gewollt – und daß dann alles, was seine Familie, ihre Familie und ihre gemeinsamen Kinder betraf, anders gewesen wäre als mit Iris. Was mit seiner Mutter und Walt geschehen war, hätte ebensogut nicht geschehen können. Wäre Steena einverstanden gewesen, dann hätte er ein anderes Leben führen können.

Ich kann das nicht. Darin lag eine Weisheit, eine Menge Weisheit für eine junge Frau, und zwar nicht die Art von Weisheit, wie man sie normalerweise mit Zwanzig hat. Aber darum hatte er sich ja auch in sie verliebt: weil sie die Weisheit besaß, die auf solider Streng-deinen-eigenen-Kopf-an-Vernunft beruhte. Wenn sie doch nur nicht... Aber wenn sie anders gewesen wäre, wäre sie nicht Steena gewesen, und dann hätte er sie nicht heiraten wollen.

Er dachte immer dieselben nutzlosen Gedanken – nutzlos für einen nicht besonders talentierten Mann wie ihn, wenn auch nicht für Sophokles: durch welche willkürlichen Wechselfälle ein Schicksal gestaltet wird ... oder wie willkürlich diese Wechselfälle einem erscheinen, wenn sie in Wirklichkeit doch unvermeidlich sind.

Nach dem, wie sie Coleman sich selbst und ihre Familie schilderte, war Iris Gittelman ein eigenwilliges, schlaues und heimlich rebellisches Kind gewesen. Sie hatte bereits in der zweiten Klasse verstohlen Pläne geschmiedet, wie sie ihrer bedrückenden Umgebung entfliehen könnte, und wuchs in Passaic in einer Familie auf, in der der Haß auf jede Form gesellschaftlicher Unterdrückung, insbesondere auf die Rabbis und ihre anmaßenden Lügen, lebendig war. Ihr jiddischsprechender Vater war nach ihren Worten ein so kompromißlos ketzerischer Anarchist, daß er nicht einmal ihre beiden älteren Brüder hatte beschneiden lassen. Auch hatten ihre Eltern weder eine amtliche Heiratserlaubnis beantragt noch eine standesamtliche Trauung vornehmen lassen. Sie betrachteten sich als Mann und Frau, behaupteten, Amerikaner zu sein, und bezeichneten sich sogar als Juden – diese beiden ungebildeten, atheistischen Immigranten, die ausspuckten, wenn ein Rabbi vorüberging. Doch als was auch immer sie sich bezeichneten – sie taten es erhobenen Hauptes, ohne um Erlaubnis zu bitten oder um die Einwilligung derer nachzusuchen, die ihr Vater verächtlich die heuchlerischen Feinde alles Natürlichen und Guten nannte: die Beamten und alle, die unrechtmäßig Macht ausübten. Im Süßwarengeschäft der Familie in der Myrtle Avenue – ein vollgestopfter Laden, der, wie sie sagte, so klein war, »daß man uns fünf darin nicht nebeneinander hätte begraben können« – hingen an der rissigen, schmutzverkrusteten Wand über dem Soda-Zapfhahn zwei gerahmte Bilder, eines von Sacco und eines von Vanzetti – Fotografien, die man aus der Kupfertiefdruckseite einer Zeitung ausgeschnitten hatte. An jedem 22. August, dem Tag, an dem die beiden Anarchisten vom Staat Massachusetts für Morde hingerichtet worden waren, die, wie Iris und ihre Brüder lernten, keiner von beiden je begangen hatte, blieb das Geschäft geschlossen, und die Familie zog sich fastend in die darüber gelegene, winzige dunkle Wohnung zurück, deren verrückte Unordnung sogar die des Ladens übertraf. Es war ein Ritual, das Iris' Vater sich wie der Anführer eines Kultes selbst ausgedacht und auf seine verschrobene Art nach dem Vorbild des jüdischen

Versöhnungstags gestaltet hatte. Ihr Vater hatte keine klare Vorstellung von dem, was er als Ideen bezeichnete – tief verwurzelt waren nur verzweifelte Unwissenheit und die bittere Hoffnungslosigkeit des Besitzlosen, der ohnmächtige revolutionäre Haß. Alles, was er sagte, klang wie eine Tirade, und er sagte es mit geballter Faust. Er kannte die Namen Kropotkin und Bakunin, nicht aber ihre Schriften, und er trug zwar die jiddische anarchistische Wochenzeitung *Freie Arbeiterstimme* immer in der Wohnung herum, las jedoch nur jeden Abend ein paar Sätze darin, bevor der Schlaf ihn übermannte. Ihre Eltern, erklärte sie Coleman – und zwar dramatisch, schockierend dramatisch, in einem Café in der Bleecker Street, nur wenige Minuten nachdem er sie auf dem Washington Square angesprochen hatte –, ihre Eltern waren einfache Leute, die einem Hirngespinst anheimgefallen waren, das sie nicht einmal ansatzweise artikulieren oder mit vernünftigen Argumenten verteidigen konnten, für das sie aber, von Fanatismus beseelt, Freunde, Verwandte, ihr Geschäft, die Sympathie der Nachbarn und sogar ihre geistige Gesundheit, ja die geistige Gesundheit ihrer *Kinder* zu opfern bereit waren. Sie wußten nur, mit was sie nichts gemein hatten, und das schien Iris, als sie älter wurde, praktisch alles zu sein. Die konstituierte Gesellschaft – die in ständiger Bewegung begriffenen Kräfte, das verzweigte, bis an die Grenzen der Belastbarkeit gedehnte Geflecht der Interessen, der unablässige Kampf um Vorteile, die unablässige Unterdrückung, die eigennützigen Konflikte und Absprachen, der abgefeimte Jargon der Sittlichkeit, der wohlmeinende Despotismus der Konventionen, die labile Illusion der Stabilität –, die Gesellschaft, wie sie geformt wird, wie sie immer schon geformt wurde und geformt werden *muß*, war ihnen so fremd wie König Arthurs Hof einem Yankee aus Connecticut. Und doch war dies nicht so, weil sie, durch stärkste Bande an eine andere Zeit, einen anderen Ort gefesselt, mit Gewalt in eine vollkommen feindselige Welt versetzt worden wären – sie waren eher wie Menschen, die von der Wiege direkt ins Erwachsenenleben getreten waren und nicht gelernt hatten, daß die rohe Natur des Menschen gelenkt und beherrscht werden muß. Schon als kleines Kind wußte Iris nicht, ob sie von Verrückten oder Visionären aufgezogen wurde und ob der leidenschaftliche Abscheu, den sie sich zu eigen machen sollte, die Offenbarung einer grausamen Wahrheit oder vielmehr völlig lächerlich und möglicherweise verrückt war.

Den ganzen Nachmittag erzählte sie Coleman faszinierende folkloristische Geschichten, die das Überleben einer Kindheit über dem Süßwarengeschäft in Passaic, als Tochter zweier so überaus unbedarfter Individualisten wie Morris und Ethel Gittelman, wie ein grausiges Abenteuer erscheinen ließen, das nicht so sehr an russische Literatur als vielmehr an russische Comic strips gemahnte – als wären die Gittelmans in einer Serie namens Die *Karamasow-Kids* die verrückten Nachbarn gewesen. Es war eine starke, ja brillante Darbietung für eine kaum neunzehnjährige Frau, die aus New Jersey über den Hudson geflohen war – und wer unter seinen Bekannten im Village war nicht geflohen, und zwar teils aus so weit entfernten Orten wie Amarillo? – und die nichts anderes als frei sein wollte, eine neue arme Exotin auf der Bühne der Eighth Street, eine lebhafte, dunkelhaarige junge Frau mit theatralisch ausdrucksvollem Gesicht, die in Gefühlsdingen eine dynamische Wucht entfaltete und in der Sprache jener Zeit eine »heiße Braut« war. Sie studierte uptown an der Art Students League und verdiente sich ihr Stipendium zum Teil damit, daß sie dort Modell stand, sie war eine Frau, deren Stil es war, nichts zu verbergen, und die den Eindruck machte, als hätte sie ebensowenig Angst davor, in der Öffentlichkeit Aufsehen zu erregen, wie eine Bauchtänzerin. Ihr Haar war spektakulär, ein labyrinthischer, wuchernder Kranz aus Locken und Spiralen, so wirr wie ein Fadenknäuel und ausladend genug, um daraus eine Weihnachtsdekoration zu basteln. Alle Unruhe ihrer Kindheit schien sich in den Windungen dieses undurchdringlichen Haardickichts niedergeschlagen zu haben. Ihr unbezähmbares Haar. Man hätte Töpfe damit putzen können, ohne dadurch seine Beschaffenheit zu verändern – als wäre es etwas aus den tintendunklen Tiefen des Meers, eine Art drahtiger, riffbildender Organismus, eine lebendige, üppig sprießende, onyxfarbene Hybride aus Staude und Koralle mit möglicherweise pharmazeutischen Eigenschaften.

Drei Stunden lang entzückte sie Coleman mit ihrer Komödie, ihrer Empörung, ihrem Haar, mit ihrem Talent zur Erzeugung von Begeisterung, mit ihrem wilden, ungeschulten jugendlichen Intellekt und ihrer schauspielerhaften Fähigkeit, sich zu befeuern und jede ihrer Übertreibungen zu glauben, so daß Coleman – einer der schlauesten Selbsterfinder, die es je gab, ein Produkt, auf das allein er das Patent hielt – sich im Vergleich zu ihr wie jemand vorkam, der überhaupt keine Vorstellung von sich selbst hatte.

Doch als er sie an jenem Abend in sein Zimmer in der Sullivan Street brachte, war alles ganz anders. Es zeigte sich, daß sie nicht die leiseste Ahnung hatte, wer sie eigentlich war. Wenn man sich erst einmal an ihrem Haar vorbeigearbeitet hatte, merkte man, daß sie wachsweich war, die Antithese zu dem fünfundzwanzigjährigen Coleman Silk, dem auf das Leben zielenden Pfeil – auch sie kämpfte um ihre Freiheit, doch sie war die agitierte, die *anarchistische* Version einer Frau, die ihren Weg finden will.

Hätte er ihr erzählt, er sei als Farbiger geboren und aufgewachsen und habe sich beinahe sein ganzes bisheriges Leben lang als Neger gefühlt, so wäre sie nicht sonderlich verblüfft gewesen, und hätte er sie darum gebeten, dieses Geheimnis zu bewahren, dann hätte ihr auch das nicht das geringste ausgemacht. Iris Gittelman verfügte über genug Toleranz für das, was gemeinhin als ungewöhnlich galt – in ihren Augen war das ungewöhnlich, was am meisten den allgemeinen Standards entsprach. Und wenn einer nicht *ein* Mensch war, sondern zwei? Wenn er nicht *eine* Hautfarbe hatte, sondern zwei? Wenn er inkognito war oder sich verstellte, wenn er weder dies noch das war, sondern etwas, was sich zwischen diesen beiden befand? Wenn er zwei, drei, vier Persönlichkeiten hatte? Solche scheinbaren Defekte hatten für Iris nichts Beängstigendes. Ihre Unvoreingenommenheit besaß nicht einmal jene moralische Qualität, auf die die Liberalen und die Verfechter der Willens- und Gedankenfreiheit so stolz sind; sie war eher eine Manie, eine verdrehte Antithese zur allgemeinen Selbstgerechtigkeit. Die den meisten Menschen unentbehrlichen Erwartungen, die Unterstellung von Bedeutungen, das Vertrauen in Autoritäten, die Heiligung von Klarheit und Ordnung erschienen ihr mehr als alles andere unsinnig und vollkommen verrückt. Wenn die Dinge so geschahen, wie sie geschahen, wenn die Geschichte den Verlauf nahm, den sie nahm, wie konnte dann so etwas wie Normalität im Leben verwurzelt sein?

Und dennoch erzählte er Iris, er sei Jude und Silk sei eine Verballhornung von Silberzweig, zu der ein wohlmeinender Beamter der Einwanderungsbehörde seinen Vater auf Ellis Island genötigt habe. Er trug sogar das biblische Zeichen der Beschneidung, das zu jener Zeit die wenigsten seiner schwarzen Freunde aus East Orange vorzuweisen hatten. Seine Mutter war von der damals gerade aufkommenden medizinischen Ansicht überzeugt, eine Beschneidung habe große hygienische Vorteile, und so ließen die Silks an beiden Jungen in der zweiten Woche nach der Geburt diese rituelle Operation, die bei Juden Tradition ist – und die damals auch von einer zunehmenden Zahl nichtjüdischer Eltern als postnatale Behandlung entdeckt wurde –, von einem Arzt vornehmen.

Coleman behauptete inzwischen seit mehreren Jahren, er sei Jude – oder vielmehr ließ er die Leute, die das dachten, in ihrem Glauben –, denn er hatte gemerkt, daß sowohl an der NYU als auch in den Cafés, in denen er herumhing, viele das vermuteten. In der Navy hatte er gelernt, daß niemand lange nachfragt, solange die Geschichte, die man über sich selbst erzählt, nur einigermaßen gut und stimmig ist, weil sich kein Mensch so sehr dafür interessiert. Seine Bekannten an der NYU und im Village hätten – wie seine Kumpels in der Navy – ebensogut annehmen können, daß seine Vorfahren aus dem Nahen Osten stammten, doch da in jenen Nachkriegsjahren die jüdische Selbstverliebtheit unter der intellektuellen Avantgarde rings um den Washington Square gerade auf einem Höhepunkt war, da der Drang zur Verherrlichung, der diese mentale jüdische Kühnheit vorantrieb, langsam unbezähmbar zu werden schien und sowohl ihre Witze und Familienanekdoten als auch ihr Gelächter, ihre Späße, ihre Wortspiele, ihre Streitigkeiten, ja sogar ihre Beleidigungen eine Aura kultureller Bedeutsamkeit besaßen, die der von *Commentary, Midstream* und *Partisan Review* nicht nachstand, konnte er nicht widerstehen, auf diesen Wagen aufzuspringen, zumal es ihm die Jahre, in denen er Doc Chizners Assistent gewesen war und jüdischen Jungen aus Essex County das Boxen beigebracht hatte, leichter machten, eine jüdische Kindheit in New Jersey vorzugaukeln, denn dort lauerten weniger Fallstricke als hinter der Behauptung, er sei ein amerikanischer Matrose mit syrischen oder libanesischen Eltern. Daß er sich für das geborgte Prestige eines aggressiv denkenden, selbstanalytischen, respektlosen amerikanischen Juden entschied, der in den Ironien einer Manhattaner Randexistenz schwelgte, erwies sich als weit weniger verwegen, als es ihm erschienen wäre, wenn er sich diese Tarnung jahrelang ausgedacht und immer weiter vervollkommnet hätte, doch er fand sich – ein durchaus angenehmer Gedanke – außerordentlich verwegen, und wenn er an Dr. Fensterman dachte, der seiner Familie dreitausend Dollar angeboten hatte, damit Coleman beim Abschlußexamen nicht seine volle Leistung gab und den brillanten Bert zum Jahrgangsbesten machte, kam ihm diese Entscheidung auch außerordentlich komisch vor, wie ein unerhörter, sehr spezifischer Witz, der für ausgleichende Gerechtigkeit sorgte. Was für eine großartige, alles umfassende Idee der Welt, ihn zu einem solchen Menschen zu machen, was für ein grandioser Streich! Wenn es je eine perfekte, einzigartige Schöpfung gegeben hatte – und war es nicht immer schon sein innerster, von seinem Ego befeuerter Ehrgeiz gewesen, einzigartig zu sein? –, dann war es diese magische Verwandlung in den Fensterman-Sohn seines Vaters.

Er spielte nicht mehr. Iris – die aufgewühlte, ungezähmte, ganz und gar un-Steena-artige, nichtjüdisch jüdische Iris – war das Medium, durch das er sich aufs neue erschaffen konnte, und endlich machte er es richtig. Er war nicht mehr damit beschäftigt, anzuprobieren und wieder abzulegen, er war nicht mehr dabei, zu üben und sich vorzubereiten. Dies war die Lösung, das Geheimnis seines Geheimnisses, gewürzt mit einem Tröpfchen Lächerlichkeit – der erlösenden, beruhigenden Lächerlichkeit, dem kleinen Beitrag des Lebens zu jeder menschlichen Entscheidung.

Als die bislang unbekannte Verschmelzung der beiden ungleichsten unerwünschten Rassen in der Geschichte Amerikas hatte er nun seinen Platz gefunden.

Es gab jedoch ein Zwischenspiel. Nach Steena und vor Iris gab es ein fünfmonatiges Zwischenspiel namens Ellie Magee, eine zierliche, hübsche Farbige mit hellbrauner Haut und zarten Sommersprossen auf Nase und Wangen, die äußerlich die Grenze zwischen Mädchen und Frau noch nicht ganz überschritten hatte. Sie arbeitete im Village Door Shop an der Sixth Avenue, wo sie mit Begeisterung Regalbretter und Türen verkaufte – Türen mit Beinen, die als Tische und Betten dienten. Der müde alte Jude, dem das Geschäft gehörte, sagte, seit Ellie bei ihm arbeite, sei sein Umsatz um fünfzig Prozent gestiegen. »Es lief gar nichts«, sagte er zu Coleman. »Ich hab mehr schlecht als recht gelebt. Aber auf einmal will jeder Mann im Village einen Türtisch haben. Die Leute kommen rein und wollen nicht von mir bedient werden, sondern von Ellie. Sie rufen an und wollen Ellie sprechen. Seit das Mädchen hier ist, hat sich alles verändert.« Es stimmte: Niemand konnte ihr widerstehen, auch Coleman nicht. Er war zunächst von ihren Beinen auf den hochhackigen Schuhen hingerissen und dann von ihrer Natürlichkeit. Sie geht mit weißen NYU-Studenten aus, die Gefallen an ihr finden, sie geht mit schwarzen NYU-Studenten aus, die Gefallen an ihr finden – sie ist eine sprühende Dreiundzwanzigjährige, die noch keine schweren Schläge hat einstecken müssen und die in Yonkers aufgewachsen und ins Village gezogen ist, wo sie so unkonventionell lebt wie alle anderen, das Village-Leben, wie man es sich vorstellt. Sie ist eine Entdeckung, und so geht Coleman in das Geschäft, kauft einen Tisch, den er nicht braucht, und führt sie am selben Abend zu einem Drink aus. Nach Steena und dem Schock, eine Frau zu verlieren, die er so sehr gewollt hat, genießt er jetzt wieder das Leben, er ist wieder lebendig, und zwar seit dem Augenblick, als sie im Laden angefangen haben, miteinander zu flirten. Hat sie dort, im Geschäft, gedacht, er sei ein Weißer? Er weiß es nicht. Interessant. An diesem Abend lacht sie, sieht ihn mit komisch zusammengekniffenen Augen an und sagt: »Was bist du eigentlich?« Ihr ist irgendwas aufgefallen, und sofort spricht sie ihn darauf an. Doch jetzt bricht ihm nicht der Schweiß aus, wie damals, als er Steenas Gedicht gelesen und falsch verstanden hat. »Was ich bin? Ich bin, was du willst«, sagt Coleman. »*So* machst du das also?« fragt sie. »Klar mach ich das so«, sagt er. »Dann glauben weiße Frauen also, daß du weiß bist?« »Ich lasse sie glauben, was sie glauben wollen«, sagt er. »Und ich kann auch glauben, was ich glauben will?« fragt Ellie. »Klar«, sagt Coleman. Das ist ihr Spielchen, und sie finden es sehr aufregend, mit dieser Doppeldeutigkeit zu spielen. Er hat keinen engen Freund, aber seine Kommilitonen denken, daß er eine farbige Freundin hat, und Ellies Freundinnen denken, daß sie mit einem Weißen geht. Es macht wirklich Spaß, so viel Aufsehen zu erregen, und fast überall, wo sie sich sehen lassen, ist das der Fall. Immerhin ist es das Jahr 1951. »Wie ist sie denn so?« wird Coleman gefragt. »Heiß«, sagt er und zieht das Wort in die Länge, und dabei wedelt er mit der Hand wie die Italiener in East Orange. Jeder Tag, jede Sekunde ist erregend – er kommt sich ein bißchen vor wie ein Filmstar: Wenn sie miteinander ausgehen, ziehen sie alle Blicke auf sich. Niemand in der Eighth Street weiß, was zum Teufel da los ist, und das genießt er. Sie hat wunderbare Beine. Sie lacht die ganze Zeit. Sie ist auf natürliche Weise eine Frau – sie hat eine Leichtigkeit und eine natürliche Unschuld, die ihn bezaubert. Irgendwie wie Steena, nur daß sie nicht weiß ist, und das bedeutet, daß sie nicht losfahren und seine Familie besuchen, ebensowenig wie ihre. Warum sollten sie auch? Sie leben im Village. Er kommt nicht mal auf die Idee, sie mitzunehmen nach East Orange. Vielleicht weil er nicht den Seufzer der Erleichterung hören will, weil er nicht will, daß man ihm – und sei es ohne Worte – zu verstehen gibt, er tue das Richtige. Er denkt darüber nach, warum er Steena seiner Familie vorgestellt hat. Um allen gegenüber ehrlich zu sein? Und was hat das gebracht? Nein, keine Familien – jedenfalls nicht jetzt.

Es macht ihm so viel Spaß, mit ihr zusammenzusein, daß eines Nachts die Wahrheit einfach aus ihm heraussprudelt. Er erzählt ihr sogar, daß er geboxt hat, und auch das ist etwas, das er Steena nie sagen konnte. Bei Ellie ist das ganz leicht. Daß sie es nicht mißbilligt, läßt sie in seiner Achtung weiter steigen. Sie ist unkonventionell – und doch so vernünftig. Er hat es mit einer Frau zu tun, die alles andere als beschränkt ist. Und diese wunderbare Frau will es ganz genau wissen. Also erzählt er, und wenn er sich nicht bremst, ist er ein ausgezeichneter Erzähler. Ellie ist fasziniert. Er erzählt von der Navy. Er erzählt von seiner Familie, die gar nicht soviel anders ist als Ellies Familie, nur daß ihr Vater, ein Apotheker mit einem Drugstore in Harlem, noch lebt, und obgleich er sich nicht gerade gefreut hat, als sie ins Village gezogen ist, kann er – zum Glück für Ellie – nicht aufhören, sie zu vergöttern. Coleman erzählt ihr von Howard und daß er es dort nicht ausgehalten hat. Sie sprechen lange über Howard, denn ihre Eltern wollten sie ebenfalls dort studieren lassen. Und bei jedem Thema, über das sie reden, stellt er fest, daß er sie mühelos zum Lachen bringen kann. »Ich hatte noch nie so viele Farbige gesehen, nicht mal in Südjersey, bei den Familientreffen. In Howard kam es mir so vor, als wären dort zu viele Neger auf einem Haufen, aus allen Glaubensrichtungen und Schichten, aber ich habe mich unter ihnen nicht wohl gefühlt. Konnte nicht einsehen, was das mit mir zu tun haben sollte. Alles dort war so konzentriert, daß aller Stolz, den ich hatte, zusammenschrumpfte. Er schrumpfte zu einem Nichts zusammen, weil die ganze Umgebung so konzentriert und so falsch war.« »Wie bei einem zu süßen Soda«, sagt Ellie. »Na ja«, antwortet er, »es war eigentlich nicht so, daß zuviel hineingetan worden war – eher so, daß alles andere, was hineingehörte, fehlte.« Coleman spricht offen mit Ellie und ist erleichtert. Er ist zwar kein Held mehr, aber auch keineswegs ein Schurke. Ja, diese Frau ist eine Kandidatin. Ihr Übergang in die Unabhängigkeit, ihre Verwandlung in eine Village-Bewohnerin, die Art, wie sie mit ihrer Familie umgeht – sie scheint so erwachsen geworden zu sein, wie man erwachsen werden soll.

Eines Abends geht sie mit ihm in ein winziges Juweliergeschäft in der Bleecker Street, wo der weiße Besitzer wunderschönen selbsthergestellten Emailleschmuck verkauft. Sie machen bloß einen Bummel, sehen sich bloß ein bißchen um, doch als sie den Laden wieder verlassen haben, sagt sie zu Coleman, daß der Besitzer ein Schwarzer ist. »Du irrst dich«, sagt Coleman. »Das kann nicht sein.« »Erzähl mir nicht, daß ich mich irre«, sagt sie und lacht. »*Du* bist *blind*.« An einem anderen Abend führt sie ihn gegen Mitternacht in eine Bar an der Hudson Street, wo Maler sich treffen, um etwas zu trinken. »Siehst du den da, den schicken Burschen da drüben?« fragt sie leise und nickt in Richtung eines gutaussehenden Weißen, etwa Mitte Zwanzig, der mit allen Frauen an der Bar flirtet. »Der auch«, sagt sie. »Nein«, sagt Coleman, und jetzt ist er derjenige, der lacht. »Du bist in Greenwich Village, Coleman Silk. Das hier sind die zehn freiesten Quadratkilometer in ganz Amerika. Hier gibt es einen in jedem zweiten Block. Du bist so eingebildet, daß du gedacht hast, du wärst der einzige, der auf diese Idee gekommen ist.« Und wenn *sie* von dreien weiß – und das tut sie, sie ist sich ganz sicher –, dann gibt es noch zehn andere, wenn nicht mehr. »Sie kommen von überall her zur Eighth Street«, sagt sie. »Genau wie du aus dem kleinen East Orange.« »Und«, sagt er, »ich erkenne sie nicht.« Und auch das bringt sie beide zum Lachen. Sie lachen und lachen und lachen, weil er so unmöglich ist und es bei anderen nicht erkennt und weil Ellie seine Führerin ist und sie ihm zeigt.

Anfangs genießt er diese Lösung seines Problems. Er hat sein Geheimnis preisgegeben und fühlt sich wieder wie ein kleiner Junge, wie der Junge, der er war, bevor er das Geheimnis hatte. Wie eine Art Lausebengel. Ellies Natürlichkeit gibt ihm Leichtigkeit und Freude an seiner eigenen Natürlichkeit. Wenn man ein Ritter und Held sein will, muß man gepanzert sein, und was er jetzt erlebt, ist die Lust eines Lebens ohne Panzer. »Sie sind ein Glückspilz«, sagt Ellies Boss zu ihm. »Ein Glückspilz«, wiederholt er, und das meint er ernst. Bei Ellie braucht er sein Geheimnis nicht mehr. Nicht nur, daß er ihr alles erzählen kann und es auch tut – er kann jetzt auch wieder nach Hause, wenn er will. Er kann seinem Bruder gegenübertreten, und das hätte er, wie er weiß, sonst nicht gekonnt. Seine Mutter und er können einander wieder so nahe, so vertraut sein wie früher. Und dann lernt er Iris kennen, und die Sache ist gelaufen. Mit Ellie hat es Spaß gemacht, und es macht auch weiterhin Spaß, aber es fehlt eine bestimmte Dimension. Es fehlt der Ehrgeiz: Diese Beziehung nährt nicht die Vorstellung von sich selbst, die ihn sein Leben lang getrieben hat. Und dann kommt Iris, und er steht wieder im Ring. Sein Vater hat zu ihm gesagt: »Dann kannst du also ungeschlagen abtreten. Du kannst abtreten.« Und doch tänzelt er kampflustig aus seiner Ecke – er hat wieder sein Geheimnis. Und er besitzt die *Gabe*, mit diesem Geheimnis umzugehen, und das ist etwas Seltenes. Vielleicht gibt es im Village tatsächlich noch ein Dutzend Leute wie ihn. Aber nicht jeder besitzt diese Gabe. Das heißt, diese anderen besitzen sie wohl, aber in einem geringfügigen, unbedeutenden Maß: Sie lügen einfach die ganze Zeit. Sie gehen mit ihrem Geheimnis nicht so großartig und kunstvoll um wie Coleman. Seine Bahn führt hinaus in die Welt. Sein Geheimnis ist ein Elixier, und das ist so, als würde er eine fremde Sprache perfekt beherrschen, als wäre er an einem Ort, wo immer alles neu ist. Er hat ohne das Geheimnis gelebt, und es hat Spaß gemacht, es ist nichts Schreckliches passiert, es war nicht unangenehm. Es hat Spaß gemacht. Auf eine unschuldige Weise. Aber in jeder anderen Hinsicht war es unzureichend. Gut, er hat seine Unschuld wiedergefunden. Ellie hat sie ihm zurückgegeben. Aber was nützt ihm Unschuld? Iris gibt ihm mehr. Iris hebt alles auf eine andere Ebene. Iris gibt ihm ein Leben in der Größenordnung, in der er es leben will.

Zwei Jahre nachdem sie sich kennengelernt hatten, beschlossen sie zu heiraten, und das war der Zeitpunkt, an dem er zum erstenmal einen hohen Preis zu zahlen hatte: für diese Freiheit, die er sich genommen hatte, für die Freizügigkeit, die er erkundet hatte, für die Entscheidungen, die zu treffen er gewagt hatte – und hatte er nicht wirklich ungemein schlau und raffiniert ein spielbares Ich geschaffen, das groß genug war, um seinen Ehrgeiz zu beherbergen, und eindrucksvoll genug, um es mit der ganzen Welt aufzunehmen?

Coleman fuhr nach East Orange, um seine Mutter zu besuchen. Mrs. Silk wußte nichts von Iris Gittelman, war allerdings auch keineswegs überrascht, als sie erfuhr, daß Coleman heiraten wolle und seine Braut eine Weiße sei. Sie war nicht einmal überrascht, als er ihr sagte, seine Braut wisse nicht, daß er ein Farbiger sei. Wenn jemand überrascht war, dann Coleman, der sich, nachdem er seine Absichten bekanntgegeben hatte, mit einemmal fragte, ob seine ganze Entscheidung, die größte seines Lebens, nicht vielleicht auf der lachhaftesten Sache basierte, die man sich nur vorstellen konnte: auf Iris' Haar, diesem wirren Dickicht, das weit negroider war als Colemans und mehr Ähnlichkeit mit Ernestines Haar hatte. Er erinnerte sich noch gut daran, daß Ernestine als kleines Mädchen oft gefragt hatte: »Warum hab ich kein Windhaar wie Mommy?« – womit sie gemeint hatte, warum ihr Haar nicht im Wind wehte wie das ihrer Mutter und aller anderen Frauen auf der mütterlichen Seite der Familie.

Angesichts des Schmerzes seiner Mutter beschlich Coleman die unheimliche, verrückte Angst, er wolle von Iris Gittelman vielleicht nichts weiter als die Erklärung, die ihr Aussehen für die Beschaffenheit der Haare ihrer gemeinsamen Kinder liefern würde.

Doch wie hatte ein so schlichtes, so schwindelerregend nutzenorientiertes Motiv wie dieses seiner Aufmerksamkeit bisher entgehen können? Weil es in keiner Weise der Wahrheit entsprach? Nun, da er seine Mutter leiden sah, da er von seinem Verhalten innerlich erschüttert und doch, wie immer, entschlossen war, die Sache bis zum Ende durchzustehen – wie konnte dieser verblüffende Einfall etwas *anderes* als die Wahrheit sein? Er saß mit scheinbar vollkommener Selbstbeherrschung seiner Mutter gegenüber und hatte das deutliche Gefühl, daß er sich seine zukünftige Frau aus dem dümmsten denkbaren Grund ausgesucht hatte und daß er der dümmste Mann der Welt war.

»Und sie glaubt, daß deine Eltern tot sind, Coleman. Das hast du ihr erzählt.«

»Ja.«

»Du hast keinen Bruder, du hast keine Schwester. Es gibt keine Ernestine. Es gibt keinen Walt.«

Er nickte.

»Und? Was hast du ihr außerdem noch erzählt?«

»Was glaubst du?«

»Was immer dir gepaßt hat.« Das war die gröbste Bemerkung, die sie an diesem Nachmittag machte. Sie war nie imstande gewesen, ihre Wut gegen ihn zu richten, und würde es auch nie sein. Vom Augenblick seiner Geburt an erzeugte sein bloßer Anblick Gefühle in ihr, gegen die sie sich nicht wehren konnte und die nichts damit zu tun hatten, ob er dieser Gefühle würdig war. »Ich werde meine Enkelkinder nie kennenlernen«, sagte sie.

Er war vorbereitet. Das Wichtigste war, Iris' Haar zu vergessen und sie reden zu lassen, sie ihren Fluß finden zu lassen und aus dem sanften Dahinströmen ihrer Worte seine eigene Verteidigung zu konstruieren.

»Du wirst ihnen nie erlauben, mich zu besuchen«, sagte sie. »Du wirst ihnen nie sagen, wer ich bin. ›Mom‹, wirst du sagen, ›Ma, komm zum Bahnhof in New York und setz dich in den Wartesaal, und um fünf vor halb zwölf werde ich mit den Kindern in ihren Sonntagskleidern vorbeigehen.‹ Das wird in fünf Jahren mein Geburtstagsgeschenk sein. ›Sitz einfach da, Mom, und sag nichts – ich werde mit ihnen langsam vorbeigehen.‹ Und du weißt, daß ich da sein werde. Im Bahnhof. Im Zoo. Im Central Park. Ganz gleich, wohin ich kommen soll – ich werde da sein. Wenn du mir sagst, daß ich meine Enkelkinder nur in die Arme nehmen kann, wenn ich als Mrs. Brown, die Babysitterin, komme, um sie ins Bett zu bringen, werde ich das tun. Und wenn du mir sagst, daß ich als Mrs. Brown kommen und euer Haus putzen soll, werde ich das auch tun. Ich werde tun, was du mir sagst. Ich habe keine andere Wahl.«

»Hast du nicht?«

»Eine Wahl? Welche Wahl habe ich, Coleman?«

»Du könntest mich enterben.«

Beinahe spöttisch tat sie, als dächte sie darüber nach. »Ja, ich glaube, ich könnte so grausam zu dir sein. Ja, das könnte ich vielleicht. Aber woher soll ich deiner Meinung nach die Kraft nehmen, so grausam zu mir selbst zu sein?«

Es war nicht der richtige Augenblick, sich an seine Kindheit zu erinnern. Es war nicht der richtige Augenblick, ihre Klarheit oder ihren Sarkasmus oder ihren Mut zu bewundern. Es war nicht der richtige Augenblick, sich von jenem geradezu pathologischen Phänomen namens Mutterliebe bezwingen zu lassen. Es war nicht der richtige Augenblick, all die Worte zu hören, die sie nicht sagte, die aber vernehmbarer im Raum standen als alle, die sie aussprach. Es war nicht der richtige Augenblick, andere Gedanken zu denken als die, mit denen er sich gewappnet hatte, bevor er gekommen war. Und es war gewiß nicht der richtige Augenblick, zu Erklärungen Zuflucht zu nehmen, die Vor- und Nachteile brillant darzulegen und so zu tun, als handle es sich lediglich um eine logische Entscheidung. Der Grausamkeit, die er ihr antat, konnte keine Erklärung auch nur ansatzweise gerecht werden. Es war ein Augenblick, in dem er sich ganz und gar auf das konzentrieren mußte, was er hier erreichen wollte. Wenn es für seine Mutter von vornherein ausgeschlossen war, ihn zu enterben, blieb ihr nichts anderes übrig, als diesen Schlag hinzunehmen. Es kam jetzt darauf an, mit ruhiger Stimme wenig zu sagen, nicht an Iris' Haar zu denken und seine Mutter solange wie nötig sprechen zu lassen, damit ihre Worte die Brutalität des Brutalsten, was er ihr je angetan hatte, milderten.

Er war dabei, sie zu ermorden. Seinen Vater braucht man nicht zu ermorden. Das nimmt einem schon die Welt ab. Es gibt jede Menge Mächte, die darauf aus sind, den Vater zu erledigen. Die Welt erledigt den Vater, wie sie es in Mr. Silks Fall ja auch getan hatte. Die Mutter ist es, die man ermorden muß, und er erkannte, daß er dabei war, ebendies zu tun – der Junge, der von seiner Mutter so geliebt worden war, wie man nur geliebt werden kann. Er ermordete sie um seiner begeisternden Vorstellung von Freiheit willen! Ohne seine Mutter wäre alles viel leichter gewesen. Doch nur wenn er diese Prüfung besteht, kann er der Mann sein, der zu sein er beschlossen hat, der das, was ihm durch seine Herkunft auferlegt worden ist, ein für allemal hinter sich gelassen hat, der frei ist, um seine Freiheit zu kämpfen, wie jeder Mensch, der frei sein will. Um dem Leben dies abzuringen – ein anderes, von ihm selbst bestimmtes Schicksal –, muß er tun, was getan werden muß. Wollen nicht die meisten Menschen das beschissene Leben, das ihnen auferlegt ist, einfach hinter sich lassen? Aber sie tun es nicht, und dadurch, daß sie es nicht tun, sind sie sie, während er dadurch, daß er es tut, er selbst ist. Schlag zu, tu ihr weh und verriegle die Tür für alle Zeit. Du kannst das alles nicht einer wunderbaren Mutter antun, die dich bedingungslos liebt und dich glücklich gemacht hat, du kannst ihr nicht diesen Schmerz zufügen und dann glauben, du könntest es wiedergutmachen. Das hier ist so schrecklich, daß du bestenfalls irgendwie damit leben kannst. Wenn du so etwas getan hast, dann hast du einen Akt der Gewalt begangen, den du *niemals* wirst wiedergutmachen können – und das ist genau das, was Coleman will. Es ist wie damals in West Point, als der andere zu Boden gegangen ist und ihn nur der Ringrichter vor dem bewahrt hat, wozu Coleman imstande war. Heute wie damals spürt er als Kämpfer, wozu er imstande ist. Denn auch das gehört zu dieser Prüfung: daß er der Brutalität der Zurückweisung ihre tatsächliche, unverzeihliche menschliche Bedeutung verleiht und sich mit möglichst großer Sachlichkeit und Klarheit dem Augenblick stellt, in dem sein Schicksal etwas Riesengroßes kreuzt. Dieser Augenblick gehört ihm. Dieser Mann und seine Mutter. Diese Frau und ihr geliebter Sohn. Wenn er, um sich zu stählen, darauf aus ist, das Schwerste zu tun, was man sich nur vorstellen kann, dann ist es dies – schlimmer könnte nur sein, ihr tatsächlich ein Messer in die Brust zu stoßen. Es bringt ihn zum Kern der Sache. Dies ist die große Tat in seinem Leben, und er spürt deutlich und bewußt, wie gewaltig sie ist.

»Ich weiß nicht, warum ich darauf nicht besser vorbereitet bin, Coleman«, sagt sie. »Ich sollte es eigentlich sein. Seit du auf der Welt bist, hast du mich davor gewarnt. Du hattest eine große Abneigung dagegen, gestillt zu werden. Doch, das stimmt. Jetzt verstehe ich, warum. Selbst das hätte deine Flucht vielleicht verzögert. An unserer Familie war immer etwas – und damit meine ich nicht die Hautfarbe –, das dich behindert hat. Du denkst wie ein Gefangener. Doch, das tust du, Coleman Brutus. Du bist weiß wie Schnee, aber du denkst wie ein Sklave.«

Es war nicht der richtige Augenblick, um ihrer Intelligenz Glauben zu schenken und so hübsch formulierte Sätze wie diesen als Ausdruck einer besonderen Weisheit zu betrachten. Es geschah oft, daß seine Mutter etwas sagte, was ihr den Anschein gab, als wisse sie mehr, als tatsächlich der Fall war. Die rationale andere Seite. Das kam davon, daß sie die großen Reden seinem Vater überlassen und dadurch den Eindruck erweckt hatte, sie sei diejenige, die sagte, worauf es ankam.

»Ich könnte dir jetzt sagen, daß es kein Entkommen gibt, daß all deine Versuche zu entkommen dich nur dorthin führen werden, wo du angefangen hast. Das wäre jedenfalls das, was dein Vater gesagt hätte. Und er hätte irgend etwas Passendes aus *Julius Cäsar* zitiert. Aber ein junger Mann wie du, dem alle Welt zu Füßen liegt? Ein gutaussehender, charmanter, intelligenter junger Mann mit deiner Statur, deiner Entschlossenheit, deiner Klugheit, mit all deinen wunderbaren Begabungen? Du mit deinen grünen Augen und deinen langen, dunklen Wimpern? Ach, das sollte dir wirklich keine Mühe bereiten. Ich nehme an, dieser Besuch bei mir ist so schwer wie nur irgendwas, aber sieh dir an, wie ruhig du dasitzt. Und zwar, weil du weißt, daß das, was du tust, sehr sinnvoll ist. *Ich* weiß, daß es sinnvoll ist, denn du würdest niemals ein Ziel verfolgen, das nicht sinnvoll ist. Natürlich wirst du auf Enttäuschungen stoßen. Natürlich wird nur wenig so sein, wie du es dir jetzt, wenn du mir so ruhig gegenübersitzt, ausmalst. Dein besonderes Schicksal wird wirklich besonders sein, aber auf welche Weise? Du bist sechsundzwanzig, du kannst es nicht mal ansatzweise wissen. Aber wäre es nicht genauso, wenn du nichts tätest? Ich nehme an, zu jeder tiefgreifenden Veränderung im Leben gehört, daß man zu jemandem ›Ich kenne dich nicht‹ sagt.«

Sie sprach beinahe zwei Stunden lang. Es war eine lange Rede, in der sie seine Autonomie bis zurück in seine frühe Kindheit verfolgte und den Schmerz gekonnt in sich aufnahm, indem sie all die Dinge aufzählte, denen sie sich hier gegenübersah, denen sie keinen nennenswerten Widerstand entgegensetzen konnte und die sie würde ertragen müssen, und die ganze Zeit gab sich Coleman die größte Mühe, die kleinen Veränderungen nicht zu bemerken – daß ihr Haar (das seiner Mutter, nicht das von Iris) schütter wurde, daß sie den Kopf vorreckte, daß ihre Fußknöchel geschwollen waren, daß ihr Bauch aufgebläht war, daß ihre großen Zähne mehr als früher vorstanden –, diese kleinen Veränderungen, die anzeigten, um wieviel seine Mutter ihrem Tod nähergerückt war, seit sie sich an jenem Sonntag vor drei Jahren mit aller Freundlichkeit, zu der sie fähig war, bemüht hatte, Steena ihre Befangenheit zu nehmen. Irgendwann im Lauf des Nachmittags hatte Coleman den Eindruck, als stünde sie unmittelbar vor der großen Veränderung, vor jenem Punkt, an dem alte Menschen sich in kleine, mißgestaltete Wesen verwandeln. Je länger sie sprach, desto mehr glaubte er zu sehen, wie dies geschah. Er versuchte, nicht an die Krankheit zu denken, der sie erliegen würde, nicht an die Beerdigung, die man ausrichten, die Nachrufe, die man verlesen, die Gebete, die man am offenen Grab sprechen würde. Doch zugleich versuchte er, auch nicht daran zu denken, daß sie weiterleben würde, daß er sie verlassen und sie zurückbleiben und weiterleben würde, daß die Jahre vergehen und sie an ihn und seine Frau und seine Kinder denken würde, daß noch mehr Jahre vergehen und durch seine Ablehnung die Verbindung zwischen ihnen beiden für sie nur um so stärker werden würde.

Weder die Langlebigkeit noch die Sterblichkeit seiner Mutter durften sein Tun in irgendeiner Weise beeinflussen, ebensowenig wie die Mühsal, die ihre Familie in Lawnside hatte auf sich nehmen müssen, wo sie in einem baufälligen Schuppen geboren worden war und mit ihren Eltern und vier Brüdern gelebt hatte, bis ihr Vater gestorben war. Da war sie sieben gewesen. Die Familie ihres Vaters hatte seit 1855 in Lawnside, New Jersey, gelebt. Es waren entlaufene Sklaven gewesen, die mit Hilfe des Schleusernetzes der Underground Railroad in den Norden gelangt und dann von Quäkern in den Südwesten von New Jersey gebracht worden waren. Anfangs nannten die Neger den Ort Free Haven. Damals lebten dort keine Weißen, und auch jetzt wohnten nur einige am Rand dieses Städtchens, dessen paar tausend Einwohner fast allesamt von entlaufenen Sklaven abstammten, die von den Haddonfield-Quäkern beschützt worden waren – der Bürgermeister, der Feuerwehrhauptmann, der Polizeichef, der Steuereinnehmer, die Lehrer und die Schüler der Grundschule stammten von ihnen ab. Doch die Einzigartigkeit von Lawnside erschöpfte sich in der Tatsache, daß es eine Negerstadt war. Dasselbe galt für Gouldtown, weiter im Süden von New Jersey, bei Cape May. Von dort stammte die Familie ihrer Mutter, und dorthin zogen sie nach dem Tod des Vaters. Auch hier wohnten nur Farbige, von denen viele, darunter auch ihre eigene Großmutter, beinahe weiß waren. Jeder war irgendwie mit jedem verwandt. »Ganz, ganz früher«, erklärte sie Coleman, als er noch ein kleiner Junge war und sie die Geschichten, die sie gehört hatte, vereinfachte und verdichtete, so gut es ging – ganz, ganz früher hatte ein Sklave einem Soldaten der Kontinentalarmee gehört, der im Krieg gegen die Franzosen und die Indianer gefallen war. Der Sklave sorgte für die Witwe des Soldaten. Er erledigte von früh bis spät alle Arbeiten, die zu erledigen waren. Er hackte und stapelte Holz, brachte die Ernte ein, hob einen Keller für den Kohl und die Kürbisse aus, vergrub im Herbst die Äpfel, Rüben und Kartoffeln, um sie vor Frost zu schützen, lagerte Roggen und Weizen in der Scheune ein, schlachtete das Schwein und die Kuh und pökelte das Fleisch, und eines Tages heiratete ihn die Witwe, und sie hatten drei Söhne. Und diese Söhne heirateten Mädchen aus Gouldtown, deren Familien von den Gründern der im 17. Jahrhundert errichteten Siedlung abstammten, Familien, die zur Zeit des Unabhängigkeitskrieges allesamt durch Heirat miteinander verbunden waren. Der eine oder andere oder alle, sagte sie, waren Nachfahren des Indianers aus der großen Lenape-Siedlung bei Indian Fields, der eine

Schwedin – die Schweden und Finnen hatten die ursprünglichen holländischen Siedler ersetzt – zur Frau genommen und mit ihr fünf Kinder gezeugt hatte; der eine oder andere oder alle waren Nachfahren der beiden Mulattenbrüder, die von den westindischen Inseln auf einem Handelsschiff gekommen waren, das von Greenwich flußaufwärts nach Bridgeton gefahren war, wo sie als Lohnsklaven für die Landbesitzer arbeiteten, welche die Überfahrt bezahlt hatten und später zwei Schwestern aus Holland kommen ließen, als Ehefrauen für die beiden; der eine oder andere oder alle waren Nachfahren der Enkelin von John Fenwick, dem Sohn eines englischen Barons, einem Kavallerieoffizier in Cromwells Commonwealth-Armee und Mitglied der Gesellschaft der Freunde, der in New Jersey gestorben war, wenige Jahre nachdem New Cesarea (die Provinz zwischen dem Hudson und dem Delaware, die der Bruder des englischen Königs zwei englischen Grundbesitzern übertragen hatte) zu New Jersey geworden war. Fenwick starb 1683 und wurde irgendwo in der Kolonie begraben, die er erworben, gegründet und regiert hatte und die sich nördlich von Bridgeton bis nach Salem erstreckte und im Süden und Osten vom Delaware begrenzt wurde.

Fenwicks neunzehnjährige Enkelin Elizabeth Adams heiratete Gould, einen Farbigen. »Dieser schwartze Mann, welcher ihr Verderb gewesen« – so beschrieb ihr Großvater Gould in seinem Testament, in dem er Elizabeth von allem Erbe ausschloß, bis »der HErr ihr die Augen öffne für die abscheuliche Verfehlung gegen Seynen Willen, deren sie sich schuldig gemacht.« Angeblich erreichte nur einer der fünf Söhne von Gould und Elizabeth das Erwachsenenalter, nämlich Benjamin Gould, der Ann, eine Finnin, heiratete. Benjamin starb 1777, ein Jahr nachdem in Philadelphia, jenseits des Delaware, die Unabhängigkeitserklärung unterzeichnet worden war, und hinterließ eine Tochter – Sarah – und vier Söhne – Anthony, Samuel, Abijah und Elisha –, nach denen Gouldtown benannt wurde.

Seine Mutter führte Coleman durch das Labyrinth der Familiengeschichte bis hin zu den Tagen des Aristokraten John Fenwick, der im Südwesten New Jerseys dieselbe Rolle gespielt hatte wie William Penn in jenem Teil Pennsylvanias, zu dem Philadelphia gehörte, und von dem, wie es manchmal schien, ganz Gouldtown abstammte, und dann hörte er all diese nie in allen Einzelheiten übereinstimmenden Geschichten noch einmal von Großtanten und Großonkeln und von manchmal an die hundert Jahre alten Urgroßtanten und Urgroßonkeln, wenn er, Walt und Ernestine als Kinder mit ihren Eltern hinunter nach Gouldtown fuhren, um an den jährlichen Familientreffen teilzunehmen, bei denen beinahe zweihundert Verwandte aus dem Südwesten von New Jersey, aus Philadelphia, Atlantic City und sogar aus so weit entfernten Städten wie Boston zusammenkamen, um gebratene Makrelen, gekochte Hähnchen, gebratene Hähnchen, selbstgemachte Eiscreme, gezuckerte Pfirsiche, Kuchen und Torten und andere traditionelle Familiengerichte zu essen, Baseball zu spielen, Lieder zu singen und von morgens bis abends Erinnerungen auszutauschen und Geschichten darüber zu erzählen, wie die Frauen früher spannen und strickten, fettes Schweinefleisch kochten und riesige Brote buken, die die Männer mit aufs Feld nahmen, wie sie Kleider nähten und Wasser vom Brunnen holten und hauptsächlich aus Naturstoffen hergestellte Medizin verabreichten: Kräutertees gegen Masern, Sirup aus Zwiebeln und Melasse gegen Keuchhusten. Geschichten über Frauen, die eine Molkerei betrieben und hervorragenden Käse machten, über Frauen, die nach Philadelphia gingen, um Haushälterinnen, Schneiderinnen und Lehrerinnen zu werden, über Frauen, die zu Hause blieben und für ihre außerordentliche Gastlichkeit berühmt waren. Geschichten über die Männer, die in den Wäldern Fallen stellten und Wild für den Winter schossen, über die Farmer, die ihre Felder pflügten, Klafterholz für Zaunpfosten und -latten schlugen und Vieh kauften, verkauften und schlachteten, und über die wohlhabenden Händler, die den Töpfereien in Trenton tonnenweise Heu als Verpackungsmaterial lieferten, Heu von ihren Salzmarschen an den Flußufern und an der Delaware Bay. Geschichten über die Männer, die die Wälder, die Farmen, die Marschen und die Zedernsümpfe verließen, um im Bürgerkrieg zu kämpfen – manche als weiße, manche als schwarze Soldaten. Geschichten über Männer, die zur See gingen und Blockadebrecher wurden, oder die nach Philadelphia gingen und Bestattungsunternehmer, Drucker, Barbiere, Elektriker, Zigarrenmacher und Pfarrer in der Afrikanisch-Methodistischen Episkopalgemeinde wurden. Über einen, der mit Teddy Roosevelt und seinen Wilden Reitern nach Kuba ging, und einige, die in Schwierigkeiten gerieten, davonliefen und nie zurückkehrten. Geschichten über Kinder wie sie, die oft ärmlich gekleidet waren und keine Schuhe und manchmal keine Mäntel hatten, die im Winter in den eiskalten Zimmern einfacher Häuser schliefen und in der Hitze des Sommers mit den Männern Heu schnitten und aufluden, die aber von ihren Eltern gute Manieren und von den Presbyterianern im Schulhaus – wo man ihnen auch lesen und schreiben beibrachte – den Katechismus lernten und die selbst in jenen Tagen so viel Schweinefleisch und Kartoffeln und Brot und Wildbret zu essen bekamen, wie sie wollten, und zu starken, gesunden und ehrlichen Menschen heranwuchsen.

Aber man beschließt nicht, kein Boxer zu werden, weil man diese Geschichte der entlaufenen Sklaven von Lawnside kennt, weil einem bei diesen Familientreffen in Gouldtown in jeder Hinsicht ein solcher Überfluß dargeboten wird, weil die amerikanische Genealogie der Familie so verästelt ist – oder kein Professor für klassische Literatur zu werden, weil man diese Geschichte der entlaufenen Sklaven von Lawnside kennt, weil einem bei diesen Familientreffen in Gouldtown in jeder Hinsicht ein solcher Überfluß dargeboten wird, weil die amerikanische Genealogie der Familie so verästelt ist –, ebensowenig wie man beschließt, aus diesen Gründen irgend etwas anderes nicht zu werden. Viele Dinge verschwinden aus dem Leben einer Familie. Eines davon ist Lawnside, ein anderes Gouldtown, ein drittes ist die Genealogie, und das vierte war Coleman Silk.

Im Lauf der vergangenen fünfzig oder mehr Jahre war er auch nicht das erste Kind, das bei den Familientreffen in Gouldtown die Geschichten von der Ernte des für die Töpfereien von Trenton bestimmten Heus auf den Salzmarschen gehört oder gebratene Makrelen und gezuckerte Pfirsiche gegessen hatte und als Erwachsener verschwunden war, bis – wie es in der Familie hieß – »alle Spuren ausgelöscht waren«. Eine andere Formulierung lautete: »Er ist für seine Leute verloren.«

Ahnenkult – das war Colemans Wort dafür. Die Vergangenheit

zu ehren war das eine, doch Ahnenkult, diese Götzenverehrung, war etwas vollkommen anderes. Zum Teufel mit diesen Fesseln.

Als er abends aus East Orange ins Village zurückgekehrt war, erhielt er einen Anruf von seinem Bruder in Asbury Park, und dieser Anruf trieb die Dinge schneller und weiter voran, als Coleman es geplant hatte. »Wage es nicht, sie noch einmal zu besuchen«, sagte Walt, und in seiner Stimme schwang etwas kaum Unterdrücktes mit, das Coleman seit dem Tod seines Vaters nicht mehr gehört hatte und das um so beängstigender wirkte, *weil* es unterdrückt war. Es gibt eine andere Kraft in der Familie, die ihn jetzt *ganz und gar* hinüber auf die andere Seite stößt. Die Tat wurde 1953 von einem verwegenen jungen Mann in Greenwich Village ausgeführt, von einem bestimmten Menschen, zu einer bestimmten Zeit und an einem bestimmten Ort, aber von nun an wird er immer auf der anderen Seite sein. Und doch ist das, wie er feststellt, genau der Punkt: Freiheit ist gefährlich. Freiheit ist sehr gefährlich. Und man behält die Fäden nicht lange in der Hand. »*Versuch* nicht mal, sie zu besuchen. Kein Kontakt. Keine Anrufe. Nichts. *Nie*. Hast du mich verstanden?« sagte Walt. »Nie. Wag es nicht, dein lilienweißes Gesicht jemals wieder dort blicken zu lassen!«

3. Was macht man mit einem Mädchen, das nicht lesen kann?

HÄTTE CLINTON sie in den Arsch gefickt, dann hätte sie vielleicht den Mund gehalten. Bill Clinton ist nicht der Mann, für den die Leute ihn halten. Wenn er sie im Oval Office umgedreht und in den Arsch gefickt hätte, wäre das alles nicht passiert.«

»Tja, er hat's ihr nicht richtig gegeben. Er ist auf Nummer Sicher gegangen.«

»Sobald er im Weißen Haus war, hat er's keiner mehr richtig gegeben. Konnte er gar nicht mehr. Nicht mal dieser Kathleen Willey. Darum war sie auch so wütend auf ihn. Sobald er Präsident war, hat er diese Fähigkeit, es einer Frau richtig zu geben, die er in Arkansas noch hatte, verloren. Alles war in bester Ordnung, solange er noch Justizminister und Gouverneur eines unbedeutenden kleinen Staates war.«

»Klar. Gennifer Flowers.«

»Was soll in Arkansas schon passieren? Wenn man in Arkansas fällt, dann fällt man nicht besonders tief.«

»Stimmt. Und die Leute da erwarten geradezu von einem, daß man ein Arschficker ist. Das ist Tradition.«

»Aber wenn man dann ins Weiße Haus einzieht, kann man's einer Frau nicht mehr richtig geben. Und dann wendet sich Miss Willey gegen einen und Miss Monica ebenfalls. Er hätte sich ihrer Loyalität versichern können, wenn er sie in den Arsch gefickt hätte. Das wäre ein Pakt gewesen. Das hätte sie zusammengeschweißt. Aber es gab keinen Pakt.«

»Na ja, sie war verängstigt. Sie war nahe dran, gar nichts zu sagen. Starr hat sie überwältigt. In dem Hotelzimmer waren sie und elf Männer, die sie in die Zange genommen haben. Es war eine or-

ganisierte Vergewaltigung. Starr hat in diesem Hotel eine organisierte Vergewaltigung veranstaltet.«
»Ja. Da hast du recht. Aber sie hat mit Linda Tripp gesprochen.«
»Stimmt.«
»Sie hat mit allen möglichen Leuten gesprochen. Das gehört zu dieser Kultur der Dämlichkeit. Bla, bla, bla. Ein Teil dieser Generation ist stolz auf seine Seichtheit. Die Darstellung der Aufrichtigkeit ist alles. Aufrichtig und leer, total leer. Eine Aufrichtigkeit, die in alle Richtungen geht. Eine Aufrichtigkeit, die schlimmer ist als Falschheit, und eine Unschuld, die schlimmer ist als Verdorbenheit. Und all die Habgier unter dieser Aufrichtigkeit. Und unter dieser Ausdrucksweise. Diese wundervollen Ausdrücke, die sie gebrauchen – und an die sie scheinbar selbst glauben. Sie sprechen von ihrem ›Mangel an Selbstwertgefühl‹, und dabei glauben sie in Wirklichkeit, daß ihnen alles zusteht. Ihre Schamlosigkeit nennen sie Zärtlichkeit, und Rücksichtslosigkeit wird als ›verlorene Selbstachtung‹ getarnt. Auch Hitler hatte keine Selbstachtung. Das war sein Problem. Diese Jungs und Mädels haben einen großangelegten Betrug gestartet. Die Überdramatisierung der banalsten Gefühle. Beziehung. Meine Beziehung. Meine Beziehung klären. Sie brauchen nur den Mund aufzumachen, und ich könnte die Wände hochgehen. Ihre ganze Sprache summiert die Dämlichkeiten der letzten vierzig Jahre. Ende der Diskussion – das ist zum Beispiel so ein Ausdruck. Meine Studenten können nicht irgendwo bleiben, wo man nachdenken muß. Ende der Diskussion! Sie sind fixiert auf die konventionelle narrative Form: Einleitung, Mittelteil, Ende. Jede Erfahrung, ganz gleich, wie vieldeutig, wie verschlungen oder geheimnisvoll sie ist, muß in dieses stereotypisierende, konventionalisierende Nachrichtenmoderatorenklischee gepreßt werden. Jeden, der ›Ende der Diskussion‹ sagt, lasse ich durchfallen. Wenn er ein Ende der Diskussion will, kann er es haben.«
»Tja, was immer sie auch ist – eine totale Narzißtin, ein raffiniertes kleines Luder, das exhibitionistischste jüdische Mädchen in der Geschichte von Beverly Hills, bis ins Mark verdorben durch ihre Privilegien –, er hat es vorher gewußt. Er konnte sie durchschauen. Wenn er Monica Lewinsky nicht durchschauen kann, wie

kann er dann Saddam Hussein durchschauen? Wenn er Monica Lewinsky nicht durchschauen und aufs Kreuz legen kann, ist er als Präsident ungeeignet. Das wäre ein *echter* Grund für ein Amtsenthebungsverfahren. Nein, er hat es gesehen. Er hat es alles gesehen. Ich glaube nicht, daß er sich von ihrer Geschichte lange hat einwickeln lassen. Daß sie vollkommen verdorben und vollkommen unschuldig war, hat er natürlich gesehen. Diese extreme Unschuld – *das* war die Verdorbenheit, das war ihre Verdorbenheit und ihre Verrücktheit und ihre Schläue. Und das, diese Kombination, hat ihre Stärke ausgemacht. Am Ende seines Arbeitstages als oberster Chef beruhte ihr Charme letztlich darauf, daß sie keine Tiefe besaß. Das Reizvolle war die Intensität ihrer Seichtheit. Ganz zu schweigen von der Seichtheit der Intensität. Diese Geschichten über ihre Kindheit. Dieses Geprahle mit ihrer entzückenden Dickköpfigkeit: ›Verstehst du, ich war erst drei, aber schon eine richtige Persönlichkeit.‹ Ich bin sicher, er hat gewußt, daß jede seiner Handlungen, die nicht ihren verblendeten Vorstellungen entsprach, ein weiterer brutaler Schlag für ihre Selbstachtung war. Aber was er nicht gesehen hat, war, daß er sie in den Arsch ficken mußte. Warum? Um sie zum Schweigen zu bringen. Ein seltsames Verhalten für unseren Präsidenten. Es war das erste, was sie ihm gezeigt hat. Sie hat es ihm unter die Nase gerieben. Sie hat es ihm angeboten. Und er hat nicht reagiert. Ich verstehe diesen Kerl nicht. Ich bezweifle, daß sie Linda Tripp irgendwas erzählt hätte, wenn sie von ihm in den Arsch gefickt worden wäre. Darüber hätte sie nämlich nicht sprechen wollen.«

»Aber über die Zigarre wollte sie sprechen.«

»Das ist was anderes. Kinkerlitzchen. Nein, er hat ihr nicht regelmäßig was verpaßt, über das sie nicht sprechen konnte. Etwas, was er wollte und sie nicht. Das war ein Fehler.«

»Loyalität schafft man im Arsch.«

»Dabei bin ich mir nicht mal sicher, ob sie das zum Schweigen gebracht hätte. Ich weiß nicht, ob es überhaupt möglich wäre, sie zum Schweigen zu bringen. Hier geht es schließlich nicht um Zungengymnastik, sondern um ein großes Mundwerk.«

»Trotzdem mußt du zugeben, daß dieses Mädchen mehr über Amerika enthüllt hat als irgend jemand anders seit Dos Passos. *Sie* hat dem *Land* ein Thermometer in den Arsch gesteckt. Monicas *USA*.«

»Das Problem ist, daß sie von Clinton dasselbe gekriegt hat wie von allen anderen Männern. Von ihm wollte sie aber was anderes. Er ist der Präsident, und sie ist die Liebesterroristin. Sie wollte, daß er anders war als der Lehrer, mit dem sie mal was hatte.«

»Ja, seine Nettigkeit ist ihm zum Verhängnis geworden. Interessant. Nicht seine Brutalität, sondern seine Nettigkeit. Daß er sich nicht an seine, sondern an ihre Regeln gehalten hat. Sie beherrscht ihn, weil er es so will. Weil er das braucht. Aber das ist völlig falsch. Weißt du, was Kennedy ihr gesagt hätte, wenn sie gekommen wäre und um einen Job gebeten hätte? Weißt du, was Nixon ihr gesagt hätte? Harry Truman und sogar Eisenhower hätten ihr dasselbe gesagt. Der General aus dem Zweiten Weltkrieg hat gewußt, wie man es anstellt, nicht nett zu sein. Sie hätten ihr gesagt, daß sie ihr nicht nur keinen Job geben würden, sondern daß ihr für den Rest ihres Lebens auch niemand anders einen Job geben würde. Daß sie nicht mal mehr Taxifahrerin in Horse Springs, New Mexico, werden würde. *Nichts*. Daß die Praxis ihres Vaters sabotiert und er selbst ebenfalls arbeitslos werden würde. Daß ihre Mutter nie mehr einen Job kriegen würde, daß ihr Bruder nie mehr einen Job kriegen würde, daß niemand in ihrer ganzen Familie noch einen Cent verdienen würde, wenn sie es wagen sollte, auch nur ein einziges Wort über diese elf Schwanzlutschereien zu verlieren. Elf. Nicht mal ein volles Dutzend. Ich finde, weniger als ein dutzendmal in zwei Jahren macht sie nicht gerade zur Mae West des Weißen Hauses, oder?«

»Seine Vorsicht, seine Vorsicht ist ihm zum Verhängnis geworden. Absolut. Er hat die Sache gehandhabt wie ein Anwalt.«

»Er wollte ihr kein Beweismittel geben. Deswegen wollte er nicht abspritzen.«

»Und damit hatte er auch recht. In dem Augenblick, wo er abgespritzt hat, war er erledigt. Sie hatte, was sie wollte. Eine Probe. Sein noch dampfendes Sperma. Wenn er sie in den Arsch gefickt hätte, wäre der Nation dieses schreckliche Trauma erspart geblieben.«

Sie lachten. Es waren drei.

»Er hat sich nie ganz hingegeben und hatte immer ein Auge auf die Tür. Er hatte sein eigenes System. Und sie hat versucht, den Einsatz zu erhöhen.«

»Macht das die Mafia nicht genauso? Man gibt jemandem etwas, über das er nicht sprechen kann, und dann hat man ihn.«

»Klar. Man verwickelt ihn in eine gemeinsame Übertretung und macht ihn so zu einem Komplizen.«

»Dann ist Clintons Problem also, daß er nicht verdorben *genug* ist.«

»Ja, absolut. Und harmlos.«

»Das ist das genaue Gegenteil von dem Vorwurf, er sei verwerflich. Er ist nicht verwerflich genug.«

»Selbstverständlich. Wenn man schon solche Sachen macht, warum dann eine Grenze ziehen? Das kommt einem doch ziemlich gekünstelt vor, oder?«

»Wenn man eine Grenze zieht, zeigt man, daß man Angst hat. Und wenn man Angst hat, ist man erledigt. Dann ist der Untergang nicht weiter entfernt als Monicas Handy.«

»Er wollte nicht die Kontrolle verlieren. Erinnert ihr euch? Er hat gesagt: ›Ich will nicht von dir abhängig sein. Ich will dir nicht hörig sein.‹ Ich finde, das klingt wahr.«

»Ich finde, es klingt einstudiert.«

»Das glaube ich nicht. So, wie sie es in Erinnerung hat, klingt es wahrscheinlich einstudiert, aber ich glaube, die Motivation … Nein, er wollte keine sexuelle Abhängigkeit. Sie war gut, aber sie war ersetzbar.«

»Jede ist ersetzbar.«

»Aber du kennst seine Erfahrungen nicht. Er hat sich nie mit Huren und so abgegeben.«

»Kennedy schon.«

»Ja. Die harten Sachen. Was Clinton getan hat, ist was für Schuljungen.«

»Ich glaube, da unten in Arkansas war er nicht gerade ein Schuljunge.«

»Nein, aber in Arkansas hat das Verhältnis gestimmt. Während es hier völlig aus dem Ruder gelaufen ist. Und das muß ihn verrückt gemacht haben. Er ist Präsident der Vereinigten Staaten, er

hat zu allem Zugang, aber er kann es nicht berühren. Das war die Hölle. Besonders mit diesem Tugendbolzen von einer Frau.«
»Glaubst du, sie ist ein Tugendbolzen?«
»Aber sicher.«
»Sie und Vince Foster?«
»Na ja, natürlich kann sie sich in irgend jemanden verlieben, aber sie hätte nie irgendwas Verrücktes getan, denn schließlich war er *verheiratet*. Bei ihr wird sogar Ehebruch langweilig. Sie ist die reinste Mutter Teresa der Schlafzimmer.«
»Und du meinst, sie hat mit Foster gevögelt?«
»Ja. Ganz klar.«
»Inzwischen liebt die ganze Welt diese Tugendhaftigkeit. Das ist genau das, was sie lieben.«
»Es war genial von Clinton, Vince Foster einen Job in Washington zu geben. Ihn genau dorthin zu holen. Ihm Gelegenheit zu geben, seinen persönlichen Beitrag zu leisten. Das war genial. Das hat Clinton wie ein guter Mafia-Don gemacht, und dafür war sie ihm was schuldig.«
»Ja. Stimmt. Aber mit Monica hat er es nicht so gemacht. Der einzige, mit dem er über Monica sprechen konnte, war Vernon Jordan. Der wahrscheinlich auch der beste Mann für solche Gespräche war. Aber sie haben sie falsch eingeschätzt, denn sie dachten, daß sie bloß mit ihren blöden kalifornischen Perlenketten-Freundinnen reden würde. Was soll's? Aber daß diese Linda Tripp, dieser Jago, dieser getarnte Jago, der für Starr im Weißen Haus gearbeitet hat ...«

Coleman stand auf und ging in Richtung Campus. Das war alles, was er vom Chor gehört hatte, während er in der Grünanlage auf der Bank saß und darüber nachdachte, was er als nächstes tun würde. Die Stimmen hatte er nicht erkannt, und da die Männer ihm den Rücken zukehrten und ihre Bank auf der anderen Seite des Baums stand, konnte er ihre Gesichter nicht sehen. Er vermutete, daß es drei junge Spunde waren, die nach seiner Zeit am College eingestellt worden waren, und daß sie Mineralwasser oder koffeinfreien Kaffee aus Pappbechern tranken. Wahrscheinlich kamen sie gerade aus dem Fitneßcenter oder vom Tennisplatz, und jetzt entspannten sie sich und unterhielten sich über die neuesten

Clinton-Nachrichten, bevor sie nach Hause zu ihren Frauen und Kindern fuhren. Sie klangen, wie er fand, sexuell erfahren und selbstsicher, und zwar auf eine Weise, die er nicht mit jungen Assistenzprofessoren verband, und gewiß nicht mit solchen, die in Athena arbeiteten. Ziemlich unverblümt, ziemlich unfein für ein Gespräch unter Akademikern. Zu schade, daß diese harten Burschen nicht schon zu seiner Zeit dagewesen waren. Sie hätten vielleicht als Kern des Widerstands gegen ... Nein, nein. Auf dem Campus, wo nicht jeder ein Tennispartner ist, verpufft diese Art von Kraft in Witzen, wenn sie nicht überhaupt freiwillig unterdrückt wird – sie wären wahrscheinlich ebensowenig bereit gewesen, sich hinter ihn zu stellen, wie der Rest der Fakultät. Und überhaupt: Er kannte sie nicht und wollte sie auch gar nicht kennen. Er kannte niemanden mehr. Er hatte zwei Jahre zuvor, als er mit *Dunkle Gestalten* begonnen hatte, alle Verbindungen zu den Freunden, Kollegen und Mitarbeitern, die ihn ein Leben lang begleitet hatten, abgebrochen, und so war er erst heute – kurz vor Mittag, nach der Unterredung mit Nelson Primus, die nicht bloß schlecht, sondern überwältigend schlecht geendet hatte und bei der Coleman selbst über seine ausfallenden Worte verblüfft gewesen war – wieder auf den Gedanken gekommen, von der Town Street in die South Ward abzubiegen, wie er es jetzt tat, und am Denkmal für die Gefallenen des Bürgerkriegs vorbei den Hügel hinauf zum Campus zu gehen. Es war gut möglich, daß er niemandem begegnen würde, den er kannte, es sei denn vielleicht einem der Leiter der Kurse für die Pensionäre, die im Juli ein paar Wochen lang an dem Seniorenprogramm teilnahmen, zu dem auch Besuche des Norman Rockwell Museum, der Konzerte in Tanglewood und der Galerien in Stockbridge gehörten.

Diese Sommerstudenten waren das erste, was er sah, als er die Hügelkuppe erreicht hatte und an dem alten Astronomiegebäude vorbei in das mit sonnigen Flecken gesprenkelte Hauptgeviert trat, das in diesem Augenblick sogar noch kitschiger und akademischer aussah als auf dem Titelblatt der Athena-Broschüre. Sie gingen paarweise auf einem der baumgesäumten, sich mäandernd kreuzenden Wege zum Mittagessen in die Cafeteria. Es war eine Prozession in Zweierreihen: Paare von Ehemännern und Ehefrauen,

Paare von Ehemännern, Paare von Ehefrauen, Paare von Witwen, Paare von Witwern, Paare von Witwen und Witwern – so kamen sie Coleman jedenfalls vor –, die sich hier in den Seminaren des Seniorenprogramms gefunden hatten. Alle trugen adrette, leichte Sommerkleidung: viele Hemden und Blusen in leuchtenden Pastelltönen, weiße oder helle khakifarbene Hosen, hier und da sommerliche Karomuster von Brooks Brothers. Die meisten Männer hatten Schirmmützen aufgesetzt, Mützen in allen möglichen Farben, viele bestickt mit den Logos von Profimannschaften. Keine Rollstühle, keine Gehhilfen, keine Krücken oder Gehstöcke, soweit er sehen konnte. Rüstige Leute seines Alters, anscheinend nicht weniger gesund als er selbst; manche waren etwas jünger, manche offensichtlich älter, doch alle erfreuten sich der Freiheiten, die das Rentenalter für jene bereithielt, welche das Glück hatten, mehr oder weniger frei atmen, mehr oder weniger schmerzfrei gehen, mehr oder weniger klar denken zu können. Eigentlich hätte er hierhergehört. Mit einer angemessenen Partnerin versehen. Anständig.

Anständig. Das aktuelle Codewort, mit dem praktisch jede Abweichung vom Pfad der Schicklichkeit verhindert wurde, damit alle sich »wohl fühlen« konnten. Er sollte nicht das tun, was man glaubte, daß er tat, sondern das, was Gott weiß welchen Moralphilosophen passend erschien. Barbara Walters? Joyce Brothers? William Bennett? *Dateline NBC*? Wenn er hier noch Professor gewesen wäre, hätte er ein Seminar zum Thema »Angemessenes Verhalten im klassischen griechischen Drama« veranstalten können, ein Seminar, das beendet gewesen wäre, bevor es überhaupt begonnen hätte.

Sie waren unterwegs zum Mittagessen und gingen in Sichtweite der North Hall vorbei, des efeuüberwachsenen, wunderschön gealterten Ziegelbaus aus Kolonialzeiten, in dem Coleman Silk als Dekan der Fakultät mehr als zehn Jahre lang ein Büro gegenüber der Suite des Rektors gehabt hatte. Vom architektonischen Wahrzeichen des Colleges, dem sechseckigen Uhrenturm der North Hall, den ein Spitzdach mit aufgezogener Fahne krönte und der von der Ortschaft Athena aus so gut zu sehen war wie eine mächtige europäische Kathedrale für diejenigen, die sich ihr auf der Landstraße nähern, schlug es zwölf, als Coleman sich auf eine Bank im Schatten der berühmtesten altersknorrigen Eiche des Gevierts setzte und versuchte, in Ruhe über die Zwänge der Schicklichkeit nachzudenken. Über die *Tyrannei* der Schicklichkeit. Mitte des Jahres 1998 fiel es selbst ihm schwer, an die Ausdauer amerikanischer Schicklichkeit zu glauben, und er war doch immerhin derjenige, der sich von ihr tyrannisiert fühlte: Die Zügel, dachte er, die sie noch immer der öffentlichen Rede anlegt, die Inspiration, die sie der verlogenen Selbstdarstellung liefert, die Beharrlichkeit, mit der sie allenthalben ihre kastrierende Tugendhaftigkeit vor sich her trägt, eine Tugendhaftigkeit, die H. L. Mencken mit bloßer Idiotie gleichgesetzt hat, die für Philip Wylie ein Ausdruck ödipaler Mutterfixierung war, die von Europäern gänzlich unhistorisch als Puritanismus bezeichnet wird, die ein Ronald Reagan und seinesgleichen als einen der amerikanischen Grundwerte betrachten und die nach wie vor weitreichende Geltung besitzt, weil sie sich als etwas anderes maskiert – als *alles* andere. Schicklichkeit ist eine vielgestaltige Kraft, eine Domina in tausend Verkleidungen, die den Geist, wenn es sein muß, in Form eines Eintretens für staatsbürgerliches Verantwortungsgefühl, für die weiße, angelsächsisch-protestantische Würde, für die Rechte der Frauen oder den Stolz der Schwarzen, für das Bewußtsein der ethnischen Zugehörigkeit oder die emotionsgeladene ethische Empfindsamkeit der Juden infiltriert. Es ist nicht nur so, als hätte es Marx, Freud, Darwin, Stalin, Hitler oder Mao nie gegeben – es ist, als hätte es Sinclair Lewis nie gegeben. Es ist, dachte Coleman, als wäre *Babbitt* nie geschrieben worden. Es ist, als wären jene kreativen Gedanken nicht einmal auf unterster Ebene ins Bewußtsein eingelassen worden, um irgendwelche Störungen zu erzeugen, und seien sie noch so klein. Ein Jahrhundert einer in diesem Umfang nie dagewesenen Zerstörung ist über die menschliche Rasse gekommen – viele Millionen ganz normaler Menschen sind verdammt, Entbehrungen über Entbehrungen, Grausamkeiten über Grausamkeiten, Unheil über Unheil zu erdulden, die halbe Menschheit oder mehr ist einem als Gesellschaftspolitik getarnten pathologischen Sadismus ausgeliefert, ganze Gemeinwesen sind durch die Angst vor gewaltsamer Verfolgung organisiert und eingeengt, die Entwürdigung des einzelnen wird in einem nie gekannten Maße ins Werk gesetzt, Nationen werden von ideologischen Kriminellen, die ihnen alles rauben, zertrümmert und versklavt, ganze Bevölkerungen sind so demoralisiert, daß sie nicht imstande sind, sich morgens zu erheben, weil sie nicht den leisesten Wunsch haben, sich diesem Tag zu stellen ... Dieses Jahrhundert erlegt uns all diese schrecklichen Prüfungen auf, und hier empört man sich über Faunia Farley. Hier in Amerika geht es um Faunia Farley oder Monica Lewinsky! Welch ein Luxus, sich über das unangemessene Verhalten von Clinton und Silk derart erregen zu können. Das ist, im Jahr 1998, die Sündhaftigkeit, mit der sie sich befassen müssen. *Das* ist, im Jahr 1998, ihre Folter, ihre Qual, ihr spiritueller Tod. Die Quelle ihrer größten moralischen Verzweiflung: daß Faunia mir einen bläst und daß ich Faunia ficke. Ich bin nicht einfach deshalb verdorben, weil ich in einem Seminar vor lauter weißen Studenten einmal die Wörter »dunkle Gestalten« gebraucht habe – und zwar nicht im Zusammenhang mit der Untersuchung des Erbes der Sklaverei, des Wütens der Black Panther, der Metamorphosen von Malcolm X, der Rhetorik von James Baldwin oder der Popularität der Radioshow *Amos 'n' Andy*, sondern beim Vorlesen der Anwesenheitsliste. Ich bin nicht nur deshalb verdorben, weil ...

Das alles, nachdem er nicht mal fünf Minuten auf einer Bank gesessen und das schmucke Gebäude betrachtet hatte, in dem er einst Dekan gewesen war.

Doch der Fehler war begangen worden. Er war zurück. Er war wieder da. Er war wieder auf dem Hügel, von dem sie ihn vertrieben hatten, und ebenfalls da war seine Verachtung für die Freunde, die sich nicht um ihn geschart hatten, für die Kollegen, die ihn nicht unterstützt hatten, und für die Feinde, die so unbedenklich alle Verdienste seiner akademischen Laufbahn ausgelöscht hatten. Der Drang, die launenhafte Grausamkeit ihrer selbstgerechten Idiotie zu entlarven, entfachte seine Wut aufs neue. Er war zurück auf dem Hügel, in den Fängen seiner Wut, und er spürte, wie ihre Heftigkeit jede Vernunft vertrieb und sofortiges Handeln verlangte.

Delphine Roux.

Er stand auf und machte sich auf den Weg zu ihrem Büro. In

einem gewissen Alter, dachte er, ist es besser für die Gesundheit, nicht zu tun, was ich gerade vorhabe. In einem gewissen Alter wird die Lebenseinstellung eines Menschen am besten durch Mäßigung, wenn nicht Resignation, wenn nicht sogar Kapitulation gedämpft. In einem gewissen Alter sollte man sein Leben leben, ohne zu sehr auf die Kränkungen der Vergangenheit zu blicken und ohne als Herausforderung geltender Ideale den Widerstand der Gegenwart heraufzubeschwören. Mit Einundsiebzig war es gewiß angemessen, keine andere Rolle mehr zu spielen als die gesellschaftlich zugewiesene – in diesem Fall die Rolle des würdigen Ruheständlers –, und darum war es für Coleman Silk, wie er vor langer Zeit mit der erforderlichen Rücksichtslosigkeit seiner eigenen Mutter gegenüber demonstriert hatte, ebendas, was inakzeptabel war.

Er war kein verbitterter Anarchist wie Iris' verrückter Vater. Er war keineswegs ein Hitzkopf oder Agitator und ebensowenig ein Verrückter. Er war kein Radikaler oder Revolutionär, nicht einmal im intellektuellen oder philosophischen Sinn, es sei denn, man betrachtete es als revolutionär, zu glauben, die Verletzung der restriktivsten Normen einer normierenden Gesellschaft und die autonome Behauptung einer persönlichen freien Wahl im Rahmen der geltenden Gesetze seien etwas anderes als ein grundlegendes Menschenrecht – es sei denn, man betrachtete es als revolutionär, wenn ein erwachsener Mann sich weigerte, automatisch den Vertrag zu unterschreiben, der bei seiner Geburt aufgesetzt worden war.

Inzwischen ging er hinter der North Hall auf den langen Rasenplatz vor der Barton Hall zu, wo sich Delphine Roux' Büro befand. Er hatte keine Ahnung, was er zu ihr sagen würde, falls er sie an diesem herrlichen Sommertag, da der Beginn des Herbstsemesters noch sechs oder sieben Wochen entfernt war, überhaupt an ihrem Schreibtisch vorfand, und er sollte es auch nie erfahren, denn bevor er sich dem breiten, mit Klinkersteinen gepflasterten Weg näherte, der um die Barton Hall herumführte, bemerkte er hinter der North Hall eine Gruppe von fünf Mitarbeitern der Putzkolonne, die in Arbeitshemden und UPS-braunen Hosen im Schatten neben einer Kellertreppe auf dem Rasen saßen, sich eine Pizza aus einer Pappschachtel teilten und laut über irgendeinen Witz lachten, den einer von ihnen gemacht hatte. Die einzige Frau in der Gruppe und das Zentrum der Aufmerksamkeit ihrer Kollegen – sie war es, die den Witz erzählt oder die schlagfertige Bemerkung gemacht oder einen von ihnen auf den Arm genommen hatte und nun am lautesten lachte – war Faunia Farley.

Die Männer waren etwa Anfang Dreißig. Zwei von ihnen trugen Bärte, und einer der beiden hatte einen langen Pferdeschwanz und war besonders breit und stiernackig. Er war der einzige, der stand, anscheinend damit er Faunia, die mit gestreckten Beinen auf dem Boden saß, den Kopf in der Ausgelassenheit des Augenblicks in den Nacken geworfen, leichter überragen konnte. Ihr Haar überraschte Coleman. Sie trug es offen. Sonst band sie es immer mit einem Gummiband fest im Nacken zusammen – nur im Bett löste sie das Band, damit das Haar über ihre nackten Schultern fallen konnte.

Mit den Jungs. Dies mußten die »Jungs« sein, von denen sie erzählt hatte. Einer von ihnen war seit kurzem geschieden – ein erfolgloser ehemaliger Kfz-Mechaniker, der ihren Chevy in Schuß hielt und sie zur Arbeit und wieder nach Hause fuhr, wenn das verdammte Ding all seinen Bemühungen zum Trotz nicht anspringen wollte, und einer von ihnen wollte an den Abenden, an denen seine Frau in der Blackwell-Pappschachtelfabrik die Spätschicht hatte, mit ihr in ein Pornokino gehen, und einer war so unbedarft, daß er nicht mal wußte, was ein Hermaphrodit war. Wenn das Gespräch auf die Jungs kam, hörte Coleman zu, ohne irgendwelche Bemerkungen zu machen oder seinen Ärger über das, was sie zu erzählen hatte, zum Ausdruck zu bringen, auch wenn er sich angesichts der Themen, über die sie sich Faunia zufolge unterhielten, fragte, welcher Art das Interesse dieser Männer an ihr war. Aber da sie nicht unaufhörlich von ihnen sprach und er sie auch nicht durch Fragen dazu ermunterte, machten die Jungs auf Coleman auch nicht den Eindruck, den sie beispielsweise auf Lester Farley gemacht hätten. Natürlich hätte Faunia in ihrer Gegenwart ein bißchen weniger ungezwungen sein und sich ihren Phantasien nicht ganz so bereitwillig zur Verfügung stellen können, aber selbst wenn Coleman den Drang verspürte, diesen Vorschlag zu machen, fiel es ihm nicht schwer, sich zu beherrschen. Sie konnte so anzügliche oder harmlose Dinge sagen, wie sie wollte, und wenn sich daraus irgendwelche Konsequenzen ergaben, würde sie diese selbst tragen müssen. Sie war nicht seine Tochter. Sie war nicht einmal seine »Freundin«. Sie war, was sie war.

Doch als er sie aus dem Schatten der North Hall, in den er rasch zurückgewichen war, beobachtete, war es nicht annähernd so leicht, einen so distanzierten und toleranten Standpunkt einzunehmen, denn er sah jetzt nicht nur das, was er immer sah – nämlich was die Tatsache, daß ihr so wenig geglückt war, bei ihr angerichtet hatte –, sondern vielleicht auch, warum ihr so wenig geglückt war. Von dort, wo er, kaum fünfzehn Meter entfernt, stand, konnte er überdeutlich sehen, wie sie sich ihre Stichworte nun, da er nicht da war, um sie einzuwerfen, von dem ungehobeltsten, ordinärsten männlichen Exemplar in ihrer Gegenwart geben ließ, von dem, der in menschlicher Hinsicht am wenigsten erwarten ließ und dessen Selbstbild das seichteste war. Da Voluptas, ganz gleich, wie intelligent du sein magst, praktisch alles Wirklichkeit werden lassen kann, was du zu denken imstande bist, werden gewisse Möglichkeiten nie bedacht, geschweige denn nachdrücklich vermutet, und die Qualitäten deiner Voluptas korrekt einzuschätzen, ist das letzte, wozu du imstande bist ... das heißt, bis du dich im Schatten verbirgst und zusiehst, wie sie, mit angezogenen, leicht geöffneten Knien, auf der einen Hand zerlaufenen Pizzakäse, in der anderen eine Dose Diät-Cola, auf dem Rücken im Gras liegt und schallend lacht – über was? einen Hermaphroditismus? –, während in Gestalt eines gescheiterten Autoschraubers ein Mann über ihr aufragt, der in allem die Antithese deiner eigenen Lebensart ist. Ein zweiter Farley? Ein zweiter Les Farley? Vielleicht niemand, der so bedrohlich ist wie er, aber eher ein Ersatz für Farley als ein Ersatz für Coleman.

Eine Campus-Szene, die scheinbar ohne Bedeutung gewesen wäre, hätte Coleman sie, wie es zweifellos oft der Fall gewesen war, an einem Sommertag zu seiner Zeit als Dekan beobachtet, eine Campus-Szene, die damals in seinen Augen nicht nur harmlos gewesen wäre, sondern auch auf sympathische Weise zum Ausdruck gebracht hätte, welche Freude es bereiten kann, an einem schönen

Sommertag sein Mittagessen unter freiem Himmel einzunehmen, während sie nun mit nichts anderem als Bedeutung beladen war. Weder Nelson Primus noch seine geliebte Lisa oder die kryptische Anprangerung in Delphine Roux' anonymem Brief hatten ihn von irgend etwas überzeugt, doch diese alltägliche Szene auf dem Rasen hinter der North Hall führte ihm schließlich die bisher verborgene Seite seiner Schande vor Augen.

Lisa. Lisa und ihre Kinder. Die kleine Carmen. Das schoß ihm durch den Kopf, der Gedanke an die kleine Carmen – sechs Jahre alt, aber laut Lisa wie ein viel kleineres Kind. »Sie ist süß«, sagte Lisa, »aber eigentlich wie ein Kleinkind.« Und tatsächlich war sie hinreißend, als er sie zum erstenmal sah: sehr blasse braune Haut, pechschwarzes, zu zwei steifen Zöpfen geflochtenes Haar, Augen, wie er sie noch nie gesehen hatte, Augen, die von innen leuchteten wie bläulich glühende Kohlen, der lebendige, geschmeidige Körper eines Kindes, adrett gekleidet in Miniaturjeans und Turnschuhe, bunte Söckchen und ein weißes T-Shirt, so schmal wie ein Pfeifenreiniger – ein munteres kleines Mädchen, dessen Aufmerksamkeit anscheinend allem und besonders ihm galt. »Das ist mein Freund Coleman«, sagte Lisa, als Carmen hereingeschlendert kam, auf dem kleinen, gewaschenen, morgendlich frischen Gesicht ein leicht amüsiertes, eingebildetes, aufgesetztes Lächeln. »Hallo, Carmen«, sagte Coleman. »Er will bloß mal sehen, was wir so machen«, erklärte Lisa. »Okay«, sagte Carmen freundlich, doch sie musterte ihn ebenso sorgfältig wie er sie und schien dabei gar nicht aufzuhören zu lächeln. »Wir machen einfach, was wir immer machen«, sagte Lisa. »Okay«, antwortete Carmen, probierte aber jetzt an ihm eine ernsthaftere Version ihres Lächelns aus. Und als sie sich den magnetischen Plastikbuchstaben auf der niedrigen kleinen Tafel zuwandte und Lisa sie bat, sie so anzuordnen, daß sie die Wörter WILD, WILL, WENN und WIND bildeten – »Ich sage dir doch immer«, sagte Lisa gerade, »daß du dir die Anfangsbuchstaben gut ansehen mußt. Lies die Anfangsbuchstaben. Lies sie mit den Fingern« –, drehte Carmen immer wieder den Kopf und dann den ganzen Körper, um Coleman anzusehen und die Verbindung zu ihm nicht zu verlieren. »Alles ist eine Ablenkung«, sagte Lisa leise zu ihrem Vater. »Na komm schon, Carmen. Komm, Schätzchen. Er ist unsichtbar.« »Was?« »Unsichtbar«, wiederholte Lisa. »Du kannst ihn nicht sehen.« Carmen lachte. »Ich *kann* ihn aber sehen.« »Komm jetzt. Sieh mich an. Die Anfangsbuchstaben. Genau. Gut gemacht. Aber du mußt auch den Rest des Wortes lesen, nicht? Erst den Anfangsbuchstaben und dann den Rest des Wortes. Gut – WILD. Und wie heißt das hier? Du kennst es. Du kennst dieses Wort. ›WENN.‹ Sehr gut.« An dem Tag, als Coleman bei dem Förderunterricht zusah, war Carmen schon seit fünfundzwanzig Wochen dabei und hatte zwar Fortschritte gemacht, aber nicht sonderlich große. Er erinnerte sich, wie sie in dem Bilderbuch, aus dem sie vorlesen sollte, mit dem Wort DEIN gekämpft hatte: Sie hatte sich die Augen gerieben, das T-Shirt gepackt und zerknautscht, ihre Beine um die Querstrebe ihres Kinderstuhls geschlungen, den kleinen Hintern langsam, aber sicher von der Sitzfläche geschoben – und war immer noch außerstande gewesen, das Wort DEIN zu erkennen oder auszusprechen. »Wir haben jetzt März, Dad. Fünfundzwanzig Wochen. Sie dürfte mit DEIN keine Schwierigkeiten mehr haben. Sie dürfte HAUS nicht mit MAUS verwechseln, aber im Augenblick wäre ich schon froh, wenn sie DEIN lesen könnte. Eigentlich hätte sie nur zwanzig Wochen im Förderprogramm bleiben sollen. Sie war in der Vorschule – da hätte sie ein paar grundlegende Wörter lernen sollen. Aber als ich ihr im September – da kam sie gerade in die erste Klasse – eine Liste von Wörtern gezeigt habe, sagte sie: ›Was ist das?‹ Sie wußte nicht mal, was Wörter eigentlich sind. Und die Buchstaben: Sie kannte kein H, sie kannte kein J, sie hat U und C verwechselt. Man kann das verstehen, weil diese Buchstaben ähnlich aussehen, aber jetzt, fünfundzwanzig Wochen später, hat sie dieses Problem im Grunde immer noch. M und W. I und L. G und D. Das macht ihr immer noch Schwierigkeiten. Alles macht ihr Schwierigkeiten.« »Du bist ziemlich niedergeschlagen, was Carmen betrifft«, sagte er. »Na ja, jeden Tag eine halbe Stunde, das ist eine Menge Förderunterricht. Sie soll zu Hause täglich eine halbe Stunde lesen, aber zu Hause ist eine sechzehnjährige Schwester, die gerade ein Kind gekriegt hat, und die Eltern vergessen, mit ihr zu üben, oder es ist ihnen egal. Sie sind Einwanderer, und Englisch ist ihre zweite Sprache. Sie tun sich schwer, ihren Kindern englische Bücher vorzulesen, aber spanische

Bücher hat Carmen ebenfalls nie vorgelesen bekommen. Und mit solchen Kindern habe ich es tagein, tagaus zu tun. Als erstes probiere ich immer aus, ob ein Kind weiß, wie man mit einem Buch umgeht. Ich gebe ihm ein Buch wie dieses hier, mit einer großen Illustration unter dem Titel, und sage: ›Zeig mir mal die Vorderseite des Buches.‹ Manche Kinder können das, die meisten allerdings nicht. Buchstaben haben für sie keinerlei Bedeutung. Und«, fuhr sie mit einem erschöpften Lächeln fort, das nicht annähernd so bezaubernd wie das Carmens war, »meine Kinder sind angeblich nicht lerngestört. Carmen sieht sich die Wörter, die ich ihr vorlese, gar nicht an. Sie sind ihr egal. Und deswegen ist man am Ende des Tages fix und fertig. Ich weiß, andere Lehrer haben es auch schwer, aber wenn man den ganzen Tag eine Carmen nach der anderen gehabt hat, ist man abends emotional völlig am Ende. Dann kann sogar *ich* nicht mehr lesen. Ich kann nicht mal mehr telefonieren. Ich esse etwas und gehe ins Bett. Ich mag diese Kinder. Ich liebe sie. Aber dieser Unterricht ist mehr als anstrengend – er bringt einen um.«

Faunia setzte sich jetzt auf und trank den letzten Schluck aus der Dose, während einer der Jungs – der jüngste, dünnste und jungenhafteste von ihnen, der zu seiner braunen Uniform ein rotkariertes Halstuch und anscheinend hochhackige Cowboystiefel trug und, obgleich das gar nicht zu ihm paßte, ein Kinnbärtchen hatte – den Abfall des Mittagessens einsammelte und in einen Müllbeutel steckte und die anderen drei etwas abseits in der Sonne standen und eine letzte Zigarette rauchten, bevor sie sich wieder an die Arbeit machten.

Faunia war allein. Und sie schwieg jetzt. Sie saß, die leere Dose in der Hand, ernst da und dachte an ... an was dachte sie? An die zwei Jahre als Kellnerin in Florida, als sie sechzehn und siebzehn gewesen war, an die pensionierten Geschäftsmänner, die immer zur Mittagszeit erschienen, ohne ihre Frauen, und sie fragten, ob sie nicht gern in einer hübschen Wohnung wohnen und hübsche Kleider und einen hübschen neuen Pinto und ein Kundenkonto bei allen Boutiquen von Bal Harbour und beim Juwelier und beim Schönheitssalon haben würde, ohne dafür mehr zu tun, als an ein paar Abenden pro Woche und hin und wieder auch am Wochenende ihre Freundin zu sein? Im ersten Jahr hatte sie dieses Angebot nicht einmal, zweimal oder dreimal, sondern viermal gehört. Und dann der Vorschlag des Kubaners: hundert Dollar pro Freier für sie, steuerfrei. Eine schlanke Blondine mit großen Titten, ein gutaussehendes Mädchen wie sie, mit ihrer Energie, ihrem Ehrgeiz, ihrem Mumm – wenn sie sich einen Minirock, Strumpfhalter und Stiefel anzieht, sind pro Nacht tausend Dollar drin. Ein, zwei Jahre, und sie kann sich, wenn sie will, zur Ruhe setzen – das kann sie sich dann leisten.« »Und du hast es nicht getan?« fragte Coleman. »Nein. Mh-mh. Und glaub bloß nicht, daß ich nicht drüber nachgedacht hab«, sagte sie. »Diese Restaurantscheiße, diese ekelhaften Leute, die durchgeknallten Köche, eine Speisekarte, die ich nicht lesen konnte, Bestellungen, die ich nicht aufschreiben konnte und die ich im Kopf behalten mußte – das war kein Zuckerlecken. Aber wenn ich auch nicht lesen kann – rechnen kann ich. Ich kann zusammenzählen. Ich kann abziehen. Ich kann keine Wörter lesen, aber ich weiß, wer Shakespeare ist. Ich weiß, wer Einstein ist. Ich weiß, wer den Bürgerkrieg gewonnen hat. Ich bin nicht blöd. Ich bin nur eine Analphabetin. Das ist ein kleiner Unterschied, aber es ist ein Unterschied. Zahlen sind was anderes. Mit Zahlen kenne ich mich aus, das kann ich dir sagen. Glaub nicht, daß ich gedacht habe, das wäre eine schlechte Idee.« Doch das brauchte sie Coleman nicht zu sagen. Er dachte nicht nur, daß sie es mit Siebzehn für eine gute Idee gehalten hatte, auf den Strich zu gehen, sondern auch, daß es eine Idee gewesen war, mit der sie nicht bloß gespielt hatte.

»Was macht man mit einem Mädchen, das nicht lesen kann?« hatte Lisa ihn in ihrer Verzweiflung gefragt. »Lesen ist der Schlüssel zu allem, und darum *muß* man was tun, aber es macht mich fertig. Im zweiten Jahr ist es angeblich schon besser, und im dritten ist es noch besser. Und das ist jetzt mein viertes Jahr.« »Und es ist nicht besser?« fragte er. »Es ist schwer. Es ist so schwer. Und mit jedem Jahr wird es schwerer. Aber wenn Einzelunterricht nicht hilft, was soll man dann machen?« Tja, was *er* mit dem Mädchen machte, das nicht lesen konnte: Er machte es zu seiner Geliebten. Farley hatte es zu seinem Sandsack gemacht. Der Kubaner hatte es zu seiner Hure gemacht, zu einer seiner Huren – das jedenfalls glaubte Coleman meistens. Und für wie lange? War es das, woran Faunia dachte, bevor sie wieder zur North Hall ging, um die Korridore fertigzuputzen? Dachte sie daran, wie lange das alles so weitergegangen war? Die Mutter, der Stiefvater, die Flucht vor dem Stiefvater, die Orte im Süden, die Orte im Norden, die Männer, die Prügel, die Jobs, die Heirat, die Farm, die Herde, der Konkurs, die Kinder, die beiden toten Kinder. Kein Wunder, daß ihr eine halbe Stunde in der Sonne und eine mit den Jungs geteilte Pizza wie das Paradies erscheint.

»Das ist mein Freund Coleman, Faunia. Er will bloß ein bißchen zusehen.«

»Okay«, sagt Faunia. Sie trägt einen Trägerrock aus grünem Kord, saubere weiße Strümpfe und glänzende schwarze Schuhe und ist nicht annähernd so unbekümmert wie Carmen, sondern ruhig, wohlerzogen und stets ein wenig niedergedrückt – ein hübsches weißes Mädchen aus dem Mittelstand mit langen, blonden, zu beiden Seiten des Kopfes von Schmetterlingsspangen gehaltenen Haaren, ein Mädchen, das, nachdem er vorgestellt worden ist, im Gegensatz zu Carmen keinerlei Neugier, keinerlei Interesse für ihn zeigt. »Hallo«, murmelt Faunia artig und macht sich gehorsam daran, die magnetischen Buchstaben zu ordnen. Sie schiebt die W, die T, die N, die S zusammen und gruppiert die Vokale in einer anderen Ecke der Tafel.

»Benutz beide Hände«, sagt Lisa, und Faunia tut, was man ihr sagt.

»Wie heißen die hier?« fragt Lisa.

Faunia liest sie. Sie liest alle Buchstaben richtig.

»Jetzt mal ein Wort, das sie kennt«, sagt Lisa zu ihrem Vater. »Leg mal KOPF, Faunia.«

Faunia tut es. Faunia legt KOPF.

»Gut gemacht. Jetzt ein Wort, das sie noch nicht kennt. Leg TOPF.«

Sie sieht die Buchstaben lange und angestrengt an, aber nichts passiert. Faunia legt nichts. Tut nichts. Wartet. Wartet darauf, daß etwas passiert. Hat ihr Leben lang darauf gewartet, daß etwas passiert. Es passiert immer etwas.

»Ich will, daß du den ersten Buchstaben veränderst, Faunia. Nun komm schon – das kannst du. Wie heißt der erste Buchstabe von KOPF?«

»K.« Sie entfernt das K und ersetzt es durch ein T.
»Gut gemacht. Und jetzt mach daraus ZOPF.«
Sie tut es. Zopf.
»Gut. Jetzt lies das Wort mit den Fingern.«
Faunia fährt mit dem Finger unter den Buchstaben entlang und spricht jeden einzelnen deutlich aus: »Ts! O! P! F!«
»Sie ist schnell«, sagt Coleman.
»Ja, aber das soll auch schnell gehen.«
In den anderen Ecken des großen Raums sind drei andere Kinder mit drei anderen Förderlehrerinnen, und so hört Coleman ringsum helle Kinderstimmen laut lesen und sich, ganz unabhängig vom Inhalt, nach demselben kindlichen Muster heben und senken. Er hört auch, was die anderen Lehrerinnen sagen. »Das kennst du – A wie ›Apfel‹ – A – A«, und: »Das kennst du – GEN, du kennst GEN«, und: »Du kennst ICH – sehr gut, gut gemacht«, und als er sich umsieht, bemerkt er, daß alle anderen Kinder ebenfalls Faunia sind. Überall sind Alphabettafeln aufgehängt, mit Bildern, die jeden Buchstaben illustrieren, und überall sind Plastikbuchstaben, die man in die Hand nehmen kann und die verschiedene Farben haben, damit es leichter ist, die Wörter Buchstaben für Buchstaben auszusprechen, und überall liegen einfache Bücher, in denen die allereinfachsten Geschichten erzählt werden: »... am Freitag fahren wir an den Strand. Am Samstag fahren wir zum Zoo.« »›Vater Bär, ist Kleiner Bär bei dir?‹ ›Nein‹, sagte Vater Bär.« »Am Morgen bellte ein Hund Sara an. Sie hatte Angst. Mama sagte: ›Hab keine Angst, Sara.‹« Und zusätzlich zu diesen Büchern und Geschichten und Saras und Hunden und Bären und Stränden gibt es vier Lehrerinnen, vier Lehrerinnen nur für Faunia, und trotzdem schaffen sie es nicht, ihr lesen beizubringen, wie es ihrem Alter entspräche.

»Sie ist in der ersten Klasse«, sagt Lisa zu ihrem Vater. »Wir hoffen, daß sie, wenn wir vier jeden Tag von früh bis spät mit ihr arbeiten, den Rückstand gegen Ende des Jahres aufgeholt haben wird. Aber es ist schwer, sie zu motivieren, so daß sie aus eigenem Antrieb etwas tut.«

»Ein hübsches kleines Mädchen«, sagt Coleman.

»Ja? Findest du sie hübsch? Gefällt dir dieser Typ? Ist das dein Typ, Dad, dieser hübsche Typ, der nur langsam lesen lernt, mit dem langen, blonden Haar und dem gebrochenen Willen und den Schmetterlingsspangen?«

»Das hab ich nicht gesagt.«

»Das brauchst du auch nicht. Ich hab dich beobachtet«, und sie weist auf die vier Faunias, die still vor den Tafeln sitzen und aus den bunten Buchstaben die Wörter KOPF, TOPF und ZOPF legen. »Als sie das erstemal mit den Händen das Wort ZOPF gelegt hat, konntest du deine Augen gar nicht von ihr abwenden. Tja, wenn dich das anmacht, hättest du sie mal im September sehen sollen. Im September hat sie ihren Vornamen *und* ihren Nachnamen falsch buchstabiert. Sie kam frisch von der Vorschule, und das einzige Wort auf der Liste, das sie erkannt hat, war ›nicht‹. Sie wußte nicht, daß Buchstaben eine Nachricht enthalten. Sie wußte nicht, daß die linke Seite vor der rechten Seite kommt. Sie kannte *Schneewittchen und die sieben Zwerge* nicht. ›Kennst du *Schneewittchen und die sieben Zwerge*, Faunia?‹ ›Nein.‹ Das bedeutet, daß ihre Kindergarten- und Vorschulzeit nicht sehr gut war – denn so was lernen sie dort: Märchen und Kinderlieder. Heute kennt sie immerhin *Rotkäppchen und der Wolf*, aber damals? Nie gehört. Ach, wenn du Faunia damals gesehen hättest, frisch gescheitert aus dem Kindergarten – ich garantiere dir, Dad, du wärst hingerissen gewesen.«

Was macht man mit einem Mädchen, das nicht lesen kann? Mit dem Mädchen, das irgendeinem Mann in seinem Pick-up in ihrer Einfahrt einen bläst, während oben, in der winzigen Wohnung über einer Garage, ihre Kinder schlafen, wie sie glaubt, und die kerosinbetriebene Heizsonne eingeschaltet ist – zwei unbeaufsichtigte Kinder, eine offene Flamme und dieser Typ in seinem Wagen. Mit dem Mädchen, das mit Vierzehn abgehauen und sein ganzes Leben lang auf der Flucht vor seinem unerklärlichen Leben ist. Mit dem Mädchen, das einen durchgeknallten Vietnamveteranen, der ihr an die Gurgel geht, wenn sie sich nur im Schlaf umdreht, heiratet, weil er eine Stütze und ein Beschützer sein wird. Mit dem Mädchen, das falsch ist, dem Mädchen, das lügt und sich versteckt, dem Mädchen, das nicht lesen kann, das *doch* lesen kann, das *vorgibt*, nicht lesen zu können, das diesen behindernden Makel bereitwillig auf sich nimmt, damit es sich um so besser als Angehörige einer Untergruppe ausgeben kann, der es nicht angehört und nicht angehören müßte, von der er aber, wie es aus völlig falschen Gründen will, glauben soll, daß es ihr angehört. Von der es selbst glauben soll, daß es ihr angehört. Mit dem Mädchen, dessen Leben mit Sieben eine Halluzination, mit Vierzehn eine Katastrophe und fortan ein Desaster war, dessen Berufung es ist, weder eine Kellnerin noch eine Hure oder Farmerin oder Putzfrau, sondern für immer die Stieftochter eines Lüstlings und die schutzlose Tochter einer Frau, die nur mit sich selbst beschäftigt ist, zu sein, dem Mädchen, das jedem mißtraut, das in jedem einen Betrüger sieht und doch gegen nichts gefeit ist, dessen Fähigkeit, unerschrocken weiterzumachen, enorm ist und das im Leben dennoch so gut wie gar nicht vorangekommen ist, mit dem Mädchen, dem alles Widerwärtige, das einem passieren kann, passiert ist, dessen Glück keinerlei Anstalten macht, sich zu wenden, und das ihn dennoch begeistert und erregt wie keine andere Frau seit Steena, das nicht der abstoßendste, sondern – moralisch betrachtet – der *am wenigsten* abstoßende Mensch ist, den er kennt, der einzige Mensch, zu dem er sich hingezogen fühlt, weil er, Coleman, so lange in die entgegengesetzte Richtung gegangen ist und dabei so viel *verpaßt* hat und weil ihn das unterschwellige Gefühl moralischer Lauterkeit, das ihn zuvor auf Kurs gehalten hat, jetzt gerade vorantreibt, was macht man mit der ungleichen Vertrauten, mit der ihn geistig ebensoviel verbindet wie körperlich, die alles andere als ein Spielzeug ist, auf das er sich zweimal pro Woche wirft, um die animalische Seite seines Wesens zu kräftigen, und die ihm mehr als jeder andere Mensch auf dieser Welt eine Waffengefährtin ist.

Was macht man also mit einem solchen Mädchen? Man geht zur nächsten Telefonzelle und berichtet seinen idiotischen Fehler.

Er denkt, daß sie daran denkt, wie lange sie das alles schon mit sich herumträgt: die Mutter, den Stiefvater, die Orte im Norden, die Männer, die Prügel, die Jobs, die Heirat, die Farm, die Herde, den Konkurs, die Kinder, die beiden toten Kinder ... und vielleicht tut sie das ja auch. Vielleicht tut sie das auch, selbst wenn sie jetzt, da sie allein auf dem Rasen liegt und die Jungs ihre Zigaretten rauchen und den Abfall einsammeln, denkt, daß sie an Krähen denkt. Sie denkt oft an Krähen. Sie sind überall. Sie haben ihre Nester im

Wald, nicht weit von dem Bett, in dem sie schläft, sie sind auf der Weide, wenn sie den Elektrozaun für die Kühe versetzt, und heute ist ihr Krächzen über dem Campus zu hören, und darum denkt sie jetzt, anstatt zu denken, was Coleman denkt, daß sie denkt, darum denkt sie an die Krähe, die sich immer vor dem Laden in Seeley Falls herumtrieb, wo sie nach dem Brand und vor ihrem Umzug auf die Farm das möblierte Zimmer hatte und sich vor Farley versteckte, an die Krähe, die immer auf dem Parkplatz zwischen dem Postamt und dem Laden herumstolzierte, die Krähe, die irgend jemand handzahm gemacht hatte, weil sie verlassen oder die Mutter getötet worden war – Faunia weiß nicht, wodurch sie zur Waise geworden ist. Und jetzt war sie ein zweites Mal verlassen worden und trieb sich auf dem Parkplatz herum, wo im Lauf des Tages fast jeder, der dort wohnte, vorbeikam. Diese Krähe schuf in Seeley Falls einige Probleme, denn sie gewöhnte sich an, im Sturzflug auf die Postkunden herabzustoßen und nach den Haarspangen kleiner Mädchen zu picken – weil es eben der Natur von Krähen entspricht, glitzernde Gegenstände und Glasscherben und so weiter zu sammeln –, und so beschloß die Postmeisterin, nach Rücksprache mit einigen interessierten Bürgern, sie zum Vogelschutzbund zu bringen, wo sie in eine Voliere gesperrt wurde und nur gelegentlich frei herumfliegen durfte; man konnte sie nicht irgendwo anders aussetzen, weil sich ein Vogel, dessen liebster Aufenthaltsort ein Parkplatz ist, in keinen Schwarm einfügt. Die Stimme dieser Krähe. Faunia denkt zu allen möglichen Zeiten daran, tagsüber oder nachts, ganz gleich, ob sie wach ist oder nicht schlafen kann. Sie hatte eine eigenartige Stimme. Nicht wie die Stimme anderer Krähen, wahrscheinlich weil sie nicht von Krähen aufgezogen worden war. Nach dem Brand bin ich oft zum Vogelschutzbund gefahren und hab sie besucht, und wenn ich dann gehen wollte, hat sie mich mit dieser Stimme gerufen. Ja, in einer Voliere, aber so, wie die Dinge lagen, war sie dort wohl am besten aufgehoben. Es gab dort noch andere Vögel, die irgendwelche Leute gebracht hatten, weil sie in freier Wildbahn nicht mehr hätten überleben können. Ein paar kleine Eulen. Gefleckte Dinger, die aussahen wie Spielzeug. Die Eulen hab ich auch besucht. Und einen Zwergfalken, der immer durchdringend geschrien hat. Hübsche Vögel. Und dann bin ich hierhergezogen, und weil ich so allein war, hab ich die Krähen besser kennengelernt als je zuvor. Und sie mich. Ihr Sinn für Humor. Kann man das so sagen? Vielleicht ist es gar kein Sinn für Humor. Aber mir kommt es so vor. Wie sie herumlaufen. Wie sie den Kopf einziehen. Wie sie mich anschreien, wenn ich ihnen kein Brot mitgebracht habe. Los, bring uns Brot, Faunia. Sie stolzieren. Sie scheuchen die anderen Vögel herum. Am Samstag bin ich heimgekommen, nachdem ich mich bei Cumberland mit dem Rotschwanzfalken unterhalten habe, und habe zwei Krähen hinten im Obstgarten gehört. Ich wußte gleich, daß irgend etwas los war. Dieses alarmierende Krähenkrächzen. Und richtig: Da waren drei Vögel – zwei Krähen, die diesen Falken ankrächzten. Vielleicht genau den, mit dem ich vor ein paar Minuten geredet hatte. Sie jagten ihn. Offenbar hatte der Rotschwanzfalke nichts Gutes im Sinn. Aber einen Falken angreifen? Ist das eine gute Idee? Es hat ihnen bestimmt Punkte bei den anderen Krähen eingebracht, aber ich weiß nicht, ob ich das tun würde. Können sie es sogar bloß zu zweit mit einem Falken aufnehmen? Aggressive Scheißer! Ziemlich draufgängerisch. Gut für sie. Ich hab mal ein Foto gesehen: Eine Krähe steht vor einem Adler und krächzt ihn an. Der Adler kümmert sich einen Scheiß um sie. Sieht sie nicht mal an. Aber Krähen sind schon was. Wie sie fliegen. Nicht so elegant wie Raben, die im Fliegen diese schönen, wunderbaren Kunststückchen machen. Sie haben einen großen Körper, und trotzdem müssen sie beim Start nicht Anlauf nehmen. Ein paar Schritte reichen. Ich hab es beobachtet. Es ist mehr wie eine gewaltige Anstrengung. Sie machen diese gewaltige Anstrengung, und dann sind sie in der Luft. Wenn ich mit den Kindern zu Friendly's zum Essen gefahren bin. Vor vier Jahren. Da waren immer unzählige Krähen. Das Friendly's in der East Main Street in Blackwell. Am späten Nachmittag. Bevor es dunkel wurde. Unzählige Krähen rings um den Parkplatz. Der Krähenkongreß bei Friendly's. Was finden Krähen bloß an Parkplätzen? Was machen sie da? Wir werden's nie rausfinden, genausowenig wie alles andere. Im Vergleich zu Krähen sind alle anderen Vögel ziemlich langweilig. Okay, Blauhäher haben dieses phantastische Hüpfen. Das Trampolinhüpfen. Das ist nicht schlecht. Aber Krähen können hüpfen *und* ihre Brust rausstrecken. Sehr beeindruckend. Sie drehen den Kopf nach links und rechts und checken den Laden aus. O ja, heiße Typen. Sie sind die coolsten. Und dann dieses Krächzen. Dieses laute, kurze Krächzen. Hör es dir an. Hör genau hin. Ach, ich liebe es. So miteinander in Verbindung zu bleiben. Diese dringlichen Warnschreie. Ich liebe das. Dann renne ich raus, und wenn's fünf Uhr morgens ist – ganz egal. Der dringliche Warnschrei, und ich renne raus, und dann fängt die Vorstellung jeden Augenblick an. Bei den anderen Schreien weiß ich nicht so genau, was sie bedeuten. Vielleicht nichts. Manchmal ist es ein kurzer Ruf. Manchmal klingt er ganz kehlig. Nicht zu verwechseln mit den Rufen der Raben. Krähen paaren sich mit Krähen und Raben mit Raben. Es ist ein Wunder, daß sie sich nie vertun. Jedenfalls nicht daß ich wüßte. Jeder, der sagt, daß sie bloß häßliche Aasfresser sind – und das sagen fast alle –, ist verrückt. Ich finde sie schön. O ja. Wunderschön. Wie geschmeidig sie sind. Wie sie glänzen. Ihr Schwarz ist so schwarz, daß es manchmal dunkelviolett ist. Ihre Köpfe. Diese Haare an der Schnabelwurzel, dieser Schnurrbart, diese Haare, die aus den Federn sprießen. Wahrscheinlich gibt's dafür ein Wort, einen Namen. Aber Namen sind unwichtig. Immer. Wichtig ist bloß, daß sie da sind, diese Haare. Und keiner weiß, warum. Sie sind wie alles andere: einfach da. Und ihre Augen sind immer schwarz. Alle haben schwarze Augen. Und schwarze Krallen. Wie ist es zu fliegen? Raben kreisen hoch in der Luft, aber Krähen scheinen immer nur einfach dorthin zu fliegen, wo sie hinwollen. Soweit ich das beurteilen kann, fliegen sie nicht einfach bloß so herum. Sollen die Raben doch kreisen. Sollen sie sich doch hoch in die Lüfte schwingen. Sollen sie doch Kilometer fressen und Rekorde brechen und Preise einsacken. Die Krähen wollen bloß von einem Ort zum anderen. Sie hören, daß ich Brot habe, also kommen sie her. Sie hören, daß jemand anders, drei Kilometer weiter, Brot hat, also fliegen sie hin. Wenn ich ihnen Brot hinwerfe, steht immer eine Krähe Wache, und eine andere ist noch weiter entfernt, und sie rufen sich was zu, nur damit alle Bescheid wissen. Schwer zu glauben, daß einer auf den anderen aufpaßt, aber es scheint so zu sein. Ich werde nie die wunderbare Geschichte vergessen, die mir mal eine Freundin erzählt hat, als ich noch ein Kind war. Sie hatte sie von ihrer Mutter. Da waren Krähen, die so schlau waren, daß sie Nüsse, die sie nicht knacken konnten, zur Landstraße brachten. Dort war eine Ampel, und die Krähen beobachteten die Ampel und wußten genau, wann die Autos losfahren würden – sie waren so intelligent, daß sie wußten, daß das was mit der Ampel zu tun hatte –, und sie legten die Nüsse genau vor die Räder der Autos, damit die sie knackten, und wenn die Ampel auf Rot schaltete, flogen sie wieder hin und holten sich die Nüsse. Damals hab ich das geglaubt. Damals hab ich alles geglaubt. Und jetzt, wo ich sie kenne und sonst niemanden, glaube ich es wieder. Ich und die Krähen. Das ist die Sache. Halt dich an die Krähen, und dir kann nichts passieren. Ich hab gehört, daß sie sich gegenseitig das Gefieder putzen. Hab's allerdings noch nie gesehen. Ich hab sie schon dicht beieinandersitzen sehen und mich gefragt, was sie da eigentlich machen. Aber sie scheinen es nie zu tun. Scheinen sich nicht mal selbst das Gefieder zu putzen. Aber andererseits wohne ich ja bloß in der Nähe ihrer Bäume und nicht mitten unter ihnen. Ich wollte, es wäre so. Ich wäre lieber eine Krähe. Ja, ganz eindeutig. Kein Zweifel. Ich würde sehr gern eine Krähe sein. Wenn sie von irgendwem oder irgendwas wegwollen, brauchen sie nicht lange nachzudenken. Sie fliegen einfach weg. Sie brauchen nichts einzupacken. Sie fliegen einfach weg. Wenn irgendwas sie erwischt, dann war's das, dann ist es vorbei. Ein Flügel gebrochen – vorbei. Ein Fuß gebrochen – vorbei. Viel besser als so. Vielleicht komme ich als Krähe zurück. Was war ich, bevor ich als das, was ich bin, zurückgekommen bin? Ich war eine Krähe! Ja! Ich war eine Krähe! Und dann hab ich gedacht: »Ach Gott, ich wär so gern diese Frau da unten, die mit dem großen Busen.« Und dann ist mein Wunsch in Erfüllung gegangen, und jetzt will ich um alles in der Welt wieder eine Krähe sein. Krah, krah! Ich will wieder meinen Status Krah. Kein schlechter Name für eine Krähe. Status. Kein schlechter Name für was Schwarzes, Großes. Status. Als Kind hab ich auf alles geachtet. Ich hab Vögel geliebt. Besonders Krähen und Falken und Eulen. Ich seh noch immer Eulen, nachts, wenn ich von Coleman nach Hause fahre. Dann muß ich einfach aussteigen und mit ihnen reden. Sollte ich nicht tun. Ich sollte direkt nach Hause fahren, bevor dieses Schwein mich umbringt. Was denken Krähen, wenn sie andere Vögel singen hören? Sie denken, daß das blöd ist.

Ist es ja auch. Krächzen – das ist es. Zu einem Vogel, der so herumstolziert, paßt es einfach nicht, ein schönes kleines Liedchen zu singen. Nein, krächz, was du kannst. Das ist die Sache: Krächz, was du kannst, hab keine Angst vor irgendwas und friß alles, was tot ist. Wenn man so fliegen will, muß man jeden Tag eine Menge überfahrene Tiere essen. Machen sich nicht die Mühe, sie irgendwohin zu schleppen, sondern fressen sie gleich auf der Straße. Wenn ein Wagen kommt, warten sie bis zum letzten Augenblick, und dann flattern sie weg, aber nur so weit, daß sie gleich wieder hinhüpfen können, wenn der Wagen vorbei ist. Fressen mitten auf der Straße. Ich frage mich, was passiert, wenn das Fleisch schlecht wird. Vielleicht wird es für sie gar nicht schlecht. Vielleicht ist das die eigentliche Aufgabe eines Aasfressers. Die Krähen und die Geier – das ist ihre Aufgabe. Sie kümmern sich um all die Dinge im Wald und auf der Straße, mit denen wir nichts zu tun haben wollen. In dieser Welt bleibt keine Krähe hungrig. Sie findet immer was zu fressen. Wenn etwas verfault, drehen sich die Krähen nicht um und fliegen weg. Wenn etwas tot ist, sind sie da. Wenn etwas tot ist, kommen sie und holen sich's. Das gefällt mir. Das gefällt mir sehr. Friß den Waschbären, ganz egal, wie er aussieht. Warte darauf, daß ein Lastwagen das Rückgrat aufknackt, und dann geh hin und hol dir das leckere Zeug da drin, das du brauchst, um diesen schönen schwarzen Körper in die Luft zu schwingen. Gut, sie benehmen sich manchmal seltsam. Wie alle anderen auch. Ich sehe sie auf den Bäumen sitzen, dicht zusammengedrängt, und sie reden und schreien, und irgendwas ist los. Aber was es ist, werd ich nie rauskriegen. Es gibt da irgendwas Starkes, aber ich hab nicht die leiseste Ahnung, ob sie selbst wissen, was es eigentlich ist. Es könnte genauso sinnlos sein wie alles andere, aber ich wette, das ist es nicht. Ich wette, es ist eine Million Male sinnvoller als alles andere verdammte Scheißzeug hier unten. Oder nicht? Oder ist es vielleicht bloß ein Haufen Zeug, das anders aussieht, es aber in Wirklichkeit gar nicht ist? Vielleicht ist es bloß ein genetischer Tick. Oder Tack. Stell dir mal vor, die Krähen hätten das Sagen. Wäre das Leben dann genauso beschissen wie jetzt? Das Tolle an ihnen ist ja, daß sie so durch und durch praktisch sind. In der Art, wie sie fliegen. In der Art, wie sie miteinander reden. Sogar in ihrer Farbe. All diese

Schwärze. Nichts als Schwarz. Vielleicht war ich mal eine, vielleicht auch nicht. Manchmal denke ich, daß ich jetzt schon eine bin. Ja, das denke ich seit Monaten hin und wieder. Warum nicht? Es gibt Männer, die in einem Frauenkörper stecken, und Frauen, die in einem Männerkörper stecken – warum sollte ich nicht eine Krähe sein, die in diesem Menschenkörper steckt? Ja, und wo ist der Arzt, der tut, was nötig ist, um mich daraus zu befreien? Wo kann ich mich operieren lassen, um das zu werden, was ich eigentlich bin? Mit wem muß ich sprechen? Wohin muß ich gehen und was muß ich tun und wie zum Teufel komme ich hier raus?

Ich bin eine Krähe. Ich weiß es. Ich weiß es!

Im Gebäude der Studentenvertretung, auf halbem Weg von der North Hall den Hügel hinunter, fand Coleman eine Telefonzelle im Korridor gegenüber der Cafeteria, in der die betagten Sommerstudenten ihr Mittagessen einnahmen. Durch die verglaste Doppeltür konnte er die langen Tische sehen, an denen die Paare buntgemischt und gutgelaunt aßen.

Jeff war nicht zu Hause – in Los Angeles war es jetzt zehn Uhr morgens, und es meldete sich nur der Anrufbeantworter, und so suchte Coleman in seinem Adreßbuch nach der Nummer seines Büros in der Universität und hoffte, daß Jeff noch nicht im Seminar war. Was der Vater seinem ältesten Sohn zu sagen hatte, duldete keinen Aufschub. Das letztemal hatte er Jeff in einem mit dem jetzigen vergleichbaren Zustand angerufen, um ihm zu sagen, daß Iris gestorben war. »Sie haben sie umgebracht. Sie wollten mich umbringen, aber statt dessen haben sie Iris erwischt.« Das war, was er allen gesagt hatte, und zwar nicht nur in den ersten vierundzwanzig Stunden. Das war der Beginn der Auflösung gewesen: Die Wut hatte ihn voll und ganz in Anspruch genommen. Doch das ist jetzt vorbei. Vorbei – das ist die Nachricht, die er seinem Sohn mitteilen will. Und sich selbst. Die Verbannung aus seinem früheren Leben ist vorbei. Er will zufrieden sein mit etwas weniger Grandiosem als dem selbstgewählten Exil und der übergroßen Anstrengung, die ihn das kostet. Er will bescheiden mit seinem Scheitern leben, sich wieder als ein vernunftbegabtes Wesen organisieren und den Schmerz und die Empörung aus seinen Gedanken verbannen. Wenn er unnachgiebig ist, dann will er es lautlos sein. Friedlich. Würdige Kontemplation – das ist die Sache, wie Faunia sagen würde. Er will auf eine Weise leben, die nicht an Philoktetes gemahnt. Er braucht nicht wie eine der tragischen Figuren aus seinen Seminaren zu leben. Daß einem das Ursprüngliche wie eine Lösung erscheint, ist nichts Neues – das tut es immer. Das Begehren verändert alles. Es ist die Antwort auf alles, was zerstört wurde. Aber den Skandal verlängern, indem man im Protest verharrt? Meine Dummheit in aller Munde. Meine Verblendung in aller Munde. Krasseste Sentimentalität. Wehmütige Erinnerungen an Steena. Scherzhaftes Tanzen mit Zuckerman. Ich habe mich ihm anvertraut, mit ihm meine Erinnerungen geteilt, ihn zuhören lassen. Sein schriftstellerisches Gespür für die Realität geschärft. Dem Geist des Schriftstellers, diesem unersättlichen opportunistischen Schlund, Nahrung gegeben. Er verwandelt jede Katastrophe in beschriebenes Papier. Für ihn ist eine Katastrophe nichts als Kanonenfutter. Aber in was kann *ich* dies alles verwandeln? An mir bleibt es hängen. So, wie es ist. Ohne Sprache, Gestalt, Struktur, Bedeutung – ohne die drei Einheiten, ohne die Katharsis, ohne alles. Es kommt nur noch mehr des unverwandelten Unvorhergesehenen. Warum sollte man mehr davon wollen? Und doch ist die Frau, die Faunia ist, das Unvorhergesehene. Orgasmisch verschmolzen mit dem Unvorhergesehenen. Konventionen unerträglich. Die Prinzipien der Rechtschaffenheit unerträglich. Der Kontakt mit ihrem Körper das einzige Prinzip. Nichts Wichtigeres als das. Und die Kraft ihrer Verächtlichkeit. Durch und durch anders. Der Kontakt *damit*. Die Verpflichtung, mein Leben ihrem Leben und seinen Launen unterzuordnen. Seinen Verirrungen. Seinen Nachlässigkeiten. Seiner Fremdheit. Der Genuß dieses elementaren Eros. Nimm den Hammer, den Faunia darstellt, und zerschlag alles Überlebte, all die überhöhten Rechtfertigungen. Brich durch die Mauer in die Freiheit. Freiheit wovon? Von der dummen Herrlichkeit, im Recht zu sein. Von der lächerlichen Jagd nach Bedeutung. Von dem immerwährenden Kampf um Rechtschaffenheit. Die Wucht der Freiheit mit Einundsiebzig, der Freiheit, ein ganzes Leben hinter sich zu lassen – auch bekannt unter der Bezeichnung Aschenbachscher Wahnsinn. »Und noch desselben Tages« – die letzten Worte von *Tod in Venedig* – »empfing eine respektvoll erschütterte Welt die Nachricht von seinem Tode.« Nein, er braucht nicht wie eine tragische Figur in *irgendeinem* Seminar zu leben.

»Jeff! Hier ist Dad. Dein Vater.«

»Oh, hallo. Wie geht's?«

»Jeff, ich weiß, warum du dich nicht gemeldet hast, warum Michael sich nicht gemeldet hat. Von Mark erwarte ich nicht, daß er sich meldet – und Lisa hat das letztemal, als ich sie angerufen habe, einfach aufgelegt.«

»Sie hat mich angerufen. Sie hat's mir erzählt.«

»Hör zu, Jeff – meine Affäre mit dieser Frau ist vorbei.«

»Tatsächlich? Wieso?«

Er denkt: Weil es für sie keine Hoffnung gibt. Weil Männer sie grün und blau geprügelt haben. Weil ihre Kinder bei einem Brand umgekommen sind. Weil sie eine Putzfrau ist. Weil sie keine Schulbildung hat und nicht lesen kann. Weil sie mit Vierzehn weggelaufen und seitdem auf der Flucht ist. Weil sie mich nicht mal fragt: »Was machst du eigentlich mit mir?« Weil sie weiß, was *alle* mit ihr machen. Weil sie alles kennt und es keine Hoffnung gibt.

Aber zu seinem Sohn sagt er nur: »Weil ich meine Kinder nicht verlieren will.«

Mit einem ganz leisen Lachen sagte Jeff: »Das kannst du gar nicht, und wenn du dich auf den Kopf stellst. Mich könntest du jedenfalls nicht verlieren. Und Mike oder Lisa ebenfalls nicht, glaube ich. Mit Markie ist es was anderes. Markie sehnt sich nach etwas, was keiner von uns ihm geben kann. Nicht nur du – keiner von uns. Markie ist ein wirklich trauriger Fall. Aber daß wir *dich* verloren haben? Daß wir dich verloren haben, seit Mutter gestorben ist und du dich vom College zurückgezogen hast? Das war etwas, mit dem wir leben mußten, Dad. Keiner wußte, was man dagegen tun konnte. Seit du den Krieg gegen das College begonnen hast, war es nicht leicht, zu dir durchzudringen.«

»Das ist mir klar«, sagte Coleman. »Das verstehe ich.« Doch das Gespräch dauerte erst zwei Minuten und war für ihn bereits unerträglich. Daß sein vernünftiger, supertüchtiger, unbeschwerter ältester Sohn, das gelassenste seiner Kinder, so entspannt über das Familienproblem sprach, und zwar mit dem Vater, der das Problem *war,* erschien ihm ebenso schwer zu ertragen wie die Gespräche mit seinem irrationalen jüngsten Sohn, der über seinen Vater in blinde Wut geriet und durchdrehte. Wie übermäßig er ihre Sympathie in Anspruch genommen hatte – die Sympathie seiner eigenen Kinder! »Ich verstehe«, sagte Coleman noch einmal, und daß er verstand, machte alles nur noch schlimmer.

»Ich hoffe, ihr ist nichts allzu Schlimmes passiert«, sagte Jeff.

»Ihr? Nein. Ich bin bloß zu dem Schluß gekommen, daß es reicht.« Er hatte Angst, mehr zu sagen, denn er fürchtete, er könnte etwas ganz anderes sagen.

»Das ist gut!« sagte Jeff. »Ich bin sehr erleichtert. Daß es keine Nachwirkungen gegeben hat – so klingt es jedenfalls. Das ist sehr gut.«

Nachwirkungen?

»Ich verstehe nicht«, sagte Coleman. »Wieso Nachwirkungen?«

»Dann bist du also frei und unbelastet? Dann bist du wieder du selbst? Du klingst so wie seit Jahren nicht. Daß du angerufen hast – das ist alles, was zählt. Ich habe gewartet und gehofft, und jetzt hast du angerufen. Mehr gibt es nicht zu sagen. Du bist wieder da. Das war es, worüber wir uns Sorgen gemacht haben.«

»Ich bin verwirrt, Jeff. Klär mich auf. Ich weiß nicht, wovon wir hier sprechen. Was für Nachwirkungen?«

Jeff hielt inne, bevor er sprach, und als er sprach, tat er es zögernd. »Nachwirkungen der Abtreibung. Des Selbstmordversuchs.«

»Faunia?«

»Ja.«

»Hatte eine Abtreibung? Hat versucht, sich das Leben zu nehmen? Wann?«

»Dad, jeder in Athena hat es gewußt. So haben wir davon erfahren.«

»Jeder? Wer ist jeder?«

»Hör zu, Dad, wenn es keine Nachwirkungen –«

»Es ist nie passiert, Junge, darum gibt es auch keine ›Nachwirkungen‹. *Es ist nie passiert.* Es gab keine Abtreibung, es gab keinen Selbstmordversuch – jedenfalls nicht daß ich wüßte. Und nicht daß sie wüßte. Aber wer ist *jeder*? Verdammt, wenn du so eine Geschichte hörst, so eine idiotische Geschichte, warum greifst du dann nicht zum Hörer, warum kommst du dann nicht zu *mir*?«

»Weil es nicht meine Aufgabe ist, zu dir zu kommen. Ich komme nicht zu einem Mann deines Alters –«

»Nein, das tust du nicht. Statt dessen glaubst du, was man dir über einen Mann meines Alters erzählt, ganz gleich, wie lächerlich, wie bösartig und absurd es ist.«

»Wenn ich einen Fehler gemacht habe, dann tut es mir wirklich leid. Du hast recht. Natürlich hast du recht. Aber es war für uns alle eine schwere Zeit. Mit dir zu sprechen war nicht besonders –«

»Wer hat es dir erzählt?«

»Lisa. Lisa hat es zuerst erfahren.«

»Und von wem hat Lisa es gehört?«

»Von verschiedenen Leuten. Von Freundinnen.«

»Ich will Namen. Ich will wissen, wer ›jeder‹ ist. Welche Freundinnen.«

»Alte Freundinnen. Aus Athena.«

»Ihre lieben Freundinnen aus der Schulzeit. Die Sprößlinge meiner Kollegen. Ich frage mich, wer ihnen das erzählt hat.«

»Es gab also keinen Selbstmordversuch«, sagte Jeff.

»Nein, Jeffrey, es gab keinen Selbstmordversuch. Und, soviel ich weiß, auch keine Abtreibung.«

»Dann ist ja alles gut.«

»Und wenn doch? Wenn ich diese Frau tatsächlich geschwängert hätte und sie eine Abtreibung hätte machen lassen und sie danach versucht hätte, sich umzubringen? Stell dir mal vor, Jeff, sie hätte sich tatsächlich umgebracht. Was dann? *Was dann, Jeff?* Die Geliebte deines Vaters bringt sich um. Was dann? Wendest du dich gegen deinen Vater? Deinen verbrecherischen Vater? Nein, nein, nein, Jeff – gehen wir noch mal zurück, einen Schritt zurück, zu dem Selbstmord*versuch*. Ha, das ist gut. Ich frage mich, wer sich das ausgedacht hat, diesen Selbstmord*versuch*. Versucht sie wegen der Abtreibung, sich umzubringen? Laß uns dieses Melodram, das Lisa von ihren Freundinnen gehört hat, ergründen. Weil sie keine Abtreibung *will*? Weil ihr die Abtreibung *aufgezwungen* wurde? Ah, jetzt verstehe ich. Jetzt verstehe ich die Grausamkeit. Eine Frau, die ihre beiden kleinen Kinder bei einem Brand verloren hat, wird von ihrem Geliebten schwanger. Sie ist überglücklich. Ein neues Leben. Eine neue Chance. Ein neues Kind, das die beiden toten ersetzen wird. Aber der Geliebte sagt *nein* und schleift sie an den Haaren zum Abtreibungsarzt, und dann, nachdem er ihr seinen Willen aufgezwungen hat, nimmt er ihren nackten, blutenden Körper –«

Inzwischen hatte Jeff aufgelegt.

Aber Coleman brauchte Jeff nicht mehr, um weiterzumachen. Er brauchte nur die Paare der Sommerstudenten zu sehen, die in der Cafeteria ihren Kaffee austranken, bevor sie wieder in ihre Seminare zurückkehrten, er brauchte nur zu hören, wie sie entspannt plauderten und ihren Spaß hatten, die anständigen Senioren, die aussahen, wie sie aussehen sollten, und klangen, wie sie klingen sollten, und schon dachte er, daß nicht einmal die konventionellen Dinge, die er getan hatte, ihm irgendeine Erleichterung brachten. Nicht nur, daß er Professor gewesen war, nicht nur, daß er Dekan gewesen war, nicht nur, daß er trotz allem immer mit derselben großartigen Frau verheiratet gewesen war, sondern auch, daß er eine Familie, daß er intelligente Kinder hatte – das alles brachte ihm gar nichts. Wenn irgendwelche Kinder imstande sein sollten, das zu verstehen, dann doch seine. All die Vorschulerziehung. All das Vorlesen. Die Enzyklopädien. Die Vorbereitungen auf die Klassenarbeiten. Die Gespräche beim Abendessen. Die endlosen, von Iris, von ihm gegebenen Erklärungen der Vielgestaltigkeit des Lebens. Die Betrachtungen über Sprache. All das Zeug, das wir getan haben, und dann kommen sie mir mit dieser Mentalität? Nach all den Schulen, all den Büchern, all den Worten, all den überragenden Noten ist das einfach unerträglich. Nachdem wir sie immer ernst genommen haben – sogar wenn sie etwas Dummes gesagt haben, sind wir immer ernsthaft darauf eingegangen. Nachdem wir so großen Wert auf die Entwicklung der Vernunft, des Geistes, des phantasievollen Mitgefühls gelegt haben. Und auch auf die Skepsis, die sich auf Fakten stützende Skepsis. Auf selbständiges Denken. Und dann glauben sie dem erstbesten Gerücht? All die Erziehung, aber sie hilft gar nichts. Nichts kann sie vor den niedrigsten Gedanken schützen. Nicht einmal die Frage: »Aber sieht das unserem Vater ähnlich? Klingt das so, als könnte es stimmen?« Statt dessen haltet ihr euren Vater für einen klaren Fall. Ihr durftet nie fernsehen, und trotzdem verhaltet ihr euch wie in einer Seifenoper. Ihr durftet nur die griechischen Klassiker oder Gleichwertiges lesen, und nun verwandelt ihr das Leben in eine viktorianische Seifenoper. Ich habe eure Fragen beantwortet. Alle eure Fragen. Ich habe nie eine übergangen. Ihr habt mich nach euren Großeltern gefragt, ihr habt mich gefragt, wer sie waren, und ich habe es euch gesagt. Eure Großeltern sind gestorben, als ich noch jung war. Grandpa, als ich auf der Highschool war, Grandma, als ich in der Navy war. Als ich aus dem Krieg zurückkam, hatte der Vermieter schon längst alles auf die Straße geworfen. Es war nichts mehr da. Er sagte, er habe es sich nicht leisten können, bla, bla, bla, er habe keine Miete mehr bekommen. Ich hätte dieses Schwein umbringen können. Fotoalben. Briefe. Sachen aus meiner Kindheit, aus *ihrer* Kindheit, alles, alles weg, das ganze Zeug. »Wo waren sie geboren? Wo haben sie gelebt?« Sie waren in New Jersey geboren, die ersten in ihren Familien, die hier zur Welt gekommen sind. Mein Vater war Wirt. Ich glaube, sein Vater, euer Urgroßvater, hatte in Rußland eine Wirtschaft. Hat den Rußkis Schnaps verkauft. »Haben wir irgendwelche Onkel und Tanten?« Mein Vater hatte einen Bruder, der nach Kalifornien ging, als ich noch klein war, und meine Mutter war ein Einzelkind wie ich. Nach mir konnte sie keine Kinder mehr bekommen – warum, weiß ich nicht. Der Bruder, der ältere Bruder meines Vaters, behielt den Namen Silberzweig – soviel ich weiß, hat er den geänderten Namen nie angenommen. Jack Silberzweig. Er war in der alten Heimat geboren, und darum behielt er den Namen. Bevor wir von San Francisco aus in See stachen, hab ich sämtliche kalifornische Telefonbücher durchsucht, um ihn zu finden. Er hatte sich mit meinem Vater zerstritten. Mein Vater hielt ihn für einen Faulpelz und wollte nichts mit ihm zu tun haben, und darum wußte niemand, in welcher Stadt Onkel Jack eigentlich lebte. Ich habe in allen Telefonbüchern gesucht. Ich wollte ihm sagen, daß sein Bruder gestorben war. Ich wollte ihn kennenlernen. Meinen einzigen lebenden Verwandten väterlicherseits. Es war mir egal, ob er ein Faulpelz war. Ich wollte seine Kinder, meine Vettern und Cousinen, kennenlernen, wenn es welche gab. Ich sah unter Silberzweig nach. Ich sah unter Silk nach. Ich sah unter Silber nach. Vielleicht hatte er in Kalifornien seinen Namen in Silber geändert. Ich wußte es nicht. Und ich weiß es noch immer nicht. Ich habe keine Ahnung. Und dann hab ich aufgehört nachzuforschen. Wenn man keine eigene Familie hat, beschäftigt man sich eben mit solchen Sachen. Aber dann wurdet ihr geboren, und ich machte mir keine Gedanken mehr über meinen Onkel und meine Vettern und Cousinen ... Jedes Kind hörte dieselbe Geschichte. Und der einzige, der sich nicht damit zufriedengab, war Mark. Die älteren Jungen stellten nicht viele Fragen, aber die Zwillinge waren hartnäckig. »Hat es früher schon Zwillinge in der Familie gegeben?« Soviel ich weiß – ich glaube, das hat man mir mal erzählt –, gab es mal einen Ur- oder Ururgroßvater, der ein Zwilling war. Das war die Geschichte, die er auch Iris erzählt hatte. Er hatte alles für Iris erfunden. Es war die Geschichte, die er ihr in der ersten Nacht in der Sullivan Street erzählt hatte, und dabei blieb er – sie war die Matrize. Und Mark war der einzige, der nie zufrieden war. »Woher kamen unsere Urgroßeltern?« Aus Rußland. »Aber aus welcher Stadt?« Ich habe meinen Vater und meine Mutter gefragt, aber sie schienen es selbst nicht genau zu wissen. Einmal war es diese Stadt, ein anderes Mal eine andere. Eine ganze Generation von Juden war so. Sie wußten es eben nicht genau. Die alten Leute sprachen nicht viel darüber, und die in Amerika geborenen Kinder waren nicht so neugierig. Die waren stolz darauf, Amerikaner zu sein. Darum gab es in meiner Familie, wie in so vielen anderen, diese allgemeine jüdische Geographieamnesie. Wenn ich gefragt habe, kriegte ich immer die Antwort: »Rußland.« Doch Markie sagte: »Aber Rußland ist riesig, Dad. *Wo* in Rußland?« Markie gab einfach keine Ruhe. Und warum? *Warum?* Es gab keine Antwort. Markie wollte wissen, wer sie waren und woher sie stammten – all das, was sein Vater ihm nicht geben konnte. Und darum ist er orthodoxer Jude geworden? Darum schreibt er seine biblischen Protestgedichte? Darum haßt Markie ihn so? Unmöglich. Immerhin gab es da noch die Gittelmans. Die Großeltern Gittelman. Die Gittelman-Onkel und -Tanten. Kleine Gittelman-Vettern und -Cousinen, über ganz New Jersey verstreut. Reichte das nicht? Wie viele Verwandte brauchte er denn? Mußte er auch noch Silks und Silberzweigs haben? Das konnte doch nicht der Vorwurf sein – das konnte nicht sein! Und doch überlegte Coleman, ob Markies brütende Wut mit seinem, Colemans, Geheimnis in Verbindung zu bringen war, so irrational das auch sein mochte. Solange Markie und er über Kreuz waren, konnte er nicht aufhören, darüber nachzudenken, und diese Gedanken waren nie quälender als jetzt, nachdem Jeff einfach den Hörer aufgelegt hatte. Was für eine Erklärung konnte es dafür geben, daß es diesen Kindern, die doch seine Wurzeln in ihren Genen trugen und sie an ihre eigenen Kinder weitergeben würden, so leicht fiel, ihn der schlimmsten Art von Grausamkeit an Faunia zu verdächtigen? Daß er ihnen nie etwas über ihre Familie erzählen konnte? Daß er es ihnen schuldig war, davon zu erzählen? Daß es falsch gewesen war, ihnen dieses Wissen vorzuenthalten? Das ergab einfach keinen Sinn! Vergeltung wurde nicht unbewußt oder unwissentlich geübt. Es gab keinen solchen Zusammenhang. *Es konnte ihn nicht geben.* Und doch – als er nach dem Telefongespräch das Gebäude der Studentenvertretung und den Campus verließ, als er mit Tränen in den Augen wieder den Berg hinauf nach Hause fuhr, waren dies genau die Gedanken, die ihm durch den Kopf gingen.

Auf dem Heimweg dachte er unablässig an die Zeit, als er kurz davor gewesen war, Iris alles zu erzählen. Es war nach der Geburt der Zwillinge gewesen. Die Familie war jetzt vollständig. Sie hatten es geschafft – er hatte es geschafft. Keines seiner Kinder trug das Zeichen seines Geheimnisses. Es war, als wäre er von seinem Geheimnis *erlöst*. Die große Freude darüber, daß er damit durchgekommen war, trieb ihn beinahe dazu, alles zu offenbaren. Ja, er würde seiner Frau das größte Geschenk machen, das er ihr machen konnte: Er würde der Mutter seiner vier Kinder sagen, wer der Vater dieser Kinder in Wirklichkeit war. Er würde Iris die Wahrheit sagen. So aufgeregt und erleichtert war er, so fest fühlte sich die Erde unter seinen Füßen an, als Iris ihre wunderschönen Zwillinge geboren hatte und er mit Jeff und Mikey in die Klinik fuhr, um ihnen ihre neuen Geschwister zu zeigen, und die schlimmste Befürchtung, die es überhaupt gab, aus seinem Leben verschwunden war.

Doch er machte Iris nie dieses Geschenk. Er wurde davor bewahrt – oder war verdammt, es nicht zu tun – durch die Katastrophe, die über eine enge Freundin von Iris hereinbrach, ihre engste Vertraute im Vorstand der Künstlervereinigung, eine hübsche, kultivierte Amateur-Aquarellmalerin namens Claudia McChesney, deren Mann, Besitzer des größten Bauunternehmens im County, seinerseits ein recht verblüffendes Geheimnis gehütet hatte: eine zweite Familie. Etwa acht Jahre lang hatte Harvey McChesney eine Geliebte gehabt, die etliche Jahre jünger war als Claudia, eine Buchhalterin in einer Stuhlfabrik drüben bei Taconic, die zwei Kinder im Alter von vier und sechs Jahren von ihm hatte und in einer Kleinstadt knapp jenseits der Grenze des Bundesstaats New York lebte, die er jede Woche besuchte, die er unterstützte und zu lieben schien und von der niemand im Haus der McChesneys in Athena etwas wußte, bis ein anonymer Anrufer – wahrscheinlich einer von Harveys Konkurrenten – Claudia und ihren drei halbwüchsigen Kindern enthüllte, was McChesney eigentlich tat, wenn er nicht in seinem Büro saß. Claudia brach noch in derselben Nacht zusammen, drehte völlig durch und versuchte, sich die Pulsadern aufzuschneiden, und es war Iris, die um drei Uhr morgens zusammen mit einer befreundeten Psychiaterin eine Rettungsaktion organisierte und Claudia noch vor Tagesanbruch einen Platz in Austin Riggs, der psychiatrischen Klinik in Stockbridge, verschaffte. Und es war Iris, die, während sie zwei Neugeborene versorgte und sich um zwei Kinder im Vorschulalter kümmerte, jeden Tag zur Klinik fuhr, mit Claudia sprach, sie stützte und beruhigte, ihr Topfpflanzen zum Pflegen und Kunstbände zum Ansehen brachte und ihr sogar die Haare kämmte und zu Zöpfen flocht, bis Claudia nach fünf Wochen entlassen wurde – was ebensosehr das Verdienst der Therapie wie das von Iris' hingebungsvoller Pflege war – und sie die nötigen Schritte in Angriff nehmen konnte, um den Mann, dem sie all dies Unglück verdankte, aus ihrem Leben zu entfernen.

Innerhalb weniger Tage besorgte Iris ihrer Freundin den Namen eines Scheidungsanwalts in Pittsfield, und dann fuhr sie, nachdem sie die Silk-Kinder, einschließlich der Babies, auf dem Rücksitz des Kombis festgeschnallt hatte, Claudia zur Kanzlei dieses Anwalts, um absolut sicher zu sein, daß die Trennung in Angriff genommen wurde und Claudias Befreiung von Harvey McChesney in Arbeit war. Auf dem Heimweg mußte sie ihre Freundin mächtig aufmöbeln, aber Aufmöbeln gehörte zu Iris' Spezialitäten, und sie sorgte dafür, daß Claudias Entschlossenheit, ihr Leben wieder in die richtigen Bahnen zu lenken, nicht unter ihren Ängsten begraben wurde.

»Wie kann man einem anderen nur etwas so Ekelhaftes antun?« sagte Iris. »Ich meine nicht die Geliebte. Das ist schlimm genug, aber so was kann passieren. Und auch nicht die Kinder, nicht mal die – nicht mal der kleine Junge und das kleine Mädchen, die diese andere Frau von ihm hat, so schmerzhaft und brutal das auch für die Ehefrau ist. Nein, ich meine dieses Geheimnis, Coleman – das hat sie fertiggemacht. Deswegen wollte Claudia nicht mehr weiterleben. ›Wo ist die Vertrautheit geblieben?‹ Das bringt sie jedesmal zum Weinen. ›Wie kann es so was wie Vertrautheit geben, wenn er ein solches Geheimnis vor mir hat?‹ Daß er es ihr verheimlicht hat und es ihr auch weiterhin vor ihr verheimlicht *hätte* – dagegen fühlt Claudia sich wehrlos, und das ist der Grund, warum sie sich noch immer am liebsten umbringen würde. ›Es ist, als würde man eine Leiche finden‹, hat sie zu mir gesagt. ›Drei Leichen. Drei Leichen im Keller.‹« »Ja«, sagte Coleman, »es ist wie ein Stück aus der klassischen Literatur. Wie aus den *Bakchen* des Euripides.« »Schlimmer«, sagte Iris, »denn es ist nichts aus den *Bakchen*. Es ist etwas aus Claudias Leben.«

Als Claudia sich nach einem Jahr ambulanter Therapie mit ihrem Ehemann versöhnte, als er in das gemeinsame Haus in Athena zurückkehrte und die McChesneys ihr Leben als Familie wiederaufnahmen – Harvey hatte versprochen, die Beziehung zu der anderen Frau abzubrechen, ihren Kindern jedoch weiterhin ein verantwortungsvoller Vater zu sein –, schien Claudia ebensowenig wie Iris daran gelegen zu sein, die Freundschaft aufrechtzuerhalten, und nachdem Claudia aus der Künstlervereinigung ausgetreten war, trafen sich die Frauen weder bei irgendwelchen gesellschaftlichen Anlässen noch bei den Zusammenkünften der Vereinigung, bei denen Iris gewöhnlich den Ton und die Richtung angab.

Und auch Coleman setzte den Plan, seiner Frau *sein* verblüffendes Geheimnis zu offenbaren – den Plan, den ihm der Triumph nach der Geburt der Zwillinge eingegeben hatte –, nicht in die Tat um. Er war, wie er fand, vor der denkbar kindischsten, sentimentalsten Tat bewahrt worden. Plötzlich hatte er begonnen zu denken wie ein Dummkopf: Plötzlich hatte er von allen und jedem das Beste angenommen, hatte jedes Mißtrauen, jede Vorsicht, jedes Mißtrauen gegen *sich selbst* aufgegeben, hatte gedacht, alle Schwierigkeiten seien vorüber, alle Komplikationen existierten nicht mehr, hatte nicht nur vergessen, wo er war, sondern auch, wie er dorthin gelangt war, und hatte Sorgfalt, Disziplin und die Vorbereitung auf alle Eventualitäten über Bord geworfen ... Als könnte man dem Kampf, der immer ein ganz persönlicher Kampf ist, irgendwie entsagen, als könnte man sein Ich willentlich an- und ablegen, das wesenseigene, unveränderliche Ich, in dessen Namen der Kampf ja überhaupt erst geführt wird. Daß das letzte seiner Kinder makellos weiß zur Welt gekommen war, hätte ihn um ein Haar dazu bewegt, den stärksten und klügsten Teil seiner selbst in kleine Stücke zu zerreißen. Was ihn gerettet hatte, war die Weisheit des Satzes »Tu nichts« gewesen.

Noch früher, nach der Geburt seines ersten Kindes, hatte er jedoch etwas beinahe gleichermaßen Dummes und Sentimentales getan. Damals war er Professor für klassische Literatur an der Adelphi University gewesen, und die University of Pennsylvania hatte ihn zu einer dreitägigen Konferenz über die *Ilias* eingeladen; er hatte ein Thesenpapier vorgestellt und einige Kontakte geknüpft, er war von einem berühmten Kollegen ermuntert worden, sich um eine demnächst frei werdende Position in Princeton zu bewerben, und wäre nun, da er sich auf dem Höhepunkt seines Lebens wähnte, auf dem Heimweg um ein Haar nicht auf die Schnellstraße nach Norden, in Richtung Long Island, abgebogen, sondern in südlicher Richtung auf kleinen Landstraßen durch die Counties Salem und Cumberland nach Gouldtown, der Heimat seiner mütterlichen Ahnen, gefahren. Ja, auch damals wollte er, da er nun Vater geworden war, versuchen, sich zu dem billigen Vergnügen eines jener bedeutsamen Gefühle zu verhelfen, nach denen man sucht, wenn man aufhört zu denken. Doch die Tatsache, daß er einen Sohn hatte, machte es ebensowenig nötig, in Richtung Gouldtown zu fahren, wie sie auf derselben Fahrt ein Abbiegen nach Newark und East Orange erforderte. Er mußte noch einen anderen Impuls unterdrücken: den Impuls, seine Mutter zu besuchen, ihr zu erzählen, was geschehen war, und ihr seinen Sohn zu bringen. Den Impuls, *sich selbst* seiner Mutter zu zeigen, zwei Jahre nachdem er sie über Bord geworfen hatte, und trotz Walters Verbot. Nein. Auf keinen Fall. Er setzte den Heimweg fort, heim zu seiner weißen Frau und seinem weißen Kind.

Und nun, als er etwa vierzig Jahre später vom College nach Hause fuhr, bedrängt von Beschuldigungen und voller Erinnerungen an die schönsten Augenblicke seines Lebens – die Geburt seiner Kinder, die Freude, das nur allzu unschuldige Hochgefühl, das wilde Wanken seines Entschlusses, die Erleichterung, die so groß gewesen war, daß sie ihn beinahe von seinem Entschluß abgebracht hätte –, dachte er auch an die schlimmste Nacht seines Lebens, an seine Zeit in der Navy und die Nacht, in der er aus dem Bordell in Norfolk, dem berühmten weißen Bordell namens Oris's, hinausgeworfen worden war. »Du bist 'n echter schwarzer Nigger, stimmt's, Jungchen?«, und Sekunden später hatten ihn die Rausschmeißer durch die offene Eingangstür die Stufen zum Bürgersteig hinunter und auf die Straße geworfen. Er sollte zu Lulu's in der Warwick Avenue gehen – Lulu's, riefen sie ihm nach, sei der Ort, wo sein schwarzer Arsch hingehörte. Seine Stirn schlug auf dem Pflaster auf, doch er rappelte sich hoch und rannte, bis er an eine Gasse kam, und dort bog er von der Straße ab, um den Militärpolizisten aus dem Weg zu gehen, die samstags überall waren und ihre Knüppel schwangen. Schließlich fand er sich auf der Toilette der einzigen Bar wieder, in die er sich in seinem Zustand wagte – einer Bar für Farbige, die bloß ein paar hundert Meter von Hampton Roads und der Newport-News-Fähre (mit der die Matrosen zu Lulu's fahren konnten) und etwa zehn Blocks von Oris's entfernt lag. Es war die erste Bar für Farbige, die er seit seiner Schulzeit in East Orange betreten hatte. Damals hatten er und ein Freund in Billy's Twilight Club an der Stadtgrenze von Newark die Einsätze für das Footballtoto kassiert. In seinen ersten beiden Jahren auf der Highschool hatte er nicht nur wiederholt geboxt, sondern im Herbst, während der Footballsaison, auch viel Zeit in Billy's Twilight verbracht, und dabei hatte er die vielen Kneipengeschichten aufgeschnappt, von denen er später behauptete, er habe sie als weißer Junge in East Orange in der Wirtschaft gehört, die sein jüdischer Vater betrieben habe.

Er dachte daran, wie er versucht hatte, die Blutung der Platzwunde auf seinem Gesicht zu stillen, wie er vergebens an den Flekken auf seinem weißen Pullover gerieben hatte und wie das Blut an ihm herabgetropft war und seine Kleider bespritzt hatte. Die Kloschüssel ohne Brille war mit Scheiße verschmiert, auf dem durchweichten Bretterboden standen Pissepfützen, und das Waschbekken – sofern dieses Ding ein Waschbecken sein sollte – war ein mit Spucke und Kotze gefüllter Trog, so daß er, als die Schmerzen in seinem Handgelenk ihn würgen ließen, sich lieber an die Wand vor ihm übergab, als sein Gesicht zu diesem ekelhaften Schmutz hinabzubeugen.

Es war eine üble, gräßliche Spelunke, die schlimmste, die er je gesehen hatte, die abscheulichste Kaschemme, die er sich nur vorstellen konnte, aber er mußte sich irgendwo verstecken, und so setzte er sich auf eine Bank, so weit wie möglich entfernt von dem menschlichen Strandgut, das die Theke umlagerte, und versuchte, von all seinen Ängsten gepackt, ein Bier zu trinken, um sich zu beruhigen, die Schmerzen zu lindern und kein Aufsehen zu erregen. Nicht daß irgendeiner an der Theke ihn weiter beachtet hätte, nachdem er sein Bier geholt und sich an die Wand hinter den unbesetzten Tischen zurückgezogen hatte: Wie in dem Bordell für Weiße hielt ihn hier niemand für irgend etwas anderes als das, was er war.

Beim zweiten Bier wußte er noch immer, daß es ein Ort war, wo er nicht sein sollte, doch wenn die Militärpolizei ihn aufgriff und herausfand, warum man ihn bei Oris's hinausgeworfen hatte, war er erledigt: Kriegsgericht, Verurteilung, lange Zwangsarbeit und schließlich unehrenhafte Entlassung – und all das dafür, daß er die Navy in Hinsicht auf seine Rassenzugehörigkeit angelogen hatte, all das dafür, daß er dumm genug gewesen war, durch eine Tür zu treten, hinter der Neger nur die Wäsche waschen oder den Boden wischen durften.

Das war's also. Er würde seine Zeit als Weißer abdienen, und dann Schluß damit. Ich kann das nicht durchziehen, dachte er – ich will es nicht mal. Nie zuvor hatte er wirkliche Schande erlebt. Nie zuvor hatte er erfahren, was es bedeutete, sich vor der Polizei verstecken zu müssen. Nie zuvor hatte ein Schlag ihn bluten lassen – in all den Runden als Amateurboxer hatte er nicht einen einzigen Tropfen Blut vergossen, war er nie irgendwie verletzt worden. Doch nun sah der Pullover seiner weißen Matrosenmontur aus wie ein durchgebluteter Verband, seine Hose war von gerinnendem Blut durchweicht und, weil er mit den Knien in der Gosse aufgeschlagen war, zerrissen und dreckverschmiert. Und sein Handgelenk war verletzt, vielleicht sogar gebrochen, weil er versucht hatte, die Wucht des Sturzes mit der Hand abzufangen – er konnte es nicht bewegen, und jede Berührung tat unerträglich weh. Er trank sein Glas aus und holte sich noch ein Bier, um den Schmerz zu betäuben.

Das hatte er nun davon, daß er es nicht geschafft hatte, den Idealen seines Vaters gerecht zu werden, daß er die Gebote seines Vaters mißachtet hatte, daß er seinen toten Vater ganz und gar verleugnet hatte. Wenn er nur getan hätte, was sein Vater getan hatte, was Walter getan hatte, dann wäre jetzt alles ganz anders. Doch er hatte erst das Gesetz gebrochen, indem er bei seinem Eintritt in die Navy gelogen hatte, und war jetzt, auf der Suche nach einer weißen Frau zum Ficken, in die schlimmste denkbare Katastrophe geraten. »Laß mich die Zeit bis zu meiner Entlassung überstehen. Laß mich heil hier rauskommen. Dann werde ich nie mehr lügen. Laß mich meine Zeit hinter mich bringen, und ich höre auf damit!« Es war das erste Mal, daß er mit seinem Vater sprach, seit der im Speisewagen tot umgefallen war.

Wenn er so weitermachte, würde er sein Leben verschwenden. Wie konnte Coleman das wissen? Weil sein Vater ihm antwortete – die alte mahnende Autorität dröhnte wieder aus der Brust seines Vaters, wie immer widerhallend von der unangefochtenen Rechtschaffenheit eines aufrechten Mannes. Wenn Coleman so weitermachte, würde er mit durchschnittener Kehle im Straßengraben enden. Wo war er denn jetzt? Wo versteckte er sich? Und wie war es so weit gekommen? Warum? Wegen seines Credos, seines unverschämten, arroganten »Ich bin keiner von euch, ich kann euch nicht ertragen, ich gehöre nicht zu eurem Neger-Wir«. Sein großer, heldenhafter Kampf gegen dieses Wir – und wie sah er nun aus? Der leidenschaftliche Kampf um seine kostbare Einzigartigkeit, die Auflehnung gegen das Schicksal der Neger – und wo war dieser stolze, trotzige große Mann jetzt? Bist du hierhergekommen, Coleman, um den tieferen Sinn des Lebens zu finden? Du hattest eine Welt voller Liebe und hast sie für das hier aufgegeben! Was für eine tragische, rücksichtslose Entscheidung du getroffen hast! Und du hast es nicht nur dir selbst angetan, sondern uns allen. Ernestine. Walt. Mutter. Mir. Mir, der ich im Grab liege. Und meinem Vater, der in seinem Grab liegt. Welche weiteren grandiosen Taten planst du, Coleman Brutus? Wen wirst du als nächsten täuschen und verraten?

Noch immer traute er sich nicht auf die Straße, aus Angst vor der Militärpolizei, dem Kriegsgericht, dem Straflager, der unehrenhaften Entlassung, die ihm sein Leben lang nachhängen würde. Alles in ihm war so aufgewühlt, daß er nichts anderes tun konnte als trinken – bis sich schließlich natürlich eine Prostituierte, die deutlich erkennbar zu seiner Rasse gehörte, neben ihn auf die Bank setzte.

Als die Militärpolizei ihn am nächsten Morgen fand, führte man die blutigen Wunden, das gebrochene Handgelenk und die schmutzige, zerrissene Uniform darauf zurück, daß er eine Nacht in Niggertown verbracht hatte: wieder mal ein geiler weißer Schwanz, der scharf auf einen heißen schwarzen Arsch gewesen und – nachdem man ihn flachgelegt, gebügelt und geledert (und obendrein fachgerecht tätowiert) hatte – als Fressen für die Geier auf diesem glasscherbenübersäten Hof hinter der Anlegestelle der Fähre abgelegt worden war.

»U. S. Navy« lautete die Tätowierung. Die Wörter waren nur einen halben Zentimeter hoch und standen in blauer Pigmentierung zwischen den blauen Flunken eines blauen Ankers, der selbst nur ein paar Zentimeter lang war. Für eine Militärtätowierung war sie sehr dezent und, da sie diskret am rechten Arm knapp unterhalb des Schultergelenks angebracht war, auch recht leicht zu verbergen. Doch wenn er daran dachte, wie er sie bekommen hatte, war sie auch ein Zeichen, das nicht nur von den Turbulenzen der schlimmsten Nacht seines Lebens zeugte, sondern auch von allem, was diesen Turbulenzen zugrunde lag: Es war ein Zeichen, das Colemans ganze Geschichte symbolisierte, die Untrennbarkeit seines Heldentums und seiner Schande. Eingebettet in diese blaue Tätowierung war ein wirklichkeitsgetreues und umfassendes Bild seiner selbst. Es war ebenso eine unauslöschliche Biographie darin wie die Urform des Unauslöschlichen, denn eine Tätowierung ist der Inbegriff dessen, was niemals entfernt werden kann. Sein gewaltiges Vorhaben war ebenfalls dort. Die äußeren Kräfte waren dort. Die ganze Kette des Unvorhersehbaren, alle Gefahren der Entlarvung und alle Gefahren des Verbergens – ja die ganze Unvernunft des Lebens war in dieser dummen, kleinen blauen Tätowierung.

Seine Probleme mit Delphine Roux hatten im ersten Semester begonnen, in dem er seine Lehrtätigkeit wiederaufgenommen hatte, als eine seiner Studentinnen, die zufällig eine von Professor Roux' Lieblingen war, sich bei ihr als Leiterin des Fachbereichs über die Euripides-Dramen in Colemans Seminar über die griechische Tragödie beschwerte. Eines der behandelten Dramen war *Hippolytos*, ein anderes *Alkestis*; die Studentin Elena Mitnick fand, sie seien »für Frauen erniedrigend«.

»Was soll ich also tun, um Miss Mitnick entgegenzukommen? Euripides von der Leseliste streichen?«

»Keineswegs. Offensichtlich kommt es doch darauf an, wie man den Stoff behandelt.«

»Und wie sieht die heutzutage bevorzugte Methode aus?« fragte er und wußte, noch während er diese Worte aussprach, daß er für die nun folgende Debatte weder die nötige Geduld noch die erforderliche Höflichkeit aufbringen würde. Außerdem war es leichter, Delphine Roux zu verwirren, wenn er sich *nicht* auf eine Debatte einließ. Sie floß zwar geradezu über von intellektueller Aufgeblasenheit, doch andererseits war sie erst neunundzwanzig, besaß kaum praktische Erfahrung und war sowohl im Land als auch am College relativ neu. Aus früheren Auseinandersetzungen wußte er, daß man ihre Versuche, sich nicht bloß als seine Vorgesetzte, sondern vielmehr als seine herablassende Vorgesetzte zu präsentieren – »Offensichtlich kommt es doch darauf an« und so weiter –, am besten abwehrte, indem man vollkommene Gleichgültigkeit gegenüber ihrem Urteil an den Tag legte. Sie konnte ihn nicht ausstehen, doch ebensowenig konnte sie ertragen, daß der ehemalige Dekan von ihren akademischen Leistungen, die die anderen Kollegen am Athena College so beeindruckt hatten, nicht überwältigt war. Unwillkürlich war sie eingeschüchtert von diesem Mann, der sie fünf Jahre zuvor, kurz nach ihrem Abschluß in Yale, widerwillig eingestellt, danach aber nie ein Hehl daraus gemacht hatte, wie sehr er diesen Schritt bedauerte, besonders nachdem die von jeder Menschenkenntnis unbeleckten Dünnbrettbohrer in seinem Fachbereich eine so tief verwirrte junge Frau zur Leiterin gewählt hatten.

Noch immer beunruhigte Coleman Silks Gegenwart sie ebensosehr, wie sie sich jetzt wünschte, ihn zu beunruhigen. Er hatte etwas an sich, das sie immer zurück in ihre Kindheit führte, zu der Angst des frühreifen Kindes, durchschaut zu werden, und auch zu der Angst des frühreifen Kindes, nicht durchschaut zu werden. Die Angst, demaskiert zu werden, und die Sehnsucht, erkannt zu werden – ein echtes Dilemma. Er hatte etwas an sich, das sie sogar an ihren Englischkenntnissen zweifeln ließ, und dabei fühlte sie sich in dieser Sprache sonst vollkommen zu Hause. Immer, wenn sie sich von Angesicht zu Angesicht gegenüberstanden, ließ irgend etwas sie denken, daß er nichts lieber getan hätte, als ihr die Hände auf den Rücken zu fesseln.

Was war dieses Irgendetwas? Die Art, wie er sie sexuell taxiert hatte, als sie zu dem Bewerbungsgespräch in sein Büro getreten war, oder die Art, wie er sie sexuell nicht taxiert hatte? Es war unmöglich gewesen, seine Einschätzung ihrer Person einzuschätzen, und das an einem Morgen, an dem sie, wie sie wußte, all ihre Fähigkeiten maximal zur Geltung gebracht hatte. Sie hatte umwerfend aussehen wollen, und sie *hatte* umwerfend ausgesehen, sie hatte sich gewandt ausdrücken wollen, und sie *hatte* sich gewandt ausgedrückt, sie hatte sprechen wollen wie eine Gelehrte, und auch das war ihr ohne den geringsten Zweifel gelungen. Und doch hatte er sie angesehen, als wäre sie ein Schulmädchen, Mr. und Mrs. Unwichtigs kleines, unwichtiges Mädchen.

Nun, vielleicht hatte das an dem karierten Schottenrock gelegen, an dem minirockartigen Kilt, der ihn möglicherweise an eine Schuluniform erinnert hatte, besonders da die Person, die ihn trug, eine hübsche, zierliche, dunkelhaarige junge Frau war, deren kleines Gesicht beinahe nur aus Augen zu bestehen schien und die mitsamt Kleidern und allem kaum fünfzig Kilo wog. Der Kilt und der schwarze Kaschmir-Rollkragenpullover, die schwarze Strumpfhose und die hohen schwarzen Stiefel hatten nur unterstreichen sollen, daß sie weder bestrebt war, durch die Wahl ihrer Garderobe ihre Weiblichkeit zu verbergen (die Dozentinnen, die sie in Amerika bisher kennengelernt hatte, schienen allesamt ängstlich auf ebendies bedacht zu sein), noch den Anschein erwekken wollte, als habe sie vor, ihn aufzureizen. Obwohl er angeblich Mitte Sechzig war, sah er nicht älter aus als ihr fünfzigjähriger Vater; ja er ähnelte einem der Juniorpartner in der Firma ihres Vaters, einem seiner Ingenieure, der sie seit ihrem zwölften Lebensjahr immer wieder beäugt hatte. Als sie dem Dekan gegenübersaß, hatte sie die Beine übereinandergeschlagen, und der Schlitz des Kilts hatte sich geöffnet. Sie hatte ein, zwei Augenblicke gewartet, bis sie ihn – so beiläufig, wie man ein Portemonnaie zuklappt – wieder geschlossen hatte, und zwar nur, weil sie, ganz gleich, wie jung sie wirkte, kein Schulmädchen mit schulmädchenhaften Ängsten und einer schulmädchenhaften Zimperlichkeit war, eingeengt von schulmädchenhaften Regeln. Diesen Eindruck wollte sie vermeiden, ebenso wie den gegenteiligen Eindruck, der entstanden wäre, wenn sie den Schlitz nicht geschlossen und dem Dekan damit die Möglichkeit gegeben hätte zu denken, sie habe beabsichtigt, ihn während des ganzen Gesprächs auf ihre schlanken Beine in der schwarzen Strumpfhose starren zu lassen. Sie hatte sich alle Mühe gegeben, ihm durch ihr Verhalten und die Wahl ihrer Garderobe einen Einblick in das komplizierte Zusammenspiel *aller* Kräfte zu gewähren, die sich verbanden, um sie mit Vierundzwanzig zu einer so interessanten Person zu machen.

Selbst das einzige Schmuckstück, den großen Ring, den sie morgens an den Mittelfinger der linken Hand gesteckt hatte, ihr einziges schmückendes Beiwerk, hatte sie ausgesucht, weil sie damit einen Hinweis darauf gab, was für eine Intellektuelle sie war: eine, die die ästhetische Oberfläche der Welt offen, unverstellt, mit Appetit und unverhohlener Kennerschaft genoß und dennoch durchdrungen war von lebenslanger Hingabe an wissenschaftliches Streben. Der Ring war eine im achtzehnten Jahrhundert gefertigte Kopie eines römischen Siegelringes, ein Männerring, der ursprünglich auch von einem Mann getragen worden war. In den ovalen Achat, der quer gefaßt war – das ließ den Ring so klobig und maskulin wirken –, war eine Darstellung von Danaë geschnitzt, die den Zeus in Gestalt eines goldenen Regens empfängt. Vier Jahre zuvor, in Paris, als sie zwanzig gewesen war, hatte sie diesen Ring als Liebespfand von dem Professor bekommen, dem er vorher gehört hatte – dem einzigen Professor, dem sie nicht hatte widerstehen können und mit dem sie eine leidenschaftliche Affäre gehabt hatte. Zufällig war er ebenfalls Professor für klassische Literatur gewesen. Als sie sich in seinem Büro zum erstenmal begegnet waren, hatte er so distanziert, so streng gewirkt, daß sie vor Angst wie gelähmt gewesen war, bis sie gemerkt hatte, daß er das Verführungsspiel gegen den Strich bürstete. Hatte dieser Dekan Silk dasselbe vor?

So auffallend der Ring wegen seiner Größe auch war – der Dekan bat sie nicht, sich den in Achat geschnittenen Goldregen einmal ansehen zu dürfen, und sie kam zu dem Schluß, daß das auch ganz gut war. Obgleich die Geschichte, wie sie an diesen Ring gelangt war, zumindest die Kühnheit einer Erwachsenen verriet, hätte er das Schmuckstück als Zugeständnis an die Oberflächlichkeit verstanden, als ein Zeichen mangelnder Reife. Trotz einer leisen Hoffnung, sie täusche sich vielleicht, war sie insgeheim sicher, daß er von Anfang an in diese Richtung gedacht hatte – und sie hatte recht. Coleman schien es, als hätte er es mit einer Frau zu tun, die zu jung für diesen Posten und in zu viele noch unaufgelöste Widersprüche verstrickt war, die ein bißchen zu großspurig auftrat und zugleich mit ihrer Selbstüberhebung spielte wie ein Kind, ein nicht wirklich unabhängiges Kind, eine Frau, die auf jeden Hauch von Tadel reagierte und ein erhebliches Talent zum Gekränktsein besaß, die – als Kind wie auch als Frau – den Drang verspürte, immer neue Leistungen zu erbringen, immer neue Bewunderer zu sammeln, immer neue Eroberungen zu machen, und ebenso von Unsicherheit wie von Selbstvertrauen getrieben wurde. Mit einer Frau, die für ihr Alter scharfsinnig, ja sogar zu scharfsinnig, emotional jedoch ungefestigt und in fast jeder anderen Hinsicht stark unterentwickelt war.

Ihr Lebenslauf und der ergänzende, fünfzehn Seiten umfassende autobiographische Essay, der die Stationen einer mit sechs Jahren begonnenen intellektuellen Reise schilderte, entwarfen ein klares Bild. Ihre Zeugnisse waren allerdings hervorragend, aber alles an Delphine Roux (einschließlich der Zeugnisse) erschien ihm an einem kleinen College wie Athena eindeutig fehl am Platz. Privilegierte Kindheit in der Rue de Longchamp im 16. Arrondissement. Monsieur Roux ein Ingenieur und Besitzer einer Firma mit vierzig Mitarbeitern. Madame Roux (geborene de Walincourt) Trägerin eines uralten Landadelstitels, Ehefrau, Mutter von drei Kindern, Kennerin der mittelalterlichen französischen Literatur, virtuose Cembalistin, Kennerin der Cembaloliteratur, Kirchenhistorikerin usw. Was für ein vielsagendes »usw.«! Das mittlere Kind, die einzige Tochter Delphine, besitzt einen Abschluß des Lycée Janson de Sailly, wo sie Philosophie und Literatur studiert hat, englische, deutsche, lateinische und französische Literatur: »... las sämtliche Hauptwerke der französischen Literatur unter strenger Beachtung des Kanons.« Nach dem Lycée Janson das Lycée Henri IV: »... gründliches Studium der französischen Literatur und Philosophie, der englischen Sprache und der Literaturgeschichte.« Anschließend, mit Zwanzig, die École Normale Supérieure de Fontaney: »... die Elite der französischen Intelligenz ... jährlich nur dreißig neue Schüler.« Dissertation: »Selbstverleugnung bei Georges Bataille«. Bataille? Nicht schon wieder. Jeder ultracoole Yale-Student schreibt entweder über Mallarmé oder Bataille. Was sie ihm begreiflich machen will, ist nicht schwer zu begreifen, besonders da Coleman als junger Fulbright-Professor mit seiner Familie ein Jahr in Paris verbracht und diese ehrgeizigen französischen Absolventen der Elite-Lycées kennengelernt hat. Extrem gut vorbereitete, sehr gescheite, unreife junge Leute mit besten intellektuellen Verbindungen, die die snobistischste französische Erziehung genossen haben und sich eifrig darauf vorbereiten, ihr Leben lang beneidet zu werden. Sie hängen samstags abends in dem billigen vietnamesischen Restaurant an der Rue St. Jacques herum und diskutieren über große Themen: kein Geplauder, keine Trivialitäten – ausschließlich Ideen, Politik, Philosophie. Selbst in ihrer Freizeit, wenn sie ganz allein sind, denken sie über die Rezeption Hegels im französischen Geistesleben des 20. Jahrhunderts nach. Der Intellektuelle darf nicht frivol sein. Das Leben kreist ausschließlich um Gedanken. Ganz gleich, ob man diese jungen Leute zu aggressiven Marxisten oder zu aggressiven Antimarxisten gemacht hat – sie sind einmütig abgestoßen von allem, was amerikanisch ist. Dies und noch mehr ist Delphines Hintergrund, als sie nach Yale kommt: Sie bewirbt sich um eine Stellung als Französischlehrerin für die Studenten im Grundstudium und um Aufnahme in das Doktorandenprogramm und ist, wie sie in ihrem autobiographischen Essay schreibt, eine von zwei Studenten aus ganz Frankreich, die ausgewählt werden. »Ich traf mit einer sehr cartesianischen Geisteshaltung in Yale ein und stellte fest, daß dort alles sehr viel pluralistischer und polyphoner war.« Amüsiert von den Studienanfängern: Wo ist ihre Intellektualität? Völlig entsetzt über die Tatsache, daß sie das Leben genießen. Diese chaotische, ideologisch ungebundene Art zu denken und zu leben! Sie haben nie einen Kurosawa-Film gesehen – nicht einmal das kennen sie! Als sie in ihrem Alter war, hatte sie alles von Kurosawa gesehen, alles von Tarkowski, alles von Fellini und Antonioni, alles von Fassbinder und Wertmüller, alles von Satyajit Ray und Wim Wenders, alles von Truffaut, Godard, Chabrol, Resnais, Rohmer, Renoir, und diese jungen Hüpfer haben bloß *Krieg der Sterne* gesehen. In Yale widmet sie sich ganz ihrer intellektuellen Mission und belegt Seminare bei den hipsten Professoren. Fühlt sich allerdings ein bißchen verloren. Verwirrt. Besonders durch die anderen Doktoranden. Sie ist es gewöhnt, sich unter Menschen zu bewegen, die dieselbe intellektuelle Sprache sprechen wie sie, und diese Amerikaner … Und nicht jeder findet sie so besonders interessant. Sie hat gedacht, sie kommt nach Amerika, und alle sagen: »Oh, mein Gott, sie ist eine *normalienne*.« Doch niemand in Amerika weiß das Prestige des sehr speziellen Weges, den sie in Frankreich eingeschlagen hat, zu würdigen. Sie erfährt nicht die Anerkennung, auf die man sie als knospenden Sproß der französischen geistigen Elite vorbereitet hat. Sie erfährt nicht einmal die Ablehnung, auf die man sie vorbereitet hat. Sie findet eine Studienberaterin und schreibt ihre Dissertation. Besteht die Prüfung. Erhält den Doktortitel. Erhält ihn außerordentlich schnell, weil sie bereits in Frankreich so hart gearbeitet hat. So viel Lernen und harte Arbeit, und jetzt ist sie bereit für einen wichtigen Posten an einer wichtigen Universität – Princeton, Columbia, Cornell, Chicago –, und als die Angebote ausbleiben, ist sie am Boden zerstört. Eine Gastdozentur am Athena College? Wo und was ist das Athena College? Sie rümpft die Nase. Bis ihre Beraterin sagt: »Delphine, in dieser Branche kriegen Sie Ihren wichtigen Posten nur über einen anderen Posten. Eine Gastdozentur am Athena College? Sie kennen dieses College vielleicht nicht, aber wir kennen es. Ein sehr gutes College. Sehr gut für einen Einstieg.« Die anderen ausländischen Doktoranden sagen, sie sei zu gut für das Athena College, und sind der Meinung, es wäre zu *déclassé*, doch die amerikanischen Absolventen, die alles tun würden, um einen Job als Instrukteur im Heizungskeller des Stop & Shop zu kriegen, finden diese Hochnäsigkeit typisch für Delphine. Widerwillig bewirbt sie sich – und landet in Stiefeln und Minikilt vor dem Schreibtisch von Dekan Silk. Um den zweiten, den prestigeträchtigen Posten zu kriegen, muß sie diesen Posten in Athena bekommen, doch der Dekan hört beinahe eine Stunde lang zu, wie sie es sich um ein Haar vermasselt. Narrative Struktur und Temporalität. Die inneren Widersprüche des Kunstwerks. Rousseau verbirgt sich, doch seine Rhetorik verrät ihn. (Ein bißchen wie sie in ihrem autobiographischen Essay, denkt der Dekan.) Die Stimme des Kritikers hat soviel Gültigkeit wie die Stimme Herodots. Narratologie. Das Diegetische. Der Unterschied zwischen Diegesis und Mimesis. Die in Klammern gesetzte Erfahrung. Die proleptische Qualität des Textes. Coleman braucht nicht zu fragen, was das heißen soll. Er kennt die ursprüngliche griechische Bedeutung dieser Wörter, er weiß, was all diese Yale- und École-Normale-Supérieure-Wörter zu bedeuten haben. Weiß sie es auch? Er ist jetzt schon seit über drei Jahrzehnten dabei und hat keine Zeit für dieses Zeug. Er denkt: Warum will sich eine so schöne Frau hinter all diesen Worten vor der menschlichen Dimension ihrer Erfahrungen verbergen? Vielleicht gerade weil sie so schön ist. Er denkt:

So gewissenhaft in ihrer Selbsteinschätzung und doch so durch und durch verblendet.

Natürlich hatte sie die erforderlichen Zeugnisse. Doch für Coleman verkörperte sie die Art von hochgestochenem akademischem Mist, den die Studenten in Athena so dringend brauchten wie ein Loch im Kopf, der aber für die zweite Garnitur der Fakultätsmitglieder geradezu unwiderstehlich sein würde.

Damals hielt er sich für unvoreingenommen, weil er sie einstellte. Aber der eigentliche Grund war wohl, daß sie so verdammt verführerisch war. So süß. So verlockend. Und um so mehr, als sie so töchterlich wirkte.

Delphine Roux hatte seinen Blick mißverstanden, als sie den etwas melodramatischen Gedanken gehabt hatte – das war das Hinderliche an ihrer geistigen Gewandtheit: daß sie nicht nur voreilige melodramatische Schlüsse zog, sondern sich auch in erotischer Hinsicht dem Zauber des Melodrams hingab –, er wolle ihr am liebsten die Hände auf den Rücken fesseln. Nein, was er, aus allen möglichen Gründen, wollte, war dies: Er wollte sie nicht am College haben. Und darum stellte er sie ein. Und so begannen sie ernsthaft, schlecht miteinander zurechtzukommen.

Jetzt hatte sie ihn in ihr Büro gebeten, und diesmal sollte er ihre Fragen beantworten. 1995, in dem Jahr, in dem Coleman vom Posten des Dekans zurücktrat und seine Lehrtätigkeit wiederaufnahm, war jeder umgarnbare Dummkopf von Professor den Lokkungen des allumfassenden Chics der zierlichen, hübschen Delphine, den verschmitzten Andeutungen einer versteckten Sinnlichkeit und den Schmeicheleien ihrer École-Normale-Raffinesse (also dem, was Coleman ihren »permanenten Akt der Selbstaufblähung« nannte) erlegen, und man hatte sie, die noch nicht einmal dreißig war – aber vielleicht bereits nach dem Posten des Dekans strebte, den Coleman innegehabt hatte – zur Leiterin der recht kleinen Abteilung gewählt, in der etwa ein Dutzend Jahre zuvor, zusammen mit den anderen Fachbereichen für Sprachen, der Fachbereich für klassische Literatur aufgegangen war, an dem Coleman als Dozent begonnen hatte. Die neue Abteilung für Sprach- und Literaturwissenschaft umfaßte elf Personen: einen Professor für Russisch, einen für Italienisch, einen für Spanisch, einen für

Deutsch, Delphine für Französisch und Coleman Silk für klassische Literatur sowie fünf überarbeitete Assistenten, die zusammen mit einigen in Athena ansässigen Ausländern die Grundkurse unterrichteten.

»Miss Mitnicks fehlendes Verständnis für diese beiden Dramen«, sagte er zu Delphine, »ist so tief in engstirnigen, beschränkten ideologischen Vorstellungen verwurzelt, daß es aussichtslos ist, sie korrigieren zu wollen.«

»Dann bestreiten Sie also nicht, was sie sagt: daß Sie nicht versucht haben, ihr zu helfen.«

»Einer Studentin, die mir sagt, daß ich mich ihr gegenüber einer ›geschlechtsspezifischen Sprache‹ bediene, kann ich nicht helfen.«

»Und genau da«, sagte Delphine leichthin, »liegt das Problem.«

Er lachte – sowohl spontan als auch mit Absicht. »Ja? Das Englisch, das ich spreche, ist für einen verfeinerten Geist wie den von Miss Mitnick nicht nuanciert genug?«

»Coleman, Sie waren sehr lange nicht mehr in einem Seminarraum.«

»Und Sie waren noch nie draußen. Meine Liebe«, sagte er mit Bedacht und mit einem bedachtsam irritierenden Lächeln, »ich habe diese Dramen mein Leben lang gelesen und studiert.«

»Aber nie aus Elenas feministischer Perspektive.«

»Auch nicht aus Moses' jüdischer Perspektive. Nicht mal aus der modernen Nietzscheschen Perspektive der Perspektive.«

»Coleman Silk ist ganz allein auf dieser Welt und hat keine andere als die reine distanzierte literarische Perspektive.«

»Unsere Studenten, meine Liebe« – noch einmal? warum nicht? – »sind fast ausnahmslos entsetzlich unwissend. Sie sind unglaublich schlecht unterrichtet worden. Ihr Leben ist eine intellektuelle Wüste. Sie wissen nichts, wenn sie kommen, und die meisten wissen ebensowenig, wenn sie gehen. Und wenn sie in meinem Seminar erscheinen, wissen sie vor allem nicht, wie man ein klassisches Drama liest. Wenn man in Athena unterrichtet, besonders in den neunziger Jahren des 20. Jahrhunderts, wenn man diese mit Abstand dümmste Generation in der ganzen amerikanischen Geschichte unterrichtet, ist das so, als würde man den Broadway in Manhattan hinuntergehen und dabei Selbstgespräche führen, nur daß die achtzehn Leute, die einen hören, nicht auf der Straße herumstehen, sondern in einem Seminarraum sitzen. Sie wissen so gut wie *nichts*. Ich habe seit fast vierzig Jahren mit solchen Studenten zu tun – Miss Mitnick entspricht in diesem Punkt nur dem Durchschnitt –, und ich kann Ihnen sagen, daß Euripides aus feministischer Perspektive das *letzte* ist, was sie brauchen. Diesen überaus naiven Lesern Euripides aus feministischer Perspektive anzubieten ist eine der besten Methoden, ihre Denkfähigkeit zu ersticken, bevor sie eine Chance hatte, auch nur ein einziges hirnloses ›Irgendwie‹ in Grund und Boden zu denken. Es fällt mir schwer zu glauben, daß eine urteilsfähige Frau, die wie Sie die Grundlagen ihrer Bildung in Frankreich erworben hat, der Meinung sein kann, es gebe tatsächlich eine feministische Perspektive auf Euripides, die nicht blanker Unsinn ist. Haben Sie sich diese Sichtweise wirklich in so kurzer Zeit angeeignet, oder ist das bloß altmodisches Karrieredenken, in diesem Fall ausgelöst durch die Angst vor feministischen Kolleginnen? Denn wenn es wirklich bloß Karrieredenken ist, habe ich damit kein Problem. Das ist menschlich, und ich kann es verstehen. Sollte es aber ein intellektuelles Bekenntnis zu dieser Idiotie sein, dann stehe ich vor einem Rätsel, denn Sie sind keine Idiotin. Denn Sie wissen es besser. Denn in Frankreich würde niemand, der auf die École Normale gegangen ist, auch nur im Traum daran denken, diesen Quatsch ernst zu nehmen. Oder etwa doch? Wenn man zwei Dramen wie *Hippolytos* und *Alkestis* gelesen und anschließend im Seminar eine Woche lang die Diskussion darüber verfolgt hat und dann darüber nur sagen kann, diese Dramen seien ›erniedrigend für Frauen‹, dann ist das, Herrgott noch mal, keine Perspektive, sondern Mumpitz. Nur eben der neueste Mumpitz.«

»Elena ist eine Studentin. Sie ist zwanzig. Sie lernt noch.«

»Sie sollten Ihre Studentinnen nicht sentimentalisieren, meine Liebe. Nehmen Sie sie ernst. Elena lernt nicht. Sie plappert nach. Und sie ist sofort zu Ihnen gerannt, weil höchstwahrscheinlich *Sie* es sind, der sie nachplappert.«

»Das stimmt nicht, auch wenn Sie sich darin gefallen, mich in eine kulturelle Schablone zu pressen – aber das war nicht anders zu erwarten und stört mich nicht weiter. Wenn es Ihnen ein Gefühl der Sicherheit und Überlegenheit gibt, mich in diese Schublade zu stecken, dann tun Sie das nur, mein Lieber«, sagte sie mokant und lächelte ihrerseits. »Die Art, wie Sie Elena behandelt haben, hat sie verletzt. Deswegen ist sie zu mir gekommen. Sie haben ihr angst gemacht. Sie war sehr aufgeregt.«

»Tja, ich entwickle irritierende Verhaltensweisen, wenn ich mit den Konsequenzen der Tatsache konfrontiert werde, daß ich jemanden wie Sie eingestellt habe.«

»Und einige unserer Studentinnen«, erwiderte sie, »entwickeln irritierende Verhaltensweisen, wenn sie mit einer versteinerten Pädagogik konfrontiert werden. Wenn Sie darauf bestehen, Literatur auf die ermüdend langweilige Art zu vermitteln, die Sie gewöhnt sind, wenn Sie darauf bestehen, sich der griechischen Tragödie mit dem sogenannten humanistischen Ansatz zu nähern, mit dem Sie sich ihr seit den fünfziger Jahren nähern, dann werden Konflikte wie dieser immer wieder auftauchen.«

»Gut«, sagte er. »Sollen sie auftauchen.« Und ging hinaus. Und als schon im nächsten Semester Tracy Cummings zu Professorin Roux kam, den Tränen nahe, kaum imstande zu sprechen, entsetzt, weil sie erfahren hatte, daß Professor Silk sie hinter ihrem Rücken gegenüber den anderen Seminarteilnehmern mit einem bösartig rassistischen Wort bezeichnet hatte, kam Delphine zu dem Schluß, daß es reine Zeitverschwendung wäre, Coleman in ihr Büro zu bitten und die Angelegenheit mit ihm zu erörtern. Sie war sicher, daß er sich nicht besser verhalten würde als bei der letzten von einer Studentin gegen ihn vorgebrachten Beschwerde, und da sie aus Erfahrung wußte, daß er sie, sollte sie ihn zu sich bitten, nur wieder gönnerhaft und herablassend behandeln würde – bloß eine Karrierefrau, die es wagte, sein Verhalten in Frage zu stellen, bloß eine weitere Frau, deren Einwände er banalisieren mußte, sofern er überhaupt geruhte, sich mit ihnen zu befassen –, übergab sie die Sache an Colemans Nachfolger, den zugänglicheren Dekan der Fakultät. Fortan konnte sie ihre Zeit sinnvoller damit verbringen, Tracy zu stützen, zu trösten, ja eigentlich unter ihre Fittiche zu nehmen, dieses elternlose schwarze Mädchen, das so demoralisiert war, daß Delphine, nachdem sie in den ersten Wochen nach dem Vorfall eine entsprechende Erlaubnis eingeholt hatte, Tracy vom Wohnheim in das Gästezimmer ihrer Wohnung umziehen ließ und für eine Zeitlang praktisch die Vormundschaft übernahm, damit sie nicht ihre Sachen packte und einfach davonrannte – ins Nichts davonrannte. Obgleich Coleman Silk gegen Ende des akademischen Jahres die Fakultät freiwillig verlassen und damit im Grunde die Bösartigkeit seiner Bemerkung eingestanden hatte, erwies sich der bei Tracy angerichtete Schaden als zu groß für jemanden, der ohnehin so unsicher war: Da sie wegen der Untersuchung nicht imstande war, sich auf das Studium zu konzentrieren, und fürchtete, daß Professor Silk die anderen Dozenten gegen sie einnahm, fiel sie in allen Kursen durch. Tracy packte tatsächlich ihre Sachen und verließ nicht nur das College, sondern auch den Ort, wo Delphine ihr einen Job besorgen und ein Auge auf sie haben wollte, bis sie in der Lage sein würde, ihr Studium fortzusetzen. Tracy nahm eines Tages den Bus nach Oklahoma. Sie wollte zu ihrer Schwester in Tulsa fahren, doch unter deren Adresse hatte Delphine sie seitdem nicht erreichen können.

Und dann erfuhr Delphine von Coleman Silks Verhältnis mit Faunia Farley, von dem Verhältnis, das er unter allen Umständen geheimhalten wollte. Sie war fassungslos: Dieser Mann war einundsiebzig, seit zwei Jahren pensioniert, und konnte es noch immer nicht lassen. Nun, da er keine Studentinnen, die es wagten, seine Vorurteile in Frage zu stellen, unter Druck setzen konnte, nun, da er keine jungen schwarzen Frauen, die seine Hilfe gebraucht hätten, verspotten konnte, nun, da er keine jungen Professorinnen, die seinen Machtanspruch gefährdeten, einschüchtern und beleidigen konnte, hatte er in den untersten Regionen des Colleges ein Opfer für sein Unterdrückungsspiel gefunden, das der Inbegriff weiblicher Hilflosigkeit war: eine mißhandelte Ehefrau. Als Delphine zur Personalabteilung ging, um Näheres über Faunias persönliche Verhältnisse zu erfahren, als sie von dem Exmann und dem schrecklichen Tod ihrer beiden Kinder erfuhr – sie waren in einem mysteriösen Feuer umgekommen, das, wie einige vermuteten, von ebenjenem Exmann gelegt worden war –, als sie las, daß diese Frau Analphabetin war und daher nur die niedrigsten Arbeiten in der Putzkolonne tun konnte, begriff sie, daß es Coleman Silk gelungen war, den Traum eines jeden Frauenhassers zu verwirklichen: In Faunia Farley hatte er eine Frau gefunden, die noch wehrloser war als Elena oder Tracy, eine Frau, wie geschaffen, um vernichtet zu werden. Für jede Frau, die es je gewagt hatte, seinem lachhaften Beharren auf irgendwelchen Vorrechten die Stirn zu bieten, würde Faunia Farley jetzt büßen müssen.

Und niemand, der ihn aufhält, dachte Delphine. Niemand, der ihm entgegentritt.

Ihr war klar, daß er nicht in die Zuständigkeit des Colleges fiel und nicht davon abgehalten werden konnte, sich an ihr zu rächen – ja, an *ihr*, und zwar für alles, was sie unternommen hatte, um ihn daran zu hindern, Studentinnen zu terrorisieren, sowie für die Rolle, die sie bereitwillig gespielt hatte, als er seiner Autorität entkleidet und von der Lehrtätigkeit suspendiert werden sollte. Sie konnte ihre Empörung kaum beherrschen. Faunia Farley war ein Ersatz für sie, Delphine Roux. Er gebrauchte Faunia Farley, um zurückzuschlagen. An wen erinnern ihr Gesicht, ihr Name und ihre Statur, wenn nicht an mich – sie ist geradezu mein Spiegelbild, bei ihrem Anblick kann einem niemand anders einfallen. Indem Sie eine Frau umgarnen, die wie ich am Athena College arbeitet, die wie ich weniger als halb so alt ist wie Sie – und die doch eine Frau ist, die in jeder anderen Hinsicht mein Gegenteil darstellt, haben Sie schlau verborgen und zugleich schamlos enthüllt, wen Sie in Wirklichkeit vernichten wollen. Sie sind nicht so unbedarft, daß Sie das nicht wüßten, und in Ihrer erhabenen Position sind Sie rücksichtslos genug, um es zu genießen. Aber auch ich bin intelligent genug, zu erkennen, daß Sie es auf ein Ebenbild von mir abgesehen haben.

Die Erkenntnis war so unvermittelt gekommen, die Sätze waren so spontan aus ihr herausgebrochen, daß sie, als sie den Brief am Fuß der zweiten Seite unterschrieb und einen Umschlag an Coleman Silks Postfach adressierte, noch immer kochte bei dem Gedanken an die Bösartigkeit, mit der er diese schrecklich benachteiligte Frau, die bereits alles verloren hatte, zu einem *Spielzeug* machte, mit der er ein gequältes menschliches Wesen wie Faunia Farley aus einer Laune heraus in eine Puppe verwandeln konnte, um sich an *ihr*, Delphine, zu rächen. Wie war selbst ein Mensch wie *er* zu so etwas fähig? Nein, sie würde keine Silbe ihres Briefes zurücknehmen, und sie würde sich auch nicht die Mühe machen, ihn mit der Maschine zu schreiben, damit er ihn besser lesen konnte. Sie wollte die

Botschaft des Briefes, graphisch demonstriert durch die getriebene, gehetzte Neigung der Buchstaben, nicht mildern. Coleman Silk sollte ihre Entschlossenheit nicht unterschätzen: Für sie gab es jetzt nichts Wichtigeres mehr, als ihn als das zu entlarven, was er wirklich war.

Doch schon zwanzig Minuten später zerriß sie den Brief. Zum Glück. Zum Glück. Wenn ungezügelter Idealismus sie überkam, war sie nicht immer imstande, ihn als Phantasie zu betrachten. Natürlich hatte sie recht, einen derart verwerflichen Frauenverderber zu verdammen. Aber die Vorstellung, eine so tief gefallene Frau wie Faunia zu retten, wo sie doch nicht einmal imstande gewesen war, Tracy zu retten? Die Vorstellung, sich gegen einen Mann zu behaupten, der in der Verbitterung seines Alters nicht nur frei war von allen institutionellen Zwängen, sondern auch – Humanist, der er war! – alle menschlichen Regungen abgelegt hatte? Wenn sie glaubte, sie sei Coleman Silks Schlichen gewachsen, täuschte sie sich sehr. Selbst ein so offensichtlich im Affekt der moralischen Abscheu geschriebener Brief, ein Brief, in dem ihm unmißverständlich mitgeteilt wurde, daß sein Geheimnis entdeckt und er selbst demaskiert, entlarvt und gestellt war, würde in seinen Händen zu etwas verdreht werden, mit dem er *sie* kompromittieren und – falls sich die Gelegenheit ergab – regelrecht ruinieren konnte.

Er war rücksichtslos und paranoid, und sie mußte, ob es ihr gefiel oder nicht, Gegebenheiten berücksichtigen und Überlegungen anstellen, von denen sie sich damals, als marxistisch orientierte Lycée-Schülerin, deren Empörung über Ungerechtigkeit zugegebenermaßen manchmal stärker gewesen war als ihre Vernunft, vielleicht nicht hätte bremsen lassen. Doch jetzt war sie eine Collegeprofessorin, die schon in jungen Jahren eine feste Anstellung bekommen hatte, die bereits ihre eigene Abteilung leitete und die gewiß eines Tages nach Princeton, Columbia, Cornell oder Chicago weiterziehen würde, vielleicht sogar im Triumph wieder zurück nach Yale. Wenn Coleman Silk einen Brief wie diesen, mit ihrer Unterschrift, weiterreichte, bis er seinen Weg zu einem Menschen fand, der ihr schaden wollte, aus Neid, aus Abneigung oder einfach weil sie zu jung und zu verdammt erfolgreich war ... Ja, so kühn und geradeheraus und voller unverhüllter Wut dieser Brief auch war – Coleman Silk würde ihn benutzen, um sich über sie zu mokieren und um zu zeigen, daß es ihr an Reife mangelte und sie nicht geeignet war, *irgendeine* leitende Position zu bekleiden. Er hatte die Verbindungen, er kannte noch immer viele Leute – er war noch immer dazu imstande. Er würde es tun, er würde den wahren Sinn des Briefes so entstellen ...

Rasch zerriß sie den Brief in kleine Fetzen und schrieb mit einem roten Kugelschreiber, den sie normalerweise niemals für einen Brief benutzte, in großen Druckbuchstaben, die niemand als die ihren erkennen würde, in die Mitte eines neuen Blatts:

Jeder weiß

Aber das war alles. Sie hielt inne. Drei Nächte später stand sie, wenige Minuten nachdem sie das Licht ausgeschaltet hatte, noch einmal auf, schüttelte die Benommenheit ab, ging zum Schreibtisch, zerknüllte das Blatt, auf dem »Jeder weiß« stand, und warf es weg. Dann beugte sie sich über den Tisch – sie fürchtete, sie könnte in der Zeit, die sie brauchte, um sich zu setzen, ihre Beherztheit wieder verlieren – und schrieb in einem Zug diese und fünfzehn weitere Wörter, denen er würde entnehmen können, daß seine Bloßstellung unmittelbar bevorstand. Der Umschlag wurde adressiert und mit einer Briefmarke versehen, der ununterschriebene Brief hineingesteckt, die Schreibtischlampe ausgeschaltet, und dann lag Delphine, erleichtert über ihre Entscheidung, das Enthüllendste getan zu haben, was angesichts der praktischen Beschränkungen in ihrer Situation möglich war, wieder im Bett und war moralisch gerüstet, tief und fest zu schlafen.

Zunächst aber mußte sie den Impuls unterdrücken, der sie trieb, wieder aufzustehen, den Briefumschlag aufzureißen und noch einmal zu lesen, was sie geschrieben hatte, um zu sehen, ob sie zuwenig gesagt hatte oder ob sie sich zu zaghaft – oder zu scharf – ausgedrückt hatte. Selbstverständlich war das nicht ihre Ausdrucksweise. Das konnte es gar nicht sein. Deswegen hatte sie sich ihrer ja auch bedient – die Formulierung war zu kraß, zu vulgär, hatte viel zuviel Ähnlichkeit mit einem Slogan, um zu ihr zurückverfolgt werden zu können. Aber aus genau diesem Grund war die Wortwahl von ihr möglicherweise falsch eingeschätzt worden und wirkte nicht überzeugend. Sie mußte noch einmal aufstehen und nachsehen, ob sie daran gedacht hatte, ihre Schrift zu verstellen – sie mußte nachsehen, ob sie vielleicht unabsichtlich, ganz gefangen vom Augenblick und überwältigt von der Hitze der Wut, alle Verstellung vergessen und mit ihrem Namen unterschrieben hatte. Sie mußte nachsehen, ob sie durch irgendeine Nachlässigkeit verraten hatte, wer sie war. Und wenn? Eigentlich *sollte* sie den Brief unterschreiben. Ihr ganzes Leben war ein Kampf darum gewesen, sich nicht von den Coleman Silks einschüchtern zu lassen, von diesen Menschen, die ihre Privilegien gebrauchten, um andere klein zu halten, und nur taten, was sie wollten. Zu Männern zu sprechen. Männern zu widersprechen. Selbst weit älteren Männern. Zu lernen, vor ihrer angemaßten Autorität oder ihren weisen Sprüchen keine Angst zu haben. Herauszufinden, daß ihre eigene Intelligenz tatsächlich Gewicht hatte. Zu wagen, sich ihnen als ebenbürtig zu betrachten. Zu lernen, dem Impuls zur Kapitulation zu widerstehen, wenn sie ein Argument vorgebracht hatte, das nicht stichhaltig genug gewesen war, zu lernen, Logik, Selbstvertrauen und Coolness zu mobilisieren und weiter zu argumentieren, ganz gleich, was sie sagten oder taten, um sie zum Schweigen zu bringen. Zu lernen, nicht einzuknicken, sondern sich anzustrengen und auch den zweiten Schritt zu tun. Zu lernen, ihre Sache zu vertreten, *ohne auszuweichen*. Sie brauchte sich ihm nicht zu fügen, sie brauchte sich *niemandem* zu fügen. Er war nicht mehr der Dekan, der sie eingestellt hatte. Und auch nicht mehr der Leiter der Abteilung. Das war jetzt sie. Dekan Silk war jetzt ein Niemand. Eigentlich sollte sie den Umschlag tatsächlich wieder öffnen und den Brief unterschreiben. Er war ein Niemand. Das Wort war so tröstlich wie ein Mantra.

Wochenlang trug sie den verschlossenen Brief in ihrer Handtasche mit sich herum und erwog die Gründe, die dafür sprachen, ihn nicht nur abzuschicken, sondern auch zu unterschreiben. Er wendet sich dieser gebrochenen Frau zu, die sich in keiner Weise wehren kann. Die ihm nicht mal ansatzweise gewachsen ist. Die in intellektueller Hinsicht nicht einmal existiert. Er wendet sich einer Frau zu, die sich noch nie gewehrt hat, die sich gar nicht wehren *kann*, der schwächsten Frau der Welt, die ihm in allen Bereichen unterlegen ist – er wendet sich ihr aus dem allerdurchsichtigsten antithetischen Grund zu: weil er sich allen Frauen überlegen fühlt und weil er vor jeder intelligenten Frau Angst hat. Weil ich den Mund aufmache, weil ich mich nicht einschüchtern lasse, weil ich erfolgreich bin, weil ich attraktiv bin, weil ich selbständig denke, weil ich eine erstklassige Ausbildung habe, weil ich erstklassige Zeugnisse habe ...

Und dann, als sie eines Samstags nach New York gefahren war, um sich die Jackson-Pollock-Ausstellung anzusehen, zog sie den Umschlag aus der Handtasche und hätte den siebzehn Wörter langen Brief um ein Haar ununterschrieben in einen Briefkasten im Port-Authority-Gebäude gesteckt, den ersten, den sie sah, als sie aus dem Bonanza-Bus stieg. In der U-Bahn hielt sie ihn noch immer in der Hand, doch als der Zug sich in Bewegung setzte, vergaß sie ihn, steckte ihn wieder in die Handtasche und machte sich empfänglich für die Bedeutsamkeit der U-Bahn. Die New Yorker U-Bahn erstaunte und faszinierte sie nach wie vor. Wenn sie in Paris mit der Métro fuhr, dachte sie nicht weiter darüber nach, doch die melancholische Qual der Menschen in der New Yorker U-Bahn bestätigte sie jedesmal in der Ansicht, daß es richtig gewesen war, nach Amerika zu kommen. Die New Yorker U-Bahn war ein Symbol für den Grund, warum Delphine hierhergekommen war: ihre Weigerung, vor der Realität zurückzuweichen.

Die Pollock-Ausstellung nahm sie emotional so gefangen, daß sie, als sie von einem überwältigenden Gemälde zum nächsten ging, etwas von dem schwellenden, lärmenden Gefühl verspürte, das das manische Ziel der Lust ist. Als plötzlich das Handy einer Frau zirpte, während das ganze Chaos des Gemäldes mit dem Titel *Number 1A, 1948* ungestüm in den Raum eindrang, der früher an diesem Tag – früher in diesem *Jahr* – nichts weiter als ihr Körper gewesen war, wurde sie so wütend, daß sie herumfuhr und rief: »Madam, ich würde Sie am liebsten erwürgen!«

Dann ging sie zur New York Public Library in der Forty-second Street. Das tat sie immer, wenn sie in New York war. Sie besuchte Museen, Galerien und Konzerte, sie sah sich Filme an, die es niemals bis in das gräßliche Kino im hinterwäldlerischen Athena schaffen würden, und schließlich landete sie, ganz gleich, welche konkreten Gründe sie gehabt hatte, nach New York zu fahren, immer im Hauptlesesaal der Bibliothek und las etwa eine Stunde lang in einem mitgebrachten Buch.

Sie liest. Sie sieht sich um. Sie beobachtet. Sie verliebt sich ein bißchen in manche Männer. In Paris hat sie bei einem Filmfestival den *Marathon-Mann* gesehen. (Niemand weiß, daß sie im Kino schrecklich sentimental wird und oft weint.) Im *Marathon-Mann* gibt es eine Figur, eine falsche Studentin, die im Lesesaal der Public Library sitzt und von Dustin Hoffman angemacht wird, und seither sieht sie diesen Ort in einem romantischen Licht. Bis jetzt hat dort noch niemand versucht, sie anzumachen, nur ein Medizinstudent, der zu jung und unerfahren war und gleich das Falsche sagte, irgend etwas über ihren Akzent – sie fand ihn unerträglich. Ein Junge, der noch gar nicht richtig gelebt hatte. Er gab ihr das Gefühl, eine Großmutter zu sein. In seinem Alter hatte sie schon so viele Liebesaffären und so viel Nachdenken und noch einmal Nachdenken, so viele Grade des Schmerzes hinter sich gehabt – mit Zwanzig, als sie jünger gewesen war als dieses Bürschchen, hatte sie ihre große Liebesgeschichte bereits nicht bloß einmal, sondern sogar zweimal erlebt. Teilweise ist sie nach Amerika gekommen, um ihrer Liebesgeschichte zu *entfliehen* (allerdings auch, um in dem Drama mit dem Titel *Usw.* – dem Drama des beinahe kriminell erfolgreichen Lebens ihrer Mutter, in dem sie nur eine Nebenrolle spielte –, endlich den Abgang zu machen). Im Augenblick aber fühlt sie sich extrem einsam in ihrer Not, einen Mann zu finden, mit dem sie in Verbindung treten kann.

Was andere, die sie anmachen wollen, sagen, ist manchmal ganz akzeptabel, manchmal auch ironisch oder boshaft genug, um charmant zu sein, aber dann werden sie plötzlich schüchtern und ziehen sich wieder zurück, denn von nahem ist sie schöner, als sie gedacht haben, und für eine so zierliche Frau etwas arroganter, als sie erwartet haben. Diejenigen, die den Blickkontakt mit ihr suchen, sind automatisch diejenigen, die sie nicht mag. Und diejenigen, die in ihr Buch vertieft sind, so charmant versunken und so charmant begehrenswert, sind ... in ihr Buch vertieft. Nach wem sucht sie? Sie sucht nach dem Mann, der sie *erkennen* wird. Sie sucht nach dem Großen Erkenner.

Heute liest sie ein französisches Buch von Julia Kristeva, eine der schönsten Abhandlungen über Melancholie, die je geschrieben worden sind, und gegenüber, am nächsten Tisch, sieht sie einen Mann sitzen, der ausgerechnet ein französisches Buch von Kristevas Ehemann Philippe Sollers liest. Sollers ist jemand, dessen Verspieltheit sie nicht mehr ernst nehmen kann, obgleich sie das in einem früheren Stadium ihrer intellektuellen Entwicklung sehr wohl getan hat; im Gegensatz zu den verspielten osteuropäischen Schriftstellern wie Kundera befriedigen die verspielten französischen Schriftsteller sie nicht mehr ... aber das ist jetzt, in der New York Public Library, ohne Bedeutung. Von Bedeutung ist die Koinzidenz, eine Koinzidenz, die schon beinahe unheimlich ist. Delphine ist sehnsuchtsvoll und unruhig, sie gibt sich tausend Spekulationen über den Mann hin, der Sollers liest, während sie Kristeva liest, und spürt, daß nicht eine Anmache bevorsteht, sondern eine Affäre. Sie weiß, daß dieser vierzig- oder zweiundvierzigjährige dunkelhaarige Mann genau die Gravitas besitzt, die sie in Athena nicht finden kann. Die Schlüsse, die sie aus der Art, wie er ruhig dasitzt und liest, ziehen kann, machen sie immer zuversichtlicher, daß etwas geschehen wird.

Und so ist es: Ein Mädchen tritt zu ihm und begrüßt ihn, eindeutig ein Mädchen, sogar noch jünger als sie, und die beiden gehen gemeinsam hinaus, und sie sammelt ihre Sachen ein und verläßt ebenfalls die Bibliothek, und beim ersten Briefkasten, den sie sieht, nimmt sie den Brief aus der Handtasche – den Brief, den sie nun schon seit über einem Monat mit sich herumträgt – und rammt ihn in den Schlitz, mit einem Gefühl ähnlich der Wut, mit der sie zu der Frau in der Pollock-Ausstellung gesagt hat, sie würde sie am liebsten erwürgen. Da! Weg ist er! Ich hab's getan! Gut!

Es vergehen volle fünf Sekunden, bevor ihr die Tragweite ihres Fehlers bewußt wird, und sie spürt, daß ihre Knie weich werden. »O Gott!« Obwohl sie den Brief nicht unterschrieben hat, obwohl sie eine vulgäre Ausdrucksweise gewählt hat, die nicht die ihre ist, wird ein so auf sie fixierter Mann wie Coleman Silk nicht lange rätseln müssen, von wem er stammen könnte.

Jetzt wird er sie *niemals* mehr in Ruhe lassen!

4. Welcher Wahnsinnige hat sich das ausgedacht?

NACH JENEM JULI sah ich Coleman nur noch einmal. Er selbst erzählte mir nie von seinem Besuch im College und dem Telefongespräch, das er vom Haus der Studentenvertretung mit seinem Sohn Jeff geführt hatte. Daß er auf dem Campus gewesen war, erfuhr ich, weil er beobachtet worden war – unabsichtlich, von einem Bürofenster aus –, und zwar von seinem ehemaligen Kollegen Herb Keble, der gegen Ende seiner Grabrede erwähnte, er habe Coleman im Schatten einer Mauer an der North Hall stehen sehen, wo er sich, aus Gründen, über die Keble nur spekulieren konnte, anscheinend verbarg. Von dem Telefongespräch wußte ich, weil Jeff, mit dem ich nach der Beerdigung sprach, ein paar Worte darüber verlor, aus denen ich schließen konnte, daß Coleman bei diesem Gespräch vollkommen die Beherrschung verloren hatte. Nelson Primus erzählte mir von der Unterredung, zu der Coleman am Tag dieses Telefongesprächs in seiner Kanzlei erschienen war und die ebenfalls damit geendet hatte, daß Coleman in wüste Schmähungen ausgebrochen war. Weder Primus noch Jeff Silk sprachen danach noch einmal mit Coleman. Er erwiderte weder ihre noch meine Anrufe – wie sich zeigte, erwiderte er überhaupt keine Anrufe mehr –, und irgendwann schien er auch den Anrufbeantworter ausgeschaltet zu haben, denn wenn ich versuchte, ihn zu erreichen, läutete das Telefon einfach immer weiter.

Er war jedoch allein in seinem Haus – er war nicht weggefahren. Ich wußte das, weil ich nach einigen Wochen erfolgloser Anrufe eines Samstags Anfang August nach Einbruch der Dunkelheit an seinem Haus vorbeigefahren war. Es brannten nur ein paar Lampen, doch als ich am Rand der asphaltierten Straße unter Colemans weit ausladenden, uralten Ahornbäumen anhielt, den Motor abstellte und reglos in meinem Wagen sitzen blieb, den ich am unteren Ende des welligen Rasengrundstücks geparkt hatte, hörte ich durch die offenen, mit schwarzen Läden versehenen Fenster des weißen Holzhauses Tanzmusik, das abendfüllende Samstagsprogramm auf UKW, das ihn wieder in die Sullivan Street und die Arme von Steena Palsson versetzte. Er ist jetzt dort drinnen, und bei ihm ist nur Faunia. Sie beschützen einander vor allen anderen Menschen – jeder von ihnen *enthält* für den anderen alle anderen Menschen. Sie tanzen, höchstwahrscheinlich nackt, jenseits der Qualen der Welt, in einem überirdischen Paradies erdgebundener Lust, wo ihre Verbindung das Drama ist, in das sie alle wütende Enttäuschung ihres Lebens gießen. Mir fiel ein, was er mir über Faunia erzählt hatte, über etwas, was sie im Nachklang eines ihrer gemeinsamen Abende, wenn zwischen ihnen so viel zu geschehen schien, gesagt hatte. »Das ist mehr als bloß Sex«, hatte er zu ihr gesagt, und sie hatte entschieden widersprochen: »Nein, ist es nicht. Du hast bloß vergessen, was Sex eigentlich ist. Das hier *ist* Sex und nichts anderes. Mach's nicht kaputt, indem du so tust, als wär's was anderes.«

Wer sind sie jetzt? Sie sind die schlichtestmögliche Version ihrer selbst. Die Essenz der Einzigartigkeit. Alles Schmerzhafte zu Leidenschaft geronnen. Vielleicht bedauern sie nicht einmal mehr, daß alles so ist, wie es ist. Dafür haben sie sich zu tief in ihren Abscheu eingegraben. Sie sind unter allem, was man je über ihnen aufgehäuft hat, hervorgekrochen. Es gibt im Leben nichts mehr, was sie so in Versuchung führt, nichts mehr, was sie so erregt, nichts mehr, was ihren Haß auf das Leben so im Zaum hält wie diese intime Nähe. Wer sind diese beiden grundverschiedenen Menschen, die sich mit Einundsiebzig und Vierunddreißig gefunden haben, obwohl sie gar nicht zueinander passen? Sie sind füreinander das Unheil, dem sie unterworfen sind. Zu den Klängen von Tommy Dorseys Band und dem schmachtenden Gesang des jungen Sinatra tanzen sie splitternackt genau auf einen gewaltsamen Tod zu. Jeder Mensch begegnet seinem Ende anders, und diese beiden führen es eben so herbei. Sie können jetzt nicht mehr rechtzeitig aufhören. Die Sache ist entschieden.

Ich bin nicht der einzige, der auf der Straße steht und die Musik hört.

Als Coleman mich nicht zurückrief, nahm ich an, daß er nichts mehr mit mir zu tun haben wollte. Irgend etwas war schiefgegangen, und ich vermutete – wie man es tut, wenn eine Freundschaft und insbesondere eine neue Freundschaft abrupt endet –, daß ich dafür verantwortlich war, wenn auch vielleicht nicht, weil ich etwas Indiskretes gesagt oder getan und ihn damit erbost oder beleidigt hatte, so doch, weil ich war, wer und was ich war. Man darf nicht vergessen, daß Coleman ursprünglich in der unrealistischen Hoffnung zu mir gekommen war, er könne mich überreden, ein Buch zu schreiben, in dem geschildert wurde, wie das College seine Frau umgebracht hatte; daß derselbe Schriftsteller jetzt in seinem Privatleben herumschnüffelte, war wahrscheinlich das letzte, was er wollte. Der einzige Schluß, den ich ziehen konnte, war, daß es ihm inzwischen aus irgendeinem Grund weit klüger erschien, mich nicht mehr ins Vertrauen zu ziehen und die Einzelheiten seiner Beziehung zu Faunia vor mir zu verbergen.

Natürlich wußte ich damals noch nichts von seiner wirklichen Herkunft – auch davon erfuhr ich erst bei seiner Beerdigung –, und so konnte ich nicht ahnen, daß der wahre Grund, warum wir uns in den Jahren vor Iris' Tod nicht begegnet waren, der Grund, warum er mir aus dem Weg ging, die Tatsache war, daß ich nur wenige Kilometer von East Orange entfernt aufgewachsen war und, da ich mit dieser Region vertrauter war als die meisten anderen, vielleicht zuviel wußte oder neugierig genug war, um über seine Familie in New Jersey Nachforschungen anzustellen. Wenn ich nun einer dieser jüdischen Jungen aus Newark gewesen war, die nach der Schule zu Doc Chizners Boxunterricht gekommen waren? Und tatsächlich war ich einer von ihnen gewesen, allerdings erst 1946 oder 47, als Silky dem Doc nicht mehr half, Jungen wie mir beizubringen, wie man stehen, sich bewegen und zuschlagen mußte, sondern bereits mit einem GI-Stipendium an der NYU studierte.

Auf jeden Fall ging er, indem er sich zu der Zeit, als er *Dunkle Gestalten* schrieb, mit mir anfreundete, das Risiko – das törichte Risiko – ein, nach beinahe sechs Jahrzehnten als der schwarze Jahrgangsbeste der East Orange Highschool identifiziert zu werden, als der schwarze Junge, der im Boys Club in der Morton Street für Amateurturniere in Jersey trainierte, bevor er als Weißer in die

Navy eintrat; auch wenn ich nicht wissen konnte, warum, sprach alles dafür, mich mitten in jenem Sommer wieder fallenzulassen.

Also dann zu dem letzten Mal, als ich ihn sah. Eines Samstags im August fuhr ich, weil ich mich einsam fühlte, nach Tanglewood, um mir die öffentliche Probe des Konzertprogramms anzuhören, das am nächsten Tag gespielt werden sollte. Es war eine Woche nachdem ich unterhalb seines Hauses geparkt hatte; ich vermißte sowohl Coleman selbst als auch das Gefühl, einen vertrauten Freund zu haben, und so beschloß ich, mich unter das eher kleine Samstagmorgenpublikum zu mischen, das bei diesen Proben etwa ein Viertel der vorhandenen Plätze füllt, ein Publikum, in dem musikliebende Sommergäste neben durchreisenden Musikstudenten sitzen, das aber hauptsächlich aus älteren Touristen besteht, aus Leuten mit Hörgeräten und Ferngläsern, aus Leuten, die in der *New York Times* blättern und mit Ausflugsbussen in die Berkshires gekommen sind.

Vielleicht lag es an der Eigenartigkeit der Situation, die daher rührte, daß ich mich unter Menschen begeben und das momentane Gefühl hatte, ein geselliges Wesen zu sein (oder ein Wesen, das Geselligkeit vortäuschte), oder vielleicht lag es auch an dem flüchtigen Gedanken, diese hier versammelten alten Leute seien Reisende, Deportierte, die darauf warteten, dem nur zu greifbaren Gefängnis des Alters auf den Klängen der Musik zu entschweben – an diesem heiteren, sonnigen Samstag in Coleman Silks letztem Sommer erinnerte mich die Überdachung der Zuschauerplätze an die an den Seiten offenen Piers, die sich einst in den Hudson gereckt hatten, als wäre einer dieser geräumigen, auf Stahlträgern ruhenden Piers aus der Zeit, da in Manhattan noch Linienschiffe andockten, in seiner ganzen Gewaltigkeit aus dem Wasser gehoben, raketenschnell hundertachtzig Kilometer weit nach Norden transportiert und mit einer perfekten Landung unbeschädigt auf dem weiten Rasen von Tanglewood abgesetzt worden, einem Ort mit hohen Bäumen und einer weiten Aussicht über das bergige Neuengland.

Als ich mich zu einem freien Platz vorarbeitete, einem der wenigen nahe der Bühne, die noch nicht mit Hilfe eines Pullovers oder eines Jacketts reserviert waren, dachte ich daran, daß wir alle gemeinsam irgendwohin unterwegs waren, ja daß wir eigentlich schon angekommen waren und alles hinter uns gelassen hatten ... und dabei bereiteten wir uns doch bloß darauf vor, das Boston Symphony Orchestra Rachmaninow, Prokofjew und Rimski-Korsakow proben zu hören. Der Boden des Pavillons besteht aus gestampfter brauner Erde, und nichts könnte deutlicher machen, daß unter dem Stuhl Terra firma ist; im Gebälk der Dachkonstruktion sitzen Vögel, deren Zwitschern man in den gewichtigen Pausen zwischen den Orchestersätzen hört: Schwalben und Zaunkönige, die vom Wald am Fuß des Hügels herbeigeflogen kommen und dann in einer Weise wieder davonschwirren, wie keiner der Vögel auf Noahs dahintreibender Arche es gewagt hätte. Wir waren etwa drei Autostunden westlich des Atlantiks, doch ich wurde das Gefühl nicht los, sowohl hier zu sein, wo ich war, als auch zusammen mit den anderen Senioren zu einem geheimnisvollen, wäßrigen Unbekannten aufgebrochen zu sein.

Beschäftigte mich lediglich der Tod, wenn ich an diesen Aufbruch dachte? Der Tod und ich selbst? Der Tod und Coleman? Oder der Tod und diese Zusammenkunft von Menschen, die noch immer Gefallen daran finden konnten, sich mit Bussen herumfahren zu lassen wie ein Haufen Camper auf einem Sommerausflug, und die doch, als eine greifbare Menge, aus empfindsamem Fleisch und warmem, rotem Blut bestanden und nur durch die hauchdünne Membran des Lebens vor der Auslöschung bewahrt blieben?

Als ich mich setzte, näherte sich das Programm, das den Proben vorausging, gerade seinem Ende. Ein lebhafter Redner in Sporthemd und Khakihose stand vor den leeren Orchesterstühlen und stellte den Zuhörern die letzten der Stücke vor, die sie heute hören würden – von einem Tonband spielte er ihnen Ausschnitte von Rachmaninow vor und sprach munter von »der dunklen, rhythmischen Qualität« der *Symphonischen Tänze*. Erst als er geendet hatte und das Publikum ihm Beifall spendete, trat jemand von der Seite auf die Bühne, entfernte die Stoffabdeckung über den Kesselpauken und stellte die Noten auf die Ständer. Am anderen Ende der Bühne wurden von ein paar Arbeitern die Harfen hereingetragen, und dann erschienen die Musiker. Sie plauderten miteinander, während sie über die Bühne schlenderten, und wie der Redner waren sie zu dieser Probe in Freizeitkleidung erschienen – da war ein Oboist in einem grauen Kapuzensweatshirt, ein paar Bassisten trugen ausgebleichte Levi's, und die Violinisten, Männer wie Frauen, hatten sich anscheinend allesamt bei Banana Republic eingekleidet. Als der Dirigent – ein Gastdirigent, Sergiu Commissiona, ein älterer Rumäne, weißer Haarschopf, blaue Segeltuchschuhe – seine Brille aufsetzte und das kindlich höfliche Publikum abermals zu applaudieren begann, sah ich Coleman und Faunia durch den Mittelgang gehen und nach möglichst nah an der Bühne gelegenen Plätzen suchen.

Die Musiker, kurz vor der Verwandlung von einem Haufen scheinbar sorgloser Urlauber in eine kraftvolle, geschmeidige Musikmaschine, hatten sich bereits gesetzt und stimmten in Zweiergruppen ihre Instrumente, als das Paar – die große blonde Frau mit dem hageren Gesicht und der schlanke, gutaussehende, grauhaarige Mann, der nicht so groß wie sie und weit älter war, auch wenn er noch immer seinen leichtfüßigen Athletengang hatte – zu zwei leeren Plätzen drei Reihen vor mir und etwa sechs Meter rechts von mir ging.

Das Stück von Rimski-Korsakow war ein melodiöses Märchen für Flöten und Oboen, dessen Süße das Publikum unwiderstehlich fand, und als der letzte Ton verklungen war, brandete wieder der begeisterte Beifall der älteren Zuhörer auf. Die Musiker hatten ja auch die Tür zu der jüngsten, unschuldigsten unserer Vorstellungen vom Leben geöffnet, zu der unzerstörbaren Sehnsucht nach einem Leben, das so nicht ist und nie sein kann. Das dachte ich jedenfalls, als ich den Blick auf meinen früheren Freund und seine Geliebte richtete und feststellte, daß sie ganz und gar nicht so ungewöhnlich oder menschlich isoliert wirkten, wie ich sie mir vorgestellt hatte, seit Coleman aus meinem Leben verschwunden war. Und sie wirkten auch keineswegs wie unschickliche Menschen, am wenigsten Faunia, deren scharf geschnittenes Yankee-Gesicht mich an einen schmalen Raum mit Fenstern, aber ohne Tür denken ließ. Nichts an diesen beiden deutete darauf hin, daß sie mit dem Leben im Streit lagen oder sich in der Offensive oder Defensive befanden. Wäre Faunia allein in dieser ungewohnten Umgebung gewesen, dann hätte sie vielleicht nicht so entspannt gewirkt, doch mit Coleman an ihrer Seite erschien ihre Affinität zu diesem Ort so natürlich wie ihre Affinität zu diesem Mann. Wie sie da saßen, sahen sie nicht aus wie zwei Desperados, sondern wie ein Paar, das seine eigene, aufs äußerste konzentrierte heitere Gelassenheit erlangt hat und keinerlei Notiz von den Gefühlen und Phantasien nimmt, die seine Anwesenheit irgendwo auf der Welt – und gewiß im County Berkshire – hervorrufen könnte.

Ich fragte mich, ob Coleman sie zuvor instruiert hatte, wie sie sich benehmen sollte. Ich fragte mich, ob sie, wenn es so war, überhaupt zugehört hatte. Ich fragte mich, ob eine Instruktion erforderlich war. Ich fragte mich, warum er mit ihr nach Tanglewood gekommen war. Wollte er nur die Musik hören? Wollte er, daß sie die Musik hörte und die Musiker sah? War der im Ruhestand befindliche Professor für klassische Literatur unter der Schirmherrschaft der Aphrodite, in der Verkleidung des Pygmalion und in der Atmosphäre von Tanglewood dabei, aus der widerspenstigen, rebellischen Faunia eine geschmackvoll kultivierte Galatea zu machen? Hatte Coleman beschlossen, sie zu bilden, sie zu beeinflussen, sie aus der Tragödie ihrer Fremdheit zu erretten? War Tanglewood der erste große Schritt in dem Prozeß, ihre Ungeschliffenheit in etwas weniger Unorthodoxes zu verwandeln? Warum jetzt schon? Warum überhaupt? Warum – wenn doch alles, was sie hatten und füreinander waren, aus dem Untergründigen, dem Heimlichen, Groben entstanden war? Warum sich die Mühe machen, diese Verbindung zu normalisieren oder zu regularisieren, warum auch nur den Versuch unternehmen, indem man sich als »Paar« präsentierte? Auftritte in der Öffentlichkeit vermindern gewöhnlich die Intensität der Beziehung – war es das, was sie eigentlich wollten? Was *er* wollte? War jetzt die *Zähmung* in den Mittelpunkt gerückt, oder hatte die Tatsache, daß sie hier saßen, gar nichts zu bedeuten? War es nur eine Art Scherz, den sie sich erlaubten, oder eine Tat, mit der sie Aufsehen erregen wollten, eine bewußte Provokation? Lächelten sie innerlich, diese beiden sinnlichen Tiere, oder lauschten sie bloß der Musik?

Da sie, als in der Pause der Flügel für Prokofjews zweites Klavierkonzert auf die Bühne geschoben wurde, nicht aufstanden, um sich zu strecken und die Beine zu vertreten, blieb ich ebenfalls sitzen. Unter dem Dach war eine eher herbstliche als sommerliche Kühle, doch draußen ließ die Sonne die weite Rasenfläche leuchten und wärmte diejenigen, die lieber von dort aus die Musik genießen wollten: ein größtenteils jüngeres Publikum aus Leuten in den Zwanzigern, Müttern mit kleinen Kindern und Familien, die bereits die Picknickpakete aus den Körben holten. Drei Reihen vor mir neigte Coleman seinen Kopf leicht zu Faunia und sprach ernst und leise mit ihr, aber worüber er sprach, wußte ich natürlich nicht.

Denn wir wissen es nicht, stimmt's? *Jeder weiß* ... Wie es kommt, daß etwas so geschieht, wie es geschieht? Welchen Mechanismen die Anarchie gehorcht, der die Beziehungen zwischen Menschen unterworfen sind, die Anarchie der Ereignisketten, der Ungewißheiten und unglücklichen Zufälle, der Disparitäten und erschreckenden Unregelmäßigkeiten? *Niemand weiß*, Professor Roux. Mit »Jeder weiß« ruft man das Klischee an und beginnt mit der Banalisierung der Erfahrung, und das eigentlich Unerträgliche sind die Feierlichkeit und das Gefühl der Autorität, mit der die Leute das Klischee aussprechen. Wir wissen nur, daß auf individuelle Weise niemand irgend etwas weiß. Man *kann* gar nichts wissen. Die Dinge, von denen man *weiß*, daß man sie nicht weiß. Absicht? Motiv? Folge? Bedeutung? Was wir nicht wissen, ist erstaunlich. Noch erstaunlicher ist, was wir als Wissen betrachten.

Als das Publikum wieder hereinströmte, begann ich mir wie ein Cartoon-Zeichner die tödlichen Krankheiten vorzustellen, die, ohne daß wir es ahnen, in jedem von uns, in jedem einzelnen von uns arbeiten: Ich visualisierte, wie sich die Blutgefäße unter diesen Baseballmützen verengten, wie die bösartigen Tumore unter den weißen Dauerwellen wucherten, wie die Organe Fehlfunktionen hatten, schwächer wurden, aussetzten, wie die Hunderte von Milliarden mörderischer Zellen dieses ganze Publikum unablässig auf das unwahrscheinliche Verhängnis zumarschieren ließen. Ich konnte gar nicht mehr aufhören. Was für eine atemberaubende Dezimierung ist der Tod, der uns alle dahinrafft. Orchester, Publikum, Dirigent, Techniker, Schwalben, Zaunkönige – man stelle sich vor, wie viele allein in Tanglewood von jetzt bis zum Jahr 4000. Und dann multipliziere man das mit allem. Dieses ununterbrochene Vergehen. Was für eine Vorstellung! Welcher Wahnsinnige hat sich das ausgedacht? Und doch: Was für ein herrlicher Tag heute ist, ein Geschenk von einem Tag, ein perfekter Tag, dem es an diesem Ausflugsort in Massachusetts, so hübsch und harmlos wie nur irgendeiner, an nichts fehlt.

Dann erscheint Bronfman. Bronfman der Brontosaurier! Mr. Fortissimo! Auftritt Bronfman, der Prokofjew in einem Tempo und mit so viel draufgängerischem Schwung spielt, daß meine Morbidität glatt aus dem Ring fliegt. Er hat einen auffallend massiven Oberkörper, er ist eine Naturgewalt, die sich mit einem Sweatshirt getarnt hat, jemand, der auf die Bühne geschlendert kommt und eigentlich zu einem Zirkus gehört, wo er der Starke Mann ist, und für den der Flügel eine lachhafte Herausforderung der gewaltigen Kräfte darstellt, über die er verfügt. Yefim Bronfman wirkt weniger wie der Mann, der auf dem Flügel spielen soll, als vielmehr wie einer, der ihn herumschieben soll. Ich hatte noch nie zuvor jemanden gesehen, der sich einem Klavier so näherte wie dieses stämmige kleine Faß von einem unrasierten russischen Juden. Wenn er fertig ist, dachte ich, können sie das Ding wegschmeißen. Er zerschmettert es. Er holt alles heraus. Alles, was da drin ist, muß raus und dabei die weiße Fahne schwenken. Und wenn das geschehen ist, wenn alles, auch die letzte der letzten Schwingungen, offenliegt, erhebt er sich und geht und hinterläßt uns unsere Erlösung. Ein lässiges Winken, und dann ist er plötzlich verschwunden, und obgleich er all sein Feuer mitnimmt, als wäre er eine Urkraft wie Prometheus, erscheint uns unser Leben jetzt unauslöschlich. Niemand wird sterben, *niemand* – nicht, wenn es nach Bronfman geht.

Es gab in dieser Probe eine weitere Pause, und als Faunia und Coleman sich diesmal erhoben, um hinauszugehen, tat ich dasselbe. Ich wartete, um sie vorzulassen, denn ich wußte nicht, wie ich Coleman ansprechen sollte – schließlich schien ihm an mir inzwischen nicht mehr zu liegen als an irgendeinem anderen hier – oder ob ich ihn überhaupt ansprechen sollte. Dennoch vermißte ich ihn. Und was hatte ich eigentlich getan? Diese Sehnsucht nach einem Freund tauchte wieder auf, genau wie damals, als wir uns kennengelernt hatten, und wegen der Anziehungskraft, die Coleman auf mich ausübte, einem Zauber, den ich nie benennen konnte, fand ich wieder einmal kein wirksames Mittel dagegen.

Ich blieb etwa drei Meter hinter ihnen, als sie in einer sich langsam vorwärts bewegenden Traube von Menschen den Mittelgang hinauf zum sonnenbeschienenen Rasen gingen. Coleman sprach wieder leise mit Faunia. Seine Hand lag zwischen ihren Schulterblättern; er schob sie voran, während er ihr erklärte, was immer es über irgend etwas, das sie nicht wußte, zu erklären gab. Draußen schlenderten sie über den Rasen, vermutlich in Richtung des Eingangstors, hinter dem die Wiese lag, die als Parkplatz diente, und ich versuchte nicht, ihnen zu folgen. Als ich mich umdrehte, sah ich im Licht der Bühnenbeleuchtung die acht wunderschönen Kontrabässe, die die Musiker vor der Pause abgestellt hatten, in einer Reihe nebeneinander auf der Seite liegen. Warum auch das mich an unser aller Tod erinnerte, konnte ich nicht ergründen. Ein Friedhof voller liegender Musikinstrumente? Hätten sie mir nicht freundlichere Gedanken an eine Schule Wale eingeben können?

Ich stand auf dem Rasen, reckte mich und genoß für einige Augenblicke die Sonne auf meinem Rücken, bevor ich zu meinem Platz zurückkehrte, um Rachmaninow zu hören, als ich sie sah – offenbar hatten sie nur einen kleinen Spaziergang gemacht, vielleicht damit Coleman ihr den Ausblick nach Süden zeigen konnte –, und nun gingen sie wieder zu ihren Plätzen, um zu hören, wie das Orchester die öffentliche Probe mit den *Symphonischen Tänzen* beschloß. Um meine Neugier zu befriedigen, ging ich direkt auf sie zu, obgleich sie noch immer wie Menschen wirkten, die auf ihre Privatsphäre bedacht waren. Ich winkte Coleman zu, ich winkte und sagte: »Oh, hallo, Coleman, hallo« und trat ihnen in den Weg.

»Ich dachte vorhin schon, ich hätte Sie gesehen«, sagte Coleman, und obwohl ich ihm nicht glaubte, dachte ich: Was könnte er Besseres sagen, um ihr die Befangenheit zu nehmen? Um mir die Befangenheit zu nehmen. Um sich selbst die Befangenheit zu nehmen. Er zeigte nichts anderes als den Charme des nüchtern-harten, entspannten Dekans der Fakultät und schien kein bißchen irritiert über mein unvermitteltes Auftauchen. »Mr. Bronfman ist schon was ganz Besonderes. Ich habe gerade zu Faunia gesagt, daß er die

Lebenserwartung dieses Flügels gerade um zehn Jahre verkürzt hat.«

»So etwas in der Art dachte ich auch.«

»Das ist Faunia Farley«, sagte er zu mir und zu ihr: »Das ist Nathan Zuckerman. Ihr habt euch auf der Farm gesehen.«

Sie hatte eher meine als seine Größe. Hager und herb. Den Augen war, wenn überhaupt, dann nur wenig zu entnehmen. Ein entschieden ungesprächiges Gesicht. Sinnlichkeit? Nicht vorhanden. Nirgends zu entdecken. Außerhalb des Melkstands war alles Verführerische verschwunden. Sie schaffte es, sich so zu zeigen, daß man sie eigentlich gar nicht sehen konnte. Die Fähigkeiten eines Tieres, ob Raubtier oder Beutetier.

Sie trug – wie Coleman – ausgebleichte Jeans und Mokassins und ein kariertes altes Flanellhemd mit Buttondown-Kragen und aufgekrempelten Ärmeln, das ich als eines von seinen erkannte.

»Sie haben mir gefehlt«, sagte ich zu ihm. »Vielleicht kann ich Sie beide einmal zum Abendessen einladen.«

»Gute Idee. Ja. Das machen wir.«

Faunia hörte inzwischen nicht mehr zu. Sie blickte zu den Baumwipfeln. Diese schwankten im Wind, doch sie betrachtete sie, als sprächen sie zu ihr. In diesem Augenblick wurde mir klar, daß ihr etwas ganz und gar fehlte, und damit meine ich nicht die Fähigkeit, eine kleine Unterhaltung zu führen. Wenn ich es hätte benennen können, dann hätte ich es benannt. Es war nicht Intelligenz. Es war nicht Haltung. Es war nicht Anstand oder Schicklichkeit – das alles hätte sie mit Leichtigkeit aus dem Hut zaubern können. Es war nicht Tiefe – Seichtigkeit war nicht das Problem. Es war nicht Innerlichkeit – man sah, daß sie innerlich mit vielem zu kämpfen hatte. Es war nicht geistige Gesundheit – sie war gesund, und sie erschien auf eine unbeholfene Art auch hochmütig, überlegen kraft ihres Leidens. Und dennoch fehlte ganz eindeutig etwas von ihr.

Ich bemerkte einen Ring am Mittelfinger ihrer rechten Hand. Der Stein war milchigweiß. Ein Opal. Ich war sicher, daß er ihn ihr geschenkt hatte.

Im Gegensatz zu Faunia war Coleman ganz und gar aus einem Guß, oder jedenfalls wirkte er so. Auf eine gewandte Weise. Ich wußte, daß er nicht die Absicht hatte, Faunia zu einem Abendessen auszuführen, weder mit mir noch mit irgend jemand anderem.

»Das Madamaska Inn«, sagte ich. »Wir könnten draußen sitzen. Wie wär's?«

Ich hatte Coleman noch nie höflicher erlebt als in diesem Augenblick, als er mich anlog und sagte: »Das Madamaska Inn – genau. Das werden wir. Das müssen wir. Aber wir werden Sie einladen. Lassen Sie uns telefonieren, Nathan«, sagte er, plötzlich in Eile, und zog an Faunias Hand. Er wies mit dem Kopf auf die Bühne und fügte hinzu: »Ich will, daß Faunia den Rachmaninow hört.« Und dann waren sie fort, die beiden Liebenden, »entflohen in den Sturm«, um mit Keats zu sprechen.

Innerhalb nur weniger Minuten war so viel passiert oder schien passiert zu sein – denn eigentlich war nichts von Bedeutung geschehen –, daß ich nicht zu meinem Platz zurückkehrte, sondern umherschlenderte: Ich ging, anfangs wie ein Schlafwandler, ziellos über den mit Picknickgruppen getupften Rasen, schlug einen weiten Bogen um Orchesterbühne und Zuschauer und kehrte dann zu einem Punkt zurück, von wo der Ausblick auf die hochsommerlichen Berkshires so schön ist, wie Ausblicke östlich der Rocky Mountains es nur sein können. Aus der Ferne hörte ich die Klänge der Rachmaninow-Tänze, doch davon abgesehen hätte ich ebensogut ganz allein sein können, tief in den Falten dieser grünen Hügel. Ich setzte mich ins Gras und war verblüfft und konnte mir nicht erklären, was ich dachte: Er hat ein Geheimnis. Dieser Mann, dessen Gefühlswelt sich so überzeugend, so glaubwürdig darstellte, der eine solche von seiner Geschichte getriebene Kraft war, dieser freundlich gerissene, gewandt charmante, scheinbar ganz und gar männliche Mann hatte dennoch ein riesiges Geheimnis. Wie komme ich zu diesem Schluß? Warum ein Geheimnis? Weil es da ist, wenn er mit ihr zusammen ist. Und es ist ebenfalls da, wenn er nicht mit ihr zusammen ist – seine Anziehungskraft wurzelt in diesem Geheimnis. Das, was einen bezaubert, ist etwas, das *nicht* da ist, und das ist es auch, was mich die ganze Zeit zu ihm hingezogen hat, dieses geheimnisvolle *Etwas*, das er als etwas verbirgt, was nur ihm und niemandem sonst gehört. Er präsentiert sich wie der Mond, der immer nur *eine* Seite zeigt. Und ich schaffe es nicht, ihn ganz sichtbar zu machen. Es bleibt eine Lücke. Das ist alles, was ich sagen kann. Und zusammen sind die beiden ein Paar von Lücken. Es ist eine Lücke in Faunia, und irgendwo ist auch in Coleman eine Lücke, obgleich er sich den Anschein eines fest verwurzelten Menschen gibt, eines, wenn es sein muß, entschlossenen und hartnäckigen Gegners – der zornige Gigant der Fakultät, der lieber geht als ihren demütigenden Mist zu ertragen –, irgendwo ist auch in ihm eine Lücke, etwas Verdecktes, Ausgemerztes, doch ich kann nicht einmal vermuten, was es ist ... kann eigentlich nicht einmal wissen, ob ich mit dieser Ahnung richtig liege oder nur die Erkenntnis meiner Unwissenheit über einen anderen Menschen verbräme.

Erst drei Monate später, als ich das Geheimnis erfuhr und dieses Buch zu schreiben begann – das Buch, das zu schreiben er mich ja überhaupt erst gebeten hatte, das ich aber nicht unbedingt so geschrieben habe, wie er es wollte –, begriff ich, auf welchem Fundament der Pakt zwischen ihnen ruhte: Er hatte ihr seine ganze Geschichte erzählt. Nur Faunia wußte, wie Coleman Silk der geworden war, der er war. Woher ich weiß, daß sie es wußte? Ich weiß es nicht. Ich konnte es nicht wissen. Ich kann es auch heute nicht wissen. Jetzt, da sie tot sind, kann niemand es wissen. Und wie auch immer: Ich kann nur tun, was jeder tut, der zu wissen glaubt. Ich stelle mir etwas vor. Ich bin gezwungen, mir etwas vorzustellen. Das ist zufällig das, womit ich meinen Lebensunterhalt verdiene. Es ist mein Beruf. Ich tue jetzt nichts anderes mehr.

Nachdem Les aus dem Krankenhaus der Veterans Administration entlassen und in eine Gruppe eingeführt worden war, die ihm helfen sollte, die Finger vom Alkohol zu lassen und nicht durchzudrehen, war das langfristige Ziel, das Louie Borrero ihm setzte, eine Pilgerfahrt zur Wand, dem offiziellen Denkmal für die Gefallenen des Vietnamkrieges in Washington – und wenn schon nicht zur echten Wand, dann zur Reisenden Wand, die im November in Pittsfield eintreffen würde. Les hatte geschworen, nie im Leben nach Washington zu fahren, denn er haßte die Regierung und verachtete den Drückeberger, der seit 92 im Weißen Haus schlief. Es wäre wahrscheinlich ohnehin zuviel verlangt gewesen, ihn die

Reise von Massachusetts nach Washington machen zu lassen: Ein frisch aus dem Krankenhaus Entlassener war bei einer so langen Busfahrt zu lange zu vielen Emotionen ausgesetzt.

Louie bereitete Les genauso auf die Begegnung mit der Reisenden Wand vor, wie er alle anderen vorbereitet hatte: Am Anfang würde er mit ihm in ein chinesisches Restaurant gehen und ihn dazu bringen, mit vier oder fünf anderen ein chinesisches Menü zu essen, er würde so oft wie nötig mit ihm dorthin fahren – zwei-, drei-, sieben-, zwölf-, fünfzehnmal, wenn es sein mußte –, bis es ein ganzes Menü mit allen Gängen, von der Suppe bis zum Dessert, durchstehen konnte, ohne sein Hemd durchzuschwitzen, ohne so stark zu zittern, daß er die Suppe nicht zum Mund brachte, ohne alle fünf Minuten hinauszurennen, um tief durchzuatmen, ohne kotzend auf der Toilette zu enden und sich in einer Kabine einzuschließen und natürlich ohne völlig auszurasten und den chinesischen Ober umzunieten.

Louie Borrero bekam die volle Veteranenrente. Er war inzwischen seit zwölf Jahren clean und nahm regelmäßig seine Medikamente, und anderen Veteranen zu helfen war, wie er sich ausdrückte, seine eigene Therapie. Mehr als dreißig Jahre nach dem Krieg gab es noch immer jede Menge Veteranen, denen es schlechtging, und so fuhr er täglich beinahe von früh bis spät mit seinem Kleinbus kreuz und quer durch Massachusetts, leitete Selbsthilfegruppen für Veteranen und ihre Familien, trieb Ärzte auf, karrte Veteranen zu Versammlungen der Anonymen Alkoholiker, hörte sich Geschichten über alle möglichen Sorgen familiärer, psychologischer und finanzieller Art an, beriet bei Problemen mit der Veterans Administration und versuchte, die Jungs dazu zu bewegen, nach Washington zur Wand zu fahren.

Die Wand war Louies Leidenschaft. Er organisierte alles: Er charterte die Busse, sorgte für Verpflegung und kümmerte sich mit seiner Begabung für freundliche Kameradschaftlichkeit persönlich um alle, die schreckliche Angst hatten, sie würden zuviel weinen oder sich zu elend fühlen oder einen Herzanfall bekommen und sterben. Vor der Fahrt versuchten alle zu kneifen, praktisch immer mit derselben Begründung: »Auf keinen Fall. Ich kann nicht zur Wand. Ich kann nicht dahin fahren und Soundsos Namen lesen.

Auf keinen Fall. Nie im Leben. Kann ich nicht.« Les zum Beispiel sagte zu Louie: »Ich hab von deiner letzten Fahrt dahin gehört. Ich hab gehört, wie beschissen es war. Fünfundzwanzig Dollar pro Nase für den Bus. Mit Lunchpaket. Aber die Jungs sagen alle, daß der Lunch beschissen war, keine *zwei* Dollar wert. Und der Fahrer, so ein Typ aus New York, wollte nicht warten. Stimmt's, Lou? Wollte schnell wieder zurück sein und eine Tour nach Atlantic City machen. Atlantic City! Scheiße, Mann! Das Arschloch drängt und drängelt und will am Ende noch ein fettes Trinkgeld? Nicht mit mir, Lou. Nicht mit mir. Wenn ich mir ansehen muß, wie sich ein paar Typen in Tarnanzügen heulend in den Armen liegen, muß ich kotzen.«

Doch Louie wußte, was ein solcher Besuch bewirken konnte. »Les, wir haben 1998. Wir sind am Ende des zwanzigsten Jahrhunderts angekommen, Lester. Es wird Zeit, daß du dich dieser Sache stellst. Ich weiß, das geht nicht von heute auf morgen, und kein Mensch erwartet das von dir. Aber es ist Zeit, daß du dein Programm in Angriff nimmst. Es ist soweit. Wir fangen nicht mit der Wand an. Wir fangen ganz langsam an. Wir fangen mit einem chinesischen Restaurant an.«

Für Les war das allerdings kein langsamer Anfang; sogar beim Imbißrestaurant in Athena hatte er im Wagen warten müssen, während Faunia das Essen holte. Wenn er hineingegangen wäre, hätte er die Schlitzaugen hinter der Theke umbringen wollen. »Aber das sind keine Vietnamesen, sondern Chinesen«, hatte Faunia gesagt. »Scheiß drauf! Mir doch scheißegal, was die sind! Die sind Schlitzaugen! Ein Schlitzauge ist ein Schlitzauge!«

Als hätte er in den letzten sechsundzwanzig Jahren nicht schlecht genug geschlafen, schlief er in der Woche vor dem Besuch im chinesischen Restaurant überhaupt nicht. Er rief Louie etwa fünfzigmal an, um ihm zu sagen, er könne nicht mitkommen, und gut die Hälfte dieser Anrufe kam nach drei Uhr morgens. Doch ganz gleich, wie früh oder spät es war – Louie hörte sich alles an, was er auf dem Herzen hatte, er stimmte ihm sogar zu und brummte geduldig »Mh-hm ... mh-hm ... mh-hm ...«, aber am Ende des Gesprächs würgte er immer alle Einwände mit den Worten ab: »Du brauchst nur da zu sitzen, Les, so gut du kannst. Mehr nicht. Was immer dich packt, ob es Traurigkeit ist oder ob es Ärger ist, was immer es ist – Haß oder Wut –, wir werden bei dir sein, und du wirst versuchen, das durchzustehen, ohne wegzurennen oder irgendwas zu tun.« »Aber der Ober«, sagte Les dann. »Wie soll ich mit dem verdammten Ober klarkommen? Ich kann das nicht, Lou – ich werde ausrasten.« »Mit dem Ober rede ich. Du brauchst nur da zu sitzen.« Auf alle Einwände, die Les vorbrachte, einschließlich der Befürchtung, er werde vielleicht den Ober umbringen, antwortete Louie, er brauche bloß auf seinem Stuhl sitzen zu bleiben. Als wäre das – auf seinem Stuhl sitzen zu bleiben – alles, was es brauchte, um einen Mann davon abzuhalten, seinen schlimmsten Feind zu töten.

Sie waren zu fünft, als sie eines Abends, kaum zwei Wochen nach Les' Entlassung aus dem Krankenhaus, in Louies Kleinbus nach Blackwell fuhren. Da war – kahl, glattrasiert, ordentlich gekleidet, in frisch gebügelten Sachen, mit schwarzem Vietnam-Veteranen-Schiffchen und Gehstock – der Mutter-Vater-Bruder-Führer Louie, der mit seiner kleinen Statur, den hängenden Schultern und dem hohen Schmerbauch ein bißchen an einen Pinguin erinnerte, auch deshalb, weil er schlecht verheilte Beine und daher einen steifen Gang hatte. Dann die beiden großen Typen, die nie viel sagten: Chet, der frühere Marine und dreimal geschiedene Anstreicher – drei Frauen hatten vor diesem ungeschlachten, unzugänglichen Kerl mit Pferdeschwanz, der nie das Bedürfnis zeigte, sich irgendwie zu äußern, eine Heidenangst bekommen –, und Bobcat, ein ehemaliger Schütze, der durch eine Tretmine einen Fuß verloren hatte und bei Midas Muffler arbeitete. Und schließlich noch ein unterernährter komischer Kauz, ein magerer, zappeliger Asthmatiker, der fast keine Backenzähne mehr hatte und sich Swift nannte. Nach der Entlassung aus der Army hatte er seinen Namen amtlich ändern lassen, als würde die Tatsache, daß er nicht mehr Joe Brown oder Bill Green hieß, oder wie immer er geheißen hatte, als er eingezogen worden war, ihn zu Hause jeden Tag vor Freude aus dem Bett springen lassen. Seit Vietnam war Swifts Gesundheit durch alle Arten von Haut-, Lungen- und Nervenkrankheiten so gut wie ruiniert, und jetzt nagte an ihm ein Haß auf die Golfkriegsveteranen, der sogar Les' Abneigung überstieg. Den ganzen Weg nach Blackwell, als Les bereits ein flaues Gefühl im Bauch hatte und anfing zu zittern, machte Swift das Schweigen der beiden großen Kerle mehr als wett. Er redete und redete mit keuchender Stimme. »Ihr größtes Problem ist, daß sie nicht an den Strand gehen können? Sie kriegen am Strand die Motten, wenn sie den Sand sehen? Tja, Scheiße. Wochenendsoldaten, und auf einmal müssen sie in einen richtigen Krieg. Darum sind sie so sauer: Sie waren in der Reserve und haben gedacht, sie kämen nie dran, und dann sind sie doch drangekommen. Und dabei haben sie nicht mal ihren Arsch hinhalten müssen. Die wissen ja gar nicht, was ein Krieg ist. Das soll ein Krieg gewesen sein? Vier Tage Bodenkrieg? Wie viele Araber haben sie denn gekillt? Jetzt regen sie sich auf, weil sie Saddam Hussein nicht erwischt haben. Sie haben einen einzigen Feind: Saddam Hussein. Ach, hör doch auf. Diesen Burschen fehlt gar nichts. Die wollen bloß Geld, aber ohne die Anstrengung. Sie haben Ausschlag. Wollt ihr wissen, wie viele Ausschläge ich von Agent Orange gekriegt hab? Ich werd nicht mal sechzig werden, und diese Burschen machen sich Sorgen, weil sie einen Ausschlag haben!«

Das chinesische Restaurant lag mit der Rückseite zum Fluß am nördlichen Rand von Blackwell, an der Schnellstraße, neben der mit Brettern vernagelten Papierfabrik. Das aus Betonsteinen errichtete Gebäude war flach und langgestreckt und rosafarben. Es hatte zur Straße hin ein großes Fenster, und die Fassade war zur Hälfte so angemalt, daß sie aussah wie eine Ziegelmauer – eine rosafarbene Ziegelmauer. Vor Jahren war es ein Bowling-Center gewesen. Im großen Fenster war eine flackernde Neonschrift angebracht, deren chinesisch wirkende Buchstaben den Namen des Restaurants verkündeten: The Harmony Palace.

Les brauchte nur diesen Schriftzug zu sehen, um den letzten Hoffnungsschimmer zu verlieren. Er konnte nicht. Er würde es nicht schaffen. Er würde völlig ausrasten.

Die Monotonie, mit der er diese Worte wiederholte – und die Kraft, die es ihn kostete, seine schreckliche Angst zu überwinden. Der Fluß aus Blut, den er durchwaten mußte, um an dem lächelnden Schlitzauge an der Tür vorbeizukommen und sich an den Tisch zu setzen. Und das Grauen – das wahnsinnige Grauen, vor dem es keinen Schutz gab –, als das lächelnde Schlitzauge ihm eine Speisekarte reichte. Die krasse Absurdität, als das Schlitzauge ihm ein Glas Wasser einschenkte. Ausgerechnet *ihm*! Es kam ihm so vor, als wäre dieses Wasser die eigentliche Ursache seines ganzen Elends. So verrückt machte ihn das alles.

»Okay, Les, du machst das ganz prima. Ganz prima«, sagte Louie. »Wir machen das hier einen Gang nach dem anderen. Bis jetzt ist alles ganz prima. Jetzt möchte ich, daß du dir die Speisekarte vornimmst. Sonst nichts. Nur die Speisekarte. Schlag die Speisekarte auf, schlag sie auf und konzentrier dich auf die Suppen. Du sollst jetzt nur eine Suppe bestellen. Das ist alles. Wenn du dich nicht entscheiden kannst, suchen wir dir was aus. Die Wonton-Suppe ist hier sehr gut.«

»Scheißober«, sagte Les.

»Er ist nicht der Ober, Les. Er heißt Henry und ist der Besitzer. Konzentrier dich auf die Suppe, Les. Henry leitet den Laden hier. Er sorgt dafür, daß alles in Ordnung ist. Nicht mehr und nicht weniger. Er weiß nichts von all dem anderen Zeug. Er weiß nichts davon und will auch gar nichts davon wissen. Also, was für eine Suppe willst du?«

»Was nehmt ihr denn?« Das hatte *er* gesagt. Les. Mitten in diesem Drama der Verzweiflung hatte er, Les, es geschafft, aus dem inneren Tumult herauszutreten und die anderen zu fragen, was sie essen würden.

»Wonton«, sagten alle.

»Na gut. Dann also Wonton.«

»Okay«, sagte Louie. »Und jetzt werden wir das andere Zeug bestellen. Sollen wir uns was teilen, oder ist das zuviel verlangt, Les? Willst du lieber ein eigenes Hauptgericht? Was möchtest du? Hühnchen, Gemüse, Schweinefleisch? Willst du Lo Mein? Mit Nudeln?«

Er versuchte, ob er es noch einmal hinkriegte. »Was nehmt ihr denn?«

»Tja, Les, der eine will Schweinefleisch, der andere will Rindfleisch –«

»Mir ist es egal!« Es war ihm egal, weil dies alles auf einem anderen Planeten passierte, diese Komödie, die sie aufführten und in der sie so taten, als bestellten sie chinesisches Essen. Das war nicht das, was wirklich passierte.

»Zweimal gebratenes Schweinefleisch? Gut, also zweimal gebratenes Schweinefleisch für Les. Okay. Du brauchst dich jetzt nur ein bißchen zu konzentrieren, Les, und Chet wird dir eine Schale Tee einschenken. Okay? Okay.«

»Halt mir bloß diesen Scheißober vom Hals.« Aus dem Augenwinkel hatte er eine Bewegung wahrgenommen.

»Sir? Sir?« rief Louie dem Ober zu. »Sir, wenn Sie bitte dort drüben bleiben würden. Wir bringen Ihnen dann unsere Bestellung. Wenn es Ihnen nichts ausmacht. Wir bringen Ihnen unsere Bestellung. Halten Sie bitte ein bißchen Abstand.« Doch der Ober schien nicht zu verstehen, und als er Anstalten machte, an ihren Tisch zu treten, erhob sich Louie unbeholfen, aber rasch. »*Sir!* Wir werden unsere Bestellung zu Ihnen bringen. *Zu. Ihnen.* Gut? Gut«, sagte er und setzte sich wieder. »Gut«, sagte er, »gut«, und nickte dem Ober zu, der stocksteif etwa drei Meter entfernt stehengeblieben war. »Sehr gut, Sir. Ausgezeichnet.«

Das Harmony Palace war spärlich beleuchtet. Entlang der Wände standen hier und da künstliche Pflanzen, und in dem langgestreckten Saal waren etwa fünfzig Tische aufgereiht. Nur einige davon waren besetzt, alle so weit entfernt, daß die anderen Gäste die kurze Störung an dem Tisch, wo die fünf Männer saßen, nicht bemerkt zu haben schienen. Zur Sicherheit ließ sich Louie beim Betreten des Restaurants von Henry immer einen Tisch mit ausreichendem Abstand zu den anderen Gästen geben. Er und Henry erlebten das hier nicht zum erstenmal.

»Okay, Les, wir haben alles im Griff. Du kannst die Speisekarte jetzt loslassen. Laß die Speisekarte los, Les. Erst die rechte Hand. Jetzt die linke. Sehr gut. Chet wird sie für dich zusammenfalten.«

Chet und Bobcat, die beiden großen Männer, waren rechts und links von Les plaziert. Sie waren von Louie für heute abend zu Militärpolizisten ernannt worden und wußten, was sie zu tun hatten, falls Les eine falsche Bewegung machte. Swift saß auf der anderen Seite des runden Tisches, neben Louie, der direkt gegenüber von Les Platz genommen hatte, und sagte im geduldigen Tonfall eines Vaters, der seinem Sohn das Fahrradfahren beibringt: »Ich weiß noch, wie ich das erstemal hier war. Ich dachte, ich würde es nie schaffen. Du machst das wirklich gut. Als ich das erstemal hier war, konnte ich nicht mal die Speisekarte lesen. Die Buchstaben sind mir vor den Augen verschwommen. Ich war drauf und dran, durch das Fenster zu springen. Zwei von den Jungs mußten mit mir rausgehen, weil ich nicht stillsitzen konnte. Du machst das richtig gut, Les.« Wäre Les imstande gewesen, auf etwas anderes als das Zittern seiner Hände zu achten, dann wäre ihm aufgefallen, daß er Swift noch nie anders als zuckend und zappelnd erlebt hatte. Zappelnd und zeternd. Darum hatte Louie ihn mitgenommen: weil es auf dieser Welt anscheinend nichts gab, was Swift besser konnte, als jemandem zu helfen, ein chinesisches Essen durchzustehen. Hier, im Harmony Palace und nirgendwo sonst, schien Swift sich für eine Weile daran zu erinnern, wie es in der Welt zuging. Hier ahnte man nur schwach, daß er sonst jemand war, der auf Händen und Knien durchs Leben kroch. Hier offenbarte sich in dieser verbitterten, leidenden Ruine von einem Mann ein winziges, zerfleddertes Stück von dem, was einst Mut gewesen war. »Du machst das richtig gut, Les. Du machst das ganz prima. Aber du solltest unbedingt ein bißchen Tee trinken«, schlug Swift vor. »Laß dir von Chet was einschenken.«

»Atmen«, sagte Louie. »Genau. Atmen, Les. Wenn du nach der Suppe nicht weitermachen kannst, gehen wir wieder. Aber die Suppe mußt du schaffen. Es ist völlig in Ordnung, wenn du das zweimal gebratene Schweinefleisch nicht schaffst. Aber die Suppe mußt du schaffen. Laß uns ein Codewort ausmachen für den Fall, daß du rausmußt. Ein Codewort, das du mir sagst, wenn nichts mehr geht. Wie wär's mit ›Teeblatt‹? Du brauchst nur ›Teeblatt‹ zu sagen, und wir verschwinden von hier. Teeblatt. Wenn es nicht mehr geht, sagst du das Codewort. Aber *nur*, wenn es nicht mehr geht.«

Der Ober war mit dem Tablett, auf dem die fünf Schalen mit ihren Suppen standen, in einiger Entfernung stehengeblieben. Chet und Bobcat sprangen auf, nahmen ihm das Tablett ab und brachten es zum Tisch.

Les würde am liebsten »Teeblatt« sagen und sich von hier verpissen. Warum tut er es nicht? Ich muß hier raus. Ich muß hier raus.

Indem er in Gedanken ständig wiederholt: »Ich muß hier raus«, gelingt es ihm, sich in eine Trance zu versetzen und – obgleich er überhaupt keinen Appetit hat – anzufangen, die Suppe zu essen. Ein paar Löffel Suppe zu essen. »Ich muß hier raus«, und das blendet den Ober und den Besitzer aus, aber nicht die beiden Frauen, die an einem Tisch an der Wand sitzen und Erbsen palen und die gepalten Erbsen in einen Kochtopf werfen. Zehn Meter entfernt, aber Les kann riechen, welch billiges Parfüm sie sich hinter ihre vier gelben Ohren geschmiert haben – der Geruch ist für ihn so durchdringend wie der von feuchter Erde. Mit demselben phänomenalen, lebensrettenden Geruchssinn, der es ihm ermöglicht hat, die Schweißausdünstungen eines lautlosen Scharfschützen im stockfinsteren Dickicht des vietnamesischen Dschungels wahrzunehmen, fängt er jetzt den Geruch der beiden Frauen auf und merkt, daß er den Boden unter den Füßen verliert. Niemand hat ihm gesagt, daß hier Frauen sein würden, die so etwas machen. Und wie lange werden sie das noch machen? Zwei junge Frauen. Schlitzaugen. Warum sitzen sie da und machen das? »Ich muß hier raus.« Doch er kann sich nicht rühren, weil er sich ganz und gar auf die Frauen konzentrieren muß.

»Warum machen diese Frauen das?« fragt Les Louie. »Warum hören die nicht auf damit? Müssen die das die ganze Zeit machen? Wollen die den ganzen Abend damit weitermachen? Wollen die immer wieder von vorn anfangen? Und warum? Kann mir irgend jemand sagen, warum? Mach, daß sie damit aufhören.«

»Beruhige dich«, sagt Louie.

»Ich bin ja ganz ruhig. Ich will bloß wissen, ob sie damit weitermachen. Kann irgend jemand machen, daß sie damit aufhören? Fällt keinem ein, wie man sie dazu bringen kann, damit aufzuhören?« Seine Stimme wird jetzt lauter, und dagegen kann man ebensowenig tun wie dagegen, daß die Frauen da sitzen und das machen.

»Les, wir sind in einem Restaurant. In einem Restaurant kocht man Bohnen.«

»Erbsen«, sagt Les. »*Das sind Erbsen!*«

»Les, du hast deine Suppe, und gleich kommt der nächste Gang. Der nächste Gang, das ist alles, was jetzt zählt. Das ist alles. Das ist es. Alles, was du als nächstes tun mußt, ist, dein zweimal gebratenes Schweinefleisch essen. Das ist alles.«

»Ich hab genug Suppe gegessen.«

»Ja?« sagt Bobcat. »Willst du sie nicht aufessen? Bist du damit fertig?«

Von allen Seiten dringt die bevorstehende Katastrophe auf ihn ein – wie lange kann diese Qual noch in *Essen* verwandelt werden? Les schafft es, ganz leise zu sagen: »Kannst sie haben.«

Und in diesem Augenblick setzt sich der Ober in Bewegung – und dabei tut er so, als wollte er die leeren Suppenschalen abräumen.

»Nein!« brüllt Les, und Louie ist wieder auf den Beinen und sieht aus wie der Löwendompteur im Zirkus, und während Les angespannt darauf wartet, daß der Ober angreift, bedeutet Louie dem Ober mit seinem Stock, zu bleiben, wo er ist.

»Bleiben Sie da«, sagt Louie zu dem Ober. »Bleiben Sie *da*. Wir werden Ihnen die Schalen bringen. Kommen Sie nicht an unseren Tisch.«

Die Frauen haben aufgehört, die Erbsen zu palen, und zwar ohne daß Les aufgestanden und hingegangen ist und ihnen gezeigt hat, wie man damit aufhört.

Und Henry ist ein Komplize, das ist jetzt klar. Dieser dünne, geschmeidige, lächelnde Henry, dieser junge Mann in Jeans, schrillbuntem Hemd und Joggingschuhen, der ihm Wasser eingeschenkt hat und der Besitzer ist, starrt Les von der Tür aus an. Er lächelt, aber er starrt. Der Mann ist eine Bedrohung. Er versperrt den Ausgang. Henry muß weg.

»Alles in bester Ordnung«, ruft Louie Henry zu. »Das Essen ist sehr gut. Ausgezeichnet. Darum kommen wir auch immer wieder hierher.« Und zum Ober sagt er: »Folgen Sie einfach meinen Anweisungen.« Er läßt den Stock sinken und setzt sich wieder. Chet und Bobcat räumen die Suppenschalen zusammen, gehen zum Ober und stellen sie auf sein Tablett.

»Noch jemand?« fragt Louie. »Will noch jemand erzählen, wie es für ihn beim erstenmal war?«

»Mh-mh«, sagt Chet, während Bobcat sich an die angenehme Aufgabe macht, Les' Suppe aufzuessen.

Als der Ober mit dem Rest ihrer Bestellung aus der Küche kommt, stehen Chet und Bobcat sofort auf und gehen ihm entgegen, bevor das verdammte blöde Schlitzauge die Anweisung noch einmal vergißt und ihrem Tisch zu nahe kommen kann.

Und jetzt steht es da. Das Essen. Die Qual, die Essen geworden ist. Lo Mein: Rindfleisch und Krabben. Mu Gu Gai Pan. Rindfleisch mit Chili. Zweimal gebratenes Schweinefleisch. Schweinerippchen. Reis. Die Qual, die Reis geworden ist. Die Qual, die Dampf geworden ist. Die Qual, die Gerüche geworden ist. Das alles soll ihn vor dem Tod bewahren. Soll ihn mit dem Les verbinden, der er als Junge war. Das ist der immer wiederkehrende Traum: der unversehrte Junge auf der Farm.

»Sieht gut aus!«

»Schmeckt noch besser!«

»Willst du, daß Chet dir was auf den Teller tut, oder willst du es selbst machen, Les?«

»Keinen Hunger.«

»Das macht nichts«, sagt Louie, während Chet beginnt, Essen auf Les' Teller zu löffeln. »Du brauchst keinen Hunger zu haben. Das ist keine Bedingung.«

»War's das dann?« fragt Les. »Ich muß hier raus. Kein Scheiß, Leute. Ich muß wirklich hier raus. Mir reicht's. Ich halt das nicht aus. Ich hab das Gefühl, ich raste gleich aus. Mir reicht's. Ihr habt gesagt, ich könnte jederzeit gehen. Ich muß hier raus.«

»Ich höre das Codewort nicht, Les«, sagt Louie, »also laß uns weitermachen.«

Jetzt zittert er wirklich. Er kommt mit dem Reis nicht zurecht. Er zittert so stark, daß der Reis von der Gabel fällt.

Gott im Himmel, da kommt ein Ober mit Wasser. Er hat einen Bogen geschlagen und kommt von hinten auf Lester zu, ein anderer Ober, aus dem Nichts, verdammte Scheiße. Sie sind alle dicht neben Les, der auf einmal »Jahhhh!« brüllt und dem Kerl an die Gurgel geht, so daß der Wasserkrug vor seinen Füßen explodiert.

»Stopp!« ruft Louie. »Zurück!«

Die Erbsen palenden Frauen kreischen.

»Er braucht kein Wasser!« Louie schreit und ist aufgesprungen, er schreit und hat den Stock hoch erhoben, und für die Frauen sieht er aus wie ein Verrückter. Aber wenn sie denken, daß Louie verrückt ist, wissen sie nicht, was verrückt ist. Dann haben sie keine Ahnung.

An anderen Tischen sind einige Leute aufgestanden, und Henry eilt zu ihnen und spricht leise mit ihnen, bis sie sich wieder setzen. Er erklärt seinen Gästen, daß die Leute da drüben Vietnamveteranen sind und er es, wenn sie ihn besuchen, als seine patriotische Pflicht ansieht, gastfreundlich zu sein und ihre Probleme für ein, zwei Stunden zu ertragen.

Von da an herrscht im Restaurant absolute Stille. Les nimmt ein paar kleine Bissen, und die anderen essen alles auf, bis das einzige Essen auf dem Tisch das auf Les' Teller ist.

»Bist du damit fertig?« fragt Bobcat. »Willst du das nicht mehr?«

Diesmal schafft er es nicht mal, »Kannst du haben« zu sagen. Wenn er diese drei Wörter ausspricht, werden alle, die unter dem Boden des Restaurants begraben sind, sich erheben und Rache nehmen. Sag nur *ein* Wort, und falls du beim erstenmal nicht gesehen hast, wie das ist, dann wirst du's jetzt sehen, da kannst du Gift drauf nehmen.

Jetzt kommen die Glückskekse. Normalerweise gefällt ihnen das. Sie lesen die Sprüche, lachen, trinken Tee – wem gefällt das nicht? Aber Les ruft: »Teeblatt!« und rast los, und Louie sagt zu Swift: »Geh mit ihm raus. Bleib bei ihm, Swiftie. Gib auf ihn acht. Laß ihn nicht aus den Augen. Wir zahlen inzwischen.«

Auf dem Heimweg herrscht Schweigen: Bobcat schweigt, weil er so vollgefressen ist; Chet schweigt, weil wiederholte Bestrafung durch zu viele Schlägereien ihn längst gelehrt hat, daß Schweigen für einen so kaputten Mann wie ihn die einzige Möglichkeit ist, freundlich zu erscheinen; und auch Swift schweigt ein zorniges, verbittertes Schweigen, weil mit dem flackernden Neonlicht auch die Erinnerung an den Swift von früher, die im Harmony Palace anscheinend lebendig geworden ist, hinter ihm zurückbleibt. Swift ist jetzt damit beschäftigt, den Schmerz zu schüren.

Les schweigt, weil er schläft. Nach zehn Tagen totaler Schlaflosigkeit vor diesem Ausflug ist er nun endlich eingeschlafen.

Als Louie alle anderen abgesetzt hat und er und Les allein im

Wagen sind, hört er, daß Les aufwacht, und sagt: »Les? Les? Das hast du gut gemacht, Lester. Ich hab gesehen, wie du geschwitzt hast, und gedacht: ›Oh, oh, oh, das schafft er nicht.‹ Du hättest mal sehen sollen, wie bleich du warst. Ich konnte es nicht fassen. Ich dachte, du würdest den Ober kaltmachen.« Louie, der sich in den ersten Nächten in der Heimat mit Handschellen an einen Heizkörper in der Garage seiner Schwester gefesselt hat, um sicherzugehen, daß er den Schwager nicht umbringen würde, der so freundlich gewesen war, ihn, der den Dschungel vor kaum achtundvierzig Stunden hinter sich gelassen hatte, bei sich aufzunehmen, Louie, dessen Leben so auf die Bedürfnisse der anderen ausgerichtet ist, daß darin kein Platz mehr bleibt für irgendwelche dämonischen Triebe, und der in den über einem Dutzend Jahren, in denen er trocken und clean geblieben ist, in denen er das Zwölf-Schritte-Programm der Anonymen Alkoholiker durchgezogen und seine Medikamente mit religiöser Gewissenhaftigkeit eingenommen hat – gegen die Angst Klonopin, gegen die Depressionen Zoloft, gegen das Brennen in den Knöcheln, das Knirschen in den Knien und den unaufhörlichen Schmerz in den Hüftgelenken Salsalate, ein entzündungshemmendes Mittel, das meist kaum mehr bewirkt als Sodbrennen, Blähungen und Durchfall –, Louie, der es geschafft hat, so viele innere Trümmer beiseite zu räumen, daß er imstande ist, gesittet mit anderen Menschen zu sprechen, und sich zwar nicht wohl fühlt, aber nicht mehr wie ein Wahnsinniger darunter leidet, sich auf diesen schmerzgeplagten Beinen für den Rest seines Lebens nur so unbeholfen bewegen zu können und gezwungen zu sein, aufrecht auf einem Fundament aus Sand zu stehen, dieser unbekümmerte Louie lacht. »Ich dachte, der hat keine Chance. Aber, Mann«, sagt Louie, »du hast nicht bloß die Suppe geschafft, sondern bis zu diesen verdammten Glückskeksen durchgehalten. Weißt du, wie viele Anläufe ich gebraucht hab, um bis zu den Glückskeksen durchzuhalten? Vier. Vier Anläufe, Les. Beim erstenmal bin ich gleich aufs Klo gerannt, und die anderen haben eine Viertelstunde auf mich einreden müssen, um mich da wieder rauszukriegen. Weißt du, was ich meiner Frau sagen werde? Ich werde ihr sagen: ›Les hat das gut hingekriegt. Les hat das echt gut hingekriegt.‹«

Aber als es an der Zeit war, ein zweites Mal dorthin zu fahren, weigerte sich Les. »Reicht es denn nicht, daß ich da gesessen hab?« »Nein, ich will, daß du ißt«, sagte Louie. »Ich will, daß du das ganze Menü ißt. Das volle Programm von A bis Z. Wir haben jetzt ein neues Ziel, Les.« »Ich will aber kein neues Ziel. Ich hab's durchgestanden, ohne einen umzubringen. Reicht das nicht?« Doch eine Woche später fuhren sie wieder zum Harmony Palace, in der gleichen Besetzung. Das gleiche Glas Wasser, die gleichen Speisekarten, sogar der gleiche Geruch nach billigem Eau de Cologne, den das besprühte Fleisch der asiatischen Frauen im Restaurant verströmt und der Les in süßen, elektrisierenden Schwaden umweht, dieser verräterische Duft, der ihn zu seinem Opfer führt. Beim zweitenmal ißt er, beim drittenmal ißt *und* bestellt er – auch wenn der Ober sich noch immer nicht dem Tisch nähern darf –, und beim viertenmal darf der Ober ihnen das Essen am Tisch servieren, und Les ißt wie ein Verrückter, er ißt, bis er beinahe platzt, er ißt, als hätte er ein Jahr lang gehungert.

Draußen klatschen sie einander auf die Hände. Sogar Chet ist guter Laune. Chet spricht. Chet ruft das Motto der Marines: »*Semper fi!*«

»Das nächstemal«, sagt Les auf dem Heimweg, ganz benommen von dem Gefühl, aus dem Grab auferstanden zu sein, »das nächstemal wirst du zu weit gehen, Louie. Das nächstemal wirst du verlangen, daß es mir *gefällt!*«

Doch was als nächstes ansteht, ist eine Fahrt zur Wand. Und das schafft er nicht. Es war schlimm genug, Kennys Namen in dem Buch nachzuschlagen, das sie in der VA hatten. Danach war ihm eine Woche lang schlecht. Er konnte an nichts anderes denken. Er kann überhaupt an nichts anderes denken. Kenny neben ihm, ohne Kopf. Tag und Nacht denkt er: Warum Kenny, warum Chip, warum Buddy, warum sie und nicht ich? Manchmal denkt er, daß sie diejenigen sind, die Glück gehabt haben. Für sie ist es vorbei. Nein, auf keinen Fall, auf gar keinen Fall fährt er zur Wand. Zu dieser Wand. Nie im Leben. Er kann nicht. Er will nicht. Schluß, aus.

Tanz für mich.

Sie sind jetzt seit sechs Monaten zusammen, und so sagt er eines Abends: »Komm, tanz für mich« und legt im Schlafzimmer eine

CD auf, das Artie-Shaw-Arrangement von *The Man I Love*, bei dem Roy Elridge Trompete spielt. Tanz für mich, sagt er, löst die Arme, mit denen er sie umschlungen hält, und zeigt auf den Boden am Fußende des Bettes. Seelenruhig steht sie auf von dort, wo sie den Geruch gerochen hat, den Geruch des nackten Coleman, den Geruch von sonnengebräunter Haut; sie steht auf von dort, wo sie, Zähne und Zunge mit seinem Sperma überzogen, das Gesicht auf seine nackte Flanke gebettet, sich dicht an ihn geschmiegt und ihre Hand unterhalb seines Bauches auf das krause, weiche Gewirr des lockigen Haars gelegt hat, und während er sie genau beobachtet – seine grünen Augen mustern sie unentwegt durch den dunklen Vorhang seiner langen Wimpern, ganz und gar nicht wie ein erschöpfter alter Mann, der jeden Augenblick ohnmächtig werden könnte, sondern eher wie jemand, der das Gesicht an eine Fensterscheibe drückt –, tut sie es, nicht kokett, nicht wie Steena 1948, nicht wie ein bezauberndes Mädchen, eine bezaubernde junge Frau, die tanzt, weil es ihr Lust bereitet, ihm Lust zu bereiten, eine bezaubernde junge Frau, die nicht genau weiß, was sie tut, und die zu sich selbst sagt: »Ich kann ihm das geben – er will es, und ich kann es ihm geben, also: Da ist es.« Nein, es ist nicht ganz die naive, unschuldige Szene, in der die Knospe sich zur Blüte entfaltet, in der das Füllen sich in eine Stute verwandelt. Tatsächlich: Faunia kann es ihm geben, aber sie tut es ohne die knospende Reife, ohne eine jugendliche, verschwommene Idealisierung ihrer und seiner selbst, ohne eine Idealisierung aller Lebenden und Toten. Er sagt: »Komm, tanz für mich«, und sie lacht ihr unbeschwertes Lachen und antwortet: »Warum nicht? In dieser Hinsicht bin ich großzügig« und beginnt, sich zu bewegen. Sie glättet ihre Haut, als wäre sie ein zerknittertes Kleid, sie sorgt dafür, daß alles da ist, wo es sein soll, daß es straff, knochig oder gerundet ist, wie es sein soll, ihre Finger verströmen einen Hauch ihrer selbst, den vielsagenden, vertrauten grünen Geruch, als sie sich damit über den Hals streicht, über die warmen Ohren und von dort langsam über die Wangen bis zu den Lippen, und mit ihrem Haar, dem ergrauenden blonden Haar, das von der Anstrengung feucht und zerzaust ist, spielt sie, als wäre es Seetang: Sie tut, als wäre es Seetang, als wäre es immer schon Seetang gewesen, ein großer, tropfender, mit Salzwasser gesättigter Haufen Seetang – und was kostet es sie schon? Was soll's? Tauch ein. Ergieß dich. Wenn es dies ist, was er will, dann fang ihn ein, diesen Mann, dann umgarne ihn. Er wäre nicht der erste.

Sie spürt es, als es geschieht: das Ding, die Verbindung. Sie bewegt sich, sie erhebt sich vom Boden am Fußende des Bettes, der jetzt ihre Bühne ist, verführerisch zerzaust und gesalbt von dem vorangegangenen Akt, hellhaarig und weißhäutig, wo sie nicht sonnenverbrannt ist von der Arbeit auf der Farm, und an einem halben Dutzend Stellen zerschrammt, eines ihrer Knie ist aufgeschürft wie bei einem Kind, weil sie in der Scheune ausgerutscht ist, an ihren Armen und Beinen hat der Zaundraht halb verheilte, ganz feine, fadenartig gewundene Schnitte hinterlassen, ihre Hände sind rauh, gerötet, wund von den Glasfibersplittern, die sie sich beim wöchentlichen Umsetzen der Zaunpfosten eingerissen hat, an der Kehle, genau am Übergang vom Hals zum Rumpf hat sie ein blütenblattförmiges, rougefarbenes Mal, das sie entweder im Melkstand oder von ihm bekommen hat, ein anderes, blauschwarzes Mal ist auf der Rundung ihres unmuskulösen Oberschenkels, es gibt Stellen, wo sie gebissen oder gestochen worden ist, eines seiner Haare bildet ein Et-Zeichen und klebt wie ein neckischer gräulicher Schönheitsfleck auf ihrer Wange, ihre Lippen sind gerade so weit geöffnet, daß die Wölbung ihrer Zahnreihen zu sehen ist, und sie hat keine Eile, ans Ziel zu gelangen, denn der eigentliche Genuß ist der Weg dorthin. Sie bewegt sich, und jetzt sieht er sie, sieht diesen sich streckenden Körper, der sich rhythmisch hin- und herwiegt, diesen schlanken Körper, der so viel stärker ist, als er wirkt, und überraschenderweise so schwerbrüstig, er sieht, wie dieser Körper sich, gehalten von den langen, geraden Stielen ihrer Beine, neigt, neigt, neigt, wie er sich ihm gleich einem bis zum Rand gefüllten Schöpflöffel zuneigt. Er leistet keinen Widerstand, er liegt ausgestreckt auf den kleinen Wellen des Lakens, den Kopf gestützt von einem wirbelnden Strudel aus zusammengeballten Kissen. Sein Kopf ist auf einer Höhe mit ihren Hüften, ihrem Bauch, ihrem sich wiegenden Bauch, und er sieht sie, jede kleinste Einzelheit, er sieht sie, und sie weiß, daß er sie sieht. Sie sind miteinander verbunden. Sie weiß: Er will, daß sie auf etwas

Anspruch erhebt. Er will, daß ich hier stehe und mich bewege, denkt sie, und daß ich Anspruch erhebe auf das, was mir gehört. Und das wäre? Er. Er. Er bietet sich mir an. Na gut, hier geht's um Hochspannung – dann wollen wir mal. Und so schenkt sie ihm ihren mit Raffinesse geladenen Blick aus niedergeschlagenen Augen und bewegt sich, bewegt sich, und die formale Kraftübertragung beginnt. Und für sie ist es sehr schön, so zu dieser Musik zu tanzen und zu spüren, wie die Kraft weitergeleitet wird, und zu wissen, daß er auf ihren kleinsten Wink, auf das Fingerschnippen, das den Ober herbeiruft, aus diesem Bett kriechen und ihr die Füße lecken würde. Der Tanz hat kaum begonnen, und schon könnte sie ihn schälen und essen wie ein Stück Obst. Es hat nichts damit zu tun, daß ich verprügelt worden bin und daß ich die Putzfrau bin; ich putze im College den Dreck der anderen weg, und ich putze im Postamt den Dreck der anderen weg, und man entwickelt eine schreckliche Härte, wenn man das macht, wenn man den Dreck der anderen wegputzt; wenn du die Wahrheit wissen willst: Es ist ein Scheißjob, und erzähl mir nicht, daß es keine besseren gibt, aber immerhin hab ich diesen Job, und ich mache ihn. Ich hab drei Jobs, denn mein Wagen macht's noch eine Woche, und ich brauche einen billigen Wagen, der läuft – darum hab ich drei Jobs, und zwar nicht zum erstenmal, und da wir gerade davon sprechen: Die Milchfarm ist eine Menge Knochenarbeit. Für dich hört sich das toll an, für dich sieht das toll aus – Faunia und die Kühe –, aber zusätzlich zu allem anderen bricht es einem schier das Kreuz ... Doch in diesem Augenblick bin ich nackt im selben Zimmer wie dieser Mann, und ich sehe ihn dort liegen mit seinem Schwanz und seiner Navy-Tätowierung, und alles ist ruhig, auch er ist ruhig – selbst jetzt, wo es ihn anmacht, mich tanzen zu sehen, ist er ruhig, ganz ruhig, und dabei hat er gerade ebenfalls eine Menge einstecken müssen. Er hat seine Frau verloren, er hat seinen Job verloren, er ist öffentlich gedemütigt worden, als rassistischer Professor. Und was ist ein rassistischer Professor? Das wird man ja nicht einfach so. Als das wird man entlarvt, und das heißt, daß man es schon immer gewesen ist. Es ist nicht so, daß man einmal was falsch gemacht hat. Wenn man ein Rassist ist, heißt das, daß man immer ein Rassist gewesen ist. Plötzlich ist man sein Leben lang ein Rassist gewesen. Das ist das

Etikett, das einem angehängt wird, und es stimmt nicht mal, und trotzdem ist er jetzt ganz ruhig. Das ist es, was ich für ihn tun kann. Ich kann machen, daß er so ruhig ist, wie er jetzt ist, und er kann machen, daß ich so ruhig bin, wie ich jetzt bin. Ich brauche nur weiter zu tanzen. Er sagt: Tanz für mich, und ich denke: Warum nicht? Warum nicht – außer daß er denken wird, daß ich mitmache und genau wie er so tue, als wäre das hier etwas anderes. Er wird so tun, als würde die Welt uns zu Füßen liegen, und ich werde ihn lassen, und dann werde auch ich so tun. Trotzdem: Warum nicht? Ich kann tanzen ... aber er darf es nicht vergessen. Das hier ist nur das, was es ist, selbst wenn ich nichts weiter trage als den Opalring, selbst wenn ich nichts weiter am Körper habe als den Ring, den er mir geschenkt hat. Hier stehe ich vor meinem Liebhaber, nackt, und das Licht ist an, und ich tanze. Gut, du bist ein Mann, und du bist nicht in der Blüte deiner Jahre, und du hast dein eigenes Leben, in dem ich keinen Platz habe, aber ich weiß, was hier passiert. Du kommst als Mann zu mir. Und darum komme ich zu dir. Das ist eine Menge. Aber das ist auch alles. Ich tanze nackt vor dir, das Licht ist an, und du bist ebenfalls nackt, und das ganze andere Zeug ist unwichtig. Das ist das Einfachste, was wir je getan haben – das ist *es*. Versau es nicht, indem du denkst, daß es mehr ist. Du denkst es nicht, und ich werde es auch nicht denken. Es *muß* auch gar nicht mehr sein, als es ist. Weißt du was? Ich sehe dich, Coleman.

Und dann spricht sie es aus. »Weißt du was? Ich sehe dich.«

»Tatsächlich?« sagt er. »Dann beginnt jetzt der Abstieg in die Hölle.«

»Fragst du dich – falls es dich überhaupt interessiert –, ob es einen Gott gibt? Fragst du dich, warum du auf der Welt bist? Worum es überhaupt geht? Es geht hierum. Es geht darum, daß du hier bist und ich das hier für dich tue. Es geht darum, daß du nicht denkst, du wärst irgendwo anders jemand anders. Du bist eine Frau und gehst mit deinem Mann ins Bett, und du fickst nicht mit ihm, um zu ficken, und auch nicht, um einen Orgasmus zu kriegen, sondern du fickst mit ihm, weil du mit deinem Mann im Bett liegst und weil es das richtige ist. Du bist ein Mann, und du fickst mit deiner Frau, aber du denkst dabei, daß du mit der Putzfrau aus dem

Postamt ficken willst. Okay – weißt du was? Du bist tatsächlich mit der Putzfrau im Bett.«

Leise und mit einem Lachen sagt er: »Und das ist der Beweis für die Existenz Gottes.«

»Wenn das kein Beweis ist, gibt es keinen Beweis.«

»Tanz weiter«, sagt er.

»Wenn du tot bist«, sagt sie, »ist es dann von Bedeutung, ob du die richtige Frau geheiratet hast?«

»Nein. Es ist nicht mal von Bedeutung, wenn man am Leben ist. Tanz weiter.«

»Was dann, Coleman? Was ist dann von Bedeutung?«

»Das hier«, sagt er.

»Braver Junge«, sagt sie. »Du lernst.«

»Ist es das, was du tust? Du bringst mir was bei?«

»Es wird Zeit, daß jemand das tut. Ja, ich bringe dir was bei. Aber sieh mich jetzt nicht so an, als würde ich noch für etwas anderes als das hier taugen. Für mehr als das hier. Bleib hier bei mir. Geh nicht weg. Bleib bei dieser Sache. Denk an nichts anderes. Bleib hier bei mir. Ich werde tun, was du willst. Wie oft hat dir eine Frau das gesagt und es wirklich ernst gemeint? Ich werde alles tun, was du willst. Mach's nicht kaputt. Geh damit nicht irgendwo anders hin, Coleman. Das ist der Grund, warum wir hier sind. Denk nicht, daß es irgendwas mit morgen zu tun hat. Schließ alle Türen, die in die Zukunft und die in die Vergangenheit. Alle gesellschaftlichen Gedanken – sperr sie aus. Alles, was diese wunderbare Gesellschaft von uns will. Die Art, wie wir uns in der Gesellschaft eingerichtet haben. ›Ich sollte, ich sollte, ich sollte.‹ Scheiß drauf! Das, was du sein sollst, und das, was du tun sollst, tötet alles ab. Ich kann weitertanzen, wenn's darum geht. Dieser heimliche kleine Moment – wenn's darum geht. Dieses Stückchen ist für dich. Dieses Stückchen Zeit. Es ist nicht mehr als das, und ich hoffe, das weißt du.«

»Tanz weiter.«

»Das hier ist wichtig«, sagt sie. »Wenn ich aufhören würde zu denken, daß ich ...«

»Was? Daß du was?«

»Daß ich schon als Mädchen eine kleine Hure war.«

»Warst du das?«

»Er hat sich immer eingeredet, daß es nicht seine, sondern meine Schuld war.«

»Der Stiefvater.«

»Ja. Das hat er sich eingeredet. Und vielleicht hatte er ja recht. Aber mit Acht oder Neun oder Zehn hatte ich keine andere Wahl. Es war die Brutalität, die so falsch war.«

»Wie war das, als du zehn warst?«

»Es war, als hätte man von mir verlangt, mir das ganze Haus auf den Rücken zu laden und wegzutragen.«

»Wie war es, wenn nachts die Tür zu deinem Zimmer aufging und er hereinkam?«

»Es war, als wäre ich ein Kind im Krieg. Hast du mal diese Zeitungsfotos von Kindern nach einem Bombenangriff gesehen? So war das. Es war so groß wie eine Bombe. Aber ganz egal, wie oft ich sie abkriegte – ich stand immer wieder auf. Das war mein Untergang: daß ich immer wieder aufstand. Und dann war ich zwölf, dreizehn und bekam einen Busen. Ich fing an zu bluten. Plötzlich war ich bloß noch ein Körper mit einer Möse in der Mitte ... Aber bleib hier, beim Tanzen. Schließ alle Türen, in die Zukunft und in die Vergangenheit, Coleman. Ich sehe dich, Coleman. Du schließt nicht alle Türen. Du hast noch immer Phantasien von Liebe. Weißt du was? Ich brauche eigentlich einen Mann, der älter ist als du. Dem diese Liebesscheiße gründlich ausgetrieben worden ist. Du bist zu jung für mich, Coleman. Sieh dich an. Wie ein kleiner Junge, der sich in seine Klavierlehrerin verknallt hat. Du bist dabei, dich in mich zu verlieben, Coleman, und dabei bist du viel zu jung für eine Frau wie mich. Ich brauche einen viel älteren Mann. Ich glaube, ich brauche einen Mann, der mindestens hundert ist. Hast du nicht einen Freund, der im Rollstuhl sitzt und dem du mich vorstellen kannst? Ein Rollstuhl ist in Ordnung: Ich kann tanzen und ihn herumschieben. Vielleicht hast du einen älteren Bruder. Sieh dich an, Coleman. Wie du mich mit deinen Schuljungenaugen anstarrst. Bitte, bitte ruf deinen älteren Freund an. Ich werde weitertanzen, aber ruf ihn an. Ich will mit ihm sprechen.«

Und während sie das sagt, weiß sie, daß dies und das Tanzen der Grund dafür sind, daß er sich in sie verliebt. Und es ist so leicht. Ich hab viele Männer angezogen, eine Menge Schwänze, sie finden mich und kommen zu mir, nicht einfach irgendwelche Männer mit irgendwelchen Schwänzen, nicht die, die keine Ahnung haben, und das sind fast neunzig Prozent, sondern Männer, junge Burschen, die eine echte Männlichkeit besitzen, Männer wie Smoky, die das wirklich verstehen. Du kannst dir die Haare raufen über das, was du nicht hast und was ich sogar dann habe, wenn ich angezogen bin, und manche Männer kennen es – sie wissen, was es ist, und darum finden sie mich, darum kommen sie zu mir, aber das hier, das hier ist so leicht, wie einem Kind seinen Lutscher wegzunehmen. Klar – er erinnert sich. Wie könnte er auch nicht? Wenn man es einmal gekostet hat, vergißt man es nie mehr. Ach je. Nachdem ich ihm zweihundertsechzigmal einen geblasen hab, nachdem er mich vierhundertmal regulär und hundertsechsmal in den Arsch gefickt hat, beginnt der Flirt. Aber so ist das eben. Wie oft haben irgendwelche Menschen schon geliebt, bevor sie gefickt haben? Wie oft habe ich geliebt, *nachdem* ich gefickt habe? Oder wird jetzt alles anders?

»Willst du wissen, wie ich mich fühle?« fragt sie ihn.

»Ja.«

»Ich fühle mich einfach gut.«

»Und wer«, fragt er, »kommt aus dieser Sache lebend raus?«

»Sehr gute Frage, Sir. Du hast recht, Coleman. Das hier führt in die Katastrophe. Mit Einundsiebzig willst du dich da hineinstürzen? Mit Einundsiebzig willst du dich davon herumreißen lassen? Mh-mh. Ich glaube, es ist besser, wir beschränken uns auf das Grundsätzliche.«

»Tanz weiter«, sagt er und drückt eine Taste auf dem Sony neben dem Bett. *The Man I Love* beginnt noch einmal von vorn.

»Nein. Nein. Ich flehe dich an. Ich muß an meine Karriere als Putzfrau denken.«

»Hör nicht auf.«

»Hör nicht auf«, wiederholt sie. »Das hab ich irgendwo schon mal gehört.« Tatsächlich hat sie das Wort »aufhören« nur selten *ohne* ein »nicht« gehört. Jedenfalls nicht von Männern. Und von ihr selbst ebenfalls nicht. »Ich dachte immer, ›hör nicht auf‹ wäre ein einziges Wort«, sagt sie.

»Ist es ja auch. Tanz weiter.«

»Dann verlier das hier nicht«, sagt sie. »Ein Mann und eine Frau in einem Zimmer. Nackt. Wir haben alles, was wir brauchen. Wir brauchen keine Liebe. Mach dich nicht klein – sei kein sentimentaler Einfaltspinsel. Das würdest du nur zu gern sein, aber sei es nicht. Laß uns das hier nicht verlieren. Stell dir vor, Coleman, stell dir vor, wir machen damit weiter.«

Er hat mich noch nie so tanzen sehen, er hat mich noch nie so reden hören. Ist lange her, daß ich so geredet hab – ich hab schon gedacht, ich hätte vergessen, wie das geht. Hab mich so lange versteckt. *Niemand* hat mich je so reden hören. Manchmal die Falken und Krähen im Wald, aber sonst niemand. Normalerweise rede ich mit Männern nicht so. So verwegen wie jetzt bin ich noch nie gewesen. Stell dir vor.

»Stell dir vor«, sagt sie, »stell dir vor, ich würde jeden Tag kommen – und dann das hier. Die Frau, die nicht alles besitzen will. Die Frau, die nichts besitzen will.«

Dabei hat sie noch nie etwas so sehr besitzen wollen.

»Die meisten Frauen wollen alles besitzen«, sagt sie. »Sie wollen deine Post besitzen. Sie wollen deine Zukunft besitzen. Sie wollen deine Phantasien besitzen. ›Wie kannst du es wagen, mit einer anderen als mir ficken zu wollen. Deine Phantasie sollte ich sein. Warum siehst du dir Pornos an, wenn du zu Hause *mich* hast?‹ Sie wollen den besitzen, der du bist, Coleman. Aber die Lust ist nicht, einen anderen zu besitzen. Die Lust ist das hier. Daß im selben Raum wie du noch ein anderer Bewerber ist. Ach, ich sehe dich, Coleman. Ich könnte dich mein Leben lang hergeben und dich trotzdem haben. Nur durch Tanzen. Etwa nicht? Habe ich recht? Gefällt dir das, Coleman?«

»Was für ein Glück«, sagt er und sieht ihr zu und läßt sie nicht aus den Augen. »Was für ein unglaubliches Glück. Das war mir das Leben schuldig.«

»Tatsächlich?«

»Es gibt keine wie dich. Helena von Troja.«

»Helena von Nirgends. Helena von Nichts.«

»Tanz weiter.«

»Ich sehe dich, Coleman. Ich sehe dich wirklich. Willst du wissen, was ich sehe?«

»Klar.«

»Du willst wissen, ob ich einen alten Mann sehe, stimmt's? Du hast Angst, daß ich einen alten Mann sehe und davonlaufe. Du hast Angst, daß du mich verlieren wirst, wenn ich all die Unterschiede zwischen einem jungen Mann und dir sehe, wenn ich sehe, was schlaff und verschwunden ist. Weil du zu alt bist. Aber willst du wissen, was ich sehe?«

»Was?«

»Ich sehe einen Jungen. Ich sehe, daß du dich verliebst wie ein Junge. Und das darfst du nicht. Du darfst nicht. Willst du wissen, was ich noch sehe?«

»Ja.«

»Ja, jetzt sehe ich es: Ich sehe einen alten Mann. Ich sehe einen alten Mann, der im Sterben liegt.«

»Erzähl mir davon.«

»Du hast alles verloren.«

»Das siehst du?«

»Ja. Du hast alles verloren außer mir und meinem Tanz. Willst du wissen, was ich sehe?«

»Was siehst du?«

»Du hattest das nicht verdient, Coleman. Das sehe ich. Ich sehe, daß du schrecklich wütend bist. Und so wirst du enden. Als ein wütender alter Mann. Und so hätte es nicht kommen sollen. Ich sehe: deine Wut. Ich sehe den Zorn und die Scham. Ich sehe, daß du als alter Mann verstehst, was Zeit ist. Das versteht man erst, wenn das Ende nahe ist. Aber du verstehst es jetzt. Und es macht dir angst. Weil du nichts wiederholen kannst. Du kannst nicht noch mal zwanzig sein. Das kommt nicht mehr zurück. Und so geht es zu Ende. Und noch schlimmer als das Sterben, noch schlimmer als tot sein sind die verdammten Schweine, die dir das angetan haben. Die dir alles weggenommen haben. Ich sehe das in dir, Coleman. Ich sehe es, weil es etwas ist, was ich kenne. Die verdammten Schweine, die alles in Sekundenschnelle geändert haben. Die dein Leben genommen und es weggeworfen haben. Sie haben *dein* Leben genommen, und dann haben *sie* beschlossen, es wegzuwerfen. Du bist zu dem richtigen Tanzmädchen gekommen. Sie entscheiden, was Müll ist, und sie haben beschlossen, daß *du* Müll bist. Sie haben einen Mann gedemütigt und erniedrigt und vernichtet, und zwar wegen einer Sache, von der jeder wußte, daß es ein Scheißdreck war. Wegen einem kleinen Pißwort, das ihnen egal war, vollkommen egal. Und das bringt einen in Rage.«

»Ich wußte gar nicht, daß du so gut aufgepaßt hast.«

Sie lacht ihr unbeschwertes Lachen. Und tanzt. Ohne den Idealismus, ohne die Idealisierung, ohne all den Utopismus des süßen jungen Dings, trotz allem, was sie über die Wirklichkeit weiß, trotz der unumkehrbaren Vergeblichkeit, aus der ihr Leben besteht, trotz allem Chaos und aller Abgestumpftheit tanzt sie! Und spricht, wie sie nie zuvor mit einem Mann gesprochen hat. Frauen, die ficken wie sie, sprechen doch nicht so – jedenfalls denken das die Männer, die Frauen wie sie nicht ficken. Und die *Frauen*, die nicht ficken wie sie, denken das auch. Das denken alle: die dumme Faunia. Sollen sie doch. Von mir aus. »Ja, die dumme Faunia hat gut aufgepaßt«, sagt sie. »Wie soll die dumme Faunia denn sonst zurechtkommen? Die dumme Faunia zu sein – das ist meine Leistung, Coleman. Das bin ich, wenn ich am vernünftigsten bin. Und jetzt stellt sich heraus, Coleman, daß ich dir beim Tanzen zugesehen habe. Woher ich das weiß? Weil du mit *mir* zusammen bist. Warum sonst solltest du mit mir zusammensein, wenn nicht, weil du so verdammt wütend bist? Und warum sonst sollte ich mit dir zusammensein, wenn nicht, weil *ich* so verdammt wütend bin? Darum ficken wir so gut, Coleman. Wegen der Wut, die alles ausgleicht. Also verlier sie nicht.«

»Tanz weiter.«

»Bis zum Umfallen?« fragt sie.

»Bis zum Umfallen«, sagt er. »Bis zum letzten Atemzug.«

»Was immer du willst.«

»Wo habe ich dich gefunden, Voluptas?« sagt er. »*Wie* habe ich dich gefunden? Wer bist du?« fragt er und drückt die Taste, worauf *The Man I Love* von neuem beginnt.

»Ich bin, was immer du willst.«

Coleman las ihr lediglich aus der Sonntagszeitung etwas über den Präsidenten und Monica Lewinsky vor, als Faunia aufsprang und rief: »Kannst du dein verdammtes Seminar nicht mal lassen?

Schluß mit dem Seminar! Ich kann nicht lernen! Ich werde nicht lernen! Ich *will* nicht lernen! Hör auf, mir was beizubringen zu wollen, verdammt – das funktioniert nicht!« Und damit rannte sie mitten unter dem Frühstück davon.

Es war ein Fehler, hierzubleiben. Sie ist nicht heimgefahren, und jetzt haßt sie ihn. Was haßt sie am meisten? Daß er tatsächlich findet, sein Leiden sei eine große Sache. Er glaubt tatsächlich, daß das, was die Leute denken und was am Athena College über ihn gesagt wird, sein Leben zerstört. Dabei sind das doch bloß ein paar Arschlöcher, die ihn nicht mögen – das ist nicht schlimm. Und für ihn ist es das Allerschlimmste, was ihm je passiert ist? Nein, es ist nicht schlimm. Zwei erstickte Kinder, das ist schlimm. Ein Stiefvater, der einem die Finger in die Möse steckt, das ist schlimm. Seinen Job zu verlieren, wenn man sowieso auf den Ruhestand zusteuert, ist nicht schlimm. Das haßt sie an ihm: die Privilegiertheit seines Leidens. Er glaubt, *er* hätte nie eine Chance gehabt? Es gibt echten Schmerz auf dieser Welt, und er denkt, er hätte nie eine Chance gehabt? Weißt du, wann du keine Chance hast? Wenn er nach dem morgendlichen Melken ein Eisenrohr nimmt und dir damit eins überbrät. Ich hab's nicht mal kommen sehen – und er hatte auch keine Chance! Das Leben schuldet *ihm* was!

Letztlich läuft es darauf hinaus, daß sie beim Frühstück nichts beigebracht kriegen will. Die arme Monica wird in New York vielleicht keinen guten Job finden? Weißt du was? Das ist mir egal. Glaubst du vielleicht, es kümmert Monica, daß mir der Rücken weh tut, wenn ich nach meinem Tag im College auch noch diese verdammten Kühe gemolken hab? Wenn ich im Postamt den Dreck anderer Leute weggeputzt hab, bloß weil sie zu faul sind, ihn in den Scheißmülleimer zu werfen? Glaubst du, Monica kümmert das? Sie ruft immer noch andauernd im Weißen Haus an, und es muß wirklich ganz schrecklich sein, daß niemand zurückruft. Und für dich ist es vorbei? Und auch das ist schrecklich? Für mich hat es nie *angefangen*. Es war vorbei, bevor es überhaupt angefangen hatte. Laß dich doch mal mit einem Eisenrohr niederschlagen. Gestern nacht? Ja, da war was. Es war schön. Es war wunderbar. Ich hab's auch gebraucht. Aber ich habe immer noch drei Jobs. Es hat nichts geändert. Darum steigt man darauf ein, wenn es passiert: weil es nichts ändert. Sag Mommy, daß ihr Mann seine Finger in deine Möse steckt, wenn er nachts in dein Zimmer kommt – aber das ändert gar nichts. Vielleicht weiß Mommy dann Bescheid und hilft dir. Aber nichts ändert irgend etwas. Gestern hatten wir die Nacht mit dem Tanz. Aber das ändert gar nichts. Er liest mir was über diese Sachen in Washington vor – aber was, was, was ändert das? Er liest mir was über diese Eskapaden in Washington vor und daß Bill Clinton sich einen hat blasen lassen. Aber was hilft mir das, wenn mein Wagen den Geist aufgibt? Glaubst du wirklich, daß das die Dinge sind, auf die es in der Welt ankommt? Nein, die sind nicht so wichtig. Die sind *überhaupt* nicht wichtig. Ich hatte zwei Kinder. Sie sind tot. Wenn ich heute morgen nicht die rechte Energie aufbringe, um Mitleid mit Bill und Monica zu haben, dann kannst du ja meinen beiden Kindern die Schuld geben, okay? Wenn das mein Fehler ist, dann ist er es eben. Ich hab in mir keinen Platz mehr für die großen Sorgen der Welt.

Es war ein Fehler, hierzubleiben. Es war ein Fehler, dem Zauber so vollkommen zu erliegen. Selbst im schlimmsten Gewitter wäre sie heimgefahren. Selbst wenn sie Angst gehabt hätte, Farley könnte ihr folgen und sie von der Straße in den Fluß drängen, wäre sie heimgefahren. Aber sie ist hiergeblieben. Wegen dem Tanz ist sie hiergeblieben, und am Morgen ist sie wütend. Sie ist wütend auf ihn. Ein wunderschöner neuer Tag – wollen mal sehen, was die Zeitung zu sagen hat. Nach gestern nacht will er sehen, was die Zeitung zu sagen hat? Wenn sie nicht gesprochen hätten, wenn sie bloß gefrühstückt hätten und sie dann gegangen wäre – vielleicht wäre das Bleiben dann in Ordnung gewesen. Aber dieses Seminar anzufangen. Das war so ungefähr das Schlimmste, was er tun konnte. Was er hätte tun sollen? Er hätte ihr was zu essen geben und sie nach Hause gehen lassen sollen. Aber das Tanzen hat etwas kaputtgemacht. Ich bin geblieben. Idiotischerweise bin ich geblieben. Für eine Frau wie mich gibt es nichts Wichtigeres, als noch in der Nacht zu gehen. Ich hab zu vielen Dingen keine klare Meinung, aber das eine weiß ich: Wenn man bis zum Morgen bleibt, dann *bedeutet* das was. Die Coleman-und-Faunia-Phantasie. Das ist der Anfang des Schwelgens in einer Immer-und-ewig-Phantasie, der banalsten Phantasie der Welt. Ich hab doch eine eigene Wohnung, oder? Vielleicht nicht die schönste Wohnung, aber eine Wohnung. Dann fahr doch hin! Du kannst ficken, solange du willst, aber danach fahr nach Hause! Am Memorial Day war ein Gewitter, das mit Krachen und Donnern über die Berge gestampft ist, als wäre ein Krieg ausgebrochen. Der Überraschungsangriff auf die Berkshires. Aber ich bin um drei Uhr morgens aufgestanden, hab mich angezogen und bin gegangen. Knallende Blitze, berstende Bäume, herabfallende Äste, der Hagel prasselte mir wie Schrotkugeln auf den Kopf, aber ich bin gegangen. Der Sturm hat an mir gezerrt, aber ich bin gegangen. Der Berg ist explodiert, und trotzdem bin ich gegangen. Zwischen Haus und Wagen hätte mich ein Blitz erwischen, mich töten und in Asche verwandeln können, aber ich bin nicht geblieben – *ich bin gegangen.* Die ganze Nacht mit ihm im Bett liegen? Der Mond ist groß, alles ist still, der Mond und das Mondlicht sind überall, und ich bleibe. Selbst ein Blinder hätte in so einer Nacht nach Hause gefunden, aber ich bin geblieben. Und ich hab nicht geschlafen. Ich konnte nicht. Hab die ganze Nacht kein Auge zugetan. Ich wollte nicht unabsichtlich in die Nähe von diesem Kerl kommen. Ich wollte ihn nicht berühren. Ich hätte auch gar nicht gewußt, wie – diesen Mann, dem ich seit Monaten den Arsch lecke. Wie eine Aussätzige hab ich bis zum Morgengrauen auf der Bettkante gesessen und den Schatten seiner Bäume zugesehen, die über den Rasen krochen. Er hat gesagt: »Du solltest hierbleiben«, obwohl er es eigentlich gar nicht wollte, und ich hab gesagt: »Ich glaube, das mache ich«, und das hab ich dann auch getan. Man hätte meinen sollen, daß wenigstens einer von uns hart bleiben würde, aber nein: Wir sind alle beide auf die denkbar blödeste Idee eingestiegen. Was die Huren ihr gesagt haben – die große Weisheit der Huren: »Die Männer bezahlen dich nicht dafür, daß du mit ihnen schläfst. Sie bezahlen dich dafür, daß du wieder gehst.«

Aber obwohl sie weiß, was sie haßt, weiß sie zugleich auch, was ihr gefällt. Seine Großzügigkeit. Für sie ist es eine seltene Erfahrung, in der Nähe von jemandem zu sein, der großzügig ist. Und die Kraft, die daher rührt, daß er kein Mann ist, der mir ein Rohr über den Schädel haut. Wenn er es darauf anlegen würde, könnte ich vielleicht sogar zugeben, daß ich klug bin. Hab ich das gestern nicht praktisch schon getan? Er hat mir zugehört – also war ich klug. Er hört mir zu. Er ist loyal. Er hält mir keine Vorträge wegen irgendwas. Er plant nichts gegen mich. Und ist das ein Grund, so scheißwütend zu werden? Er nimmt mich ernst. Das ist aufrichtig. Das hat er gemeint, als er mir den Ring geschenkt hat. Sie haben ihm alles abgenommen, und darum ist er nackt zu mir gekommen. Im Moment seiner größten Schwäche. Mein Weg war nicht gerade mit Männern wie ihm gepflastert. Er würde mir Geld geben, wenn ich mir einen Wagen kaufen wollte. Er würde mir Geld für alles geben, was ich mir kaufen wollte, wenn ich ihn nur lassen würde. Bei diesem Mann tut es nicht weh. Ihn zu hören, das Heben und Senken seiner Stimme, beruhigt mich.

Sind das die Dinge, vor denen du davonläufst? Ist das der Grund, warum du wie ein kleines Mädchen einen Streit vom Zaun brichst? Daß du ihn getroffen hast, war reiner Zufall, dein erster glücklicher Zufall – dein *letzter* glücklicher Zufall –, und du gehst in die Luft und rennst weg wie ein kleines Mädchen? Willst du es wirklich darauf anlegen, daß es zu Ende geht? Daß es wieder so wird wie damals, bevor du ihn kanntest?

Aber sie rannte davon, sie rannte aus dem Haus, holte den Wagen aus der Scheune und fuhr über den Berg, um die Krähe in der Voliere des Vogelschutzbundes zu besuchen. Nach acht Kilometern bog sie auf den schmalen Feldweg ein, der sich fünfhundert Meter durch die Landschaft schlängelte, bis schließlich unter den Bäumen das gemütliche, zweistöckige, mit grauen Schindeln verkleidete Haus auftauchte, das am Waldrand, am Anfang der Wanderwege, stand, vor langer Zeit eine menschliche Behausung, inzwischen aber die örtliche Hauptstelle des Vogelschutzbundes. Sie fuhr auf den mit Kies bestreuten Parkplatz und ließ den Wagen bis an den Baumstamm rollen, der als Sperre dalag, direkt vor der Birke, an deren Stamm das Schild genagelt war, das den Weg zum Kräutergarten wies. Ihr Wagen war der einzige auf dem Parkplatz. Sie hatte es geschafft. Sie hätte ebensogut im Abgrund landen können.

Die leichte Brise ließ das Glockenspiel über dem Eingang leise erklingen: gläserne, geheimnisvolle Töne, als würde ein religiöser Orden seine Besucher einladen, nicht nur zu meditieren, sondern sich auch umzusehen, als würde hier etwas Kleines, aber Rührendes verehrt – doch die Fahne war noch nicht gehißt worden, und auf einem Zettel an der Tür stand, daß das Haus an Sonntagen erst ab ein Uhr geöffnet sei. Trotzdem ging die Tür auf, als sie dagegendrückte, und sie trat aus den dünnen Morgenschatten der kahlen Hartriegel in die Eingangshalle, wo große, schwere Säcke mit diversen Futtermischungen für die Winterkunden bereitstanden und an der gegenüberliegenden Wand die Kartons mit den verschiedenen Futterhäuschen bis zur Fensterbank gestapelt waren. Im Laden, wo die Futterhäuschen, die Naturbücher, die Wanderkarten, die Kassetten mit Vogelstimmen und anderes Zeug, das irgendwie mit Tieren zu tun hatte, verkauft wurden, brannte kein Licht, doch als sie sich in die andere Richtung wandte und in den größeren Ausstellungsraum ging, der eine kleine Sammlung ausgestopfter Tiere und einige lebende Exemplare beherbergte – Schildkröten, Schlangen, ein paar Vögel in Volieren –, stieß sie auf eine der Mitarbeiterinnen, eine pausbäckige junge Frau von achtzehn, neunzehn Jahren, die »Hallo« sagte und kein Theater veranstaltete, weil noch geschlossen war. Am 1. November, wenn das Herbstlaub verschwunden war, gab es hier oben nicht mehr sehr viele Besucher, und sie hatte nicht vor, jemanden wegzuschicken, der um Viertel nach neun Uhr morgens auftauchte, nicht mal diese Frau, die nicht recht passend für den Herbst in den Berkshires gekleidet war und über ihrer grauen Sweatpants die Jacke eines Männerpyjamas und an den Füßen bloß hinten offene Pantoffeln trug. Auch war ihr langes blondes Haar noch nicht gekämmt oder gebürstet worden. Aber alles in allem wirkte sie eher zerzaust als zügellos, und so sagte die Frau, die gerade Mäuse an eine Schlange in einer Kiste zu ihren Füßen verfütterte – sie hielt jede Maus mit einer langen Zange, bis die Schlange zustieß und sie packte und der unendlich langsame Prozeß des Verschlingens begann –, nur »Hallo« und widmete sich weiter ihren Sonntagmorgenpflichten.

Die Krähe war in der mittleren Voliere, die, etwa so groß wie ein begehbarer Schrank, zwischen denen zweier Sperlingskäuze und eines Zwergfalken stand. Da war sie. Faunia fühlte sich gleich besser.

»He, Prince. Na, du Großer?« Sie schnalzte mit der Zunge – tack, tack, tack.

Sie drehte sich zu der jungen Frau um, die noch immer die Schlange fütterte. Bei Faunias früheren Besuchen war sie nicht dagewesen – höchstwahrscheinlich war sie neu. Oder relativ neu. Faunia hatte die Krähe seit Monaten nicht mehr besucht, sie war nicht mehr hiergewesen, seit sie begonnen hatte, Coleman zu besuchen. Sie hatte schon eine ganze Weile nicht mehr irgendwelche Möglichkeiten erkundet, die menschliche Rasse hinter sich zu lassen. Seit ihre Kinder gestorben waren, kam sie nicht mehr regelmäßig, doch damals war sie vier- oder fünfmal pro Woche hierhergefahren. »Er darf doch mal raus, oder? Nur ganz kurz.«

»Klar«, sagte die Frau.

»Ich möchte ihn gern auf der Schulter haben«, sagte Faunia und bückte sich, um den Haken der Glastür zur Voliere zu öffnen. »Hallo, Prince. Ach, Prince, was bist du für ein Prachtvogel.«

Als die Tür offenstand, flog die Krähe von ihrer Stange auf, setzte sich auf die Oberkante der Tür und blieb dort, den Kopf hin und her drehend, sitzen.

Faunia lachte leise. »Starker Ausdruck. Er checkt mich ab«, rief sie der Frau zu. »Sieh mal«, sagte sie zu der Krähe und zeigte ihr den Opalring. Colemans Geschenk. Den Ring, den er ihr im Wagen geschenkt hatte, an dem Samstag morgen im August, als sie nach Tanglewood gefahren waren. »Sieh mal. Na, komm schon. Komm her«, flüsterte sie dem Vogel zu und bot ihm ihre Schulter an.

Doch er lehnte die Aufforderung ab, flatterte wieder in die Voliere und kehrte zu seinem Dasein auf der Stange zurück.

»Prince ist heute nicht in Stimmung«, sagte die Frau.

»Na komm, mein Schöner«, lockte Faunia. »Komm, na komm schon. Ich bin's, Faunia. Deine Freundin. Na, los, trau dich. Komm her.« Aber der Vogel rührte sich nicht.

»Wenn er merkt, daß Sie wollen, daß er kommt, kommt er nicht«, sagte die Frau, nahm mit der Zange eine weitere Maus von einem Tablett mit lauter toten Mäusen und hielt sie der Schlange hin, die endlich Millimeter für Millimeter die vorige Maus verschlungen hatte. »Wenn er merkt, daß Sie ihn holen wollen, hält er sich meist außer Reichweite, aber wenn er glaubt, daß Sie ihn nicht beachten, kommt er runter.«

Sie lachten über dieses menschliche Verhalten.

»Na gut«, sagte Faunia, »dann laß ich ihn eben für eine Weile in Ruhe.« Sie ging zu der Frau, die dasaß und die Schlange fütterte. »Ich liebe Krähen. Das sind meine Lieblingsvögel. Und Raben. Ich hab mal in Seeley Falls gewohnt – daher kenne ich Prince. Ich kannte ihn schon, als er immer vor Higginsons Laden herumstolziert ist. Er hat den kleinen Mädchen die Haarspangen geklaut. Er war hinter allem her, was bunt war und glitzerte. Dafür war er berühmt. Hier hingen mal Zeitungsausschnitte über ihn und die Leute, die ihn aufgezogen haben, als das Nest kaputt war, und darüber, wie er immer vor dem Laden herumstolziert ist, als ob er mordswichtig wäre. Da drüben hingen sie«, sagte sie und zeigte auf ein Anschlagbrett neben der Tür. »Wo sind die Ausschnitte jetzt?«

»Er hat sie abgerissen.«

Faunia brach in Lachen aus, diesmal viel lauter als zuvor. »Er hat sie abgerissen?«

»Mit dem Schnabel. Er hat sie in Fetzen gerissen.«

»Er wollte nicht, daß jemand weiß, woher er kommt! Er schämt sich seiner Herkunft! Prince!« rief sie und drehte sich zu der noch immer geöffneten Volierentür um. »Du schämst dich deiner schändlichen Vergangenheit? Ach, du bist ein guter Junge. Du bist eine gute Krähe.«

Jetzt fiel ihr Blick auf eines der ausgestopften Tiere, die in den im Raum verteilten Vitrinen standen. »Ist das da eine Wildkatze?«

»Ja«, sagte die Frau und wartete geduldig darauf, daß die Schlange aufhörte, nach der nächsten toten Maus zu züngeln, und sie packte.

»Ist die aus dieser Gegend hier?«

»Ich weiß es nicht.«

»Ich hab mal eine gesehen, weiter oben in den Bergen. Die sah genau wie die hier aus. *War* wahrscheinlich die hier.« Wieder lachte sie. Sie war nicht betrunken – sie hatte nicht mal eine halbe Tasse Kaffee getrunken, bevor sie aus dem Haus gerannt war, geschweige denn Alkohol –, aber das Lachen klang wie das einer Frau, die einen kleinen Schwips hat. Sie fühlte sich einfach gut hier, mit der Schlange und der Krähe und der ausgestopften Wildkatze, die ihr allesamt nichts beibringen wollten. Keiner von ihnen würde ihr aus der *New York Times* vorlesen. Keiner von ihnen würde versuchen, ihre Kenntnisse über die menschliche Geschichte der letzten dreitausend Jahre aufzufrischen. Sie wußte über die menschliche Geschichte alles, was sie wissen mußte: die Skrupellosen und die Wehrlosen. Die Daten und Namen brauchte sie nicht. Die Skrupellosen und die Wehrlosen – das war die ganze verdammte Geschichte. Keiner hier würde versuchen, sie zum Lesen zu ermuntern, denn mit Ausnahme der Frau konnte ohnehin keiner lesen. Die Schlange jedenfalls bestimmt nicht. Die wußte nur, wie man Mäuse verschlang. Langsam und ohne Anstrengung. Jede Menge Zeit.

»Was für eine Schlange ist das?«

»Eine Schwarze Rattenschlange.«

»Sie verschlingt sie ganz.«

»Ja.«

»Und das wird alles im Magen verdaut.«

»Ja.«

»Und wie viele frißt sie so?«

»Das hier ist die siebte. Aber die schluckt sie schon sehr langsam, selbst für ihre Begriffe. Ist wahrscheinlich die letzte.«

»Jeden Tag sieben?«

»Nein, alle ein, zwei Wochen.«

»Und darf sie auch mal raus, oder ist das da ihr Leben?« fragte Faunia und wies auf das Terrarium, aus dem die Schlange in den Kunststofftrog gehoben worden war, in dem sie gefüttert wurde.

»Nein, sie bleibt immer da drin.«

»Nicht schlecht«, sagte Faunia und drehte sich zu der Krähe um, die noch immer in der Voliere auf ihrer Stange hockte. »Tja, Prince, ich bin hier. Und du bist da drüben. Und ich interessiere mich überhaupt nicht für dich. Ob du dich auf meine Schulter setzt oder nicht, ist mir vollkommen egal.« Sie zeigte auf ein anderes ausgestopftes Tier. »Was ist das da?«

»Ein Fischadler.«

Sie musterte ihn – ein scharfer Blick auf die spitzen Krallen – und sagte dann, wieder mit einem etwas zu lauten Lachen: »Leg dich nicht mit einem Fischadler an.«

Die Schlange erwog eine achte Maus. »Wenn ich doch nur meine Kinder dazu kriegen könnte, sieben Mäuse zu essen«, sagte Faunia, »wäre ich die glücklichste Mutter der Welt.«

Die Frau lächelte und sagte: »Letzten Sonntag ist Prince ausgeflogen. Die anderen Vögel, die wir hier haben, können nicht fliegen. Prince ist der einzige, der fliegen kann. Er ist ziemlich schnell.«

»Oh, ich weiß«, sagte Faunia.

»Ich hab draußen das Putzwasser ausgeschüttet, und er ist schnurstracks zur Tür hinaus und zu den Bäumen geflogen. Nach ein paar Minuten waren drei oder vier andere Krähen da. Sie haben ihn in dem Baum regelrecht umzingelt. Und sie waren völlig aus dem Häuschen. Sie haben ihn gepiesackt. Ihn von hinten angegriffen. Ihn angeschrien. Ihn angerempelt und so. Sie waren innerhalb von Minuten da. Er hat nicht die richtige Stimme. Er kann die Krähensprache nicht. Die da draußen mögen ihn nicht. Schließlich kam er runter zu mir. Sie hätten ihn wahrscheinlich umgebracht.«

»Das kommt davon, wenn man handzahm geworden ist«, sagte Faunia. »Das kommt davon, wenn man die ganze Zeit mit Leuten wie uns verbringt. Das ist der menschliche Makel«, sagte sie, weder angewidert noch verächtlich, noch verurteilend. Nicht einmal traurig. *So ist es eben* – das ist es, was Faunia der Frau, die die Schlange fütterte, auf ihre eigentümliche lakonische Weise sagen wollte: Die Berührung durch uns Menschen hinterläßt einen Makel, ein Zeichen, einen Abdruck. Unreinheit, Grausamkeit, Mißbrauch, Irrtum, Ausscheidung, Samen – der Makel ist untrennbar mit dem Dasein verbunden. Er hat nichts mit Ungehorsam zu tun. Er hat nichts mit Gnade oder Rettung oder Erlösung zu tun. Er ist in jedem. Eingeboren. Verwurzelt. Bestimmend. Der Makel, der schon da ist, bevor irgendeine Spur davon zu erkennen ist. Es ist nichts zu sehen, und doch ist er da. Der Makel, der so wesenseigen ist, daß er kein Zeichen braucht. Der Makel, der dem Ungehorsam *vorausgeht*, der den Ungehorsam *einschließt* und jedes Erklären und Begreifen übersteigt. Darum sind all diese Reinigungen ein Witz. Noch dazu ein barbarischer. Die Phantasie der Reinheit ist ekelhaft. Sie ist verrückt. Was ist denn das Streben nach Reinheit anderes als eine weitere Unreinheit? Faunias Aussage über diesen Makel lautet lediglich, daß er unvermeidlich ist. Ihr Standpunkt ist kaum verwunderlich: die mit dem unvermeidlichen Makel behafteten Wesen, die wir sind. Versöhnt mit der schrecklichen, elementaren Unvollkommenheit. Faunia ist wie die Griechen, wie Colemans Griechen. Wie ihre Götter. Sie sind kleinlich. Sie streiten sich. Sie kämpfen miteinander. Sie hassen. Sie morden. Sie ficken. Ihr Zeus will die ganze Zeit nur ficken – Göttinnen, Sterbliche, Kühe, Bärinnen –, und das nicht nur in seiner gewöhnlichen Gestalt, sondern auch als tiergewordene Manifestation seiner selbst, was die Sache noch aufregender macht. Als riesiger Stier eine Frau besteigen. Als flatternder weißer Schwan bizarr in sie eindringen. Für den Götterkönig gibt es nie genug Fleisch, nie genug Verirrungen. All der Wahnsinn, den das Begehren gebärt. Die Ausschweifung. Die Verderbtheit. Die niedrigsten Lüste. Und die Wut der alles sehenden Ehefrau. Nicht der hebräische Gott, der unendlich allein und unendlich verborgen ist, der monomanisch darauf besteht, daß er der einzige Gott ist, der war, ist und sein wird und nichts Besseres zu tun hat, als sich den Kopf über Juden zu zerbrechen. Und auch nicht der seiner Sexualität ganz und gar beraubte christliche Mensch-Gott und seine unbefleckte Mutter und all die Schuld und Scham, die diese äußerste Entrückung in uns weckt. Statt dessen der griechische Zeus, in Abenteuer verstrickt, lebensnah, ausdrucksstark, launisch, sinnlich, fruchtbar vermählt mit seinem eigenen reichen Leben, alles andere als allein, alles andere als verborgen. Statt dessen der *göttliche* Makel. Eine großartige, wirklichkeitsgetreue Religion, wenn Faunia Farley durch Coleman davon erfahren hätte. Die überhebliche Phantasie behauptet: gestaltet nach dem Bilde Gottes – na gut, aber nicht unseres Gottes, sondern *ihres* Gottes, des Gottes der Griechen. Des verdorbenen Gottes. Des unreinen Gottes. Des Lebensgottes schlechthin. Gestaltet nach dem Bilde des *Menschen*.

»Ja, ich schätze, das ist die Tragödie, wenn Menschen Krähen aufziehen«, sagte die Frau, die Faunia nicht ganz verstanden, aber auch nicht ganz mißverstanden hatte. »Sie erkennen ihre eigenen Artgenossen nicht. Prince jedenfalls erkennt sie nicht, obwohl er es eigentlich sollte. Das nennt man Prägung. Prince ist eine Krähe, die nicht weiß, wie sie sich als Krähe verhalten soll.«

Plötzlich begann Prince zu krächzen: kein Krähenkrächzen, sondern eins, das er durch Zufall selbst entdeckt hatte und das die anderen Krähen verrückt machte. Der Vogel saß jetzt wieder auf der Oberkante der Tür und kreischte geradezu.

Mit einem verführerischen Lächeln drehte Faunia sich um und sagte: »Ich fasse das als Kompliment auf, Prince.«

»Er macht die Schulkinder nach, die herkommen und ihn nachmachen«, erklärte die Frau. »Diese Kinder, die mit Klassenausflügen kommen und vor dem Krähenkäfig wie eine Krähe krächzen. Das hat er von den Kindern. Die Kinder haben es ihm vorgemacht. Er hat seine eigene Sprache erfunden, und er hat sie von Kindern.«

Mit fremdartiger Stimme sagte Faunia: »Mir gefällt diese fremdartige Stimme, die er sich erfunden hat.« Inzwischen war sie wieder zur Voliere gegangen und wenige Zentimeter von der Tür entfernt stehengeblieben. Sie hob die Hand, die Hand mit dem Ring, und sagte zu dem Vogel: »Hier. Hier. Sieh mal, was ich dir zum Spielen mitgebracht hab.« Sie zog den Ring vom Finger und hielt ihn hoch, damit Prince ihn aus nächster Nähe begutachten konnte. »Er mag meinen Opalring.«

»Meistens geben wir ihm Schlüssel.«

»Tja, er hat's eben zu was gebracht. Haben wir das nicht alle? Hier. Dreihundert Dollar«, sagte Faunia. »Na, komm, du kannst damit spielen. Erkennst du keinen teuren Ring, wenn man dir einen anbietet?«

»Er wird ihn nehmen«, sagte die Frau. »Er wird ihn in die Voliere mitnehmen. Er ist wie eine Packratte. Er stopft sein Futter in die Ritzen der Rückwand und klopft es mit dem Schnabel fest.«

Die Krähe hielt den Ring jetzt fest im Schnabel und wandte den Kopf ruckartig von einer Seite zur anderen. Dann fiel der Ring zu Boden. Sie hatte ihn fallen lassen.

Faunia bückte sich, hob ihn auf und bot ihn der Krähe noch einmal an. »Wenn du ihn fallen läßt, schenke ich ihn dir nicht. Das weißt du. Dreihundert Dollar. Ich schenke dir einen Ring für dreihundert Dollar – was bist du eigentlich? Ein feiner Pinkel? Wenn du ihn haben willst, mußt du ihn dir nehmen. Klar? Okay?«

Die Krähe pflückte den Ring von ihren Fingern und hielt ihn fest im Schnabel.

»Danke«, sagte Faunia. »Nimm ihn mit rein«, flüsterte sie, damit die Frau sie nicht hörte. »Nimm ihn mit in den Käfig. Na los, mach schon. Er gehört dir.«

Aber wieder ließ der Vogel ihn fallen.

»Er ist sehr schlau«, rief die Frau zu Faunia hinüber. »Wenn wir mit ihm spielen, stecken wir eine Maus in einen Behälter und verschließen ihn. Und er findet dann heraus, wie er den Behälter öffnen kann. Es ist erstaunlich.«

Wieder hob Faunia den Ring auf und bot ihn Prince an, und wieder nahm er ihn und ließ ihn zu Boden fallen.

»Oh, Prince, das war *Absicht*. Wir spielen hier ein Spielchen, stimmt's?«

Krah. Krah. Krah. Krah. Prince brach in sein fremdartiges Krächzen aus, ihr mitten ins Gesicht.

Faunia hob die Hand und begann, den Kopf und dann ganz langsam auch den Körper des Vogels zu streicheln, und er ließ es zu. »Ach, Prince. Ach, so herrlich schimmernd. Er *summt* was für mich«, sagte sie, und ihre Stimme klang hingerissen, als hätte sie endlich den ganzen Sinn des Lebens erkannt. »Er *summt*.« Sie antwortete: »E-mmmhhhh ... E-mmmhhhh ... Mmmmhhhhh ...« und imitierte den Vogel, der tatsächlich eine Art Brummen von sich gab, als er den Druck der Hand spürte, die seinen Rücken streichelte. Und plötzlich – klick, klick – klickte er mit dem Schnabel. »Oh, das ist *gut*«, flüsterte Faunia, und dann wandte sie den Kopf zu der Frau und fragte mit ihrem herzlichsten Lachen: »Ist er zu verkaufen? Das Klicken hat mich überzeugt. Ich nehme ihn.« Sie kam mit ihren Lippen seinem klickenden Schnabel immer näher und flüsterte: »Ja, ich nehme dich, ich kaufe dich –«

»Er zwickt, also passen Sie auf Ihre Augen auf.«

»Ich weiß. Ich hab mich schon ein paarmal von ihm zwicken lassen. Als wir uns kennengelernt haben, hat er mich gezwickt. Aber er klickt auch. Oh, Kinder, hört mal, wie er klickt.«

Und sie dachte daran, wie sie sich angestrengt hatte, sich umzubringen. Zweimal. Da oben, in dem Zimmer in Seeley Falls. In dem Monat nach dem Tod der Kinder hab ich zweimal versucht, mich umzubringen. Beim erstenmal hatte ich es praktisch schon geschafft. Das weiß ich von dem, was die Schwester mir erzählt hat. Die Kurve auf dem Bildschirm, die den Herzschlag zeigt, war gar nicht mehr da. Normalerweise tritt dann der Tod ein, hat sie gesagt. Aber manche haben eben Glück. Und dabei hab ich mir solche Mühe gegeben. Ich weiß noch, daß ich geduscht und mir die Beine rasiert habe und daß ich dann meinen besten Rock, den Jeansrock, angezogen habe. Den Wickelrock. Und die Bluse aus Brattleboro, damals, im Sommer, die bestickte Bluse. Ich kann mich an den Gin und das Valium erinnern und auch noch schwach an dieses Pulver. Den Namen hab ich vergessen. Irgendein Rattengift, das bitter war und das ich unter den Butterscotchpudding gerührt hab. Hab ich den Backofen angestellt? Hab ich das vergessen? Bin ich blau angelaufen? Wie lange hab ich geschlafen? Wann haben sie beschlossen, die Tür aufzubrechen? Ich weiß noch immer nicht, wer das eigentlich getan hat. Ich fand es himmlisch, mich vorzubereiten. Es gibt Zeiten im Leben, die es wert sind, gefeiert zu werden. Zeiten des Triumphs. Die Gelegenheiten, für die man große Garderobe erfunden hat. Ach, wie ich mich zurechtgemacht habe. Ich hab mir Zöpfe geflochten. Ich hab mir die Augen angemalt. Meine Mutter wäre stolz auf mich gewesen, und das will was heißen. Ich hatte sie eine Woche vorher angerufen, um ihr zu sagen, daß die Kinder tot waren. Der erste Anruf in zwanzig Jahren. »Hallo, Mutter, hier ist Faunia.« »Tut mir leid, ich kenne niemanden, der so heißt«, hat sie gesagt und aufgelegt. Die Sau. Als ich davongelaufen war, hat sie allen gesagt: »Mein Mann ist sehr streng, und Faunia wollte sich nicht an die Regeln halten. Sie hat sich noch nie an die Regeln gehalten.« Die klassische Vertuschung. Welches privilegierte Mädchen wäre je davongelaufen, weil es einen strengen Stiefvater hat? Sie läuft davon, du Sau, weil der Stiefvater nicht streng, sondern ein lüsternes Schwein ist und sie nicht in Ruhe läßt. Jedenfalls hab ich meine besten Sachen angezogen. Nur das Beste. Beim zweitenmal nicht mehr. Und daß ich mich beim zweitenmal nicht mehr zurechtgemacht hab, sagt eigentlich alles. Ich war nicht mehr mit dem Herzen dabei, nicht, nachdem es beim erstenmal nicht geklappt hatte. Beim zweitenmal war es plötzlich und impulsiv und freudlos. Das erstemal hat sich so lange angekündigt, tage- und nächtelang, all diese Vorfreude. Die Mischungen. Das Pulver kaufen. Die Rezepte besorgen. Aber beim zweitenmal war ich in Eile. Uninspiriert. Ich glaube, ich habe aufgehört, weil ich das Ersticken nicht ertragen konnte. Ich habe gewürgt, ich war wirklich dabei zu ersticken, ich kriegte keine Luft mehr, und dann die Eile, mit der ich die Verlängerungsschnur aufgeknotet habe. Beim erstenmal nichts von dieser Eile. Ich war ganz ruhig und friedlich. Die Kinder sind weg, und es gibt niemanden mehr, um den ich mir Sorgen machen muß, und ich habe soviel Zeit, wie ich will. Wenn ich es nur richtig gemacht hätte. Die Freude, die darin war. Zum Schluß, wenn es keine Augenblicke mehr gibt, kommt dieser letzte freudige Augenblick, in dem der Tod kommt, so wütend wie du selbst, nur daß du gar nicht wütend bist, sondern begeistert. Ich kann nicht aufhören, daran zu denken. Die ganze Woche schon. Er liest mir aus der *New York Times* was über Clinton vor, und ich denke nur an Dr. Kevorkian und seine Kohlenmonoxydmaschine. Atmen Sie tief ein. Atmen Sie tief ein, bis Sie nicht mehr weiter einatmen können.

»›Es waren so schöne Kinder‹, sagte er. ›Man denkt ja nie daran, daß so etwas einem selbst oder seinen Freunden passieren könnte. Wenigstens hat Faunia den Glauben, daß ihre Kinder jetzt bei Gott sind.‹«

Das hat irgendein Wichser dem Reporter erzählt. ZWEI KINDER BEI WOHNUNGSBRAND ERSTICKT. »›Nach ersten Ermittlungen‹, sagte Sergeant Donaldson, ›deutet alles darauf hin, daß eine Heizsonne ...‹ Die Nachbarn an der Landstraße sagen, sie hätten das Feuer erst bemerkt, als die Mutter ...«

Als die Mutter sich von dem Schwanz, an dem sie gerade lutschte, losriß.

»Den Aussagen der Nachbarn zufolge kam Lester Farley, der Vater der Kinder, wenige Augenblicke später aus dem Haus.«

Bereit, mich ein für allemal umzubringen. Hat er aber nicht. Und ich hab's dann auch nicht getan. Erstaunlich. Erstaunlich, daß bis jetzt niemand die Mutter der toten Kinder umgelegt hat.

»Nein, ich hab's nicht getan, Prince. Noch etwas, was ich nicht hingekriegt hab. Und so«, flüsterte sie dem Vogel zu, dessen schimmernde Schwärze soviel wärmer und glatter war als alles, was sie bisher gestreichelt hatte, »und so sind wir also hier: eine Krähe, die im Grunde nicht weiß, wie sie eine Krähe sein soll, und eine Frau, die im Grunde nicht weiß, wie sie eine Frau sein soll. Wir sind füreinander bestimmt. Heirate mich. Du bist mein Schicksal, du lächerlicher Vogel.« Sie trat einen Schritt zurück und verbeugte sich. »Leb wohl, mein Prinz.«

Und der Vogel antwortete. Mit hoher Stimme schrie er etwas, das so sehr wie »Cool. Cool. Cool« klang, daß sie wieder lachen mußte. Als sie sich umdrehte, um der Frau zum Abschied zuzuwinken, sagte sie: »Das ist besser als das, was mir die Kerle auf der Straße nachrufen.«

Und sie ließ den Ring zurück. Colemans Ring. Sie hatte ihn in der Voliere versteckt, als die Frau gerade nicht hingesehen hatte. Verlobt mit einer Krähe. Das wär's doch.

»Danke«, rief Faunia.

»Gern geschehen. Schönen Tag noch«, rief die Frau, und damit fuhr Faunia zurück zu Colemans Haus, um zu Ende zu frühstücken und zu sehen, wie sich die Dinge mit ihm weiterentwickelten. Der Ring ist in der Voliere. Er hat den Ring. Er hat einen Dreihundert-Dollar-Ring.

Sie fuhren am Veterans Day zur Reisenden Wand in Pittsfield, an jenem Tag, an dem die Fahnen auf halbmast gesetzt sind, in vielen Städten Paraden stattfinden, die Kaufhäuser ihren Schlußverkauf starten – und Veteranen wie Les für ihre Landsleute, ihr Land und ihre Regierung mehr Verachtung empfinden als an jedem anderen Tag des Jahres. Jetzt auf einmal sollte er in irgendeiner miesen Parade mitmarschieren, mit Musik und Fahnen? Jetzt auf einmal durften sich alle für eine Weile gut fühlen, weil sie ihre Vietnamveteranen ehrten? Wenn sie so wild darauf sind, ihn hier herummarschieren zu sehen, wie kommt es dann, daß sie ihn angespuckt haben, als er damals heimkam? Wie kommt es, daß Vietnamveteranen auf der Straße schlafen müssen, und dieser Drückeberger schläft im Weißen Haus? Slick Willie, der Oberbefehlshaber. Der Hurensohn. Geht einem Judenmädchen an die dicken Titten, während das Budget der Veterans Administration gekürzt wird. Er hat über Sex gelogen? Scheiße. Es gibt kaum was, über das diese verdammte Regierung *nicht* lügt. Nein, auch ohne diese Veterans-Day-Verarschung hatte die Regierung der Vereinigten Staaten Lester Farley schon genug verarscht.

Und doch fuhr er ausgerechnet an diesem Tag in Louies Kleinbus nach Pittsfield. Ihr Ziel war die im Maßstab eins zu zwei verkleinerte Replik der echten Wand, die seit etwa fünfzehn Jahren durch das ganze Land gefahren wurde; vom 10. bis 16. November konnte man sie, gesponsert vom örtlichen Veteranenverband, auf dem Parkplatz des Ramada Inn besuchen. Bei dieser Fahrt waren dieselben Jungs dabei, die ihm geholfen hatten, die Qual des chinesischen Essens zu überstehen. Sie waren entschlossen, ihn nicht allein gehen zu lassen, das hatten sie ihm unentwegt versichert: Wir werden bei dir sein, wir werden zu dir halten, wenn es sein muß, werden wir jeden Tag rund um die Uhr bei dir sein. Louie hatte sogar gesagt, Les könne danach mit zu ihm und seiner Frau kommen und bleiben, solange er wolle – sie würden sich um ihn kümmern. »Du wirst nicht allein nach Hause gehen müssen, Les, jedenfalls nicht, wenn du nicht willst. Ich finde, du solltest es auch nicht versuchen. Komm mit zu mir und Tess. Tessie kennt das. Tessie versteht das. Über Tessie brauchst du dir keine Gedanken zu machen. Als ich zurückkam, wurde sie zu meiner Motivation. Meine Einstellung war: ›Wie kann irgendwer mir sagen, was ich zu tun habe?‹ Ich hab ohne jeden Anlaß Wutanfälle gekriegt. Du kennst das. Du kennst das alles, Les. Aber Gott sei Dank hat Tessie zu mir gehalten. Wenn du willst, hält sie auch zu dir.«

Louie war ein Bruder, der beste Bruder, den ein Mann sich nur wünschen konnte, aber weil er so darauf bestand, zu dieser Wand zu fahren, weil er so scheißfanatisch darauf bestand, daß er diese Wand besuchte, mußte Les sich mit aller Kraft zusammenreißen, um diesem Scheißkerl nicht an die Gurgel zu gehen. Laß mich in Ruhe, verdammter Hispano-Krüppel! Hör auf, mir zu erzählen, daß du zehn Jahre gebraucht hast, um zur Wand zu fahren. Hör auf, mir zu erzählen, wie das dein Scheißleben verändert hat. Hör auf, mir zu erzählen, wie du mit Mikey Frieden gemacht hast. Hör auf, mir zu erzählen, was Mikey an der Wand zu dir gesagt hat. Ich will's nicht wissen!

Und doch sind sie unterwegs, und wieder sagt Louie zu ihm: »›Schon okay, Louie‹, hat Mikey zu mir gesagt, und dasselbe wird Kenny zu dir sagen. Er hat zu mir gesagt, daß es okay ist, daß ich mit meinem Leben weitermachen kann.«

»Ich halte das nicht aus, Lou – kehr um.«

»Entspann dich, Kumpel. Wir haben schon die Hälfte hinter uns.«

»Kehr um, verdammt!«

»Les, du kannst es nicht wissen, bevor du nicht da warst. Du mußt da hin«, sagte Lou freundlich, »und du mußt es rauskriegen.«

»Ich *will* es aber gar nicht rauskriegen!«

»Wie wär's, wenn du noch ein paar von deinen Pillen nimmst? Eine kleine Ativan. Eine kleine Valium. Ein bißchen extra kann nicht schaden. Gib ihm die Wasserflasche, Chet.«

Als sie in Pittsfield waren und Louie gegenüber dem Ramada Inn geparkt hatte, war es nicht leicht, Les zum Aussteigen zu bewegen. »Ich mach das nicht«, sagte er, und so standen die anderen draußen herum, rauchten und ließen ihm ein bißchen Zeit, bis die Wirkung der Tabletten eingesetzt hatte. Von der Straße aus behielt Louie ihn im Auge. Es waren viele Polizeiwagen und Busse da. An der Wand fand irgendeine Feier statt: Man hörte die Lautsprecherstimme eines örtlichen Politikers, wahrscheinlich der fünfzehnte, der an diesem Morgen eine Rede schwang. »Die Männer, deren Namen auf der Wand hinter mir stehen, sind eure Verwandte, Freunde, Nachbarn. Sie sind Christen, Juden, Moslems, sie sind Weiße, Schwarze, Indianer, sie sind allesamt Amerikaner. Sie haben geschworen, euch zu verteidigen und zu beschützen, und sie haben ihr Leben gegeben, um diesen Schwur zu halten. Es gibt keine Ehrung, keine Feier, die unseren Dank und unsere Bewunderung angemessen ausdrücken kann. Das folgende Gedicht hat jemand vor ein paar Wochen in Ohio an der Wand zurückgelassen: ›Wir erinnern uns an dich, lächelnd, stolz, stark / Du hast gesagt, wir sollen uns keine Sorgen machen / Wir erinnern uns an die letzten Umarmungen und Küsse ...‹«

Und als diese Rede vorbei war, gab es noch eine: »... diese Wand voller Namen hinter mir, und wenn ich mir die Leute hier ansehe und die Gesichter von Männern wie mir sehe, von Männern in mittleren Jahren, von denen einige Orden oder irgendwelche Uniformstücke tragen, dann sehe ich in ihren Augen eine leichte Trauer – vielleicht ist das alles, was von dem Tausend-Meter-Blick übriggeblieben ist, den wir uns angewöhnt hatten, als wir Soldaten waren und gemeinsam im Dreck lagen, zehntausend Kilometer von hier entfernt –, wenn ich das alles sehe, kommt es mir vor, als wäre ich dreißig Jahre zurückversetzt. Das Vorbild für diese Reisende Wand wurde am 13. November 1982 an der Mall in Washington eingeweiht. Ich brauchte ungefähr zweieinhalb Jahre, um dorthin zu fahren. Wenn ich heute zurückblicke, weiß ich, daß ich, wie viele Vietnamveteranen, absichtlich nicht hingefahren bin, weil ich wußte, daß sie schmerzhafte Erinnerungen heraufbeschwören würde. Und so ging ich eines Abends, als sich die Dämmerung herabsenkte, allein dorthin. Ich ließ meine Frau und meine Kinder im Hotel zurück – wir waren auf dem Rückweg von Disney World – und ging zur Wand. Allein stand ich dort, wo sie am höchsten ist, etwa da, wo ich jetzt auch stehe. Und dann kamen die Erinnerungen – dann kam ein Wirbelsturm von Gefühlen. Ich dachte an Leute, mit denen ich aufgewachsen bin, mit denen ich Baseball gespielt habe, Leute aus Pittsfield, deren Namen dort auf der Wand stehen. Ich dachte an meinen Funker Sal. Wir hatten uns in Vietnam kennengelernt. Wir spielten das Woher-bist-du-Spiel. Massachusetts. Massachusetts. Wo in Massachusetts? Aus West Springfield. Ich sagte, ich bin aus Pittsfield. Und Sal ist einen Monat nach meiner Rückkehr gefallen. Ich kam im April zurück und las in der Zeitung, daß Sal sich nicht in Pittsfield oder Springfield auf ein paar Drinks mit mir treffen würde. Ich dachte an andere Männer, an deren Seite ich gekämpft hatte ...«

Und dann spielte eine Marschkapelle – höchstwahrscheinlich eine Infanteriekapelle – die *Battle Hymn of the Green Berets*, weswegen Louie zu dem Schluß kam, es sei am besten, das Ende dieser Zeremonie abzuwarten, bevor man Les aus dem Bus holte. Louie hatte den Zeitpunkt ihrer Ankunft so berechnet, daß sie sich die Reden und die emotionale Musik nicht würden anhören müssen, aber anscheinend hatte das Programm mit Verspätung begonnen und war noch im Gange. Mit einem Blick auf die Uhr stellte er fest, daß es beinahe Mittag war – es konnte also nicht mehr lange dauern. Und richtig, mit einemmal kamen sie zum Ende. Ein einzelner Hornist blies den Zapfenstreich. Na gut. Schwer genug, den Zapfenstreich auf der Straße zu hören, zwischen all den Polizeiwagen und Bussen, aber immer noch besser als da drüben, bei den weinenden Menschen, wo man's mit dem Zapfenstreich und der Wand zu tun hat. Der Zapfenstreich, der quälende Zapfenstreich, der letzte schreckliche Ton des Zapfenstreichs, und dann spielte die Kapelle *God Bless America*, und Louie konnte hören, daß die Leute da drüben an der Wand mitsangen – »*... from the mountains, to the prairies, to the oceans, white with foam ...*« –, und dann war es plötzlich vorbei.

Im Kleinbus saß Les und zitterte immer noch, aber wenigstens blickte er sich nicht mehr ständig um und sah nur noch gelegentlich nach oben, nach »den Dingern« über seinem Kopf, und so kletterte Louie mühsam hinein und setzte sich neben ihn, denn er wußte, daß Les' ganzes Leben in diesem Augenblick aus der Angst vor dem bestand, was er an der Wand herausfinden würde, und daß es jetzt darauf ankam, mit ihm dorthin zu gehen und die Sache hinter sich zu bringen.

»Wir schicken Swift vor, damit er Kenny für dich findet. Es ist eine ganz schön lange Wand, Les. Damit du nicht all diese Namen lesen mußt, gehen Swift und die anderen schon mal vor und finden ihn. Die Namen sind chronologisch geordnet. Sie stehen da in zeitlicher Reihenfolge, vom ersten bis zum letzten. Wir haben Kennys Datum, das hast du uns ja gegeben, also wird's wohl nicht allzu lange dauern.«

»Ich mach das nicht.«

Swift kam zum Kleinbus, er öffnete die Tür einen Spaltbreit und sagte zu Louie: »Wir haben Kenny. Wir haben ihn gefunden.«

»Okay, Lester, jetzt geht's los. Kneif die Arschbacken zusammen. Du gehst jetzt da rüber. Es ist da drüben, hinter dem Hotel. Es werden andere Leute dasein, die genau dasselbe tun wie wir. Es gab eine kleine offizielle Feier, aber die ist vorbei – du brauchst dir gar keine Sorgen zu machen. Keine Reden. Kein Gesülze. Nur Kinder und Eltern und Großeltern, und alle werden dasselbe tun. Sie werden Blumenkränze niederlegen. Sie werden beten. Die meisten werden nach Namen suchen. Sie werden miteinander reden, wie Leute das eben tun, Les. Ein paar von ihnen werden weinen. Das ist alles. Nur damit du weißt, was da drüben ist. Du kannst dir Zeit lassen, aber du kommst mit uns.«

Für November war es ungewöhnlich warm, und als sie sich der Wand näherten, sahen sie, daß viele Männer in Hemdsärmeln waren und einige Frauen Shorts trugen. Es war Mitte November, und die Leute hatten Sonnenbrillen auf, aber sonst war es genauso, wie Louie gesagt hatte. Blumen, Menschen, Kinder, Großeltern. Und die Reisende Wand war keine Überraschung; er hatte sie in Zeitschriften und auf T-Shirts und einmal auch im Fernsehen gesehen, bevor er schnell abgeschaltet hatte: Bilder von der echten, großen Wand in Washington. Auf der gesamten Länge des asphaltierten Parkplatzes waren diese dunklen, verfugten Steine, deren Anblick ihm vertraut war, zu einem aufragenden Friedhof aus senkrechten Tafeln übereinandergestapelt, zu einer Wand, die an beiden Enden leicht abfiel und in weißen Lettern mit all den Namen beschriftet war. Der Name eines jeden Toten war nicht länger als ein Viertel eines kleinen Fingers. Größer durfte er auch nicht sein, wenn man alle dort unterbringen wollte, 58 209 Menschen, die nicht mehr spazieren oder ins Kino gehen, die es aber geschafft haben, weiterzuexistieren, und sei es nur als Inschrift auf einer transportablen, schwarzen, rückseitig von einer Balkenkonstruktion gestützten Aluminiumwand auf einem Parkplatz hinter einem Ramada Inn in Massachusetts.

Als Swift das erstemal an der Wand gewesen war, hatte er nicht aussteigen können, und die anderen hatten ihn aus dem Bus und bis dorthin zerren müssen, bis er direkt davorstand, und danach hatte er gesagt: »Man kann die Wand weinen hören.« Als Chet das erstemal an der Wand gewesen war, hatte er mit den Fäusten darauf eingeschlagen und geschrien: »Da sollte nicht Billys Name stehen – nein, Billy, nein! –, da sollte mein Name stehen!« Als Bobcat das erstemal an der Wand gewesen war, hatte er bloß die Hand ausgestreckt und sie berührt, und dann hatte er sie nicht mehr wegnehmen können – eine Art Anfall, hatte der VA-Arzt gesagt. Als Louie das erstemal an der Wand gewesen war, hatte er nicht lange gebraucht, um zu merken, was hier los war, und seine Sache auf den Punkt zu bringen. »Okay, Mikey«, hatte er laut gesagt, »hier bin ich. Ich bin hier«, und Mikey hatte mit seiner eigenen Stimme geantwortet: »Ist schon gut, Lou. Schon okay.«

Les kennt all diese Geschichten darüber, was beim erstenmal passieren kann, und jetzt ist er zum erstenmal hier und spürt nichts. Es passiert gar nichts. Alle sagen, es wird immer besser, du wirst immer besser damit zurechtkommen, jedesmal, wenn du wieder hingehst, wird es besser, bis wir dann irgendwann mit dir nach Washington fahren und du Kennys Namen auf der großen Wand suchst, und das, das wird dann der Augenblick der wahren Heilung sein – all diese gewaltig aufgetürmten Erwartungen, und dann passiert nichts. Nichts. Swift hat die Wand weinen hören – Les hört nichts. Er spürt nichts, er hört nichts, er kann sich nicht mal mehr erinnern. Wie damals, als er gesehen hat, daß seine beiden Kinder tot sind. Dieser Riesenvorspann, und dann nichts. Er hatte solche Angst, zuviel zu spüren, und jetzt spürt er nichts, und das ist noch schlimmer. Es beweist, daß er trotz allem, trotz Louie und der Fahrten zum chinesischen Restaurant, trotz der Medikamente und der Alkoholabstinenz, die ganze Zeit recht hatte und eigentlich längst tot ist. In dem chinesischen Restaurant hat er etwas gespürt, und das hat ihn für eine Weile getäuscht. Doch jetzt weiß er mit Sicherheit, daß er tot ist, denn es gelingt ihm nicht mal, die Erinnerung an Kenny heraufzubeschwören. Sie hat ihn immer so gequält, und jetzt kann er nicht mal irgendeine Verbindung zu ihr herstellen.

Weil es sein erstes Mal ist, bleiben die anderen mehr oder weniger in der Nähe. Sie gehen, einer nach dem anderen, mal kurz weg, um einem bestimmten Freund die Ehre zu erweisen, aber einer bleibt immer da, um ein Auge auf ihn zu haben, und jeder, der zurückkommt, umarmt Les. Sie alle glauben, daß sie in diesem Augenblick tiefer miteinander verbunden sind als je zuvor, und weil Les den dazugehörigen glasigen Blick hat, glauben sie, daß er jetzt die Erfahrung macht, die er, wie sie finden, machen soll. Sie haben keine Ahnung, daß er, als er den Blick zu den drei amerikanischen Fahnen hebt, die zusammen mit der schwarzen Fahne für die Kriegsgefangenen und Vermißten auf halbmast über dem Parkplatz wehen, nicht an Kenny oder gar den Veterans Day denkt, sondern vielmehr daran, daß alle Fahnen in Pittsfield auf halbmast gesetzt sind, weil sich endlich bestätigt hat, daß Les Farley tot ist. Es ist offiziell: ganz tot, nicht bloß innerlich. Er sagt es den anderen nicht. Wozu auch? Die Wahrheit ist die Wahrheit. »Ich bin stolz auf dich«, flüstert Louie ihm zu. »Ich wußte, du schaffst es. Ich wußte, daß das passieren würde.« Und Swift sagt: »Wenn du irgendwann mal darüber reden willst ...«

Die heitere Gelassenheit, die ihn überkommt, halten die anderen für einen therapeutischen Erfolg. *Die Wand, die heilt* steht auf dem Schild vor dem Hotel, und es stimmt. Nachdem sie lange genug vor Kennys Namen gestanden haben, gehen sie mit Les die ganze Wand ab, hin und zurück; sie sehen die anderen Leute nach Namen suchen, sie lassen Lester alles aufnehmen, lassen ihn spüren, daß er endlich an einem Ort ist, wo er mit dem, was er tut, das Richtige tut. »Das ist keine Mauer zum Herumklettern, Schatz«, sagt eine Frau leise zu einem kleinen Jungen, der sich am niedrigen Ende hochgezogen hat, um hinüberzuspähen, und nimmt ihn auf den Arm. »Wie ist sein Nachname?« fragt ein älterer Mann seine Frau, während er die Namen auf einer der Tafeln überfliegt, von oben nach unten, Zeile für Zeile, die er sorgfältig an den Fingern abzählt. »Hier«, hören sie eine Frau zu einem Kleinkind sagen, das kaum laufen kann; sie berührt mit einem Finger einen Namen auf der Wand. »Genau hier, Süße. Das ist Onkel Johnny.« Sie bekreuzigt sich. »Bist du sicher, daß es Zeile achtundzwanzig war?« fragt eine Frau ihren Mann. »Ja, ich bin sicher.« »Er muß doch hier sein. Tafel vier, Zeile achtundzwanzig. In Washington habe ich ihn gefunden.« »Also, ich sehe ihn nicht. Ich werde noch mal zählen.« »Das ist mein Vetter«, sagt eine Frau. »Er hat eine Colaflasche geöffnet, und sie ist explodiert. Eine versteckte Sprengladung. Neunzehn Jahre. Weit hinter der Front. Jetzt hat er Frieden, so Gott will.« Ein Veteran mit einer American-Legion-Mütze kniet vor einer der Tafeln und hilft zwei schwarzen Frauen, die ihre besten Sonntagskleider tragen. »Wie war der Name?« fragt er die jüngere. »Bates. James.« »Hier ist er«, sagt der Veteran. »Hier ist er, Ma«, sagt die jüngere Frau.

Weil die Wand nur halb so groß ist wie die in Washington, müssen viele, die nach einem bestimmten Namen suchen, sich hinknien, und das ist für ältere Leute besonders beschwerlich. Am Fuß der Mauer liegen in Zellophan verpackte Blumen, und jemand hat mit einem Klebeband ein Stück Papier mit einem handgeschriebenen Gedicht befestigt. Louie bückt sich und liest: »Sternenlicht, du heller Stern / der erste Stern am Himmel ...« Es gibt Leute mit rotverweinten Augen. Es gibt Veteranen, die wie Louie die schwarze Veteranenmütze tragen, und manche haben sich auch die Streifen für die verschiedenen Offensiven angesteckt. Ein dicklicher, etwa zehn Jahre alter Junge kehrt der Wand trotzig den Rücken und sagt zu einer Frau: »Ich *will* das nicht lesen!« Ein stark tätowierter Mann mit einem T-Shirt der First Infantry Division – »Big Red One« steht darauf – geht, die Arme um sich geschlungen, benommen umher und denkt schreckliche Gedanken. Louie bleibt stehen, hält ihn fest und umarmt ihn. Sie alle umarmen ihn. Sie bringen sogar Les dazu, ihn zu umarmen. »Zwei von meinen Highschoolfreunden stehen darauf, innerhalb von achtundvierzig Stunden gefallen«, sagt jemand in der Nähe. »Und die Totenwachen waren im selben Bestattungsunternehmen. Das war ein trauriger Tag in der Kingston High.« »Er war der erste, der nach Vietnam ging«, sagt ein anderer, »und der einzige von uns, der nicht zurückgekommen ist. Und weißt du, was er am liebsten hätte, da an der Wand, unter seinem Namen? Genau dasselbe wie in Nam: eine Flasche Jack Daniel's, ein Paar gute Stiefel und Brownies, gefüllt mit Mösenhaar.«

Vier Männer stehen beieinander und reden, und als Louie hört, wie sie Erinnerungen austauschen, bleibt er stehen, und die anderen warten ebenfalls. Die vier haben allesamt graue Haare – graumeliert, mit grauen Locken oder, in einem Fall, mit einem grauen Pferdeschwanz, der unter der Veteranenmütze hervorschaut.

»Ihr wart bei der motorisierten Truppe, stimmt's?«

»Ja. Wir haben viel Zeug herumgeschleppt, aber wir wußten, früher oder später geht's wieder zurück in die Heimat.«

»Wir sind die ganze Zeit marschiert. Wir sind durch das ganze verdammte Zentrale Hochland marschiert. Über alle Scheißberge.«

»Bei den motorisierten Einheiten war man nie hinten. Ich war fast elf Monate drüben und in der Zeit nur einmal im Ausbildungslager, gleich nach der Ankunft, und einmal auf Urlaub – das war alles.«

»Wenn sich die Kettenfahrzeuge in Bewegung gesetzt haben, wußten die, daß wir kamen, und sie wußten auch, wann wir dasein würden, und hatten die B-40-Rakete schon bereit. Die hatten jede Menge Zeit, das Ding zu polieren und deinen Namen draufzuschreiben.«

Plötzlich schaltet Louie sich ein. »Wir sind hier«, sagt er zu den vier Fremden. »Wir sind *hier*, stimmt's? Wir sind alle hier. Laßt mich eure Namen aufschreiben. Eure Namen und Adressen.« Und er zieht sein Notizbuch aus der hinteren Hosentasche und schreibt, auf den Stock gestützt, alles auf, was er braucht, um ihnen den Rundbrief schicken zu können, den er und Tessie ein paarmal im Jahr im Alleingang herausbringen.

Dann gehen sie an den leeren Stühlen vorbei. Beim Kommen waren sie so darauf erpicht, Les zur Wand zu bringen, ohne daß er zusammenbrach oder davonrannte, daß sie die Stühle gar nicht gesehen haben. Am Ende des Parkplatzes stehen einundvierzig alte, graubraune Klappstühle aus Metall, vermutlich aus irgendeinem Kirchenkeller; sie sind in leicht gebogenen Reihen aufgestellt wie bei einer Schulabschlußfeier oder einer Preisverleihung: drei Reihen mit zehn Stühlen und eine mit elf. Auf der Lehne eines jeden Stuhls ist mit Klebeband ein Name befestigt – über dem leeren Sitz ein Name, ein Männername, mit Druckbuchstaben auf eine weiße Karte geschrieben. Eine Menge Stühle sind hier abgesondert, und wie um sicherzugehen, daß sich niemand darauf setzt, ist sie an allen vier Seiten mit einem durchhängenden Seil aus geflochtenem schwarzen und roten Fahnentuch abgesperrt.

Und ein Kranz hängt da, ein großer Kranz aus Nelken, und als Louie, dem nichts entgeht, stehenbleibt und sie zählt, stellt er fest, daß es, wie er vermutet hat, einundvierzig sind.

»Was ist das?« fragt Swift.

»Das sind die Gefallenen aus Pittsfield. Das sind ihre leeren Stühle«, sagt Louie.

»Verdammt«, sagt Swift. »Was für ein Scheißgemetzel. Kämpf, um zu siegen, oder kämpf gar nicht. Verdammte Scheiße.«

Doch der Nachmittag ist für sie noch nicht vorbei. Auf dem Bürgersteig vor dem Ramada Inn steht ein magerer Kerl mit Brille, der für einen so milden Tag einen viel zu dicken Mantel trägt und ein ernstes Problem hat: Er schreit die Passanten an, er zeigt auf sie, er spuckt, weil er so schreit, und Polizisten aus den Streifenwagen gehen auf ihn zu, um beruhigend auf ihn einzureden, bevor er tätlich wird oder eine Waffe zieht und schießt, falls er eine verborgene Waffe bei sich hat. In einer Hand hält er eine Flasche Whiskey – das ist alles, was er bei sich zu haben scheint. »Seht mich an!« schreit er. »Ich bin Scheiße, und jeder, der mich ansieht, weiß, daß ich Scheiße bin! Nixon! Nixon! Nixon hat mir das angetan! Er hat mir das angetan! Nixon hat mich nach Vietnam geschickt!«

So ernst sie auch sind, als sie wieder in den Kleinbus steigen, sosehr die Erinnerung auch auf ihnen lastet, sind sie doch erleichtert zu sehen, daß Les sich, im Gegensatz zu dem Typen auf der Straße, in einem Zustand von Ruhe befindet, wie sie ihn bei ihm nie zuvor erlebt haben. Obgleich sie keine Männer sind, die dazu neigen, transzendente Empfindungen zu äußern, spüren sie in Les' Gegenwart die Gefühle, die den Drang zu solchen Äußerungen oftmals begleiten. Auf dem Heimweg erfährt jeder von ihnen – mit Ausnahme von Les – in dem höchsten ihm zugänglichen Maße, welch ein Mysterium es ist, lebendig und im Fluß zu sein.

Er wirkte heiter und gelassen, aber das war eine Täuschung. Er hatte einen Entschluß gefaßt. Er würde den Wagen nehmen. Sie alle auslöschen, einschließlich sich selbst. Ihnen entgegenfahren, am Fluß entlang, auf der linken Seite, auf ihrer Straßenseite, an der Flußbiegung, wo die Straße eine Kurve machte.

Er hat einen Entschluß gefaßt. Er hat nichts zu verlieren, er kann nur gewinnen. Es läuft nicht so, daß er es tut, wenn dies oder jenes passiert oder wenn er dies oder jenes denkt oder sieht, und wenn nicht, dann nicht. Sein Entschluß steht so fest, daß er nicht mehr denkt. Es ist ein Selbstmordkommando, und innerlich ist er ungeheuer erregt. Keine Worte. Keine Gedanken. Nur noch sehen, hören, schmecken, riechen – Wut, Adrenalin und Resignation. Wir sind nicht in Vietnam. Wir sind jenseits von Vietnam.

(Nachdem man ihn ein Jahr später abermals zwangsweise in die VA-Klinik in Northampton gebracht hat, versucht er, der Psychologin diesen reinen Zustand von etwas, das nichts ist, in klaren, einfachen Worten zu beschreiben. Ist ja alles vertraulich. Sie ist Ärztin. Ärztliche Schweigepflicht. Das bleibt alles unter ihnen beiden. »Was waren Ihre Gedanken?« »Keine Gedanken.« »Sie müssen doch irgendwelche Gedanken gehabt haben.« »Nichts.« »Wann sind Sie in den Pick-up gestiegen?« »Als es dunkel war.« »Haben Sie was gegessen?« »Kein Essen.« »Warum sind Sie in den Pick-up gestiegen?« »Ich wußte, warum.« »Sie wußten, was Sie tun wollten.« »Ihn erledigen.« »Wen erledigen?« »Den Juden. Den jüdischen Professor.« »Warum wollten Sie das tun?« »Um ihn zu erledigen.« »Weil Sie mußten?« »Weil ich mußte.« »Warum mußten Sie?« »Kenny.« »Sie wollten ihn umbringen.« »Allerdings. Uns alle.« »Dann war es also geplant.« »Kein Plan.« »Sie wußten, was Sie taten.« »Ja.« »Aber Sie haben es nicht geplant.« »Nein.« »Dachten Sie, Sie wären wieder in Vietnam?« »Kein Vietnam.« »Hatten Sie einen Flashback?« »Kein Flashback.« »Dachten Sie, Sie wären im Dschungel?« »Kein Dschungel.« »Dachten Sie, Sie würden sich danach besser fühlen?« »Keine Gefühle.« »Dachten Sie an Ihre Kinder? War es eine Strafe?« »Keine Strafe.« »Sind Sie sicher?« »Keine Strafe.« »Diese Frau, haben Sie mir erzählt, hat Ihre Kinder getötet, ›mit ihrem Schwanzlutschen‹, haben Sie gesagt, ›hat sie meine Kinder umgebracht‹ – und Sie wollten es ihr nicht heimzahlen, Sie wollten keine Rache?« »Keine Rache.« »Hatten Sie Depressionen?« »Nein, keine Depressionen.« »Sie wollten zwei Menschen und sich selbst umbringen und spürten keine Wut?« »Nein, keine Wut mehr.« »Sie sind in Ihren Pick-up gestiegen, Sie wußten, wo sie sein würden, und Sie sind genau auf ihre Scheinwerfer zugefahren. Wollen Sie mir weismachen, daß Sie sie nicht umbringen wollten?« »Ich hab sie nicht umgebracht.« »Wer dann?« »Sie haben sich selbst umgebracht.«)

Er fährt. Mehr tut er nicht. Planen und nicht planen. Wissen und nicht wissen. Die Scheinwerfer kommen auf ihn zu, und dann sind sie verschwunden. Kein Zusammenstoß? Okay, dann eben kein Zusammenstoß. Nachdem sie von der Straße abgekommen sind, wechselt er wieder die Fahrbahn und fährt weiter. Er fährt einfach immer weiter. Als er am nächsten Morgen beim Straßenbauamt mit den Kollegen darauf wartet, zur Arbeit auszurücken, erfährt er davon. Die anderen wissen es schon.

Es hat keinen Zusammenstoß gegeben, und darum weiß er, obwohl er sich verschwommen erinnert, keine Einzelheiten, und als er zu Hause aussteigt, ist er nicht sicher, was wirklich passiert ist. Ein großer Tag für ihn. Der 11. November. Veterans Day. Am Morgen macht er sich mit Louie auf den Weg – am Morgen fährt er zur Wand, am Nachmittag kehrt er von der Wand zurück, und am Abend fährt er los, um alle umzubringen. Hat er das wirklich getan? Er weiß es nicht, denn es hat keinen Zusammenstoß gegeben, aber trotzdem: Unter therapeutischen Gesichtspunkten war es ein guter Tag. Die zweite Hälfte war therapeutischer als die erste. Er hat eine echte heitere Gelassenheit erlangt. Jetzt kann Kenny zu ihm sprechen. Seite an Seite mit Kenny, beide haben die Gewehre auf Automatik gestellt, und Hector, der Zugführer, schreit den Befehl: »Packt euer Zeug, wir hauen ab!«, und plötzlich ist Kenny tot. So schnell. Auf irgendeinem Hügel. Rückzug unter Feuer, und plötzlich ist Kenny tot. Das kann nicht sein. Sein Kumpel, ein Junge vom Land wie er selbst, ähnliche Herkunft, nur aus Missouri, sie wollten gemeinsam eine Milchfarm betreiben, ein Typ, der als Sechsjähriger seinen Vater hatte sterben sehen und als Neunjähriger seine Mutter, der dann bei einem Onkel aufgewachsen ist, den er liebt und von dem er andauernd spricht, einem erfolgreichen Milchfarmer mit einem recht großen Betrieb – 180 Milchkühe, zwölf Maschinen, die zwei Reihen mit je sechs Kühen melken können –, und Kennys Kopf ist weg, und er ist tot.

Sieht so aus, als würde Les jetzt mit seinem Kumpel in Verbindung treten. Er hat Kenny gezeigt, daß er nicht vergessen ist. Kenny wollte, daß er das tut, und jetzt hat er's getan. Jetzt weiß er, daß er das, was er getan hat – auch wenn er nicht genau weiß, was es eigentlich war –, für Kenny getan hat. Wenn er tatsächlich jemanden umgebracht hat und ins Gefängnis kommt, dann macht das nichts – es kann gar nichts machen, denn er ist tot. Das hier war nur das eine, was er für Kenny noch tun mußte. Jetzt sind sie quitt. Er weiß, daß mit Kenny jetzt alles in Ordnung ist.

(»Ich war an der Wand, und da stand sein Name, und es war Stille. Ich hab gewartet und gewartet und gewartet. Ich hab ihn angesehen, er hat mich angesehen. Ich hab nichts gehört und nichts gespürt, und darum wußte ich, daß mit Kenny nicht alles in Ordnung war. Es war noch mehr zu tun. Ich wußte nicht, was. Aber er hätte mich nicht einfach so dastehen lassen. Darum war dort keine Botschaft für mich. Weil ich noch was für Kenny tun mußte. Und jetzt? Jetzt ist mit Kenny alles in Ordnung. Jetzt kann er in Frieden ruhen.« »Und sind Sie immer noch tot?« »Was sind Sie eigentlich – eine Tranfunzel? Ich kann nicht mit Ihnen reden, Sie Tranfunzel! Ich hab's getan, weil ich tot *bin*!«)

Am nächsten Morgen am Straßenbauamt hört er als erstes, daß

sie und der Jude einen Unfall hatten. Alle vermuten, daß sie ihm einen geblasen hat und er die Gewalt über den Wagen verloren hat, so daß sie von der Straße abgekommen sind, die Leitplanke durchbrochen haben, die Böschung hinuntergestürzt und kopfüber im Fluß gelandet sind. Der Jude hat die Gewalt über den Wagen verloren.

Nein, er verbindet das nicht mit dem, was am Abend zuvor passiert ist. Er ist bloß herumgefahren, in einer vollkommen anderen Gemütsverfassung.

Er sagt: »Tatsächlich? Was ist passiert? Wer war's?«
»Der Jude war's. Ist von der Straße abgekommen.«
»Wahrscheinlich hat sie ihm gerade einen geblasen.«
»Das hab ich auch gehört.«

Soviel dazu. Auch hier keine Gefühle. Er fühlt noch immer nichts. Außer seiner Qual. Warum muß er wegen dem, was mit ihm passiert ist, so viel leiden, und sie kann alten Juden einen blasen? Er ist derjenige, der zu leiden hat, und sie geht einfach und läßt das alles hinter sich.

Jedenfalls, denkt er, während er im Straßenbauamt seinen Frühstückskaffee trinkt, jedenfalls kommt es ihm so vor.

Als sie aufstehen und zu den Lastwagen gehen, sagt Les: »Ich schätze, jetzt wird man samstags abends nicht mehr diese Musik aus seinem Haus hören.«

Sie lachen, obwohl keiner weiß, was er damit meinen könnte, und so beginnt der Arbeitstag.

Wenn sie als Wohnort den Westen von Massachusetts angab, konnten Kollegen, die die *New York Review of Books* abonniert hatten, das Inserat mit ihr in Verbindung bringen, besonders wenn sie anschließend sich selbst beschrieb und ihre Qualifikationen aufzählte. Doch wenn sie keinen Wohnort nannte, konnte es sein, daß sie keine einzige Zuschrift aus einem Umkreis von zwei, drei-, ja vierhundert Kilometern erhielt. Und da in allen Inseraten in der *New York Review*, die sie gelesen hatte, das Alter, das die Frauen angaben, um fünfzehn bis dreißig Jahre höher war als ihr eigenes, konnte sie sich nicht korrekt darstellen und ihr tatsächliches Alter preisgeben, ohne den Verdacht zu erwecken, sie verheimliche etwas Bedeutsames und irgend etwas stimme nicht mit ihr: Hatte eine Frau, die behauptete, so jung, so attraktiv, so erfolgreich zu sein, es nötig, per Kontaktanzeige einen Mann zu suchen? Wenn sie sich als »leidenschaftlich« beschrieb, konnten Menschen mit schmutzigen Gedanken das als bewußte Aufforderung interpretieren und annehmen, es bedeute »freizügig« oder Schlimmeres, und ihr Postfach bei der *NYRB* würde sich mit Briefen von Männern füllen, mit denen sie nichts zu tun haben wollte. Wenn sie sich aber als Blaustrumpf darstellte, als Frau, für die Sex entschieden weniger wichtig war als ihre akademischen, wissenschaftlichen und intellektuellen Erfolge, würde sie, die bei einem vertrauenswürdigen Partner sexuell so überaus erregbar sein konnte, damit einen Typ Mann ansprechen, der viel zu zimperlich war. Wenn sie sich als »hübsch« beschrieb, ordnete sie sich in eine unbestimmte, nichtssagende Kategorie ein, doch wenn sie sich geradeheraus als »schön« bezeichnete, wenn sie es wagte, die Wahrheit zu sagen und das Wort zu gebrauchen, das ihren Liebhabern nie übertrieben erschienen war – sie hatten sie *éblouissante* genannt (zum Beispiel: »*Éblouissante! Tu as un visage de chat*«), umwerfend, überwältigend –, oder wenn sie, um der Genauigkeit in einem nur dreißig Worte umfassenden Text willen, ihre Ähnlichkeit mit Leslie Caron erwähnte, die ihre Eltern bemerkt hatten und um die ihr Vater gern ein bißchen zuviel Aufhebens machte, dann wäre jeder, der nicht größenwahnsinnig war, zu eingeschüchtert, um zu reagieren, oder jedenfalls nicht bereit, sie intellektuell ernst zu nehmen. Wenn sie schrieb: »Ein beigefügtes Foto wäre willkommen« oder »Foto, bitte«, konnte das als Hinweis darauf mißverstanden werden, daß sie auf gutes Aussehen mehr Wert legte als auf Intelligenz, Belesenheit und Bildung; außerdem waren die Fotos, die sie dann erhielt, vielleicht retuschiert, veraltet oder auf andere Weise verfälscht. Die Bitte um ein Foto konnte sogar gerade den Mann abschrecken, dessen Interesse sie wecken wollte. Doch wenn sie kein Foto verlangte, konnte es ihr passieren, daß sie den ganzen Weg nach Boston oder New York oder eine noch weiter entfernte Stadt auf sich nahm, um sich beim Abendessen in Gesellschaft eines gänzlich ungeeigneten, womöglich sogar abstoßenden Mannes zu befinden. Und »abstoßend« bezog sich nicht nur auf das Äußere.

Was, wenn er ein Lügner war? Was, wenn er ein Scharlatan war? Was, wenn er ein Psychopath war? Was, wenn er Aids hatte? Was, wenn er gewalttätig, heimtückisch, verheiratet oder ein Pflegefall war? Was, wenn er gestört war und sie ihn nicht mehr loswurde? Was, wenn er ihren Namen und ihre Büroadresse an einen obsessiven Voyeur weitergab? Aber wie konnte sie bei der ersten Begegnung ihren Namen verschweigen? Ein offener, aufrichtiger Mensch durfte die Suche nach einer ernsthaften, leidenschaftlichen Beziehung, die zu Ehe und Familie führen konnte, doch nicht mit einer Lüge über etwas so Grundsätzliches wie einen Namen beginnen. Und was war mit der Rasse? Sollte sie nicht die freundlichen, beruhigenden Worte »Rassenzugehörigkeit gleichgültig« einfügen? Doch die Rassenzugehörigkeit war nicht gleichgültig; sie hätte es sein können, sie hätte es sein sollen und wäre es vielleicht auch gewesen, wenn sie nicht mit Siebzehn, in Paris, dieses Fiasko erlebt hätte und seither überzeugt war, daß ein Mann, der einer anderen Rasse angehörte, ein ungeeigneter – weil unergründlicher – Partner war.

Sie war damals jung und abenteuerlustig und *wollte* nicht vorsichtig sein, und er war aus einer guten Familie in Brazzaville, der Sohn eines Richters am Obersten Gerichtshof – das sagte er jedenfalls –, und als Austauschstudent für ein Jahr in Nanterre. Er hieß Dominique, und sie glaubte, er sei wie sie ein spiritueller Liebhaber der Literatur. Sie lernte ihn bei einer der Vorlesungen von Milan Kundera kennen. Er sprach sie an, und draußen schwelgten sie in Kunderas Betrachtungen über *Madame Bovary*, beide infiziert mit dem, was Delphine in Gedanken erregt als den »Kundera-Bazillus« bezeichnete. Für sie beide war Kundera legitimiert, weil er als tschechischer Schriftsteller verfolgt worden war, weil er einer derjenigen war, die bei dem großen Freiheitskampf der Tschechoslowakei verloren hatten. Kunderas Verspieltheit war alles andere als frivol. Sie liebten sein *Buch der lächerlichen Liebe*. Er hatte etwas Vertrauenswürdiges an sich. Seine osteuropäische Art. Die Rastlosigkeit des Intellektuellen. Daß für ihn alles schwierig zu sein schien. Beide waren eingenommen von seiner Bescheidenheit, die das genaue Gegenteil von Superstarallüren war, und beide glaubten an sein Ethos des Denkens und Leidens. All diese intellektuellen Drangsale – und dann sein Aussehen. Delphine war sehr beeindruckt von der Kombination aus Dichter und Preisboxer. Für sie war das eine äußerliche Manifestation dessen, was in seinem Inneren aufeinanderprallte.

Nach der ersten Begegnung in der Kundera-Vorlesung war es mit Dominique eine ausschließlich körperliche Sache, und das hatte sie noch nie zuvor erlebt. Es ging ausschließlich um ihren Körper. Sie hatte so viel mit der Kundera-Vorlesung verbunden, und diese Verbindung hatte sie mit der zwischen ihr und Dominique verwechselt. Alles geschah sehr schnell. Es ging nur noch um ihren Körper. Dominique verstand nicht, daß sie nicht bloß Sex wollte. Sie wollte mehr sein als ein Stück Fleisch am Spieß, das gewendet und begossen wurde. Doch genau das tat er – das waren sogar seine Worte: sie wenden und begießen. Er interessierte sich für nichts anderes, am allerwenigsten für Literatur. Entspann dich und halt den Mund – das ist seine Haltung ihr gegenüber, und irgendwie läßt sie sich davon überrollen, und dann kommt der schreckliche Abend, an dem sie in sein Zimmer tritt und er sie schon erwartet, in Gesellschaft eines Freundes. Es ist nicht so, daß sie jetzt Vorurteile hätte. Ihr ist nur klargeworden, daß sie einen Mann ihrer eigenen Rasse nicht so falsch eingeschätzt hätte. Das war ihr schlimmstes Versagen, und sie konnte es nie vergessen. Wiedergutmachung hatte sie erst bei dem Professor erfahren, der ihr den römischen Ring geschenkt hatte. Sex, ja, herrlicher Sex, aber mit Metaphysik. Sex mit Metaphysik mit einem Mann mit Gravitas, der nicht eitel ist. Jemand wie Kundera. Das ist der Plan.

Das Problem, vor dem sie sich sah, als sie lange nach Einbruch der Dunkelheit allein an ihrem Computer saß – die einzige in Barton Hall, die noch arbeitete, außerstande, ihr Büro zu verlassen, außerstande, einen weiteren Abend in ihrer Wohnung zu verbringen, wo nicht einmal eine Katze ihr Gesellschaft leistete –, das Problem war: Wie sollte sie in ihrem Inserat die möglichst subtil verschlüsselte Nachricht unterbringen: »Bitte nur Weiße«? Wenn man in Athena erfuhr, daß sie es gewesen war, die diese Einschränkung gemacht hatte – nein, für eine, die dabei war, in der akademischen Hierarchie Athenas so schnell aufzusteigen, war das wohl kaum angemessen. Dennoch hatte sie keine andere Wahl, als ein Foto zu verlangen, auch wenn sie wußte – weil sie mit aller Kraft versuchte, an alles zu denken, nie naiv zu sein und, ausgehend von ihrem kurzen Leben als Frau, immer einzukalkulieren, wie Männer sich verhalten konnten –, auch wenn sie wußte, daß man einen ausreichend sadistischen oder perversen Mann nicht daran hindern konnte, ein Foto zu schicken, das eine Falschinformation gerade in bezug auf die Rassenzugehörigkeit darstellte.

Nein, es war zu riskant – und außerdem unter ihrer Würde –, ein Inserat aufzugeben, um einen Mann von einem Kaliber zu finden, das es unter den Dozenten an einem so schrecklich provinziellen College wie Athena einfach nicht gab. Sie konnte es nicht tun, und sie sollte es nicht tun, doch noch während sie die Unwägbarkeiten, ja die Gefahren bedachte, in die sie sich begab, indem sie sich Fremden als eine Frau präsentierte, die auf der Suche nach einem geeigneten Partner war, noch während sie daran dachte, daß es für die Leiterin des Fachbereichs für Sprach- und Literaturwissenschaft nicht ratsam war, das Risiko einzugehen, ihren Kolleginnen und Kollegen irgend etwas anderes zu zeigen als die ernsthafte Wissenschaftlerin und Dozentin und sich als Frau mit Wünschen und Bedürfnissen darzustellen, die zwar durchaus menschlich waren, jedoch bewußt falsch interpretiert werden konnten, damit sie selbst als unbedeutend abqualifiziert werden konnte, noch während sie all das dachte, arbeitete sie daran: Nachdem sie per E-Mail allen Dozenten des Fachbereichs ihre neuesten Gedanken zum Thema »Wissenschaftliche Arbeiten« mitgeteilt hatte, versuchte sie, ein Inserat zu formulieren, das nicht nur dem banalen linguistischen Muster der Standardanzeige in der *NYRB* entsprach, sondern auch eine wahrheitsgemäße Beschreibung ihres Kalibers enthielt. Jetzt saß sie schon seit etwa einer Stunde hier und hatte noch immer keine Formulierung, die so wenig demütigend war, daß sie sie, und sei es unter Pseudonym, per E-Mail an die Anzeigenannahme schicken konnte.

West-Massachusetts, 29j. zierliche, leidenschaftliche Pariser Professorin, die ebensogern Molière unterrichtet wie

Gebildete, attraktive Akademikerin aus den Berkshires, die ebensogut *médaillons de veau* kochen wie einen geisteswiss. Fachbereich leiten kann, sucht

Vollblutwissenschaftlerin (weiß) sucht

Akademikerin (weiß) aus Paris, promov. in Yale, zierliche, gebildete, modebewußte Brünette mit Liebe zu Büchern sucht

Attraktive Vollblutwissenschaftlerin sucht

Doktorin (weiß), Französin, Massachusetts, sucht

Sucht was? *Irgendwas*, irgendwas anderes als diese Männer in Athena: die witzelnden Jüngelchen, die weibischen alten Tanten, die ängstlichen, langweiligen Familientiere, die Berufsväter, und alle so ernsthaft und so kastriert. Daß sie sich rühmen, die Hälfte der Hausarbeit zu erledigen, findet sie abstoßend. Unerträglich. »Tja, ich werde dann mal gehen, meine Frau ablösen. Ich muß die Windeln genausooft wechseln wie sie.« Sie windet sich innerlich, wenn sie mit ihrer Hilfsbereitschaft prahlen. Na gut, dann sei hilfsbereit, aber sei nicht so vulgär, darüber zu sprechen. Warum ein solches Theater darum veranstalten, daß man ein Fifty-fifty-Mann ist? Tu's einfach und halt den Mund. In diesem Abscheu unterscheidet sie sich sehr von ihren Kolleginnen, die diese Männer wegen ihrer »Sensibilität« schätzen. Ist das »Sensibilität«, wenn sie ihre Frauen so betont loben? »Ach, Sara Lee ist eine so außerordentliche Diesunddas. Sie hat schon viereinhalb Artikel publiziert ...« Mr. Sensibel muß immer auf ihren Ruhm hinweisen. Mr. Sensibel kann nicht von irgendeiner großen Vorstellung in der Metropolitan sprechen, ohne vorauszuschicken: »Sara Lee hat gesagt ...« Entweder loben sie ihre Frauen zu sehr, oder sie sind stumm wie Fische. Der Ehemann verstummt und verfällt in immer tiefere Depressionen, und das ist Delphine in keinem anderen Land begegnet. Wenn Sara Lee eine arbeitslose Akademikerin ist, während ihr Mann seinen Job vielleicht nur so gerade eben noch hat, würde er ihn lieber verlieren als seine Frau denken zu lassen, sie habe das schlechtere Los gezogen. Er würde sogar einen gewissen Stolz zur Schau stellen, wenn die Situation umgekehrt wäre, wenn er derjenige wäre, der zu Hause bleiben müßte, während seine Frau das Geld verdiente. Eine Französin, selbst eine französische Feministin, würde einen solchen Mann abstoßend finden. Die Französin ist intelligent, sie ist sexy, sie ist *wirklich* unabhängig, und wenn er mehr redet als sie – na und, wo ist das Problem? Wozu dieser verbissene Wettbewerb? Kein »Ach, hast du auch bemerkt, wie sehr sie von ihrem groben, machthungrigen Mann dominiert wird«. Nein, je mehr Frau sie ist, desto mehr *will* die Französin, daß der Mann seine Macht demonstriert. Ach, wie hat sie, als sie vor fünf Jahren nach Athena gekommen ist, gebetet, einen wunderbaren Mann zu treffen, der seine Macht demonstriert. Doch die meisten jüngeren Dozenten sind Vertreter des häuslichen, kastrierten Typs: die intellektuell reizlosen, langweiligen, beflissenen Ehemänner von Sara Lee, die sie für ihre Brieffreunde in Paris genüßlich unter dem Sammelbegriff *Windeln* zusammenfaßt.

Dann gibt es noch die *Hüte.* Die Hüte sind »Gastautoren«, Amerikas unglaublich anmaßende Gastautoren. Wahrscheinlich hat sie hier, in dem kleinen Athena, noch nicht einmal die schlimmsten gesehen, aber diese beiden sind schlimm genug. Sie erscheinen einmal pro Woche zum Unterricht, sie sind verheiratet und machen ihr Avancen, und sie sind unmöglich. Wann können wir mal zusammen zu Mittag essen, Delphine? Tut mir leid, denkt sie, aber ich bin nicht beeindruckt. Bei den Kundera-Vorlesungen hat ihr gefallen, daß er immer leicht schattenhaft und manchmal sogar leicht schäbig wirkte, ein großer Schriftsteller *malgré lui*. Jedenfalls hat sie es so wahrgenommen, und das war es, was ihr an ihm gefiel. Die amerikanischen Ich-bin-der-Schriftsteller-Typen dagegen kann sie nicht leiden, kann sie nicht ausstehen. Wenn so einer sie ansieht, dann weiß sie, daß er denkt: Mit deinem französischen Selbstbewußtsein und deiner französischen Mode und deiner elitären französischen Bildung bist du wirklich sehr französisch, aber trotzdem bist du die Akademikerin, und ich bin der Schriftsteller – wir stehen nicht auf derselben Stufe.

Sie vermutet, daß diese Gastautoren enorm viel Zeit damit verbringen, sich Gedanken über ihre Kopfbedeckungen zu machen. Ja, sowohl der Dichter als auch der Prosaschriftsteller sind außergewöhnliche Hutfetischisten, und so bezeichnet sie diese beiden in ihren Briefen als die *Hüte.* Der eine ist immer wie Charles Lindbergh ausstaffiert, mit alter Fliegermontur, und sie versteht nicht, welche Beziehung zwischen Fliegen und Schreiben bestehen könnte, besonders bei einem am Boden klebenden Gastautor. Darüber stellt sie in den witzigen Briefen an ihre Freunde in Paris Betrachtungen an. Der andere ist der anspruchslose Schlapphut-Typ – was natürlich äußerst *recherché* ist –, der acht Stunden vor dem Spiegel verbringt, um nachlässig gekleidet zu sein. Eitel, unlesbar, hundertsechsundachtzigmal verheiratet und unglaublich aufgeblasen. Für ihn empfindet sie nicht so sehr Haß als vielmehr Verachtung. Und doch: Da sitzt sie tief in den Berkshires und sehnt sich nach einer Romanze, und manchmal kommen ihr Zweifel, wenn sie an die *Hüte* denkt, und sie fragt sich, ob sie sie nicht wenigstens als Kandidaten für erotische Begegnungen ernsthaft in Betracht ziehen sollte. Nein, das könnte sie nicht – nicht nach dem, was sie nach Paris geschrieben hat. Sie muß ihnen widerstehen, und sei es nur, weil sie versuchen, sich ihres, Delphines, Vokabulars zu bedienen, wenn sie mit ihr sprechen. Weil einer der Gastautoren, der jüngere, eine Winzigkeit weniger aufgeblasene der beiden, Bataille gelesen hat, weil er gerade genug von Bataille weiß und gerade genug Hegel gelesen hat, ist sie ein paarmal mit ihm ausgegangen, und noch nie hat sich ein Mann vor ihren Augen so schnell aller erotischen Reize beraubt; mit jedem Wort, das er sagte – wobei er die Sprache gebrauchte, in der sie selbst sich jetzt nicht mehr ganz zu Hause fühlt –, redete er sich aus ihrem Leben heraus.

Wogegen die älteren, die Uncoolen und Tweedgekleideten, die *Geisteswissenschaftler* ... Nun, natürlich muß sie sich bei Konferenzen und in ihren Publikationen so ausdrücken, wie der Berufsstand es erfordert, und die *Geisteswissenschaftler* repräsentieren ebenjenen Teil ihrer selbst, den sie manchmal zu verraten glaubt, und darum fühlt sie sich zu ihnen hingezogen: Sie sind, was sie sind und immer sein werden, und sie weiß, daß sie sie für eine Verräterin halten. In ihren Seminaren hat Delphine eine Anhängerschaft, doch so etwas verachten sie als eine modische Zeiterscheinung. Diese älteren Männer, die *Geisteswissenschaftler*, diese altmodischen, traditionalistischen Geisteswissenschaftler, die alles gelesen haben, diese wiedergeborenen Lehrer (als die Delphine sie betrachtet) geben ihr manchmal das Gefühl, seicht zu sein. Sie lachen über ihre Anhängerschaft und verachten ihre Bildung. Bei Fakultätssitzungen haben sie keine Hemmungen, ihre Meinung zu sagen, obgleich man findet, sie sollten welche haben; in Seminaren haben sie keine Hemmungen, von ihren Empfindungen zu sprechen, und wieder findet man, sie sollten sich lieber bremsen. Darum bricht Delphine ein, wenn sie es mit ihnen zu tun hat. Sie selbst ist von den sogenannten Diskursen, die sie in Paris und New Haven verfolgt hat, gar nicht so überzeugt, und darum bricht sie innerlich ein. Aber sie braucht diese Sprache unbedingt, um Erfolg zu haben. Sie ist ganz allein in Amerika, und sie braucht den Erfolg so sehr! Und doch ist alles, was mit Erfolg verbunden ist, zugleich auch irgendwie kompromittierend; darum kommt sie sich immer weniger echt vor, und wenn sie ihre Not zu einem »faustischen Handel« stilisiert, hilft das nur ein bißchen.

Es gibt Augenblicke, da hat sie sogar das Gefühl, Milan Kundera zu verraten, und darum stellt sie ihn sich vor, wenn sie allein ist, und spricht mit ihm und bittet ihn um Vergebung. In seinen Vorlesungen verfolgte Kundera die Absicht, die Intelligenz von der französischen Verfeinerung zu befreien und den Roman als etwas zu betrachten, das mit Menschen und der *comédie humaine* zu tun hat; seine Absicht war es, die Studenten vor den verführerischen Fallen des Strukturalismus, des Formalismus und der obsessiven Modernität zu bewahren, sie von der französischen Theorie, die man ihnen eingeflößt hatte, zu reinigen; ihn zu hören war eine enorme Erleichterung gewesen, denn trotz ihrer Publikationen und ihres zunehmenden wissenschaftlichen Renommees fiel es ihr immer noch schwer, sich der Literatur mit Hilfe der Literaturtheorie zu nähern. Hier und da tat sich zwischen dem, was ihr gefiel, und dem, was sie bewundern sollte – zwischen den Worten, mit denen sie das, was sie bewundern sollte, benennen sollte, und den Worten, die sie zu sich selbst über die Schriftsteller sprach, die sie wirklich liebte –, eine so gewaltige Kluft auf, daß ihr Gefühl, Kundera zu verraten, auch wenn dies nicht das gravierendste Problem in ihrem Leben war, manchmal der Scham glich, die man empfindet, wenn man einen liebevollen, vertrauensvollen, abwesenden Partner betrügt.

Nur mit einem Mann ist sie oft ausgegangen, und das ist – seltsam genug – der konservativste Mensch auf dem ganzen Campus, ein geschiedener, fünfundsechzig Jahre alter Mann: Arthur Sussman, der Wirtschaftswissenschaftler von der Boston University, der in Fords zweiter Amtszeit Finanzminister geworden wäre. Er ist ein bißchen stämmig, ein bißchen steif und trägt immer einen Anzug; er haßt Programme zur Bekämpfung von Diskriminierung, er haßt Clinton, er kommt einmal pro Woche, kassiert dafür ein Vermögen und soll dem College ein wenig Glanz geben und dem kleinen Athena zu einem Platz auf der akademischen Landkarte verhelfen. Insbesondere die Frauen sind überzeugt, daß sie mit ihm geschlafen hat, nur weil er mal mächtig war. Man hat sie gelegentlich beim gemeinsamen Mittagessen in der Cafeteria gesehen. Er kommt in die Cafeteria und sieht so unendlich gelangweilt aus, bis sein Blick auf Delphine fällt, und wenn er sie dann fragt, ob er sich zu ihr setzen darf, sagt sie: »Wie großzügig von Ihnen, uns heute mit Ihrer Anwesenheit zu beehren«, oder etwas in der Art. Bis zu einem gewissen Grad gefallen ihm ihre Spötteleien. Beim Mittagessen haben sie eine, wie Delphine es nennt, »richtige Unterhaltung«. Es gibt einen Haushaltsüberschuß von 39 Milliarden, sagt er, doch die Regierung gibt den Steuerzahlern nichts zurück. Die Leute haben es verdient und sollen es selbst ausgeben können – sie brauchen keine Bürokraten, die entscheiden, was mit ihrem Geld geschieht. Er erklärt ihr in allen Einzelheiten, warum die Sozialversicherung in die Hände privater Analysten gelegt werden sollte. Jeder soll selbst in seine Zukunft investieren, sagt er. Warum sollte irgend jemand darauf vertrauen, daß der Staat sich um die Zukunft der Leute kümmert, wenn die Sozialversicherung nur eine magere Rendite bringt, wogegen einer, der über denselben Zeitraum hinweg an der Börse investiert hätte, jetzt doppelt soviel, wenn nicht mehr hätte? Das Fundament seiner Argumentation ist immer die persönliche Souveränität, die persönliche Freiheit, doch dabei begreift er nie, wagt Delphine dem lediglich designierten Finanzminister zu sagen, daß die meisten Leute gar nicht genug Geld haben, um eine Wahl treffen zu können, und nicht genug Bildung, um wenigstens in die richtige Richtung zu gehen – sie haben einfach nicht die Fertigkeiten, um sich auf dem Markt zurechtzufinden. Sein Modell, erklärt sie ihm, basiert auf einer Vorstellung von radikaler persönlicher Freiheit, die in seinem Gedankengebäude auf eine radikale Souveränität in bezug auf das Marktgeschehen reduziert ist. Der Haushaltsüberschuß und die Sozialversicherung – das sind zwei Themen, die ihn nicht loslassen, und sie sprechen jedesmal darüber. Er scheint Clinton vor allem deshalb zu hassen, weil der alle Maßnahmen ergreift, die Sussman für richtig hält, allerdings in einer Version der Demokratischen Partei. »Nur gut«, sagt er zu Delphine, »daß dieser kleine Scheißer Bob Reich nicht dort ist. Er hätte Clinton dazu gebracht, Milliarden dafür auszugeben, daß Leute für Jobs umgeschult werden, die sie nie kriegen können. Gut, daß er nicht mehr im Kabinett ist. Wenigstens ist Bob Rubin dabei, wenigstens haben sie einen, der einen klaren Kopf hat und weiß, wie der Hase läuft. Wenigstens haben er und Alan den Zinssatz da gelassen, wo er hingehört. Wenigstens haben er und Alan die wirtschaftliche Erholung in Gang gehalten ...«

Abgesehen von seinen schroffen Insiderbemerkungen über wirtschaftliche Entwicklungen gefällt ihr, daß er sich bei Marx und Engels wirklich gut auskennt. Noch beeindruckender: Er hat sich mit der *Deutschen Ideologie* beschäftigt, einem Text, der sie immer fasziniert hat, den sie liebt. Wenn er sie zum Abendessen in Great Barrington ausführt, entwickeln sich die Dinge sowohl romantischer als auch intellektueller als mittags in der Cafeteria. Beim Abendessen spricht er gern Französisch mit ihr. Eine der Eroberungen, die er vor Jahren gemacht hat, stammte aus Paris, und er spricht endlos von dieser Frau. Delphine sperrt allerdings vor Staunen nicht gerade den Mund auf, wenn er von seiner Pariser Affäre und den zahlreichen erotischen Plänkeleien davor und danach erzählt. Er prahlt ständig mit seinen Liebschaften, auf eine sehr diskrete Weise, die sie nach einer Weile gar nicht mehr so diskret findet. Es ärgert sie sehr, daß er sie mit seinen Eroberungen meint beeindrucken zu können, aber sie findet sich, nur leicht gelangweilt, damit ab, denn andererseits ist sie froh, mit einem intelligenten, selbstbewußten, gebildeten Mann von Welt zu Abend zu essen. Wenn er ihre Hand nimmt, sagt sie ihm etwas, dem er entnehmen kann, daß er verrückt ist, wenn er glaubt, sie werde mit ihm ins Bett gehen. Manchmal legt er auf dem Parkplatz seinen Arm um sie und drückt sie an sich. Er sagt: »Ich kann nicht immer wieder mit Ihnen zusammensein, ohne daß ein bißchen Leidenschaft dabei ist. Ich kann nicht mit einer Frau ausgehen, die so schön ist wie Sie, und mit ihr reden und reden und reden und den Abend dann einfach enden lassen.«»In Frankreich gibt es ein Sprichwort«, sagt sie, »und das heißt...«»Und das heißt wie?« fragt er, denn er denkt, er könne bei dieser Gelegenheit wenigstens ein neues Bonmot abstauben. Lächelnd antwortet sie: »Ich weiß es nicht mehr. Es fällt mir später wieder ein«, und damit entwindet sie sich sanft seinen erstaunlich starken Armen. Sie geht sanft mit ihm um – weil es funktioniert, und auch, weil sie weiß, daß er glaubt, es habe etwas mit seinem Alter zu tun, wohingegen es, wie sie ihm auf der Rückfahrt in seinem Wagen erklärt, um etwas geht, das keineswegs so banal ist: Es geht um eine »Geisteshaltung«.»Es geht darum, wer ich bin«, sagt sie zu ihm, und während er alles andere geschluckt hat, ist dies der Satz, der bewirkt, daß es zwei, drei Monate dauert, bis er wieder einmal in der Cafeteria auftaucht, um zu sehen, ob sie dort ist. Manchmal ruft er sie spät in der Nacht oder in den frühen Morgenstunden an. Er liegt in seinem Bett in Back Bay und will mit ihr über Sex reden. Sie sagt, sie würde lieber über Marx reden, und das reicht, um bei diesem konservativen Wirtschaftswissenschaftler den Saft abzudrehen. Und doch sind die Frauen, die sie nicht mögen, überzeugt, daß sie mit ihm geschlafen hat, weil er Macht besitzt. Sie sind außerstande zu begreifen, daß sie, so einsam und freudlos ihr Leben auch ist, keine Neigung verspürt, Arthur Sussmans kleine Geliebte, ein schmückendes Beiwerk, zu werden. Ihr ist auch zu Ohren gekommen, daß eine von ihnen sie »so passé, eine solche Parodie von Simone de Beauvoir« genannt hat. Womit sie zum Ausdruck bringen will, daß Beauvoir sich an Sartre verkauft hat – eine hochintelligente Frau, aber schließlich seine Sklavin. Für diese Frauen, die sie beim Mittagessen mit Arthur Sussman beobachten und das völlig falsch verstehen, ist alles ein Thema, ein ideologischer Standpunkt, ein Verrat – ein Ausverkauf. Beauvoir hat sich verkauft. Delphine hat sich verkauft, und so weiter, und so weiter. Delphine hat etwas, was diese Frauen gelb vor Neid werden läßt.

Ein weiteres Problem: Sie will sich diese Frauen nicht zu Feindinnen machen. Dennoch ist sie philosophisch von ihnen nicht weniger isoliert als von den Männern. Es wäre nicht klug, es ihnen zu sagen, aber diese Frauen sind im amerikanischen Sinne viel feministischer als sie selbst. Es wäre nicht klug, weil sie Delphine bereits geringschätzig genug behandeln, weil sie immer zu wissen scheinen, wo sie steht, weil sie ihren Motiven und Zielen immer mißtrauen: Delphine ist attraktiv, jung, schlank, mühelos elegant, sie ist so schnell aufgestiegen, daß sie über das College hinaus bereits so etwas wie ein Renommee hat, und wie ihre Pariser Freunde gebraucht sie weder die Klischees, die diese Frauen gebrauchen (ebendie Klischees, mit denen die *Windeln* so eifrig entmannt werden), noch ist sie überhaupt auf Klischees angewiesen. Nur in dem anonymen Brief an Coleman Silk hat sie sich ihrer Feministinnen-Rhetorik bedient, und das nicht rein zufällig, weil sie so erschöpft war, sondern letztlich absichtlich, um ihre Identität zu verschleiern. In Wirklichkeit ist sie nicht weniger emanzipiert als diese Feministinnen von Athena, sondern vielleicht sogar mehr: Sie hat ihr Land verlassen, sie hat es gewagt, Frankreich zu verlassen, sie arbeitet hart in ihrem Beruf, sie arbeitet hart an ihren Publikationen, und sie will es schaffen; sie ist auf sich allein gestellt und *muß* es schaffen. Sie ist ganz allein, ohne Unterstützung, heimatlos, in einem anderen Land – *dépaysée*. In einem freien Land, aber oft so hoffnungslos *dépaysée*. Ehrgeizig? Sie ist ehrgeiziger als all diese unsinkbaren Ich-schaff's-allein-Feministinnen zusammen, aber weil Männer sich zu ihr hingezogen fühlen und unter ihnen ein so bedeutender Mann wie Sussman ist, weil sie – einfach so – eine alte Kostümjacke von Chanel zu engen Jeans oder im Sommer ein Etuikleid trägt und Leder und Kaschmir bevorzugt, lehnen die Frauen sie ab. Sie verkneift sich jede Bemerkung über *ihre* gräßliche Garderobe – welches Recht haben sie also, darauf herumzureiten, daß sie Delphines Aufmachung als Rückfall betrachten? Sie weiß alles, was sie in ihrer Verärgerung über sie sagen. Sie sagen, was die Männer, die sie widerwillig respektiert, über sie sagen – daß sie eine unqualifizierte Schaumschlägerin ist –, und das schmerzt sie noch mehr. Sie sagen: »Sie führt die Studenten an der Nase herum.« Sie sagen: »Wie kommt es, daß die Studenten diese Frau nicht durchschauen?« Sie sagen: »Sehen sie denn nicht, daß sie bloß ein französischer Chauvinist in Frauenkleidern ist?« Sie sagen, daß sie nur *faute de mieux* Leiterin des Fachbereichs geworden ist. Und sie machen sich über ihre Ausdrucksweise lustig. »Tja, natürlich ist es ihr intertextueller Charme, der ihr diese Anhängerschaft eingebracht hat. Ihr Verhältnis zur Phänomenologie. Sie ist eine *überragende* Phänomenologin, hahaha!« Sie weiß, was sie sagen, um sie lächerlich zu machen, und doch weiß sie, daß sie in Frankreich und Yale für dieses Vokabular *gelebt* hat; sie glaubt, daß eine gute Literaturwissenschaftlerin sich dieses Vokabulars bedienen *muß*. Sie *muß* über Intertextualität Bescheid wissen. Bedeutet das, daß sie eine Schaumschlägerin ist? Nein! Es bedeutet, daß sie in keine Schublade paßt. In manchen Kreisen würde sie das mit einem geheimnisvollen Nimbus umgeben! Aber wenn man in einem hinterwäldlerischen Kaff wie diesem in keine einzige Schublade paßt, sind alle gleich ganz aus dem Häuschen. Sogar Arthur Sussman ärgert sich darüber. Warum zum Teufel will sie keinen Telefonsex mit ihm? Wenn man hier in keine Schublade paßt, wenn man etwas ist, was ihnen fremd ist, dann quälen sie einen. Niemand in Athena begreift, daß es zu ihrem Bildungsroman gehört, daß sie stets danach *gestrebt* hat, in keine Schublade zu passen.

Es gibt ein Komplott, geschmiedet von drei Frauen – einer Philosophieprofessorin, einer Soziologieprofessorin und einer Geschichtsprofessorin –, die ihr besonders auf die Nerven gehen. Voller Feindseligkeit gegen sie, einfach aus dem Grund, daß Delphine nicht so schwerfällig und eingefahren ist wie sie. Weil sie einen gewissen Chic hat, sind sie der Meinung, sie habe nicht genug wissenschaftliche Journale gelesen. Weil ihre amerikanische Vorstellung von Unabhängigkeit sich von Delphines französischer Vorstellung von Unabhängigkeit unterscheidet, ist sie in ihren Augen bloß eine Frau, die sich mächtigen Männern zur Verfügung stellt. Aber was hat sie denn eigentlich getan, um ihr Mißtrauen zu wecken? Vielleicht kommt sie zu gut mit den Männern im Fachbereich zurecht. Ja, sie ist mit Arthur Sussman zum Abendessen in Great Barrington gewesen. Heißt das, daß sie sich ihm intellektuell unterlegen fühlt? Sie hat nicht den geringsten Zweifel, daß sie ihm intellektuell ebenbürtig ist. Sie ist nicht geschmeichelt, daß er sie ausführt – sie will hören, was er über *Die deutsche Ideologie* zu sagen hat. Und hat sie nicht zuvor versucht, mit den dreien zu Mittag zu essen, und war die Reaktion der Frauen an Herablassung noch zu überbieten? Natürlich bemühen sie sich nicht, ihre wissenschaftlichen Artikel zu lesen. Keine von ihnen liest irgend etwas, was sie geschrieben hat. Es hat einzig und allein mit Wahrnehmung zu tun. Sie sehen nur, daß Delphine das, was sie, wie ihr zu Ohren gekommen ist, sarkastisch »ihre kleine französische Aura« zu nennen beliebt, bei allen festangestellten Professoren einsetzt. Dennoch ist sie sehr versucht, diesen drei Intrigantinnen entgegenzukommen und ihnen mehr oder weniger offen zu sagen, daß sie ihre französische Aura gar nicht *mag* – wenn es so wäre, würde sie in Frankreich leben! Und sie meldet keine Besitzansprüche auf die festangestellten Professoren an – sie meldet keine Besitzansprüche auf *irgend jemanden* an. Warum sollte sie sonst hier sein, ganz allein, der einzige Mensch, der um zehn Uhr abends noch an seinem Schreibtisch in Barton Hall sitzt? Es vergeht kaum eine Woche, in der sie es nicht noch einmal mit diesen dreien versucht und scheitert, mit diesen Nervensägen, die sie am meisten aus der Fassung bringen, denen sie aber weder mit Charme noch mit Finesse oder auf irgendeine andere Weise näherkommen kann. »*Les Trois Grâces*« nennt sie sie in ihren Briefen nach Paris, wobei sie *grâces* boshaft *grasses* schreibt. Die drei Speckschwarten. Bei bestimmten Parties – Parties, auf die Delphine nicht unbedingt Lust hat – sind *Les Trois Grasses* immer anwesend. Wenn irgendeine berühmte feministische Intellektuelle zu Gast ist, würde Delphine gern wenigstens eingeladen werden, doch diese Einladung kommt nie. Sie darf zum Vortrag kommen, nicht aber zum anschließenden Essen. Doch das teuflische Trio, das hier den Ton angibt, ist stets dabei.

In ihrer unvollkommenen Auflehnung gegen ihr französisches Wesen (von dem sie zugleich geradezu besessen ist), ihrem Land (wenn nicht gar sich selbst) freiwillig entrückt, so irritiert durch die Mißbilligung der *Trois Grasses*, daß sie ständig zu berechnen versucht, durch welche Verhaltensweise sie sich diese drei gewogen machen könnte, ohne ihr eigenes Selbstgefühl noch weiter zu beschädigen und die Ansichten der Frau, die sie einst ganz selbstverständlich war, vollkommen falsch darzustellen, und gelegentlich erschüttert, ja beschämt angesichts der Diskrepanz zwischen der Art, wie sie mit Literatur umgehen muß, um beruflichen Erfolg zu haben, und den Gründen, warum sie sich ursprünglich überhaupt der Literatur zugewandt hat, ist Delphine zu ihrer Verblüffung in Amerika so gut wie isoliert. In einem anderen Land, isoliert, entfremdet, verwirrt hinsichtlich allem, was im Leben wesentlich ist, in einem verzweifelten Zustand verwirrter Sehnsucht und umzingelt von Kräften, die ihr Vorhaltungen machen und sie als Gegnerin bezeichnen. Und das alles nur, weil sie sich so energisch auf die Suche nach einem eigenen Leben gemacht hat. Alles nur, weil sie mutig war und sich geweigert hat, sich selbst auf die von anderen vorgegebene Weise zu betrachten. Es kommt ihr so vor, als hätte sie sich selbst zerstört in dem durchaus bewundernswerten Versuch, sich selbst zu *erschaffen*. Es ist schon sehr gemein, daß das Leben ihr das antut. Es muß im Kern schon sehr gemein und rachsüchtig sein, um ein Schicksal zu verhängen, das nicht den Gesetzen der Logik folgt, sondern den widerstreitenden Launen der Perversion gehorcht. Wage es, dich deiner eigenen Vitalität anzuvertrauen, und du könntest dich ebensogut einem hartgesottenen Verbrecher ausliefern. Ich werde nach Amerika gehen und die Urheberin meines Lebens sein, sagt sie; ich werde mich außerhalb der Orthodoxie, die meine Familie mir vorgibt, konstruieren, ich werde gegen die vorgegebene, leidenschaftliche, auf die Spitze getriebene Subjektivität *kämpfen*, gegen den Individualismus in Reinkultur – und sie landet statt dessen in einem Drama, das sich ihrer Kontrolle entzieht. Sie ist die Urheberin von gar nichts. Da ist der Drang, etwas zu meistern, und das, was gemeistert wird, ist schließlich man selbst.

Wie kann es nur so unmöglich sein, zu wissen, was man tun soll?

Delphine wäre mutterseelenallein, wenn es nicht Margo Luzzi gäbe, die Sekretärin des Fachbereichs, eine unscheinbare, geschiedene Frau in den Dreißigern, ebenfalls einsam, wunderbar kompetent, unendlich schüchtern, die alles für Delphine tun würde, die manchmal ihr Sandwich in Delphines Büro ißt und in Athena eigentlich die einzige erwachsene Freundin der Fachbereichsleiterin ist. Und dann gibt es da noch die Gastautoren. Sie scheinen an ihr genau das zu mögen, was die anderen hassen. Aber sie kann sie nicht *ausstehen*. Wie ist sie zwischen all diese Stühle geraten? Und wie kommt sie hier wieder heraus? Und wie es nur einen geringen

Trost bietet, ihre Kompromisse zu einem »faustischen Handel« zu stilisieren, so sind auch ihre Versuche, sich ihre Existenz zwischen den Stühlen als eine Art »kunderasches inneres Exil« vorzustellen, wenig hilfreich.

Sucht. Na gut, *sucht*. Halt dich an das Motto der Studenten: Gib Gas! Junge, zierliche, feminine, attraktive, akademisch erfolgreiche, in Frankreich geborene Wissenschaftlerin (weiß) aus Pariser Familie, Dr. phil. in Yale, Wohnsitz in Massachusetts, sucht ...? Und jetzt schreib es einfach hin. Versteck dich nicht vor der Wahrheit dessen, was du bist, und versteck dich nicht vor der Wahrheit dessen, was du suchst. Eine umwerfende, brillante, hyperorgasmische Frau sucht ... sucht ... sucht ganz konkret und kompromißlos *was?*

Sie schrieb es jetzt eilig hin.

Reifen Mann mit Rückgrat. Ungebunden. Unabhängig. Geistreich. Lebhaft. Herausfordernd. Freimütig. Sehr gebildet. Satirischer Geist. Charme. Wissen über große Bücher. Liebe zu großen Büchern. Höflich und geradeheraus. Sportliche Statur. 1,72 bis 1,75. Südländischer Teint. Grüne Augen bevorzugt. Alter unbedeutend. Muß jedoch ein Intellektueller sein. Ergrauendes Haar kein Hindernis, sondern wünschenswert ...

Und da, erst da verdichtete sich das Bild des mythischen Mannes, das auf dem Bildschirm so ernsthaft beschworen wurde, zum Porträt eines Menschen, den sie bereits kannte. Abrupt hielt sie inne. Es war nur ein Experiment gewesen, eine Übung, um den Griff der Gehemmtheit ein wenig zu lockern, bevor sie eine erneute Anstrengung unternahm, ein Inserat zu formulieren, dessen Aussage nicht durch zuviel Umsicht verschleiert wurde. Dennoch war sie bestürzt über das, was ihr eingefallen war, *wer* ihr eingefallen war, und in ihrem Kummer hätte sie diese paar Dutzend nutzlosen Wörter am liebsten so schnell wie möglich gelöscht. Sie dachte auch an die vielen Gründe – darunter auch ihre Scham –, die Niederlage als einen Segen zu betrachten und die Hoffnung aufzugeben, sie könnte durch eine so unvorstellbar kompromittierende Tat an ihrer Existenz zwischen den Stühlen etwas ändern ... Sie dachte daran, daß sie, wäre sie in Frankreich geblieben, dieses Inserat nicht brauchen würde, daß sie für nichts ein Inserat brauchen würde, am allerwenigsten, um einen Mann zu finden ... Sie dachte daran, daß nach Amerika zu kommen das Mutigste war, was sie je getan hatte, daß sie jedoch damals nicht hatte wissen können, wie mutig es gewesen war. Damals war es der nächste Schritt auf dem Weg gewesen, den der Ehrgeiz ihr gewiesen hatte, kein primitiver Ehrgeiz, sondern ein würdiger Ehrgeiz: der Ehrgeiz, unabhängig zu sein – und nun mußte sie die Konsequenzen tragen. Ehrgeiz. Abenteuer. Glanz. Der Glanz dessen, der nach Amerika geht. Die Überlegenheit. Die Überlegenheit dessen, der fortgeht. Der fortgegangen ist, um eines Tages das Vergnügen zu haben, zurückzukehren, es geschafft zu haben, im Triumph heimzukehren. Fortgegangen, weil ich eines Tages heimkommen und sie sagen hören wollte – was wollte ich sie sagen hören? »Sie hat es geschafft. Das hat sie geschafft. Und wenn sie das geschafft hat, dann kann sie alles schaffen. Eine Frau, die 47 Kilo wiegt, 1,57 groß, zwanzig Jahre alt und ganz allein, sie ist ganz allein dorthin gegangen, mit einem Namen, der niemandem etwas sagte, und sie hat es geschafft. Aus eigener Kraft. Niemand kannte sie dort. Sie hat sich aus eigener Kraft geschaffen.« Und wer war es, der das sagen sollte? Und wenn sie es gesagt hätten, welchen Unterschied hätte es gemacht? »Unsere Tochter in Amerika ...« Ich wollte, daß sie sagen würden, daß sie würden sagen *müssen*: »Sie hat es allein geschafft in Amerika.« Weil ich keinen französischen Erfolg haben konnte, keinen wirklichen Erfolg, nicht mit meiner Mutter und ihrem Schatten, der über allem liegt, dem Schatten ihrer Leistungen, aber auch – schlimmer noch – dem Schatten ihrer Familie, dem Schatten der Walincourts, die ihren Namen von dem Ort haben, der ihnen im 13. Jahrhundert von Ludwig dem Heiligen als Lehen verliehen worden ist, und die noch immer an den Familienidealen hängen, die im 13. Jahrhundert *festgelegt* worden sind. Wie Delphine all diese Familien haßte, diese reine, uralte Provinzaristokratie, diese Menschen, die alle gleich dachten und aussahen, verbunden durch dieselben erdrückenden Werte und dieselbe erdrückende Kirchenfrömmigkeit. Ganz gleich, wie ehrgeizig sie sind, wie sehr sie ihre Kinder antreiben – sie erziehen ihre Kinder noch immer mit derselben Litanei von Wohltätigkeit, Selbstlosigkeit, Disziplin, Glauben und Respekt; Respekt nicht vor dem Individuum (*Nieder* mit dem Individuum!), sondern vor den Traditionen der Familie. Über der Intelligenz, über der Kreativität, über der tiefgehenden Entwicklung, die man als Individuum machte, über *allem* standen die Traditionen der blöden Walincourts! Es war Delphines Mutter, die diese Werte verkörperte und sie dem Haushalt aufzwang, und sie hätte ihre einzige Tochter von der Wiege bis zum Grab an diese Werte gekettet, wenn diese nicht vom Teenageralter an die Kraft gehabt hätte, so weit wie möglich vor ihrer Mutter davonzulaufen. Die Walincourt-Kinder in Delphines Generation verfielen entweder in absolute Konformität oder rebellierten auf so schauerliche Weise, daß kein Mensch sie mehr verstand, und Delphines Leistung war es, daß sie keins von beiden getan hatte. Ihr war eine einzigartige Flucht aus Verhältnissen gelungen, von denen sich wenige auch nur ansatzweise erholen. Indem sie nach Amerika, nach Yale, nach Athena gekommen war, hatte sie ihre Mutter tatsächlich *übertroffen* – ihre Mutter, die ihrerseits nicht einmal im Traum daran hätte denken können, Frankreich zu verlassen; ohne Delphines Vater und sein Geld hätte Catherine de Walincourt mit Zweiundzwanzig kaum davon träumen können, die Picardie zu verlassen und nach Paris zu gehen. Denn wer wäre sie schon gewesen, wenn sie die Picardie und die Festung ihrer Familie verlassen hätte? Welches Gewicht hätte ihr *Name* gehabt? Ich bin fortgegangen, weil ich eine Leistung vorzeigen wollte, die niemand falsch deuten konnte, die nichts mit ihnen zu tun hatte, die ganz allein meine eigene war ... Sie denkt daran, daß der wahre Grund, warum sie keinen amerikanischen Mann kriegen kann, nicht der ist, daß sie eben keinen amerikanischen Mann kriegen kann, sondern vielmehr, daß sie diese Männer nicht versteht und niemals verstehen wird, und der Grund, warum sie diese Männer nicht versteht, ist, daß sie sprachlich nicht gewandt genug ist. Bei all ihrer *Gewandtheit*, auf die sie so stolz ist – sie ist nicht gewandt genug! Ich glaube, sie zu verstehen, und ich verstehe sie auch; was ich nicht verstehe, ist nicht das, was sie sagen, sondern all das, was sie *nicht* sagen, was sie *nicht* äußern. Hier ist sie der Hälfte ihrer Intelligenz beraubt, und in Paris hat sie die kleinste Nuance verstanden. Was nützt es mir, intelligent zu sein, wenn ich, weil ich nicht von hier stamme, de facto dumm bin? Sie denkt daran, daß das einzige Englisch, das sie wirklich versteht – nein, das einzige Amerikanisch, das sie versteht –, das akademische *Amerikanisch* ist, das eigentlich kaum amerikanisch ist, und darum schafft sie es nicht, hineinzukommen, sie wird es nie schaffen, und darum wird sie nie einen Mann finden, darum wird das hier nie ihre Heimat werden, darum sind ihre Intuitionen falsch und werden immer falsch sein, darum ist das gemütliche Intellektuellenleben, das sie als Studentin in Paris geführt hat, für immer dahin, darum wird sie für den Rest ihres Lebens nur elf Prozent dieses Landes und null Prozent dieser Männer verstehen ... Sie denkt daran, daß all ihre intellektuellen Vorzüge durch die Tatsache, daß sie *dépaysée* ist, gedämpft sind ... Sie denkt daran, daß sie ihr peripheres Sehvermögen verloren hat und nur noch sieht, was direkt vor ihr liegt, nicht aber das, was sie aus dem Augenwinkel wahrnehmen könnte, daß ihre Sicht nicht die einer Frau von ihrer Intelligenz ist, sondern eine flache, ganz und gar frontale Sicht, die Sicht einer Immigrantin, einer Verschleppten, einer Deplazierten ... Sie denkt: Warum bin ich fortgegangen? Wegen des Schattens meiner Mutter? Darum habe ich alles aufgegeben, was mir zustand, alles, was mir vertraut war, alles, was mich zu einem empfindsamen Wesen gemacht hat, nicht zu diesem Durcheinander aus Zweifeln, das ich jetzt bin. Ich habe alles aufgegeben, was ich geliebt habe. Das tun Menschen, wenn das Leben in ihrem Land unerträglich geworden ist, weil die Faschisten die Macht an sich gerissen haben, aber sie tun es nicht wegen des Schattens ihrer Mutter ... Sie denkt: Warum bin ich fortgegangen, was habe ich getan, das ist doch unmöglich. Meine Freunde, unsere Gespräche, meine Stadt, die Männer, all diese intelligenten Männer. Selbstbewußte Männer, mit denen ich reden konnte. Reife Männer, die mich verstanden. Beständige, leidenschaftliche, maskuline Männer. Starke, furchtlose Männer. Männer, die selbstverständlich und ganz und gar Männer waren ... Sie denkt: Warum hat mich niemand *aufgehalten*, warum hat mir niemand etwas gesagt? Noch nicht mal zehn Jahre fort von zu Hause, aber es fühlt sich schon an wie zwei ganze Leben ... Sie denkt, daß sie noch immer Catherine de Walincourt Roux' kleine Tochter ist und sich in dieser Hinsicht nicht im geringsten verändert hat ... Sie denkt, die

Tatsache, daß sie Französin ist, hat sie für die Einheimischen hier in Athena zu etwas Exotischem gemacht, wogegen es sie für ihre Mutter nicht zu etwas Außergewöhnlicherem gemacht hat und auch nie machen wird ... Sie denkt, daß sie darum fortgegangen ist, weil sie dem immerfort über ihr hängenden Schatten der Mutter entkommen wollte, und das ist es auch, was ihr den Rückweg versperrt, und jetzt ist sie nirgends, zwischen den Stühlen, weder hier noch dort ... Sie denkt, daß sie unter ihrer exotischen französischen Hülle für sich selbst noch immer unverändert ist und daß ihre exotische französische Hülle sie in Amerika nur zur unglücklichen, mißverstandenen Fremden *par excellence* gemacht hat ... Sie denkt, daß ihre Situation schlimmer ist als zwischen den Stühlen – sie ist im Exil, noch dazu in einem verdummenden, selbstgewählten, quälenden Exil, auf der Flucht vor ihrer Mutter –, und übersieht, daß sie den Entwurf des Inserats nicht an die *New York Review of Books* adressiert hat, sondern an die Empfänger ihrer vorherigen Mitteilungen, an die Empfänger ihrer meisten Mitteilungen: an die zehn Mitglieder des Fachbereichs für Sprach- und Literaturwissenschaft in Athena. Sie übersieht diesen Fehler, und dann übersieht sie, unaufmerksam, aufgewühlt und emotional in Anspruch genommen, wie sie ist, daß sie nicht auf »Löschen« klickt, sondern dem ersten winzigen, geläufigen Fehler einen zweiten winzigen, geläufigen Fehler hinzufügt, indem sie statt dessen auf »Versenden« klickt. Und schon ist das Inserat, in dem eine Kopie oder ein Faksimile von Coleman Silk gesucht wird, verschickt, unwiderruflich verschickt, allerdings nicht an die Anzeigenannahme der *New York Review of Books*, sondern an alle Mitglieder ihres Fachbereichs.

Es war nach ein Uhr morgens, als das Telefon läutete. Sie war längst aus ihrem Büro geflohen – ihr einziger Gedanke war gewesen, ihren Paß zu holen und außer Landes zu fliehen –, und es war bereits mehrere Stunden nach ihrer normalen Zubettgehzeit, als das Telefon läutete und sie die Nachricht erfuhr. Daß das Inserat unabsichtlich als E-Mail an ihre Kolleginnen und Kollegen geschickt worden war, quälte sie so, daß sie noch immer wach war und in ihrer Wohnung auf und ab ging, sich die Haare raufte, vor dem Spiegel Gesichter schnitt, ihren Kopf über den Küchentisch beugte, in ihre Hände weinte und, als wäre sie aus dem Schlaf geschreckt – dem Schlaf eines bisher sorgsam gehüteten Erwachsenenlebens –, aufsprang und rief: »Es ist nicht geschehen! Ich habe es nicht getan!« Aber wer dann? In der Vergangenheit hatte es, wie es schien, immer Menschen gegeben, die sich nach Kräften bemüht hatten, sie niederzutrampeln und sich des Ärgernisses, das Delphine für sie darstellte, irgendwie zu entledigen, gefühllose Menschen, deren sich zu erwehren sie durch bittere Erfahrung gelernt hatte. Doch heute nacht gab es niemanden, dem sie die Schuld geben konnte: Ihre eigene Hand hatte den vernichtenden Schlag geführt.

Hektisch und in wilder Aufregung versuchte sie, eine Möglichkeit zu finden, irgendeine Möglichkeit, das Schlimmste zu verhüten, aber in ihrem Zustand ungläubiger Verzweiflung konnte sie sich nur die Unvermeidlichkeit der katastrophalsten Entwicklung vorstellen: Die Stunden vergehen, der Tag bricht an, die Türen von Barton Hall öffnen sich, ihre Kolleginnen und Kollegen betreten ihre Büros, starten ihre Computer und finden etwas, was sie sich zusammen mit ihrem Morgenkaffee zu Gemüte führen können, nämlich das Inserat, in dem ein Doppelgänger von Coleman Silk gesucht wird, in einer E-Mail, die sie nie hat versenden wollen. Alle Mitglieder des Fachbereichs werden die Nachricht ein-, zwei-, dreimal lesen und sie dann an jeden Dozenten, Professor, Abteilungsleiter, Verwaltungsangestellten und Studenten weiterleiten.

Alle Studenten in ihren Seminaren werden sie lesen. Ihre Sekretärin wird sie lesen. Bevor der Tag vorüber ist, werden auch der Kanzler und die Kuratoren sie gelesen haben. Und selbst wenn sie behaupten sollte, das Ganze sei ein Witz, nichts weiter als ein Insiderwitz – warum sollten die Kuratoren derjenigen, die diesen Witz in die Welt gesetzt hatte, erlauben, in Athena zu bleiben? Besonders nachdem er in der Studentenzeitung abgedruckt worden ist, wie es ganz sicher geschehen wird. Und in der örtlichen Tageszeitung. Und nachdem die *französischen* Zeitungen Wind davon bekommen haben.

Ihre Mutter! Welche Demütigung für ihre Mutter! Und ihr Vater! Welche Enttäuschung für ihn! All die angepaßten Walincourt-

Cousinen und -Cousins – wie sie sich an ihrem Fiasko weiden werden! All die lächerlich konservativen Onkel und lächerlich frommen Tanten, die mit vereinten Kräften die Enge der Vergangenheit bewahren – welche Genugtuung sie empfinden werden, wenn sie blasiert nebeneinander in der Kirche sitzen! Aber angenommen, sie erklärt, sie habe lediglich mit dem Inserat als literarischer Form experimentiert und, allein in ihrem Büro, ohne Ziel und Absicht mit der Kontaktanzeige als ... utilitaristischem Haiku gespielt. Nein, das wird nichts nutzen. Zu lächerlich. *Nichts* wird nutzen. Ihre Mutter, ihr Vater, ihre Brüder, ihre Freunde, ihre Lehrer. Yale. *Yale!* Die Nachricht von dem Skandal wird jeden erreichen, den sie kennt, und die Schande wird sie unaufhörlich verfolgen. Wohin kann sie ohne ihren Paß überhaupt fliehen? Montreal? Martinique? Und womit soll sie dort Geld verdienen? Nein, nicht mal im letzten Außenposten der frankophonen Welt wird sie noch unterrichten dürfen, wenn sich die Sache mit dem Inserat bis dahin herumgesprochen hat. Das reine, prestigeträchtige Berufsleben, für das sie all dieses Planen, all diese harte Arbeit auf sich genommen hat, das untadelige, makellose Leben für den Geist ... Sie überlegt, ob sie Arthur Sussman anrufen soll. Arthur wird einen Ausweg finden. Er kann zum Hörer greifen und mit allen reden. Er ist hart, er ist gerissen, er ist, was die Regeln betrifft, nach denen die Welt funktioniert, der schlaueste und einflußreichste Amerikaner, den sie kennt. Mächtige Menschen wie Arthur, so aufrecht sie auch sein mögen, sind nicht eingeengt von dem Bedürfnis, immer die Wahrheit zu sagen. Ihm wird etwas einfallen, was alles erklärt. Er wird wissen, was zu tun ist. Doch wenn sie ihm erzählt, was passiert ist, warum sollte er ihr dann helfen? Er wird nur daran denken, daß sie Coleman Silk lieber hat als ihn. Seine Eitelkeit wird sein Denken beherrschen und ihn zu dem idiotischsten Schluß führen. Er wird denken, was *jeder* denken wird: daß sie sich nach Coleman Silk sehnt, daß sie nicht von Arthur Sussman träumt, ganz zu schweigen von den *Windeln* oder den *Hüten*, sondern von Coleman Silk. Er wird glauben, daß sie Coleman Silk liebt, und er wird den Hörer auf die Gabel knallen und nie mehr mit ihr sprechen.

Rekapitulieren. Sich ansehen, was eigentlich passiert ist. Versuchen, genügend Abstand zu gewinnen, um das Vernünftige zu tun. Sie wollte die E-Mail nicht versenden. Sie hat sie geschrieben, ja, aber es wäre ihr peinlich gewesen, sie zu versenden, sie wollte sie auch gar nicht versenden, und sie *hat* sie auch nicht versendet – und doch ist sie weg. Dasselbe mit dem anonymen Brief: Sie wollte ihn nicht abschicken, sie hat ihn ohne die Absicht, ihn abzuschikken, nach New York mitgenommen, und doch ist er weg. Nur diesmal ist es viel, viel schlimmer. Diesmal ist sie so verzweifelt, daß es um zwanzig nach ein Uhr morgens das Vernünftigste ist, Arthur Sussman anzurufen, ganz gleich, was er davon halten mag. Er muß ihr sagen, was sie tun soll, um das, was sie getan hat, wiedergutzumachen. Und dann, um genau zwanzig nach eins, beginnt das Telefon, das sie in den Händen hält, um Arthur Sussman anzurufen, plötzlich zu läuten. Arthur ruft *sie* an!

Doch es ist ihre Sekretärin.»Er ist tot«, sagt Margo und weint so laut, daß Delphine nicht sicher ist, richtig verstanden zu haben. »Margo? Ist alles in Ordnung?«»Er ist tot!«»Wer?«»Ich hab's gerade erst erfahren. Delphine. Es ist so schrecklich. Ich mußte Sie anrufen, ich mußte mit Ihnen reden. Ich muß Ihnen etwas Schreckliches sagen. Es ist spät, ich weiß, es ist spät –«»Nein! Nicht Arthur!« ruft Delphine. »Nein, Dekan Silk!« sagt Margo. »Er ist tot?«»Ein schrecklicher Unfall. Es ist so grauenhaft.«»Was für ein Unfall? Margo, was ist passiert? Wo? Sprechen Sie langsam. Noch mal von vorn. Was wollen Sie mir sagen?«»Im Fluß. Mit einer Frau. In seinem Wagen. Ein Unfall.« Margo ist inzwischen nicht mehr imstande, einen vollständigen Satz hervorzubringen, während Delphine so niedergeschmettert ist, daß sie sich später nicht daran erinnern kann, den Hörer aufgelegt zu haben, sich weinend auf das Bett geworfen und dort gelegen und seinen Namen geheult zu haben.

Sie legt den Hörer auf und erlebt die schlimmsten Stunden ihres Lebens.

Wegen des Inserats werden sie denken, daß sie ihn gemocht hat? Wegen des Inserats werden sie denken, daß sie ihn geliebt hat? Was würden sie erst denken, wenn sie Delphine jetzt sehen würden: Sie weint, als wäre sie die Witwe. Sie kann die Augen nicht schließen, denn dann sieht sie *seine* Augen, seine grünen, starrenden Augen, explodieren. Sie sieht, wie der Wagen von der Straße abkommt, und sein Kopf wird nach vorn gerissen, und im Augenblick des Aufpralls explodieren seine Augen. »Nein! Nein!« Doch wenn sie die Augen öffnet, um die seinen nicht mehr sehen zu müssen, sieht sie, was sie getan hat, und den Spott, der folgen wird. Mit offenen Augen sieht sie ihre Schande, und mit geschlossenen Augen sieht sie Colemans Zerfall, und das Pendel der Qual schwingt die ganze Nacht vom einen Bild zum anderen.

Sie erwacht im selben Zustand der Verstörung, in dem sie sich befand, als sie zu Bett gegangen ist. Sie weiß nicht, warum sie zittert. Sie denkt, daß sie zittert, weil sie einen Alptraum hatte. Den Alptraum seiner explodierenden Augen. Aber nein, es ist passiert, er ist tot. Und das Inserat – das ist ebenfalls passiert. Alles ist passiert, und nichts ist zu ändern. Ich wollte, daß sie sagen ... und jetzt werden sie sagen: »Unsere Tochter in Amerika? Wir sprechen nicht mehr über sie. Für uns existiert sie nicht mehr.« Als sie versucht, sich zu fassen und einen Plan zu entwickeln, stellt sie fest, daß denken unmöglich ist; nur das Durcheinander ist möglich, die Spirale der Stumpfheit, die aus der Angst geboren ist. Es ist kurz nach fünf Uhr morgens. Sie schließt die Augen, um einzuschlafen, damit das alles vergeht, aber sobald ihre Augen geschlossen sind, sieht sie *seine* Augen vor sich. Sie starren sie an, und dann explodieren sie.

Sie zieht sich an. Sie weint laut. Sie geht hinaus, obwohl noch kaum der Morgen graut. Kein Make-up. Kein Schmuck. Nur ihr entsetztes Gesicht. Coleman Silk ist tot.

Als sie den Campus erreicht, ist niemand da. Nur die Krähen. Es ist so früh, daß die Fahne noch nicht aufgezogen ist. Jeden Morgen sieht sie zu der Fahne auf, die auf dem Dach von North Hall weht, und jeden Morgen verspürt sie bei diesem Anblick Genugtuung. Sie ist fortgegangen, sie hat es gewagt – sie ist in Amerika! Sie empfindet Genugtuung über ihren Mut und weiß, daß es nicht leicht war. Doch heute weht dort oben keine amerikanische Fahne, und sie blickt nicht auf, um es zu bemerken. Sie sieht nur, was sie tun muß.

Sie hat einen Schlüssel für Barton Hall. Sie geht in ihr Büro. Sie hat so viel geschafft. Sie läßt sich nicht unterkriegen. Sie denkt jetzt. Okay. Aber wie kommt sie in ihre Büros und an ihre Computer? Das ist es, was sie gestern hätte tun sollen, anstatt in kopfloser Panik davonzulaufen. Um ihre Selbstbeherrschung wiederzuerlangen, um ihren Namen zu retten, um die Katastrophe zu verhindern, die ihre Karriere zerstören würde, muß sie denken. Denken war schon immer ihr Leben. Was sonst hat sie gelernt, seit sie in die Schule gekommen ist? Sie verläßt ihr Büro und geht durch den Korridor. Sie hat jetzt ein klares Ziel, und ihre Gedanken sind entschlossen. Sie wird einfach reingehen und die Mail löschen. Sie hat das Recht dazu – sie hat sie immerhin gesendet. Und nicht mal das hat sie eigentlich getan. Es war unabsichtlich. Sie ist nicht dafür verantwortlich. Die E-Mail ist einfach abgeschickt worden. Doch als sie die Türen öffnen will, sind alle verschlossen. Sie versucht ihre eigenen Schlüssel, erst den Gebäudeschlüssel, dann den Büroschlüssel, doch sie schließen nicht. Natürlich nicht. Es hätte gestern abend nicht funktioniert, und es funktioniert heute ebenfalls nicht. Und was das Denken betrifft: Selbst wenn sie denken könnte wie Einstein, würde ihr das diese Türen auch nicht öffnen.

Zurück in ihrem eigenen Büro, schließt sie die Hängeregistratur auf. Wonach sucht sie? Nach ihrem Lebenslauf. Warum nach ihrem Lebenslauf? Dies ist das Ende ihres Lebenslaufs. Es ist das Ende unserer Tochter in Amerika. Und weil es das Ende ist, packt sie alle Hängeordner und wirft sie auf den Boden. Leert die ganze Schublade. »Wir haben keine Tochter in Amerika. Wir haben keine Tochter. Wir haben nur Söhne.« Sie versucht jetzt nicht mehr zu denken, daß sie denken muß. Statt dessen wirft sie alles auf den Boden. Alles, was sich auf ihrem Schreibtisch türmt, alles, was die Wände schmückt – was macht es schon, wenn dabei etwas zerbricht? Sie hat es versucht, und sie hat versagt. Dies ist das Ende eines makellosen Lebenslaufs und der Ehrfurcht vor diesem Lebenslauf. »Unsere Tochter in Amerika hat versagt.«

Sie schluchzt, als sie zum Hörer greift, um Arthur anzurufen. Er wird aus dem Bett springen und sofort von Boston hierherfahren. In nicht einmal drei Stunden wird er in Athena sein. Um neun Uhr wird Arthur hiersein! Doch die Nummer, die sie wählt, ist die Notrufnummer, die auf dem Apparat klebt. Und dabei hatte sie ebensowenig die Absicht, diese Nummer zu wählen, wie sie die beiden Briefe hatte abschicken wollen. Sie hatte nur den sehr menschlichen Wunsch, gerettet zu werden.

Sie kann nicht sprechen.

»Hallo?« sagt der Mann am anderen Ende der Leitung. »Hallo? Wer ist da?«

Sie bringt die Wörter kaum heraus. Die beiden unreduzierbarsten Wörter in jeder Sprache. Der Name. Unreduzierbar und unersetzlich. Alles, was sie ist. Was sie *war*. Und jetzt die beiden lächerlichsten Wörter der Welt.

»Wer? Professor wer? Ich kann Sie nicht verstehen, Professor.«

»Sicherheitsdienst?«

»Sprechen Sie lauter, Professor. Ja, ja, hier ist der Sicherheitsdienst des Athena College.«

»Barton Hall.« Sie wiederholt es, damit er es versteht. »Barton Hall 121«, sagt sie. »Professor Roux.«

»Was ist passiert, Professor?«

»Etwas Schreckliches.«

»Sind Sie verletzt? Was ist los? Was ist passiert? Ist jemand da?«

»*Ich* bin hier.«

»Ist alles in Ordnung?«

»Jemand hat eingebrochen.«

»Wo eingebrochen?«

»In mein Büro.«

»Wann? Wann hat jemand eingebrochen, Professor?«

»Ich weiß es nicht. In der Nacht. Ich weiß es nicht.«

»Ist mit Ihnen alles in Ordnung? Professor? Professor Roux? Sind Sie noch da? Barton Hall? Sind Sie sicher?«

Das Zögern. Sie versucht zu denken. Bin ich sicher? Bin ich wirklich sicher? »Absolut«, sagt sie, jetzt haltlos schluchzend. »Bitte beeilen Sie sich! Kommen Sie sofort her, *bitte*! Jemand hat in mein Büro eingebrochen! Es ist alles durcheinander! Es ist furchtbar! Es ist schrecklich! Meine Sachen! Jemand hat meinen Computer benutzt! Beeilen Sie sich!«

»Ein Einbruch? Wissen Sie, wer es war? Wissen Sie, wer der Einbrecher war? Ein Student vielleicht?«

»Es war Dekan Silk«, sagt sie. »Beeilen Sie sich!«

»Professor? Professor, sind Sie noch da? Professor Roux, Dekan Silk ist tot.«

»Das habe ich gehört«, sagt sie. »Ich weiß, es ist schrecklich«, und dann schreit sie, sie schreit über das Entsetzliche all dessen, was passiert ist, sie schreit bei dem Gedanken an das letzte, was er getan hat, was er ihr angetan hat, *ihr* – und von da an ist Delphines Tag ein einziger Zirkus.

Die bestürzende Nachricht, daß Dekan Silk zusammen mit einer College-Putzfrau bei einem Autounfall ums Leben gekommen war, hatte gerade den letzten Seminarraum erreicht, als sich auch die Sache mit dem Einbruch in Delphine Roux' Büro und dem E-Mail-Streich, den Dekan Silk ihr nur Stunden vor dem tödlichen Unfall gespielt hatte, herumsprach. Es fiel den Leuten bereits schwer genug, *diese* Geschichte zu glauben, als sich eine andere – über die Umstände, die zu dem Unfall geführt hatten – von der Stadt zum College ausbreitete und fast alle noch mehr verwirrte. Trotz der grauenhaften Einzelheiten stammte sie angeblich aus zuverlässiger Quelle, nämlich von dem Bruder des Polizisten, der die Leichen gefunden hatte. Demnach hatte Dekan Silk die Gewalt über seinen Wagen verloren, weil seine Beifahrerin, die College-Putzfrau, ihn während der Fahrt oral befriedigt hatte. Diesen Schluß konnte die Polizei jedenfalls aus dem Zustand seiner Kleidung und der Position des Leichnams der Frau ziehen, nachdem man das Wrack entdeckt und aus dem Fluß geborgen hatte.

Die meisten Dozenten, insbesondere die älteren, die Coleman Silk viele Jahre persönlich gekannt hatten, weigerten sich anfangs, diese Geschichte zu glauben, und waren empört über die Leichtgläubigkeit, mit der sie als unumstößliche Wahrheit präsentiert wurde – sie fanden die Grausamkeit dieser Schmähung abstoßend. Doch als im Lauf des Tages zusätzliche Informationen über den Einbruch und noch mehr über Dekan Silks Affäre mit dieser Putzfrau durchsickerten – zahlreiche Zeugen berichteten, sie hätten die beiden bei ihren heimlichen Treffen gesehen –, wurde es für die älteren Mitglieder des Lehrkörpers zunehmend schwierig, »auf ihren herzzerreißenden Dementis zu beharren«, wie die örtliche Zeitung am nächsten Tag in ihrem Hintergrundbericht schrieb.

Und als man sich dann erinnerte, daß vor ein paar Jahren niemand hatte glauben wollen, er habe zwei seiner schwarzen Studenten als »dunkle Gestalten« bezeichnet; als man sich erinnerte, daß er sich, nachdem er unter dem Zeichen dieses Makels in Ruhestand gegangen war, von seinen ehemaligen Kollegen abgesondert hatte und wenn man ihn, selten genug, in der Stadt sah, gegenüber jedem, der ihn angesprochen hatte, von an Beleidigung grenzender Schroffheit gewesen war; als man sich erinnerte, daß es ihm durch seinen geifernden Haß auf alle und alles in Athena angeblich sogar gelungen war, sich seinen eigenen Kindern zu entfremden ... tja, selbst diejenigen, die noch am Morgen dieses Tages die Vermutung von sich gewiesen hatten, Coleman Silks Leben könne tatsächlich ein so entsetzliches Ende genommen haben, die Angehörigen der alten Garde, die den Gedanken unerträglich fanden, ein Mann von seiner intellektuellen Statur, ein charismatischer Lehrer, ein dynamischer und einflußreicher Dekan, ein charmanter, vitaler, noch immer kerngesunder Mann in den Siebzigern, ein Vater von vier erwachsenen, wunderbaren Kindern könnte alles, was ihm einst lieb und teuer gewesen war, hinter sich gelassen haben und kopfüber in den skandalösen Tod eines entfremdeten, bizarren Außenseiters geschlittert sein – selbst diese Leute mußten schließlich eingestehen, daß nach der Sache mit den »dunklen Gestalten« eine tiefgreifende Veränderung stattgefunden hatte und daß diese nicht nur zu Coleman Silks gräßlichem Ende geführt, sondern auch – und dies war unverzeihlich – den grausamen Tod von Faunia Farley bewirkt hatte, jener unglücklichen vierunddreißigjährigen Analphabetin, die er, wie nun jedermann wußte, auf seine alten Tage zu seiner Geliebten gemacht hatte.

5. Das reinigende Ritual

ZWEI BEERDIGUNGEN. Zuerst Faunias, auf dem Friedhof oben auf dem Battle Mountain, den ich, wenn ich dort vorbeifuhr, schon immer beunruhigend fand mit seinen Geheimnissen aus uralter Grabsteinstille und regloser Zeit und der durch den Staatswald, der an den ehemaligen indianischen Begräbnisplatz grenzt, um so düsterer wirkte – eine riesige, dichtbewaldete, mit Felsblöcken übersäte Wildnis, durchzogen von glasklaren Bächen, die von Stufe zu Stufe sprangen, und bewohnt von Kojoten, Wildkatzen und sogar Schwarzbären sowie von Hirschrudeln, die hier angeblich in so gewaltigen Zahlen wie vor der Ankunft der Siedler nach Futter suchten. Die Frauen von der Milchfarm hatten für Faunia einen Platz am Rand des dunklen Waldes gekauft und die unschuldige, nichtssagende Zeremonie am Grab organisiert. Die lebhaftere der beiden, die sich Sally nannte, hielt die erste Rede, in der sie ihre Geschäftspartnerin und die Kinder vorstellte und dann fortfuhr: »Wir haben mit Faunia auf der Farm gelebt, und der Grund, warum wir heute morgen hier sind, ist derselbe, warum Sie sich eingefunden haben: um ein Leben zu feiern.«

Sie sprach mit heller, klarer Stimme, eine eher kleine, handfeste Frau mit einem runden Gesicht und einem langen Sackkleid, die schwungvoll entschlossen war, eine Perspektive beizubehalten, die den sechs auf der Farm aufwachsenden Kindern am wenigsten Schmerz bereiten würde. Diese standen adrett in ihren Sonntagskleidern da und hielten Blumensträuße in den Händen, die sie auf den Sarg werfen sollten, wenn er ins Grab hinabgelassen wurde.

»Wer könnte jemals ihr herzliches, warmherziges Lachen vergessen?« fragte Sally. »Wir lachten mit ihr, nicht nur, weil ihr Lachen so ansteckend war, sondern auch über die Dinge, die sie manchmal sagte. Und sie war ein zutiefst spiritueller Mensch. Ein spiritueller Mensch«, wiederholte sie, »eine spirituelle Suchende – das Wort, das ihren Glauben am besten beschreibt, ist Pantheismus. Ihr Gott war die Natur, und ihre Verehrung der Natur war in ihrer Liebe für unsere kleine Kuhherde spürbar, in ihrer Liebe für alle Kühe eigentlich, für diese gütigsten aller Tiere, diese Ammen der Menschheit. Faunia hatte einen enormen Respekt vor der Institution der Familien-Milchfarm. Zusammen mit Peg und mir und den Kindern hat sie mitgeholfen, die neuenglische Familien-Milchfarm als einen lebensfähigen Teil unseres kulturellen Erbes zu erhalten. Ihr Gott war alles, was man auf unserer Farm sehen kann, was man auf dem Battle Mountain sehen kann. Wir haben diesen Platz für sie ausgesucht, weil er heilig ist, seit die Ureinwohner unseres Landes sich hier von ihren verstorbenen Lieben verabschiedet haben. Die wundervollen Geschichten, die Faunia unseren Kindern erzählt hat – von den Schwalben in der Scheune und den Krähen auf den Feldern und den Rotschwanzbussarden, die hoch über den Wiesen dahingleiten –, waren von der Art, wie man sie vielleicht auf diesem Berg erzählt hat, bevor das ökologische Gleichgewicht der Berkshires durch die Ankunft des ...«

Die Ankunft des Sie-wissen-schon-wer. Das rousseauistische Umweltschützerpathos, mit dem der Rest der Rede unterlegt war, machte es mir praktisch unmöglich, mich zu konzentrieren.

Der zweite Redner war Smoky Hollenbeck, Athenas ehemaliger Superathlet und jetziger Betriebsingenieur, Faunias Boss, der – wie ich von Coleman, der ihn eingestellt hatte, wußte – eine Zeitlang auch ein bißchen mehr als das gewesen war. Beinahe vom ersten Tag an hatte er sie für seinen Harem zwangsverpflichtet und sie dann unvermittelt daraus verbannt, nachdem Les Farley irgendwie herausgefunden hatte, was Smoky und sie taten.

Smoky sprach nicht, wie Sally, von Faunias pantheistischer Reinheit als naturverbundenes Wesen; in seiner Eigenschaft als Vertreter des Colleges konzentrierte er sich auf ihre Fähigkeiten als Putzfrau, und er begann mit der Schilderung ihres Einflusses auf die Studenten, deren Wohnheim sie putzte.

»Als Faunia dort anfing, veränderte sich das Verhalten der Studenten«, sagte Smoky, »denn sie war jemand, der sie jedesmal mit einem Lächeln und einem ›Hallo, wie geht's?‹ begrüßte, der sich erkundigte, ob die Erkältung überstanden sei und wie man mit den Seminaren zurechtkomme. Bevor sie sich an die Arbeit machte, nahm sie sich immer Zeit für ein kleines Schwätzchen, um die Studenten besser kennenzulernen. Nach und nach war sie für sie nicht mehr unsichtbar, nicht mehr bloß eine Putzfrau, sondern ein Mensch, für den sie Respekt entwickelten. Weil sie Faunia kannten, achteten sie mehr darauf, keinen Schmutz zu hinterlassen, den sie würde beseitigen müssen. Es gibt Putzfrauen, die nie einen Blickkontakt herstellen, die einen großen Abstand zu den Studenten einhalten, die sich nicht darum kümmern, was die Studenten tun, und es auch gar nicht wissen wollen. Aber so war Faunia nicht – nie. Ich habe festgestellt, daß der Zustand der Studentenwohnheime das Verhältnis zwischen den Studenten und der dort tätigen Putzfrau widerspiegelt. Die Zahl der zerbrochenen Fensterscheiben, die wir ersetzen müssen, die Zahl der Löcher in den Wänden, die wir verputzen müssen und die daher stammen, daß die Studenten dagegentreten oder -schlagen, aus Ärger oder irgendwelchen anderen Gründen. Graffiti an den Wänden. Das ganze Programm. In Faunias Haus gab es das nicht. Nein, Faunias Haus war ein Haus, in dem man produktiv arbeiten konnte, in dem man lernen und leben und sich als Teil der Gemeinschaft von Athena fühlen konnte ...«

Es war eine äußerst brillante Vorstellung, die dieser hochgewachsene, gelockte, gutaussehende junge Familienvater, der als Faunias Liebhaber Colemans Vorgänger gewesen war, da gab. Nach dem, was er uns über sie sagte, war Smokys perfekte Putzfrau als sinnliche Frau ebenso unvorstellbar wie Sallys Geschichten erzählende Pantheistin. »Morgens«, sagte Smoky, »kümmerte sie sich um die North Hall und die dort gelegenen Büros der Verwaltung. Obwohl der Arbeitsablauf von Tag zu Tag ein wenig anders war, gab es Dinge, die jeden Morgen erledigt werden mußten, und sie erledigte sie hervorragend. Papierkörbe leeren und die Toiletten, von denen es in dem Gebäude drei gibt, in Ordnung bringen und reinigen. Die Böden feucht wischen, wann immer nötig. Stark frequentierte Bereiche täglich staubsaugen, weniger frequentierte einmal wöchentlich. Staubwischen ebenfalls einmal pro Woche. Die Fenster in der Vorder- und Hintertür wurden, je nach Benutzung, fast täglich von Faunia geputzt. Faunia war immer sehr tüchtig und achtete auf Einzelheiten. Zu bestimmten Zeiten kann man staubsaugen und zu anderen nicht – und es gab nie, nicht ein einziges Mal, eine Beschwerde über Faunia Farley. Sie hatte sehr schnell heraus, wann jede Arbeit mit einem Minimum an Belästigung ausgeführt werden konnte.«

Ich zählte vierzehn Erwachsene am Grab. Das College schien nur durch Smoky und einige von Faunias Kollegen vertreten zu sein: Vier Männer von der Putzkolonne standen in Mänteln und Krawatten schweigend da und lauschten dem Lob für Faunias Arbeit. Die anderen Trauergäste waren, wie mir schien, entweder Freunde von Peg und Sally oder Leute, die ihre Milch von der Farm bezogen und Faunia dort kennengelernt hatten. Cyril Foster, der Postmeister und Hauptmann der freiwilligen Feuerwehr, war der einzige Dorfbewohner, den ich kannte. Cyril kannte Faunia von dem kleinen Postamt, das sie zweimal pro Woche putzte und wo Coleman sie zum erstenmal gesehen hatte.

Und Faunias Vater war da, ein großer, älterer Mann, den Sally in ihrer Grabrede begrüßt hatte. Er saß in einem Rollstuhl, kaum einen Meter vom Sarg entfernt, und wurde von einer jüngeren Frau begleitet, einer philippinischen Krankenschwester oder Partnerin, deren Gesicht während der ganzen Zeremonie ausdruckslos blieb, während der Vater die Stirn in die Hände stützte und immer wieder weinte.

Keiner der Anwesenden schien mir als Verfasser des Online-Nachrufs in Frage zu kommen, den ich am Abend zuvor in der fac.discuss-Newsgroup von Athena gefunden hatte. Im Nachrichtenkopf des Beitrags stand:

Von: clytemnestra@houseofatreus.com
An: fac.discuss
Betreff: Faunias Tod
Datum: Do 2. Nov. 1998

Ich war zufällig darauf gestoßen, als ich aus Neugier im fac.discuss-Kalender nachgesehen hatte, ob der Termin für Dekan Silks

Beerdigung aufgeführt war. Warum dieser skurrile Beitrag? Sollte es ein Witz sein, ein Streich? Verriet er nicht mehr (oder nicht weniger) als einen perversen Hang zu sadistischen Spielchen, oder war es ein bewußter Akt der Niedertracht? Stammte er vielleicht von Delphine Roux? Eine von ihren anonymen Anschuldigungen? Ich glaubte es nicht. Sie hatte nichts zu gewinnen, wenn sie ihre Phantasie mehr erfinden ließ als die Einbruchsgeschichte, und viel zu verlieren, wenn irgendwie herauskam, daß sie es war, die hinter »clytemnestra@houseofatreus.com« steckte. Außerdem deutete alles darauf hin, daß die typische Delphine-Roux-Intrige nicht so schlau und durchdacht war wie diese – ihre Kennzeichen waren vielmehr hastige Improvisation, hysterische Kleinlichkeit und jene übererregte, amateurhafte Kopflosigkeit, die eine Tat von solcher Idiotie gebiert, daß sie selbst der Urheberin im nachhinein unwahrscheinlich vorkommt: einen Gegenangriff, dem, so unangenehm die Folgen auch sein mögen, sowohl die Provokation als auch die raffinierte Berechnung des mit allen Wassern gewaschenen Meisters fehlt.

Nein, hier handelte es sich um eine Bösartigkeit, höchstwahrscheinlich heraufbeschworen durch Delphines Bösartigkeit, jedoch kunstvoller, selbstbewußter und von weit routinierterer Heimtücke – eine deutliche Steigerung der Infamie. Und was würde *diese Sache* nun hervorbringen? Wo würde diese öffentliche Steinigung enden? Wo würde die Leichtgläubigkeit enden? Wie können diese Leute immer und immer wieder die Geschichte nachbeten, die Delphine Roux dem Sicherheitsdienst erzählt hat – eine so durchsichtige, offenkundige Lüge? Wie kann irgend jemand das glauben? Und wie kann irgendeine Verbindung zu Coleman Silk bewiesen werden? Sie kann nicht bewiesen werden. Aber sie glauben es trotzdem. So idiotisch dieses Märchen auch ist – daß er dort eingebrochen ist, daß er die Hängeregistratur aufgebrochen hat, daß er das Paßwort für ihren Computer geknackt und E-Mails an ihre Kollegen geschickt hat –, sie glauben es, sie wollen es glauben, sie sind begierig, es weiterzuerzählen. Eine Geschichte, die keinen Sinn ergibt und unplausibel ist, und doch stellt niemand – und schon gar nicht öffentlich – die einfachsten Fragen. Warum sollte jemand ihr Büro verwüsten und so darauf aufmerksam machen, daß er dort eingebrochen ist, wenn er vorhatte, ihr einen heimlichen Streich zu spielen? Warum sollte er das Inserat ausgerechnet so formulieren, wenn neunzig Prozent der Leute, die es lesen würden, keinerlei Verbindung zu Coleman Silk würden herstellen können? Wer außer Delphine Roux würde das Inserat lesen und dabei an ihn denken? Um zu tun, was er ihren Behauptungen zufolge getan hatte, hätte er verrückt sein müssen. Aber was deutet darauf hin, daß er verrückt war? Wann hat er sich je verhalten wie ein Verrückter? Coleman Silk, der Mann, der dieses College im Alleingang wieder auf die Beine gestellt hat, dieser Mann soll verrückt gewesen sein? Verbittert, wütend, einsam, ja – aber verrückt? In Athena weiß man genau, daß es nicht so ist, und doch tut man, wie bei der Affäre um die »dunklen Gestalten«, bereitwillig so, als wüßte man es nicht. Das Vorbringen der Anschuldigung allein gilt schon als Beweis. Man hört die Behauptung und schenkt ihr Glauben. Der Täter braucht kein Motiv, Logik und vernunftmäßige Erklärungen sind entbehrlich. Man braucht nur ein Etikett. Das Etikett ist das Motiv. Das Etikett ist der Beweis. Das Etikett ist die Logik. Warum hat Coleman Silk das getan? Weil er x ist, weil er y ist, weil er beides ist. Erst ein Rassist, jetzt ein Frauenhasser. Das Jahrhundert ist zu weit fortgeschritten, als daß man ihn einen Kommunisten nennen könnte, aber früher hätte man das getan. Die durch einen Haß auf Frauen motivierte Tat eines Mannes, der bereits bewiesen hat, daß er imstande ist, eine bösartige rassistische Bemerkung über eine wehrlose Studentin zu machen. Das erklärt alles. Das und seine Verrücktheit.

Die Niedertracht der Kleinstadt: der Klatsch, der Neid, die Bösartigkeit, die Langeweile, die Lügen. Nein, die üblichen Gegengifte helfen nicht. Die Menschen hier langweilen sich, sie sind neidisch, ihr Leben ist, wie es ist und immer sein wird, und so erzählen sie die Geschichte weiter, ohne sie ernsthaft in Frage zu stellen – am Telefon, auf der Straße, in der Cafeteria, im Seminar. Sie erzählen sie zu Hause ihrem Mann oder ihrer Frau. Nicht nur, daß wegen des Unfalls keine Zeit bleibt, das Ganze als lächerliche Lüge zu entlarven – wenn der Unfall nicht passiert wäre, hätte sie die Lüge gar nicht erst in die Welt setzen können. Doch sein Tod ist ihr Glück. Sein Tod ist ihre Rettung. Der Tod greift ein und vereinfacht alles.

Jeder Zweifel, jedes Unbehagen, jede Unsicherheit wird beiseite gefegt vom größten Verkleinerer, den es gibt: vom Tod.

Als ich nach Faunias Beerdigung allein zu meinem Wagen zurückging, wußte ich noch immer nicht, wer auf dem College die Geisteshaltung besaß, die nötig war, um sich diesen Klytämnestra-Beitrag auszudenken – das Online-Kunstwerk ist die diabolischste Kunstform, weil es anonym ist –, und ich hatte auch keine Ahnung, was jemand, irgend jemand, sich als nächstes ausdenken würde, um es anonym in die Welt zu setzen. Ich wußte nur, daß der Keim des Bösen freigesetzt worden war, und was Colemans Verhalten betraf, so gab es keine absurde Unterstellung, aus der nicht irgend jemand versuchen würde, eine Empörung zu destillieren. In Athena war eine Epidemie ausgebrochen – das waren meine Gedanken unmittelbar nach seinem Tod –, und wie sollte man ihre Ausbreitung verhindern? Sie war bereits da. Die Erreger waren da. Im Äther. Auf der universalen Festplatte, unzerstörbar und unauslöschlich, das Zeichen der Bösartigkeit des Menschen.

Jeder war jetzt dabei, *Dunkle Gestalten* zu schreiben – jeder außer mir.

Ich will euch bitten [begann der Beitrag im fac.discuss-Forum], über Dinge nachzudenken, über die nachzudenken nicht angenehm ist. Nicht nur über den gewaltsamen Tod einer unschuldigen Frau von vierunddreißig Jahren – etwas, was an sich schon schlimm genug ist –, sondern auch über die Umstände dieses schrecklichen Ereignisses und über den Mann, der diese Umstände fast kunstvoll herbeigeführt hat, um seinen Rachefeldzug gegen das Athena College und seine ehemaligen Kolleginnen und Kollegen zu vollenden.

Einige von euch werden bereits wissen, daß Coleman Silk sich wenige Stunden bevor er diesen Mord und Selbstmord inszenierte – denn genau das war es, was dieser Mann verübte, als er seinen Wagen durch die Leitplanke und in den Fluß steuerte –, gewaltsam Zugang zum Büro einer Dozentin in Barton Hall verschafft hatte, wo er Unterlagen durchwühlte und eine E-Mail verschickte, die angeblich von dieser Dozentin verfaßt war, jedoch darauf abzielte, ihre Stellung zu gefährden. Der

Schaden, den er ihr und dem College damit zugefügt hat, ist sehr gering. Doch hinter diesem Einbruch und der kindisch gehässigen Fälschung steckte derselbe Entschluß, dieselbe Absicht, die ihn später in dieser Nacht – ins Monströse vergrößert – dazu trieb, sich selbst zu töten und dabei zugleich kaltblütig eine Raumpflegerin des Colleges umzubringen, die er einige Monate zuvor zynisch dazu gebracht hatte, ihm sexuell zu Diensten zu sein.

Stellt euch das Martyrium dieser Frau vor, die im Alter von vierzehn Jahren von zu Hause fortgelaufen war, deren Schulbildung im zweiten Jahr auf der Highschool geendet hatte und die für den Rest ihres kurzen Lebens praktisch eine Analphabetin war. Stellt euch vor, wie sie den Schlichen dieses Collegeprofessors im Ruhestand ausgesetzt war, der in den sechzehn Jahren, in denen er das Amt des Dekans überaus autokratisch ausgeübt hat, mehr Macht besaß als der Rektor. Wie konnte sie sich seiner überlegenen Kraft widersetzen? Und wie konnte sie, nachdem sie sich ihm gefügt hatte, nachdem sie von einer perversen männlichen Macht, weit größer als die ihre, versklavt worden war, auch nur ahnen, für welche rachsüchtigen Zwecke er ihren geschundenen Körper einsetzen wollte, erst im Leben und dann im Tod?

Unter all den skrupellosen Männern, von denen sie tyrannisiert worden war, unter all den gewalttätigen, rücksichtslosen, skrupellosen, unersättlichen Männern, die sie gequält, geschlagen und gebrochen hatten, war keiner, dessen Absichten so von gnadenloser Feindschaft pervertiert waren wie die des Mannes, der mit dem Athena College abrechnen wollte und daher eine Angestellte dieses Colleges aussuchte, um auf die deutlichste Weise, die ihm zu Gebote stand, Rache zu üben. An ihrem Körper. An ihren Gliedern. An ihren Geschlechtsorganen. An ihrem Schoß. Die schändliche Abtreibung, die er ihr vor einigen Monaten aufzwang – und die ihrem Selbstmordversuch voranging –, war nur einer von wer weiß wie vielen Angriffen auf das verwüstete Gebiet ihres Körpers. Wir kennen inzwischen das gräßliche Tableau dieses Mordes, wir wissen von der pornographischen Stellung, in der er Faunia in den Tod gehen ließ, um ihre Versklavung, ihre Unterwerfung unter seine wütende Verachtung (und im übertragenen Sinn auch die Versklavung und Unterwerfung der gesamten College-Gemeinschaft) in einem einzigen, unauslöschlichen Bild festzuhalten. Wir wissen – wir beginnen zu wissen, während die schrecklichen Ergebnisse der polizeilichen Untersuchung durchsickern –, daß nicht alle Blutergüsse an Faunias gequältem Körper von den Verletzungen stammen, die sie sich bei dem tödlichen Unfall zugezogen hat, so grauenhaft diese auch waren. Der Leichenbeschauer hat Verfärbungen an Oberschenkeln und Gesäß festgestellt, die nicht von diesem Unfall stammen können – Prellungen, die ihr einige Zeit zuvor auf ganz andere Weise beigebracht worden waren, nämlich durch einen Schlag mit einem stumpfen Gegenstand oder einer Faust.

Warum? Das ist ein so kleines Wort, und doch ist es groß genug, um uns um den Verstand zu bringen. Es ist nicht leicht, zu ergründen, was im Kopf eines so pathologisch bösen Menschen wie Faunias Mörder vorging. Im Kern der Begierden, die diesen Mann trieben, herrscht eine undurchdringliche Finsternis, welche für alle, die nicht von Natur aus gewalttätig sind oder rachsüchtige Pläne verfolgen – für diejenigen, die ihren Frieden mit den Beschränkungen gemacht haben, denen die Zivilisation das Rohe, Ungezügelte in uns unterworfen hat –, unerforschlich bleiben wird. Das Herz der menschlichen Finsternis ist unerklärlich. Doch daß dieser Autounfall kein Unfall war, das weiß ich so gewiß, wie ich weiß, daß ich im Schmerz mit allen vereinigt bin, die den Tod von Faunia Farley betrauern, den Tod einer Frau, deren Unterdrückung in den frühesten Tagen ihrer Unschuld begann und bis zum Augenblick ihres Todes währte. Dieser Unfall war kein Unfall, sondern etwas, wonach Coleman Silk sich mit jeder Faser sehnte. Warum? Dieses »Warum« kann und werde ich beantworten: um nicht nur ihrer beider Leben auszulöschen, sondern auch alle Spuren seiner Geschichte als ihr schlimmster Peiniger zu tilgen. Um Faunia daran zu hindern, ihn als das zu entlarven, was er war, hat Coleman Silk sie mitgenommen auf den Grund des Flusses.

Man kann nur spekulieren, wie abscheulich die Verbrechen waren, die er um jeden Preis geheimhalten wollte.

Am nächsten Tag wurde Coleman neben seiner Frau in dem ordentlichen Garten eines Friedhofs gegenüber dem ebenen grünen Meer des College-Sportplatzes beigesetzt, am Fuß des Eichenhains hinter der North Hall und ihrem weithin sichtbaren sechseckigen Uhrenturm. In der Nacht vor der Beerdigung konnte ich nicht schlafen, und als ich morgens aufstand, war ich noch immer so erregt darüber, wie die Umstände und Hintergründe des Unfalls systematisch verzerrt dargestellt und der Welt präsentiert wurden, daß ich nicht einmal lange genug stillsitzen konnte, um meinen Kaffee zu trinken. Wie kann man all diese Lügen nur widerlegen? In einem Ort wie Athena bleibt selbst eine nachweisliche Lüge, wenn sie erst einmal publik gemacht worden ist, im Bewußtsein. Anstatt rastlos im Haus auf und ab zu gehen, bis es soweit war, zum Friedhof zu fahren, zog ich mir ein Jackett und eine Krawatte an und fuhr zur Town Street, um dort zu warten – an einem Ort, wo ich mich der Illusion hingeben konnte, ich könnte meine Empörung überwinden.

Und meinen Schock. Ich war nicht darauf vorbereitet, an ihn als einen Toten zu denken, geschweige denn an seiner Beerdigung teilzunehmen. Abgesehen von allem anderen hatte die Tatsache, daß ein kräftiger, gesunder Mann von über Siebzig bei einem außergewöhnlichen Unfall ums Leben gekommen war, etwas schrecklich Bitteres – es wäre einsichtiger gewesen, wenn er an einem Herzschlag, an Krebs oder an einem Schlaganfall gestorben wäre. Außerdem war ich inzwischen – nein, eigentlich, seit ich die Nachricht gehört hatte – davon überzeugt, daß dieser Unfall nur hatte geschehen können, weil Les Farley und sein Pick-up irgendwo in der Nähe gewesen waren. Natürlich ist nichts, was irgend jemandem widerfährt, so sinnlos, daß es nicht hätte passieren dürfen, doch wenn man annahm, Farley sei beteiligt, ja der eigentliche *Verursacher* gewesen, hatte man dann nicht mehr als den bloßen Ansatz einer Erklärung dafür, daß Farleys verhaßte Exfrau und ihr widerwärtiger, von Farley zwanghaft belauerter Liebhaber in einer einzigen, hochwillkommenen Katastrophe gewaltsam ausgelöscht worden waren?

In meinen Augen war dieser Schluß ganz und gar nicht durch eine Abneigung motiviert, das Unerklärliche einfach hinzunehmen – auch wenn die beiden Beamten der Staatspolizei, die als erste am Unfallort eingetroffen waren und die Leichen gefunden hatten, ebendies anzunehmen schienen, als ich sie am Tag nach Colemans Beerdigung aufsuchte und befragte. Ihre Untersuchung des Unfallfahrzeugs hatte nichts ergeben, was in irgendeiner Weise auf das Szenario hindeutete, das ich mir vorstellte. Die Informationen, die ich ihnen gab – daß Farley Faunia verfolgt habe, daß er um Colemans Haus geschlichen sei, daß es an der Hintertür beinahe eine gewaltsame Auseinandersetzung gegeben habe, als Farley aus dem Dunkel auf die beiden losgestürmt sei –, wurden geduldig notiert, ebenso wie mein Name, meine Adresse und meine Telefonnummer. Man dankte mir für meine Mithilfe, versicherte mir, meine Aussage werde streng vertraulich behandelt, und erklärte, man werde sich, wenn nötig, wieder mit mir in Verbindung setzen.

Doch das geschah nie.

Auf dem Weg zur Tür blieb ich stehen und sagte: »Darf ich Sie noch etwas fragen? Darf ich Sie nach der Position der beiden Leichen in dem Wagen fragen?«

»Was wollen Sie wissen, Sir?« sagte Officer Balich, der ältere der beiden jungen Männer, ein auf stille Weise diensteifriger Mann mit Pokergesicht, dessen kroatischer Familie, wie mir einfiel, einst das Madamaska Inn gehört hatte.

»Was genau haben Sie gefunden, als Sie sie gefunden haben? Ich meine die Position. Die Stellung. In Athena gibt es Gerüchte –«

»Nein, Sir«, sagte Balich und schüttelte den Kopf. »So war es nicht. Nichts davon ist wahr, Sir.«

»Sie wissen, was ich meine?«

»Ja, Sir. Der Unfall ist eindeutig auf zu hohe Geschwindigkeit zurückzuführen. Man kann diese Kurve nicht so schnell nehmen. Nicht mal Jeff Gordon könnte diese Kurve so schnell nehmen. Wenn ein alter Mann mit einem von ein paar Gläsern Wein benebelten Kopf wie ein Rallyefahrer in diese Kurve geht –«

»Ich glaube nicht, daß Coleman Silk jemals in seinem Leben wie ein Rallyefahrer gefahren ist, Officer.«

»Tja ...« sagte Balich und hob die Hände, die Handflächen nach oben gekehrt, als wollte er sagen, daß – bei allem nötigen Respekt – weder er noch ich das wissen konnten. »Jedenfalls saß der Professor am Steuer, Sir.«

Der Augenblick war gekommen, da Officer Balich von mir erwartete, mich nicht törichterweise wie ein Amateurdetektiv zu benehmen und meine Theorie weiterzuverfolgen, sondern mich höflich zu verabschieden. Er hatte die Anrede »Sir« so oft gebraucht, daß ich mich keinen Illusionen darüber hingeben konnte, wer hier das Sagen hatte, und so verabschiedete ich mich tatsächlich. Das war, wie gesagt, das Ende der Ermittlungen.

Der Tag von Colemans Beerdigung war ein weiterer ungewöhnlich warmer, gleißender Novembertag. Nachdem die Bäume in der Woche zuvor ihr letztes Laub verloren hatten, ließ das Sonnenlicht jetzt die harten, felsigen Konturen der Berglandschaft hervortreten, so daß die Risse und Riefen wie die feinen Schraffuren auf einem alten Stich wirkten, und als ich an diesem Morgen zur Beerdigung nach Athena fuhr, erfüllten mich die von der Sonne beleuchteten Ausblicke auf schroffe Fernen, die seit dem Frühjahr vom Laub der Bäume verborgen gewesen waren, mit einem unzeitgemäßen Gefühl der Wiedererweckung, der erneuerten Möglichkeiten. Die nüchterne Organisation der Erdoberfläche, die nun seit Monaten zum erstenmal respektvoll und bewundernd betrachtet werden konnte, erinnerte an die gewaltige Kraft, mit der das Eis diese Berge am Ende seines rumpelnden Weges nach Süden glattgescheuert hatte. Nur wenige Kilometer von Colemans Haus entfernt hatte es Felsen, so groß wie Restaurantkühlschränke, ausgespuckt, als wäre es eine automatische Baseball-Wurfmaschine, und als ich an dem steilen, bewaldeten, von den Einheimischen »Steingarten« genannten Hang vorbeikam und diese kahlen, nicht vom Sommerlaub und ihren scheckigen, gleitenden Schatten verdeckten riesigen, übereinandergeworfenen und doch gigantisch unversehrten Felsen sah, die hierhin und dorthin gestürzt waren, als wäre dies ein verwüstetes Stonehenge, war ich wieder entsetzt bei dem Gedanken an den Augenblick des Aufpralls, der Coleman und Faunia von ihrem Leben im Fluß der Zeit abgeschnitten und in die Vergangenheit der Erde katapultiert hatte. Sie waren jetzt so weit entfernt wie die eiszeitlichen Gletscher. Wie die Erschaffung des Planeten. Wie die Schöpfung selbst.

Das war der Moment, in dem ich beschloß, zur Staatspolizei zu gehen. Daß ich nicht noch am selben Tag, am selben Morgen, sogar noch vor der Beerdigung dorthin ging, lag zum Teil daran, daß ich, als ich meinen Wagen gegenüber der Grünanlage in der Stadt parkte, durch das Fenster von Pauline's Place Faunias Vater sah, der dort frühstückte: Er saß neben der Frau, die am Tag zuvor auf dem Bergfriedhof seinen Rollstuhl geschoben hatte. Ich ging sogleich hinein, setzte mich an den Nachbartisch und gab eine Bestellung auf, und während ich tat, als läse ich die *Madamaska Weekly Gazette*, die jemand auf einem Stuhl hatte liegenlassen, belauschte ich ihre Unterhaltung, so gut ich konnte.

Sie sprachen über ein Tagebuch. Zu den Dingen, die Sally und Peg Faunias Vater übergeben hatten, gehörte auch ihr Tagebuch.

»Du solltest das nicht lesen, Harry. Du solltest das wirklich nicht tun.«

»Ich muß«, sagte er.

»Nein, du mußt nicht«, sagte die Frau. »Glaub mir, du mußt nicht.«

»Es kann nicht schlimmer sein als alles andere.«

»Du solltest es nicht lesen.«

Die meisten Menschen brüsten sich mit Leistungen, von denen sie nur träumen können; Faunia dagegen hatte gelogen, als sie gesagt hatte, sie habe es nie geschafft, sich eine Fertigkeit anzueignen, die so fundamental ist, daß fast jedes Schulkind auf der Welt sie nach zwei Jahren wenigstens einigermaßen erlernt hat.

Und das erfuhr ich, noch bevor ich meinen Saft getrunken hatte. Sie hatte die Analphabetin gespielt – es war etwas gewesen, von dem sie fand, daß ihre Situation es erforderte. Doch warum? Weil es eine Quelle der Macht war? Ihre einzige Quelle der Macht? Aber welchen Preis hatte sie dafür bezahlen müssen? Denk nach. Sie nimmt es auch noch auf sich, Analphabetin zu sein. Sie nimmt es freiwillig auf sich. Allerdings nicht, um sich zu einem kleinen Kind zu machen, um sich als abhängiges kleines Kind zu präsentieren, sondern im Gegenteil, um das barbarische Ich, das diese Welt erfordert, in den Mittelpunkt zu stellen. Nicht weil sie Bildung als eine erstickende Form der Schicklichkeit zurückweist, sondern weil sie Bildung mit einem Wissen übertrumpft, das stärker und urwüchsiger ist. Sie hat nichts gegen das Lesen an sich – aber so zu tun, als sei sie dazu nicht imstande, erscheint ihr richtig. Es gibt den Dingen den gewissen Pfiff. Sie kann gar nicht genug von diesen Giften bekommen: von alldem, was man nicht sein soll, was man nicht zeigen und sagen und denken soll, was man aber trotzdem ist und zeigt und sagt und denkt, ob es einem nun gefällt oder nicht.

»Ich kann es nicht verbrennen«, sagte Faunias Vater. »Es hat ihr gehört. Ich kann es nicht einfach auf den Müll werfen.«

»Ich aber«, sagte die Frau.

»Es ist nicht recht.«

»Du bist dein Leben lang durch dieses Minenfeld gegangen. Es reicht.«

»Es ist alles, was mir von ihr geblieben ist.«

»Der Revolver. Das ist dir von ihr geblieben. Die Munition, Harry. Das hat sie dir hinterlassen.«

»Wie sie gelebt hat«, sagte er, und es klang, als kämpfte er plötzlich mit den Tränen.

»Sie hat so gelebt, wie sie gestorben ist. Deshalb ist sie gestorben.«

»Du mußt mir das Tagebuch geben«, sagte er.

»Nein. Es ist schlimm genug, daß wir überhaupt hierhergekommen sind.«

»Wenn du es vernichtest, wenn du es vernichtest, weiß ich nicht, was ich tun werde.«

»Ich tue nur, was am besten für dich ist.«

»Was steht darin?«

»Ich kann es unmöglich wiederholen.«

»O Gott«, sagte er.

»Iß. Du mußt etwas essen. Die Pfannkuchen sehen gut aus.«

»Meine Tochter«, sagte er.

»Du hast getan, was du konntest.«

»Ich hätte sie zu mir nehmen sollen, als sie sechs war.«

»Du wußtest nicht, was kommen würde. Wie konntest du wissen, was kommen würde?«

»Ich hätte sie nie bei dieser Frau lassen dürfen.«

»Und wir hätten nie hierherkommen dürfen«, sagte seine Begleiterin. »Jetzt fehlt nur noch, daß du hier krank wirst. Dann wäre wirklich alles perfekt.«

»Ich will die Asche haben.«

»Sie hätten sie beerdigen sollen. In diesem Grab. Zusammen mit ihr. Ich weiß nicht, warum sie das nicht getan haben.«

»Ich will die Asche, Syl. Es waren meine Enkelkinder. Das ist alles, was mir geblieben ist.«

»Ich habe mich darum gekümmert.«

»Nein!«

»Du brauchst diese Asche nicht. Du hast genug durchgemacht. Ich werde nicht zulassen, daß dir etwas passiert. Die Asche kommt jedenfalls nicht mit ins Flugzeug.«

»Was hast du *getan*?«

»Ich habe mich darum gekümmert«, sagte sie. »Ich war pietätvoll. Aber sie ist weg.«

»O mein Gott.«

»Es ist vorbei«, sagte sie. »Es ist alles vorbei. Du hast deine Pflicht getan. Du hast mehr als deine Pflicht getan. Du brauchst nicht noch mehr zu tun. Und jetzt mußt du etwas essen. Ich habe unsere Sachen gepackt und das Zimmer bezahlt. Jetzt müssen wir dich nur noch wieder nach Hause bringen.«

»Ach, Sylvia, du bist die Beste, du bist die Allerbeste.«

»Ich will nicht, daß dir jemand weh tut. Ich werde nicht zulassen, daß dir irgend jemand weh tut.«

»Du bist die Beste.«

»Versuch jetzt, etwas zu essen. Die sehen wirklich gut aus.«

»Willst du auch etwas?«

»Nein«, sagte sie. »Ich will, daß *du* etwas ißt.«

»Ich kann das nicht alles essen.«

»Nimm ein bißchen Sirup. Hier, ich gieße dir etwas darüber.«

Ich wartete draußen, in der Grünanlage, auf sie, und als sich die Restauranttür öffnete und ich den Rollstuhl sah, überquerte ich die Straße. Während die Frau den Rollstuhl schob, ging ich neben ihnen her und stellte mich vor. »Ich lebe hier. Ich kannte Ihre Tochter. Zwar nur flüchtig, aber ich habe sie mehrmals getroffen. Ich war gestern auf der Beerdigung. Ich habe Sie dort gesehen. Ich möchte Ihnen mein Beileid aussprechen.«

Er war ein massiger Mann von großer Statur, viel größer, als er mir auf der Beerdigung erschienen war, wo er zusammengesunken im Rollstuhl gesessen hatte. Er war wahrscheinlich über einen Meter achtzig groß, doch der Ausdruck auf seinem strengen, starkknochigen Gesicht (es war Faunias ausdrucksloses Gesicht, genau ihr Gesicht: die schmalen Lippen, das ausgeprägte Kinn, die scharf geschnittene Adlernase, dieselben blauen, tiefliegenden Augen und darüber, wie ein Rahmen für die blassen Wimpern, jene Wölbung, jene Fülle, die für mich damals, auf der Milchfarm, das einzige Exotische an ihr, der einzige Hinweis auf Charme in ihrem Gesicht gewesen war), der Ausdruck war der eines Mannes, der nicht nur zu einer Gefangenschaft im Rollstuhl verurteilt, sondern für den Rest seiner Tage zu einer noch größeren Qual verdammt war. So groß er auch war oder einst gewesen war – außer seiner Angst war nichts mehr von ihm übrig. Ich sah diese Angst im Hintergrund seines Blickes, als er aufsah, um mir zu danken. »Das ist sehr freundlich von Ihnen«, sagte er.

Er war wohl etwa in meinem Alter, doch etwas in seiner Sprechweise verriet eine privilegierte Kindheit in Neuengland und verwies auf eine Zeit, lange bevor er oder ich geboren worden waren. Mir war das bereits zuvor, im Restaurant, aufgefallen: Er war schon allein durch seine Sprache, durch die Ausdrucksweise der wohlhabenden, an England orientierten Schicht, an die Konventionen des Anstands eines vollkommen anderen Amerika gebunden.

»Sind Sie Faunias Stiefmutter?« Diese Frage schien mir so gut wie jede andere geeignet, ihre Aufmerksamkeit zu erlangen – und sie vielleicht dazu zu bringen, langsamer zu gehen. Ich nahm an, daß sie auf dem Rückweg zum College Arms waren, das in einer Nebenstraße nicht weit von der Grünanlage stand.

»Das ist Sylvia«, sagte er.

»Könnten Sie bitte stehenbleiben«, sagte ich zu Sylvia, »damit ich mit ihm sprechen kann?«

»Wir wollen unser Flugzeug nicht verpassen«, erwiderte sie.

Da sie offenbar entschlossen war, ihn so schnell wie möglich von meiner Anwesenheit zu befreien, sagte ich, noch immer mit dem Rollstuhl Schritt haltend: »Coleman Silk war mein Freund. Er ist nicht durch Unachtsamkeit von der Straße abgekommen. Das kann nicht sein. Nicht so. Er wurde abgedrängt. Ich weiß, wer für den Tod Ihrer Tochter verantwortlich ist. Es war nicht Coleman Silk.«

»Bleib stehen, Sylvia. Bleib für einen Augenblick stehen.«

»Nein«, sagte sie. »Das ist verrückt. Es reicht.«

»Es war ihr Exmann«, sagte ich zu ihm. »Es war Farley.«

»Sir!« Sie war nun doch stehengeblieben, doch mit der freien Hand hatte sie mein Revers gepackt. Sie war klein und zierlich, eine junge Filipina mit einem kleinen, unversöhnlichen, blaßbraunen Gesicht, und an der dunklen Entschlossenheit ihrer furchtlosen Augen erkannte ich, daß die Unordnung des menschlichen Lebens nicht einmal in die Nähe von etwas kommen durfte, was zu beschützen sie als ihre Pflicht betrachtete.

»Können wir nicht einen Augenblick stehenbleiben?« fragte ich sie. »Können wir nicht zur Grünanlage dort drüben gehen und uns setzen und reden?«

»Diesem Mann geht es nicht gut. Sie belasten einen Mann, der ernstlich krank ist.«

»Aber Sie haben ein Tagebuch, das Faunia gehört hat.«

»Nein, haben wir nicht.«

»Sie haben einen Revolver, der Faunia gehört hat.«

»Gehen Sie weg, Sir. Lassen Sie ihn in Ruhe, Sir, ich warne Sie!« Und sie stieß mich – mit der Hand, die mein Jackett gepackt hatte, stieß sie mich weg.

»Sie hat sich diesen Revolver gekauft«, sagte ich, »um sich vor Farley zu schützen.«

»Das arme Mädchen!« erwiderte sie bissig.

Ich wußte nicht, was ich tun sollte, außer ihnen um die Ecke zu folgen, bis sie vor der Veranda des Hotels standen. Faunias Vater weinte jetzt unverhohlen.

Als die Frau sich umdrehte und feststellte, daß ich noch immer da war, sagte sie: »Sie haben schon genug angerichtet. Gehen Sie jetzt, oder ich rufe die Polizei.« In dieser kleinen Person steckte eine Menge Wildheit. Ich konnte das verstehen: Das schien nötig zu sein, um ihn am Leben zu halten.

»Vernichten Sie das Tagebuch nicht«, sagte ich. »Es steht etwas darin –«

»Dreck! Es steht Dreck darin!«

»Syl, *Sylvia* –«

»Sie alle, sie, ihr Bruder, ihre Mutter, ihr Stiefvater – sie haben allesamt auf diesem Mann herumgetrampelt, sein Leben lang. Sie haben ihn ausgenommen. Sie haben ihn betrogen. Sie haben ihn gedemütigt. Seine Tochter war eine Kriminelle. Mit Sechzehn ist sie schwanger geworden und hat ein Kind gekriegt, das sie in einem Waisenhaus abgegeben hat. Ein Kind, das ihr Vater großgezogen hätte. Sie war eine gemeine Hure. Revolver und Männer und Drogen und Dreck und Sex. Das Geld, das er ihr gegeben hat – was hat sie damit gemacht?«

»Ich weiß es nicht. Ich weiß nichts von einem Waisenhaus. Ich weiß auch nichts von irgendwelchem Geld.«

»Drogen! Sie hat es für Drogen gestohlen!«

»Davon weiß ich nichts.«

»Die ganze Familie – Dreck! Haben Sie doch ein wenig Mitleid, *bitte*!«

Ich wandte mich an ihn. »Ich will, daß der Mann, der diese Tode auf dem Gewissen hat, vor Gericht zur Verantwortung gezogen wird. Coleman Silk hat ihr nie ein Leid zugefügt. Er hat sie nicht getötet. Ich möchte nur eine Minute mit Ihnen sprechen.«

»Laß ihn, Sylvia –«

»*Nein!* Ich lasse niemanden mehr! Du hast sie lange genug gelassen!«

Auf der Veranda des Hotels standen jetzt Leute, die uns beobachteten, und andere sahen aus den Fenstern in den oberen Stockwerken. Vielleicht waren es die letzten Herbsttouristen, die gekommen waren, um die mageren Reste des bunten Laubs zu bewundern. Vielleicht waren es ehemalige Absolventen des Athena College. Es waren immer ein paar da, die die Stadt besuchten – ältere oder noch nicht so alte Menschen, die nachsehen wollten, was verschwunden und was erhalten geblieben war, und die besten, nur die allerbesten Erinnerungen an alles hatten, was ihnen neunzehnhundertsoundsoviel auf diesen Straßen begegnet war. Vielleicht waren es Besucher, die gekommen waren, um sich die restaurierten

Häuser aus der Kolonialzeit anzusehen, die auf beinahe eineinhalb Kilometern zu beiden Seiten der Ward Street standen und nach Ansicht der Historischen Vereinigung von Athena zwar nicht so großartig wie die in Salem, aber doch nicht unbedeutender als irgendwelche anderen im Bundesstaat westlich des Hauses der Sieben Giebel waren. Diese Leute waren nicht in den sorgfältig im historischen Stil eingerichteten Zimmern des College Arms zu Bett gegangen, um von Geschrei unter ihren Fenstern geweckt zu werden. An einem so schönen Tag wie diesem und an einem so pittoresken Ort wie der South Ward Street mußte eine solche heftige Szene – ein weinender Mann im Rollstuhl, eine winzige, keifende Asiatin und ein Mann, der, seinem Äußeren nach zu urteilen, vielleicht Professor war und den beiden mit dem, was er sagte, Angst einzujagen schien – sowohl aufsehenerregender als auch empörender sein als an irgendeiner Großstadtkreuzung.

»Wenn Sie mich das Tagebuch lesen lassen würden –«

»*Es gibt kein Tagebuch*«, sagte sie, und mir blieb nichts anderes übrig, als zuzusehen, wie sie den Rollstuhl die Rampe neben der Treppe zur Veranda hinauf und durch den Haupteingang ins Hotel schob.

Ich kehrte zu Pauline's Place zurück, bestellte eine Tasse Kaffee und schrieb auf einem Block, den die Kellnerin aus einer Schublade unter der Kasse zutage förderte, folgenden Brief:

Ich bin der Mann, der Sie am Morgen nach Faunias Beerdigung in der Nähe des Restaurants in der Town Street in Athena angesprochen hat. Ich wohne an einer schmalen Landstraße außerhalb von Athena, ein paar Kilometer vom Haus des verstorbenen Coleman Silk entfernt, der, wie ich Ihnen sagte, mein Freund war. Durch Coleman bin ich mehrere Male mit Ihrer Tochter zusammengetroffen. Manchmal hat er von ihr gesprochen. Die beiden hatten eine leidenschaftliche Affäre, die jedoch ohne jede Grausamkeit war. Er spielte bei ihr hauptsächlich die Rolle des Liebhabers, wußte aber auch ein Freund und ein Lehrer zu sein. Wenn sie ihn um liebevolle Zuwendung gebeten hat, so kann ich mir nicht vorstellen, daß er ihr diese jemals vorenthalten haben könnte. Was immer sie von seinem Wesen aufgenommen hat, kann ihr unmöglich, unter keinen Umständen, Schaden zugefügt haben.

Ich weiß nicht, wieviel Sie von dem bösartigen Klatsch, der in Athena über Coleman und Faunia und ihren Unfall im Umlauf ist, gehört haben. Ich hoffe, Sie haben nichts davon gehört. Es ist jedoch ein Verbrechen aufzuklären, neben dem dieses dumme Geschwätz zu einem Nichts verblaßt. Zwei Menschen sind ermordet worden. Ich weiß, wer sie ermordet hat. Ich habe den Mord nicht beobachtet, aber ich weiß, daß er stattgefunden hat. Ich bin mir absolut sicher. Um von der Polizei oder einem Anwalt ernst genommen zu werden, muß ich jedoch Beweise vorlegen. Wenn Sie irgendwelche Schriftstücke besitzen, die ein Licht auf Faunias seelische Verfassung in den vergangenen Monaten oder sogar während ihrer Ehe mit Farley werfen, dann bitte ich Sie, sie nicht zu vernichten. Ich denke dabei sowohl an Briefe, die Sie vielleicht im Lauf der Jahre von ihr erhalten haben, als auch an Habseligkeiten aus Faunias Zimmer, die Ihnen von Sally und Peg übergeben worden sind.

Meine Adresse und Telefonnummer lauten –

So weit kam ich. Ich wollte warten, bis sie abgereist waren, und dann im College Arms anrufen, um vom Empfangschef unter irgendeinem Vorwand den Namen und die Adresse von Faunias Vater zu erfahren, damit ich ihm diesen Brief per Expreß schicken konnte. Falls ich die Adresse nicht auf diesem Weg herausfinden konnte, wollte ich zu Sally und Peg gehen. In Wirklichkeit jedoch würde ich weder das eine noch das andere tun. Was immer sich in Faunias Zimmer befunden hatte, war inzwischen von Sylvia weggeworfen oder vernichtet worden – ebenso wie mein Brief vernichtet werden würde, sobald er seinen Bestimmungsort erreicht hatte. Die kleine Frau, deren einziger Lebenszweck es war, die Vergangenheit daran zu hindern, diesen Mann weiter zu quälen, würde niemals zulassen, daß in sein Heim etwas eindrang, was sie nicht zugelassen hatte, als sie mir von Angesicht zu Angesicht gegenübergestanden hatte. Außerdem hatte sie einen Kurs eingeschlagen, gegen den ich nichts vorbringen konnte. Wenn das Leiden in dieser Familie weitergereicht wurde wie eine Krankheit, dann blieb ihr nichts anderes übrig, als ein Schild aufzuhängen, wie man es früher, als ich noch ein Kind war, an den Türen derer anbrachte, die eine ansteckende Krankheit hatten, ein Schild, auf dem QUARANTÄNE stand oder das den Augen der Gesunden nichts weiter als ein großes schwarzes Q zeigte. Die kleine Sylvia war dieses drohende Q, und an ihr führte kein Weg vorbei.

Ich zerriß, was ich geschrieben hatte, und ging quer durch die Stadt zu Colemans Beerdigung.

Die Aussegnungsfeier für Coleman war von seinen Kindern organisiert worden. Alle vier standen am Eingang der Rishanger Chapel, um die eintreffenden Trauergäste zu begrüßen. Es war eine Familienentscheidung gewesen, die Feier in der Rishanger Chapel, der Kirche des Colleges, zu veranstalten, und das war das Herzstück eines, wie mir aufging, sorgfältig geplanten Coups, eines Versuchs, die selbstgewählte Verbannung ihres Vaters rückgängig zu machen und ihn, wenn schon nicht im Leben, so doch im Tod, wieder in die Gemeinschaft einzugliedern, in der er seine bemerkenswerte Karriere gemacht hatte.

Als ich mich vorstellte, wurde ich sogleich von Lisa, Colemans Tochter, beiseite genommen, die mich umarmte und unter Tränen flüsterte: »Sie waren sein Freund. Sie waren der einzige Freund, den er noch hatte. Wahrscheinlich waren Sie der letzte, der ihn lebend gesehen hat.«

»Wir waren eine Zeitlang befreundet«, sagte ich, erklärte aber nicht, daß ich ihn zuletzt vor mehreren Monaten gesehen hatte, an jenem Samstag im August in Tanglewood, und daß er unsere kurze Freundschaft damals bereits bewußt hatte einschlafen lassen.

»Wir haben ihn verloren«, sagte sie.

»Ich weiß.«

»Wir haben ihn verloren«, wiederholte sie, und dann weinte sie, ohne zu versuchen, etwas zu sagen.

Nach einer Weile sagte ich: »Ich habe das Zusammensein mit ihm genossen, und ich habe ihn bewundert. Ich wollte, ich hätte ihn länger gekannt.«

»Warum ist das nur passiert?«

»Ich weiß es nicht.«
»War er verwirrt? War er verrückt?«
»Nein. Absolut nicht.«
»Wie konnte das alles dann passieren?«

Als ich keine Antwort gab (und wie hätte ich eine Antwort geben können, es sei denn, indem ich begann, dieses Buch zu schreiben?), ließ sie die Arme langsam sinken, und während wir uns noch einige Sekunden gegenüberstanden, sah ich, wie groß die Ähnlichkeit mit ihrem Vater war – ebenso groß wie Faunias Ähnlichkeit mit *ihrem* Vater. Sie hatte dieselben markanten, puppenartigen Gesichtszüge, dieselben grünen Augen, dieselbe bräunliche Hautfarbe, ja sogar dieselbe – wenn auch weniger breitschultrige – zierlich athletische Statur wie Coleman. Das einzige sichtbare genetische Vermächtnis ihrer Mutter Iris schien Lisas auffallender Schopf dichtgelockter dunkler Haare zu sein. Auf allen Fotos von Iris – Fotos in Familienalben, die Coleman mir gezeigt hatte – schien die Bedeutung ihrer Person, wenn nicht ihr ganzes Wesen, so sehr in dieser selbstbewußten, theatralischen Haarfülle konzentriert, daß es mir so vorkam, als spielten ihre Gesichtszüge kaum eine Rolle. Bei Lisa hatte man das Gefühl, daß ihr Haar eher im Gegensatz zu ihrem Wesen stand und nicht – wie bei ihrer Mutter – eine Manifestation dieses Wesens war.

Unsere direkte Begegnung dauerte nur wenige Augenblicke, und doch hatte ich den starken Eindruck, daß Lisa von nun an jeden Tag ihres Lebens an die jetzt unterbrochene Verbindung zwischen ihr und ihrem Vater denken würde. Auf die eine oder andere Art würde die Vorstellung von ihm mit allem, was sie denken oder tun oder unterlassen würde, verbunden sein. Die Folgen davon, daß sie ihn als seine geliebte Tochter so unumschränkt geliebt und sich ihm kurz vor seinem Tod entfremdet hatte, würden diese Frau niemals loslassen.

Die drei Männer – Lisas Zwillingsbruder Mark und die beiden älteren Söhne Jeffrey und Michael – begrüßten mich nicht so emotional. Bei Mark bemerkte ich nichts von der wütenden Intensität des gekränkten Sohnes, und als seine sachliche Gefaßtheit etwa eine Stunde später, am offenen Grab, von ihm abfiel, geschah das mit der Vehemenz eines Untröstlichen. Jeff und Michael waren offensichtlich die belastbareren Silk-Kinder, und bei ihnen zeigte sich deutlich das Erbe ihrer robusten Mutter, wenn auch nicht in ihren Haaren (beide Männer waren mittlerweile kahl), so doch in ihrer Körpergröße, dem festen Kern ihres Selbstvertrauens und ihrer offenherzigen Autorität. Dies waren keine Menschen, die sich irgendwie durchmogelten – das wurde bereits bei der Begrüßung und den wenigen Worten, die sie sagten, deutlich. Wenn man sich Jeff und Michael gegenübersah, hatte man, besonders wenn sie nebeneinander standen, seine Meister gefunden. Bevor ich Coleman kennenlernte – in seiner großen Zeit, als er noch nicht in dem immer enger werdenden Gefängnis seiner Wut der Katastrophe entgegentrudelte, als die Leistungen, die ihn aus der Masse heraushoben, die ihn *ausmachten*, noch nicht aus seinem Leben verschwunden waren –, hätte man sicher auch in ihm seinen Meister gefunden, was vermutlich erklärt, warum man allgemein so rasch bereit war, mit dem Finger auf den Dekan zu zeigen, als er beschuldigt wurde, öffentlich eine rassistische Bemerkung gemacht zu haben.

Trotz aller Gerüchte, die man sich in der Stadt erzählte, überstieg die Zahl der Trauergäste bei weitem meine Erwartungen; jedenfalls überstieg sie das, was Coleman erwartet hätte. Die ersten sechs oder sieben Bankreihen waren bereits gefüllt, und immer noch strömten Menschen herein, als ich einen freien Platz in der Mitte, gegenüber dem Altar, fand und mich neben einen Mann setzte, in dem ich – weil ich ihn am Vortag zum erstenmal gesehen hatte – Smoky Hollenbeck erkannte. Begriff er, wie nahe er vielleicht vor nur einem Jahr seiner eigenen Trauerfeier hier in der Rishanger Chapel gewesen war? Möglicherweise nahm er an der heutigen Feier mehr aus Dankbarkeit für sein Glück als aus Hochachtung vor dem Mann teil, der sein erotischer Nachfolger gewesen war.

Auf Smokys anderer Seite saß eine Frau, die, wie ich annahm, seine Ehefrau war, eine hübsche, etwa vierzigjährige Blondine. Wenn ich mich recht erinnerte, war sie eine Kommilitonin gewesen, die Smoky in den Siebzigern geheiratet hatte und inzwischen die Mutter von fünf Kindern war. Als ich mich umsah, stellte ich fest, daß die Hollenbecks, abgesehen von Colemans Kindern, die jüngsten Trauergäste in der Kirche waren. Die anderen waren ältere Dozenten und Angestellte des Colleges, die Coleman vor Iris' Tod und seinem Rückzug fast vierzig Jahre lang gekannt hatte. Was hätte er wohl über diese Veteranen gedacht, wenn er sie hätte sehen können, wie sie in der Rishanger Chapel vor seinem Sarg saßen? Wahrscheinlich so etwas wie: »Was für eine wunderbare Gelegenheit für Eigenlob. Wie tugendhaft sie sich vorkommen müssen, weil sie mir meine Verachtung für sie nicht übelnehmen.«

Während ich dort inmitten all seiner Kollegen saß, fand ich den Gedanken eigenartig, daß so überaus gebildete und professionell höfliche Menschen derart bereitwillig auf den altehrwürdigen menschlichen Traum von einer Situation, in der ein Mann das Böse schlechthin verkörpern kann, hereingefallen waren. Doch dieses Bedürfnis existiert, und es ist unsterblich und sehr tief.

Als die Tür geschlossen wurde und die Silks ihre Plätze in der ersten Reihe einnahmen, sah ich, daß die Kirche beinahe zu zwei Dritteln gefüllt war: Dreihundert Menschen, vielleicht auch mehr, warteten darauf, daß dieses uralte und natürliche menschliche Ritual ihr Entsetzen über das Ende des Lebens milderte. Ich sah auch, daß Mark Silk als einziger von Colemans Söhnen eine Kippa trug.

Wie wohl die meisten anderen erwartete ich, daß eines von Colemans Kindern an das Rednerpult treten und das Wort ergreifen würde, doch an diesem Morgen war nur ein einziger Redner vorgesehen, und zwar Herb Keble, der Politikwissenschaftler, den Dekan Silk als ersten schwarzen Professor nach Athena geholt hatte. Offenbar war die Wahl der Familie aus demselben Grund auf Keble gefallen, aus dem sie die Rishanger Chapel als Ort für die Trauerfeier gewählt hatte: um ihren Vater zu rehabilitieren, um die Uhr in Athena zurückzudrehen und Colemans Ruf und sein früheres Ansehen wiederherzustellen. Als ich daran dachte, mit welchem Nachdruck sowohl Jeff als auch Michael mir die Hand geschüttelt, mich mit Namen angesprochen und gesagt hatten: »Danke, daß Sie gekommen sind – es bedeutet unserer Familie sehr viel, daß Sie hier sind«, und als ich mir vorstellte, daß sie jedem der Trauergäste, unter denen viele waren, die sie seit ihrer Kindheit kannten, etwas Ähnliches gesagt hatten, dachte ich: Und sie werden erst aufgeben, wenn das Verwaltungsgebäude in Coleman Silk Hall umbenannt worden ist.

Es war vermutlich kein Zufall, daß die Kirche beinahe bis auf den letzten Platz gefüllt war. Wahrscheinlich hatten sie seit dem Unfall herumtelefoniert und Trauergäste zusammengetrommelt, ähnlich wie man damals, als der alte Daley noch Bürgermeister von Chicago gewesen war, die Wähler an die Urnen getrieben hatte. Und wie mußten sie Keble, den Coleman besonders verabscheut hatte, bearbeitet haben, um ihn dazu zu bringen, sich freiwillig als Athenas Sündenbock anzubieten. Je länger ich daran dachte, wie diese beiden Söhne Silks den schwarzen Professor unter Druck gesetzt hatten, wie sie ihn eingeschüchtert, angeschrien und angeprangert, ja vielleicht sogar offen bedroht hatten, weil ihr Vater zwei Jahre zuvor von ihm verraten worden war, desto mehr mochte ich sie – und desto mehr mochte ich Coleman, denn er hatte zwei große, entschlossene, intelligente Männer gezeugt, die keine Hemmungen hatten, zu tun, was zu tun war, um seine Reputation wiederherzustellen. Diese beiden würden helfen, Les Farley für den Rest seines Lebens hinter Gitter zu bringen.

Das dachte ich jedenfalls bis zum nächsten Nachmittag, kurz bevor sie die Stadt wieder verließen, als sie mich – nicht weniger barsch überzeugend als in Kebles Fall, wie ich annahm – wissen ließen, ich solle die Sache auf sich beruhen lassen und Les Farley, die Umstände, die zu dem Unfall geführt hatten, sowie mein Vorhaben, die Polizei zu weiteren Ermittlungen zu drängen, vergessen. Sie machten überdeutlich, wie grenzenlos ihre Mißbilligung sein würde, sollte die Affäre ihres Vaters mit Faunia Farley in den Mittelpunkt eines durch mein Insistieren herbeigeführten Gerichtsverfahrens gerückt werden. Sie wollten den Namen Faunia Farley nie mehr hören, am allerwenigsten im Zusammenhang mit einem aufsehenerregenden Verfahren, über das die örtliche Presse reißerisch berichten würde, so daß die ganze Angelegenheit sich unauslöschlich im Gedächtnis der hier Ansässigen einprägen und die Coleman Silk Hall für immer ein Traum bleiben mußte.

»Sie ist nicht die ideale Frau, die wir mit dem Vermächtnis unseres Vaters in Verbindung gebracht sehen wollen«, sagte Jeffrey. »Im Gegensatz zu unserer Mutter«, sagte Michael. »Diese billige kleine Schlampe hat nichts mit irgend etwas zu tun.« »Nichts«, bekräftigte Jeffrey. Angesichts des Nachdrucks und der Entschlossenheit, mit der sie das sagten, war es schwer zu glauben, daß sie in Kalifornien Professoren für Naturwissenschaften waren. Man hätte meinen können, sie seien die Chefs von Twentieth Century Fox.

Herb Keble war ein schlanker, sehr dunkelhäutiger Mann, mittlerweile nicht mehr jung und etwas steifbeinig, wenn auch weder gebeugt noch, wie es schien, durch irgendeine Krankheit behindert, und infolge seiner strengen Ausstrahlung und der dunkel drohenden Stimme, die an einen zu drakonischen Strafen neigenden Richter gemahnte, hatte er etwas von dem Ernst eines schwarzen Predigers an sich. Er brauchte nur zu sagen: »Mein Name ist Herbert Keble«, um die Anwesenden in seinen Bann zu schlagen; er brauchte nur am Rednerpult zu stehen, stumm auf Colemans Sarg zu sehen und sich dann der Gemeinde zuzuwenden und zu verkünden, wer er war, um jene Gefühlslage zu beschwören, die im allgemeinen mit der Rezitation von Psalmen assoziiert wird. Er wirkte auf dieselbe Art streng wie eine geschliffene Klinge: bedrohlich, wenn man sie nicht mit äußerster Vorsicht handhabt. Alles in allem war der Mann im Auftreten wie im Verhalten beeindruckend, und man konnte verstehen, daß Coleman ihn vielleicht eingestellt hatte, um die Rassenschranken am Athena College einzureißen – möglicherweise aus denselben Gründen, warum Branch Rickey seinerzeit Jackie Robinson als ersten schwarzen Spieler im Major-League-Baseball angeheuert hatte. Anfangs hatte ich Schwierigkeiten, mir vorzustellen, wie Silks Söhne Herb Keble ihren Willen aufgezwungen haben mochten, doch dann dachte ich an den Reiz, den die Gelegenheit zu einer Selbstinszenierung auf eine Persönlichkeit ausüben mußte, die so deutlich die Eitelkeit jener verriet, welche berechtigt sind, die Sakramente auszuteilen. Er verströmte spürbar die Autorität eines Mannes, der zur Rechten des Königs sitzt.

»Mein Name ist Herbert Keble«, begann er. »Ich bin Leiter der Abteilung für politische Wissenschaften. 1996 war ich einer derjenigen, die es für angebracht hielten, nicht aufzustehen und Coleman zu verteidigen, als man ihn des Rassismus beschuldigte – ich, der sechzehn Jahre zuvor nach Athena gekommen war, im selben Jahr, in dem Coleman Silk zum Dekan ernannt wurde, ich, der ich der erste von Dekan Silk berufene Professor war. Viel zu spät stehe ich vor Ihnen, um zu bekennen, daß ich meinen Freund und Förderer enttäuscht habe, und um – abermals viel zu spät – zu tun, was in meinen Kräften steht und den Versuch zu unternehmen, das schlimme, verachtenswerte Unrecht, das ihm von seiten des Athena College zugefügt wurde, wiedergutzumachen.

Nach dem angeblichen rassistischen Zwischenfall sagte ich zu Coleman: ›Ich kann mich in dieser Sache nicht auf Ihre Seite stellen.‹ Ich sagte das nach reiflicher Überlegung, wenn auch vielleicht nicht nur aus den opportunistischen, von Feigheit oder Sorgen um meine Karriere geleiteten Motiven, die er mir so rasch unterstellte. Ich dachte damals, ich könnte für Coleman mehr tun, indem ich hinter den Kulissen daran arbeitete, die Argumente seiner Gegner zu entkräften, als dadurch, mich öffentlich auf seine Seite zu stellen und durch das Etikett ›Onkel Tom‹, jener Allzweckwaffe der Ignoranten, mit der man gewiß auf mich eingeschlagen hätte, zur Machtlosigkeit verdammt zu sein. Ich dachte, ich könnte mit der Stimme der Vernunft sprechen und so von innen anstatt von außen die Front jener aufweichen, die sich durch ihre Empörung über Colemans angeblich rassistische Bemerkung zu einer Verleumdung seiner Person und des Colleges hinreißen ließen, während es doch lediglich um eine Verfehlung zweier Studenten ging. Ich dachte, wenn ich nur umsichtig und geduldig genug vorging, könnte ich die Gemüter beruhigen – vielleicht nicht die seiner erbittertsten Gegner, so doch die der besonnenen, vernünftigen Mitglieder unserer afroamerikanischen Gemeinde und ihrer weißen Sympathisanten, deren Gegnerschaft ohnehin nur reflexhaft und von kurzer Dauer war. Ich dachte, ich könnte früher oder später – und zwar, wie ich hoffte, eher früher als später – einen Dialog zwischen Coleman und seinen Anklägern in Gang bringen, der zur Formulierung einer Erklärung führen würde, damit das dem Konflikt zugrundeliegende Mißverständnis aufgelöst und dieser bedauerliche Zwischenfall zu einem gerechten Ende gebracht werden könnte.

Doch ich irrte mich. Ich hätte zu meinem Freund niemals sagen dürfen: ›Ich kann mich in dieser Sache nicht auf Ihre Seite stellen.‹ Ich hätte sagen sollen: ›Ich *muß* mich in dieser Sache auf Ihre Seite stellen.‹ Ich hätte mich seinen Gegnern nicht heimlich und in unangebrachtem Optimismus, von innerhalb des Kollegiums, entgegenstellen sollen, sondern geradeheraus und für alle sichtbar, so sichtbar, daß er aus dieser Unterstützung Mut hätte schöpfen können, anstatt das erdrückende Gefühl der Einsamkeit ertragen zu müssen, aus dem jene schwärende Wunde wurde, die zu einer Entfremdung von seinen Kollegen, seinem Rückzug vom College und schließlich zu der selbstzerstörerischen Isolation führte, die – davon bin ich, so schrecklich dieser Gedanke für mich auch ist, überzeugt – gar nicht so indirekt verantwortlich ist für den tragischen, sinnlosen, unnötigen Tod, der ihn vor wenigen Tagen in seinem Wagen ereilt hat. Ich hätte meine Stimme erheben und sagen sollen, was ich jetzt sagen will, in Anwesenheit seiner ehemaligen Kollegen, Mitarbeiter und besonders seiner Kinder Jeff und Michael, die aus Kalifornien angereist sind, und Mark und Lisa, die aus New York angereist sind – ich hätte sagen sollen, was ich als ältester afroamerikanischer Dozent des Athena College jetzt sagen will:

In all den Jahren, in denen er für das Athena College gearbeitet hat, ist Coleman Silk im Umgang mit seinen Studenten niemals von den Regeln des Anstands abgewichen. Niemals.

Diese angebliche Verfehlung hat niemals stattgefunden. Niemals.

Was er über sich hat ergehen lassen müssen – die Anschuldigungen, die Anhörungen, die Untersuchungen –, beschädigt bis auf den heutigen Tag, und am heutigen Tag mehr denn je, die Integrität des Colleges. Hier, in jenem Neuengland, das historisch am engsten mit dem Widerstand amerikanischer Individualisten gegen die Zwänge einer bevormundenden Gesellschaft verbunden ist – man denke an Hawthorne, Melville und Thoreau –, wurde ein amerikanischer Individualist, der nicht davon überzeugt war, daß Regeln die bedeutsamsten Dinge im Leben sind, ein amerikanischer Individualist, der sich weigerte, die Orthodoxien des Hergebrachten und der überkommenen Wahrheiten unhinterfragt zu lassen, ein amerikanischer Individualist, der nicht immer in Übereinstimmung mit den von der Mehrheit aufgestellten Normen der Schicklichkeit und des Geschmacks lebte – hier wurde ein amerikanischer Individualist *par excellence* wieder einmal von Freunden und Nachbarn so bösartig verleumdet, daß er ihnen, durch ihre moralische Dummheit seiner moralischen Integrität beraubt, bis zu seinem Tod entfremdet war. Ja, wir, die moralisch dumme, bevormundende Gesellschaft, haben uns erniedrigt, indem wir Coleman Silks guten Namen so schändlich in den Schmutz gezogen haben. Ich meine damit insbesondere Menschen wie mich, die wir infolge unseres engen Kontaktes zu Coleman um die Größe seiner Verpflichtung gegenüber Athena und die Reinheit seiner Hingabe an den Beruf des Lehrers wußten und ihn, aus welcher Verblendung auch immer, verraten haben. Ich sage es noch einmal: Wir haben ihn verraten. Wir haben Coleman verraten, und wir haben Iris verraten.

Iris' Tod, der Tod von Iris Silk, die mitten in ...«

Zwei Plätze weiter zu meiner Linken weinte Smoky Hollenbecks Frau, ebenso verschiedene andere Frauen in meiner Nähe. Smoky selbst saß vornübergebeugt, die Stirn leicht auf die Hände gestützt, die er auf entfernt gottesdienstliche Weise auf der Rückenlehne der Bank vor uns gefaltet hatte. Ich nahm an, er wollte mir oder seiner Frau oder denjenigen, die ihn vielleicht beobachteten, weismachen, es sei ihm geradezu unerträglich, an das Unrecht zu denken, das Coleman Silk erlitten hatte. Ich nahm an, er wollte den Eindruck erwecken, als sei er von Mitgefühl überwältigt, doch da ich wußte, welche dionysischen Unterströmungen er, der Vorzeigefamilienvater, verbarg, fiel es mir schwer, zu diesem Schluß zu kommen.

Aber abgesehen von Smoky erschien mir die Aufmerksamkeit, die Konzentration, die *Schärfe* der Konzentration, mit der die Anwesenden auf jedes Wort lauschten, das Herb Keble sagte, echt genug, um mir vorstellen zu können, daß viele der Zuhörer Schwierigkeiten haben würden, das ungerechte Los, das Coleman zu ertragen gehabt hatte, nicht zu beklagen. Natürlich fragte ich mich, ob Kebles Erklärung, warum er sich in der Affäre um die »dunklen Gestalten« nicht auf Colemans Seite hatte stellen können, von ihm selbst stammte oder ob sie ihm von Silks Söhnen angeboten worden war, damit er tun konnte, was sie von ihm verlangten, ohne sein Gesicht zu verlieren. Ich fragte mich, ob diese Erklärung eine korrekte Beschreibung der Motive war, die ihn dazu getrieben hatten, jene Worte zu sagen, die Coleman in meiner Gegenwart so oft und so verbittert wiederholt hatte: »Ich kann mich in dieser Sache nicht auf Ihre Seite stellen.«

Warum wollte ich diesem Mann nicht glauben? Weil ab einem gewissen Alter das Mißtrauen so ausgeprägt ist, daß man niemandem mehr glauben will? Als er vor zwei Jahren geschwiegen und nichts unternommen hatte, um Coleman zu verteidigen, hatte er das gewiß aus demselben Grund getan, warum die Leute immer schweigen: weil es in ihrem Interesse liegt zu schweigen. Eigennutz ist kein Motiv, das im dunkeln bleibt. Herb Keble war bloß einer, der – wenn auch auf eine offensive, ja interessante Weise – versuchte, einen Fehler auszubügeln, indem er die Schuld auf sich nahm, doch die Tatsache blieb, daß er nicht gehandelt hatte, als es darauf angekommen war, und so dachte ich in Colemans Namen: Scheiß drauf.

Als Keble vom Podium trat und, bevor er zu seinem Platz zurückkehrte, Colemans Kindern die Hand schüttelte, verstärkte diese schlichte Geste nur die starken Gefühle, die seine Rede geweckt hatte. Was würde als nächstes geschehen? Einen Augenblick lang gar nichts. Nur die Stille und der Sarg und die emotionale Berauschtheit der Zuhörer. Dann erhob sich Lisa, ging die wenigen Stufen zum Podium hinauf, trat ans Rednerpult und sagte: »Der letzte Satz der dritten Symphonie von Mahler.« Das also war es. Sie lösten alle Bremsen. Sie spielten Mahler.

Nun, manchmal kann man Mahler nicht hören. Wenn er einen am Kragen packt, um einen zu schütteln, hört er einfach nicht mehr auf. Als es vorbei war, weinten alle.

Was mich betrifft, so glaube ich nicht, daß irgend etwas anderes mich derart hätte aufwühlen können, es sei denn Steena Palssons Interpretation von *The Man I Love*, gesungen 1948 am Fuß von Colemans Bett in der Sullivan Street.

Der drei Straßenblocks weit führende Gang zum Friedhof war hauptsächlich deswegen denkwürdig, weil er scheinbar nicht stattgefunden hatte. Eben noch waren wir wie gelähmt gewesen von der unendlichen Zartheit von Mahlers Adagio-Satz, von der Schlichtheit, die nicht künstlich, nicht berechnet ist, die sich gleichsam mit dem im Leben selbst beschlossenen Tempo und dessen Weigerung zu enden entfaltet ... eben noch waren wir wie gelähmt von jener außerordentlichen Gegenüberstellung von Erhabenheit und Intimität, die mit der stillen, singenden, zurückgenommenen Intensität der Streicher beginnt und sich in Schüben zu dem wuchtigen falschen Finale aufschwingt, welches zum echten, ausgedehnten, monumentalen Finale führt ... eben noch waren wir wie gelähmt vom Emporstreben, Entfalten, Erblühen und Ersterben eines elegischen Schwelgens, das in einem entschlossenen, nie nachlassenden Tempo weiter und immer weiter dahinfließt, das zurückweicht und dann wiederkehrt wie ein Schmerz oder eine Sehnsucht, die nicht vergeht ... eben noch waren wir durch Mahlers sich steigerndes Beharren im Sarg bei Coleman und spürten den ganzen Schrecken der Endlosigkeit und den leidenschaftlichen Wunsch, dem Tod zu entrinnen, und im nächsten Augenblick standen wir unter sechzig oder siebzig anderen auf dem Friedhof und sahen zu, wie der Sarg ins Grab gesenkt wurde – ein äußerst schlichtes Ritual, eine denkbar vernünftige Lösung des Problems, jedoch eine, die auch immer irgendwie unbegreiflich ist. Jedesmal muß man es sehen, um es glauben zu können.

Ich bezweifelte, daß die meisten vorgehabt hatten, den Leichnam bis zum Grab zu begleiten. Doch Silks Kinder besaßen ein Talent, Pathos zu erzeugen und zu erhalten, und das, so nahm ich an, war der Grund, warum so viele Trauergäste sich so dicht wie möglich um das Loch drängten, das Colemans ewige Ruhestätte sein würde – als wären wir darauf erpicht, uns hineinzustürzen und seinen Platz einzunehmen, uns als Ersatz, als Opfer anzubieten, wenn wir ihm damit auf zauberische Weise ermöglichen könnten, das beispielhafte Leben fortzusetzen, das ihm, wie Herb Keble selbst zugegeben hatte, vor zwei Jahren praktisch gestohlen worden war.

Coleman wurde neben Iris beigesetzt. Die Jahreszahlen auf ihrem Grabstein lauteten 1932–1996. Auf seinem würde 1926–1998 stehen. Wie unverblümt diese Zahlen sind. Und wie wenig sie über das mitteilen, was geschehen ist.

Ich hörte den Anfang des Kaddisch, bevor mir bewußt wurde, daß jemand es sprach. Einen Augenblick lang glaubte ich, der Klang der Worte dringe von einem anderen Teil des Friedhofs an mein Ohr, doch er kam von der gegenüberliegenden Seite des Grabs, wo Mark Silk – der jüngste Sohn, der zornige Sohn, der, wie seine Schwester, die größte Ähnlichkeit mit seinem Vater hatte – allein dastand, das Buch in der Hand, die Yarmulke auf dem Kopf, und das bekannte hebräische Gebet mit leiser, tränenerstickter Stimme sprach.

Yisgadal, v'yiskadash ...

Die meisten Menschen in Amerika, unter anderem ich und vermutlich Marks Geschwister, wissen nicht, was diese Worte bedeuten, doch beinahe jeder erkennt die ernüchternde Botschaft, die sie transportieren: Ein Jude ist tot. Als wäre der Tod nicht die Konsequenz des Lebens, sondern die Konsequenz eines Lebens als Jude.

Als Mark geendet hatte, klappte er das Buch zu, und dann, nachdem er alle mit einer grimmig-heiteren Ruhe erfüllt hatte, wurde er selbst von Hysterie überwältigt. Und so endete Colemans Beerdigung: Wir alle waren wie gelähmt, diesmal, weil wir sahen, wie Mark die Fassung verlor, wie er hilflos fuchtelte und mit weit aufgerissenem Mund klagte. Diese wilden Klagelaute, älter noch als das Gebet, das er gesprochen hatte, wurden immer schriller, bis er seiner Schwester, als er sie mit ausgestreckten Armen auf sich zukommen sah, das verzerrte Silk-Gesicht zuwandte und mit schier kindlichem Erstaunen rief: »Wir werden ihn nie wiedersehen!«

Ich dachte nicht meinen großmütigsten Gedanken. Großmütige Gedanken fielen mir an jenem Tag nicht leicht. Ich dachte: Was für einen Unterschied sollte das schon machen? Du warst nicht so versessen darauf, ihn zu sehen, als er noch da war.

Mark Silk hatte sich offenbar vorgestellt, daß sein Vater für immer dasein würde, damit er ihn hassen konnte. Damit er ihn hassen und hassen und hassen und hassen und ihm dann vielleicht, wenn er es für richtig hielt, wenn er die Anklagen zu einem Crescendo getrieben und Coleman mit der Knute seines Sohneshasses bis an den Rand des Todes geprügelt hatte, vergeben konnte. Er hatte gedacht, Coleman würde so lange bleiben, bis das ganze Drama inszeniert werden konnte, als befänden er und sein Vater sich nicht hier, im Leben, sondern in einem dem Dionysos geweihten Amphitheater am Südhang der Akropolis, wo die Einheit von Zeit, Ort und Handlung streng gewahrt und der große kathartische Zyklus jährlich vor den Augen von zehntausend Zuschauern aufgeführt wurde. Das menschliche Bedürfnis nach einem Beginn, einem Mittelteil und einem Ende – einem Ende, dessen Wucht der des Beginns und des Mittelteils angemessen ist – wird nirgends so gründlich befriedigt wie in den Dramen, die Coleman am Athena College unterrichtete. Doch wenn ein Erwachsener von Ereignissen außerhalb der klassischen Tragödie des 5. Jahrhunderts vor Christus erwartet, daß sie ein Ende oder gar eine gerechte und ideale Vollendung finden, so zeugt das von einem törichten Festhalten an einer Illusion.

Man begann sich vom Grab zu entfernen. Ich sah die Hollenbecks zwischen Grabsteinen hindurch zur nahen Straße gehen – Smoky hatte seinen Arm um die Schultern seiner Frau gelegt und führte sie fürsorglich davon. Ich sah Nelson Primus, den jungen Anwalt, der Coleman in der Auseinandersetzung um die »dunklen Gestalten« vertreten hatte, in Begleitung einer schwangeren, weinenden jungen Frau, vermutlich seiner Ehefrau. Ich sah Mark mit seiner Schwester, die ihn noch immer trösten mußte, und ich sah Jeff und Michael, die diese ganze Feier so gekonnt organisiert hatten, ein paar Schritte von mir entfernt stehen und leise mit Herb Keble sprechen. Ich selbst konnte nicht gehen, und zwar wegen Les Farley. Irgendwo außerhalb dieses Friedhofs und keines Verbrechens beschuldigt, lebte er ungestört ein gewaltsames Leben und schnitzte sich seine eigene brutale Wirklichkeit zurecht – ein Barbar, der aus den inneren Gründen, die alles rechtfertigten, was er sich vornahm, bekämpfte, wen er wollte und wie er wollte.

Natürlich weiß ich, daß es kein Ende, keine gerechte und ideale Vollendung gibt, doch das bedeutete nicht, daß ich, während ich nur ein paar Meter von dort entfernt stand, wo der Sarg in dem frisch ausgehobenen Grab ruhte, nicht eigensinnig dachte, dieses Ende, selbst wenn es so konstruiert war, daß es Coleman wieder an seinen Platz als bewunderte Figur in der Geschichte des Colleges hob, sei unbefriedigend. Ein zu großer Teil der Wahrheit war noch immer verborgen.

Damit meinte ich die Wahrheit über seinen Tod und nicht die Wahrheit, die wenige Augenblicke später ans Licht kam. Es gibt solche und solche Wahrheiten. Obgleich die Welt voller Menschen ist, die glauben, alles über ihren Nachbarn oder dessen Nachbarn zu wissen, ist das, was man nicht weiß, in Wirklichkeit unendlich. Die Wahrheit über uns ist unendlich. Ebenso wie die Lügen. Zwischen den Mühlsteinen zermahlen, dachte ich. Verleumdet von den Hochgesinnten, verunglimpft von den Selbstgerechten – und dann ausgelöscht von einem wahnsinnigen Kriminellen. Exkommuniziert von den Geretteten, den Auserwählten, den allgegenwärtigen Evangelisten der gerade geltenden Moral – und dann ums Leben gebracht von einem Dämon der Skrupellosigkeit. Beide menschlichen Befindlichkeiten fanden in seiner Person ihr Ziel. Das Reine und das Unreine in all ihrer Heftigkeit, rastlos, einander verwandt in ihrem gemeinsamen Bedürfnis nach einem Gegner. Zersägt von zwei Widersachern, dachte ich. Zersägt von den feindlichen Zähnen der Welt. Von dem Widerstreit, der die Welt *ist*.

Eine Frau stand allein, dem Grab so nahe wie ich. Sie schwieg und schien nicht zu weinen. Sie schien nicht einmal ganz dazusein – soll heißen: auf dem Friedhof, bei der Beerdigung. Sie hätte an einer Straßenecke stehen und geduldig auf den nächsten Bus warten können. Die Art, wie sie ihre Handtasche steif an die Brust drückte, ließ mich an eine Frau denken, die im Begriff ist, ihren Fahrschein zu bezahlen und sich dorthin bringen zu lassen, wohin sie gebracht werden will. Daß sie keine Weiße war, verrieten mir nur die vorstehende Kinnpartie und die Form des Mundes – etwas vielsagend Vorgerecktes, das die untere Hälfte ihres Gesichtes beherrschte – und auch die Steifheit ihrer Frisur. Ihre Hautfarbe war nicht dunkler als die einer Griechin oder Marokkanerin, und vielleicht hätte ich all diese Hinweise nicht so nüchtern dahingehend gedeutet, daß sie eine Schwarze war, wenn Herb Keble nicht unter den wenigen gewesen wäre, die noch nicht gegangen waren. Wegen ihres Alters – sie mochte fünfundsechzig, vielleicht siebzig sein – nahm ich an, daß sie Kebles Frau war. Kein Wunder also, daß sie so seltsam erstarrt wirkte. Es konnte ihr nicht leichtgefallen sein, zu hören, wie ihr Mann sich (aus welchen Motiven auch immer) öffentlich zu Athenas Sündenbock machte. Ich konnte verstehen, daß sie über eine Menge nachzudenken hatte und daß es mehr Zeit erforderte, das alles zu verarbeiten, als diese Beerdigung ihr gelassen hatte. Ihre Gedanken waren sicher noch bei dem, was er in der Rishanger Chapel gesagt hatte. *Dort* also war sie.

Doch ich irrte mich.

Als ich mich zum Gehen wandte, drehte auch sie sich um, und so standen wir uns plötzlich mit kaum einem halben Meter Abstand gegenüber.

»Mein Name ist Nathan Zuckerman«, sagte ich. »Ich war gegen Ende seines Lebens ein Freund von Coleman.«

»Freut mich, Sie kennenzulernen«, antwortete sie.

»Ich glaube, Ihr Mann hat heute eine große Veränderung bewirkt.«

Sie sah mich nicht an, als würde ich mich irren, obgleich es so war. Sie ignorierte mich auch nicht, sie ließ mich nicht einfach stehen und ging davon. Sie wirkte nicht, als wüßte sie nicht, was sie tun sollte, auch wenn sie sich gewiß in einem Dilemma befand. Gegen Ende seines Lebens ein Freund von Coleman? Wie hätte sie, angesichts ihrer wahren Identität, etwas anderes als »Ich bin nicht Mrs. Keble« sagen und ihrer Wege gehen können?

Doch sie blieb vor mir stehen, mit ausdruckslosem Gesicht, von den Ereignissen des Tages und seinen Enthüllungen so erschlagen, daß es in diesem Augenblick unmöglich gewesen wäre, nicht zu erkennen, in welchem Verhältnis sie zu Coleman gestanden hatte. Es war nicht die Erkenntnis einer Ähnlichkeit mit Coleman, die zu mir durchdrang, in raschen kleinen Schritten, als würde ich beim Betrachten eines entfernten Sterns durch ein Fernrohr die Brennweite ständig verändern, bis ich die korrekte Einstellung gefunden hatte. Was ich sah – als ich Colemans Geheimnis endlich klar und deutlich erkannte –, war die Ähnlichkeit ihres Gesichtes mit dem von Lisa, die mehr noch die Nichte ihrer Tante als die Tochter ihres Vaters war.

Das meiste, was ich von Colemans Jugend in East Orange weiß, erfuhr ich nach der Beerdigung, in meinem Haus, von Ernestine: wie Dr. Fensterman versucht hatte, Coleman dazu zu bringen, bei der Abschlußprüfung schlechter abzuschneiden, damit Bert Fensterman Jahrgangsbester sein konnte; wie Mr. Silk 1925 das Haus in East Orange gefunden hatte, das kleine Haus, in dem Ernestine noch immer wohnte und das, wie Ernestine erklärte, »einem Ehepaar gehörte, das Streit mit seinen Nachbarn hatte und, um sie zu ärgern, entschlossen war, an Farbige zu verkaufen«. (»Sehen Sie, daran merkt man, zu welcher Generation ich gehöre«, sagte sie später an jenem Nachmittag. »Ich sage ›Farbige‹ und ›Neger‹.«) Sie erzählte mir, daß ihr Vater in der Weltwirtschaftskrise seinen Optikerladen verloren und sehr lange gebraucht hatte, um diesen Verlust zu verwinden – »Ich weiß nicht«, sagte sie, »ob er ihn überhaupt je verwunden hat« –, und daß er schließlich eine Stelle als Speisewagenkellner gefunden und für den Rest seines Lebens bei der Eisenbahn gearbeitet hatte. Sie erzählte mir, daß Mr. Silk Englisch als »die Sprache von Chaucer, Shakespeare und Dickens« bezeichnet und Wert darauf gelegt hatte, daß seine Kinder sich nicht nur korrekt auszudrücken wußten, sondern auch logisch denken, klassifizieren, analysieren, beschreiben, spezifizieren konnten, und daß sie nicht nur Englisch lernten, sondern auch Latein und Griechisch; sie erzählte, wie er mit ihnen nach New York gefahren war und sie Museen und Broadway-Theater besucht hatten und daß er, als er von Colemans heimlicher Karriere als Amateurboxer für den Newark Boys Club erfahren hatte, mit dieser Stimme, die von Autorität durchdrungen gewesen war, ohne daß er sie hätte erheben müssen, gesagt hatte: »Wenn ich dein Vater wäre, würde ich sagen: ›Du hast gestern abend gewonnen? Gut. Dann kannst du also ungeschlagen abtreten.‹« Von Ernestine erfuhr ich, daß Doc Chizner, in dessen Boxschule in Newark ich selbst ein Jahr lang nachmittags nach dem Schulunterricht gegangen war, das Talent des jungen Coleman erkannt hatte, nachdem dieser aus dem Boys Club ausgetreten war, daß Doc gewollt hatte, daß er für die University of Pittsburgh boxte, und ihm ein Stipendium als weißer Boxer hätte verschaffen können, daß Coleman sich aber an der Howard University eingeschrieben hatte, weil das der Wille seines Vaters gewesen war. Sie erzählte mir, daß ihr Vater eines Nachts beim Servieren im Speisewagen tot umgefallen war und Coleman sein Studium an der Howard University sofort abgebrochen hatte, um in die Navy einzutreten, und zwar als Weißer. Daß er anschließend nach Greenwich Village gezogen war und sich an der NYU eingeschrieben hatte. Daß er eines Sonntags ein weißes Mädchen mit nach Hause gebracht hatte, eine hübsche junge Frau aus Minnesota. Daß an jenem Tag um ein Haar die Brötchen verbrannt waren, weil alle so sehr damit beschäftigt gewesen waren, nichts Falsches zu sagen. Daß – zum Glück für alle – Walter, der damals seit kurzem Lehrer in Asbury Park gewesen war, an jenem Tag nicht hatte kommen können und alles so wunderbar gelaufen war, daß Coleman sich nicht hatte beschweren können. Ernestine erzählte mir, wie freundlich Colemans Mutter zu der jungen Frau gewesen war. Zu Steena. Wie rücksichtsvoll und nett sie zu Steena gewesen waren – und Steena zu ihnen. Wie schwer ihre Mutter immer gearbeitet hatte und daß sie nach dem Tod des Vaters allein aufgrund ihrer Tüchtigkeit zur ersten farbigen Stationsschwester der chirurgischen Station eines Newarker Krankenhauses befördert worden war. Und wie sie Coleman vergöttert hatte und nichts, was er getan hatte, ihre Liebe hatte schmälern können. Daß nicht einmal seine Entscheidung, für den Rest seines Lebens so zu tun, als wäre seine Mutter eine andere gewesen, eine Mutter, die er nie gehabt, die es nie gegeben hatte, daß nicht einmal das Mrs. Silk von ihm hatte befreien können. Und daß Walt, nachdem Coleman gekommen war und seiner Mutter gesagt hatte, er werde Iris Gittelman heiraten und sie werde nie die Schwiegermutter ihrer Schwiegertochter und nie die Großmutter ihrer Enkelkinder sein, daß Walt also, nachdem er Coleman verboten hatte, jemals wieder Kontakt zu seiner Familie aufzunehmen, seiner Mutter unmißverständlich und mit derselben stahlharten Autorität, die das Kennzeichen des Vaters gewesen war, verboten hatte, jemals wieder Kontakt zu Coleman aufzunehmen.

»Ich weiß, daß er es nur gut meinte«, sagte Ernestine. »Walt dachte, das sei die einzige Möglichkeit, unsere Mutter davor zu schützen, daß Coleman ihr weh tat. Sie davor zu schützen, daß er ihr an jedem Geburtstag, an jedem Feiertag, an jedem Weihnachten weh tat. Er glaubte, wenn die Verbindung nicht gekappt wäre, würde Coleman unserer Mutter immer und immer wieder das Herz brechen, genau wie er es an jenem Tag getan hatte. Walt war wütend auf Coleman, weil er ohne Vorankündigung, ohne uns zu warnen, nach East Orange gefahren war, zu einer älteren Frau, einer Witwe, und verfügt hatte, wie die Zukunft aussehen würde. Fletcher, mein Mann, hatte immer eine psychologische Erklärung für das, was Walt tat, aber ich glaube nicht, daß Fletcher recht hatte. Ich glaube nicht, daß Walt jemals wirklich neidisch darauf war, daß Coleman diesen Platz in Mutters Herz hatte. Nein, das glaube ich nicht. Ich glaube, er fand Colemans Verhalten einfach unverschämt und explodierte – Coleman hatte nicht nur Mutter beleidigt, sondern uns alle. Walt war derjenige, der politisch dachte; natürlich wurde er wütend. Ich wurde nicht so wütend, ich bin es nie gewesen, aber ich kann Walter verstehen. Ich habe Coleman jedes Jahr an seinem Geburtstag in Athena angerufen. Das letztemal vor drei Tagen. Da hatte er nämlich Geburtstag. Seinen zweiundsiebzigsten Geburtstag. Ich könnte mir vorstellen, als er ums Leben kam, fuhr er gerade von seinem Geburtstagsessen nach Hause. Ich habe ihn angerufen, um ihm zum Geburtstag zu gratulieren. Aber es ist keiner an den Apparat gegangen, und so habe ich am nächsten Tag noch einmal angerufen. Und darum habe ich dann erfahren, daß er tot war. Jemand war in seinem Haus und hat den Hörer abgenommen und es mir gesagt. Jetzt weiß ich, daß es einer meiner Neffen war. Ich habe erst angefangen, Coleman zu Hause anzurufen, als seine Frau gestorben war und er sich vom College zurückgezogen hatte und allein lebte. Davor habe ich immer nur im Büro angerufen. Ohne jemandem irgendwas zu sagen. Dafür gab es ja auch keinen Grund. Ich habe ihn angerufen, als Mutter gestorben war. Ich habe ihn angerufen, als ich geheiratet habe. Ich habe ihn angerufen, als wir einen Sohn bekommen haben. Ich habe ihn angerufen, als mein Mann gestorben ist. Es waren immer gute Gespräche. Er wollte immer die Neuigkeiten hören, sogar die über Walter und seine Beförderungen. Und jedesmal, wenn Iris ein Kind bekommen hatte – als Jeffrey geboren war, als Michael geboren war, als die Zwillinge geboren waren –, kriegte ich einen Anruf von Coleman. Er rief mich in der Schule an. Für ihn war das immer eine große Belastung. Mit so vielen Kindern forderte er das Schicksal heraus. Weil sie genetisch mit der Vergangenheit verbunden waren, von der er sich losgesagt hatte, bestand immer das Risiko, müssen Sie wissen, daß es zu einem deutlich sichtbaren Rückschlag kommen würde. Das hat ihm große Sorgen gemacht. Aber es hat ihn nicht daran gehindert, Kinder zu bekommen. Auch das gehörte zu seinem Plan. Er hatte den Plan, ein uneingeschränktes, normales, produktives Leben zu führen. Und trotzdem glaube ich, daß Coleman unter seiner Entscheidung gelitten hat, besonders in den ersten Jahren, und ganz bestimmt, wenn wieder ein Kind unterwegs war. Colemans Aufmerksamkeit ist nie etwas entgangen, und das galt auch für seine Gefühle. Er konnte sich von uns lossagen, aber nicht von seinen Gefühlen. Besonders nicht, wenn es um seine Kinder ging. Ich glaube, er kam selbst zu dem Schluß, daß es etwas Schreckliches hat, einem Menschen so wichtige Informationen über ihn selbst vorzuenthalten, und daß es das Geburtsrecht seiner Kinder war, über ihre Vorfahren Bescheid zu wissen. Und es hatte auch etwas Gefährliches. Stellen Sie sich vor, wieviel Unglück er über seine Kinder gebracht hätte, wenn ihre Kinder erkennbar negroid wären. Bis jetzt hat er Glück gehabt, auch in Hinblick auf seine beiden Enkel in Kalifornien. Aber denken Sie nur an seine Tochter, die noch unverheiratet ist. Mal angenommen, sie heiratet eines Tages einen Weißen – es ist ja mehr als wahrscheinlich, daß sie einen Weißen heiraten wird –, und dann bekommt sie ein negroides Kind. Das kann passieren, das kann sehr leicht passieren. Wie soll sie das erklären? Was wird ihr Mann denken? Er wird annehmen, daß ein anderer der Vater dieses Kindes ist. Obendrein ein Schwarzer. Mr. Zuckerman, es war entsetzlich grausam, daß Coleman seinen Kindern nichts gesagt hat. Das ist nicht Walters Urteil, sondern meines. Wenn Coleman es sich in den Kopf gesetzt hatte, seine Rassenzugehörigkeit geheimzuhalten, dann hätte er den Preis dafür bezahlen müssen und keine Kinder haben dürfen. Und das wußte er. Das mußte er wissen. Statt dessen hat er eine Bombe gelegt. Und jedesmal, wenn er mir von seinen Kindern erzählt hat, war für mich im Hintergrund diese Bombe. Besonders wenn er über die Zwillinge gesprochen hat – und damit meine ich nicht das Mädchen, sondern den Jungen, Mark, mit dem er so viele Schwierigkeiten hatte. Er hat immer gesagt, Markie habe wahrscheinlich seine Gründe, ihn zu hassen, doch es war, als hätte er die Wahrheit herausgefunden. ›Ich ernte, was ich gesät habe‹, sagte er, ›wenn auch aus den falschen Gründen. Markie genießt nicht mal den Luxus, seinen Vater aus den richtigen Gründen zu hassen. Ich habe ihm auch diesen Teil seines Geburtsrechts genommen.‹ Und ich sagte: ›Aber vielleicht hätte er dich deswegen gar nicht gehaßt, Coleman.‹ Und er sagte: ›Du verstehst mich nicht. Nicht daß er mich gehaßt hätte, weil ich schwarz bin. Das meine ich nicht mit den richtigen Gründen. Ich meine, daß er mich gehaßt hätte, weil ich es ihm nie gesagt habe und weil er ein Recht hat, es zu wissen.‹ Und dann ließen wir das Thema fallen, weil es dabei so vieles gab, was man mißverstehen konnte. Aber offenbar konnte er eines nie vergessen: Seine Beziehung zu seinen Kindern beruhte auf einer Lüge, auf einer schrecklichen Lüge, und Markie hatte sie intuitiv erspürt und irgendwie begriffen, daß Colemans Kinder, die die Identität ihres Vaters in ihren Genen haben und sie – zumindest genetisch und vielleicht auch körperlich, sichtbar – an ihre Kinder weitergeben werden, nie wirklich gewußt haben, wer sie eigentlich sind und wer sie waren. Das ist natürlich bis zu einem gewissen Grad Spekulation, aber manchmal denke ich, daß Coleman Markie als Strafe für das betrachtete, was er seiner Mutter angetan hatte. Auch wenn er das so nie gesagt hat«, fügte Ernestine gewissenhaft hinzu. »Und was Walter betrifft: Worauf ich hinauswollte, ist, daß er nur versucht hat, die Rolle unseres Vaters einzunehmen, indem er dafür sorgte, daß Mutters Herz nicht immer wieder gebrochen werden würde.«

»Und ist ihm das gelungen?« fragte ich.

»Es war nicht mehr zu reparieren, Mr. Zuckerman – nie mehr. Als sie im Krankenhaus gestorben ist, als sie im Delirium war, wissen Sie, was sie da sagte? Sie rief nach der Schwester, wie die Kranken immer nach ihr gerufen hatten. ›Ach, Schwester‹, sagte sie, ›ach, Schwester, setzen Sie mich in den Zug. Ich hab zu Hause ein krankes Baby.‹ Immer und immer wieder. ›Ich hab zu Hause ein krankes Baby.‹ Ich saß an ihrem Bett, hielt ihre Hand und sah sie sterben, und ich wußte, wer das kranke Baby war. Und Walter wußte es auch. Es war Coleman. Ob es ihr bessergegangen wäre, wenn Walt sich nicht eingemischt und Coleman verboten hätte, jemals wieder mit ihr zu sprechen ... Tja, ich zögere immer noch, mich da festzulegen. Aber Walters besonderes Talent als Mann ist seine Entschiedenheit. Das war auch Colemans besonderes Talent. Die Männer in unserer Familie sind alle sehr entschieden. Mein Vater war es und sein Vater, ein methodistischer Pfarrer in Georgia, war es ebenfalls. Diese Männer entscheiden, und damit ist der Fall erledigt. Tja, ihre Entschiedenheit hatte auch ihren Preis. Eins ist aber klar. Das ist mir heute bewußt geworden. Und ich wollte, meine Eltern könnten das wissen. Wir sind eine Familie von Lehrern. Angefangen bei meiner Großmutter väterlicherseits. Sie war ein junges Sklavenmädchen, als ihre Herrin ihr das Lesen beigebracht hat, und dann, nach der Abschaffung der Sklaverei, ist sie auf eine Schule gegangen, die damals Georgia State Normal and Industrial School for Colored hieß. So hat es angefangen, und so sind wir dann Lehrer geworden. Das wurde mir heute bewußt, als ich Colemans Kinder sah. Alle bis auf einen sind Lehrer. Und wir Geschwister – Walt, Coleman, ich – sind auch allesamt Lehrer gewesen. Mein eigener Sohn ist eine andere Geschichte. Er hat das College nicht zu Ende gemacht. Wir hatten einige Meinungsverschiedenheiten, und nun hat er eine neue Partnerin, wie man jetzt sagt, und darüber haben wir weitere Meinungsverschiedenheiten. Sie müssen wissen, daß es im weißen Schulsystem von Asbury Park keine farbigen Lehrer gab, als Walter 47 dorthin kam. Das dürfen Sie nicht vergessen: Er war der erste. Und dann der erste schwarze Schuldirektor. Und dann der erste schwarze Schulinspektor. Das sagt einiges über Walt aus. Es gab bereits eine eingesessene farbige Gemeinde, aber erst als Walter 47 dort anfing, begann sich einiges zu verändern. Und seine Entschiedenheit hatte viel damit zu tun. Sie sind zwar aus Newark, aber ich bin nicht sicher, ob Sie wissen, daß in New Jersey die nach Rassen getrennte Schulerziehung bis 1947 im Einklang mit der Verfassung und den Gesetzen des Bundesstaates war. In den meisten Gemeinden gab es Schulen für weiße und Schulen für farbige Kinder. In Südjersey waren die Rassen in den Grundschulen klar getrennt. Südlich der Linie Trenton–New Brunswick gab es getrennte Schulen. In Princeton ebenfalls. Und auch in Asbury Park. Als Walter dorthin kam, gab es dort eine Schule namens Bangs Avenue East beziehungsweise West – die eine war für die farbigen Kinder, die im Sprengel Bangs Avenue lebten, die andere für die weißen Kinder aus demselben Sprengel. Es war ein einziges, in der Mitte geteiltes Gebäude. Durch das Schulgelände war ein Zaun gezogen – die eine Seite war für die weißen Kinder, die andere für die schwarzen. Und die Lehrer auf der einen Seite waren Weiße, und die auf der anderen Seite waren Schwarze. Der Direktor war ein Weißer. In Trenton und Princeton – und Princeton zählte nicht zu Südjersey – gab es bis 1948 getrennte Schulen. In East Orange und Newark nicht, obwohl es selbst in Newark mal eine Grundschule für farbige Kinder gegeben hat. Das war allerdings Anfang des Jahrhunderts. Aber 1947... Und jetzt komme ich zu der Rolle, die Walter in dieser Sache gespielt hat, denn Sie sollen verstehen, was für ein Mann mein Bruder Walter war. Sie müssen sein Verhältnis zu Coleman in dem größeren Zusammenhang der Dinge sehen, die sich damals abgespielt haben. Das war Jahre vor der Bürgerrechtsbewegung. Was Coleman getan hat, die Entscheidung, trotz seiner schwarzen Vorfahren als Mitglied einer anderen Rasse zu leben – das war damals, vor der Bürgerrechtsbewegung, gar nicht so ungewöhnlich. Es gab Filme über dieses Thema. Können Sie sich daran erinnern? Einer hieß *Pinky*, und dann gab es noch einen mit Mel Ferrer, an den Titel kann ich mich nicht erinnern, aber der war auch sehr populär. Die Rasse wechseln – es gab keine nennenswerte Bürgerrechtsbewegung und keine Gleichheit, und darum haben sich die Leute damit beschäftigt, Weiße genauso wie Farbige. Vielleicht war es mehr Phantasie als Wirklichkeit, aber trotzdem waren die Menschen davon fasziniert wie von einem Märchen. Doch dann hat der Gouverneur 1947 eine verfassunggebende Versammlung einberufen, um die Verfassung des Bundesstaates New Jersey zu ändern. Und damit hat etwas begonnen. Eine der Verfassungsänderungen betraf die Nationalgarde: Es sollte in New Jersey keine nach Rassenzugehörigkeit getrennten Einheiten mehr geben. Der zweite Teil, die zweite Änderung der Verfassung besagte, daß Kinder nicht mehr gezwungen sein sollten, an einer Schule vorbeizugehen, um eine andere Schule in ihrem Sprengel zu erreichen – so ungefähr war der Wortlaut. Walter könnte den Artikel wörtlich zitieren. Mit diesen beiden Zusätzen war die Rassentrennung in den öffentlichen Schulen und in der Nationalgarde beseitigt. Der Gouverneur und die Schulbehörde wurden beauftragt, die nötigen Schritte in die Wege zu leiten. Die Schulbehörde des Staates wies alle nachgeordneten Dienststellen an, die Pläne zur Integrierung der Schulen umzusetzen. Sie schlug vor, zunächst die Rassentrennung in den Lehrkörpern der Schulen und dann nach und nach auch in den Klassen aufzuheben. Schon als Walt aus dem Krieg zurückgekehrt war und an der Montclair State University studierte, noch bevor er nach Asbury Park ging, war er einer von denen, die sich politisch engagierten – einer von den Ex-GIs, die aktiv gegen die Rassentrennung an den Schulen von New Jersey eintraten. Noch vor der Verfassungsänderung und ganz gewiß danach gehörte er zu denen, die am entschiedensten für die Aufhebung der Rassentrennung an Schulen kämpften.«

Das zielte darauf ab, daß Coleman *nicht* einer von den Ex-GIs war, die für die Aufhebung der Rassentrennung, für Gleichheit und Bürgerrechte gekämpft hatten; nach Walts Meinung hatte er nie für etwas anderes als sich selbst gekämpft. Silky Silk. Als Silky Silk hatte er gekämpft, für Silky Silk hatte er gekämpft, und darum hatte Walt ihn nie ausstehen können, schon als er noch ein Junge gewesen war. Für seinen eigenen Vorteil, hatte Walt immer gesagt. Immer nur für den Vorteil von Coleman. Er hatte immer nur rausgewollt.

Wir hatten das Mittagessen in meinem Haus schon vor Stunden beendet, doch Ernestine zeigte keine Zeichen von Ermüdung. All die Gedanken, die ihr durch den Kopf wirbelten – und nicht nur wegen Colemans Tod, sondern auch wegen des Rätsels, das er für sie darstellte und das sie in den vergangenen fünfzig Jahren zu lösen versucht hatte –, ließen die Worte nur so aus ihr heraussprudeln, nicht unbedingt ein Wesenszug der ernsthaften Kleinstadtlehrerin, die sie ihr Leben lang gewesen war. Sie war eine sehr adrett wirkende Frau, anscheinend gesund, wenn auch ein wenig abgezehrt im Gesicht, und man wäre nie auf den Gedanken gekommen, daß ihre Wünsche in irgendeiner Hinsicht extravagant waren; aus ihrer Kleidung und Haltung, aus der sorgsamen Art, wie sie aß, und selbst aus der Art und Weise, wie sie auf dem Stuhl saß, wurde deutlich, daß sie eine Persönlichkeit besaß, der es nicht schwerfiel, sich gesellschaftlichen Konventionen zu unterwerfen, und eine Frau war, die bei jedem auftretenden Konflikt aus einem tiefsitzenden Reflex heraus die Rolle der Vermittlerin übernahm – sie beherrschte perfekt die Sprache der Vernunft und war aus freiem Willen eher Zuhörerin als Rednerin, doch diese Aura der Erregung um den Tod ihres Bruders, der sich selbst zum Weißen erklärt hatte, diese besondere Bedeutung des Endes eines Lebens, das ihre Familie immer als eine einzige lange, perverse, bewußt arrogante Desertion betrachtet hatte, erforderte besondere Mittel.

»Mutter ist gestorben, ohne je verstanden zu haben, warum Coleman das getan hatte. ›Für seine eigene Familie verloren.‹ So hat sie es ausgedrückt. Er war nicht der erste in Mutters Familie, für den das galt. Vor ihm hat es andere gegeben. Aber das waren *andere*. Nicht Coleman. Coleman hat nie darunter gelitten, ein Neger zu sein. Jedenfalls nicht, solange wir ihn kannten. Das ist wirklich wahr. Daß er ein Neger war, spielte für ihn nie eine Rolle. Ich sah Mutter abends ganz still in ihrem Sessel sitzen und wußte, daß sie dachte: Könnte *dies* der Grund gewesen sein, oder könnte *das* der Grund gewesen sein? Hat er es getan, um sich von Daddy zu lösen? Aber als er es tat, war Daddy doch schon tot. Mutter erwog alle möglichen Gründe, aber keiner lieferte eine Erklärung. Hat er es getan, weil er dachte, Weiße seien besser als wir? Natürlich, sie hatten mehr Geld als wir – aber besser? Hat er das geglaubt? Wir haben an ihm nie den leisesten Hinweis darauf bemerkt. Sicher, es gibt Leute, die wachsen auf und sagen sich von ihrer Familie los, und dazu brauchen sie keine Farbigen zu sein. Das passiert jeden Tag irgendwo auf der Welt. Leute, die alles so sehr hassen, daß sie einfach verschwinden. Aber Coleman war als Kind nicht voller Haß. Er war der unbeschwerteste, optimistischste Junge, den man sich nur vorstellen kann. *Ich* war als Kind unglücklicher als Coleman. *Walt* war als Kind unglücklicher als Coleman. Er hatte so viel Erfolg, und die Leute haben ihm so viel Aufmerksamkeit geschenkt ... Nein, Mutter hat es nie verstanden. Der Schmerz hat nie aufgehört. Seine Fotos. Seine Zeugnisse. Seine sportlichen Auszeichnungen. Sein Jahrbuch. Seine Urkunde als Jahrgangsbester. Sie hatte sogar noch Colemans Spielzeug, irgendwelches

Spielzeug, das er als kleines Kind geliebt hatte, sie hatte all diese Sachen und starrte sie an, wie ein Wahrsager in seine Kristallkugel starrt – als könnten sie ihr etwas verraten. Hat er je irgend jemandem verraten, was er getan hat? Hat er das, Mr. Zuckerman? Seiner Frau? Seinen Kindern?«

»Ich glaube nicht«, sagte ich. »Ich bin sicher, er hat es nicht getan.«

»Dann war er also bis zum Schluß Coleman. Er hatte es sich in den Kopf gesetzt, es zu tun, und hat es getan. Das war von Kindheit an das Außergewöhnliche an ihm: Er hat seine Pläne immer entschlossen verfolgt. Ein verbissenes Festhalten an jeder Entscheidung. All die Lügen, die seine große Lüge nach sich zog – er mußte seine Familie und seine Kollegen belügen, und er hat es durchgehalten bis zum Ende. Er ist sogar als Jude beerdigt worden. Ach, Coleman«, sagte sie traurig, »*so* entschlossen. Mr. Entschlossen.« In diesem Augenblick war sie dem Lachen näher als dem Weinen.

Als Jude beerdigt, dachte ich, und wenn ich recht vermute, als Jude getötet. Ein weiteres Problem, das eine falsche Identität mit sich bringt.

»Wenn er es irgend jemandem verraten hat«, sagte ich, »dann vielleicht der Frau, die mit ihm zusammen getötet wurde. Faunia Farley.«

Sie wollte offensichtlich nichts von dieser Frau hören. Doch weil sie so vernünftig war, mußte sie fragen: »Woher wissen Sie das?«

»Ich weiß es nicht. Ich weiß nichts. Es ist nur so ein Gedanke«, sagte ich. »Ich hatte das Gefühl, daß zwischen ihnen ein Pakt bestand, und dazu hätte gepaßt, daß er es ihr erzählt hat.« Mit »Pakt« meinte ich ihre beiderseitige Erkenntnis, daß es keinen sauberen Ausweg gab, doch das führte ich nicht weiter aus, jedenfalls nicht gegenüber Ernestine. »Wissen Sie – nach all dem, was ich heute von Ihnen erfahren habe, gibt es in Hinblick auf Coleman nichts, was ich nicht überdenken müßte. Ich weiß nicht mehr, was ich von irgend etwas halten soll.«

»Tja, dann sind Sie jetzt ein Ehrenmitglied der Familie Silk. Abgesehen von Walter hat keiner von uns je gewußt, was er von irgend etwas, was Coleman betraf, halten sollte. Warum er es getan hat, warum er dabei geblieben ist, warum Mutter sterben mußte, wie sie gestorben ist. Wenn Walt kein Machtwort gesprochen hätte«, sagte sie, »wer weiß, was daraus geworden wäre? Wer weiß, ob Coleman nicht nach vielen Jahren, als seine Entscheidung schon lange zurücklag, seiner Frau alles erzählt hätte? Vielleicht hätte er es eines Tages sogar seinen Kindern erzählt. Vielleicht hätte er es aller Welt erzählt. Aber Walt hat die Zeit eingefroren. Das ist nie gut. Als Coleman das getan hat, war er in den Zwanzigern. Ein Hitzkopf von Siebenundzwanzig. Aber er würde ja nicht immer siebenundzwanzig sein. Es würde nicht immer 1953 sein. Menschen werden älter. Nationen werden älter. *Probleme* werden älter. Manchmal so alt, daß sie aufhören zu existieren. Trotzdem hat Walt alles eingefroren. Natürlich, wenn man es aus einem engen Blickwinkel betrachtet, unter dem Gesichtspunkt des persönlichen Nutzens, dann war es für einen intelligenten, wortgewandten Neger aus der Mittelschicht vorteilhaft, zu tun, was Coleman getan hat, so wie es heute vorteilhaft ist, nicht mal im Traum daran zu denken. Wenn Sie heute ein intelligenter Neger aus der Mittelschicht sind und wollen, daß Ihre Kinder auf die besten Schulen gehen, mit einem vollen Stipendium, wenn es sein muß, dann würde Ihnen nicht mal im Traum einfallen zu sagen, daß Sie nicht farbig sind. Das wäre das letzte, was Sie tun würden. Da kann Ihre Haut so weiß wie nur was sein – heute ist es *nicht* vorteilhaft, so etwas zu tun, so wie es damals eben sehr wohl vorteilhaft war. Und wo ist der Unterschied? Aber kann ich das Walt sagen? Kann ich zu ihm sagen: ›Wo ist eigentlich der Unterschied?‹ Ich kann es auf keinen Fall zu ihm sagen, und zwar aus zwei Gründen: erstens wegen dem, was Coleman Mutter angetan hat, und zweitens, weil in Walts Augen damals ein Kampf zu führen war und Coleman sich geweigert hat, ihn zu führen. Aber glauben Sie nicht, daß ich es im Lauf der Jahre nicht versucht hätte. Denn Walter ist in Wirklichkeit kein harter Mensch. Wollen Sie eine Geschichte über meinen Bruder Walt hören? 1944 war Walt ein einundzwanzigjähriger Schütze in einer farbigen Infanteriekompanie. Zusammen mit einem anderen Soldaten von seiner Einheit war er in Belgien auf einem Hügel, von wo aus man ein Tal übersehen konnte, durch das eine Eisenbahnlinie verlief. Sie sahen einen deutschen Soldaten, der entlang der Gleise in Richtung Osten ging. Er trug einen kleinen Beutel über der Schulter und pfiff vor sich hin. Walters Kamerad zielte auf ihn. ›Was zum Teufel hast du vor?‹ fragte Walter ihn. ›Ich werde ihn umlegen.‹ ›*Warum?* Laß das! Was tut er denn schon? Er geht. Wahrscheinlich geht er nach Hause.‹ Walter mußte dem anderen das Gewehr entwinden, einem jungen Burschen aus South Carolina. Sie gingen den Hügel hinunter, hielten den Deutschen an und nahmen ihn gefangen. Wie sich herausstellte, war er tatsächlich auf dem Heimweg. Er hatte Urlaub, und weil er nicht wußte, wie er nach Deutschland kommen sollte, war er einfach an den Gleisen entlang nach Osten gegangen. Und Walter hatte ihm das Leben gerettet. Wie viele Soldaten haben so etwas getan? Mein Bruder Walter ist ein entschlossener Mann, der hart sein kann, wenn es sein muß, aber er ist auch ein Mensch. Und *weil* er ein Mensch ist, glaubt er, daß alles, was man tut, dem Fortschritt der Spezies dienen sollte. Darum habe ich es versucht – manchmal, indem ich Dinge zu ihm gesagt habe, die ich selbst nicht wirklich glaubte. Ich hab zu ihm gesagt, daß Coleman ein Kind seiner Zeit war. Coleman wollte nicht auf die Bürgerrechtsbewegung warten, um zu seinem Recht als Mensch zu kommen, und darum hat er eine Stufe übersprungen. ›Betrachte ihn mal aus historischer Sicht‹, sage ich zu Walt. ›Du bist doch Geschichtslehrer – betrachte ihn doch mal als Teil eines größeren Ganzen.‹ Ich sage zu ihm: ›Keiner von euch beiden hat sich einfach mit dem abgefunden, was ihm zugeteilt war. Ihr seid *beide* Kämpfer, und ihr habt *beide* gekämpft. Du hast deinen Kampf gekämpft und Coleman seinen.‹ Aber das ist eine Argumentationsweise, die bei Walt noch nie funktioniert hat. Bei Walt hat nichts funktioniert. Ich sage zu ihm, daß das Colemans Methode war, ein Mann zu werden, aber davon will er nichts hören. Für Walt war es Colemans Methode, *kein* Mann zu werden. ›Na gut‹, sagt er, ›na gut. Dein Bruder ist mehr oder weniger das, was er ohnehin geworden wäre, außer daß er schwarz gewesen wäre. Außer? *Außer?* Dieses ›Außer‹ hätte alles verändert.‹ Walt kann Coleman nicht anders betrachten, als er ihn immer schon betrachtet hat. Und was kann ich tun, um das zu ändern, Mr. Zuckerman? Soll ich meinen Bruder Walt für das hassen, was er Coleman angetan hat, indem er unsere Familie in einem bestimmten Punkt der Zeit eingefroren hat? Soll ich meinen Bruder Coleman für das hassen, was er Mutter angetan hat, für die Art, wie er die arme Frau bis zum letzten Tag ihres Lebens hat leiden lassen? Denn wenn ich meine Brüder hasse, warum sollte ich mich damit begnügen? Warum nicht auch meinen Vater hassen für die Fehler, die er begangen hat? Warum nicht meinen verstorbenen Mann? Ich war nicht mit einem Heiligen verheiratet, das kann ich Ihnen versichern. Ich habe meinen Mann geliebt, aber ich verkläre ihn nicht. Und was ist mit meinem Sohn? Er ist ein Junge, den man leicht hassen könnte. Er gibt sich alle Mühe, es einem leichtzumachen. Aber die Gefahr beim Hassen ist: Wenn man erst mal damit angefangen hat, kriegt man hundertmal mehr, als man wollte. Wenn man damit angefangen hat, kann man nicht mehr aufhören. Ich kenne nichts, das schwerer im Zaum zu halten ist als das Hassen. Es ist leichter, mit dem Trinken aufzuhören als mit dem Hassen. Und das will etwas heißen.«

»Haben Sie vor dem heutigen Tag gewußt«, fragte ich sie, »warum Coleman sich vom College zurückgezogen hatte?«

»Nein. Ich dachte, er hätte das Pensionsalter erreicht.«

»Er hat es Ihnen nie gesagt.«

»Nein.«

»Dann haben Sie auch nicht verstanden, was Keble eigentlich meinte.«

»Nicht ganz.«

Also erzählte ich ihr von den »dunklen Gestalten«. Ich erzählte ihr die ganze Geschichte, und als ich fertig war, schüttelte sie den Kopf und sagte geradeheraus: »Ich glaube, ich habe noch nie gehört, daß eine höhere Lehranstalt etwas derart Idiotisches getan hat. Das klingt eher nach einer Brutstätte der Dummheit. Einen Collegeprofessor, ganz gleich, wer er ist und welche Hautfarbe er hat, wegen eines so dummen und belanglosen Vorwurfs zu verfolgen, zu beleidigen, zu demütigen, ihn seiner Autorität, seiner Würde und seines Prestiges zu berauben! Ich bin die Tochter meines Vaters, Mr. Zuckerman, die Tochter eines Vaters, der es mit Worten sehr genau nahm, und mit jedem Tag, der vergeht, verstärkt sich mein Gefühl, daß die Worte, die ich höre, immer weniger eine Beschreibung der Wirklichkeit sind. Was Sie mir erzählt haben, klingt so, als wäre in einem College heute alles möglich. Es klingt, als hätten die Leute dort vergessen, was es bedeutet zu lehren. Es klingt, als würden sie eher eine Farce aufführen. Jede Zeit hat ihre reaktionären Autoritäten, und hier in Athena haben sie offenbar Oberwasser. Muß man sich denn vor jedem Wort, das man benutzt, so in acht nehmen? Was ist mit dem ersten Zusatz zur Verfassung der Vereinigten Staaten von Amerika passiert? In meiner Jugend, in Ihrer Jugend gab es die Empfehlung, daß in New Jersey jeder Schüler zum Abschluß der Highschool zwei Dinge bekommen sollte: ein Abschlußzeugnis und eine Ausgabe der Verfassung der Vereinigten Staaten. Können Sie sich erinnern? Man mußte ein Semester amerikanische Geschichte und ein Semester Wirtschaftskunde belegen – aber das gibt's natürlich auch nicht mehr: ›müssen‹ kommt im Lehrplan nicht mehr vor. Damals war es an vielen Schulen üblich, daß die Schüler bei der Abschlußfeier vom Direktor ihr Zeugnis und von jemand anders eine Ausgabe der Verfassung überreicht bekamen. Heutzutage haben nur noch sehr wenige Leute eine einigermaßen klare Vorstellung davon, was in der Verfassung steht. Aber hier in Amerika wird man, wie mir scheint, rapide immer dümmer. All diese Colleges, die Aufbaukurse anbieten, damit die Studenten lernen, was sie schon in der neunten Klasse hätten lernen sollen. An der East Orange High hat man seit langem aufgehört, die alten Klassiker zu lesen. Die Schüler dort haben noch nie etwas von *Moby Dick* gehört, geschweige denn das Buch gelesen. In dem Schuljahr vor meiner Pensionierung kamen Schüler zu mir und sagten, im *Black History Month* würden sie nur eine von einem Schwarzen verfaßte Biographie eines Schwarzen lesen. Ich habe sie gefragt, welche Rolle es spielt, ob der Verfasser schwarz oder weiß ist. Ich halte nicht viel vom *Black History Month*. Wenn man im Februar einen *Black History Month* veranstaltet und sich auf schwarze Persönlichkeiten konzentriert, ist das für mich so, als würde man Milch trinken, die kurz davor ist, sauer zu werden: Man kann sie noch trinken, aber sie schmeckt nicht. Ich finde, man sollte Matthew Henson durchnehmen, wenn man andere Forscher und Entdecker durchnimmt.«

»Ich weiß nicht, wer Matthew Henson ist«, sagte ich zu Ernestine und fragte mich, ob Coleman es gewußt hatte, ob er es hatte wissen wollen und ob einer der Gründe für seine Entscheidung gewesen war, daß er es nicht hatte wissen wollen.

»Mr. Zuckerman ...« sagte sie freundlich, aber mit unüberhörbarem Tadel.

»Als Mr. Zuckerman zur Schule ging, gab es noch keinen *Black History Month*«, sagte ich.

»Wer hat den Nordpol entdeckt?« fragte sie mich.

Plötzlich mochte ich sie sehr, und ich mochte sie um so mehr, je pedantischer und oberlehrerhafter sie wurde. Ich begann sie so sehr zu mögen wie ihren Bruder, wenn auch aus anderen Gründen. Und ich sah jetzt, daß es, hätte man die beiden nebeneinandergestellt, gar nicht so schwer gewesen wäre, zu sehen, was Coleman gewesen war. *Jeder weiß* ... Ach, du dumme, dumme, dumme Delphine Roux. Die Wahrheit über einen Menschen weiß niemand, oft am wenigsten derjenige selbst – wie auch im Fall von Delphine.

»Ich habe vergessen, ob es Peary oder Cook war«, sagte ich. »Ich weiß nicht mehr, wer den Nordpol zuerst erreicht hat.«

»Nun, Henson war jedenfalls als erster da. Als die *New York Times* darüber berichtete, wurde er mit allen Ehren bedacht, aber wenn man heute die Geschichte der Nordpolexpeditionen liest, ist immer nur von Peary die Rede. Das ist so, als würde man sagen, daß Sir Edmund Hillary als erster den Mount Everest bezwungen hat, und Tenzing Norgay mit keinem einzigen Wort erwähnen. Worauf ich hinauswill«, sagte Ernestine, die jetzt in ihrem Element war – ganz die erfahrene, korrekte Lehrerin und, im Gegensatz zu Coleman, ganz und gar das, was sie nach dem Willen ihres Vaters immer hatte sein sollen –, »worauf ich hinauswill, ist dies: Der richtige Zeitpunkt, um über Dr. Charles Drew zu sprechen, ist, wenn man die Geschichte der medizinischen Forschung durchnimmt. Haben Sie von ihm gehört?«

»Nein.«

»Schämen Sie sich, Mr. Zuckerman. Aber jedenfalls ist Drew erst an der Reihe, wenn man die Geschichte der medizinischen Forschung behandelt. Nicht im Februar. Verstehen Sie, was ich meine?«

»Ja.«

»Über diese Leute lernt man etwas, wenn man sich mit Entdekkern und Pionieren der Wissenschaft befaßt. Aber heute geht es immer um Schwarze hier und Schwarze dort. Ich habe das ignoriert, so gut ich konnte, aber es war nicht leicht. Vor Jahren hatte die East Orange Highschool einen ausgezeichneten Ruf. Schüler mit einem Abschlußzeugnis der East Orange High konnten sich – besonders, wenn sie die Leistungskurse belegt hatten – ihr College aussuchen. Ach, ich will gar nicht davon anfangen. Was man Coleman wegen diesem Ausdruck ›dunkle Gestalten‹ zugefügt hat, ist nur eine Facette eines gewaltigen Versagens. Zu der Zeit, als meine Eltern zur Schule gingen, und auch noch zu der Zeit, als Sie und ich zur Schule gingen, wurde mangelnde Leistung dem Schüler angelastet. Heute gibt man dem Stoff die Schuld. Es ist zu schwer, die Klassiker zu lesen, also sind die Klassiker schuld. Die heutigen Schüler betrachten ihr Unvermögen als ein Vorrecht. Ich kann das nicht lernen, also ist es schlecht. Und die böse Lehrerin, die dieses Zeug unterrichten will, ist ganz besonders schlecht. Es gibt keine Kriterien mehr, Mr. Zuckerman, nur noch Meinungen. Ich beschäftige mich oft mit der Frage, wie die Dinge früher waren. Wie Erziehung früher war. Wie die East Orange High früher war. Wie East Orange früher war. Die Innenstadtsanierung hat East Orange kaputtgemacht, daran gibt es für mich gar keinen Zweifel. Sie – die Stadtväter – haben von all den großartigen Dingen gesprochen, die im Zuge dieser Innenstadtsanierung passieren würden. Aber sie hat die Kaufleute zu Tode erschreckt, und dann sind sie weggezogen, und je mehr Kaufleute weggezogen sind, desto weniger Geschäfte wurden gemacht. Dann haben die 280 und der Parkway unsere kleine Stadt in vier Teile zerschnitten. Der Parkway hat die Jones Street zerstört – den Mittelpunkt unserer schwarzen Gemeinde hat der Parkway ganz und gar zerstört. Und dann die 280. Eine katastrophale Schneise. Was das in der Gemeinde angerichtet hat! Weil die Schnellstraße gebaut werden mußte, hat der Staat die schönen Häuser am Oraton Parkway, an der Elmwood und Maple Avenue einfach aufgekauft und über Nacht abreißen lassen. Früher konnte ich alle meine Weihnachtseinkäufe in der Main Street erledigen. Oder vielmehr Main Street und Central Avenue. Damals nannte man die Central Avenue die Fifth Avenue der Oranges. Wissen Sie, was es da heute gibt? Es gibt einen ShopRite. Und ein

Dunkin' Donuts. Es gab auch mal ein Domino Pizza, aber die haben wieder geschlossen. Jetzt ist da eine andere Imbißkette. Und es gibt eine Reinigung. Aber man kann nicht mehr vergleichen. Es ist nicht mehr dasselbe. Glauben Sie mir, wenn ich einkaufen will, fahre ich den Hügel hinauf nach West Orange. Damals brauchte ich das nicht. Es gab keinen Grund dafür. Jeden Abend, wenn wir mit dem Hund rausgingen – es sei denn, das Wetter war sehr schlecht –, sind mein Mann und ich zur Central Avenue gegangen, die nur zwei Blocks entfernt war, und dann vier Blocks die Central Avenue hinunter, auf die andere Straßenseite und an den Schaufenstern entlang wieder zurück. Es gab einen B. Altman. A. Russek. Es gab Black, Starr and Gorham. Es gab Bachrach, den Fotografen. In der Main Street war Minks, ein sehr gutes Geschäft für Herrenkleidung, in jüdischem Besitz. Zwei Theater: das Hollywood Theater in der Central Avenue und das Palace Theater in der Main Street. Das ganze Leben war dort in dem kleinen East Orange ...«

Das ganze Leben war dort in East Orange. Und wann war das? Früher. Vor der Innenstadtsanierung. Bevor man aufhörte, die Klassiker zu lesen. Bevor man aufhörte, jedem Highschool-Absolventen eine Ausgabe der Verfassung zu schenken. Bevor die Colleges anfingen, Aufbaukurse anzubieten, damit die Studenten lernen, was sie schon in der neunten Klasse hätten lernen sollen. Vor der Einführung des *Black History Month*. Bevor der Parkway und die 280 gebaut waren. Bevor man einen Collegeprofessor verfolgte, weil er im Seminar von »dunklen Gestalten« gesprochen hatte. Bevor sie zum Einkaufen den Hügel hinauf nach West Orange fahren mußte. Bevor sich alles veränderte, einschließlich Coleman Silk. Als alles anders war: früher. Und, klagte sie, es wird nie wieder so sein, weder in East Orange noch irgendwo sonst in Amerika.

Als ich um vier aus meiner Einfahrt fuhr, um sie zum College Arms zu bringen, wo sie abgestiegen war, schwand das Nachmittagslicht bereits rasch, und unter einem Himmel, über den jetzt schwere, furchterregende Wolken trieben, war es ein windiger Novembertag geworden. Am Morgen hatte man Coleman – und am Morgen davor Faunia – bei frühlingshaftem Wetter beerdigt, doch nun standen die Zeichen auf Winter. Auf Winter vierhundert Meter über dem Meer. Na dann.

Es brauchte nicht viel Klugheit, um den Impuls zu unterdrücken, Ernestine von jenem Sommertag vor bloß vier Monaten zu erzählen, als Coleman mit mir zu der Milchfarm gefahren war, damit ich Faunia in der Hitze des Spätnachmittags beim Fünf-Uhr-Melken zusehen konnte, oder vielmehr, damit er Faunia beim Melken zusehen konnte. Was immer in Ernestines Bild von Colemans Leben fehlte – sie war nicht darauf erpicht, es zu entdecken. Sie war intelligent, doch sie hatte keine einzige Frage danach gestellt, wie er in den letzten Monaten gelebt hatte, geschweige denn danach, was wohl bewirkt haben könnte, daß er unter diesen Umständen gestorben war; sie war eine gute, tugendhafte Frau und zog es vor, nicht über die Details seines Untergangs nachzudenken. Sie wollte auch nicht eine etwaige biographische Verbindung ergründen, die zwischen jenem unwiderstehlichen Drang zu revoltieren, der ihn mit Anfang Zwanzig von seiner Familie getrennt hatte, und der wilden Entschlossenheit bestehen mochte, mit der er sich gut vierzig Jahre später als Paria, als Renegat von Athena getrennt hatte. Nicht daß ich sicher gewesen wäre, daß eine solche Verbindung bestand, irgendeine Schaltung, welche die beiden Entscheidungen verband, aber man hätte sich doch einmal damit beschäftigen können, oder? Wie war ein Mann wie Coleman entstanden? Was genau war er denn gewesen? War seine Vorstellung von sich selbst legitimer oder weniger legitim gewesen als die Vorstellung, die ein anderer davon hatte, wie er, Coleman, sein sollte? Kann man so etwas je wissen? Doch das Konzept vom Leben als etwas, dessen Sinn verborgen bleibt, von Sitte und Gebräuchen als etwas, was dem Denken möglicherweise zuwenig Spielraum läßt, von der Gesellschaft als etwas, was einem vielleicht verlogenen Bild von sich selbst verpflichtet ist, von einem Individuum als etwas, was auch für sich allein betrachtet wirklich ist, jenseits der gesellschaftlichen Determinanten, die es definieren und diesem Individuum möglicherweise höchst *unwirklich* erscheinen – kurz gesagt, alle Verworrenheiten, von denen die menschliche Phantasie befeuert wird, schienen ein wenig außerhalb dessen zu liegen, was Ernestines unverbrüchliche Treue zu einem Kanon altehrwürdiger Regeln zuließ.

»Ich habe keins Ihrer Bücher gelesen«, sagte sie im Wagen zu mir. »In letzter Zeit lese ich hauptsächlich Krimis, englische Krimis. Aber wenn ich wieder zu Hause bin, werde ich mir mal was von Ihnen vornehmen.«

»Sie haben mir noch nicht gesagt, wer Dr. Charles Drew war.«

»Dr. Charles Drew«, sagte sie, »hat entdeckt, wie man die Gerinnungsfähigkeit des Blutes so weit vermindern kann, daß es sich aufbewahren läßt. Er wurde bei einem Autounfall verletzt und verblutete, weil im nächstgelegenen Krankenhaus keine Schwarzen behandelt wurden.«

Das war unsere ganze Unterhaltung während der zwanzigminütigen Fahrt den Berg hinunter und in die Stadt. Der Strom der Enthüllungen war versiegt. Ernestine hatte gesagt, was sie zu sagen hatte. Mit dem Ergebnis, daß Dr. Drews grausam ironisches Schicksal wegen seiner scheinbar relevanten Parallele zu Coleman und *seinem* grausam ironischen Schicksal eine Bedeutung bekam, die zwar unergründlich, darum aber nicht weniger verstörend war.

Ich konnte mir nichts vorstellen, was Coleman für mich rätselhafter gemacht hätte als diese Entdeckung. Jetzt, da ich alles wußte, war es, als wüßte ich gar nichts, und anstatt das Bild, das ich von Coleman hatte, abzurunden, bewirkte das, was Ernestine mir erzählt hatte, daß er sich in einen Unbekannten, ja geradezu in ein Phantom verwandelte. In welchem Ausmaß, in welchem Umfang hatte das Geheimnis sein tägliches Leben bestimmt und seine Gedanken durchdrungen? Hatte es sich im Lauf der Jahre verändert? War aus einem heißen Geheimnis ein kühles Geheimnis und schließlich ein unbedeutendes, vergessenes Geheimnis geworden, etwas, bei dem es um eine alte Mutprobe ging, um eine Wette, die er irgendwann mal mit sich selbst abgeschlossen hatte? Hatte seine Entscheidung ihm das Abenteuer verschafft, nach dem er gesucht hatte, oder war die Entscheidung selbst das Abenteuer gewesen? Lag sein Gewinn in der Tatsache, daß er alle täuschte, daß er das Ding durchzog, das ihm am besten gefiel, daß er inkognito durchs Leben ging, oder hatte er einfach die Tür zu einer Vergangenheit geschlossen, zu Menschen, zu einer ganzen Rasse, mit denen er keine persönlichen oder offiziellen Kontakte mehr haben wollte? Wollte er die gesellschaftlichen Hindernisse umgehen? War er nur ein echter Amerikaner, der, ganz in der großen Tradition der Pioniere, die demokratische Aufforderung befolgte, sich seiner Herkunft zu entledigen, sofern das dem Streben nach Glück diente? War es mehr als das? Oder weniger? Wie kleinlich waren seine Motive? Wie pathologisch? Mal angenommen, sie waren beides – was würde *das* bedeuten? Und angenommen, sie waren beides nicht – was würde das bedeuten? War das Geheimnis, als ich ihn kennenlernte, nichts als eine Tinktur, welche die Färbung seines ganzen Wesens kaum veränderte, oder war sein ganzes Wesen nichts als eine Tinktur im endlosen Ozean eines lebenslangen Geheimnisses? Ließ er jemals in seiner Wachsamkeit nach oder war es, als wäre er immer auf der Flucht? Kam er je darüber hinweg, daß er nicht darüber hinwegkam, es tatsächlich hingekriegt zu haben – daß er imstande war, der Welt nach dem, was er getan hatte, mit unverminderter Kraft entgegenzutreten und jedermann überzeugend vorzuführen, wie wohl er sich in seiner Haut fühlte? Mal angenommen, das Gleichgewicht verschob sich an einem gewissen Punkt tatsächlich zugunsten des neuen Lebens, so daß das andere in den Hintergrund trat – bedeutete das denn, daß er seine Furcht vor Entdeckung und das Gefühl, eines Tages entlarvt zu werden, jemals ganz überwunden hatte? Als er zum erstenmal zu mir gekommen war, wie wahnsinnig durch den plötzlichen Verlust seiner Frau, durch den, wie er es sah, *Mord* an seiner Frau, der großartigen Frau, mit der er immer gekämpft hatte und die im Augenblick ihres Todes wieder zum Gegenstand seiner Hingabe geworden war, als er also hereingestürmt war, in den Klauen der verrückten Idee, daß ich wegen ihres Todes sein Buch für ihn schreiben sollte, hatte sein Wahnsinn da nicht eigentlich die Form eines verschlüsselten Geständnisses angenommen? Dunkle Gestalten? Zu Fall gebracht durch einen so altmodischen Ausdruck. Daß man ihn daran aufhängte, war für Coleman der Versuch, alles zu banalisieren – das ausgefeilte Uhrwerk seiner Lüge, die großartige Kalibrierung seiner Täuschung, *alles*. Dunkle Gestalten! Die lächerliche Banalisierung dieser meisterlichen Darbietung, die sein scheinbar konventionelles, einzigartig heikles Leben in Wirklichkeit war – ein Leben, in dem bei oberflächlicher Betrachtung, wenn überhaupt, dann nur wenig Platz für Exzessives war, weil alles Überschüssige in das Geheimnis einfloß. Kein Wunder, daß der Vorwurf des Rassismus ihn hochgehen ließ wie eine Rakete. Als wurzelte seine Leistung einzig und allein in Scham. Kein Wunder, daß *alle* Vorwürfe ihn hochgehen ließen wie eine Rakete. Sein Verbrechen war größer als alles, wofür sie ihn zur Verantwortung ziehen wollten. Er sagt »dunkle Gestalten«, er hat eine Geliebte, halb so alt wie er selbst – das ist doch alles Kinderkram. Solche armseligen, solche belanglosen, solche lachhaften Verstöße, so viel pubertäre Aufregung um einen Mann, der auf seinem Weg nach oben unter anderem getan hatte, was er seiner Mutter hatte antun müssen, der hingegangen war und ihr, getrieben von seiner heroischen Vorstellung vom Leben, gesagt hatte: »Es ist vorbei. Diese Liebesbeziehung ist vorbei. Du bist nicht mehr meine Mutter und bist es nie gewesen.« Jeder, der die Kühnheit besitzt, das zu tun, will nicht einfach nur weiß sein. Er will imstande sein, es zu tun. Es geht dabei um mehr als darum, herrlich, selig frei zu sein. Es ist wie die Roheit in der *Ilias*, Colemans Lieblingsbuch über das raubgierige Wesen des Menschen. Dort hat jeder Mord seine eigene Qualität, und ein Gemetzel ist brutaler als das andere.

Doch von da an hatte er das System besiegt, von da an hatte er es geschafft: Nie mehr lebte er außerhalb des Schutzes, den die ummauerte Stadt namens Konvention gewährte. Oder vielmehr war er ganz und gar in ihr und zugleich ganz und gar jenseits von ihr, ganz und gar ausgeschlossen – das war die Erfüllung seines besonderen Lebens als selbsterschaffenes Ich. Ja, lange Zeit hatte er das System besiegt, bis hin zu der Tatsache, daß alle seine Kinder weiß waren – und dann auch wieder nicht. Vollkommen überrascht von der Unbeherrschbarkeit einer ganz anderen Sache. Der Mann, der beschließt, ein bestimmtes historisches Schicksal zu fälschen, der sich daranmacht, das historische Schloß zu knacken, und dem dies auch gelingt, dem es auf brillante Weise gelingt, sein persönliches Schicksal zu verändern, dieser Mann muß feststellen, daß er in einer Geschichte gefangen ist, mit der er nicht gerechnet hat: in der Geschichte, die noch nicht Geschichte ist und gerade erst entsteht, in der Geschichte, die sich, während ich dies schreibe, noch entwickelt, die Minute um Minute anhäuft und von der Zukunft besser verstanden werden wird als von uns selbst. Das unentrinnbare Wir: das Jetzt, das gemeinsame Schicksal, die vorherrschende Gemütsverfassung, die Stimmung des Landes, in dem man lebt, der Würgegriff der Geschichte, die das eigene Leben ist. Vollkommen überrascht vom erschreckend provisorischen Wesen aller Dinge.

Als wir in der South Ward Street angekommen waren und ich vor dem College Arms geparkt hatte, sagte ich: »Ich würde Walter gern mal kennenlernen. Ich würde mich gern mit Walter über Coleman unterhalten.«

»Walter hat Colemans Namen seit 1956 nicht mehr in den Mund genommen. Er wird nicht über Coleman sprechen wollen. Das weißeste College in ganz Neuengland, und ausgerechnet dort mußte Coleman Karriere machen. Das weißeste Fach im ganzen Lehrplan, und ausgerechnet das mußte Coleman unterrichten. Für Walter ist Coleman weißer als die Weißen. Darüber hinaus gibt es für ihn dazu nichts zu sagen.«

»Werden Sie ihm sagen, daß Coleman tot ist? Werden Sie ihm erzählen, wo Sie gewesen sind?«

»Nein. Es sei denn, er fragt mich.«

»Werden Sie Kontakt mit Colemans Kindern aufnehmen?«

»Warum sollte ich?« fragte sie. »Coleman hätte es ihnen sagen müssen. Das ist nicht meine Aufgabe.«

»Warum haben Sie es dann mir erzählt?«

»Ich habe es Ihnen nicht erzählt. Sie haben mich auf dem Friedhof angesprochen. Sie haben zu mir gesagt: ›Sie sind Colemans Schwester‹, und ich habe ja gesagt. Ich habe nur die Wahrheit gesagt. Ich bin nicht diejenige, die etwas zu verbergen hat.« Das sagte sie so streng, wie sie den ganzen Nachmittag mit mir – und mit Coleman – gewesen war. Bis zu diesem Augenblick hatte sie sorgsam darauf geachtet, die Mitte zwischen der Verzweiflung ihrer Mutter und der empörten Wut ihres Bruders einzuhalten.

Sie zog eine Brieftasche aus der Handtasche und klappte sie auf, um mir eines der Fotos zu zeigen, die in einer Plastikhülle steckten. »Meine Eltern«, sagte sie. »Nach dem Ersten Weltkrieg. Er war gerade aus Frankreich zurückgekehrt.«

Zwei junge Leute standen vor einer Backsteintreppe; die zierliche junge Frau trug einen großen Hut und ein langes Sommerkleid, der junge Mann eine Paradeuniform mit Schirmmütze, Lederkoppel, Lederhandschuhen und hohen, enganliegenden Lederstiefeln. Sie waren hell, aber sie waren Neger. Woran man das erkannte? Eigentlich nur daran, daß sie nichts zu verbergen hatten.

»Ein gutaussehender junger Mann. Besonders in dieser Aufmachung«, sagte ich. »Könnte eine Kavallerieuniform sein.«

»Infanterie.«

»Ihre Mutter kann ich nicht so gut erkennen. Ihr Gesicht liegt ein bißchen im Schatten des Hutes.«

»Man hat sein Leben nur zu einem gewissen Grad in der Hand«, sagte Ernestine, und mit dieser Zusammenfassung, so tiefgründig philosophisch wie nur irgendeine, die sie machte, steckte sie die Brieftasche ein, dankte mir für das Mittagessen und stieg aus, nachdem sie sich fast sichtbar wieder in jene ordentliche, gewöhnliche Existenz zurückgezogen hatte, die sich von allen wahnhaften Gedanken, seien sie nun weiß, schwarz oder irgend etwas dazwischen, entschieden distanzierte. Anstatt nach Hause zurückzukehren, fuhr ich quer durch das Städtchen zum Friedhof, ging, nachdem ich den Wagen an der Straße abgestellt hatte, durch das Tor und stand, ohne genau zu wissen, was eigentlich geschah, in der einbrechenden Dunkelheit an dem ungleichmäßigen Grabhügel, der über Colemans Sarg aufgeschüttet worden war, und in diesem Augenblick packte mich seine Geschichte, ihr Ende und ihr Anfang, und ich begann, dieses Buch zu schreiben.

Ich begann, indem ich mich fragte, wie es gewesen war, als Coleman Faunia die Wahrheit über diesen Anfang erzählt hatte – vorausgesetzt, er hatte ihr es überhaupt jemals erzählt, das heißt, vorausgesetzt, er hatte ihr es jemals erzählen *müssen*. Vorausgesetzt, er hatte schließlich nicht mehr widerstehen können, ihr das zu beichten, was er mir an dem Tag, als er hereingestürmt gekommen war und fast geschrien hatte: »Schreiben Sie meine Geschichte, verdammt!« und an jenem anderen Tag, als er es (wegen seines Geheimnisses, wie mir jetzt klar wurde) aufgegeben hatte, die Geschichte selbst zu schreiben, nicht hatte sagen können – ihr, der College-Putzfrau, die zu seiner Gefährtin geworden war, der erste und letzte Mensch nach Ellie Magee, vor dem er sich ausziehen und umdrehen konnte, so daß der aus dem nackten Rücken ragende Schlüssel zu sehen war, mit dem er sich aufgezogen hatte, bevor er seine große Eskapade begonnen hatte. Ellie und vor ihr Steena und schließlich Faunia. Die einzige Frau, die sein Geheimnis nie erfahren hatte, war die Frau, mit der er sein Leben verbracht hatte, seine Ehefrau. Warum Faunia? Da es menschlich ist, Geheimnisse zu haben, ist es auch menschlich, sie früher oder später jemandem zu enthüllen. Sie sogar, wie in diesem Fall, einer Frau zu enthüllen, die keine Fragen stellt und, so sollte man meinen, für einen Mann mit einem solchen Geheimnis ein regelrechtes Geschenk wäre. Sogar ihr – besonders ihr. Denn daß sie keine Fragen stellt, liegt nicht daran, daß sie dumm ist oder den Dingen ausweichen will; daß sie keine Fragen stellt, hat für Coleman etwas mit ihrer zerstörten Würde zu tun.

»Ich gebe zu, daß ich mich in einigen Punkten täuschen kann«, sagte ich zu meinem gänzlich verwandelten Freund. »Ich gebe zu, daß ich mich in allen Punkten täuschen kann. Aber fangen wir trotzdem mal an: Als du versucht hast, herauszufinden, ob sie mal auf den Strich gegangen ist ... als du versucht hast, *ihr* Geheimnis zu ergründen ...« Da draußen, an seinem Grab, wo alles, was er je gewesen war, allein schon durch das Gewicht und die Masse der aufgehäuften Erde ausgelöscht war, wartete und wartete ich darauf, daß er sprach, bis ich schließlich hörte, wie er Faunia fragte, was die schlimmste Arbeit gewesen sei, die sie je gemacht habe. Dann wartete ich noch ein wenig, bis ich nach und nach den forschen Klang ihrer freimütigen Worte vernahm. Und so hat all dies begonnen: Ich stand in der Abenddämmerung allein auf einem Friedhof und ließ mich auf einen beruflichen Wettkampf mit dem Tod ein.

»Nach den Kindern, nach dem Brand«, hörte ich Faunia zu ihm sagen, »hab ich jeden Job genommen, den ich kriegen konnte. Ich wußte damals nicht, was ich tat. Ich war wie in einem Nebel. Na ja, und da war dieser Selbstmord«, sagte Faunia. »Da oben, im Wald, hinter Blackwell. Mit einer Schrotflinte. Vogelschrot. Die Leiche hatten sie schon weggeschafft. Eine Frau, die ich kannte, eine Trinkerin, Sissie, rief mich an und fragte, ob ich ihr helfen könnte. Sie sollte da rauffahren und das Haus putzen. ›Das klingt jetzt bestimmt komisch‹, sagt Sissie, ›aber ich weiß, du kannst was vertragen und kommst damit klar. Kannst du mir bei dem Job helfen?‹

Ein Mann und eine Frau hatten da gelebt und ihre Kinder, und sie hatten einen Streit, und er geht nach nebenan und bläst sich das Hirn raus. ›Ich soll da hinfahren und putzen‹, sagt Sissie, also bin ich mitgefahren. Der Geruch des Todes. Daran kann ich mich erinnern. Metallisch. Blut. Der Geruch. Er kam erst richtig raus, als wir anfingen zu putzen. Als das warme Wasser mit dem Blut in Berührung kam, ging's erst richtig los. Das Haus war eine Blockhütte. Überall auf den Wänden Blut. Bum, und er klebt überall an den Wänden, auf allem. Und als wir uns mit warmem Wasser und Putzmittel daranmachten ... Mann! Ich hatte Gummihandschuhe, und ich mußte mir eine Maske aufsetzen, weil nicht mal ich das noch ausgehalten hab. Blutverklebte Knochensplitter an den Wänden. Er hatte sich den Lauf in den Mund gesteckt. Bum. Da fliegen dann Knochen und Zähne durch die Gegend. Man konnte es geradezu sehen. Es war alles da. Ich weiß noch, daß ich Sissie angesehen hab. Ich hab sie angesehen, und sie hat den Kopf geschüttelt. ›Warum tun wir uns das für *irgendein* Geld an?‹ Wir haben den Job so gut wir konnten erledigt. Hundert Dollar die Stunde. Was, finde ich, noch immer viel zuwenig war.«

»Was wäre denn ein fairer Preis gewesen?« hörte ich Coleman Faunia fragen.

»Tausend. Sie hätten das verdammte Ding verbrennen sollen. Es gab keinen fairen Preis. Sissie ging raus, sie packte das nicht mehr. Aber ich, zwei Kinder tot, der verrückte Lester folgt mir Tag und Nacht überallhin – was soll's? Ich fing an herumzuschnüffeln. So kann ich nämlich auch sein. Ich wollte wissen, warum der Typ das getan hatte. Das hat mich immer fasziniert. Warum Leute sich umbringen. Warum es Massenmörder gibt. Der Tod im allgemeinen. Einfach faszinierend. Ich hab mir die Fotos angesehen. Ob da irgendein Glück war. Ich hab mir alles angesehen. Bis ich zum Medizinschrank kam. Die Tabletten. Die Flaschen. Da war *kein* Glück. Seine kleine Hausapotheke. Ich schätze, irgendwelche Psychiatriemittel. Zeug, das er hätte nehmen sollen und nicht genommen hat. Man sah, daß er versucht hatte, Hilfe zu kriegen, aber er hatte es nicht geschafft. Er hatte es nicht geschafft, seine Tabletten zu nehmen.«

»Woher weißt du das?« fragte Coleman.

»Ich stelle es mir vor. Ich weiß es nicht. Das ist meine eigene Geschichte. Das ist meine Geschichte.«

»Vielleicht hat er das Zeug genommen und sich trotzdem umgebracht.«

»Kann sein«, sagte sie. »Das Blut. Blut klebt. Vom Boden kriegte man es überhaupt nicht ab. Ein Tuch nach dem anderen. Die Farbe ging nicht weg. Nach und nach wurde es lachsfarben, aber es ging nicht ganz weg. Wie etwas, das noch lebendig war. Die schärfsten Industrieputzmittel – keine Chance. Metallisch. Süßlich. Ekelerregend. Ich hab nicht gekotzt. Ich hab an was anderes gedacht. Aber ich war nah dran.«

»Wie lange habt ihr gebraucht?« fragte er sie.

»Wir waren ungefähr fünf Stunden dort. Ich spielte Amateurdetektivin. Er war Mitte Dreißig. Ich weiß nicht, was er war. Verkäufer oder so. So ein Waldtyp. Bergtyp. Dichter Bart. Buschiges Haar. Sie war zierlich. Nettes Gesicht. Helle Haut. Dunkle Haare. Dunkle Augen. Ein Mäuschen. Verschüchtert. Das war nur das, was die Fotos mir sagten. Er war der große, starke Bergtyp, und sie war ein kleines Mäuschen. Ich weiß es nicht. Aber ich will es wissen. Ich war eine auf sich selbst gestellte Minderjährige. Hatte die Schule abgebrochen. Ich konnte nicht mehr zur Schule gehen. Abgesehen von allem anderen hat sie mich gelangweilt. Und all dieses wirkliche Zeug passierte in den Häusern von irgendwelchen Leuten. Verdammt, sogar in *meinem* Haus. Wie konnte ich in die Schule gehen und lernen, wie die Hauptstadt von Nebraska heißt? Ich wollte es *wissen*. Ich wollte rausgehen und mir alles ansehen. Darum bin ich nach Florida gegangen, und darum bin ich in allen möglichen Gegenden gelandet, und darum hab ich in diesem Haus herumgeschnüffelt. Nur um mir alles anzusehen. Ich wollte das Schlimmste kennen. Was ist das Schlimmste? Weißt du es? Sie war dabei, als er es getan hat. Als wir kamen, war sie in einer psychiatrischen Klinik.«

»War das das Schlimmste, was du je hast tun müssen? Die schlimmste Arbeit, die du je gemacht hast?«

»Kraß. Ja. Ich hab viel gesehen. Aber das – es war nicht einfach bloß kraß. Und andererseits war es faszinierend. Ich wollte wissen, warum.«

Sie wollte wissen, was das Schlimmste war. Nicht das Beste, sondern das Schlimmste. Und damit meinte sie die Wahrheit. Was ist die Wahrheit? Also sagte er es ihr. Die erste Frau seit Ellie, die es erfuhr. Weil er sie in diesem Augenblick liebte und sich vorstellte, wie sie das Blut weggeschrubbt hatte. Er fühlte sich ihr so nah wie nie zuvor. Konnte es sein? Coleman hatte sich noch nie *irgend jemandem* so nah gefühlt! Er liebte sie. Denn das ist es, was die Liebe weckt: wenn man sieht, daß jemand angesichts des Schlimmsten bereit ist, sich darauf einzulassen. Nicht mutig. Nicht heldenhaft. Nur bereit, sich darauf einzulassen. Er hatte keine Vorbehalte gegen sie. Keinen einzigen. Es war jenseits von Denken und Berechnung. Es war instinktiv. In ein paar Stunden mochte es sich als ein sehr großer Fehler erweisen, doch in diesem Augenblick, nein. Er vertraut ihr, das ist es. Er vertraut ihr: Sie hat das Blut vom Boden geschrubbt. Sie ist nicht religiös, sie ist nicht scheinheilig, sie ist – ganz gleich, wie entstellt sie durch ihre anderen Verirrungen sein mag – nicht vom Märchen von der Reinheit befleckt. Sie hat kein Interesse daran, zu urteilen; für solchen Blödsinn hat sie zuviel gesehen. Egal, was ich sage, sie wird nicht davonlaufen wie Steena. »Was würdest du denken«, fragte er sie, »wenn ich dir sagen würde, daß ich kein Weißer bin?«

Zunächst sah sie ihn nur an, und wenn sie verblüfft war, dann war sie es nur eine Sekunde lang, nicht länger. Dann begann sie zu lachen, sie brach in das Gelächter aus, das ihr Markenzeichen war. »Was ich denken würde? Ich würde denken, du erzählst mir was, was ich schon längst rausgefunden hab.«

»Das stimmt nicht.«

»Ach nein? Ich weiß, wer du bist. Ich hab im Süden gelebt. Ich hab sie alle kennengelernt. Klar weiß ich Bescheid. Warum sollte ich dich sonst so gern haben? Weil du ein Collegeprofessor bist? Wenn das alles wäre, was du bist, würde ich verrückt werden.«

»Ich glaube dir nicht, Faunia.«

»Dann laß es bleiben«, sagte sie. »Bist du fertig mit dem Verhör?«

»Was für ein Verhör?«

»Über die schlimmste Arbeit, die ich je gemacht habe.«

»Ja«, sagte er. Und dann wartete er auf ihr Verhör darüber, daß er kein Weißer war. Doch es kam nie. Es schien sie nicht sonderlich zu interessieren. Und sie lief nicht davon. Als er ihr alles erzählte, hörte sie zu, aber nicht, weil sie die ganze Geschichte bizarr oder unglaublich oder auch nur seltsam fand – und ganz gewiß nicht verwerflich. Nein. Für Faunia klang sie nach Leben.

Im Februar bekam ich einen Anruf von Ernestine, vielleicht, weil gerade *Black History Month* war und sie daran gedacht hatte, daß sie mir hatte erklären müssen, wer Matthew Henson und Dr. Charles Drew gewesen waren. Vielleicht fand sie, es sei an der Zeit, mein Wissen in Rassenfragen zu vertiefen, unter besonderer Berücksichtigung all der Dinge, von denen Coleman sich losgesagt hatte, jener randvollen, fix und fertigen East-Orange-Welt, zehn Quadratkilometer, prallvoll mit den eindrucksvollsten kreatürlichen Einzelheiten, das solide, lyrische Fundament einer erfolgreichen Kindheit, all die Sicherheiten, die Bündnisse, die Schlachten, die selbstverständliche Rechtmäßigkeit, und daran ist nichts Theoretisches, nichts Trügerisches oder Illusorisches – all diese herrlichen Zutaten des glücklichen, von Erregung und gesundem Menschenverstand durchdrungenen Anfangs, den ihr Bruder Coleman vollkommen ausgeblendet hatte.

Nachdem sie mir erzählt hatte, daß Walter Silk und seine Frau am nächsten Sonntag aus Asbury Park kommen würden, sagte sie mir zu meiner Überraschung, ich sei, wenn ich die Fahrt nach Jersey auf mich nehmen wolle, herzlich zum Sonntagabendessen eingeladen. »Sie wollten doch Walt kennenlernen. Und ich dachte, Sie wollten sich vielleicht das Haus ansehen. Und Fotoalben. Und Colemans Zimmer, wo Coleman und Walt geschlafen haben. Das Stockbett steht noch da. Später war es das Zimmer meines Sohnes, aber das Bettgestell aus Ahornholz ist noch da.«

Ich war eingeladen, den Reichtum der Familie Silk zu sehen, den Coleman wie eine abgestreifte Fessel über Bord geworfen hatte, um in einer Sphäre leben zu können, die seinem Gefühl für die Größenordnung seines Lebens mehr entsprach, um ein anderer zu werden, jemand, der ihm paßte, und um sein Schicksal zu gestalten, indem er sich etwas anderem unterwarf. Er hatte alles über Bord geworfen, das ganze verästelte Negerzeug, weil er gedacht hatte, er könne es auf keine andere Art loswerden. So viel Sehnsucht, so viel Planen, so viel Leidenschaft und Raffinesse und Verstellung, und das alles nährte nur den Wunsch, aus dem Haus zu gehen und verwandelt zu werden.

Ein neues Wesen zu werden. Sich zu teilen. Das Drama hinter der amerikanischen Geschichte, das große Drama, das der Aufbruch und das Fortgehen ist – und die Energie und die Grausamkeit, die dieser verzückte Drang erfordert.

»Ich komme gern«, sagte ich.

»Ich garantiere für nichts«, sagte sie. »Aber Sie sind ja ein erwachsener Mann. Sie können selbst auf sich aufpassen.«

Ich lachte. »Was sagen Sie da?«

»Walter geht zwar auf die Achtzig zu, aber er ist immer noch ein großer, fauchender Ofen. Was er zu sagen hat, wird Ihnen nicht gefallen.«

»Über Weiße?«

»Über Coleman. Über den berechnenden Lügner. Über den herzlosen Sohn. Über den Verräter an seiner Rasse.«

»Sie haben ihm gesagt, daß er tot ist.«

»Ich habe mich dazu entschlossen. Ja, ich habe es Walter gesagt. Wir sind eine Familie. Ich habe ihm alles erzählt.«

Wenige Tage später erhielt ich per Post ein Foto und eine Notiz von Ernestine: »Ich bin auf das hier gestoßen und dachte an unsere Begegnung. Bitte behalten Sie es, wenn Sie möchten, als eine Erinnerung an Ihren Freund Coleman Silk.« Es war ein verblaßtes Schwarzweißfoto im Format zehn mal dreizehn, ein vergrößerter Schnappschuß, den höchstwahrscheinlich jemand mit einer Brownie-Boxkamera in irgendeinem Garten gemacht hatte und der Coleman als die Kampfmaschine zeigte, der sein Gegner sich würde stellen müssen, wenn die Glocke erklang. Er konnte nicht älter als Fünfzehn gewesen sein, auch wenn diese feingeschnittenen Gesichtszüge, die den Erwachsenen so sympathisch jungenhaft hatten erscheinen lassen, bei dem Jungen erwachsen und männlich wirkten. Wie ein Profi hat er den knallharten Blick aufgesetzt, den unverwandten Blick des lauernden Raubtiers – alles ist ausgelöscht, bis auf das Verlangen nach Sieg und die ausgefeilte Technik der Zerstörung. Der Blick ist ruhig und fest und dringt aus ihm hervor wie ein Befehl, auch wenn das kantige kleine Kinn fest an die magere Schulter geschmiegt ist. Die Handschuhe sind in der klassischen Grundposition erhoben, bereit zuzuschlagen, als wären sie nicht bloß mit Fäusten geladen, sondern mit der ganzen Wucht seiner eineinhalb Jahrzehnte, und jeder Handschuh ist größer als sein Gesicht. Das ergibt das unterschwellige Bild eines Jungen mit drei Köpfen. *Ich bin Boxer,* verkündet diese drohende Pose forsch, *ich haue sie nicht um – ich zerlege sie. Ich deklassiere sie so lange, bis sie aufhören zu kämpfen.* Unverkennbar der Bruder, den sie Mr. Entschlossen genannt hatte, und tatsächlich stand auf der Rückseite des Fotos »Mr. Entschlossen«, geschrieben mit blaßblauer Füllfederhaltertinte und in einer Mädchenschrift, die wohl die Ernestines gewesen war.

Sie ist auch nicht ohne, dachte ich, fand einen durchsichtigen Plastikrahmen für den jugendlichen Boxer und stellte ihn auf meinen Schreibtisch. In dieser Familie hatte die Kühnheit nicht mit Coleman begonnen oder aufgehört. Es ist ein kühnes Geschenk, dachte ich, von einer täuschend kühnen Frau. Ich fragte mich, welche Absicht sie damit verfolgte, daß sie mich in ihr Haus einlud. Ich fragte mich, welche Absicht ich damit verfolgte, daß ich die Einladung annahm. Seltsam, daß Colemans Schwester und ich so viel Gefallen aneinander gefunden hatten – seltsam allerdings nur, wenn man daran dachte, daß alles an Coleman zehn-, zwanzig-, hunderttausendmal seltsamer gewesen war.

Ernestines Einladung und das Foto von Coleman – so kam es, daß ich mich an dem ersten Februarsonntag, nachdem der Senat beschlossen hatte, Bill Clinton nicht seines Amtes zu entheben, auf den Weg nach East Orange machte, und zwar auf einer wenig befahrenen Bergstraße, die ich für meine normalen Besorgungen nie nehme und nur als Abkürzung zur Route 7 benutze. Und so kam es, daß ich am Rand eines großen Feldes, an dem ich normalerweise einfach vorbeigerauscht wäre, den heruntergekommenen grauen Pick-up mit dem »Denkt an die Kriegsgefangenen und Vermißten«-Aufkleber sah, der, da war ich sicher, Les Farley gehörte. Ich sah den Pick-up, wußte irgendwie, daß es seiner war, und blieb stehen – ich konnte nicht einfach weiterfahren, ich konnte nicht seine Anwesenheit bemerken und meinen Weg einfach fortsetzen. Ich fuhr im Rückwärtsgang, bis mein Wagen vor seinem stand, und parkte am Straßenrand.

Wahrscheinlich konnte ich selbst nicht ganz glauben, daß ich tatsächlich tat, was ich tat – wie hätte ich es sonst tun können? –, doch seit drei Monaten war mir Colemans Leben näher als mein eigenes, und daher war es unvorstellbar, daß ich irgendwo anders sein konnte als hier, in der Kälte, auf diesem Berg, wo ich die behandschuhte Hand auf die Kühlerhaube des Fahrzeugs legte, das auf der falschen Straßenseite gefahren war, so daß Coleman hatte ausweichen müssen und, Faunia auf dem Beifahrersitz, am Vorabend seines zweiundsiebzigsten Geburtstags mit seinem Wagen die Leitplanke durchbrochen hatte und in den Fluß gestürzt war. Wenn das die Tatwaffe war, dann konnte der Täter nicht weit sein.

Als mir bewußt wurde, worauf ich zusteuerte, und wieder einmal daran dachte, wie überraschend es war, daß Ernestine mir geschrieben hatte, daß sie mich eingeladen hatte, um Walter kennenzulernen, und daß ich den ganzen Tag und oft bis in die Nacht hinein über jemanden nachdachte, den ich nicht einmal ein Jahr lang gekannt hatte und der gewiß nicht mein bester Freund gewesen war, erschien mir der Gang der Ereignisse ganz logisch. Solche Dinge geschehen, wenn man Bücher schreibt. Es gibt nicht nur etwas, was einen dazu treibt, alles herauszufinden – es gibt auch etwas, was einem alles mögliche vor die Füße legt. Mit einemmal gibt es keine abgelegene Straße mehr, die einen nicht geradewegs zu dem Ding führt, von dem man besessen ist.

Und so tut man eben, was ich tat. Coleman, Coleman, Coleman – du, der du jetzt niemand mehr bist, bestimmst über mein Leben. Natürlich konntest du das Buch nicht schreiben. Du hattest es schon geschrieben – dein Buch war dein Leben. Etwas Persönliches zu schreiben bedeutet, daß man enthüllt und zugleich verbirgt, doch in deinem Fall wäre alles, was du geschrieben hättest, nur ein Verbergen gewesen, und das hätte nie funktioniert. Dein Leben war dein Buch – und deine Kunst? Sobald du das alles in Bewegung gesetzt hattest, bestand deine Kunst darin, ein Weißer zu sein. Oder, um es mit deinem Bruder zu sagen: »weißer zu sein als die Weißen«. Das war deine einzigartige kreative Tat: Du bist jeden

Morgen aufgewacht, um zu sein, was du aus dir selbst gemacht hattest.

Es lag kaum noch Schnee, nur noch in kümmerlichen Streifen überzog er das stoppelige Feld wie ein Spinngewebe, und da es keinen Weg gab, ging ich einfach querfeldein zur anderen Seite, wo eine dünne Wand aus Bäumen stand; durch die Bäume sah ich ein zweites Feld, das ich ebenfalls überquerte und an dessen Ende ich eine zweite, massivere Wand aus dichtstehenden, hohen Nadelbäumen fand, und dahinter erblickte ich das schimmernde, ovale, an beiden Enden spitz zulaufende Auge eines zugefrorenen Sees. Ringsum erhoben sich schneegesprenkelte, bräunliche Hügel, und die höheren Bergrücken sahen aus wie etwas, was man hätte streicheln können, und verloren sich in der Entfernung. Von der Straße bis hierher waren es etwa fünfhundert Meter, und ich hatte etwas aufgestört, nein, ich war in etwas eingedrungen – ich hatte beinahe das Gefühl, etwas Ungesetzliches zu tun ... Ich war in eine Szenerie eingedrungen, die so ursprünglich, ja, ich würde sagen, so unversehrt, so heiter unverdorben war wie nur irgendein Binnengewässer in Neuengland. Der Ort gab einem einen Eindruck davon, wie es gewesen war, bevor der Mensch auf den Plan getreten war – das haben solche Orte oft an sich, und darum schätzt man sie so. Die Macht der Natur hat manchmal etwas sehr Beruhigendes, und dies war ein Ort der Beruhigung, der den trivialen Gedanken Einhalt gebot, ohne den Betrachter zugleich mit Erinnerungen an das Nichts der Lebensspanne und die Unendlichkeit des Todes einzuschüchtern. Er war in jeder Hinsicht beruhigend diesseits der Erhabenheit. Man konnte die Schönheit in sich aufnehmen, ohne sich klein und belanglos zu fühlen oder von Furcht erfüllt zu sein.

Fast in der Mitte der Eisfläche saß eine einsame Gestalt in einem braunen Overall und mit einer schwarzen Mütze auf einem niedrigen gelben Eimer und beugte sich, eine gekürzte Angelrute in den behandschuhten Händen, über ein Loch im Eis. Ich trat erst auf das Eis, als ich sah, daß er aufgeblickt und mich bemerkt hatte. Ich wollte mich ihm nicht ungesehen nähern oder auf irgendeine Weise den Eindruck erwecken, als hätte ich das vor, nicht, wenn der Angler Les Farley war. Wenn es Les Farley war, dann war es jemand, den man tunlichst nicht überraschte.

Natürlich dachte ich daran, umzukehren. Ich dachte daran, zurück zur Straße zu gehen, mich in den Wagen zu setzen und auf der Route 7 in Richtung Süden und durch Connecticut zur 684 und dann zum Garden State Parkway zu fahren. Ich dachte daran, daß ich mir Colemans früheres Zimmer würde ansehen können. Ich dachte daran, daß ich mir Colemans Bruder würde ansehen können, der Coleman für das, was er getan hatte, noch über den Tod hinaus haßte. Daran und an nichts anderes dachte ich, als ich über die weite Eisfläche ging, um mir Colemans Mörder anzusehen. Bis zu dem Augenblick, als ich sagte: »Hallo. Wie geht's?« dachte ich: Schleich dich an oder schleich dich nicht an – es macht keinen Unterschied. Du bist sowieso der Feind. Auf dieser leeren, eisweißen Bühne der *einzige* Feind.

»Beißen sie?« fragte ich.

»Geht so.« Er warf mir nur einen kurzen Blick zu, bevor er sich wieder auf das Loch konzentrierte, eines von zwölf oder fünfzehn identischen Löchern, die, wahllos über ein paar Quadratmeter verteilt, in das steinharte Eis geschnitten worden waren. Höchstwahrscheinlich mit dem Bohrer, der auf dem Eis lag, nur wenige Schritte von dem Eimer entfernt, der in Wirklichkeit eine Geschirrspülwanne war. Er bestand aus einem etwa einen Meter zwanzig langen Metallschaft, der in einer ausladenden, zylindrisch gezogenen Bohrschnecke endete; ein starkes, ernst zu nehmendes Werkzeug, dessen beeindruckende Spitze – die mittels des abgewinkelten Griffstücks am oberen Ende des Schafts gedreht wurde – im Licht der Sonne glänzte wie neu. Ein Schneckenbohrer.

»Es erfüllt seinen Zweck«, murmelte er. »Vertreibt mir die Zeit.«

Es war, als wäre ich nicht der erste, sondern eher der fünfzigste, der zufällig auf das Eis eines fünfhundert Meter von einer kleinen Landstraße im Bergland entfernten Sees spaziert kam und sich erkundigte, ob die Fische bissen. Die schwarze Wollmütze war tief in die Stirn und über die Ohren gezogen, und da er außerdem einen dunklen, ergrauenden Kinnbart und einen dichten Schnurrbart hatte, war von seinem Gesicht nur ein schmaler Streifen zu sehen. Wenn es in irgendeiner Weise bemerkenswert war, so dadurch, daß es so breit war: Auf der horizontalen Achse war es ein offenes, längliches Feld. Die dunklen Augenbrauen waren lang und dicht, und die Augen waren blau und standen bemerkenswert weit auseinander, während die weich konturierte, wenig vorspringende Nase über dem Schnurrbart die eines Jungen war. In diesem schmalen Streifen zwischen der Wollmütze und der bärtigen Kinnpartie, den Les Farley zeigte, waren alle möglichen Prinzipien zu erkennen, sowohl geometrische als auch psychologische, und keines schien im Einklang mit den anderen zu stehen.

»Schönes Plätzchen«, sagte ich.

»Darum bin ich ja hier.«

»Friedlich.«

»Nahe bei Gott«, sagte er.

»Ja? Haben Sie das Gefühl?«

Jetzt legte er seine Außenhaut ab, die Schutzschicht der Insichgekehrtheit, er legte etwas von der Stimmung ab, in der ich ihn angetroffen hatte, und sah aus, als sei er bereit, mich nicht bloß als eine belanglose Ablenkung zu betrachten. Seine Haltung änderte sich nicht – er war noch immer mehr einer, der angelt, als einer, der ein Schwätzchen hält –, aber wenigstens verschwand ein wenig von der antisozialen Aura, als er mit einer Stimme sprach, die volltönender und nachdenklicher war, als ich erwartet hatte. Man hätte sie als gedankenvoll bezeichnen können, wenn auch auf eine gänzlich unpersönliche Weise.

»Es ist weit oben auf einem Berg«, sagte er. »Nirgendwo Häuser. Keine Behausungen. Keine Häuser am See.« Nach jeder Feststellung machte er eine grüblerische Pause – feststellende Beobachtung, bedeutungsschweres Schweigen. Am Ende eines Satzes konnte man nur raten, ob er mit einem fertig war. »Hier draußen tut sich nicht allzuviel. Nicht allzuviel Lärm. Zwölf Hektar See. Und keiner von diesen Typen mit ihren Motorbohrern. Mit ihrem Lärm und Benzinstank. Zweihundertachtzig Hektar Wald und offenes, gutes Land. Ist einfach ein schöner Ort. Nur Stille und Frieden. Und sauber. Ein sauberer Ort. Weit weg von dem Gerenne und Gejage und dem ganzen Wahnsinn.« Schließlich ein Blick nach oben, um mich zu mustern. Um mich zu taxieren. Ein rascher Blick, der zu neunzig Prozent undurchsichtig und undeutlich, zu zehn Prozent aber erschreckend deutlich war. Ich konnte in diesem Mann keinen Hauch von Humor entdecken.

»Und solange ich ihn geheimhalten kann«, sagte er, »wird er das auch bleiben.«

»Stimmt«, sagte ich.

»Sie leben in Städten. Sie leben in dem Gerenne und Gejage ihrer Arbeit. Der Wahnsinn, zur Arbeit zu fahren. Der Wahnsinn *in* der Arbeit. Der Wahnsinn, von der Arbeit nach Hause zu fahren. Der Verkehr. Die Staus. Sie sind darin gefangen. Ich bin draußen.«

Ich brauchte nicht zu fragen, wer »Sie« waren. Ich lebte vielleicht weit entfernt von irgendeiner Stadt, ich besaß vielleicht keinen Motorbohrer, aber ich war »Sie«, wir alle waren »Sie«, alle außer dem Mann, der auf dem Eis hockte, die kurze Angelrute wippen ließ und zu einem Loch im Eis sprach, einem Mann, der offenbar beschlossen hatte, weniger mit mir – als Verkörperung von »Ihnen« – als vielmehr mit dem kalten Wasser unter uns zu kommunizieren.

»Vielleicht kommt mal ein Wanderer vorbei oder ein Langläufer oder einer wie Sie. Sieht meinen Wagen, irgendwie findet er dann auch mich, und dann kommt er an, weil, wenn einer auf dem Eis sitzt ... Leute wie Sie, die keine Angler sind –« Er sah auf, um meine unverzeihliche Siehheit noch einmal in sich aufzunehmen und gnostisch zu erkennen. »Ich nehme an, Sie sind kein Angler.«

»Nein, bin ich nicht. Ich hab Ihren Wagen gesehen. Es ist ein so schöner Tag – ich bin einfach herumgefahren.«

»Tja, sie sind wie Sie«, sagte er, als habe er seit dem Augenblick, in dem ich am Ufer aufgetaucht war, keine Sekunde daran gezweifelt. »Sie kommen immer, wenn sie einen Angler sehen. Sie sind neugierig und fragen, was er schon gefangen hat und so. Also mache ich dann folgendes ...« Doch hier schien seine Geschichte innezuhalten, zum Stehen gebracht durch den Gedanken: *Was tue ich hier? Wovon rede ich da überhaupt?* Als er weitersprach, begann mein Herz plötzlich vor Angst zu rasen. Jetzt, da ihm das Angeln verdorben ist, dachte ich, hat er beschlossen, seinen Spaß mit mir zu haben. Jetzt spult er seine Nummer ab. Jetzt angelt er nicht mehr, sondern ist Les und die vielen Dinge, die er ist und nicht ist.

»Also mache ich dann folgendes«, fuhr er fort. »Wenn ich Fische auf dem Eis hab, tue ich, was ich getan hab, als ich Sie gesehen habe. Ich hebe alle Fische, die ich gefangen habe, auf und stecke sie in eine Plastiktüte und lege sie unter den Eimer, auf dem ich sitze. Die Fische sind dann versteckt. Und wenn die Leute kommen und fragen: ›Na, beißen sie?‹, sage ich: ›Kein bißchen. Ich glaube, hier sind überhaupt keine Fische drin.‹ Ich habe vielleicht schon dreißig gefangen. Ein Spitzentag. Aber ich sage zu ihnen: ›Ich glaub, ich pack's gleich. Ich bin schon seit zwei Stunden hier, und es hat keiner angebissen.‹ Dann drehen sie sich jedesmal einfach um und gehen. Irgendwo anders hin. Und es spricht sich herum, daß man an dem See da oben nichts fängt. So geheim ist das hier. Man könnte sagen, daß ich nicht ganz ehrlich bin. Aber dieser Ort ist das am besten gehütete Geheimnis der Welt.«

»Und jetzt kenne ich es«, sagte ich. Ich sah, daß es unmöglich war, ihn in ein komplizenhaftes Lachen über sein Täuschungsmanöver für Störenfriede wie mich einstimmen zu lassen, daß es unmöglich war, seine Anspannung durch ein Lächeln aufzulockern, und so versuchte ich es gar nicht erst. Mir wurde bewußt, daß wir, obgleich wir nichts wirklich Persönliches ausgetauscht hatten, durch seine Entscheidung, nicht durch meine, weiter eingetaucht waren, als ein Lächeln reichte. Ich befand mich in einem Gespräch, das hier draußen, an diesem abgelegenen, abgeschiedenen, eiskalten Ort, mit einemmal von größter Bedeutung zu sein schien. »Ich weiß auch, daß Sie auf einem Haufen Fische sitzen«, sagte ich. »Wie viele heute?«

»Na ja, Sie sehen aus wie einer, der ein Geheimnis für sich behalten kann. Ungefähr dreißig, fünfunddreißig. Ja, Sie sehen aus wie ein anständiger Mann. Ich glaube, ich kenne Sie. Sind Sie nicht der Schriftsteller?«

»Das bin ich.«

»Klar. Ich weiß, wo Sie wohnen. Gegenüber von dem Sumpfstück, wo immer der Reiher steht. Bei Dumouchel. In Dumouchels Haus.«

»Ich habe es von Dumouchel gekauft. Sagen Sie, da ich ja ein Mann bin, der ein Geheimnis für sich behalten kann: Warum sitzen Sie ausgerechnet hier und nicht da drüben? Da ist dieser ganze zugefrorene See – wieso haben Sie sich diese Stelle ausgesucht?«

Er tat eigentlich nicht gerade alles, um mich zum Bleiben zu bewegen, wogegen ich alles tat, um bleiben zu können.

»Tja, man weiß es nie«, sagte er. »Man fängt immer da an, wo man sie das letztemal erwischt hat. Wenn man das letztemal welche gefangen hat, fängt man immer an derselben Stelle wieder an.«

»Aha. Dann wäre das also geklärt. Das habe ich mich nämlich immer gefragt.« Geh jetzt, dachte ich. Das war genug Unterhaltung. Mehr als genug. Doch die Frage, wer er war, ließ mich nicht los. Die *Tatsache*, die er war, ließ mich nicht los. Das hier war keine Spekulation. Es war keine Meditation. Es war nicht das Denken, aus dem Romane entstehen. Das hier war die Sache selbst. Die Gesetze der Vorsicht, die in den vergangenen fünf Jahren mein Leben – mit Ausnahme meiner Arbeit – bestimmt hatten, waren plötzlich außer Kraft gesetzt. Ich hatte nicht umkehren können, als ich über das Eis zu ihm gegangen war, und ebensowenig konnte ich mich jetzt umdrehen und fliehen. Es hatte nichts mit Mut zu tun. Es hatte nichts mit Vernunft oder Logik zu tun. Hier ist er. Damit hatte es etwas zu tun. Damit und mit meiner Angst. Da sitzt er, in seinem dicken braunen Overall, mit seiner schwarzen Wollmütze und den dickbesohlten Gummistiefeln, die großen Hände in tarnfarbenen Handschuhen mit abgeschnittenen Fingern, wie Jäger (oder Soldaten) sie benutzen, da sitzt der Mann, der Coleman und Faunia umgebracht hat. Ich bin sicher. Sie sind nicht einfach von der Straße abgekommen und in den Fluß gestürzt. Hier ist der Mörder. Er ist es. Wie kann ich da gehen?

»Sind die Fische dann noch immer da?« fragte ich ihn. »Wenn Sie zu der Stelle zurückgehen, an der Sie das letztemal waren?«

»Nein, Sir. Die Fische bewegen sich in Schwärmen. Unter dem Eis. An einem Tag sind sie am Nordende des Sees, am nächsten Tag können sie aber schon am Südende sein. Es kommt vor, daß sie zweimal hintereinander an derselben Stelle sind. Dann sind sie noch da. Was sie im allgemeinen machen: Sie tun sich zu Schwärmen zusammen und bewegen sich nicht viel, weil das Wasser so kalt ist. Sie können sich an die Wassertemperatur anpassen, und wenn das Wasser so kalt ist, bewegen sie sich nicht viel und brauchen darum nicht soviel Futter. Aber wenn man eine Stelle erwischt, wo ein Schwarm steht, fängt man viele Fische. Aber an manchen Tagen fischt man auf demselben See – man kann ihn nicht ganz abfischen, also versucht man es an fünf, sechs verschiedenen Stellen –, man bohrt seine Löcher und fängt gar nichts. Nicht einen einzigen Fisch. Man hat keinen Schwarm gefunden. Also sitzt man einfach nur herum.«

»Nahe bei Gott«, sagte ich.

»Sie haben's erfaßt.«

Redegewandtheit war das letzte, was ich erwartet hatte, und darum faszinierte sie mich ebenso wie die Gründlichkeit, mit der er mir das Leben in einem eiskalten See erklärte. Woher wußte er, daß ich »der Schriftsteller« war? Wußte er auch, daß ich Colemans Freund gewesen war? Wußte er auch, daß ich auf Faunias Beerdigung gewesen war? Ich nahm an, daß er mittlerweile ebenso über mich – und meine Absichten hier – rätselte wie ich über ihn. Dieser weite, hell überkuppelte Raum, dieses kalte, überirdische Gewölbe hoch oben auf einem Berggipfel, das ein großes Oval aus steinhart gefrorenem Süßwasser barg, die uralten Vorgänge, die das Leben eines Sees, die Bildung von Eis, den Stoffwechsel von Fischen bestimmen, all diese geräuschlosen, zeitlosen Kräfte, die unnachgiebig arbeiteten – es war, als wären wir einander auf dem Dach der Welt begegnet: zwei verborgene, mißtrauisch arbeitende Hirne, gegenseitiger Haß und Paranoia die einzige introspektive Betrachtung weit und breit.

»Und an was denken Sie dann, wenn Sie keinen einzigen Fisch fangen?« fragte ich. »An was denken Sie, wenn sie nicht beißen?«

»Ich werd Ihnen sagen, an was ich gerade gedacht hab. Ich hab an eine ganze Menge Sachen gedacht. Ich hab an Slick Willie gedacht. Ich hab an unseren Präsidenten und sein Scheißglück gedacht. Ich hab an diesen Typen gedacht, dem alles erspart bleibt, und dann hab ich an die Typen gedacht, denen nichts erspart geblieben ist. Die sich nicht gedrückt haben und denen nichts erspart geblieben ist. Das ist nicht gerecht.«

»Vietnam«, sagte ich.

»Ja. Wir flogen mit diesen Scheißhubschraubern – beim zweitenmal war ich Türschütze –, und ich hab gerade daran gedacht, wie wir einmal nach Nord-Vietnam geflogen sind, um zwei Piloten zu bergen. Ich hab hier draußen gesessen und daran gedacht.

Slick Willie. Dieser Hurensohn. Wenn ich an diesen schleimigen Hurensohn denke, der auf Kosten der Steuerzahler im Oval Office sitzt und sich den Schwanz lutschen läßt, und wenn ich dann an die beiden Piloten denke ... Sie hatten einen Angriff auf den Hafen von Hanoi geflogen und ziemlich was abgekriegt, und wir fingen ihr Funksignal auf. Wir waren nicht mal ein Rettungshubschrauber, aber wir waren in der Nähe, und sie gaben einen Notruf durch und sagten, sie würden jetzt aussteigen, weil sie auf einer Flughöhe waren, in der sie aussteigen mußten, wenn sie nicht zusammen mit ihrer Kiste abstürzen wollten. Wir waren kein Rettungshubschrauber, sondern ein Gefechtshubschrauber, und wir sind auf gut Glück hingeflogen, um die beiden zu retten. Wir hatten nicht mal eine Genehmigung, wir sind einfach hingeflogen. Bei so was folgt man seinem Instinkt. Wir waren uns sofort einig, zwei Türschützen, der Pilot, der Kopilot, obwohl die Chancen nicht gut standen, weil wir keine Deckung hatten. Aber wir sind trotzdem hingeflogen – wir wollten versuchen, sie rauszuholen.«

Er erzählt mir eine Kriegsgeschichte, dachte ich. Er weiß, daß er das tut. Er will auf irgend etwas hinaus. Auf irgend etwas, was ich mitnehmen soll, zum Ufer, zu meinem Wagen, zu dem Haus, dessen Adresse er kennt, das hat er mir zu verstehen gegeben. Soll ich es als »der Schriftsteller« mitnehmen? Oder als jemand anders – als jemand, der ein Geheimnis von ihm kennt, das größer ist als das Geheimnis dieses Sees. Ich soll wissen, daß nicht viele Menschen gesehen haben, was er gesehen hat, gewesen sind, wo er gewesen ist, getan haben, was er getan hat und, wenn es sein muß, wieder tun kann. Er hat in Vietnam gemordet, und er hat den Mörder mitgebracht in die Berkshires, mitgebracht aus dem Land des Kriegs, dem Land des Grauens zu diesem vollkommen verständnislosen anderen Ort.

Der Schneckenbohrer auf dem Eis. Die Unverblümtheit des Bohrers. Es war keine massivere Verkörperung unseres Hasses vorstellbar als der gnadenlose Stahl des Bohrers in dieser Abgeschiedenheit.

»Wir dachten, okay, wir werden sterben, wir werden sterben. Und wir sind da raufgeflogen und haben ihre Signale angepeilt und einen Fallschirm runtergehen sehen, und dann sind wir auf einer Lichtung gelandet und haben den Typen ohne irgendwelche Probleme an Bord genommen. Er ist reingesprungen, wir haben ihn reingezogen, und weg waren wir, ohne irgendeinen Beschuß. Also fragen wir ihn: ›Hast du eine Ahnung, wo dein Kumpel ist?‹, und er sagt: ›Na ja, er ist nach da drüben abgetrieben.‹ Also sind wir wieder auf Gefechtshöhe gegangen, aber da wußten sie dann schon, daß wir da waren. Wir sind ein bißchen weitergeflogen und haben nach dem anderen Fallschirm Ausschau gehalten, und dann brach die verdammte Hölle los. Ich sag Ihnen, es war unglaublich. Wir haben den anderen nie gefunden. Der Hubschrauber bekam Treffer, das war nicht zu glauben. Ting, ping, ping, bum. Maschinengewehre. Bodenfeuer. Wir mußten abdrehen und so schnell wie möglich verschwinden. Und ich weiß noch, daß der Typ, den wir gerettet hatten, anfing zu heulen. Das ist das, worauf ich rauswill. Er war Navy-Pilot. Von der *Forrestal*. Und er wußte, daß der andere entweder tot oder gefangen war, und fing an zu heulen. Es war schrecklich für ihn. Sein Kumpel. Wir konnten nicht noch mal hinfliegen. Wir konnten nicht den Hubschrauber und fünf Leute riskieren. Wir hatten Glück gehabt, den einen zu finden. Also sind wir zurück zur Basis geflogen, und da haben wir uns den Hubschrauber angesehen, und er hatte hunderteinundfünfzig Einschüsse. Keine Hydraulikleitung war getroffen, keine Treibstoffleitung, aber die Rotorblätter waren eingedellt – viele Kugeln hatten die Blätter erwischt. Sie waren ein bißchen verbogen. Wenn der Heckrotor getroffen wird, fällt man runter wie ein Stein, aber den hatten sie nicht getroffen. Wissen Sie, daß im Krieg fünftausend Hubschrauber abgeschossen worden sind? Wir haben zweitausendachthundert Düsenjäger verloren. Zweihundertfünfzig B-52 bei Bombardements aus großer Höhe über Nord-Vietnam. Aber das sagt die Regierung Ihnen nicht. Das nicht. Die sagt Ihnen nur das, was sie will. Slick Willie, den erwischt es nie. Aber der Typ, der in der Army gedient hat, den erwischt es. Immer und immer wieder. Nein, das ist nicht gerecht. Wissen Sie, an was ich gedacht hab? Ich hab gedacht, wenn ich einen Sohn hätte, dann wäre er jetzt hier bei mir. Beim Eisfischen. Das hab ich gedacht, als Sie herkamen. Ich hab aufgesehen, und da kam jemand, und ich war in so einer Art

Tagtraum und dachte: Das könnte mein Sohn sein. Nicht Sie, nicht ein Mann wie Sie, sondern mein Sohn.«

»Sie haben keinen Sohn?«

»Nein.«

»Nie verheiratet?« fragte ich.

Diesmal antwortete er nicht gleich. Er sah mich an, er peilte mich an, als sendete ich ein Signal aus wie die beiden abgesprungenen Piloten, aber er gab keine Antwort. Weil er es weiß, dachte ich. Weil er weiß, daß ich bei Faunias Beerdigung war. Jemand hat ihm erzählt, daß »der Schriftsteller« da war. Für was für eine Art von Schriftsteller hält er mich? Für einen, der Bücher über Verbrechen wie seines schreibt? Für einen Schriftsteller, der Bücher über Morde und Mörder schreibt?

»Zum Scheitern verurteilt«, sagte er schließlich, starrte wieder auf das Loch und ließ die Angelrute mit kleinen Bewegungen aus dem Handgelenk etwa ein dutzendmal wippen. »Meine Ehe war zum Scheitern verurteilt. Ich bin mit zuviel Wut und Haß aus Vietnam zurückgekommen. Hatte PTBS. Ich hatte, was man eine posttraumatische Belastungsstörung nennt. Das haben sie mir gesagt. Als ich zurück war, wollte ich keinen mehr kennen. Als ich zurück war, kam ich mit nichts klar, was hier ablief und irgendwie mit dem zivilisierten Leben zu tun hatte. Ich war so lange da drüben gewesen, es war der totale Wahnsinn. Saubere Kleider tragen, Leute, die hallo sagen, Leute, die lächeln, Leute, die zu Parties gehen, Leute, die Auto fahren – ich kam damit nicht mehr klar. Ich wußte nicht mehr, wie man mit Leuten redet, ich wußte nicht mehr, wie man hallo sagt. Ich hab mich lange Zeit zurückgezogen. Ich bin in den Wagen gestiegen und herumgefahren, ich bin in den Wald gegangen und da herumgewandert – es war völlig verrückt. Ich hab mich von *mir selbst* zurückgezogen. Ich hatte keine Ahnung, was mit mir los war. Meine Kumpel riefen an, aber ich rief sie nicht zurück. Sie hatten Angst, ich könnte bei einem Autounfall sterben, sie hatten Angst, ich könnte –«

Ich unterbrach ihn. »Warum hatten sie Angst, Sie könnten bei einem Autounfall sterben?«

»Ich hab gesoffen. Ich bin herumgefahren und hab gesoffen.«

»Hatten Sie denn jemals einen Autounfall?«

Er lächelte. Er hielt nicht inne, um mich anzustarren, bis ich die Augen niederschlug. Warf mir keinen besonders drohenden Blick zu. Sprang nicht auf, um mir an die Kehle zu gehen. Er lächelte nur ein bißchen, und in diesem Lächeln war mehr Gutmütigkeit, als ich in ihm vermutet hätte. Betont ungezwungen zuckte er die Schultern und sagte: »Keine Ahnung. Ich wußte einfach nicht, was mit mir los war, verstehen Sie? Unfall? Ich einen Unfall? Wenn ich einen gehabt hätte, hätte ich's nicht mal gemerkt. Ich schätze, ich hab keinen gehabt. Das ist die sogenannte posttraumatische Belastungsstörung. Da kommt dann irgendwelches Zeug wieder ins Unterbewußtsein: daß man wieder in Vietnam ist, daß man wieder in der Army ist. Ich bin nicht besonders gebildet. Ich wußte das nicht mal. Die Leute waren wegen diesem und jenem so sauer auf mich und wußten nicht, was mit mir los war, und ich wußte es auch nicht – verstehen Sie? Ich hab keine gebildeten Freunde, die solche Sachen wissen. Meine Freunde sind allesamt Arschlöcher. Ich kann Ihnen sagen – richtige, garantiert hundertprozentige Arschlöcher, und wenn nicht, kriegen Sie den doppelten Preis zurück.« Wieder ein Schulterzucken. Komisch? Sollte das komisch sein? Nein, eher ein unbekümmert bösartiger Zug. »Was soll ich also machen?« fragte er hilflos.

Er spult eine Nummer für mich ab. Er spielt mit mir. Denn er weiß, daß ich weiß. Hier sind wir, ganz allein, hier oben, und ich weiß, und er weiß, daß ich weiß. Und der Bohrer weiß es auch. Alles, was du weißt, und alles, was du wissen mußt, ist in den Stahl der spiralförmigen Schneide graviert.

»Wie haben Sie erfahren, daß Sie PTBS hatten?«

»Von einer farbigen Frau in der VA-Klinik. Entschuldigung. Einer afroamerikanischen Frau. Einer sehr intelligenten afroamerikanischen Frau. Sie hatte einen Master-Abschluß. Haben Sie einen Master-Abschluß?«

»Nein«, sagte ich.

»Tja, sie hatte einen, und so hab ich dann herausgefunden, was ich eigentlich hatte. Sonst würde ich es bis heute nicht wissen. So hab ich was über mich selbst erfahren: was eigentlich mit mir los war. Sie haben's mir gesagt. Und nicht nur mir. Glauben Sie bloß nicht, nur mir. Tausende und Abertausende von Typen haben dasselbe wie ich. Tausende und Abertausende von Typen, die mitten in der Nacht aufwachen und wieder in Vietnam sind. Tausende und Abertausende von Typen, die Anrufe kriegen und nie zurückrufen. Tausende und Abertausende von Typen, die richtig schlechte Träume haben. Also hab ich dieser afroamerikanischen Frau von mir erzählt, und sie hat kapiert, was es war. Weil sie diesen Master-Abschluß hatte, und sie hat mir gesagt, daß das alles in meinem Unterbewußtsein abläuft und daß es Tausenden und Abertausenden von Typen genauso geht. Das Unterbewußtsein. Das kann man nicht steuern. Es ist wie die Regierung. Es ist die Regierung. Es ist wie eine innere Regierung. Es bringt einen dazu, Sachen zu tun, die man gar nicht tun will. Tausende und Abertausende von Typen heiraten, und ihre Ehe ist zum Scheitern verurteilt, weil sie in ihrem Unterbewußtsein diese Wut und diesen Haß aus Vietnam haben. Sie hat mir das alles erklärt. Sie haben mich in Vietnam in eine C-41 der Air Force gesetzt, die mich auf die Philippinen gebracht hat, und von dort ging's mit World Airways zur Travis Air Force Base, und da haben sie mir dann zweihundert Dollar in die Hand gedrückt, damit ich nach Hause fahren konnte. Von Vietnam bis nach Hause hab ich also ungefähr drei Tage gebraucht. Da ist man dann also wieder in der Zivilisation. Und man ist zum Scheitern verurteilt. Und die Frau ebenfalls, selbst wenn das alles schon zehn Jahre her ist. Sie ist zum Scheitern verurteilt, aber was hat sie eigentlich getan, verdammt? Nichts.«

»Haben Sie noch immer PTBS?«

»Na ja, ich hab noch immer die Tendenz, mich zurückzuziehen, nicht? Was meinen Sie, was ich hier draußen tue?«

»Aber Sie fahren nicht mehr betrunken Auto«, hörte ich mich sagen. »Sie bauen keine Unfälle mehr.«

»Ich hab nie einen Unfall gebaut. Hören Sie denn nicht zu? Das hab ich Ihnen doch schon gesagt. Jedenfalls nicht daß ich wüßte.«

»Und die Ehe war zum Scheitern verurteilt.«

»O ja. Meine Schuld. Hundertprozentig. Sie war eine wunderbare Frau. Völlig unschuldig. Alles meine Schuld. Immer alles meine Schuld. Sie hatte eindeutig was Besseres verdient als mich.«

»Was ist aus ihr geworden?« fragte ich.

Er schüttelte den Kopf. Ein trauriges Schulterzucken, ein Seuf-

zer – es war eine komplette Schmierenkomödie, eine gewollt *durchsichtige* Schmierenkomödie.«Keine Ahnung. Ich hab ihr so viel Angst gemacht, daß sie weggelaufen ist. Ich hab der Frau eine Heidenangst eingejagt. Ich denke oft an sie, wo immer sie jetzt auch ist. Völlig unschuldig.«
»Keine Kinder.«
»Nein. Keine Kinder. Sie?« fragte er mich.
»Nein.«
»Verheiratet?«
»Nicht mehr«, sagte ich.
»Dann sitzen Sie und ich also im selben Boot. Frei wie der Wind. Was für Bücher schreiben Sie? Krimis?«
»Würde ich nicht sagen.«
»Wahre Geschichten?«
»Manchmal.«
»Was? Liebesgeschichten?« fragte er lächelnd. »Hoffentlich keine Pornographie.« Er tat, als wäre das ein unerwünschter Gedanke und als ärgerte es ihn, daß er ihn überhaupt gehabt hatte. »Ich hoffe doch, unser Schriftsteller sitzt nicht in Mike Dumouchels Haus und schreibt und veröffentlicht Pornographie.«
»Ich schreibe über Leute wie Sie«, sagte ich.
»Ach, was?«
»Ja. Über Leute wie Sie. Über ihre Probleme.«
»Sagen Sie mal den Titel von einem Ihrer Bücher.«
»Der menschliche Makel.«
»Ja? Kann ich das kaufen?«
»Es ist noch nicht erschienen. Es ist noch nicht fertig.«
»Ich werd's mir kaufen.«
»Ich werde es Ihnen schicken. Wie heißen Sie?«
»Les Farley. Ja, schicken Sie's mir. Schicken Sie's, wenn es fertig ist, ans Straßenbauamt. Straßenbauamt, Route 6, Les Farley.« Er verspottete mich wieder, und irgendwie verspottete er alle: sich selbst, seine Freunde, »unseren Schriftsteller«. Obwohl diese Vorstellung ihn zum Lachen brachte, sagte er: »Ich und die Jungs werden es lesen.« Er lachte eigentlich nicht laut, er zupfte vielmehr an dem Köder eines lauten Lachens, er nagte und knabberte an dem Lachen herum, ohne jedoch hineinzubeißen. Nahe am Haken der

gefährlichen Heiterkeit, aber nicht nahe genug, um ihn zu verschlucken.

»Ich hoffe, Sie lesen es«, sagte ich.

Ich konnte mich nicht einfach umdrehen und gehen. Nicht nach diesen Untertönen, nicht nachdem er fast unmerklich noch ein wenig seines emotionalen Inkognito abgelegt hatte, nicht jetzt, da die Möglichkeit bestand, seine Gedanken noch ein wenig mehr zu erkunden. »Wie waren Sie, bevor Sie in der Army waren?« fragte ich ihn.

»Ist das für Ihr Buch?«

»Ja. Ja.« Jetzt lachte *ich* laut. Ohne es eigentlich zu wollen, sagte ich in einem lachhaften, derben, dummen Anfall von Trotz: »Das ist *alles* für mein Buch.«

Und nun lachte auch er herzhafter. Auf dieser Klapsmühle von einem See.

»Waren Sie ein geselliger Typ, Les?«

»Ja«, sagte er. »War ich.«

»Immer mit anderen Leuten zusammen?«

»Ja.«

»Hatten Sie gern Spaß mit anderen Leuten?«

»Ja. Jede Menge Freunde. Schnelle Autos. Das volle Programm, Sie wissen schon. Ich hab die ganze Zeit gearbeitet. Aber wenn ich frei hatte, ja.«

»Und gehen alle Vietnamveteranen fischen?«

»Ich weiß nicht.« Wieder dieses knabbernde Lachen. Ich dachte: Es fällt ihm leichter, jemanden umzubringen, als sich in wirklicher Heiterkeit gehenzulassen.

»Ich hab vor nicht allzu langer Zeit mit dem Eisfischen angefangen«, erzählte er mir. »Nachdem meine Frau weggelaufen war. Ich hab mir eine kleine Hütte gemietet, hinten, im Wald, auf dem Dragonfly. Weit hinten im Wald, gleich am Wasser, am Dragonfly Pond, und bis dahin hab ich mein Leben lang immer nur im Sommer geangelt und mich für Eisfischen nie besonders interessiert. Hab immer gedacht, das ist viel zu kalt. Im ersten Winter da draußen war ich wirklich schlecht drauf – verdammte PTBS –, und da hab ich einen Eisfischer auf den See gehen und angeln sehen. Ich hab ihm ein paarmal zugesehen, und dann hab ich mich eines Tages angezogen und bin hingegangen, und der Typ hatte eine Menge Fische gefangen, Barsche und Forellen und so weiter. Da hab ich mir gedacht: Das ist ja so gut wie im Sommer, wenn nicht besser. Man braucht bloß die richtige Menge Kleider und die nötige Ausrüstung. Also hab ich mir das besorgt. Ich bin in die Stadt gefahren und hab mir einen Bohrer gekauft, einen schönen Bohrer« – er zeigte darauf – »und eine kurze Rute und Köder. Man kriegt Hunderte verschiedene Köder. Hunderte verschiedene Hersteller und Marken. In allen möglichen Größen. Man bohrt ein Loch durchs Eis und läßt seinen Lieblingsköder mit Haken hinunter – es kommt auf die Bewegung der Hand an, man muß den Köder auf und ab hüpfen lassen. Weil es da unten, unter dem Eis, dunkel ist. Ja, sehr dunkel«, sagte er, und zum erstenmal in unserer Unterhaltung sah er mich zu offen an, zuwenig heimtückisch, zuwenig verschlagen. Als er sagte: »*Richtig* dunkel«, hatte seine Stimme einen Beiklang, der mich frösteln ließ, einen kalten, überraschenden Beiklang, der keine Zweifel über Colemans Unfall offenließ. »Wenn da unten also irgendwas leuchtet«, fuhr er fort, »kommen die Fische angeschwommen. Ich schätze, sie haben sich an die Dunkelheit angepaßt.«

Nein, er ist nicht dumm. Er ist ein roher Mensch, er ist ein Mörder, aber er ist nicht so dumm, wie ich dachte. Ihm fehlt es nicht an Hirn. Unter der wie auch immer gearteten Verkleidung ist es selten das Hirn, an dem es fehlt.

»Weil sie ja fressen müssen«, erklärte er mir ganz wissenschaftlich. »Sie finden da unten was zu fressen. Ihre Körper passen sich an die extreme Kälte an, und ihre Augen passen sich an die Dunkelheit an. Sie reagieren auf Bewegungen. Wenn sie irgendwas leuchten sehen oder die Schwingungen spüren, die der hüpfende Köder im Wasser macht, schwimmen sie hin. Sie wissen, daß das etwas Lebendiges ist, und es könnte eßbar sein. Aber wenn man die Rute nicht wippen läßt, beißen sie nicht an. Wissen Sie, ich hab vorhin daran gedacht, wenn ich einen Sohn hätte, würde ich ihm zeigen, wie man die Rute wippen lassen muß. Ich würde ihm zeigen, wie man den Köder befestigt. Es gibt verschiedene Köder, müssen Sie wissen. Die meisten sind Fliegen- oder Bienenlarven, die für das Eisfischen gezüchtet werden. Wir würden zum Laden fahren, Les junior und ich, und sie kaufen. Man kriegt sie in einem kleinen Becher. Wissen Sie, wenn ich jetzt mit Les junior hier wäre, mit meinem Sohn, und nicht durch diese Scheiß-PTBS für den Rest meines Lebens zum Scheitern verurteilt wäre, dann würde ich ihm dieses ganze Zeug beibringen. Ich würde ihm auch beibringen, wie man mit dem Bohrer umgehen muß.« Er zeigte auf das Werkzeug, das noch immer gerade außerhalb seiner Reichweite auf dem Eis lag. »Ich hab einen Zwölfeinhalb-Zentimeter-Bohrer. Es gibt sie in allen Größen, von zehn Zentimeter bis zwanzig Zentimeter. Ich finde ein Zwölfeinhalb-Zentimeter-Loch am besten. Ideal. Hatte nie ein Problem, einen Fisch da durchzuziehen. Fünfzehn Zentimeter ist ein bißchen zu groß, und zwar, weil der Durchmesser zweieinhalb Zentimeter größer ist. Das klingt nach wenig, aber wenn Sie sich den Zwölfeinhalber mal ansehen – hier, ich zeig's Ihnen.« Er stand auf und hob den Bohrer auf. Trotz des gefütterten Overalls und der Stiefel, die ihn noch kleiner und stämmiger aussehen ließen, bewegte er sich gewandt auf dem Eis und hob den Bohrer mit einer Hand auf, so wie man auf dem Weg zur Bank den Schläger aufhebt, nachdem man mit einem Flugball Punkte gemacht hat. Er kam zu mir und hielt mir die lange, funkelnde Spitze des Bohrers vor das Gesicht. »Hier.«

Hier. Hier war der Ursprung. Hier war der Kern. Hier.

»Wenn Sie sich einen Zwölfeinhalber- und einen Fünfzehner-Bohrer ansehen«, sagte er, »dann merken Sie, daß das ein großer Unterschied ist. Wenn Sie mit der Hand durch dreißig, vierzig Zentimeter dickes Eis bohren wollen, brauchen Sie mit einem Fünfzehner viel mehr Kraft als mit einem Zwölfeinhalber. Mit dem hier komme ich in ungefähr zwanzig Sekunden durch fünfundvierzig Zentimeter dickes Eis. Wenn die Schneide schön scharf ist. Die Schärfe ist entscheidend. Man muß die Schneide immer schön scharf halten.«

Ich nickte. »Es ist kalt hier auf dem Eis.«

»Das kann man wohl sagen.«

»Ich hab's bis jetzt gar nicht bemerkt, aber jetzt wird mir langsam kalt. Im Gesicht. Richtig unangenehm. Ich glaube, ich gehe lieber wieder zurück.« Und ich machte meinen ersten Schritt rückwärts, fort von dem dünnen Schneematsch um ihn und das Loch, in dem er fischte.

»Kann ich verstehen. Jetzt wissen Sie ja Bescheid über das Eisfischen, oder? Vielleicht sollten Sie *darüber* mal ein Buch schreiben anstatt einen Krimi.«

Mit kleinen, schlurfenden Rückwärtsschritten ging ich ein, zwei Meter in Richtung Ufer, doch er hielt noch immer den Bohrer in der erhobenen Hand, die schneckenförmige Klinge noch immer auf der Höhe, wo eben meine Augen gewesen waren. Ich war klar besiegt und wich zurück. »Und jetzt kennen Sie meinen geheimen Ort. Über den wissen Sie auch Bescheid. Sie wissen alles«, sagte er. »Aber Sie werden keinem was verraten, oder? Es ist schön, wenn man einen geheimen Ort hat. Man verrät keinem was davon. Man lernt, den Mund zu halten.«

»Bei mir ist Ihr Geheimnis sicher«, sagte ich.

»Es gibt einen Bach, der kommt vom Berg runter, über Wasserfälle. Hab ich Ihnen das schon erzählt?« sagte er. »Ich hab die Quelle nie gefunden. Von da oben fließt ständig frisches Wasser in den See. Und am Südufer ist ein Abfluß.« Er wies mit dem Bohrer darauf, den er noch immer in der mit dem fingerlosen Handschuh bekleideten Hand hielt. »Und auf dem Grund des Sees gibt es auch viele Quellen. Das Wasser kommt von unten hoch, es wird also ständig erneuert. Es reinigt sich selbst. Und die Fische brauchen sauberes Wasser, damit sie nicht eingehen, sondern groß und stark werden. Dieser Ort hat alles, was man braucht. Und alles ist von Gott gemacht. Kein Mensch hat irgendwas damit zu tun. Darum ist es hier so sauber, und darum komme ich her. Wenn irgendein Mensch was damit zu tun hat, dann halt dich lieber fern. Das ist mein Motto. Das Motto von einem Typen mit einem Unterbewußtsein voll PTBS. Fern von den Menschen, nahe bei Gott. Also vergessen Sie nicht, daß das hier mein geheimer Ort bleiben soll. Und ein Geheimnis kommt nur heraus, Mr. Zuckerman, wenn einer es verrät.«

»Das stimmt.«

»Und, he, Mr. Zuckerman – das Buch.«

»Was für ein Buch?«

»Ihr Buch. Schicken Sie's mir.«

»Sie kriegen es«, sagte ich. »Es ist schon so gut wie unterwegs.« Damit ging ich über das Eis zurück. Er war hinter mir und hielt den Bohrer in der Hand, als ich mich langsam in Bewegung setzte. Es war weit zum Ufer. Und wenn ich es auch bis dorthin schaffte, so wußte ich doch, daß die Zeiten, da ich ungestört allein in meinem Haus leben konnte, vorüber waren. Ich wußte, daß ich, sobald das Buch erschienen war, anderswo würde leben müssen.

Am Ufer angekommen, drehte ich mich um und blickte zurück, um zu sehen, ob er mir doch noch in den Wald folgte, ob er vielleicht vorhatte, mich umzubringen, bevor ich Gelegenheit hatte, das Haus zu betreten, in dem Coleman Silk seine Jugend verbracht hatte, und mich, wie Steena Palsson vor mir, als weißer Gast seiner Familie in East Orange zum sonntäglichen Abendessen zu setzen. Ich brauchte ihn nur aus der Ferne zu sehen, um den Schrecken zu spüren, den der Bohrer mir einjagte, auch wenn Farley schon wieder auf seinem Eimer saß: Auf dem eisigen Weiß des Sees war ein winziger Punkt, und dieser Punkt war ein Mensch, der einzige Hinweis auf die Anwesenheit eines Menschen in dieser ganzen weiten Natur, wie das X eines Analphabeten auf einem Blatt Papier. Da war es – wenn auch nicht die ganze Geschichte, so doch das ganze Bild. Gegen Ende unseres Jahrhunderts bietet einem das Leben nur selten einen so unschuldigen, friedlichen Anblick wie diesen: Auf einem idyllischen Berg in Amerika sitzt ein Mann auf einem Eimer und fischt durch ein Loch im fünfundvierzig Zentimeter dicken Eis in einem See, dessen Wasser ständig erneuert und gereinigt wird.

Inhalt

1. Jeder weiß 7

2. Abducken 91

3. Was macht man mit einem Mädchen, das nicht lesen kann? 170

4. Welcher Wahnsinnige hat sich das ausgedacht? 231

5. Das reinigende Ritual 323

   Nachwort 408

NACHWORT

Das Drama der Identität

Dieser Roman erzählt eine Geschichte, die an Tragik, unvorhersehbaren Wendungen des Schicksals, jähen Enthüllungen des Autors und schließlich einer oft sardonischen Komik wenig zu wünschen übrig lässt. Dazu kommen ein rhetorisches Feuer, eine Lust am Wort, das zum Gedanken führt, und eine Lust an der Wiederholung, die den Gedanken wenn nicht zerstört, so doch vorübergehend stilllegt, einlullt, in eine Abschweifung führt wie die Musik von Gustav Mahler, in der alle Intelligenz, alle Differenzierung den Hörer am Ende in einen somnambulen Zustand versetzt. Beides sind die Kennzeichen der Romane von Philip Roth von Anfang an: ein Furor in der Fabel und in der Rhetorik, der nur insofern der radikalen Moderne des 20. Jahrhunderts seinen Tribut zollt, als Roth in den Geschichten, die er erzählt, mehrere Ebenen installiert, die das »naive« Erzählen bereichern. So heißt auch hier der Erzähler der Geschichte von Brutus Coleman eben nicht Philip Roth, sondern Nathan Zuckerman, ein Alter Ego, das Philip Roths Werk von Anfang an begleitet, das viele Züge seines Erfinders trägt, aber nicht mit ihm verwechselt sein will.

Philip Roth hat keineswegs seinen Wohnort gewechselt, nachdem dieser Roman veröffentlicht wurde, so wie Zuckerman das nicht nur erwägt, sondern sogar für notwendig hält: Der Mörder seiner Romanfiguren Coleman und Faunia, der Vietnam-Veteran Lester Farley, würde Rache nehmen für seine Entdeckung, dessen ist sich Zuckerman sicher. Aber Philip Roth ist eben nicht Zuckerman. Er hat diese Geschichte erfunden – wenngleich sie, wie die meisten, vielleicht alle seiner Geschichten, auf Tatsachen beruht: Es gab einen in seinen Kreisen sehr prominenten Fall, einen Starkritiker der »New York Times«, dessen postum gelüftetes Lebensgeheimnis eben darin bestand, dass er, genetisch und nicht optisch gesehen, schwarz war und nicht weiß. Was Philip Roth daraus macht, ist eine andere Sache.

Im Zentrum des Geschehens steht eine Liebesgeschichte. Wie bei Roth beinahe immer, könnte man sagen, aber eben nur beinahe. Das Begehren, das Frau und Mann vorübergehend aneinander bindet, ist ein ständiges Thema bei Philip Roth, und zwar von Anfang an und in vielen seiner Schattierungen: der sexuellen Hörigkeit, der Sucht nach Selbsterkenntnis durch den anderen, dem Kampf um Anerkennung in der Symbiose und dem bitteren, nicht aufhörenden Hadern nach dem Scheitern.

Doch es gibt auch andere Themen, die in Roths Werk bestimmend sind und wiederkehren. Er ist ein Jude aus Newark, einem Vorort New Yorks, und hat die Geschichte dieser Stadt, damit auch die Geschichte des Schmelztiegels Amerika, immer wieder erzählt: die Rechtschaffenheit seiner Eltern, das strebsame, gewissenhafte und idealistische Milieu der Einwanderer in zweiter und dritter Generation, ihre Erfahrungen mit der politischen Großzügigkeit des Staates wie der Gleichgültigkeit dem wirtschaftlichen Scheitern seiner Bürger gegenüber. »Mein Leben als Sohn« ist ein Familienroman, intim und sehr berührend, freiwillig eng in seiner Gestaltung; »Verschwörung gegen Amerika« ist ein Familienroman als Science-Fiction-Szenario, das die jüdische Identität und den gesellschaftlichen Antisemitismus der USA in den Mittelpunkt rückt und in eine so reiche wie spannende Fabel bringt. Beide Hauptwerke umkreisen ein weiteres Grundthema des Erzählers, nicht originell für unsere Zeit, aber wahrhaftig einzigartig gestaltet, immer wieder neu und immer wieder bezwingend: die Frage der Identität, also wie es den meisten heute aufgetragen ist, sich in Spannung zu ihrer Herkunft als Kleinbürger, Jude, als schwarz oder weiß zu bewahren und zugleich zu erfinden.

Wer viel von Roth gelesen hat, den überrascht vielleicht am meisten, dass Roth nun in »Der menschliche Makel«, zuerst veröffentlicht 2000, bei der Beschreibung seines Helden Coleman beinahe vollkommen darauf verzichtet, den Antisemitismus zu thematisieren: Coleman entschied sich, ein Weißer zu sein, und aufgrund seiner Attribute – Witz, Intellektualität und enorme Gewandtheit – schien es ihm das Nächstliegende, einen weißen Juden zu spielen. (Er reagiert damit, der Einfachheit halber – in diesem Roman über gesellschaftliche Vorurteile eine besonders raffinierte Pointe – auf die selbstverständlichen Annahmen seiner Umwelt.) Was ihn beschwert und schließlich zu Fall bringt, ist aber nicht das vorgetäuschte Judentum, sondern eine beiläufige Bemerkung, die das aktuelle Drama der akademischen Society in den Vereinigten Staaten initiiert: den latenten Rassismus und das komplizierte Regelwerk, das erfunden wurde, um ihn zu bannen, und das jedes Individuum, und sei es noch so souverän erfunden, zu Fall bringen kann. Das Misstrauen der Gesellschaft sich selbst gegenüber, das die von Zuckerman wie Coleman beklagte Scheinheiligkeit befördert und nährt, ist unaufhörlich auf der Suche nach Verfehlungen im Umgang miteinander, und zwar so eifernd und derart erfindungsreich, dass gerade in einem Milieu, in dem das freie Denken und das freie Wort die Bedingungen der Existenz darstellen, eben das bei Höchststrafe unterbunden wird. Der Schrecken von Delphine Roux, als die erkennbar zu werden, die sie ist – unter anderem eine einsame Frau –, ist ebenso sehr französisch (in ihrer Angststarre dem comme il faut gegenüber), wie er amerikanisch ist: Denn sie hat die Verfolgung Colemans ins Werk gesetzt mit nichts als Vorwürfen, die auf Misstrauen beruhen. Es ist das Misstrauen einem Mann gegenüber, der seine Studenten noch als Individuen adressiert, als diese längst gelernt haben, sich als Gruppenwesen zu definieren – als weiblich, mit afroamerikanischem Hintergrund, als Juden, Latinos oder Asiaten. Die universitäre Kleinstadt, die Colemans frei gewählte Heimat war, repräsentiert die Allgemeinheit, die den Verdächtigungen glaubt und sie vermehrt, die einen der ihren zur Strecke bringt und richtet. Der Chor in diesem antikischen Drama, in dem der Held am Ende sterben muss, ist, in zeitgenössischer Fatalität, die geistige Elite dieser Gesellschaft.

Es gehört ebenso zu den Besonderheiten dieses Romans, dass Philip Roth dem Schurken dieser Geschichte Auftritte gönnt, die eine ebensolche Anteilnahme erzwingen, wie er sie dessen Opfern gibt. Die Tragik der Vietnam-Veteranen, die aus einem Schlachthaus in eine Heimat zurückgeflogen wurden, die von ihrem Schicksal nichts wissen will, ist nicht zu vergleichen mit den Erfahrungen der heimkehrenden Soldaten aus Europa oder vom Golf. Vietnam war kein »guter Krieg« (um ein Wort von Studs Terkel zum Zweiten Weltkrieg zu zitieren), er wurde als Schande erkannt und bewertet, und wer dort gewesen war, bleibt lebenslänglich gezeichnet – nicht nur vom Trauma des Krieges selbst, sondern vor allem von der Heimatlosigkeit seiner Erfahrung. Roth zeigt am Beispiel von Lester Farley, dass es nicht notwendig die Tatsachen sind, die einen Menschen zerstören – es kann die ebenso wirkliche Tatsache sein, keine Sprache oder kein Gehör für die Erfahrungen zu finden. Farley ist nicht zufrieden mit der Nischensolidarität der ewigen Veteranen, er will zurück in die Gesellschaft, die er als junger Mann für nur kurze Zeit verließ – um sie, wie es hieß, zu verteidigen – und die ihn meidet wie einen Aussätzigen. Denn er erinnert sie an das, was sie vergessen will. Farley ist unschuldig schuldig geworden, und es gibt keine Erlösung für ihn; es gibt nur noch den Amoklauf.

Von Anfang an war Philip Roth vor allem Erzähler. Die Raffinesse seiner Technik, die Lust an der avancierten Form verbirgt er beinahe vollkommen; seine Kunst verhält sich diskret. Sein Atem ist lang, sein Temperament rhapsodisch, seine Sprache beinahe mündlich im Klang, sein Vokabular ist immer einfach und klar; es gibt keine Prätention, kein ausgestelltes Abwägen der Worte, kein Prunken, keine Delikatesse. Sein Witz ist für jeden verständlich, die Spannung seiner Fabeln hält alle in Atem, und sein Personal, wie gedankenreich oder neurotisch es auch ist, wird jedem Leser vertraut wie ein Familienmitglied. Er ist ein seltener Glücksfall geblieben – ein Romancier, der Stoffe von großer historischer Bedeutung und Aktualität in eine Fassung bringt, die niemanden ausschließt, der überhaupt lesen kann. Die Komplexität des Lebens überläßt er seinen Figuren, er selbst tritt dahinter zurück; er bringt sie lediglich in eine Sprache, die zugleich lebendig und unauffällig ist. Das »lediglich« ist die Kunst, die ihn mit Tschechow, mit Tolstoi, mit Joseph Roth und Katherine Anne Porter verbindet – mit all jenen Autoren, die überall gelesen werden, weil sie die Dramen des menschlichen Lebens dem Gedächtnis, dem Nachdenken und der Anteilnahme erhalten, solange gelesen wird.

Elke Schmitter

PHILIP ROTH erhielt 1997 für *Amerikanisches Idyll* den Pulitzerpreis. 1998 wurde er im Weißen Haus mit der National Medal of Arts geehrt, und 2002 wurde ihm die höchste Auszeichnung der American Academy of Arts and Letters verliehen, die Gold Medal, mit der unter anderem John Dos Passos, William Faulkner und Saul Bellow ausgezeichnet worden sind. Er hat zweimal den National Book Award erhalten, außerdem den PEN/Faulkner Award und den National Book Critics Circle Award.

Philip Roth ist der dritte lebende Amerikaner, dessen Werk in einer umfassenden, maßgeblichen Gesamtausgabe von der Library of America herausgegeben wird. Der letzte der acht Bände soll 2013 erscheinen.

Von Philip Roth ist folgende Titelauswahl in deutscher Übersetzung lieferbar:

Goodbye, Columbus Ein Kurzroman und 5 Stories
Rowohlt Verlag / Rowohlt Taschenbuch Verlag
1962/1987

Portnoys Beschwerden Roman
Rowohlt Verlag / Rowohlt Taschenbuch Verlag
1970/1974

Zuckermans Befreiung Roman
Carl Hanser Verlag / Rowohlt Taschenbuch Verlag
1982/1990

Gegenleben Roman
Carl Hanser Verlag / Rowohlt Taschenbuch Verlag
1988/2002

Mein Leben als Mann Roman
Rowohlt Taschenbuch Verlag
1993

Die Tatsachen Autobiographie eines Schriftstellers
Carl Hanser Verlag / Rowohlt Taschenbuch Verlag
1991/2000

Mein Leben als Sohn Eine wahre Geschichte
Carl Hanser Verlag / Deutscher Taschenbuch Verlag
1992/1995

Operation Shylock. Roman
Carl Hanser Verlag / Deutscher Taschenbuch Verlag
1994/1998

Sabbaths Theater Roman
Carl Hanser Verlag / Rowohlt Taschenbuch Verlag
1996/1998

Amerikanisches Idyll Roman
Carl Hanser Verlag / Rowohlt Taschenbuch Verlag
1998/2000

Mein Mann, der Kommunist Roman
Carl Hanser Verlag / Rowohlt Taschenbuch Verlag
1999/2001

Das sterbende Tier Roman
Carl Hanser Verlag / Rowohlt Taschenbuch Verlag
2003/2004

Verschwörung gegen Amerika Roman
Carl Hanser Verlag, 2005

Jedermann Roman
Carl Hanser Verlag, 2006

SPIEGEL Edition **DIE BESTSELLER.**

01 *Javier Marías* Mein Herz so weiß
02 *Günter Grass* Das Treffen in Telgte
03 *Golo Mann* Wallenstein
04 *Wolfgang Büscher* Berlin–Moskau
05 *Leon de Winter* Hoffmans Hunger
06 *John Updike* Ehepaare
07 *Nelson Mandela* Der lange Weg zur Freiheit
08 *Marion Gräfin Dönhoff* Kindheit in Ostpreußen
09 *Ian McEwan* Abbitte
10 *Thomas Brussig* Helden wie wir
11 *Samuel P. Huntington* Kampf der Kulturen
12 *Oliver Sacks* Der Mann, der seine Frau mit einem Hut verwechselte
13 *Saul Bellow* Herzog
14 *J. M. Coetzee* Schande
15 *Willy Brandt* Erinnerungen
16 *Stephen Hawking* Eine kurze Geschichte der Zeit
17 *Philip Roth* Der menschliche Makel
18 *Max Frisch* Montauk
19 *Sebastian Junger* Der Sturm
20 *Sigrid Damm* Christiane und Goethe

21 *Isabel Allende* Das Geisterhaus
22 *Martin Walser* Ein fliehendes Pferd
23 *Victor Klemperer* Ich will Zeugnis ablegen bis zum letzten
24 *Hans Magnus Enzensberger* Einzelheiten I & II
25 *Christoph Ransmayr* Die letzte Welt
26 *Milan Kundera* Der Scherz
27 *Martin Doerry* »Mein verwundetes Herz«
28 *Erich Fromm* Haben oder Sein
29 *Michail Bulgakow* Der Meister und Margarita
30 *Salman Rushdie* Des Mauren letzter Seufzer
31 *Joachim Fest* Hitler
32 *Barbara Tuchman* Der ferne Spiegel
33 *Michel Houellebecq* Plattform
34 *Heinrich Böll* Ansichten eines Clowns
35 *Jörg Friedrich* Der Brand
36 *Bill Bryson* Eine kurze Geschichte von fast allem
37 *Zeruya Shalev* Liebesleben
38 *Peter Handke* Der kurze Brief zum langen Abschied
39 *Rüdiger Safranski* Nietzsche
40 *Marcel Reich-Ranicki* Mein Leben

Weitere Informationen zur SPIEGEL-Edition finden Sie unter www.spiegel-edition.de